# 한밤의 아이들 2

**MIDNIGHT'S CHILDREN**
by Salman Rushdie

이 도서의 국립중앙도서관 출판예정도서목록(CIP)은 서지정보유통지원시스템 홈페이지(http://seoji.nl.go.kr)
와 국가자료공동목록시스템(http://www.nl.go.kr/kolisnet)에서 이용하실 수 있습니다.

세계문학전집
080

Salman Rushdie : Midnight's Children

# 한밤의 아이들 2

살만 루슈디 장편소설

김진준 옮김

문학동네

차례 ▮

**한밤의 아이들** __제 1 권

# 콜리노스 어린이

보모를 만난 때부터 '미망인'을 만날 때까지 나는 늘 이런저런 일을 당하는 입장이었다. 그러나 살림 시나이는 영원한 피해자이면서도 자신이 주인공이라는 생각을 버리지 못한다. 메리의 범죄행위도 무시하고, 장티푸스와 뱀독도 도외시하고, 빨래통과 원형광장에서 일어난 두 차례의 사고도 모른 체하고(그때 자물쇠 따기의 명수 서니 이브라힘이 자신의 집게 자국과 작은 뿔 같은 내 관자놀이의 만남을 허용했고 이 결합으로 문이 활짝 열리면서 한밤의 아이들을 만나게 되었는데도), 에비가 나를 밀어버린 일과 어머니의 배신행위가 빚은 결과도 고려하지 않고, 에밀 자갈로의 잔인한 폭력에 머리카락을 빼앗기고 입술을 핥으며 충동질하는 마샤 미오비치 때문에 손가락을 잘린 일도 감안하지 않고, 그렇게 내가 주인공이 아닐지도 모른다는 모든 징후를 단호하게 외면하면서 나는 이제 과학자처럼 엄정하고 진지한 태도로 내가 이 세상의 중심이라는 주장을 더 자세히 설명해보겠다.

"……어떤 의미에서 너의 삶은 우리 모두의 삶을 비춰주는 거울이니까." 총리가 편지에 썼던 이 말에 나는 다음과 같은 질문을 던진다: 정확히 어떤 의미에서? 구체적으로 어떻게 한 개인의 삶이 나라의 운명에 영향을 미치는가? 나는 몇 개의 부사와 붙임표를 동원하여 대답할 수밖에 없다: 나는 직설적으로 그리고 비유적으로, 능동적으로 그리고 수동적으로, 우리의 (대단히 현대적인) 과학자들이 '연결방식'이라는 용어로 표현할 만한 일련의 과정을 통하여 역사와 하나로 맺어졌는데, 그 과정들은 방금 언급한 상호대립적인 부사들을 이원적으로 결합시켜 설명할 수 있겠다. 붙임표가 필요한 이유가 그 때문이다: 능동적으로-직설적으로, 수동적으로-비유적으로, 능동적으로-비유적으로, 그리고 수동적으로-직설적으로 나는 세계와 불가분의 관계로 맺어졌다.

과학을 잘 모르는 파드마의 얼굴에 어리둥절한 기색이 역력하니 비록 정확성은 떨어지겠지만 다시 평범한 말로 설명해야겠다: '능동적으로'와 '직설적으로'의 결합은 물론 내가 중요한 역사적 사건에 직접적으로—**직설적으로**—영향을 미치거나 진로를 바꿔놓았던 모든 행동을 의미하는데, 예를 들자면 내가 언어 시위대에게 투쟁에 필요한 구호를 제공했던 일이 그것이다. 그리고 '수동적으로'와 '비유적으로'의 조합은 그때그때 그런 일이 있었다는 사실만으로도 나에게 비유적으로 영향을 미쳤던 모든 사회정치적 동향과 사건들을 포괄하는데, 가령 '어부의 손가락질'이라는 제목의 장을 읽어보면 갓 태어난 나라가 하루빨리 어엿한 어른으로 성장하려고 서둘렀던 일과 내가 처음에 폭발적으로 성장했던 일 사이의 명백한 연관성을 알아차릴 수 있을 테고…… 다음으로 '수동적으로'와 '직설적으로' 사이를 붙임표로 연결하면 국가적 사건이 우리 가족과 내 삶에 직접적인 영향을 주었던 모든 순간을 의미하는데, 우리 아버지의 자산이 동결되었던 일, 그리고 왈케슈와르 저수지가 폭파되는 바람에 고양이 대습격이 시작되었던 일도 그 맥락에 포함시킬 수 있겠다. 마지막으로 '능동적-비유적 연결방식'이 남았는데, 그것은 내가 어떤 일을 하거나 당했을 때 그 일이 나라 전체에 반영되면서 나의 개인적 삶이 역사와 상징적으로 일치한다는 사실이 드러나는 경우를 말한다. 내 가운뎃손가락이 훼손된 사건이 적절한 예가 되겠는데, 내 몸에서 손가락 마디가 떨어져나가고 (알파도 오메가도 아닌) 피가 분수처럼 솟구쳤을 때 역사 속에서도 비슷한 일이 일어났으며 그 순간 온갖잡다한것들이 우리 모두를 덮쳤기 때문이다. 다만 역사는 개인의 삶보다 거대한 규모로 진행되므로 상처를 꿰매고 난장판을 정리하는 데에도 훨씬 더 오랜 시간이 필요했다.

'수동적-비유적' '수동적-직설적' '능동적-비유적': 한밤의 아이들 협회는 그 세 가지에 모두 해당되었지만 내가 가장 간절하게 원했던 일은 이루어지지 않았다. 우리는 첫번째이며 가장 중요한 '연결방식'을 끝내 실현하지 못했다. '능동적-직설적'은 우리를 외면했다.


끝없는 변화: 땅딸막한 금발 간호사가 손가락이 아홉 개가 된 살림을 브리치 캔디 종합병원의 출입구로 데려간다. 간호사의 얼굴에 얼

어붙은 미소가 섬뜩할 만큼 위선적이다. 살림은 바깥세상의 뜨거운 섬광에 눈을 깜박거리면서 지금 막 햇빛 속에서 나타나 너울너울 다가오는 두 사람의 모습에 초점을 맞추려고 애쓴다. 간호사가 다정하게 말을 건넨다. "보이니? 누가 데리러 오셨는지 보여?" 그 순간 살림은 세상이 크게 잘못되었음을 깨닫는다. 틀림없이 어머니와 아버지가 그를 데려가려고 집을 나섰을 텐데 여기까지 오는 도중에 보모 메리 페레이라와 하니프 외삼촌으로 탈바꿈했기 때문이다.

하니프 아지즈가 항구의 뱃고동 소리처럼 우렁차게 웃었다. 그는 오래된 담배공장 같은 냄새를 풍겼다. 나는 외삼촌의 웃음소리 때문에, 수염을 깎지 않은 턱 때문에, 왠지 조립 상태가 엉성한 듯한 느낌 때문에, 그리고 손발을 조화롭게 움직이지 못해서 일거수일투족이 아슬아슬해 보이기 때문에 그를 깊이 사랑했다. (외삼촌이 버킹엄 빌라에 찾아올 때마다 어머니는 컷글라스 꽃병부터 부랴부랴 감추셨다.) 어른들은 외삼촌에게 예절바른 행동 따위는 아예 기대조차 하지 않았지만(그가 '공산주의자들을 조심하세요!' 하고 소리치면 어른들은 얼굴을 붉혔다) 바로 그런 점 때문에 그는 아이들과 사이가 좋았다. 하니프와 피아 사이에는 아이가 없었으므로 모두 남의 아이들이었다. 그랬던 하니프 외삼촌이 어느 날 예고도 없이 자기 집 옥상에서 뛰어내리고 만다.

……외삼촌이 내 등을 탁 때리는 바람에 나는 비틀거리며 메리의 품속으로 쓰러진다. "어이, 꼬마 레슬링선수! 혈색 좋은데!" 그러자 메리가 황급히, "맙소사, 너무 말랐잖아요! 여기서는 밥도 제대로 안 먹여줘요? 옥수수 푸딩 먹고 싶지 않아요? 으깬 바나나에 우유를 부

어 먹는 건 어때요? 여기서 감자튀김도 주나요?" ……그러는 동안 살림은 새로운 세상을 둘러본다. 모든 것이 너무 빠르게 움직이는 듯하다. 가까스로 말문을 열었는데 마치 누가 녹음기를 고속으로 돌린 듯 새된 목소리가 흘러나온다. "엄마아빠는? 잔나비는?" 그러자 하니프가 우렁찬 목소리로, "아니, 멀쩡하기만 한데 뭘! 이 녀석 정말 신수가 훤하잖아! 가자, 레슬링선수: 내 패커드를 타보는 거야, 어때?" 메리 페레이라도 외삼촌과 동시에 말한다. "초콜릿 케이크," 그녀가 나에게 약속한다. "라두, 피스타킬로즈*, 고기 사모사, 쿨피**. 너무 말랐어요, 도련님, 바람만 불어도 날아가겠어요." 패커드가 달려간다. 그런데 워든가에서 이층집 높이의 언덕 쪽으로 빠지지 않고 계속 달린다. 그래서 살림은, "하니프 외삼촌, 지금 어디로……" 말이 끝나기도 전에 하니프가 버럭 소리친다. "피아 외숙모가 기다리신다! 우리끼리 정말 신나게 놀 테니까 두고 봐라!" 그러더니 음모라도 꾸미듯이 목소리를 낮추고 음흉하게 속삭인다. "끝내주게 재미있을 거야." 그러자 메리도: "그래요, 도련님, 그렇고말고요! 기가 막힌 스테이크! 초록색 처트니도 있지요!"……

마침내 나도 유혹에 넘어간다. "짙은 초록색 말고." 그러자 유괴범들의 얼굴에 안도의 표정이 스쳐간다. 메리가 재잘거린다. "그럼요 그럼요 그럼요, 밝은 초록색이죠, 바바. 도련님이 좋아하는 바로 그 색깔 말이에요. 아주 연한 초록색!" 하니프도 크게 외친다. "그래, 메뚜기 같은 초록색!"

---

* 피스타치오 과자.
** 인도식 아이스크림.

모든 것이 너무 빠르고…… 우리는 이제 막 켐프스 코너를 지나는 참이고 차들은 총알처럼 휙휙 지나가고…… 그러나 한 가지는 변하지 않았다. 광고판 위에서 콜리노스 어린이가 여전히 빙그레 웃는다. 엽록소 같은 초록색 모자를 쓴 사내아이, 영영 나이를 먹지 않는 아이, 끝없이 짜내도 닳지 않는 치약을 밝은 초록색 칫솔에 묻히면서 미치광이처럼 벙실벙실 웃는 그 아이의 요정 같은 미소, 그 영원한 미소는 지금도 변함이 없다. 치아를 희고 깨끗하게! 콜리노스 치약으로 새하얀 치아를 지키세요! ……내 의도는 아니었지만 어떤 의미에서는 나도 콜리노스 어린이라고 말할 수 있겠다. 나는 바닥 없는 튜브 속에서 온갖 위기와 변화를 꾸역꾸역 짜내고 비유의 칫솔에 시간을 찍어 바른다. 초록색 엽록소 줄무늬가 들어간 희고 깨끗한 시간을.

그것이 내 첫번째 유배생활의 시작이었다. (앞으로 두번째도 있고 세번째도 있을 것이다.) 나는 불평 한마디 없이 감수했다. 물론 절대로 묻지 말아야 할 질문 하나가 있다는 것쯤은 나도 알고 있었다. 그리고 '스캔들 포인트 중고책 도서관'에서 만화책을 빌려주듯이 내가 무기한으로 임대되었다는 것도 알았고, 언젠가 부모님이 나를 돌려받고 싶으면 그때 다시 연락하리라는 것도 알았다. 그러나 그날이 언제 올지는 요원하기만 했다. 왜냐하면 내가 집에서 쫓겨난 데는 내 책임도 적지 않았기 때문이다. 밭장다리 오이코 뿔관자놀이 얼룩상판에 이어 내가 또 하나의 결함을 보태지 않았던가? 안 그래도 오랫동안 괴로워하신 부모님에게 아들의 손가락이 잘린 일은 (내가 목소리들에 대해 고백했을 때도 하마터면 그럴 뻔했지만) 최후의 일격이었을지도 모르지 않는가? 그래서 이제 나를 키우는 일이 수지맞는 장사가 아니고, 따라서 사랑과 보호를 투자할 만한 가치도 없다고 생각하시지 않을까? ……나처럼 한심한 녀석을 기꺼이 받아준 외삼촌과 외숙모의 친절에 보답하기 위해서라도 이상적인 조카로 행동하면서 상황 변화를 기다려보기로 마음먹었다. 이따금 잔나비가 나를 만나러 와주거나 하다못해 전화라도 걸어주면 좋겠다고 생각했지만 그런 일에 연연해봤자 마음의 평화만 풍선처럼 터져버렸고, 그래서 그런 생각을 아예 뇌리에서 지워버리려고 최선을 다했다. 게다가 하니프와 피아 아지즈 부부와 함께하는 생활은 외삼촌이 약속한 대로 '끝내주게' 재미있었다.

그들은 아이들이 자식 없는 어른들에게 기대하고 또 당연시하는 모습 그대로 나를 극진히 아껴주었다. 마린 드라이브가 한눈에 내려다보이는 그들의 아파트는 그리 넓지는 않았지만 발코니로 나가면 지나가는 사람들의 머리 위에 땅콩 껍데기를 던질 수 있었다. 비록 빈방은 없었지만 흰색 바탕에 초록색 줄무늬가 있고 황홀할 정도로 푹신푹신한 소파가 내 차지가 되었고(내가 콜리노스 어린이로 변신했음을 말해주는 첫 증거였다) 내 귀양살이에 동행한 보모 메리는 내 옆에서 바닥에 누워 잠을 청했다. 낮 동안 그녀는 약속대로 나에게 각종 케이크와 과자를 배불리 먹였는데(지금은 그 비용을 어머니가 댔을 거라고 믿는다) 그 덕분에 엄청난 뚱보가 될 수도 있었겠지만 나는 이번에도 엉뚱한 방향으로 성장했고, 그리하여 역사의 흐름이 가속화되던 그해가 끝날 무렵에는 나도 쑥쑥 자라서 (겨우 열한 살 반이었는데도) 그때의 키가 이미 어른이 된 지금과 다름이 없었다. 마치 누군가 내 토실토실한 젖살을 움켜쥐고 치약 튜브보다 더 힘껏 쥐어짜는 통에 내 몸이 그 압력을 이겨내지 못하고 몇 센티미터나 불쑥 튀어나온 듯했다. 이런 콜리노스 효과 덕분에 비만을 면한 나는 집 안에 아이가 있다는 사실에 즐거워하는 외삼촌과 외숙모의 기쁨을 마음껏 만끽했다. 내가 카펫에 세븐업을 쏟거나 밥그릇에 대고 재채기를 해도 외삼촌은 증기선처럼 우렁찬 목소리로 "아이고! 조심해야지!" 하고 외치는 정도가 고작이었고, 그나마도 얼굴은 활짝 웃고 있어서 하나도 무섭지 않았다. 하지만 피아 외숙모는 나를 사로잡았다가 결국 철저하게 파멸시킨 수많은 여자들 가운데 하나였다.

(여기서 한 가지 언급해야 할 일은 내가 마린 드라이브 아파트에 머무는 동안 내 고환이 안전한 골반 속에 숨어 있기를 거부하고 너무 이르게 예고도 없이 떨어져내려 작은 주머니 속으로 들어갔다는 사실이다. 이 사건도 그 후 일어난 일에 한몫 거들었다.)

우리 무마니—외숙모—아름다운 피아 아지즈: 그녀와 함께 산다는 것은 봄베이 영화계의 뜨겁고 끈적끈적한 심장부에서 살아간다는 뜻이었다. 그 시절 외삼촌은 영화계에서의 입지가 급락을 거듭하여 어지러울 정도였고, 세상일이 다 그렇듯이 피아의 수호성(守護星)도 남편을 따라 기울어갔다. 그러나 그녀가 있는 자리에서는 실패를 떠올리는 것조차 불가능했다. 영화에서 배역을 얻지 못한 피아는 자신의 삶 자체를 한 편의 영화로 바꿔놓았고 나도 그 영화에 점점 더 자주 단역으로 출연하게 되었다. 내 역할은 '충실한 몸종'이었다. 피아는 속옷 바람으로, 필사적으로 안 보려고 애쓰는 내 눈앞에 풍만한 엉덩이를 들이대면서, 킥킥거리면서, 휘안석(輝安石)을 발라 밝게 빛나는 두 눈을 오만하게 번뜩였다. "어서, 애, 뭘 그렇게 수줍어하니? 내가 사리를 접는 동안 이 주름이나 좀 잡아줘." 나는 그녀가 신뢰하는 말상대이기도 했다. 외삼촌이 엽록소 줄무늬가 있는 소파에 앉아서 아무도 영화화하지 않을 대본을 끼적거리는 동안 나는 외숙모의 향수 어린 독백을 들어주면서 멜론처럼 둥글고 망고처럼 황금빛으로 물든 두 개의 환상적인 공을 바라보지 않으려고 안간힘을 써야 했다. 이미 짐작했겠지만 피아 외숙모의 사랑스러운 젖가슴 말이다. 한편 그녀는 침대에 걸터앉아 한쪽 팔로 이마를 가리면서 이렇게 역설했다. "얘, 내가 이래 봬도 위대한 여배우란다. 왕년에 정말 중요한 배역을 몇 번이나 소화한 사람이라고! 그런데 운명이 얼마나 얄궂은지 봐라! 한때는 얼마나 많은 사람이 이 아파트에 찾아오겠다고 졸랐는지 몰라. 한 번은 『필름페어』와 『스크린 가디스』 기자들이 한 번만 들어오게 해주면 뒷돈을 주겠다고 하더라니까! 그래, 그리고 춤, 그리고 내가 '베니스 레스토랑'에서도 꽤 유명했거든. 위대한 재즈 연주자들이 내 발치에 앉아보려고 줄줄이 몰려왔는데, 그래, 심지어 브라즈*까지 말이야. 얘, 〈카슈미르의 연인들〉 이후에 나보다 더 유명한 배우가 누가 있었니? 파피도 아니고 비자얀티말라도 아니지. 한 명도 없었어!" 그러면 나는 힘차게 고개를 주억거리면서, 네, 물론 아무도 없었죠, 하고, 그러면 고운 살결에 덮인 아름다운 멜론들은 더욱더 부풀어 오르고…… 외숙모가 극적인 탄성을 지르더니 이렇게 말을 이었다: "그런데 그 시절에도, 우리가 세계만방에 명성을 떨치고 영화만 찍었다 하면 반세기 최고의 작품이라는 찬사를 듣던 그 시절에도 너희 외삼

---

* 브라즈 곤살베스. 봄베이에서 활동한 색소폰 연주자.

촌은 무슨 가게 종업원처럼 이런 방 두 개짜리 아파트에 살고 싶어 하지 뭐니! 그래도 나는 군소리 한 번 안 했어. 흔해빠진 싸구려 여배우가 아니니까. 그래서 소박하게 살았고, 영국에서 수입한 던롭필로 침대나 에어컨이나 캐딜락을 사자고 조르지도 않았어. 록시 비슈와나탐네 집에 있는 것처럼 비키니 모양으로 된 수영장을 만들자고 하지도 않았고! 그냥 여기서 평범한 가정주부처럼 살았지. 지금도 여기서 이렇게 썩어가는 거야! 그래, 썩는다는 표현이 정확하지. 그래도 이건 알아: 내 얼굴이 재산인데 무슨 부귀영화가 더 필요하겠니?" 그러면 나도 열심히 맞장구를 치면서: "외숙모, 아무것도 필요 없죠, 필요 없고말고요." 그러자 외숙모는 따귀를 맞아 어두워진 내 귀에도 또렷이 들릴 만큼 큰 소리로 미친 듯이 부르짖었다. "그래, 물론 너도 내가 이렇게 가난하게 살기를 바라겠지! 온 세상이 이 피아가 누더기를 걸친 꼴을 보고 싶어 하니까! 심지어 저 사람도, 따분하기 짝이 없는 대본이나 써 갈기는 너희 외삼촌도 마찬가지야! 내가 저이한테 이랬지: 맙소사, 춤 장면도 집어넣고 이국적인 배경도 좀 넣어봐! 악당은 좀 더 악당답게, 어때, 주인공은 좀 더 남자답게! 그래도 저이는, 아냐, 다 쓸데없는 짓이야, 이제야 그걸 깨달았어, 그러더라. 예전에는 그렇게 잘난 체하지 않았는데! 요즘은 평범한 사람들과 사회문제에 대해서만 쓰려고 하잖아! 그래서 내가 이랬지: 좋아, 하니프, 그렇게 해, 그건 좋아, 그런데 잠깐씩 희극적인 장면도 넣고, 당신의 피아가 춤추는 장면도 넣고, 비극적인 장면이나 극적인 사건도 좀 넣어봐, 대중이 원하는 게 그런 거니까!" 그녀의 눈에 눈물이 글썽글썽했다. "그랬는데 요즘은 뭘 쓰는지 아니? 뭐냐 하면⋯⋯" 마치 심장이 터져버릴 듯한 표정으로, "……'피클공장의 일상생활'!"

"쉬이, 외숙모, 쉬이." 나는 애원조로 말했다. "하니프 외삼촌이 듣겠어요!"

"들을 테면 들으라지!" 외숙모는 이제 펑펑 울면서 버럭 소리쳤다. "아그라에 계신 시어머님도 들었으면 좋겠어. 내가 너무 창피해서 죽어버려야 두 사람 속이 시원할 거야!"

원장수녀님은 여배우 며느리를 좋아하지 않았다. 언젠가 우리 어머니에게 하는 말을 엿들은 적이 있다. "여배우와 결혼하다니, 거뭣이냐, 내 아들이 시궁창에서 자는 꼴이지 뭐냐. 조만간, 거뭣이냐, 그 계집 때문에 그 녀석이 술을 퍼마시고 돼지고기까지 먹게 될 테니 두고 봐라." 나중에는 외할머니도 마지못해 두 사람의 결혼이 불가항력이라는 사실을 인정할 수밖에 없었지만 그때부터는 피아에게 훈계의 편지를 보내기 시작했다. '며늘아기 보아라. 이제 배우 노릇은 그만해라. 어쩌자고 그렇게 남부끄러운 짓을 하는 게냐? 직업이라, 그래, 너희 같은 젊은 아이들이 신식 사고방식을 가졌다는 것쯤은 나도 알지만 화면 속에서 발가벗고 춤을 추다니! 큰돈 들이지 않아도 주유소 영업권을 구할 수 있단다. 너만 좋다면 내 돈을 들여서라도 금방 영업권을 구해주마. 점잖게 사무실에 앉아서 종업원을 부리도록 해라. 그게 올바른 일이다.' 원장수녀님이 어쩌다가 주유소를 꿈꾸게 되었는지는 아무도 모르지만 노년기에 이른 그녀에게 주유소는 나날이 심해지는 강박관념이었다. 그러나 그 일로 피아를 너무 들볶는 바람에 여배우는 넌더리를 냈다.

"그 노인네가 왜 나한테 속기사가 되라는 말씀은 안 하실까?" 아침

식사 때 피아가 하니프와 메리와 나에게 하소연했다. "왜, 택시 운전 사나 직조공이 되라고 해보시지? 주유소인지 주유말인지 때문에 정말 미쳐버리겠어."

외삼촌이 (난생처음으로) 분노의 문턱에서 부르르 떨었다. "애 앞에서 못 하는 소리가 없네. 그래도 당신 시어머니야. 존경심을 보이라고."

그러자 피아가 자리를 박차고 나가면서 쏘아붙였다. "존경심이라면 얼마든지 보여드리겠지만 그 노인네가 원하는 건 휘발유*라니까."
……그리고 내가 제일 소중히 여기는 역할은 정기적으로 피아와 하니프가 친구들과 카드놀이를 할 때 맡게 되는 배역이었다. 영광스럽게도 그때마다 나는 외숙모가 낳지 못한 아들의 자리를 대신했다. (비록 정체불명의 결합에서 탄생한 몸이지만 지금까지 나는 대부분의 어머니가 슬하에 거느린 아이들보다 더 많은 어머니를 만났다. 나의 신기한 능력 가운데 하나가 부모를 낳는 능력이었기 때문이다. 말하자면 역전된 다산성이랄까, 그것은 '미망인'의 피임법으로도 막을 수 없었다.) 손님들이 있을 때 피아 아지즈는 이렇게 외치곤 했다: "보세요, 친구들, 우리 왕세자예요! 내 반지에 박힌 보석! 내 목걸이에 달린 진주!" 그러면서 나를 끌어당겨 내 머리를 껴안으면 내 코가 그녀의 가슴에 눌리고 말로는 표현할 수 없는 그 말랑말랑한 베개 사이에서 달콤하게…… 나는 그런 황홀감을 감당할 수 없어 머리를 뒤로 젖혀야 했다. 하지만 나는 그녀의 노예였다. 그녀가 나에게 그토록 스스

---

* 원문의 'gas'는 중의적 표현으로 '허풍' '헛소리' 등의 의미도 담고 있다.

럼없이 행동했던 이유를 지금은 안다. 나는 고환도 조숙하고 성장도 빨랐지만 겉으로는 성에 대해 무지하다는 (기만적인) 징표를 지니고 있었다. 다시 말해서 외삼촌 댁에 머무는 동안 살림 시나이는 여전히 반바지를 입었다. 피아에게 맨무릎은 유년기를 의미했다. 그녀는 내 발목양말에 속아서 종종 내 얼굴을 가슴에 묻고 내 정상적인 귀에 대고 시타르처럼 완벽한 목소리로 속삭였다: "얘, 얘, 걱정하지 마. 먹구름은 곧 물러가리니."

여배우 외숙모뿐만 아니라 외삼촌에게도 나는 (점점 더 그럴싸하게) 대리 아들의 역할을 연기했다. 낮 동안 하니프 아지즈는 연필과 공책을 가지고 줄무늬 소파에 앉아 피클에 대한 대작을 집필했다. 평상시에 입는 룽기*를 허리에 느슨하게 두르고 거대한 안전핀으로 고정시켰는데 옷자락 사이로 삐져나온 다리에 털이 무성했다. 그의 손톱은 평생 피운 '골드 플레이크'의 담뱃진이 배어 누르스름했고 발톱도 비슷한 빛깔로 변해가는 듯했다. 나는 외삼촌이 발가락으로 담배를 피우는 장면을 떠올렸다. 상상 속의 그 모습이 대단히 인상 깊어 외삼촌에게 실제로 그런 묘기를 부릴 수 있느냐고 물어보았더니 그는 말없이 엄지발가락과 그 단짝 사이에 골드 플레이크 한 개비를 끼우고 몸을 구부려 괴상한 자세를 선보였다. 나는 열광적으로 박수를 쳤지만 외삼촌은 그날 내내 온몸이 쑤셔 고생하는 듯했다.

나는 착한 아들처럼 외삼촌의 심부름을 도맡아 했다. 재떨이도 비워주고 연필도 깎아주고 마실 물도 대령했다. 외삼촌은 처음에는 환

---

* 허리에 감아 발목까지 내려오게 입는 천 하나로 된 옷.

상적인 영화를 찍었지만 지금은 자기 아버지의 아들이라는 사실을 떠올렸는지 조금이라도 비현실적인 소재는 무조건 배척하면서 비운의 대본을 쓰는 일에 몰두했다.

외삼촌이 나에게 말했다. "조카야, 이 망할 놈의 나라는 오천 년 동안이나 꿈만 꿨단다. 이제 슬슬 깨어날 때도 됐지." 하니프는 왕자와 마귀, 신과 영웅, 아니, 사실상 봄베이 영화에 등장하는 모든 인물을 싸잡아 욕하기를 좋아했다. 환상의 신전에서 그는 오히려 현실을 추구하는 대제사장이 되었다. 한편 타협의 여지도 없이 (하니프가 경멸하는) 인도의 신화적 삶에 휘말려버린 나는 나 자신의 불가사의한 참모습을 의식하면서 입술을 깨물고 시선을 어디에 둬야 할지 몰랐다.

봄베이 영화계에서 활동하는 유일한 사실주의 작가였던 하니프 아지즈는 오직 여자들만 모여서 건설하고 운영하고 노동하는 어느 피클 공장에 대한 이야기를 썼다. 그 속에는 노동조합의 결성 과정을 설명하는 긴 장면도 몇 번이나 나왔고 피클 제조과정을 자세히 설명하는 부분도 있었다. 그는 메리 페레이라에게 조리법을 캐묻곤 했다. 그들은 레몬과 라임과 가람 마살라*의 완벽한 배합을 주제로 몇 시간 동안 토론하기도 했다. 이렇게 철저한 사실주의를 지향하는 사람이 (무의식적으로나마) 자기 집안의 운명을 점치는 훌륭한 예언자가 되었다는 것은 얄궂은 일이 아닐 수 없다. 일찍이 〈카슈미르의 연인들〉에 등장했던 간접키스를 통해 어머니와 나디르-카심이 파이어니어 카페에서 만나게 될 것을 예고했듯이 영화화되지 못한 처트니 시나리오

---

* 힌디어로 '맵싸한 혼합물'이라는 뜻으로 인도 요리에서 기본이 되는 혼합 향신료.

속에도 무서울 정도로 정확한 예언이 담겨 있었다.

외삼촌은 호미 카트락에게 수많은 대본을 들이밀었다. 카트락은 단한 편도 영화화하지 않았다. 마린 드라이브의 작은 아파트에는 대본들이 온 바닥을 뒤덮어 발 디딜 틈도 없었다. 변기에 앉으려면 먼저 대본을 치워야 할 정도였다. 그래도 카트락은 (동정심 때문에? 아니면 곧 밝혀지게 될 다른 이유 때문에?) 외삼촌에게 꼬박꼬박 영화사월급을 주었다. 하니프와 피아는 그렇게 한 남자의 관대한 배려 덕분에 살아갈 수 있었다. 그러나 때가 되면 그 남자는 무럭무럭 자라는 살림에게 살해당하는 두번째 인간이 될 운명이었다.

호미 카트락이 하니프에게 간청했다. "러브신 딱 한 장면만, 어때?" 그리고 피아도, "시골사람들이 돈을 내고 여자들이 알폰소망고를 절이는 과정을 구경한다고 하면 어떨까?" 그래도 하니프는 막무가내로: "이건 입맞춤이 아니라 노동에 대한 영화야. 그리고 알폰소로 피클을 만드는 사람은 없어. 씨가 더 큰 망고를 써야 되거든."

적어도 내가 아는 한 조 드코스타의 유령이 유배지까지 메리 페레이라를 따라오지는 않았다. 그러나 메리는 유령이 나타나지 않아서 오히려 더 노심초사했다. 마린 드라이브에 살던 시절 메리는 유령이 자기 말고 다른 사람들의 눈에도 보이게 될까봐, 그리고 인도가 독립하던 날 밤 닥터 나를리카르 산부인과에서 일어난 일에 대한 무서운 비밀을 폭로할까봐 걱정하기 시작했다. 그래서 아침마다 불안을 이기지 못하고 젤리처럼 부들부들 떨면서 아파트를 나섰고 버킹엄 빌라에 도착할 때쯤에는 금방이라도 쓰러질 지경이 되었다. 그러다가 조가 여전히 남의 눈에는 안 보이고 여전히 입을 다물고 있다는 사실을 확인한 뒤에야 비로소 마음을 놓았다. 그러나 사모사와 케이크와 처트니 따위를 바리바리 싸들고 마린 드라이브로 돌아오면 다시 불안이 고개를 들기 시작하고…… 하지만 나는 (나에게도 골칫거리가 많았으니까) 한밤의 아이들 말고는 누구의 머릿속에도 들어가지 않기로 결심한 터라 메리가 그토록 걱정하는 까닭을 알지 못했다.

두려움이 두려움을 불러들인다. 발 디딜 틈도 없는 만원버스를 타고 오갈 때마다(최근에 전차운행이 중단되었기 때문이다) 메리는 온갖 소문과 잡담을 주워듣고 마치 한 치의 거짓도 없는 진실이라는 듯이 나에게 전해주었다. 메리의 말에 의하면 우리나라는 지금 초자연적인 침략전쟁의 소용돌이에 휩쓸린 상태였다. "그래요, 도련님, 사람들이 그러는데 쿠루크셰트라*에서 어느 늙은 시크교도 여자가 자기 오두막에서 눈을 떴는데 바로 집 앞에서 쿠루족과 판다바가 옛날에 벌였던 싸움이 한창이더래요! 신문에도 실리고 난리가 났어요. 그 여자가 아르주나와 카르나**의 전차를 봤다는 자리를 가리켰는데 진흙에 정말 바퀴 자국이 남아 있었대요! 하느님 맙소사, 아주 불길한 일도 있어요. 괄리오르***에서 사람들이 유령을 봤다는데 그게 바로 잔시의 라니였어요. 그리고 라바나처럼 머리가 여러 개 달린 락샤사****들도 나타나서 여자들한테 못된 짓을 하고 손가락 하나로 나무를 쓰

---

* 인도 북부 하리아나 주의 한 지방. '쿠루족의 땅'이라는 뜻으로, 『마하바라타』에 나오는 쿠루크셰트라 전쟁의 무대였다.
** 쿠루족의 왕 판두의 다섯 아들 중 셋째인 아르주나는 쿠루크셰트라 전쟁에서 이부형(異父兄)인 줄도 모르고 카르나를 죽인다.
*** 인도 마디아프라데시 주의 도시.

러뜨렸대요. 나야 독실한 기독교인이지만, 도련님, 카슈미르에서 예수님의 무덤이 발견됐다는 말을 들었을 때는 더럭 겁이 나더라고요. 그곳에 구멍 뚫린 발 두 개를 새겨놓은 비석이 있었는데 성(聖)금요일*****에 동네 생선 장수 아낙네가 그 발에서 피가—맙소사, 진짜 피가!—흐르는 걸 봤다고…… 도대체 이게 무슨 변괴일까요, 도련님, 왜 그렇게 오래된 것들이 되살아나서 죄 없는 사람들을 괴롭힐까요?"

나는 두 눈을 휘둥그레 뜨고 그녀의 이야기를 들었다. 하니프 외삼촌은 폭소를 터뜨렸지만 지금까지도 나는 모든 일이 가속화되고 온갖 병폐가 만연했던 그 시절에 실제로 인도의 과거가 부활하여 현재를 어지럽힌 거라고 반쯤은 믿고 있다. 태어난 지 얼마 안 된 정교분리 국가에서 민주주의도 여성참정권도 없었던 황당무계한 고대를 연상시키는 무시무시한 일들이 벌어지고…… 그래서 옛날을 동경하게 된 사람들이 자유라는 새로운 신화를 망각하고 다시 구습에 빠져들면서 예전처럼 지역주의와 편견이 팽배하고 나라 전체가 분열하기 시작했다. 앞에서도 말했듯이 손가락 끄트머리만 잘려나가도 얼마나 많은 혼란이 분수처럼 솟구치는지 아무도 모를 일이다.

"그리고 바바, 소들이 온데간데없이 사라져버렸대요. 펑! 그래서 시골에서 농민들이 굶어죽는대요."

그 무렵 나도 이상한 마귀에 사로잡혔다. 그러나 내 말을 제대로 이해시키려면 우선 어느 평범한 저녁에 일어난 일부터 설명해야 한다.

---

**** 나찰(羅刹). 마음대로 모습을 바꾸는 능력이 있으며 사람을 잡아먹는 악귀로, 라바나는 락샤사의 수령이다.

***** 부활절 전의 금요일. 예수가 십자가에 못 박혀 죽은 날이다.

하니프와 피아 아지즈가 친구들과 함께 둘러앉아 카드놀이를 할 때였다.

우리 외숙모는 매사를 과장하는 버릇이 있었다. 『필름페어』와 『스크린 가디스』의 기자들은 참석하지 않았지만 사실 외삼촌 댁은 인기가 많은 곳이었다. 카드놀이를 하는 날이면 집이 미어터질 정도였다. 미국 잡지에 실린 비평이나 논쟁을 두고 잡담을 나누는 재즈 연주자들, 핸드백 속에 목구멍에 뿌리는 스프레이를 넣고 다니는 가수들, 서양의 발레와 바라타나티아*를 결합시켜 새로운 형태의 춤을 개발하려고 노력하는 우다이 샹카르** 무용단원들이 한자리에 모였고, 그 밖에도 올 인디아 라디오가 주최하는 음악제 '상기트 사멜란'에서 공연하기로 계약한 음악가들, 그리고 자기들끼리 격렬한 말다툼을 하는 화가들도 있었다. 정치 문제를 비롯한 온갖 화제로 떠들썩한 분위기였다. "말이야 바른 말이지, 진정한 참여의식을 가지고 그림 속에 이데올로기를 담아내는 화가는 인도 전체에 나뿐이라니까!" "아, 페르디*** 일은 정말 안됐어. 그 일 때문에 다시는 밴드에 들어가지도 못할 거야." "메논? 크리슈나 메논 얘기라면 내 앞에서 말도 꺼내지 마. 그 양반이 원칙을 지키던 시절부터 지켜본 사람이야. 나는 지금껏 원칙을 포기하지 않았는데……" "……어이, 하니프 형제, 어째 요즘은 랄 카심이 통 보이질 않나?" 그러자 외삼촌은 걱정스러운 듯이 나를 바라보면서: "쉬이…… 카심이라니 누구 말인가? 그런 사람은 모르

---

\* 인도 전통춤.
\*\* 인도 근대 무용의 창시자.
\*\*\* 인도 재즈 피아니스트인 사비에르 페르난데스를 가리킨다.

는데."

……그리고 아파트 안의 소란과 더불어 마린 드라이브의 소음과 석양이 어우러졌다. 개를 데리고 산책하면서 행상인에게 참벨리나 차나콩을 사는 사람들, 거지들과 벨푸리 노점상이 외치는 소리, 가로등이 차례차례 켜질 때 거대한 목걸이처럼 둥글게 휘어지면서 말라바르 언덕까지 이어지는 빛의 행렬…… 나는 메리 페레이라와 함께 발코니에 서 있었다. 그녀가 속닥거리는 뜬소문 쪽에 내 부실한 귀를 대고 도시를 등지고 서서 북적거리고 소란스러운 카드놀이패를 지켜보았다. 그러던 어느 날 나는 노름꾼들 틈에서 눈이 움푹 꺼진 고행자 호미 카트락 씨를 발견했다. 그가 좀 당황한 듯하면서도 반갑다는 듯이 말을 걸었다. "어이, 젊은 친구! 잘 지냈나? 그래, 당연히 그랬겠지!"

하니프 외삼촌은 카드놀이를 아주 열심히 했지만 좀 별난 강박관념에 사로잡혀 있었다. 구체적으로 말하자면 하트 열세 장을 온전히 모으기 전에는 패를 내보이지 않겠다고 작심했던 것이다. 오로지 하트, 모조리 하트, 하트가 아니면 다 필요 없다. 그렇게 실현 불가능한 완벽을 추구하는 과정에서 스리(three) 카드처럼 좋은 패도 버리기 일쑤였고 스페이드나 클로버나 다이아몬드가 차례대로 갖춰졌는데도 아낌없이 포기해서 친구들이 떠들썩하게 놀려대곤 했다. 나는 우스타드 창게즈 칸이라는 유명한 셰헤네* 연주자가(그는 머리를 염색했는데 무더운 밤에는 검은 액체가 흘러내려 귓바퀴가 더러워지곤 했다) 외삼촌에게 하는 말을 들었다. "여보게, 웬만하면 이제 하트에만 매달

* 우리나라의 태평소와 비슷한 목관악기.

리지 말고 우리처럼 그냥 평범하게 놀지 그러나." 외삼촌은 그 유혹을 단호히 뿌리치고 떠들썩한 소음보다 큰 소리로 쩌렁쩌렁 외쳤다. "싫어, 젠장, 잡소리 집어치우고 내 맘대로 하게 내버려둬!" 그는 카드놀이를 바보처럼 했지만 그렇게 한 가지 목적에만 전심전력하는 모습을 처음 본 나는 오히려 박수를 치고 싶었다.

하니프 아지즈의 전설적인 카드놀이 모임에 자주 참석한 단골손님 중에는 흥미진진한 일화와 추악한 이야기를 많이 아는 〈타임스 오브 인디아〉 사진기자도 있었다. 외삼촌이 나에게 그를 소개해주었다. "여기 이 친구가 바로 네 사진을 1면에 실어준 그 사람이야. 칼리다스 굽타라고. 형편없는 사진기자인 데다 인간성도 완전히 개차반이지. 이 친구랑 너무 오래 얘기하지 마라. 온갖 스캔들을 듣다보면 머리가 핑핑 돌 테니까!" 칼리다스는 은발에 매부리코였다. 나는 그가 멋있는 사람이라고 생각했다. "정말 스캔들을 많이 아세요?" 그렇게 묻자 그는 짧게 답했다. "애야, 내 얘기를 들으면 아마 네 귀가 타버릴 거다." 그러나 이 도시에서 가장 큰 스캔들의 배후에 도사리고 있던 사악한 천재, 이른바 '막후인물'이 바로 살림 코찔찔이라는 사실은 칼리다스도 끝내 알지 못했고…… 너무 앞질러 나가지 말아야겠다. 사바르마티 중령의 신기한 지휘봉에 얽힌 사건은 적절한 자리에서 자세히 설명할 필요가 있기 때문이다. 어쨌든 (물론 1958년에는 시간이 몹시 변질되기는 했지만) 결과가 원인을 앞지르게 할 수는 없다.

나는 발코니에 혼자 있었다. 메리 페레이라는 부엌에서 샌드위치와 치즈 파코라를 만드는 피아를 도와주었고, 하니프 아지즈는 하트 열세 장을 모으느라 여념이 없었다. 그때 호미 카트락 씨가 발코니로 나와서 내 곁에 섰다. "바깥공기가 상쾌하구나." "네, 아저씨." "그래……" 카트락이 길게 숨을 내쉬었다. "그래, 그래. 인생이 그럭저럭 살 만하니? 아주 똘똘한 녀석이네. 어디 악수나 한번 할까." 영화계 거물의 손이 열 살 먹은 소년의 손을(다친 오른손은 얌전히 아래로 늘어뜨렸으니 왼손을) 덥석 붙잡고…… 그 순간 충격적인 일이 벌어진다. 왼쪽 손바닥에 와 닿는 종이의 감촉―능란한 손이 교묘하게 찔러주는 흉악한 쪽지! 카트락이 손아귀에 힘을 준다. 그의 목소리가 낮아지는 동시에 코브라처럼 위협적으로 쉭쉭거리고, 초록색 줄무늬 소파가 놓인 실내에서는 들리지 않을 말들이 내 정상적인 귓속으로 날카롭게 파고든다. "너희 외숙모한테 전해라. 몰래몰래. 할 수 있지? 그리고 입도 뻥긋하지 마라. 안 그러면 경찰을 보내서 네 혀를 잘라버릴 테니까." 그러더니 떠들썩하고 유쾌한 목소리로, "좋았어! 이렇게 즐거워하는 모습을 보게 돼서 기쁘구나!" 호미 카트락은 내 머리를 쓰다듬고 다시 카드놀이를 하러 간다.

경찰을 보내겠다는 협박에 이십여 년 동안 침묵을 지켰지만 더는 못 참겠다. 이제 모든 진실을 밝혀야 한다.

그날은 카드놀이패가 일찍 흩어졌다. 피아가 속삭였다. "애가 잠을 자야 되거든요. 내일부터 다시 학교에 가니까요." 나는 외숙모와 단둘이 만날 기회를 얻지 못하고 왼손에 쪽지를 움켜쥔 채 소파에 누웠다. 메리는 바닥에 누워 잠들고…… 나는 악몽을 꾸는 시늉을 하기로 마음먹었다. (속임수는 나에게 그리 어려운 일이 아니었다.) 그러나 불행하게도 너무 피곤해서 금방 잠들고 말았다. 그리고 연극은 필요 없었다. 우리 반의 지미 카파디아가 살해당하는 꿈을 꾸었기 때문이다.

 ……우리는 붉은 타일이 깔린 학교 중앙 계단통에서 이리저리 미끄러지며 축구를 한다. 핏빛 타일 바닥에 검은색 십자가 하나가 있다. 크루소 교장 선생님이 계단 꼭대기에서: "난간에서 미끄럼 타지 마라 얘들아 저 십자가는 어떤 애가 떨어졌던 자리다." 지미가 십자가 위에서 축구공을 이리저리 놀리며 이렇게 말한다. "이 십자가는 가짜야. 놀지 못하게 하려고 거짓말을 하는 거라고." 지미의 어머니가 전화를 건다. "넌 뛰지 마라 지미 심장이 약하니까." 벨소리. 전화는 끊어지고 이번에는 수업 벨소리…… 잉크에 적신 종이총알들이 교실 공기를 물들인다. 뚱보 퍼스와 털보 키스가 신나게 노는 중이다. 지미가 연필을 빌려달라고 내 옆구리를 쿡쿡 찌른다. "야, 인마, 연필 하나만 빌려주라. 금방 돌려줄게, 인마." 나는 연필을 내놓는다. 자갈로가 들어온다. 조용히 하라고 손을 든다. 그의 손바닥에서 자라는 내 머리카락을 보라! 자갈로가 양철로 만든 뾰족한 투구를 쓰고…… 내 연필을 돌려받아야 한다. 손가락을 뻗어 지미를 한 번 콕 찌른다. "선생님, 보세요 선생님, 지미가 쓰러졌어요!" "선생님 제가 봤어요 선생님 코찔찔이가 찔렀어요!" "코찔찔이가 카파디아를 쏴 죽였어요, 선생님!" "넌 뛰지 마라 지미 심장이 약하니까!" 자갈로가 소리친다. "조용히들 해라! 밀림 쓰레기들, 입 다물어."

 지미가 보따리처럼 바닥에 널브러져 있다. "선생님 선생님 죄송한데요 선생님 이 자리에도 십자가를 만드나요?" 지미가 연필을 빌렸고 내가 콕 찔렀고 그가 쓰러졌다. 지미의 아버지는 택시 운전사다. 이제 교실 안으로 택시가 들어온다. 빨래 보따리가 뒷좌석으로 옮겨지고 지미가 떠나간다. 땡, 종소리. 지미 아버지가 택시의 빈 차 표시등을 껐다. 지미 아버지가 나를 보면서: "코찔찔아, 네가 택시비를 내야겠다." "하지만 죄송한데요 아저씨 돈이 하나도 없는데요 아저씨." 그러자 자갈로가: "네 앞으로 달아두면 돼." 자갈로의 손에서 자라는 내 머리카락을 보라. 자갈로의 눈이 불길을 뿜어낸다. "오억 명이나 있는데 하나쯤 죽는다고 대수냐?" 지미는 죽었지만 아직도 오억 명이 살아 있다. 나는 헤아리기 시작한다: 하나 둘 셋. 숫자들이 지미의 무덤 위로 행진해간다. 일백만 이백만 삼백만 사. 누가 죽든 말든 그게 무슨 대수냐. 일억하고도 하나 둘 셋. 숫자들은 이제 교실 안을 지나간다. 마구 짓밟고 때려 부수면서 이억하고도 셋 넷 다섯. 아직도 오억 명이 살아 있다. 그런데 나는 하나뿐이고……

……야심한 밤에 나는 그렇게 지미 카파디아가 죽는 꿈을 꾸다가 깨어났다. 그 꿈은 곧 인해전술의 꿈이 되었고, 그사이 소리치고 울부짖고 비명을 질렀지만 쪽지만은 손에 꼭 쥐고 있었다. 그때 문이 열리더니 하니프 외삼촌과 피아 외숙모가 나타났다. 메리 페레이라가 나를 달래주려 했으나 피아에게 눌리고 마는데, 속치마와 두파타를 휘감은 그녀의 모습은 기막히게 아름다웠다. 그녀가 나를 꼭 안아주었다: "잊어버려! 우리 다이아몬드, 이제 잊어버려!" 그러자 하니프 외삼촌이 졸음에 취한 목소리로: "어이, 레슬링선수! 이젠 괜찮다니까. 자, 우리 방으로 가자. 애를 데려와, 피아!" 나는 이제 피아의 품에 안겼으니 안전하다. "우리 진주, 오늘 밤은 우리랑 같이 자는 거야!" 그리하여 나는 외삼촌과 외숙모 사이에 누워 외숙모의 향기로운 곡선에 몸을 맞대게 되었다.

상상할 수 있다면 상상해보라, 나의 갑작스러운 기쁨을. 상상해보라, 비범한 외숙모의 속치마에 몸이 닿는 순간 악몽이 얼마나 빨리 뇌리에서 지워졌을지를! 그녀가 편안한 자세를 잡으려고 뒤척이자 황금빛 멜론 하나가 내 뺨을 쓰다듬었다! 그리고 피아의 손이 내 손을 더듬어 찾아 지그시 잡아주었을 때…… 나는 임무를 완수했다. 외숙모의 손이 내 손을 감싸는 순간 손바닥에서 손바닥으로 쪽지가 전달되었다. 나는 그녀의 몸이 소리 없이 굳는 것을 느꼈다. 그때부터—나는 더 가까이 더 가까이 더 가까이 달라붙었지만—그녀는 나를 잊어버렸다. 어둠 속에서 쪽지를 읽더니 그녀의 몸은 더욱더 굳어버렸다. 그리고 그 순간 나는 속았다는 사실을 깨달았다. 카트락은 나의 적이었건만 고작 경찰을 부르겠다는 협박 때문에 외삼촌에게 말하지 못했던 것이다.

(이튿날 학교에서 지미 카파디아가 집에서 별안간 심장마비로 숨을 거두었다는 비극적인 소식을 듣게 되었다. 누군가의 죽음을 꿈꾸기만 해도 사람을 죽일 수 있을까? 우리 어머니는 늘 가능하다고 말했다. 그렇다면 지미 카파디아는 내 첫번째 살인의 희생자였다. 그다음은 호미 카트락의 차례였다.)

다시 등교한 첫날, 뚱보 퍼스와 털보 키스가 평소와 달리 조심스러운 태도를 보이고("어이, 친구, 우린 네 손가락이 거기 있는 줄도 모르고…… 야, 우리한테 내일자 공짜 영화표가 있는데 너도 갈래?") 뜻밖에도 내가 큰 인기를 끌어("자갈로가 쫓겨났어! 네가 최고다! 머리카락을 뜯긴 보람이 있잖아!") 행복한 시간을 보내다가 돌아와 보니 피아 외숙모가 집에 없었다. 나는 하니프 외삼촌과 함께 조용히 앉아 있었고 부엌에서는 메리 페레이라가 저녁식사 준비를 했다. 평화로운 가정 풍경이었다. 그러나 그때 갑자기 문이 꽈당 닫히면서 평화는 산산이 부서지고 말았다. 그 서슬에 하니프가 연필을 떨어뜨리고 대문을 부서져라 닫은 피아가 거실문도 거칠게 열어젖혔다. 그러자 하니프가 명랑하게 소리쳤다. "아니, 마누라, 이게 웬 소동이야?" ……그러나 피아의 분노는 쉽게 가라앉지 않았다. "계속 끼적거려!" 그녀가 삿대질을 하면서 말했다. "젠장, 나 때문에 중단하지 말라고! 워낙 재능이 넘치는 분이라서 이 집구석에서는 화장실만 가도 당신의 천재성을 확인하게 되니까 말이야. 낭군님은 행복하신가? 우리가 돈을 많이 벌었어? 하느님이 당신한테 잘해주셔?" 그래도 하니프는 변함없이 명랑했다. "자, 피아, 우리 꼬마손님도 있잖아. 이리 앉아서 차나 한잔……" 그러자 여배우 피아의 얼굴이 어처구니없다는 듯 싸늘하게 굳었다. "맙소사! 내가 정말 대단한 집안에 시집왔어! 내 인생이 이렇게 엉망진창인데 당신은 차나 마셔라 권하고, 시어머님은 휘발유나 팔아라 권하고! 다들 미치지 않고서야……" 그러자 하니프 외삼촌도 눈살을 찌푸리면서: "피아, 애도 듣는데……" 울부짖는 소리: "으아아! 그래, 애도, 저 애도 아픔을 겪었고 지금도 겪는 중이야. 상실의 아픔, 절망의 아픔을 저 애도 안다고! 나도 버림받은 몸이야. 위대한 여배우인 내가 고작 자전거 우체부나 당나귀 마부 따위가 나오는 이야기에 둘러싸여 이렇게 허송세월만 하다니! 당신이 여자의 슬픔을 알기나 해? 밤낮없이 퍼질러 앉아서 돈 많고 뚱뚱한 배화교도 제작자가 적선하는 돈이나 넙죽넙죽 받아먹고, 자기 마누라가 가짜 보석을 달고 다니든 말든, 벌써 2년째 사리 한 벌 새로 못 사든 말든 당신은 관심도 없지. 여자는 원래 참을성이 많지만, 사랑하는 낭군님, 당신은 내 인생을 사막으로 만들어버렸어! 그래, 나 같은 건 신경 쓰지 말고 그냥 내버려두셔. 창문으로 확 뛰어내릴 테니까!" 그녀는 이렇게 말을 끝맺었다. "난 이제 방으로 들어갈 테니까 혹시 아무 소리도 안 들리면 억장이 무너져 죽어버린 줄 알라고." 다시 문을 쾅쾅 닫는 소리. 무시무시한 퇴장이었다.

하니프 외삼촌이 멍하니 연필을 두 동강으로 부러뜨렸다. 어리둥절한 표정으로 고개를 가로저었다. "도대체 왜 저러지?" 그러나 나는 이유를 알면서도 경찰 운운하던 협박 때문에 입술을 깨물고 비밀을 지켰다. 외삼촌과 외숙모의 결혼생활에 위기가 닥치는 바람에 나는 어쩔 수 없이 최근에 정한 규칙을 깨뜨리고 피아의 머릿속에 들어가보았고, 그리하여 외숙모가 호미 카트락을 찾아가는 장면을 보았고, 그녀가 벌써 몇 년째 그의 정부였다는 사실을 알게 되었고, 그가 이제 그녀의 매력에 싫증이 났다고, 이미 다른 여자가 생겼다고 말하는 소리도 들었다. 사랑하는 외숙모를 유혹했다는 사실만으로도 충분히 증오했을 텐데 감히 그녀를 차버려 굴욕감까지 안겨주다니…… 나는 그를 곱절로 증오하게 되었다.

외삼촌이 말했다. "네가 가봐라. 너라면 외숙모를 위로할 수 있을지도 모르니까."

소년 살림은 연거푸 쾅쾅 닫힌 문들을 지나서 슬픔에 잠긴 외숙모의 성역으로 향한다. 안으로 들어가 보니 부부의 침대 위에―어젯밤만 하더라도 몸과 몸을 맞대고 누웠던 그곳에, 손에서 손으로 쪽지가 전해지던 그곳에 — 한없이 사랑스러운 육체가 아무렇게나 널브러진 광경이 오히려 황홀하기만 하고…… 손 하나가 그녀의 심장 부근에서 파닥거리고 그녀의 가슴이 크게 오르내린다. 소년 살림은 더듬더듬 이렇게 말한다. "외숙모, 아, 외숙모, 죄송해요."

침대 위에서 터져나오는 밴시* 같은 울부짖음. 비극의 여주인공이 나를 향해 두 팔을 벌린다. "허엉! 허엉, 허엉! 어허형!" 무슨 말이 더 필요하랴. 나는 단숨에 그녀의 품속으로 몸을 던진다. 슬퍼하는 외숙모의 두 팔 사이로 날아들어 그녀 위에 엎드린다. 두 팔이 나를 부둥켜안고, 더힘껏더힘껏. 하얀 교복 셔츠에 손톱이 파고들지만 미처 신경 쓸 겨를도 없다. 왜냐하면 그 순간 S자 모양의 버클이 달린 허리띠 밑에서 뭔가 꿈틀거리기 시작했기 때문이다. 내 몸 아래 깔린 피아 외숙모가 절망에 빠져 이리저리 몸부림치고, 그 서슬에 오른손을 건드리지 않도록 조심하면서 나도 함께 몸부림친다. 그 손이 혼란의 와중에 휩쓸리지 않도록 팔을 들어 꼿꼿이 편다. 그리고 무슨 짓을 하는지 의식조차 못 하면서 한 손으로 그녀를 어루만지기 시작한다. 나는 겨우 열 살이고 여전히 반바지를 입었지만 그녀가 울어 나도 울고, 방 안에는 소음이 가득하다. 침대 위에서 두 육체가 몸부림치고, 두 육체가 어떤 리듬을 타기 시작하고, 차마 말할 수도 없고 상상할 수도 없는 리듬 속에서 그녀가 내 몸에 골반을 밀어붙이며 소리친다. "오오! 오, 하느님, 오, 하느님, 오!" 아마 나도 소리쳤겠지만 확실하지는 않다. 외삼촌이 줄무늬 소파에 앉아 연필을 뚝뚝 부러뜨리는 동안 방 안

---

* 아일랜드 민담에서 구슬픈 울음소리로 가족의 죽음을 예고한다는 요정.

에는 슬픔 대신에 다른 무엇이 들어선다. 그것은 점점 더 강해지고, 외숙모는 내 밑에서 마구 꿈틀거리고 몸부림치고, 나는 마침내 내 힘보다 더 강한 힘에 사로잡혀 오른손을 마저 내리고, 손가락을 다쳤다는 사실도 잊은 채 그녀의 젖가슴을 만지는 순간 상처가 맨살을 누르고……

"아야야야!" 나는 너무 아파서 비명을 지르고, 그러자 외숙모가 잠시 동안의 섬뜩한 마법에서 화들짝 풀려나서 나를 와락 밀어내더니 내 뺨을 매몰차게 후려갈긴다. 다행히 왼쪽 뺨이라서 하나 남은 정상적인 귀는 무사하다. 외숙모가 버럭 소리친다. "나쁜 놈! 이 집안은 모조리 정신병자 아니면 변태뿐이네. 아아, 나처럼 비참한 여자가 세상에 또 있을까?"

그때 문 쪽에서 헛기침 소리가 들려온다. 나는 고통에 못 이겨 부들부들 떨며 서 있다. 피아도 서 있는데 그녀의 머리카락이 눈물처럼 흘러내린다. 메리 페레이라가 문가에 서서 헛기침을 하는데, 당황해서 얼굴이 새빨갛게 물들었다. 갈색 종이 꾸러미를 두 손으로 받쳐들고 있다.

마침내 그녀가 간신히 말문을 연다. "보세요, 도련님, 내가 깜박 잊고 있었네요. 이제 도련님도 청년이 됐어요. 이것 좀 봐요. 어머님께서 멋있는 흰색 긴 바지를 두 벌이나 보내셨어요."

그렇게 외숙모를 위로하려다가 나도 모르게 불미스러운 짓을 저지른 후 마린 드라이브 아파트에 계속 머물기가 어려워졌다. 그때부터 며칠 동안 길고 격렬한 전화통화가 거듭되었다. 하니프가 누군가를 설득하고, 피아가 이런저런 몸짓을 하면서, 이제 5주가 지났으니 그 정도면…… 그리고 어느 날 저녁, 학교에서 돌아와 보니 어머니가 우리의 낡은 차 로버를 몰고 나를 데리러 왔고, 그렇게 나의 첫번째 유배생활이 종결되었다.

우리가 집으로 달려가는 동안에도 그리고 그 후에도 나는 귀양살이의 이유에 대해 아무런 해명도 듣지 못했다. 그래서 나도 굳이 캐묻지 않기로 결심했다. 이제 어엿한 청년이 되었으니 청년답게 걱정 근심을 감내해야 했다. 나는 어머니에게 말했다: "이 손가락도 그럭저럭 괜찮아. 하니프 외삼촌이 펜을 다르게 쥐는 방법을 가르쳐줘서 글씨 쓰는 데도 별로 지장이 없고." 어머니는 도로에만 정신을 집중하는 듯했다. 나는 공손하게 덧붙였다. "아주 신나는 휴가였어. 보내줘서 고마워요."

그러자 어머니가 불쑥 이렇게 말했다. "아, 애야, 해님처럼 빛나는 네 얼굴을 보면서 내가 무슨 말을 할 수 있겠니? 아빠한테 잘해드려라. 요즘 기분이 별로 안 좋으시니까." 나는 잘해보겠다고 대답했다. 어머니가 운전에 집중하지 못했는지 우리 차가 버스 한 대를 아슬아슬하게 스쳐 지나갔다. 잠시 후 어머니가 말했다. "정말 한심한 세상이구나. 터무니없는 일이 벌어졌는데도 영문조차 모르겠으니."

나도 그 말에 동의했다. "그래, 나도 알아. 메리가 다 말해줬어." 그러자 어머니가 겁먹은 표정으로 나를 바라보더니 뒷좌석에 앉은 메리를 노려보며 소리쳤다. "이 몹쓸 여자야, 도대체 무슨 말을 지껄인 거야?" 나는 메리가 들려준 놀라운 사건들을 이야기했다. 그런데 그 무시무시한 소문들을 듣고 어머니는 오히려 안심하는 듯했다. 그녀가 한숨을 푹 쉬었다. "네가 뭘 알겠니. 아직도 어린앤데."

내가 뭘 알겠느냐고, 엄마? 파이어니어 카페에 대해서도 알아! 집으로 가는 동안 나는 부정한 어머니에게 복수하고 싶었던 최근의 욕구를 다시 느꼈다. 유배생활의 눈부신 광채 때문에 잠시 희미해졌던 욕구가 되살아나서 호미 카트락을 향한 갓 태어난 증오심과 하나로 합쳐졌다. 그렇게 두 가지 욕구가 마치 머리 두 개 달린 마귀처럼 나를 사로잡고 결국 내 평생 최악의 만행을 저지르게 만들었는데……어머니는 이렇게 말했다. "모든 일이 잘 풀릴 테니까 두고 봐라."

알았어, 엄마.

여기까지 이야기하는 동안 '한밤의 아이들 협회'에 대해서는 아무 말도 하지 않았다는 사실이 문득 떠올랐다. 그러나 사실대로 말하자면 그 시기에는 그들이 별로 중요하게 여겨지지 않았다. 마음속에 다른 일들이 가득했기 때문이다.

# 사바르마티 중령의 지휘봉

　몇 달 후 메리 페레이라가 마침내 자신의 범죄를 고백하면서 조지 프 드코스타의 유령에게 11년 동안이나 시달렸다는 비밀도 털어놓았 는데, 그때 우리는 메리가 유배생활을 끝내고 돌아오던 날 유령의 상 태를 보고 크게 놀랐다는 사실도 알게 되었다. 그녀가 없는 동안 유령 은 점점 부식되어 이제는 몇몇 부분이 사라지고 없었다: 한쪽 귀, 양 발에서 발가락 몇 개, 이빨 대부분이 없어지고 배에는 달걀보다 큰 구 멍이 뚫렸다. 메리는 소멸해가는 유령을 보고 걱정하면서 (혹시 듣는 사람은 없는지 확인하고 나서) 이렇게 물었다: "맙소사, 조, 어쩌다가 그런 꼴이 됐어?" 조는 메리가 범죄를 고백할 때까지 자기가 책임을 져야 하기 때문에 점점 상태가 나빠지는 거라고 대답했다. 그때부터 메리의 고백은 불가피한 일이 되었지만 나를 볼 때마다 그녀는 차마 입을 열지 못했다. 어쨌든 고백은 시간문제에 불과했다.

한편 나는 가짜라는 사실이 폭로될 날이 그토록 가까워진 것도 모르고 메솔드 단지의 상황에 적응하려고 애썼다. 그곳에도 여러 가지 변화가 일어났기 때문이다. 첫째로, 아버지는 나를 상대조차 하기 싫은 듯했는데, 아버지의 그런 태도에 마음은 아팠지만 (내 몸이 훼손되었다는 사실을 감안하면) 충분히 이해할 수 있었다. 둘째로, 놋쇠 잔나비의 처지에도 큰 변화가 생겼다. 나는 이 집안에서 내 자리를 '찬탈' 당했다는 사실을 인정할 수밖에 없었다. 왜냐하면 이제 아버지가 추상적 성역 같은 사무실로 불러들이는 사람도 잔나비였고, 그 물렁물렁한 배에 숨 막히게 안기는 사람도 잔나비였고, 미래에 대한 아버지의 꿈도 잔나비가 짊어져야 했기 때문이다. 심지어 메리 페레이라가 내 평생 나의 주제곡이었던 노래를 잔나비에게 불러주는 것을 본적도 있었다. "그대가 원한다면 뭐든지 될 수 있네. 마음만 먹는다면 뭐든지 할 수 있네!" 심지어 어머니까지 그런 분위기에 물들어 식탁에서 매번 누이에게 감자튀김도 제일 많이 주고 나르기시 코프타*도 덤으로 더 주고 파산다**도 제일 맛있는 부분을 골라주었다. 반면에 나는—집 안에서 누가 나를 쳐다볼 때마다—사람들의 미간에 주름살이 점점 더 깊어지고 당혹감과 의혹의 분위기가 짙어지는 것을 느꼈다. 그러나 내가 어떻게 불평할 수 있으랴? 잔나비는 오랫동안 나의 특별한 지위를 묵인했다. 언젠가 우리 집 정원에 있는 나무 위에서 그녀가 나를 슬쩍 밀어(어쩌면 그것조차 실수였는지도 모르지만) 떨

---

* 삶은 달걀을 넣은 고기 경단.
** 요구르트와 각종 향신료를 넣어 조리한 고기 카레.

어뜨린 적이 있었는데, 그때를 제외하면 언제나 지극히 너그럽게, 심지어 충성스럽다고 할 정도로 내가 받는 편애를 선선히 받아들였다. 이제 내 차례였다. 긴 바지를 입었으니 청년답게 나의 격하된 지위를 받아들여야 했다. 나는 이렇게 생각했다. '어른이 된다는 건 생각보다 어려운 일이구나.'

잔나비가 별안간 귀여움을 독차지하는 아이로 지위가 격상되었을 때 그녀도 나 못지않게 놀랐다는 사실을 밝혀둘 필요가 있다. 잔나비는 다시 미움을 받으려고 최선을 다했지만 무슨 짓을 해도 소용이 없었다. 그녀가 장난삼아 기독교에 몰두한 것도 바로 이때였는데, 학교에서 유럽인 친구들의 영향을 받기도 했고 늘 묵주를 만지작거리는 (그리고 고해실이 무서워서 성당에 못 나가는 대신 우리에게 성경 이야기를 자주 들려주는) 메리 페레이라의 영향도 없지 않았겠지만 사실 주된 이유는 예전처럼 집안에서 개망나니 취급을 받는 편안한 자리로 되돌아가고 싶었기 때문이라고 나는 믿는다. (개에 대한 말이 나왔으니 말인데, 심키 남작부인은 문란한 성행위의 결과로 내가 없는 사이에 결국 안락사로 삶을 마감했다.)

누이가 온유하고 관대하신 예수님을 칭송할 때마다 어머니는 어렴풋한 미소를 지으며 누이의 머리를 쓰다듬어주었다. 누이가 찬송가를 흥얼거리며 집 안을 돌아다니면 어머니도 그 노래를 따라 불렀다. 누이가 예전에 좋아하던 간호사복 대신 수녀복을 사달라고 조르자 어머니는 군말 없이 그 옷을 사주었다. 누이가 병아리콩을 실에 꿰어 묵주처럼 사용하면서 성모송을 읊조렸지만 부모님은 오히려 손재주를 칭찬할 뿐이었다. 그렇게 무슨 짓을 해도 벌을 받지 못해 괴로워하던 누이는 종교적 열정을 극단까지 밀어붙여 밤낮없이 주기도문을 외워대고 람잔 대신 사순절에 금식을 하는 등 뜻밖의 광신도 기질을 드러냈는데, 이런 성향은 나중에 그녀의 성격까지 지배하게 되었다. 그러나 부모님은 누이의 이런 행동을 너그럽게 묵인하는 듯했다. 누이는 결국 나에게 이 문제를 의논했다. "오빠, 나 아무래도 앞으로는 그냥 착한 아이로 살아야 하는 건가봐. 재미는 오빠 혼자 다 보고 말이야."

아마도 그녀의 판단이 옳았을 것이다. 부모님의 관심을 잃었으니 예전보다 훨씬 자유로워졌을 것이다. 그러나 나는 내 삶의 모든 측면에서 일어나는 온갖 변화에 마음을 빼앗겼고, 그런 상황에서는 재미를 만끽하기가 쉽지 않았다. 내 몸에도 변화가 생겼다. 턱에는 너무 일찍 솜털이 자라기 시작했고 목소리도 제멋대로 높아지거나 낮아져 종잡을 수 없었다. 나 자신이 몹시 흉물스럽게 느껴졌다. 팔다리가 쑥쑥 길어지는 바람에 모든 동작이 어설퍼졌고 셔츠와 바지가 짧아지면서 손발이 옷소매와 가랑이 밖으로 너무 많이 드러나 꼴사나웠다. 내 손목과 발목 주위에서 우스꽝스럽게 펄럭거리는 옷자락을 보고 있노라면 그것들이 나를 괴롭히려고 음모를 꾸민다는 생각이 들 정도였다. 심지어 내면으로 시선을 돌려 비밀로 간직한 한밤의 아이들을 바라보아도 변화가 눈에 띄었는데 그 또한 마음에 들지 않았다.

한밤의 아이들 협회는 그때 벌써 분열이 많이 진행된 상태였다. (그러다가 마침내 완전히 와해된 것은 중국군이 히말라야 산맥을 넘어와서 인도군에게 치욕을 안겨주던 바로 그날이었다.)* 무슨 일이든

---

* 1962년 10월 20일 인도 서부 라다크 지구 맥마흔 라인에서 중국의 공세로 시작되어 한 달 동안 이어진 국경 분쟁에서 인도는 대규모 병력을 투입했으나 완패하고 만다.

새로움이 사라지면 점점 따분해지고 그때부터 불화가 싹트기 마련이다. 그리고 (달리 표현하자면) 손가락 하나가 훼손되어 피가 분수처럼 쏟아지면 온갖 불상사가 일어나기 마련인데…… 내 손가락 손상의 (능동적-비유적) 결과였든 아니든 간에 협회의 균열이 점점 심화된 것은 분명한 사실이었다. 카슈미르에서는 나라다-마르칸다야가 진정한 자아도취라고 할 만한 유아론적(唯我論的) 망상에 빠져 끊임없이 성별을 바꾸면서 그때마다 느껴지는 성적 쾌감에만 탐닉했고, 시간여행자 수미트라는 우리가 미래에 대한 자신의 이야기를 믿어주지 않아서 상처를 받았는데, (그의 이야기에 의하면) 오줌을 마시는 어느 노망난 늙은이가 빨리 죽지도 않고 우리나라를 다스리게 되며 우리 국민은 과거의 모든 교훈을 망각하게 된다고 했고, 파키스탄은 아메바처럼 세포분열을 하여 두 토막이 나고 각각의 총리가 후계자의 손에 암살당하는데 그 후계자들은 둘 다—우리는 믿지 않았지만 수미트라는 한사코 정말이라고 주장했다—이름이 같을 거라고…… 아무튼 상심한 수미트라는 그때부터 걸핏하면 우리의 야간회의에 불참하고 거미줄 같은 시간의 미궁 속으로 사라져 한동안 나타나지 않았다. 그리고 바우드의 쌍둥이 자매는 젊은이든 늙은이든 가리지 않고 바보들을 홀릴 수 있는 자기들의 능력에 만족할 뿐이었다. 그들은 이렇게 따졌다. "이런 협회가 우리한테 무슨 소용이 있어? 안 그래도 애인이 너무 많아서 골치 아픈데." 그리고 연금술사 회원은 자기 아버지가 지어준(아버지에게 비밀을 털어놓은 덕분이었다) 연구실에 틀어박혀 '현자의 돌'*을 만드는 일에 몰두하느라 우리에게 할애할 시간이 없었다. 황금의 유혹에 넘어가버린 탓이었다.

그리고 다른 요인들도 작용했다. 마법 같은 능력을 가진 아이들이라도 부모의 영향을 피할 수 없는 법인데, 어른들의 편견과 인생관이 아이들의 마음을 물들이기 시작했다. 나는 마하라슈트라 주에 사는 아이들이 구자라트 사람들을 미워하는 것도 보았고, 피부가 하얀 북부 아이들이 드라비다족 '깜둥이들'을 헐뜯는 것도 보았다. 종교적 적대관계도 있었고 계층 갈등도 우리 모임을 오염시켰다. 부잣집 아이들은 가난한 아이들을 멸시했고 브라만들은 자기들의 생각과 불가촉천민의 생각이 서로 접촉한다는 사실조차도 거북스러워하기 시작했다. 한편 신분이 낮은 아이들은 가난에 찌들어 공산주의의 영향이 점점 뚜렷해지고…… 게다가 성격 차이에 따른 충돌도 빈번했고 아직 덜 자란 개구쟁이들의 모임에서 피할 수 없는 돌발적인 싸움도 부지기수였다.

그리하여 한밤의 아이들 협회는 마치 총리의 예언을 실현하기라도 하듯이 실제로 우리나라의 거울이 되어갔다. 수동적-직설적 연결방식이 작용했다. 내가 한사코 반대했지만 상황은 점점 절망적으로 악화되었고 나중에는 차츰 포기할 수밖에 없었는데…… 나는 목에서 나오는 음성처럼 역시 내 뜻대로 통제할 수 없는 정신적 음성으로 이렇게 방송했다. "형제자매들! 이런 식으로 가면 곤란해! 상류층-하류층, 자본계급-노동계급, 그들-우리, 그런 영원한 대립 때문에 우리 사이가 갈라지면 안 된다고!" 나는 뜨겁게 부르짖었다. "우리는 제3의 요소가 돼서 이 딜레마를 깨뜨려야 하니까, 그렇게 지금까지 존재

---

* 중세의 연금술사들이 값싼 금속을 황금으로 바꾸고 병을 치료하는 힘이 있다고 믿었던 가상의 물질.

하지 않았던 새로운 세력이 되어야만 우리가 타고난 사명을 완수할 수 있으니까!" 나에게도 지지자들이 있었고 그중에서도 제일 뛰어난 아이는 마녀 파르바티였다. 그러나 나는 그들마저 자신의 삶에 마음을 빼앗겨 차츰 나에게서 멀어져가는 것을 느꼈는데…… 사실 나 역시 내 삶에 마음을 빼앗겨 여념이 없었다. 마치 우리의 위대한 모임이 한낱 어린 시절의 장난에 지나지 않는 듯, 마치 자정이 창조한 것들을 긴 바지가 파괴하는 듯…… 나는 이렇게 호소했다. "우리도 계획을 세워야 돼. 우리만의 5개년 계획을 짜는 건 어떨까?" 그러나 나의 초조한 방송의 배후에서 나의 최대 경쟁자가 재미있다는 듯이 웃어대는 소리가 들려왔다. 우리 모두의 머릿속에서 시바가 조롱하듯이 말했다. "아니지, 부잣집 꼬마야, 제3의 요소 따위는 존재하지 않아. 세상에는 재산-가난, 부자-빈자, 우익-좌익이 있을 뿐이야. 온 세상이 나의 적이란 말이야! 세상은 관념이 아니란다. 부잣집 꼬마야. 세상은 몽상이나 몽상가들이 있을 곳이 아니라고. 세상이 뭐냐 하면, 이 코찔찔이 녀석아, 물질이야. 재물과 그 재물을 만드는 놈들이 세상을 지배한다고. 비를라와 타타처럼 막강한 가문들만 봐도 알잖아. 그런 놈들은 재물을 만들어내지. 나라를 꾸려가는 것도 재물을 얻기 위해서야. 사람들을 위해서가 아니라고. 재물 때문에 미국과 러시아가 원조물자를 보내오지만 여전히 5억 명이 굶주림에 시달리지. 재물을 갖고 나서야 꿈을 꿀 여유도 생기는 법이야. 재물이 없으면 그저 싸워야 할 뿐이라고." 우리가 다투는 동안 아이들은 넋을 잃고 귀를 기울였는데…… 아니, 어쩌면 우리의 대화조차 그들의 관심을 끄는 데 실패했는지도 모르겠다. 이번에는 내가: "그렇지만 사람은 재물이 아니잖

아. 우리가 단결하기만 하면, 서로 사랑하기만 하면, 그래서 지금 이것이, 바로 이 모임이, 이렇게 아이들이 일치단결해서 생사고락을 함께하는 우리 협회가 제3의 길이 될 수도 있다는 걸 보여준다면……" 그러나 시바는 콧방귀를 뀌면서: "부잣집 꼬마야, 헛소리 좀 그만해라. 개인의 중요성이 어쩌고저쩌고. 인류의 가능성이 어쩌고저쩌고. 요즘은 인간도 재물의 일종일 뿐이야." 그래서 나 살림은 기가 죽어서: "그렇지만…… 자유의지는…… 희망은…… '마하트마'라고 부르기도 하는 인류의 위대한 영혼은…… 게다가 시도 있고 예술도 있고……" 그러자 시바가 승리를 움켜쥐면서: "봤지? 네가 그렇게 나올 줄 알았어. 너무 오래 끓인 밥처럼 곤죽이 돼서 흐물흐물하지. 할망구처럼 감상적이라고. 그렇게 시시껄렁한 것들을 어디다 쓰겠냐? 다들 먹고 살기도 바쁜 판국에. 지랄염병, 이 오이코 녀석아, 난 이제 너희 협회라면 신물이 난다. 재물과는 아무 상관도 없잖냐."

그대는 묻는다: 열 살 먹은 아이들이 정말 그랬다고? 나는 대답한다: 그랬다. 그러나. 그대는 말한다: 열 살 먹은 아이들이, 아무리 거의열한살이었다고 해도 그렇지, 어떻게 개인의 사회적 역할에 대해 토론을 벌일 수 있단 말인가? 게다가 자본계급과 노동계급의 대립까지? 농업지역과 공업지역의 내재적 부담에 대해서도 분명히 알고? 사회문화적 전통의 충돌 현상도 이해하고? 아직 생후 4천 일도 안 된 아이들이 정체성에 대해, 자본주의의 본질적 갈등에 대해 토론을 벌였다고? 아직 10만 시간도 못 살아본 아이들이 간디와 마르크스–레닌을, 권력과 무기력을 비교했다고? 집단과 개인의 대립관계를 알아차렸다고? 아이들이 신을 살해했다고? 이른바 자정의 기적이 진실이라

고 치자. 아무리 그래도 그렇지, 개구쟁이들이 수염 난 노인들 같은 대화를 나눴다니 우리한테 그 말을 믿으란 말이냐?

나는 대답한다: 실제로 그런 낱말들을 사용한 것은 아니었다. 우리는 아예 말을 하지 않고 말보다 더 순수한 사념의 언어로 이야기했다. 어쨌든 우리가 그런 대화를 나눈 것만은 엄연한 사실이다. 왜냐하면 아이들은 빈 그릇과 같아서 어른들이 그 속에 독을 주입할 수도 있기 때문이다. 우리를 파멸시킨 것은 어른들의 독이었다. 독, 그리고 여러 해가 지난 후 '미망인'의 칼날도 그랬다.

간단히 말하자면: 버킹엄 빌라로 돌아온 다음부터 나는 한밤의 아이들에 대해서도 흥미를 잃어버렸다. 그래서 아예 전국 방송망을 가동하지 않는 밤도 있었다. 그리고 내 마음속에 도사린 (머리 두 개 달린) 마귀는 제멋대로 분탕질을 놓았다. (매춘부 살인사건이 시바의 짓인지 아닌지는 끝내 확인할 수 없었지만 너무 선량해서 늘 손해만 보던 내가 칼리유가의 영향으로 두 사람을 죽게 만든 것만은 분명한 사실이다. 첫번째는 지미 카파디아였고 두번째는 호미 카트락이었다.)

이 세상에 제3의 요소가 존재한다면 그것의 이름은 어린 시절이다. 그러나 어린 시절도 언젠가는 사멸한다. 아니, 살해당한다.


그 시절 우리는 저마다 근심거리를 안고 있었다. 호미 카트락에게는 백치 톡시가 있었고 이브라힘 일가에게도 다른 고민이 있었다. 서니의 아버지 이스마일은 오랫동안 판사들과 배심원들을 매수하다가 결국 사법윤리위원회의 조사를 받게 될 위기에 처했고, 서니의 큰아

버지 이스하크는 플로라 분수대 인근에서 2급 호텔 '엠버시'를 운영
하면서 시내 조직폭력배에게 많은 빚을 졌다는 소문이 파다했는데 금
방이라도 '제거대상'이 될까봐(그 시절에는 암살이 더위처럼 일상적
인 일이었으니까) 자나깨나 전전긍긍했고…… 그러므로 우리 모두가
샤프슈테커 교수의 존재를 까맣게 잊어버린 것도 그리 놀라운 일은
아니었다. (인도인들은 나이를 먹을수록 점점 더 큰 힘과 권력을 갖게
된다. 그러나 샤프슈테커는 유럽인이었고 불행하게도 그 부류는 세월
이 흐를수록 점점 쇠퇴하다가 종종 흔적도 없이 사라져버리기도 한
다.)

그러나 내 안의 마귀 때문일까, 내 발길이 나도 모르게 버킹엄 빌라
의 꼭대기층으로 향했고 그곳에서 나는 믿어지지 않을 만큼 조그맣게
쪼그라든 미치광이 노인을 발견했다. 노인의 입술 사이로 가느다란
혀가 날름날름 들락날락 움직였다. 일찍이 항사독소를 연구하는 학자
였고 말들을 살해하는 백정이었던 '샵스티케르 나리'가 지금은 아흔두
살이 되었고, 자기 이름을 딴 연구소마저 그만두고 은퇴하여 열대식
물과 소금물에 절인 뱀들이 즐비한 어두컴컴한 꼭대기층에 틀어박혀
지냈다. 그 나이에도 이가 빠지거나 독주머니가 없어지기는커녕 아예
뱀의 화신으로 둔갑한 뒤였다. 이 나라에 너무 오랫동안 체류한 유럽
인들이 흔히 그렇듯이 그의 두뇌도 인도의 유서 깊은 광기에 완전히
절어버렸고, 그래서 그 역시 연구소 잡역부들의 미신을 믿게 되었던
것이다. 그들은 샤프슈테커가 어느 여자와 킹코브라의 교합에서 탄생
한 인간 (그러나 뱀을 닮은) 아기로부터 시작된 혈통의 마지막 후손
이라고 믿었는데…… 나는 이렇게 한평생 걸핏하면 신기하고 황당무

계한 변화의 세계와 맞닥뜨렸던 것 같다. 사다리만 올라가면(계단도 마찬가지다) 뱀이 기다리고 있었다.

샤프슈테커의 집은 사시사철 커튼을 쳐놓아 해가 뜨지도 지지도 않고 시계가 똑딱거리지도 않았다. 우리가 만나게 된 것은 마귀 때문일까 아니면 둘 다 고독했기 때문일까? ……어쨌든 잔나비가 총애를 받고 협회가 몰락해가던 그 시기에 나는 틈만 나면 계단을 올라가서 미치광이 노인의 쉭쉭거리는 헛소리에 귀를 기울였다.

문도 잠그지 않은 그의 거처에 처음 들어갔을 때 샤프슈테커는 이렇게 나에게 인사를 건넸다. "그래, 꼬마야─장티푸스는 다 나았구나." 그 말은 느릿느릿 일렁이는 먼지구름 같은 시간을 휘저었고 나는 일 년 전의 나를 다시 만났다. 샤프슈테커가 뱀독으로 내 목숨을 구했다는 이야기가 생각났다. 그 후 몇 주 동안 나는 그의 발치에 앉아 있었고 그는 내 마음속에 똬리를 튼 코브라를 보여주었다.

누가 나에게 뱀들의 신비로운 능력을 하나하나 말해주었을까? (뱀의 그림자는 소를 죽일 수 있고, 남자의 꿈속에 뱀이 나타나면 아내가 임신하고, 뱀을 죽인 사람의 집안은 스무 대에 걸쳐 아들을 낳지 못한다.) 그리고 누가 나에게─책과 박제된 사체를 보조자료로 이용하면서─코브라의 영원한 천적들을 설명해주었을까? 그는 쉭쉭거리며 말했다. "얘야, 적을 연구하지 않으면 반드시 적의 손에 죽임을 당하게 된단다." ……샤프슈테커의 발치에서 나는 몽구스와 멧돼지에 대해, 단검 같은 부리를 가진 무수리와 발굽으로 뱀의 대가리를 뭉개버리는 인도사슴에 대해, 그리고 이집트몽구스와 따오기에 대해 공부했다. 키가 1.2미터나 되고 부리가 갈고리처럼 구부러진 용맹스러운 비서새*에 대해 공부할 때는 그 외모와 이름 때문에 아버지의 비서 앨리스 페레이라가 수상쩍어 보이기도 했다. 그 밖에도 검붉은말뚱가리, 사향고양이, 산에 사는 꿀오소리, 로드러너, 페커리, 그리고 무시무시한 캉감바새에 대해서도 배웠다. 노망이 심해진 샤프슈테커가 나에게 인생을 가르쳐주었다. "애야, 언제나 슬기로워야 한다. 뱀의 행동을 본받아라. 은밀하게 움직여라. 수풀 속에 숨었다가 기습해라."

한번은 이런 말도 했다: "나를 너의 또 다른 아버지라 여겨라. 네가 죽을 뻔했을 때 내가 살려주지 않았더냐?" 그 말은 내가 그의 마법에 걸렸듯이 그 역시 나의 마법에 걸렸다는 사실을 입증한다. 그는 끝없이 부모를 낳을 수 있는 나만의 능력이 탄생시킨 또 하나의 아버지였고 본인도 그 사실을 인정했다. 그리고 비록 시간이 흐르면서 그의 집 안 공기가 너무 답답하다는 생각이 들기는 했지만, 그래서 그를 다시 고독 속에 혼자 내버려두고 더는 방해하지 않았지만, 샤프슈테커는 나에게 앞으로 나아갈 길을 가르쳐주었다. 머리 두 개 달린 보복의 마귀에게 사로잡힌 채 나는 (난생처음으로) 텔레파시 능력을 무기로 사용했고, 그 방법으로 호미 카트락과 릴라 사바르마티의 관계에 대한 구체적인 정보를 알아냈다. 릴라와 피아는 오래전부터 아름다움을 겨루는 경쟁관계였다. 해군제독이 되는 것도 시간문제라는 군인의 아내가 영화계 거물의 새 정부였다. 사바르마티 중령이 바다에서 기동훈련을 하는 동안 릴라와 호미도 모종의 훈련에 열중했다. 바다의 용사가 현임 제독이 죽기를 기다리는 동안 호미와 릴라도 (내 덕분에) 사

---

* 정식 명칭은 뱀잡이수리. 뒤통수의 검은 장식깃이 마치 깃촉 펜을 귀에 꽂은 비서처럼 보인다고 해서 '비서새'라 불린다.

신(死神)과의 만남을 앞두고 있었다.

"은밀하게 움직여라." 샵스티케르 나리께서 그렇게 말씀하셨다. 나는 은밀하게 나의 적 호미를, 그리고 짝눈과 개기름의 음란한 어머니를 감시했다. (그 무렵 두 형제는 꽤나 우쭐거렸는데 사바르마티 중령의 진급을 기정사실로 보도한 기사가 신문에 실린 다음부터였다. 시간 문제일 뿐……) 내 안의 마귀가 조용히 속삭였다. '난잡한 여자여. 엄마로서 최악의 배신행위를 저지른 여자여! 우리가 따끔한 맛을 보여주리라. 당신을 통해 음탕한 자들에게 어떤 운명이 기다리는지를 만천하에 알려주리라. 아으, 인류를 저버린 간부(姦婦)여! 음란한 짓을 일삼던 심키 폰 데어 하이덴 남작부인이 어찌 되었는지 모르는가? 노골적으로 말하자면 심키는 암캐였으나 당신도 별반 다르지 않다.'

나는 나이를 먹으면서 릴라 사바르마티에게 호감을 가졌다. 어쨌든 그녀와 나에게는 한 가지 공통점이 있었다. 내 코처럼 그녀의 코도 막강한 능력을 지녔다. 그러나 그녀의 경우에는 순전히 세속적인 마법이었다. 콧잔등을 찡그리기만 해도 근엄한 제독을 호릴 수 있었고 콧구멍을 살짝 움직이기만 해도 영화계 거물의 가슴에 야릇한 불꽃을 일으킬 수 있었다. 내가 그런 코를 저버렸다는 점에 대해서는 조금 유감스럽게 생각한다. 어떤 면에서는 사촌의 등을 찌른 것과 비슷한 배신행위였기 때문이다.

내가 발견한 사실은: 릴라 사바르마티는 일요일마다 아침 열시에 짝눈과 개기름을 차에 태워 메트로 영화관에 데려다주었다. 매주 한 번씩 돌아오는 메트로 커브 클럽 모임이었다. (그녀는 자청해서 다른 아이들도 태워주었다. 서니와 키루스, 잔나비와 나도 그녀의 인도제

힌두스탄 승용차에 끼어 앉았다. 그리고 우리가 라나 터너 또는 로버트 테일러 또는 샌드라 디를 만나러 달려가는 동안 호미 카트락 씨도 매주 한 번씩 갖는 만남을 준비했다. 릴라의 힌두스탄이 꾸무럭거리며 철도와 나란히 달려갈 때 호미는 크림색 실크 넥타이를 맸고, 릴라가 붉은 신호등 앞에 멈춰 서 있을 때 호미는 빛깔이 선명한 부시 코트를 걸쳤고, 릴라가 우리를 관람석의 어둠 속으로 데려갈 때 호미는 금테 선글라스를 썼고, 릴라가 우리끼리 영화를 보게 하고 영화관을 나설 때 호미도 한 아이를 버려두고 집을 나섰다. 톡시 카트락은 아버지가 외출할 때마다 몸부림 발버둥을 치며 울부짖었다. 지금 무슨 일이 벌어지는지 알기 때문인데 그럴 때는 비아파조차도 톡시를 제지할 수 없었다.

옛날옛날 한 옛날에 라다*와 크리슈나가 있었고, 라마와 시타**가 있었고, 라일라와 마지눈***이 있었고, 또한 (우리도 서양의 영향을 안 받을 수 없으니) 로미오와 줄리엣이 있었고, 스펜서 트레이시와 캐서린 헵번도 있었다. 세상에는 사랑 이야기가 허다하지만 모든 연인들은 어떤 의미에서는 선배 연인들의 화신이라고 할 수 있다. 힌두스탄을 몰고 콜라바 방죽길 부근의 한 주소를 찾아가는 릴라는 발코니로 나가는 줄리엣과 같았고, 크림색 넥타이를 매고 금테 선글라스를 쓰고 (언젠가 우리 어머니를 나를리카르 산부인과로 데려다주었던 바로 그 스튜드베이커를 타고) 릴라를 만나러 달려가는 호미는 헤로

---

* 비슈누 신의 여덟번째 화신인 크리슈나의 연인.
** 비슈누 신의 일곱번째 화신인 라마의 아내.
*** 아랍 민담에 등장하는 비련의 연인들.

가 켜놓은 촛불을 향해 헬레스폰투스 해협을 헤엄쳐 건너는 레이안드로스*와 같았다. 그 일에 내가 관여한 부분에 대해서는—굳이 비슷한 사례를 들먹이지 않겠다.

나는 고백한다: 내가 한 일은 영웅적 행위가 아니었다. 눈부시게 빛나는 장검을 움켜쥐고 눈빛을 이글거리며 호미와 마상결투를 벌이는 대신에 뱀의 행동을 본받아서 신문지를 조각조각 오려내는 일에 착수했다. 고아 주 해방위원회, 비폭력 시위 시작**(GOAN LIBERATION COMMITTEE LAUNCHES SATYAGRAHA CAMPAIGN)에서 'COM'이라는 글자를 발췌했고, 동파키스탄 국회의장, 정신병자로 단정(SPEAKER OF E-PAK ASSEMBLY DECLARED MANIAC)에서 두번째 음절 'MAN'을 손에 넣었고, 네루, 의원직 사퇴 고려 중(NEHRU CONSIDERS RESIGNATION AT CONGRESS ASSEMBLY)이라는 말 속에 숨겨진 'DER'를 찾아냈다. 이제 두번째 낱말로 넘어가서, 공산당이 집권한 케랄라 주에서 폭동, 집단 구속: 파괴 공작원이 날뛴다: 고시***, 의회 폭력배들을 비난(RIOTS, MASS ARRESTS IN RED-RUN KERALA: SABOTEURS RUN AMOK: GHOSH ACCUSES CONGRESS GOONDAS)에서 'SAB'를 도려냈고, 중국군의 국경 도발은 반둥회의**** 원칙을 무시한 소행(CHINESE ARMED FORCES' BORDER ACTIVITIES

---

* 그리스 신화 속 아프로디테의 여사제 헤로의 연인.
** 인도 서해안의 고아 주는 당시 포르투갈의 식민지였다. 1947년 독립한 인도 정부가 고아 반환을 요구하며 긴장상태가 계속되다가 1961년 인도 영토로 편입되었다.
*** 아조이 고시. 당시 인도공산당 서기장.
**** 1955년 4월 인도네시아 반둥에서 개최된 국제회의. 반제국주의를 기치로 아시아, 아프리카 국가들 간의 평화와 협력을 결의했다.

SPURN BANDUNG PRINCIPLES)에서 'ARM'을 얻었고, 그다음에는 총리, 덜레스*의 대외정책은 일관성 없고 변덕스럽다고 주장(DULLES FOREIGN POLICY IS INCONSISTENT, ERRATIC, P. M. AVERS)에서 'ATI'를 잘라내서 이름을 완성시켰다. 그렇게 나 자신의 사악한 목적을 위해 역사를 난도질하면서 지금 인디라 간디가 국민회의당 총재인 이유(WHY INDIRA GANDHI IS CONGRESS PRESIDENT NOW)에서 'WHY'를 떼어냈고, 너무 정치 분야에만 매달리기는 싫어서 광고란으로 눈을 돌려 껌이 금방 맛없어지나요? P. K.의 맛은 오래갑니다!(DOES YOUR CHEWING GUM LOSE ITS FLAVOUR? BUT P. K. KEEPS ITS SAVOUR!)에서 'DOES YOUR'를 취했다. 스포츠면에서는 모훈 바간**의 센터포워드가 아내를 얻었다(MOHUN BAGAN CENTRE-FORWARD TAKES WIFE)라는 흥밋거리 기사에서 마지막 낱말 'WIFE'를 골라냈고, 아불 칼람 아자드***의 장례식에 추모 인파 쇄도(MASSES GO TO ABUL KALAM AZAD'S FUNERAL)라는 슬픈 기사에서 'GO TO'를 챙겼다. 그때부터는 다시 작은 조각들을 모아서 낱말을 하나하나 완성해가는 수밖에 없었다. 사우스콜****의 죽음: 셰르파 추락사(DEATH ON SOUTH COL: SHERPA PLUNGES)에서 절실하게 필요했던 'COL'을 구했지만 'ABA'는 찾기 힘들었는데 어느 영화 광고에서 마침내 그 음절이 눈에 띄었다. 〈알리바바〉, 17주째 인기

---

* 1953년 아이젠하워 정부의 국무장관이 되어 반공우선주의 입장의 대외정책을 견지했다.
** 캘커타 축구팀 명칭.
*** 인도 독립운동가, 사상가. 국민회의당의 이슬람계 지도자로 1958년 2월 사망했다.
**** 에베레스트와 로체 산 사이의 넓은 안부(鞍部).

폭발―연일 매진!(ALI-BABA, SEVENTEENTH SUPERCOLOSSAL WEEK―PLANS FILLING UP FAST!) ……그 무렵 '카슈미르의 사자' 셰이크 압둘라가 주민투표로 카슈미르 주의 미래를 결정하자고 요구하는 운동을 벌였는데* 그의 용기가 나에게 'CAUSE'라는 음절을 제공했다. 그 덕분에 다음과 같은 기사 제목이 나왔기 때문이다. 정부 대변인, 압둘라 재구금 사유는 '선동죄'라고 발표(ABDULLAH 'INCITE-MENT' CAUSE OF HIS RE-ARREST―GOVT SPOKESMAN). 그다음에는 아차리아 비노바 바베**도 한몫 거들었는데, 빈곤층에게 토지를 기증하라는 '부단' 운동을 벌여 벌써 십 년째 지주들을 설득해오던 그가 기증받은 땅이 마침내 목표치였던 100만 에이커를 넘어섰다고 발표하면서 두 가지 새로운 사회운동에 착수했다. 하나는 마을('그람단')을 통째로 기증하라는 운동이었고 또 하나는 개개인의 삶('지반단')을 기증하라는 운동이었다. 그러다가 J. P. 나라얀***이 바베의 사업에 일생을 바치겠다고 선언하면서 나라얀, 바베 노선에 동참(NARAYAN WALKS IN BHAVE'S WAY)이라는 기사 제목이 나왔고, 거기서 내가 한참 찾았던 'WAY'를 발견했다. 이제 작업이 막바지에 이르렀다. 파키스탄, 정치적 혼란을 향해 치닫는다: 파벌 싸움으로 국정마

---

* 카슈미르 민족지도자이자 인도령 잠무카슈미르의 총리였던 셰이크 압둘라는 1953년 인도 정부에 카슈미르의 독립적인 지위를 보장해줄 것을 요구했고, 인도의 국수주의 정치가들은 파키스탄 정보당국과 접촉했다는 혐의를 씌워 그를 체포한다. 1958년 1월 구금에서 풀려나지만 그 즉시 군중집회를 주도해 재차 구금되었다.
** 인도 독립운동가, 사회운동가. 마하트마 간디의 정신적 후계자로 비폭력과 인권수호에 앞장섰다. '아차리아'는 힌두교, 불교, 자이나교 등의 정신적 스승을 뜻한다.
*** 인도 정치가. 마르크스주의자로 1954년부터 사회운동에 참여했고, 1974년 인디라 간디 정부를 비판하며 사임을 촉구하다가 비상사태 선포 당시 투옥된다.

비(PAKISTAN ON COURSE FOR POLITICAL CHAOS: FACTION STRIFE BEDEVILS PUBLIC AFFAIRS)에서 'ON'을 따내고 〈선데이 블리츠〉의 발행인란에서 'SUNDAY'를 구했으니 낱말 하나만 더 찾으면 끝이었다. 동파키스탄 사태가 피날레를 장식했다. 동파키스탄 국회 부의장*, 가구에 맞아 사망: 애도 기간 선포(FURNITURE HURLING SLAYS DEPUTY E-PAK SPEAKER: MOURNING PERIOD DECLARED)에서 'MOURNING'을 잘라내고 거기서 의도적으로 'U' 자를 능숙하게 도려냈다. 마지막으로 물음표 하나가 필요했는데 그 이상야릇한 시절에 끊임없이 화제가 되었던 질문의 끄트머리에서 그것을 발견했다. 네루 다음은 누구인가?(AFTER NEHRU, WHO?)

나는 화장실에 숨어서 그 음절들을 종이에 붙여 편지를 완성시켰고 ─역사를 재배열하려고 했던 첫번째 시도였다─독사가 독주머니 속에 독을 품듯이 그 문서를 호주머니 속에 넣어두었다. 그리고 짝눈과 개기름에게 자연스럽게 접근한 뒤 저녁시간을 함께 보냈다. 우리는 '암중살인' **이라는 놀이를 했는데…… 이 살인 놀이 도중에 남몰래 사바르마티 중령의 벽장 안으로 들어가서 그의 여벌 군복 안주머니 속에 내가 작성한 치명적인 편지를 집어넣었다. 그 순간 나는 (굳이 감추지 않겠다) 뱀이 목표물을 공격하는 데 성공하여 독니가 희생자의 발꿈치를 파고드는 감촉을 느낄 때와 같은 환희를 경험했고……

---

* 1958년 9월 동파키스탄 국회에서 발생한 소요사태로 숨진 샤히드 알리를 가리킨다.
** 참가자 한 명이 형사가 되어 자리를 비운 사이에 다른 한 명이 어둠 속에서 살인을 저지르면 형사가 심문하여 살인범을 찾아내는 놀이. 이때 살인범은 거짓말을 하고 나머지는 진실만 말해야 한다.

(내 편지의 내용은) 사바르마티 중령

귀하의 아내가 일요일 아침마다

콜라바 방죽길을 찾아가는 이유가 뭘까?

(COMMANDER SABARMATI

WHY DOES YOUR WIFE GO TO COLABA

CAUSEWAY ON SUNDAY MORNING?)

아니, 그런 짓을 했다는 사실이 지금은 별로 자랑스럽지 않다. 그러나 당시 나를 사로잡았던 복수의 마귀는 머리가 두 개였다는 점을 상기하기 바란다. 나는 릴라 사바르마티의 불륜을 폭로함으로써 우리 어머니에게도 유익한 충격을 주고 싶었다. 일석이조랄까, 마치 뱀이 갈라진 혀 양쪽에 있는 독니를 하나씩 찔러넣듯이 두 여인을 한꺼번에 응징하려는 의도였다. 나중에 '사바르마티 사건'으로 알려진 이 일이 사실은 한 밀항자가 도시 북쪽의 어느 음침한 카페에서 원무를 추는 손들을 보았을 때부터 시작되었다고 해도 틀린 말은 아니다.

나는 은밀하게 움직였고 수풀 속에 숨었다가 기습했다. 나의 동기는 무엇이었을까? 파이어니어 카페의 손들, 잘못 걸려온 전화, 발코니에서 내 손에 쥐어졌다가 이불 속에서 몰래 전달된 쪽지 한 장, 어머니의 위선과 피아의 위로할 길 없는 슬픔: "허엉! 어헝! 어허헝!" ……내 독은 서서히 작용했으므로 3주 뒤에야 효과가 나타났다.

나중에 알고 보니 사바르마티 중령은 내가 넣어둔 익명의 편지를 받고 나서 봄베이에서 제일 유명한 명탐정 돔 민토에게 조사를 의뢰했다. (그때쯤에는 민토도 이미 늙고 거의 무능해져 예전처럼 많은 돈을 요구하지 않았다.) 중령은 민토의 보고서를 받을 때까지 기다렸다. 그러고 나서:

일요일 아침, 여섯 아이는 메트로 커브 클럽에 나란히 앉아서 영화 〈말하는 노새 프랜시스와 유령의 집〉을 보았다. 그러므로 나에게는 확실한 알리바이가 있었다. 나는 범죄 현장 근처에도 가지 않았다. 다만 초승달의 신, 신(Sin)처럼 나도 멀리서 세계의 조수간만을 조종했고…… 화면 속에서 노새가 재잘거리는 동안 사바르마티 중령은 해군 무기고를 찾아갔다. 거기서 총열이 길고 성능이 우수한 리볼버 한 자루와 탄약을 반출했다. 왼손에는 사립탐정이 단정한 필체로 주소를 적어놓은 종이 한 장이 있었고 오른손에는 총집도 없는 권총을 움켜쥐고 있었다. 중령은 택시를 타고 콜라바 방죽길에 도착했다. 요금을 지불한 그는 권총을 손에 쥔 채 비좁은 샛길을 따라 걷다가 셔츠 노점상과 완구점 들을 지난 후 샛길을 벗어나서 콘크리트 안마당 뒤쪽에 깊숙이 자리 잡은 아파트 건물의 계단을 올라갔다. 그리고 18C호의 초인종을 눌렀다. 때마침 18B호에서 라틴어 개인교습을 하던 영국계 인도인 교사가 그 소리를 들었다. 이윽고 사바르마티 중령의 아내 릴라가 문을 열었고 중령은 지근거리에서 그녀의 배에 두 발을 쏘았다. 릴라가 뒤로 쓰러지자 중령은 성큼성큼 그녀 곁을 지나쳐 때마침 변기 위에서 일어나 미처 뒤를 닦지도 못하고 허둥지둥 바지를 추켜올리던 호미 카트락 씨를 발견했다. 비누 사바르마티 중령은 호미의 성기에 한 발, 심장에 한 발, 그리고 오른쪽 눈에 한 발을 쏘았다. 소음기를 장착하지 않은 권총이었지만 권총의 발언이 끝나자 아파트 안에는 거대한 적막이 흘렀다. 총을 맞은 카트락 씨는 변기에 도로 주저앉아 마치 웃는 듯한 표정이었다.

사바르마티 중령은 연기가 피어오르는 권총을 움켜쥔 채 아파트 건물을 나섰고(이때 겁에 질린 라틴어 교사가 문틈으로 중령을 내다보았다) 콜라바 방죽길을 따라 어슬렁어슬렁 걷다가 작은 단상에 올라선 교통순경을 보게 되었다. 사바르마티 중령이 경찰관에게 말했다. "내가 방금 이 총으로 아내와 그 정부를 살해했다네. 그래서 자네한테 자수하려고……" 그러나 그 말을 하면서 중령은 권총을 경찰관의 코앞에 들이대며 이리저리 휘둘렀고, 더럭 겁이 난 경찰관은 교통정리용 유도봉도 팽개치고 도망쳐버렸다. 교통정리대 위에 홀로 남겨진 사바르마티 중령은 갑자기 엉망이 되어버린 도로 한가운데에서 연기가 피어오르는 권총을 지휘봉처럼 휘두르며 교통정리를 시작했다. 십 분 후 도착한 열두 명의 경찰도 그 모습을 목격했다. 그들은 용감하게 중령에게 달려들어 손과 발을 붙잡았고 그가 꼬박 십 분 동안 능숙한 솜씨로 교통정리를 하는 데 사용했던 특이한 지휘봉을 빼앗았다.

어느 신문에서 사바르마티 사건에 대해 이렇게 썼다: "인도의 과거, 현재, 미래를 한꺼번에 보여주는 사건이었다."……그러나 사바르마티 중령은 꼭두각시에 지나지 않았다. 배후 조종자는 나였고 인도는 내가 만들어낸 인형극을 공연했을 뿐—그렇지만 나는 그런 결과를 기대하지 않았다! 설마 중령이 그런 짓을…… 내가 원했던 것은 그저…… 약간의 추문, 그렇다, 부정을 저지르는 아내와 어머니들에게 약간의 두려움과 교훈을 심어주고 싶었을 뿐, 그 참극은 결코, 절대로. 내 의도가 아니었다.

　나는 내 행동이 빚은 결과에 소스라치게 놀라서 이 도시의 떠들썩
한 사념파(思念波)를 타고 이리저리 돌아다녔는데…… 파르시 종합
병원에서 어떤 의사가 말했다. "사바르마티 부인이 목숨은 건지겠지
만 앞으로는 식사를 조심해야 합니다."……그러나 호미 카트락은 죽
었고…… 그런데 피고 측 변호는 누가 맡았을까?—그 누가 "한 푼도
안 받고 거저 무료 공짜로 변호하겠습니다!"하고 말했을까?—언젠
가 자산동결 사건에서 승리를 거두었던 그 누가 이번에는 중령의 변
호인이 되었을까? 서니 이브라힘이 말했다. "그 아저씨를 구해줄 수
있는 사람은 우리 아빠밖에 없어."
　사바르마티 중령은 인도 법률사를 통틀어 최고의 인기를 누린 살인
자였다. 남편들은 부정한 아내를 응징한 중령에게 갈채를 보냈고 정
숙한 여자들은 정절을 지킨 보람을 느꼈다. 릴라의 두 아들의 마음속
에서 나는 이런 생각을 발견했다: '우리는 엄마가 그런 사람인 줄 애
당초 알고 있었어. 해군 용사라면 적당히 넘어가지 않으리라는 것도
알았고.' 〈일러스트레이티드 위클리 오브 인디아〉의 시사평론가는
'금주의 인물' 코너에 실린 중령의 컬러 캐리커처 옆에 다음과 같이
인물평을 달았다: "사바르마티 사건 속에는 『라마야나』의 숭고한 정
서와 봄베이 영화식 저급한 통속극이 모두 담겼다. 그러나 주인공에
대해서는 이구동성으로 그 강직한 성품을 칭찬하고 있으니 그가 매우
매력적인 인물이라는 사실만은 아무도 부인할 수 없다."
　어머니와 호미 카트락을 겨냥한 나의 복수극은 국가적 위기까지 초

래했는데…… 해군 규정에 의하면 민간인 감옥에 수감된 적이 있는 사람은 해군제독의 자리에 오를 수 없었다. 그래서 제독들과 시의회 정치가들, 그리고 물론 이스마일 이브라힘도 일제히 요구했다: "사바르마티 중령은 계속 해군 감옥에 수감해야 합니다. 유죄로 밝혀지기 전에는 무죄이기 때문입니다. 가능하다면 피고의 장래를 망치는 일만은 피해야겠죠." 그러자 관계당국은: "찬성." 그래서 다행히 해군 영창에 머물게 된 사바르마티 중령은 유명세를 톡톡히 치렀다. 공판을 기다리는 동안 격려 전문이 쇄도하고 꽃다발이 감방을 가득 채웠다. 본인은 고행자처럼 밥과 물만 달라고 요청했지만 지지자들이 비리아니와 피스타치오 과자를 비롯해 영양이 풍부한 음식으로 꽉 채운 도시락을 잔뜩 보내주었다. 그리고 형사법원에 밀린 사건들을 젖혀두고 신속하게 재판이 시작되었는데…… 검사가 말했다. "일급살인죄로 기소합니다."

형형한 눈빛의 사바르마티 중령이 근엄한 표정으로 대답했다: "무죄를 주장합니다."

우리 어머니가 말했다. "맙소사, 가엾은 사람, 너무 슬프지 않니?"

나는 이렇게 말했다. "그렇지만 유부녀의 부정은 정말 심각한 일이야, 엄마……" 그러자 어머니는 내 시선을 피했다.

검사가 말했다. "명명백백한 사건입니다. 동기, 기회, 자백, 시신, 사전 계획 등을 두루 갖추었습니다. 권총을 반출하고, 아이들을 영화관에 보내고, 사립탐정에게 보고서까지 받았습니다. 여기서 뭐가 더 필요할까요? 이상입니다."

그러나 여론의 반응은: "맙소사, 저렇게 착한 사람을!"

이스마일 이브라힘이 말했다: "이 사건은 자살미수로 봐야 합니다."

그러자 여론은: "?????????"

이스마일 이브라힘은 이렇게 설명했다: "돔 민토의 보고서를 받았을 때 중령은 그 내용이 사실인지 직접 확인하고 싶었습니다. 만약 사실이라면 자살하려고 했지요. 그래서 권총을 반출했던 겁니다. 자살하기 위해서였죠. 콜라바의 주소지를 찾아갈 때만 하더라도 마음속에는 절망뿐이었습니다. 살인자가 아니라 산송장이나 다름없었습니다! 그런데 거기서—그 집에서 부인을 보는 순간에 말입니다, 배심원 여러분!—파렴치한 정부와 한집에 있다가 반라의 모습으로 나타난 부인을 보는 순간!—배심원 여러분, 저 선량한 사내가, 저 위대한 사내가 무서운 분노에 사로잡히고 말았습니다. 정말 물불을 가릴 수 없는 분노로 눈이 멀어버린 상태에서 그런 짓을 저질렀습니다. 사전 계획 따위는 없었고, 따라서 일급살인이 아닙니다. 사람을 죽인 것은 사실이지만 냉혹한 살인은 아니었습니다. 배심원 여러분, 반드시 무죄평결을 내리셔야 합니다."

그러자 시내 곳곳에서 웅성거리는 소리: "그건 좀 심한데…… 이스마일 이브라힘이 이번엔 좀 지나쳤어…… 그렇지만, 그렇지만…… 그 친구가 배심원단을 거의 다 여자들로만 채워놔서…… 게다가 부자들도 아니고…… 그래서 중령의 매력과 변호사의 돈지갑에 흔들리기 쉬울지도…… 누가 알겠나? 아무도 모를 일이지."

배심원단이 말했다: "무죄요."

어머니가 외쳤다. "어머, 잘됐다! ……그렇지만, 그렇지만: 저게 과연 **공정한** 결론일까?" 그러자 판사가 마치 그 말에 대답이라도 하듯

이: "본 판사의 권한으로 이 터무니없는 평결을 파기합니다. 피고는 유죄요."

아으, 그 시절의 떠들썩한 소동이여! 해군 고위층과 주교들과 기타 정치꾼들이 요구했다: "고등법원에 항소할 때까지 사바르마티는 계속 해군 감옥에 수감해야 한다. 일개 판사의 아집으로 저 위대한 사내가 파멸하는 것은 용납할 수 없다!" 그러자 경찰당국도 백기를 들고, "뭐, 그럽시다." 사바르마티 사건은 다시 빠르게 진행되어 전례 없이 신속하게 고등법원 공판 날짜가 잡혔고…… 중령이 변호사에게 말했다. "이젠 내 앞날을 내 마음대로 하지 못하게 됐다는 생각이 드네. 마치 어떤 힘에 끌려다니는 듯한 기분인데…… 그걸 운명이라고 불러야 할까."

나는 이렇게 대답했다: "살림, 코찔찔이, 코훌쩍이, 얼룩상판이라고 불러요. 달덩어리라고 부르든지."

고등법원의 판결은: "유죄." 신문의 기사 제목: **사바르마티, 마침내 민간 교도소로?** 이스마일 이브라힘의 발언은: "우리는 끝까지 가보겠습니다! 대법원으로!" 그때 돌발사건이 일어났다. 주 총리가 다음과 같이 발표했다: "사법절차에 예외를 인정하는 것은 중대한 일이지만 사바르마티 중령이 국익에 기여한 점을 감안하여 대법원 판결이 나올 때까지 해군 감옥에 수감하는 것을 허가합니다."

그러자 다시 신문기사 제목들이 모기처럼 따끔따끔 찔러댔다: **주정부의 법률 모독! 사바르마티 추문은 국민의 수치!** ……나는 언론이 중령에게 등을 돌렸음을 깨닫고 그의 파멸을 예견했다.

대법원 판결은: "유죄."

이스마일 이브라힘이 말했다: "특별사면! 우리는 인도 대통령의 특별사면을 호소합니다!"

그리하여 이 중대사에 대한 결정이 라슈트라파티 바반*으로 넘어가게 되었다. 이제 대통령 관저에 사는 한 남자가 판단할 문제였다. 과연 한 개인을 법보다 우위에 두어도 좋을까? 공훈을 내세워 아내의 정부를 살해한 죄를 도외시해도 될까? 그리고 더욱더 중요한 사안은: 과연 인도는 법치주의를 지향할 것인가, 아니면 영웅을 숭상하던 오랜 전통을 고수할 것인가? 만약 라마가 지금 살아 있다면 시타를 납치한 자를 살해한 죄로 감옥에 보내야 할까? 모두 중대한 문제였다. 내가 복수를 위해 당대의 역사에 던진 문제들은 결코 하찮은 것들이 아니었다.

인도 대통령이 말했다. "사면하지 않겠습니다."

누시 이브라힘이 (남편이 일생일대의 대사건에서 패배한 것을 보고) 울부짖었다. "허엉! 어허헝!" 그러면서 예전에 했던 말을 되풀이했다: "아미나 자매, 저렇게 좋은 사람이 감옥에 가야 하다니—정말 말세라니까요!"

내 입속에서 나올락 말락 하는 고백: '모두 내가 저지른 짓이야, 엄마. 난 엄마한테 교훈을 주고 싶었어. 엄마, 딴 남자는 만나지 마. 러크나우 자수를 놓은 셔츠를 입고 다니는 그 남자 말이야. 찻잔에 뽀뽀하는 짓도 그만해! 나도 이젠 긴 바지를 입었으니까 엄마한테 어엿한

---

* 인도 대통령 관저.

남자 자격으로 이런 말 해도 되잖아.' 그러나 그 말은 끝내 입 밖에 내지 못했다. 그럴 필요가 없었다. 잘못 걸린 전화가 왔을 때 어머니는 수화기를 들고 착 가라앉은 생소한 목소리로 다음과 같이 말했다. "아뇨, 그런 사람 없어요. 부탁인데 제 말을 믿고 다시는 전화하지 마세요."

그렇다. 어머니는 내 덕분에 교훈을 얻었고 사바르마티 사건 이후 세상을 떠나는 날까지 나디르-카심을 두 번 다시 만나지 않았다. 그러나 그를 잃어버리고 나서 그녀는 우리 집안 모든 여자들의 공통적인 운명, 즉 나이보다 일찍 늙어버리는 저주의 희생자가 되었다. 어머니는 점점 쪼그라들었고 다리도 더 심하게 절었고 눈가에는 노년의 공허가 깃들었다.

나의 복수는 예상치 못한 여러 결과를 불러왔지만 그중에서도 가장 극적인 사건은 메솔드 단지의 정원에 신기한 꽃들이 피어난 일이었다. 나무와 양철 판에 새빨간 글자를 적어놓은 팻말이었는데…… 우리 집 정원을 제외한 모든 정원에 내걸린 이 섬뜩한 팻말들은 내 능력이 내가 생각했던 것보다도 막강하다는 증거였다. 이층집 높이의 언덕에서 한 번 추방되었던 내가 이번에는 다른 사람들을 모조리 쫓아내고 있었다.

베르사유 빌라, 에스코리알 빌라, 상수시 빌라의 정원에 세워진 팻말, 칵테일 시간에 바닷바람을 안고 서로를 향해 고개를 끄덕거리는 팻말. 각각의 팻말에는 모두 똑같은 네 글자가 적혔는데 모두 새빨간 빛깔이었고 모두 30센티미터 크기였다: 집 팝니다. 그것이 팻말의 내용이었다.

집 팝니다—베르사유 빌라는 주인이 변기 위에서 사망했기 때문에 사나운 간호사 비아파가 가엾은 백치 톡시를 대신하여 매각을 추진했고 매매가 성사된 후 간호사와 피보호자는 둘 다 영원히 자취를 감추었다. 그때 비아파의 무릎 위에는 지폐가 가득 담겨 불룩해진 여행가방이 놓였고…… 그 후 톡시가 어떻게 되었는지는 나도 모르지만 간호사의 탐욕스러운 성품을 감안한다면 그리 유복하지는 않았을 테고…… 집 팝니다—에스코리알 빌라의 사바르마티 댁도 매물이 되었는데 릴라 사바르마티는 두 아들의 양육권을 빼앗긴 채 우리 삶에서 사라졌고, 짝눈과 개기름은 아버지가 교도소에서 30년 형기를 마칠 때까지 인도 해군이 부모 대신 돌봐주기로 해서 가방을 꾸려 떠났고…… 집 팝니다—이브라힘 일가도 상수시 빌라를 내놓았다. 사바르마티 중령이 최후의 패배를 맛보던 날 조직폭력배가 이스하크 이브라힘의 엠버시 호텔을 홀랑 태워버렸는데 마치 이 도시의 범죄자들이 실패한 변호사의 가족에게 벌을 주려고 저지른 짓 같았다. 그다음에는 이스마일 이브라힘이 (봄베이 사법윤리위원회의 보고서를 인용하자면) '직무와 관련된 부정행위의 증거가 발견되었으므로' 자격정지 처분을 받았다. 이렇게 재정적 '곤경'에 처한 이브라힘 일가도 곧 우리 삶에서 멀어져갔다. 그리고 마지막으로, 집 팝니다—키루스 두바시와 그의 어머니가 살던 집도 남에게 넘어갔는데, 사바르마티 사건으로 한창 떠들썩할 때라서 거의 관심을 끌지 못했지만 핵물리학자인 아버지가 오렌지 씨 때문에 질식사한 탓이었다. 그리하여 키루스는 어머니의 종교적 광신에 시달리게 되었고 다음 장의 주제가 될 폭로의 시대가 그때부터 싹트기 시작했다.

금붕어와 칵테일 시간과 고양이들의 습격에 대한 기억이 점차 희미해져가는 정원에서 팻말들이 끄덕끄덕 흔들렸다. 그런데 누가 그 팻말들을 뽑아냈을까? 윌리엄 메술드의 후계자들의 후계자들은 누구였을까? ……그들은 한때 닥터 나를리카르가 살던 집에서 우르르 몰려나왔다. 뱃살이 푸짐하고 무서울 정도로 유능한 여자들, 테트라포드로 불린 재산 덕분에(대대적인 간척사업이 진행되던 시절이니까) 더욱더 뚱뚱해지고 더욱더 유능해진 여자들이었다. 나를리카르 일가의 여자들—그들은 해군으로부터 사바르마티 중령의 집을 매입했고 떠나가는 두바시 부인으로부터 키루스의 집을 사들였다. 비아파에게는 출처를 확인할 수 없는 낡은 지폐로 집값을 치렀고 이브라힘 일가의 채권자들도 나를리카르 일가의 현금으로 진정시켰다.

주민들 중에서 집을 팔지 않은 사람은 우리 아버지뿐이었다. 여자들이 거액을 제시했지만 아버지는 고개를 가로저었다. 그들은 자기들의 꿈을 설명했다. 단지 내 건물들을 깨끗이 밀어버리고 이층집 높이의 언덕 위에 하늘을 찌를 듯한 30층짜리 대저택을, 위풍당당한 분홍색 오벨리스크를, 그들의 미래를 상징하는 푯말을 세우겠다는 꿈이었다. 그러나 추상적 세계에 빠져버린 아버지는 들은 체도 하지 않았다. 여자들이 말했다. "사방에 돌무더기만 남게 되면 헐값으로 팔아야 할 텐데요." 그래도 아버지는 (테트라포드를 빼앗았던 그들의 배신행위를 상기하면서) 아랑곳하지 않았다.

오리궁둥이 누시가 떠나가면서 말했다. "내가 뭐랬어요, 아미나 자매—말세라니까요! 세상의 종말이 온 거라고요!" 이번에는 그 말이 맞기도 하고 틀리기도 했다. 1958년 8월 이후에도 지구는 여전히 빙글빙글 잘 돌았지만 내 어린 시절의 세계는 종말을 맞이했다.

파드마—어렸을 때 그대에게도 자기만의 세계가 있었나? 대륙과 대양과 극지의 얼음이 인쇄된 양철 지구본이 있었나? 플라스틱 받침대로 조립해놓은 싸구려 금속 반구 두 개가 있었나? 그래, 물론 없었을 것이다. 하지만 나에게는 있었다. 그 세계에는 수많은 이름표가 붙어 있었다: 대서양, 아마존, 남회귀선. 그리고 북극에는 이런 설명이 있었다: 메이드 애즈 잉글랜드.* 팻말들이 끄덕거리고 나를리카르 일가 여자들의 탐욕이 기승을 부리던 그해 8월 무렵 양철로 만들어진 이 세계가 받침대를 잃어버렸다. 나는 스카치테이프를 찾아 적도 부근에서 땅덩이를 이어붙였지만, 그때는 이미 놀고 싶은 충동이 지구본을 존중하는 마음을 압도해버린 터라 그것을 축구공 대용으로 사용하기 시작했다. 사바르마티 사건의 여파로 어머니는 양심의 가책을 느끼고, 메솔드의 후계자들에게는 개인적인 비극이 거듭되는 동안 나는 세계가 (비록 접착테이프로 대충 고정시킨 상태였지만) 아직 무사하고 또한 내 발밑에 있다는 사실에 안도하면서 양철 지구본을 걷어차 땡그랑땡그랑 소리를 내며 단지 안을 돌아다녔는데…… 오리궁둥이 누시가 마지막으로 종말론적 탄식을 터뜨리던 날—그리고 서니 이브라힘을 이제 더는 '옆집 서니'로 부를 수 없게 되던 날—내 동생 놋쇠 잔나비가 납득할 만한 이유도 없이 나에게 덤벼들어 버럭 고함을 질렀다. "젠장, 발길질 좀 그만해, 오빠! 오늘 같은 날 **조금**은 섭섭해하는 게 정상 아니야?" 그러더니 하늘 높이 날아올랐다가 모둠발로 북극에

---

* MADE AS ENGLAND. 제조국 표시는 '메이드 인 잉글랜드(MADE IN ENGLAND)'라고 써야 옳다. 이 지구본이 모조품임을 말해준다.

착륙해버렸고, 그 분노의 발꿈치와 우리 집 진입로의 흙먼지 사이에서 세계는 와지끈 찌그러지고 말았다.

놋쇠 잔나비는 자신을 좋아하던 서니 이브라힘에게 욕설을 퍼붓고 도로 한복판에서 알몸으로 만들어버리기도 했지만 막상 서니가 떠나버리자 그때까지 사랑의 가능성을 부인했던 그녀도 조금은 상심한 모양이었다.

# 폭로

옴 하레 쿠스로 하레 쿠스로반드 옴

명심하라, 아으, 불신하는 자들이여, 태초 이전부터 천공(天空)의 캄캄한 암흑 속에 축복의 별 쿠스로반드가 있었음을!!! 이제 현대 과학자들도 자기들이 누대에 걸쳐 거짓말을 했다고 증언하는바, 이 거룩한 진리의 본향이 실제로 존재했다는 '학고부동한' 사실을 만인이 알 권리가 있기 때문이로다!!! 전 세계의 일류 지식인들은 물론이요 미국에서도 이 중대한 소식을 은폐하려는 빨갱이들, 유대인들, 기타 등등의 반종교적 음모를 규탄하였도다! 바야흐로 장막이 걷히고 거룩하신 쿠스로 주님께서 아무도 반박할 수 없는 증거를 가져오셨노라. 이를 읽고 믿으라!

실존했던 쿠스로반드에는 일찍이 순수한 정신력을 크게 발전시켜 명상이나 기타 등등을 통해 만인의 행복을 구현하는 능력, 상상을 불허하는 능력을 얻은 성자들이 살았음을 명심하라! 그들은 강철을 꿰뚫어보고 이빨로 쇠기둥을 꾸부릴 수도 있었더라!!!

　＊　　＊　　＊　　이제!　＊　　＊　　＊
그대들은　사상 최초로　그　능력을
경험하게　되리니!　쿠스로 주님께서
　＊　　＊　　＊　　오셨다!　＊　　＊　　＊

쿠스로반드가 멸망한 이야기를 들어보라: 붉은 마왕 비무타가(그 이름에 저주 있으라!) 무시무시한 유성우를 내렸나니(세계 각지의 천문대에서 이 현상을 상세히 기록하였으나 아무도 그 원인을 설명하지 못하였고)…… 이 극심한 돌 소낙비로 아름다운 쿠스로반드는 그만 폐허가 되었고 성자들도 전멸하고 말았더라.

그러나 위대한 주라엘과 아리따운 칼릴라는 실로 지혜로웠나니, 쿤달리니* 비술의 무아지경 속에서 자신을 희생함으로써 아직 태어나지 않은 아들 쿠스로 주님의 영혼을 구하셨도다. 지고지상의 요가수행으로(그 효능은 작금에 전 세계가 인정하는바!) 이룩한 황홀경 속에서 참된 깨달음을 얻으신 두 분은 당신들의 정신을 눈부시게 빛나는 쿤달리니 생명력 광선으로 바꾸시었으니, 오늘날 널리 알려진 레이저 광선

---

* 탄트라 밀교에서 인간의 척추 아래 똬리를 튼 뱀 형태로 존재한다고 믿는 기운.

은 한낱 모조품이요 흉내에 지나지 않더라. 아직 태어나지 않은 **쿠스로** 주님의 영혼은 이 광선과 더불어 **무궁한 천공과 무한한 시간**을 가로 질렀고 마침내 우리가 사는 이 두니야(세계)에 이르러 배화교를 믿는 어느 양갓집 마나님의 태중에 깃드셨으니 이는 참으로 **우리의 복이 아 닐 수 없도다!**

그리하여 아기씨께서 탄생하시매 그 성품이 실로 선량하기 이를 데 없고 **총명하기 비할 데 없더라.** (그런데도 모든 인간이 평등하게 태어 난다고 하다니 그런 거짓부렁이 또 어디 있으랴! 도적과 성자가 어찌 같을 수 있단 말인가? 어불성설이로다!!) 그러나 한동안은 진정한 본 성이 드러나지 아니하다가 어느 연극에 지구 상의 성자로 출연하시었 을 때(일류 평론가들이 가로되 그 연기의 순수함이 가히 눈을 의심할 만하다 하더라) 마침내 각성하시어 당신의 **참모습**을 깨달으셨도다. 고 로 지금은 본디 이름을 되찾으셨으니,

쿠스로
쿠스로반드
주님
&ast; 바그완&ast; &ast;

그리고 고행자처럼 겸허하게 이마에 재를 바르시고 뭇 병을 고치시 며 가뭄을 끝내시며 **비무타**의 졸개들이 쳐들어올 때마다 싸워 물리치

---

&ast; 인도에서 신, 거룩한 분, 정신적 지도자를 뜻하는 말.

셨더라. 두려워할지어다! 비무타의 돌 소낙비는 언젠가 우리에게도 닥쳐오리니! 정치꾼 시인 빨갱이 기타 등등의 망언을 귀담아듣지 말지어다. 믿을 사람은 오로지 진실하신

쿠스로          쿠스로          쿠스로
쿠스로          쿠스로          쿠스로

기부금을 보낼 곳은 봄베이-1, 중앙우체국, 사서함 555호.
축복! 아름다움!! 진실!!!
옴 하레 쿠스로 하레 쿠스로반드 옴

키루스 대왕의 아버지는 핵물리학자였고 어머니는 오랫동안 남편 두바시의 합리적 사고방식에 주눅이 든 채 살다가 결국 신앙심이 변질되어 광신자가 되었다. 그리고 깜박 잊고 오렌지 씨를 빼지 않았는데 이 때문에 남편이 숨이 막혀 사망하자 두바시 부인은 아들의 성격에서 죽은 남편의 흔적을 지워버리고 그녀 자신의 모습대로 키루스를 개조하는 작업에 착수했다. 그리하여 **키루스 대왕은 1948년 접시 위에서 태어났대요!**의 키루스—우리 학교의 신동이었던 키루스—버나드 쇼의 연극에 성녀 조앤으로 출연했던 키루스—우리와 함께 자랐고 우리가 잘 알던 그 모든 키루스들은 이제 완전히 사라져버렸고 그 대신 터무니없이 과장되고 멍청해 보일 만큼 조용한 쿠스로 쿠스로반드 주님이 나타났다. 키루스는 열 살 때 대성당 학교에서 사라졌다가 어느 날 혜성처럼 나타나더니 그때부터 인도에서 가장 부유한 구루로

급부상하기 시작했다. (인도는 인도인들의 수만큼 많은 모습을 지녔는데 키루스의 인도에 비하면 나의 인도는 초라해 보이기까지 한다.)

그런데 그는 왜 순순히 그런 일에 말려들었을까? 포스터가 온 도시를 뒤덮고 신문마다 광고로 도배하다시피 하는 동안 어째서 어린 천재는 한마디 불평도 하지 않았을까? ……왜냐하면 키루스는 (한때 적잖이 불량기가 있는 태도로 우리에게 '여자의 신체부위'에 대한 강의를 해준 적은 있으나) 누구보다 유순해서 어머니의 뜻을 거역하는 일은 꿈도 못 꾸는 아이였기 때문이다. 그는 어머니를 위해 수단(繡緞) 치마 같은 옷을 입고 터번을 썼다. 아들의 도리를 다하기 위해 몇백만 명이나 되는 추종자들에게 새끼손가락을 내밀고 입맞춤을 허락했다. 어머니의 사랑을 얻기 위해 철두철미하게 쿠스로 주님으로 변신했다. 역사상 가장 큰 성공을 거둔 소년 성자의 탄생이었다. 미국 기타리스트들이 찾아와서 그의 발치에 앉았는데 모두 예외 없이 수표책을 가져왔다. 쿠스로반드 주님은 회계사들을 거느렸고 조세피난처를 마련했고 '쿠스로반드 우주선'이라는 이름의 호화 여객선과 '쿠스로 주님의 우주왕복선'이라는 전용 비행기까지 갖추었다. 그리고 어렴풋한 미소를 머금고 축복을 나눠주는 이 소년의 마음속 어딘가에…… 언제나 무서울 정도로 유능한 어머니의 그늘에 묻혀 (사실 그녀는 나를리카르 일가의 여자들과 한 건물에서 살았는데, 그들과 얼마나 친하게 지냈을까? 그 여자들의 막강한 능력을 얼마나 많이 흡수했을까?) 눈에 띄지도 않는 그곳 어딘가에 내 친구였던 소년의 희미한 그림자가 숨어 있었다.

"쿠스로 주님이라고요?" 파드마가 깜짝 놀라서 묻는다. "작년에 바다에 빠져 죽은 그 마하구루 말이에요?" 그렇다, 파드마. 그는 물 위를 걷지 못했다. 일찍이 나를 만났던 사람들 중에서 자연사로 사망한 사람은 매우 드물었는데…… 키루스가 그렇게 신격화되는 것을 내가 좀 못마땅하게 여겼다는 사실을 고백해야겠다. 나는 이런 생각까지 했다. '그건 나한테 더 잘 어울리잖아. 나야말로 기적의 소년인데 말이야. 비록 지금은 집에서도 귀염둥이의 자리를 빼앗기고 내면의 본성마저 잃어버렸지만.'

파드마, 나는 '마하구루'가 되지 못했고 몇백만 명이 내 발치에 앉는 일도 없었다. 사실 키루스가 그렇게 된 것도 나 때문이다. 왜냐하면 오래전에 나도 '여자의 신체부위'에 대한 키루스의 강의를 들었으니까.

"뭐라고요?" 파드마가 어리둥절해서 고개를 절레절레 흔든다. "그건 또 무슨 소리예요?"

핵물리학자 두바시는 아름다운 대리석 조각상 하나를—여자의 나신상이었다—갖고 있었는데 그의 아들은 낄낄거리는 사내아이들을 모아놓고 이 작은 조각품을 이용하여 여자의 해부학적 구조에 대한 전문적인 강의를 들려주었다. 무료는 아니었다. 키루스 대왕은 수업료를 받았다. 해부학 강의의 대가로 그는 만화책을 요구했다. 나는 순진하게도 가장 귀중한 『슈퍼맨』 만화책 한 권을 그에게 넘겨주었는데 바로 그 시리즈의 배경 이야기가 담긴 책이었다. 크립톤 행성이 폭발할 때 슈퍼맨의 아버지 조르엘이 그를 우주선에 태워 우주공간으로 날려 보냈고 슈퍼맨은 지구에 도착하여 선량하고 상냥한 켄트 씨 부부의 양자가 되었다는…… 그런데 아무도 알아차리지 못했을까? 그

기나긴 세월 동안 두바시 부인이 한 일은 현대의 신화 중에서도 가장 막강한 힘을 가진 신화, 즉 슈퍼맨의 등장에 얽힌 전설을 뜯어고쳐 재구성한 것이었음을 간파한 사람이 아무도 없었단 말인가? 바그완 쿠스로 쿠스로반드 주님의 출현을 알리는 광고를 볼 때마다 나는 내가 사는 이 떠들썩하고 황당무계한 세계에서 일어나는 온갖 일에 책임을 통감할 수밖에 없었다.

나는 열심히 귀를 기울이는 우리 파드마의 다리 근육을 바라보며 감탄해 마지않는다. 그녀는 지금 내 책상에서 몇 걸음 떨어진 곳에 생선 장수 아낙네처럼 사리 자락을 걷어 올린 채 쪼그려 앉아 있다. 종아리 근육은 피곤한 기미조차 보이지 않고 사리 자락 밑에서 출렁거리는 허벅지 근육도 놀라운 지구력을 과시한다. 중력과 근육경련을 모두 도외시한 채 필요하다면 언제까지나 그렇게 쪼그리고 앉아서 버틸 수 있을 만큼 튼튼한 파드마는 나의 기나긴 이야기를 느긋하게 들어준다. 아으, 위대한 피클 일꾼이여! 그녀의 이두근과 삼두근은 참으로 단단해서 믿음직스럽고 영원히 변하지 않을 듯싶어 듬직하기 그지없는데…… 보다시피 나는 그녀의 다리뿐만 아니라 두 팔에 대해서도 경탄의 마음을 감추지 못한다. 파드마는 팔씨름을 해도 순식간에 나를 꺾어버리고, 비록 부질없는 짓이지만 그녀가 잠자리에서 나를 껴안으면 절대로 벗어날 수 없다. 이제 무사히 위기를 넘긴 우리는 더 바랄 나위 없이 사이좋게 지낸다. 나는 이야기를 하고 그녀는 듣는다. 그녀는 나를 돌봐주고 나는 그녀의 보살핌을 흔쾌히 받아들인다. 사실 나는 파드마 망그롤리의 지칠 줄 모르는 체력에 전적으로 만족한다. 다만 그녀가 내 이야기보다 나에게 더 많은 관심을 기울인다는 점이 불가사의할 따름이다.

내가 이렇게 파드마의 근육조직을 언급하는 이유는: 요즘 내가 다른 무엇보다 혹은 누구보다(예를 들자면 아직 읽기를 배우지도 못한 내 아들보다) 바로 그 근육에게 이야기를 들려주고 있기 때문이다. 왜냐하면 지금 나는 무서운 속도로 서두르는 중이니까. 따라서 실수나 과장이 나올 수도 있고 분위기가 확 달라져 어색할 수도 있다. 균열의 진행 속도를 앞지르려고 서두르는 중이지만 이미 몇 번이나 실수를 저질렀다는 사실을 의식하고 있으며 나의 쇠퇴가 (집필 속도가 따라가기 힘들 정도로) 가속화될수록 신뢰도가 점점 떨어질 우려가 있다는 사실도 잘 알고…… 이런 상태라 나는 파드마의 근육을 길잡이로 활용하는 요령을 익히는 중이다. 이를테면 파드마가 따분함을 느낄 때마다 그녀의 근섬유에서 발생하는 무관심의 파문을 감지하고, 파드마가 내 말을 믿지 못할 때마다 그녀의 뺨에서 일어나는 안면경련을 확인하는 식이다. 그녀의 근육조직이 춤을 추면서 내가 탈선하지 않도록 도와준다. 왜냐하면 모든 문학이 그렇듯이 자서전에서도 저자가 독자를 설득하여 무엇을 믿게 만들었느냐가 실제로 일어난 일보다 더 중요하기 때문인데…… 파드마는 키루스 대왕에 대한 이야기를 선뜻 받아들임으로써 나에게 이야기를 계속할 용기를 주었다. 이제부터 나는 그때까지 11년의 인생을 통틀어 최악이었던 시절(그 후 더욱더 괴로운 시절도 물론 있었지만), 즉 온갖 비밀이 피처럼 끊임없이 흘러나오던 8월과 9월에 대해 이야기하려고 한다.

끄덕거리는 팻말들을 치우기가 무섭게 나를리카르 일가의 여자들이 불러들인 철거작업반이 나타났다. 버킹엄 빌라는 윌리엄 메솔드의 궁전들이 죽어가면서 토해내는 자욱한 먼지에 휩싸였다. 그 먼지 때문에 언덕 밑의 워든 가에서는 우리를 볼 수도 없었지만 전화기에는 여전히 속수무책으로 당할 수밖에 없었다. 피아 외숙모가 떨리는 음성으로 내가 사랑하는 하니프 외삼촌이 자살했다고 알려준 것도 전화를 통해서였다. 목소리가 쩌렁쩌렁하고 하트와 사실주의에 집착했던 외삼촌은 호미 카트락으로부터 들어오던 수입이 뚝 끊기자 마린 드라이브 아파트의 옥상으로 올라가서 저녁 무렵의 바닷바람 속으로 몸을 던졌다. 외삼촌이 떨어졌을 때 깜짝 놀란 거지들이 장님 시늉도 포기한 채 비명을 지르며 도망쳤는데…… 살아생전에 그랬듯이 죽음의 순간에도 하니프 아지즈는 그렇게 거짓을 타파하고 진실을 역설했다. 그때 외삼촌은 서른네 살쯤이었다. 살인은 죽음을 부른다. 호미 카트락을 살해함으로써 나는 외삼촌마저 살해하고 말았다. 나 때문이었다. 그러나 죽음의 행렬은 아직 끝나지 않았다.

온 가족이 버킹엄 빌라에 모였다. 아그라에서 아담 아지즈와 원장 수녀님이 도착하고 델리에서 무스타파 외삼촌이 도착했다. 공무원인 그는 상관들의 말에 맞장구를 치는 고도의 기술을 연마하여 결국 아무도 그의 말을 귀담아듣지 않게 되었고, 그래서 좀처럼 승진하지 못했다. 이란계 혼혈인 소냐 외숙모와 어찌나 두들겨 맞았던지 아예 존재감이 없어져 도대체 몇 명인지조차 생각나지 않는 외사촌들도 함께 왔다. 그리고 파키스탄에서는 앙심을 품은 알리아 이모는 물론이고 줄피카르 장군과 에메랄드 이모까지 모두 출동했는데 그들 부부는 여행 가방을 스물일곱 개나 가져오고 하인도 두 명이나 데려왔으며 끊임없이 시계를 들여다보면서 날짜를 묻곤 했다. 그들은 아들 자파르도 데려왔다. 그리고 우리 어머니가 피아 외숙모를 우리 집에 묵게 하면서 온 가족이 한지붕 아래 모이게 되었다. "거상 기간 40일 동안만이라도 그렇게 해, 올케."

그 40일 동안 우리는 먼지에 포위된 채 살았다. 젖은 수건으로 창틈을 모두 틀어막았는데도 꾸역꾸역 스며드는 먼지, 조문객이 찾아올 때마다 슬그머니 따라 들어오는 먼지, 아예 벽을 뚫고 들어와서 형체도 없는 망령처럼 허공에 둥실둥실 떠다니는 먼지, 예법에 따른 곡소리와 슬픔에 잠긴 친척들이 주고받는 지독한 질책의 소리들을 덮어 조금씩 줄여주는 먼지. 메솔드 단지의 잔재는 외할머니의 몸에 내려앉아 엄청난 분노를 불러일으켰고 어릿광대 같은 얼굴을 가진 줄피카르 장군의 좁다란 콧구멍을 자극하여 자기 턱에 콧물을 내뿜으며 재채기를 하게 만들었다. 유령 같은 먼지구름 속에서 이따금 과거의 형상들이 보이는 듯했는데, 가루가 되어버린 릴라 사바르마티의 자동피아노와 톡시 카트락의 감방 쇠창살 따위가 신기루처럼 나타나곤 했다. 먼지로 이루어진 두바시의 나신상이 너울너울 춤을 추면서 이 방 저 방 돌아다니고 서니 이브라힘의 투우사 포스터가 구름처럼 우리를 찾아오기도 했다. 불도저들이 작업을 하는 동안 나를리카르 일가의 여자들은 다른 곳으로 떠나버렸고 먼지폭풍 속에 남아 있는 사람은 우리뿐이었다. 먼지 때문에 우리는 오랫동안 방치된 가구 같은 모습을 하게 되었다. 덮개도 없이 팽개쳐져 수십 년을 보낸 책상이나 의자 같은 몰골이었다. 마치 우리도 유령이 되어버린 듯했다. 우리는 아담 아지즈의 얼굴에 달린 거대한 매부리코에서 탄생한 왕조였는데, 이

슬픔의 시기에 우리의 콧구멍 속으로 파고드는 먼지는 우리의 경계심을 무너뜨리고 가족의 존속을 보장하는 조심성을 갉아먹었다. 그리하여 죽어가는 궁전들의 먼지폭풍 속에서 온갖 일들이 거론되고 목격되고 실행되었으며 우리는 영원히 그 상처를 극복하지 못했다.

첫번째 희생자는 원장수녀님이었다. 어쩌면 그때까지 살아온 세월이 그녀의 몸을 부풀려 고향 스리나가르의 샹카라 아차리아 언덕을 방불케 했으므로 먼지의 공격을 받을 표면적이 제일 넓었던 탓인지도 모르겠다. 어쨌든 그녀의 산더미 같은 몸뚱이에서 산사태처럼 우렁찬 굉음이 터져나오더니 곧 말로 바뀌어 남편을 잃고 과부가 된 피아 외숙모에게 맹공격을 퍼부었다. 당시 우리 모두는 외숙모의 이상한 태도를 눈여겨보았다. 그녀처럼 유명한 여배우라면 과부의 슬픔을 표현하는 데도 새로운 경지를 개척하리라는 기대감이 암암리에 존재했다. 우리는 무의식적으로 그녀가 슬퍼하는 모습을 목격하고 싶어 했고, 실력 있는 비극 여배우가 자신의 불행을 멋들어지게 표현하는 광경을 직접 보게 되기를 학수고대했고, 화려함과 온화함, 울부짖는 고통과 잔잔한 절망을 골고루 섞어가며 예술의 경지로 승화시킨 40일간의 대공연을 관람할 수 있기를 바랐다. 그러나 피아는 시종일관 조용했고 눈물도 흘리지 않았으며 실망스러울 정도로 태연했다. 아미나 시나이와 에메랄드 줄피카르가 피아의 재능에 불을 붙이려고 머리카락을 쥐어뜯으며 울어보기도 했다. 그러나 무슨 짓을 해도 피아는 꿈쩍도 하지 않았고 마침내 원장수녀님은 인내심을 잃고 말았다. 실망에서 비롯된 분노에 먼지가 들어가서 더욱더 뜨겁게 타올랐다. 원장수녀님이 으르렁거렸다. "저년 말인데, 거뭣이냐, 내가 전에 뭐랬어? 내 아들이 마음만 먹으면 뭐든지 할 수 있었을 텐데. 거뭣이냐. 저년 때문에 인생을 다 망쳤어. 그래서 저년한테서 벗어나려고, 거뭣이냐, 옥상에서 뛰어내린 거라고."

한번 내뱉은 말은 도로 주워담을 수 없다. 피아는 석상처럼 우두커니 앉아 있었고 내 가슴은 옥수수 푸딩처럼 부들부들 떨었다. 원장수녀님이 무자비하게 말을 이으면서 죽은 아들의 머리카락을 걸고 맹세했다. "서방 잡아먹은 저년이 내 아들을 애도하기 전에는, 거뭣이냐, 지어미답게 진실한 눈물을 흘리기 전에는 아무것도 먹지 않겠다. 눈물을 흘리기는커녕 저렇게 눈화장까지 하고 뻔뻔스럽게 앉아 있다니 이 얼마나, 거뭣이냐, 남부끄럽고 망신살 뻗치는 일이냐!" 예전에 원장수녀님과 아담 아지즈가 치렀던 전쟁을 떠올리게 하는 폭탄선언이 집 안을 뒤흔들었다. 그리고 40일 중에서 20일째가 될 때까지 우리는 외할머니가 굶어 돌아가실까봐, 그래서 40일의 거상 기간이 처음부터 다시 시작될까봐 걱정했다. 외할머니는 먼지로 뒤덮인 채 침대에 누워 있었고 우리는 두려움에 사로잡힌 채 속수무책으로 기다리는 수밖에 없었다.

외할머니와 외숙모의 교착상태를 해결한 사람은 바로 나였다. 그러므로 내가 한 목숨을 구했다고 해도 틀린 말은 아니다. 20일째 되던 날 나는 일층 자기 방에 맹인처럼 앉아 있는 피아 아지즈를 찾아갔다. 방문의 핑계를 찾다가 마린 드라이브 아파트에서 저지른 불미스러운 행동에 대한 사죄의 말을 더듬더듬 늘어놓았다. 피아는 냉담하게 침묵을 지키다가 마침내 말문을 열었다. "온통 멜로드라마 천지야." 외숙모가 딱 잘라 말했다. "집안 식구들도 그렇고 영화계도 그렇고. 그

이는 멜로드라마에 대한 혐오감 때문에 죽었어. 그래서 내가 울지 않는 거야." 그때는 그 말을 이해하지 못했지만 지금은 피아 아지즈의 판단이 정확했다고 확신한다. 천박한 긴장감만 추구하는 봄베이 영화계의 관행을 거부하다가 생계가 막막해진 외삼촌은 결국 옥상에서 뛰어내렸다. 지상으로 몸을 던진 외삼촌의 마지막 행위는 멜로드라마에서 비롯된 영감 (혹은 오염) 때문이었다. 그래서 피아가 울지 않은 것은 오히려 남편의 뜻을 기리기 위해서였는데…… 그러나 그 사실을 고백하는 과정에서 그녀의 자제력이 허물어지고 말았다. 먼지 때문에 재채기가 터졌고 재채기 때문에 눈물이 났다. 그러더니 곧 눈물이 하염없이 흘렀고 드디어 우리는 학수고대하던 공연을 보게 되었다. 한번 흐르기 시작한 눈물은 플로라 분수처럼 솟구쳤고 피아는 자신의 재능을 억제할 수 없었다. 다만 연기자답게 눈물의 홍수를 가다듬었는데 주선율과 부선율을 도입하여 강약을 조절하기도 하고 그 놀라운 젖가슴을 때릴 때는 보는 사람까지 고통스러울 정도로 쥐어짜기도 하고 평평 두드리기도 하고…… 그녀는 옷가지와 머리카락을 마구 쥐어뜯었다. 그야말로 눈물의 향연이었다. 원장수녀님도 만족하고 식사를 시작했다. 외숙모의 눈에서 소금물이 흐르는 동안 외할머니는 달*과 피스타치오를 먹어치웠다. 그러고 나서 나심 아지즈는 피아에게 달려들어 와락 부둥켜안고 독창을 이중창으로 바꿔버렸다. 견딜 수 없을 만큼 아름다운 슬픔의 노래와 화해의 음악이 어우러졌다. 우리는 차마 박수를 칠 수는 없었지만 자꾸 손바닥이 근질거렸다. 그러나

---

* 껍질을 벗겨 쪼갠 콩 또는 그 콩으로 만든 각종 요리.

아직도 절정의 순간이 남아 있었다. 명배우 피아의 명공연은 완벽한 결말로 대미를 장식했기 때문이다. 그녀는 시어머니의 무릎에 손을 얹고 공손하면서도 공허한 목소리로 말했다. "어머님, 이 부족한 며느리가 이제야 어머님 말씀을 귀담아듣게 됐어요. 제가 해야 할 일을 일러주시면 그대로 따를게요." 그러자 원장수녀님도 울먹이는 목소리로: "아가, 네 시아버지와 나도 곧 라왈핀디*로 간다. 막내 에메랄드 곁에서 노후를 보내고 싶구나. 너도 같이 가겠다면 주유소를 차려주마." 그리하여 원장수녀님의 꿈이 실현될 날이 목전에 다가왔다. 피아 아지즈가 영화의 세계를 포기하고 연료의 세계를 선택하는 데 동의했기 때문이다. 나는 하니프 외삼촌도 찬성할 거라고 생각했다.

먼지는 40일 내내 우리에게 악영향을 미쳤다. 아흐메드 시나이는 무례하고 소란스러운 사람이 되어 처갓집 식구들과 동석하기를 거부했고 슬퍼하는 사람들에게 할 말이 있으면 앨리스 페레이라를 시켜 전달하기도 하고 사무실 안에서 버럭 고함을 지르기도 했다. "다들 조용히 좀 해요! 이런 난장판 속에서도 일하는 중이란 말이에요!" 그 말 때문에 줄피카르 장군과 에메랄드 이모는 끊임없이 달력과 비행기 시간표를 들여다보았고 그들의 아들 자파르는 놋쇠 잔나비와 결혼하기 위해 아버지를 설득하는 중이라고 떠벌리기 시작했다. 이 건방진 이종사촌은 내 동생에게 이렇게 말했다. "그러니까 운 좋은 줄 알란 말이야. 우리 아빠는 파키스탄에서 아주 중요한 인물이거든." 자파르는 자기 아버지를 쏙 빼닮은 녀석이었지만 먼지 때문에 마음이 무거

---

* 파키스탄령 펀자브 주의 도시로 카슈미르로 가는 길의 초입에 있다.

워진 잔나비는 그와 말다툼을 벌일 기분이 아니었다. 한편 알리아 이
모는 케케묵은 실망을 먼지처럼 공기 중에 퍼뜨렸고 우리 친척 중에
서도 가장 우스꽝스러운 무스타파 외삼촌 일가는 평소처럼 시무룩한
표정으로 구석에 앉아 있어서 아무도 눈여겨보지 않았다. 무스타파
아지즈의 콧수염은 우리 집에 도착하던 날만 하더라도 밀랍을 발라서
양쪽 끄트머리가 당당하게 치솟았지만 지금은 먼지의 무게에 짓눌려
축 처진 지 오래였다.

그리고 거상 기간이 22일째로 접어들던 날 외할아버지 아담 아지
즈가 하느님을 만났다.

당시 외할아버지는 예순여덟 살이었다. 여전히 20세기보다 열 살
이 많은 나이였다. 그러나 낙관주의를 잃어버린 채 16년을 보낸 대가
는 혹독했다. 두 눈은 여전히 새파랬지만 등이 구부정하게 휘어버렸
다. 외할아버지는 수놓은 사발모자를 쓰고 긴 추가 외투를 걸친 모습
으로—물론 얇은 막 같은 먼지로 뒤덮인 채—버킹엄 빌라 안을 비척
비척 돌아다니며 하염없이 날당근을 씹어 먹었다. 백발이 성성한 턱
을 따라 가느다란 침이 흘렀다. 할아버지가 날로 쇠약해지는 동안에
도 원장수녀님은 점점 더 부풀고 튼튼해졌다. 한때는 머큐로크롬을
보고도 처량하게 비명을 지르던 그녀가 지금은 남편의 허약함을 먹이
삼아 무럭무럭 자라는 듯했다. 그래서 그들의 결혼생활은 신화 속에
서 순진한 처녀의 모습으로 남자를 유혹하다가 혼인에 성공한 다음에
는 원래의 흉측한 몰골을 드러내고 남자의 영혼을 먹어치운다는 몽마
(夢魔) 서큐버스와 인간의 결합을 연상시켰는데…… 그 시절 외할머

니는 하나 남은 아들의 입술 위에서 먼지로 뒤덮여 축 늘어진 터럭에 버금갈 만큼 콧수염이 무성했다. 그녀는 침대 위에 책상다리를 하고 앉아서 입술 위에 신비로운 액체를 바르고 그것이 수염에 말라붙으면 갑작스럽고 난폭한 손동작으로 확 뜯어내곤 했다. 그러나 이 치료법은 증상을 더욱 악화시킬 뿐이었다.

원장수녀님이 할아버지의 자녀들에게 말했다. "너희 아버지가 다시 어린애가 돼버리더니 이제 하니프 때문에 완전히 망가지고 말았구나." 그녀는 할아버지가 헛것을 보기 시작했다고 경고했다. 할아버지가 입맛을 쩍쩍 다시며 이리저리 방 안을 배회할 때 할머니가 큰 소리로 속닥거렸다. "자리에 없는 사람들하고도 대화를 나누더라. 한밤중에, 거뭣이냐, 버럭버럭 고함을 질러대면서!" 그러면서 할아버지 흉내를 냈다. "어, 타이 할아범? 할아범 맞소?" 할머니는 아이들에게 뱃사공과 허밍버드와 쿠치나힌의 라니에 대한 이야기를 들려주었다. "저 불쌍한 양반이 너무 오래 살아서 그래. 거뭣이냐, 아들이 아비보다 먼저 죽는 꼴을 보게 되다니 원." ……아미나가 그 말을 듣고 동감이라는 듯이 고개를 끄덕였다. 그때는 몰랐지만 아담 아지즈는 딸에게도 그런 특질을 유산으로 물려주었고, 그래서 다시 나타나지 말아야 할 것들이 말년의 아미나를 찾아오곤 했다.

우리는 먼지 때문에 천장 선풍기를 사용할 수 없었다. 실의에 빠진 할아버지의 얼굴에서 흘러내리는 땀방울이 양쪽 뺨에 진흙 줄무늬를 그려놓았다. 이따금 할아버지는 가까이 있는 사람을 붙잡고 정신이 말짱한 사람처럼 말하기도 했다: "네루 일가는 대대로 왕위를 물려받아야 만족할 놈들이야!" 때로는 달아나려고 몸부림치는 줄피카르 장군의 얼굴에 침을 질질 흘리면서: "아, 파키스탄은 불행한 나라야! 지배자라는 놈들 때문에 고생만 했으니까!" 그러나 또 어떤 때는 자기가 보석상에 들어갔다고 상상하는지 이렇게 중얼거리기도 했다. "……그래, 에메랄드도 있었고 루비도 있었고……" 잔나비가 나에게 속삭였다. "할아버지가 돌아가실까?"

아담 아지즈가 나에게 물려준 것은: 여자들에게 약한 일면, 그리고 그렇게 된 원인, 즉 (나도 마찬가지지만) 하느님을 믿지도 못하고 안 믿지도 못하게 되면서 가슴 한복판에 뻥 뚫린 구멍. 그리고 하나 더 ─다른 사람들이 알아차리기 전에 당시 열한 살이던 내가 제일 먼저 발견했던 그 현상. 할아버지는 쩍쩍 갈라지기 시작했다.

"머리가?" 파드마가 묻는다. "정신이 이상해졌다는 뜻이죠?"

뱃사공 타이가 말했다: "아담 바바, 저 물의 거죽 바로 밑에는 언제나 얼음이 도사리고 있습죠." 나는 할아버지의 눈동자에 나타난 균열을 보았다. 파란색 바탕에 새겨진 무채색 무늬가 섬세하기 그지없었다. 내가 본 것은 할아버지의 가죽 같은 피부 바로 밑에서 점점 퍼져가는 균열의 그물망이었다. 나는 잔나비의 질문에 이렇게 대답했다: "아마 그럴 거야." 40일의 거상 기간이 끝나기도 전에 할아버지의 피부가 쩍쩍 갈라지면서 조각조각 떨어지고 벗겨지기 시작했다. 양쪽 입가가 찢어져 음식을 먹을 때 입을 벌리기도 힘들었고 이빨이 살충제 맞은 파리 떼처럼 우수수 빠져버렸다. 그러나 균열에 의한 죽음은 오래 걸린다. 그리고 우리가 다른 종류의 균열, 즉 할아버지의 뼈를 갉아먹는 질병에 대해 알게 되기까지 꽤 오랜 시간이 지나갔고, 그래서 결국 할아버지의 골격은 비바람에 시달린 가죽자루 속에서 가루처럼 산산이 부서지고 말았다.

파드마가 별안간 겁에 질린 표정이다. "그게 무슨 소리예요? 설마 당신도 그런 병에…… 도대체 어떤 병이기에 사람의 뼈를 먹어치운대요? 혹시……"

그러나 지금은 이야기를 중단할 겨를이 없다. 연민이나 두려움에 일일이 대꾸할 겨를도 없다. 다만 약간의 시간을 할애하여 나에게서 아담 아지즈에게 전해진 것도 있었다는 사실만은 언급해둬야겠다. 왜냐하면 거상 기간 중 23일째 되던 날 할아버지가 유리 꽃병과 (외삼촌이 죽었으니 꽃병을 치울 필요도 없으므로) 쿠션과 정지된 선풍기들이 있는 바로 그 방, 언젠가 내가 계시를 받았다고 고백했던 바로 그 방에 온 가족을 불러 모았는데…… 원장수녀님은 할아버지가 '다시 어린애가 돼버렸다'고 말했다. 잘 살고 있으리라 믿었던 아들이 죽었다는 소식을 들은 지 3주가 지난 그날, 할아버지는 정말 어린애처럼 당신이 한평생 죽었다고 믿으려 노력했던 하느님을 두 눈으로 직접 보았다고 고백했다. 그리고 정말 어린애를 대하듯이 아무도 그의 말을 믿어주지 않았다. 예외가 딱 한 명 있었지만…… "그래, 잘 들어라." 할아버지가 예전의 쩌렁쩌렁한 목소리와는 판이한 힘없는 목소리로 말했다. "그래, 라니? 당신도 왔소? 그럼 압둘라는? 자네도 앉게, 나디르, 전해줄 소식이 있으니까. 그런데 아흐메드는 어디 갔지? 알리아가 만나고 싶어 할 텐데…… 하느님 말이다, 얘들아. 내가 한평생 맞서 싸웠던 그 하느님 말이야. 오스카어? 일제? 아, 물론 그건 아니야. 그 사람들이 죽었다는 사실은 아비도 안다. 너희들은 내가 늙었다고, 그래서 바보가 돼버렸다고 생각하겠지만 난 분명히 하느님을 뵈었다." 그러더니 비록 곁길로 빠지기도 하고 갈팡질팡 헤매기도 했지만 천천히 조금씩 진상이 드러났다. 어느 날 외할아버지는 한밤중에 캄캄한 방에서 눈을 떴다. 방 안에 누가 있었는데 아내는 아니었다. 원장수녀님은 자기 침대에서 코를 골았다. 어쨌든 누군가 분명히 있었다. 그 누군가의 몸에 내려앉은 먼지가 기울어가는 달빛을 받아 은은하게 빛났다. 그때 아담 아지즈가 말했다. "어, 타이 할아범? 할아범 맞소?" 그러자 원장수녀님이 중얼중얼 잠꼬대를 했다. "아, 잠이나 자요, 여보, 다 잊어버리고⋯⋯" 그러나 그 누군가가, 그 무엇이, 크고 놀라운 (그리고 놀란?) 목소리로 외쳤다. "전능하신 예수 그리스도!" (할아버지는 컷글라스 꽃병에 둘러싸인 채 이교도의 이름을 언급해서 미안하다는 듯이 헤헤 웃었다.) "전능하신 예수 그리스도!" 그래서 할아버지가 자세히 살펴보니 아니나 다를까, 두 손에 구멍이 뚫리고 두 발에도 마치 먼 옛날의 침대보처럼⋯⋯ 그러나 그는 눈을 비비고 머리를 흔들면서 다시 물었다: "누구라고? 이름이 뭐라고? 방금 뭐라고 하셨소?" 그러자 유령이 놀라운-놀란 목소리로, "하느님! 하느님!" 그러더니 잠시 멈췄다가, "영감이 내 모습을 볼 줄은 몰랐는데."

움직이지 않는 선풍기 밑에서 할아버지가 말했다. "하지만 나는 그분을 뵈었다. 그래, 부인할 수 없지. 정말 뵈었으니까." ⋯⋯유령이 말했다: "아들을 앞세운 그 양반이군." 그래서 할아버지는 가슴에 통증을 느끼면서: "왜죠? 왜 그런 일이 생긴 겁니까?" 그러자 오로지 먼지 때문에 모습을 들켜버린 유령이 대답했다: "하느님한테는 하느님만의 이유가 있는 거요, 영감. 인생이 원래 그런 거 아니오?"

원장수녀님이 우리를 모두 내보냈다. "저 늙은이가, 거뭣이냐, 멋 모르고 떠드는 헛소리야. 백발이 성성한 나이에 저렇게 불경스러운 말을 지껄이다니 이게 웬일이냐!" 그러나 메리 페레이라는 침대보처럼 창백한 얼굴로 방을 나섰다. 그녀는 아담 아지즈가 누구를 보았는지 알아차렸다. 메리가 저지른 범죄에 대한 책임으로 점점 부패하여 손과 발에 구멍이 뚫리고 발꿈치에는 뱀에게 물린 자국이 있는 유령, 시계탑 근처에서 숨이 끊어졌던 그 사람의 유령을 아담 아지즈는 하느님으로 착각했던 것이다.

　우리 외할아버지에 대한 이야기는 아예 지금 여기서 끝맺는 것이 좋겠다. 여기까지 이야기가 진행되었으니 나중에 또 기회가 온다는 보장도 없고…… 할아버지의 노망기는 점점 심해져 나중에는 위층에 사는 샤프슈테커 교수의 광기를 떠올리게 할 정도였는데, 그 무렵 할아버지는 하느님이 하니프의 자살에 대해 퉁명스럽게 대꾸한 것으로 미루어 틀림없이 하느님이 원흉이라는 생각에 사로잡혀 원한을 품게 되었다. 아담은 줄피카르 장군의 군복을 움켜쥐고 이렇게 속삭였다: "내가 믿어주지 않아서 내 아들을 훔쳐간 거야!" 그러자 줄피카르는: "아뇨, 아뇨, 장인어른, 괜한 고민 하지 마시고……" 그러나 아담 아지즈는 그날 밤의 환상을 잊지 않았다. 그때 보았던 신의 구체적인 외모는 머릿속에서 차츰 흐릿해졌지만 군침이 흐를 만큼 매력적이고 강렬한 복수의 열망은(이런 욕구도 우리 두 사람의 공통점이다) 끝까지 살아남았고…… 40일의 거상 기간이 끝났을 때 그는 (원장수녀님의 계획을 뒤엎고) 파키스탄으로 이주하기를 거부했는데, 그곳은 하느님을 섬기려고 특별히 건국한 나라였기 때문이다. 그때부터 몇 년 동안 할아버지는 종종 노인용 지팡이를 짚고 이슬람 성원이나 신전에 난입하여 저주의 말을 퍼붓고 사정거리 안에 있는 신도와 성직자들에게 폭언을 일삼다가 톡톡히 창피를 당하면서 여생을 보냈다. 아그라에서는 할아버지의 공적을 감안하여 그런 추태를 눈감아주는 분위기였고 콘월리스 가의 판 가게 앞에 모인 노인들은 타구 맞히기 시합을 하면서 연민 어린 표정으로 의사 나리의 옛 모습을 회상하곤 했다. 바로 그 이유 때문에라도 원장수녀님은 할아버지의 뜻에 따를 수밖에 없었다. 할아버지를 전혀 모르는 나라에 가면 노망에서 비롯된 신성모독으로 물의를 빚을 것이 뻔했기 때문이다.

한편 그런 우행과 분노의 이면에서는 균열이 계속 확산되었다. 질병이 그의 뼈를 꾸준히 파먹었고 나머지 부분은 증오심이 뜯어먹었다. 하지만 그는 쉽사리 죽지 않고 1964년까지 버텼다. 그의 최후는 다음과 같았다: 1963년 12월 25일 수요일─크리스마스!─원장수녀님이 잠에서 깨어보니 남편이 보이지 않았다. 외할머니는 거위 떼가 쌕쌕거리고 희미한 그림자가 드리워진 새벽녘의 안마당으로 나가 하인을 불렀다. 그리고 의사 나리가 릭샤를 타고 철도역으로 가셨다는 대답을 듣게 되었다. 그녀가 역에 도착했을 때는 열차가 이미 떠난 뒤였다. 외할아버지는 그렇게 어떤 미지의 충동에 사로잡혀 마지막 여행을 떠났고 그리하여 자신의 (그리고 나의) 이야기가 시작되었던 곳, 즉 호수를 품고 산맥에 둘러싸인 도시에서 일생을 마감했다.

골짜기는 달걀 껍데기 같은 얼음 속에 숨어 있었다. 산들이 호숫가의 이 도시로 바싹 다가와 성난 이빨을 드러내며 으르렁거리고…… 스리나가르의 겨울, 카슈미르의 겨울. 12월 27일 금요일, 하즈라트발 성원* 근처에서 할아버지와 비슷한 모습의 남자가 목격되었는데, 추가 외투 차림으로 침을 질질 흘렸다고 한다. 그리고 토요일 새벽 네시 45분에 하지 무함마드 칼릴 가나이가 이 성원의 지성소(至聖所)에서 이 골짜기의 가장 귀중한 유물이 도난당했다는 사실을 발견했다. 선지자 무함마드의 신성한 머리카락이었다.

그의 소행일까? 아닐까? 만약 할아버지가 그랬다면 어째서 이번에는 늘 하던 대로 지팡이를 들고 성원 안으로 쳐들어가서 신도들에게 호통을 치지 않은 걸까? 만약 할아버지가 아니라면 누가 왜 그랬을까? 카슈미르의 무슬림들이 신성시하는 머리카락을 훔쳐 '사기를 꺾어놓으려는' 중앙정부의 음모라는 소문도 있었고 파키스탄의 공작원들이 사회불안을 조장하려고 유물을 도둑질했다는 반격도 있었는데…… 정말일까? 아닐까? 이 괴이한 일은 정말 정치적인 사건일까, 아니면 아들을 잃은 아버지가 하느님에게 복수하려는 마지막에서 두번째 시도였을까? 어쨌든 열흘 동안 무슬림 가정에서는 밥상도 차리지 않았고 폭동과 자동차 방화가 잇따랐다. 그러나 할아버지는 이미 정치 따위는 초월해버렸고 지금까지 알려진 바로는 시위행진에 참가한 적도 없었다. 그의 유일한 관심사는 한 가지 사명이었다. 그리고 확인된 바에 의하면 1964년 1월 1일(아그라를 떠난 지 꼭 일주일째 되는 수요일이었다) 그는 무슬림들이 탁티술라이만, 즉 '솔로몬의 왕좌'라고 잘못 부르는 언덕**을 향해 걸었다. 언덕 위에는 라디오 송신

---

* 스리나가르의 달 호수에 있는 이슬람 성원. 실제로 1963년 12월 이 성원에서 보관하던 무함마드의 '머리카락 한 올'이 도난당한 사건이 발생했다.
** 진짜 탁티술라이만 산은 파키스탄 발루치스탄 주에 있다.

탑이 우뚝 서 있었지만 검은 물집처럼 생긴 아차리아 샹카라*의 사원도 있었다. 외할아버지는 도시의 온갖 번민을 등지고 언덕을 올라갔다. 그동안에도 그의 내부에서는 균열을 일으키는 병이 끈질기게 뼈를 공격했다. 아무도 그를 알아보지 못했다.

닥터 (하이델베르크 유학생 출신) 아담 아지즈는 선지자의 머리카락 한 올을 찾기 위한 대규모 수색작전이 결실을 보았다는 정부발표가 나오기 닷새 전에 숨을 거두었다. 카슈미르 주에서도 가장 덕망이 높은 성자들이 한자리에 모여 되찾은 머리카락이 진품이라고 판정했지만 할아버지는 그들에게 진실을 말해줄 수 없었다. (혹시 그들의 판단이 틀렸다면…… 하지만 지금까지 내가 제시한 의문들에 나도 대답할 수가 없다.) 도난 사건의 범인으로 체포된―그리고 나중에 건강상의 이유로 석방된―사람은 압둘 라힘 반데라는 자였지만 할아버지가 살아 있었다면 이 사건에 대하여 신기한 이야기를 들려줄 수도 있었을 텐데…… 어쨌든 1월 1일 정오 무렵에 아담 아지즈는 샹카라 아차리아 사원 앞에 이르렀다. 그가 지팡이를 번쩍 들어 올리는 장면이 목격되었고 사원 안에서 시바 링감을 둘러싸고 푸자 의식을 거행하던 여자들이 놀라서―언젠가 테트라포드에 집착하던 또 한 명의 의사가 격분했을 때 여자들이 움츠러들었듯이―뒤로 물러섰다. 그 순간 균열이 할아버지를 굴복시켰다. 뼈가 산산이 부서지면서 두 다리가 맥없이 무너져버렸고 쓰러지는 순간의 충격으로 골격의 나머지 부분마저 도저히 복구할 수 없는 상태로 파괴되고 말았다. 할아버지의 추가

---

* 8세기의 인도 철학자. 사찰 조직과 함께 인도 사상계에 큰 영향을 미쳤다.

외투 호주머니에서 나온 서류로 신원이 확인되었다. 아들의 사진 한 장, 그리고 아내 앞으로 쓰다가 만 (그러나 다행히 정확한 주소가 적힌) 편지 한 통이었다. 그의 시신은 너무 연약해서 이송 중 훼손될 우려가 있으므로 그가 태어난 골짜기에 안치되었다.

나는 파드마를 바라본다. 그녀의 근육이 미친 듯이 씰룩거린다. 나는 이렇게 말한다. "잘 생각해봐. 우리 외할아버지한테 일어난 일이 그렇게 신기해? 머리카락 한 올을 도둑맞았다고 얼마나 난리법석을 피웠는지 생각해보라고. 그 사건에 대해서 내가 한 말은 모두 사실이니까. 그 일에 비하면 한 노인의 죽음은 아주 평범한 일이잖아." 파드마가 긴장을 푼다. 그녀의 근육이 이야기를 계속하라는 신호를 보낸다. 내가 아담 아지즈에게 너무 긴 시간을 할애했기 때문인데, 어쩌면 그다음에 해야 할 이야기가 두려워서 그랬는지도 모른다. 그러나 폭로에 대한 이야기를 건너뛸 수는 없다.

마지막으로 한 가지 사실: 외할아버지가 돌아가신 후 자와할랄 네루 총리도 병이 났고 끝내 건강을 회복하지 못했다. 이 치명적인 병은 1964년 5월 27일 마침내 그의 목숨을 빼앗았다.


만약 내가 의협심을 발휘하지 않았다면 자갈로 선생이 내 머리카락을 뜯어내지도 않았을 것이다. 만약 내 머리카락이 온전했다면 털보 키스와 뚱보 퍼스가 나를 놀리지도 않았을 테고, 마샤 미오비치가 나를 부추겨 손가락이 잘리게 하지도 않았을 것이다. 내 손가락에서 알파도-아니고-오메가도-아닌 피가 흘렀을 때 나는 귀양살이를 하게 되었고, 내가 유배지에서 복수의 욕망에 사로잡히는 바람에 호미 카트락이 살해당했다. 만약 호미가 죽지 않았다면 외삼촌이 옥상에서 바닷바람을 향해 몸을 던지는 일도 없었을 테고, 그랬다면 외할아버지가 카슈미르에 가서 샹카라 아차리아 언덕을 오르는 노고 끝에 쓰러지는 일도 없었을 것이다. 외할아버지는 우리 집안의 시조(始祖)였고, 내가 태어나던 날부터 나의 운명은 우리나라의 운명과 하나로 이어졌고, 우리나라의 국부는 네루였다. 그런데 네루가 죽었다. 그 일도 내 책임이라는 결론을 피할 수 있을까?

그러나 우리는 다시 1958년으로 돌아가야 한다. 왜냐하면 거상 기간 중 37일째 되던 날, 11년이 넘도록 메리 페레이라를 — 따라서 나까지 — 위협하던 진실이 마침내 백일하에 드러났기 때문이다. 진실은 늙어빠진 노인의 모습으로 등장했다. 노인은 꽉 막혀버린 내 콧구멍까지 파고들 만큼 지독한 지옥의 악취를 풍겼고 손가락도 발가락도 없었으며 온몸에 부스럼과 구멍이 빽빽했다. 그는 이층집 높이의 언덕을 올라와서 먼지구름을 헤치고 나타났는데 때마침 베란다에서 대나무 발을 청소하던 메리 페레이라가 처음 발견했다.

그리하여 메리의 악몽이 현실화되었다. 먼지의 장막을 뚫고 모습을 드러낸 조 드코스타의 유령이 일층에 있는 아흐메드 시나이의 사무실 쪽으로 걸어간다! 마치 아담 아지즈에게 모습을 보인 것만으로는 부족하다는 듯이…… "아니, 조지프!" 메리가 먼지떨이를 떨어뜨리면서 소리쳤다. "당장 꺼져버려! 여기 오지 말란 말이야! 괜히 말썽을 일으켜 지체 높은 나리들을 귀찮게 하지 말라고! 맙소사, 조지프, 빨리, 빨리 가! 내가 오늘 죽어버려야 속이 시원하겠니!" 그러나 유령은 진입로를 따라 계속 걸어왔다.

메리 페레이라는 비스듬히 걸린 대나무 발을 그대로 내버려두고 부리나케 집 안으로 달려가서 우리 어머니의 발치에 몸을 던지고 작고 통통한 두 손을 애원하듯이 맞잡았다. "주인마님! 주인마님, 제발 용서해주세요!" 그러자 어머니가 깜짝 놀라서: "왜 그래, 메리? 무슨 일인데 이렇게 호들갑이야?" 그러나 메리는 이미 대화가 불가능한 상태였고 걷잡을 수 없이 울부짖는데, "맙소사, 결국 파멸의 순간이 왔어요, 사랑하는 마님, 제발 저를 조용히 보내주세요, 감옥에 보내지만 말아주세요!" 그러면서 이런 말도 하는데, "11년이에요, 마님, 그동안 제가 온 가족을 사랑했잖아요, 마님, 얼굴이 달덩어리 같은 도련님도 사랑했고, 그런데 제가 곧 죽게 생겼고, 저처럼 못된 계집은 지옥에 떨어질 거예요! 이젠 끝장이에요!" 메리가 그렇게 외치더니 다시 목청껏 소리쳤다. "다 끝났어요! 끝장이란 말이에요!"

그때까지도 나는 앞으로 일어날 일을 짐작하지 못했다. 심지어 메리가 느닷없이 나에게 달려드는 순간에도 마찬가지였다. (그때쯤에는 내가 메리보다 키가 더 커서 그녀의 눈물이 내 목을 적셨다.) "아, 도련님, 도련님, 오늘 한 가지 사실을 알게 될 거예요. 내가 얼마나 나쁜 짓을 했는지 말이에요. 하지만 우선……" 조그마한 여인이 엄청난 위엄을 드러내면서 몸을 똑바로 폈다. "……조지프가 말하기 전에 차라리 제가 다 말해버리겠어요. 마님, 도련님, 아가씨, 그리고 존경하는 나리님들, 마님들, 모두 주인나리의 사무실로 따라오시면 제가 다 말씀드릴게요."

지금까지 몇 차례에 걸쳐 공개발표가 내 인생에 구두점을 찍었다.

델리의 뒷골목에서 아미나가 그랬고, 햇빛도 안 드는 사무실에서 메리가 그랬고…… 일가친척 모두가 어리둥절한 표정으로 우리를 따라왔다. 나는 한사코 내 손을 놓아주지 않는 메리 페레이라와 함께 아래층으로 내려갔다.

아흐메드 시나이의 사무실에는 무엇이 있었을까? 무엇이 우리 아버지의 얼굴에서 마귀와 돈의 흔적을 깨끗이 씻어내고 한없이 참담한 표정을 짓게 만들었을까? 방구석에 웅크리고 앉아서 유황 냄새를 풀풀 풍기는 저것이 무엇일까? 생김새는 사람을 닮았으나 손가락도 발가락도 없고 얼굴은 (내가 『세계의 불가사의』에서 보았던) 뉴질랜드 온천처럼 부글부글 끓어오르는 듯한 저것이 무엇일까? ……지금은 설명할 겨를이 없다. 벌써 메리 페레이라의 이야기가 시작되었기 때문이다. 그녀는 11년이 넘도록 감춰왔던 비밀을 빠르게 털어놓았고, 우리 모두는 그녀가 이름표를 바꾸는 순간 창조되었던 꿈의 세계를 빠져나와 끔찍한 진실을 직시할 수밖에 없었다. 그러는 동안에도 메리는 한시도 나를 놓아주지 않았다. 마치 자식을 보호하려는 어머니처럼 그녀는 나를 내 가족으로부터 지켜주려 했다. (그러나 사실 그들은…… 이제 그들도 알고…… 나도 알고……)

……때는 자정 직후였고, 길거리는 폭죽과 군중으로 떠들썩했고, 머리 여러 개 달린 괴물이 으르렁거렸어요. 저는 조지프를 위해서 그랬어요, 나리, 하지만 제발 저를 감옥에 보내지 마세요, 도련님은 참 착하잖아요, 나리, 저는 불쌍한 계집이에요, 나리, 단 한 번의 실수였는데, 기나긴 세월 중에 딱 1분이었는데, 감옥은 싫어요, 나리, 제가 떠날게요, 11년을 바쳤지만 이젠 떠날게요, 나리, 그래도 도련님은 참

착하잖아요, 나리, 도련님은 내쫓지 마세요, 나리, 벌써 11년이 지났으니 이젠 나리의 아드님이고…… 아, 해님처럼 빛나는 도련님, 아, 달덩어리 같은 살림 도련님, 잊지 마세요, 도련님의 친아버지는 윙키였고 친어머니도 돌아가셨고……

메리 페레이라가 방을 뛰쳐나갔다.

아흐메드 시나이가 새소리처럼 아득히 먼 목소리로 말했다: "저 구석에 있는 사람은 예전에 내 하인이었고 언젠가 우리 집에서 물건을 훔치려고 했던 무사야."

(이렇게 짧은 시간에 이렇게 많은 이야기를 한꺼번에 쏟아내도 괜찮을까? 나는 파드마를 돌아본다. 뭍에 올라온 물고기처럼 아연실색한 표정이다.)

옛날옛날 한 옛날에 어떤 하인이 우리 집에서 물건을 훔쳤다. 그는 결백하다고 주장했다. 만약 그 말이 거짓말로 밝혀진다면 저주를 받아 문둥병에 걸려도 좋다고 말했다. 그리고 그의 말은 거짓으로 밝혀졌다. 그는 치욕을 안고 떠났다. 그러나 그때 나는 그가 시한폭탄이었으며 나중에 다시 돌아와서 폭발할 거라고 말했다. 무사는 정말 문둥병에 걸렸고 이제 침묵의 세월을 건너 우리 아버지에게 용서를 빌려고 돌아왔다. 스스로 자청했던 저주에서 풀려나기 위해서였다.

……하느님이 아닌 누군가가 하느님으로 오인되었고 유령이 아닌 누군가가 유령으로 오인되었다. 그리고 또 누군가는 비록 살림 시나이라는 이름을 가졌지만 부모님의 아들이 아니라는 사실을 알게 되었는데……

"자네를 용서하겠네." 아흐메드 시나이가 문둥병자에게 말했다. 그날 이후 아흐메드 시나이의 집착 하나가 말끔히 사라졌다. 그는 두 번 다시 (처음부터 상상에 불과했던) 가문의 저주를 알아내려고 애쓰지 않았다.

나는 파드마에게 말한다. "다른 식으로 말하기는 불가능했어. 너무 괴로우니까. 그래서 이렇게 미친놈처럼 한꺼번에 쏟아낼 수밖에 없었지."

파드마가 걷잡을 수 없이 엉엉 운다. "오, 살림! 오, 살림, 살림!"

"울지 마. 다 지난 일이야."

그러나 파드마가 우는 이유는 나 때문이 아니다. 지금 이 순간 그녀는 살갗-밑에서-뼈를-갉아먹는-그것을 잊어버렸다. 그녀가 우는 이유는 메리 페레이라 때문이다. 앞에서도 말했듯이 파드마는 메리를 무척이나 좋아하게 되었으니까.

눈시울이 붉어진 파드마가 묻는다. "그 아줌마는 어떻게 됐어요? 메리 말이에요."

나는 별안간 터무니없는 분노에 사로잡혀 고함을 지른다: "직접 물어봐!"

메리에게 물어보라. 그녀가 어떻게 고아 주의 판짐 시에 있는 고향 집으로 돌아갔는지, 늙은 어머니에게 어떻게 자신의 부끄러운 이야기를 고백했는지! 물어보라, 그녀의 어머니가 이 수치스러운 이야기를 듣고 얼마나 화를 냈는지! (당연한 일이다. 노인들이 걸핏하면 이성을 잃던 시절이니까.) 물어보라: 딸과 노모는 용서를 구하려고 길거리로 나갔을까? 때마침 봉 제주스 대성당에서 미라가 된 (그리고 선지자의 머리카락만큼이나 신성한 유물인) 성 프란시스코 사비에르<sup>*</sup>의 시신을 십 년마다 한 번씩 납골당에서 꺼내 시내를 한 바퀴 도는 바로 그날이 아니었을까? 괴로워하던 페레이라 노부인과 메리는 얼떨결에 운구대에 바싹 다가서지 않았을까? 노부인은 딸의 범죄 사실에 슬퍼하다가 미쳐버렸을까? 페레이라 부인이 "허엉! 어헝! 어허헝!" 하고 울부짖으며 상여 위로 기어올라 성자의 발에 입을 맞추었을까? 헤아릴 수 없이 많은 군중 속에서 페레이라 부인은 종교적 광란에 빠졌을까? 물어보라! 광기에 사로잡힌 상태에서 그녀가 성 프란시스코의 왼발 엄지발가락을 입에 물었을까, 안 물었을까? 직접 물어보라: 메리의 어머니가 그 발가락을 물어뜯었을까?

"어떻게요?" 파드마가 나의 분노에 기가 죽어 울부짖는다. "물어보라니, 어떻게요?"

……그리고 이것도 사실일까: 기적이 일어나서 노부인이 벌을 받았다는 신문기사는 날조된 것일까. 그녀의 몸이 통째로 돌이 되어버렸다는 성당 관계자와 목격자들의 증언도 거짓말이었을까? 아닐까? 메리에게 물어보라: 성당 측이 성자들에게 무례한 짓을 하면 어떻게 되는지를 신도들에게 보여주기 위해 고아 주의 도시와 마을을 순회하면서 노부인의 모습을 한 석상을 구경시켰다는 말이 사실인가? 물어보라: 그 석상이 한날한시에 여러 마을에서 목격되었다는 말이 사실인가? 만약 사실이라면 그것은 조작의 증거인가, 아니면 또 하나의 기적인가?

---

<sup>*</sup> 고아 주의 가톨릭 선교사로 사후 400여 년이 지났지만 시신이 썩지 않았다고 한다. 1554년 한 여성 신도가 시신의 발가락을 베어 물고 달아난 사건이 있었다.

"물어볼 사람이 없다는 거 알잖아요!" 파드마가 부르짖지만……
분노가 차츰 가라앉는다. 오늘 밤은 더 이상 비밀을 발설하지 않는다.

이제 알기 쉽게 정리해보자: 메리 페레이라는 우리 곁을 떠나서 고
아 주에 사는 어머니에게 돌아갔다. 그러나 앨리스 페레이라는 떠나
지 않았다. 앨리스는 아흐메드 시나이의 사무실에 남아서 타이핑을
하고 간식과 탄산음료를 갖다주었다.

그리고 하니프 외삼촌의 거상 기간이 끝난 후 나는 두번째 유배생
활을 시작했다.

# 후추통 기동작전

나는 나의 숙적이며 바꿈질당한 형제인 시바를 더는 내 마음속 토론장에 참석시킬 수 없다는 결론을 내릴 수밖에 없었다. 그러나 그 이유가 비겁했음을 인정한다. 나는 그가 우리의 탄생에 얽힌 비밀을 알게 될까봐 두려웠다. 그에게 그 비밀을 감출 자신이 없었다. 그리고 세계는 재물에 지나지 않으며 역사는 오로지 개인과 만인의 영원한 투쟁으로 설명해야 한다고 믿는 시바라면 틀림없이 자신이 타고난 권리를 되찾으려 할 터였다. 그렇게 되면 나의 안짱다리 숙적이 내 어린 시절의 푸른 방을 차지하고 나는 시무룩하게 이층집 높이의 언덕에서 쫓겨나 도시 북부의 빈민굴로 들어가야 할 텐데 상상만 해도 소름 끼치는 일이었다. 그리고 람람 세트의 예언이 실은 윙키의 아들에 대한 내용이었고 총리의 편지도 시바에게 보낸 것이었고 바다를 가리키는 어부의 손가락도 시바를 위한 것이었다고 생각하기는 정말 싫었고…… 간단히 말해서 나는 한낱 핏줄보다는 11년이 넘도록 아들로 살아온 세월이 훨씬 더 중요하다고 생각했고, 따라서 안 그래도 점점 다루기 힘들어지는 한밤의 아이들 협회의 회의장에 나의 난폭하고 파괴적인 분신이 두 번 다시 들어오지 못하게 해야겠다고, 그렇게―한때는 메리의 비밀이었던―나의 비밀을 목숨 걸고 지켜야겠다고 마음먹었다.

그 무렵 나는 며칠 동안 아예 회의를 소집하지 않았는데, 우리 모임의 변화에 불만이 있어서가 아니라 내가 새로 알게 된 사실에 울타리를 둘러 아이들이 접근하지 못하게 하려면 약간의 시간과 냉정한 마음가짐이 필요하다는 것을 알았기 때문이다. 결국 충분히 가능하다는 확신을 얻기는 했지만…… 아이들 중에서도 가장 사납고 막강한 시바라면 다른 아이들이 침입할 수 없는 곳도 뚫고 들어올까봐 두려웠고…… 어쨌든 나는 한동안 협회 아이들을 기피했고, 그러다가 시기를 놓치고 말았다. 시바를 추방하고 나서 이번에는 내가 갑자기 추방을 당해서 오백 명도 넘는 동료들과 접촉할 수 없는 곳으로 가게 되었기 때문이다: 나는 분리독립 당시 만들어진 국경선을 넘어 파키스탄으로 쫓겨났다.

1958년 9월 말에 외삼촌 하니프 아지즈의 거상 기간이 끝났다. 그리고 반가운 소나기가 쏟아지면서 그때까지 우리를 괴롭히던 먼지구름이 기적처럼 말끔히 가라앉았다. 우리는 목욕을 하고 새로 빤 옷으로 갈아입고 천장 선풍기를 켰고, 비누로 몸을 깨끗이 씻은 직후 일시적으로 찾아오는 비현실적인 낙관주의에 젖어 화장실을 나섰다. 그리고 아직도 씻지 않아서 먼지로 뒤덮인 아흐메드 시나이를 보게 되었다. 그는 한 손에 위스키 병을 움켜쥐고 눈에는 핏발이 서고 마귀에게 사로잡혀 몹시 흥분한 모습으로 사무실에서 위층으로 비틀비틀 올라왔다. 아흐메드 시나이는 자기만의 추상적 세계에서 메리의 폭로가 불러온 터무니없는 현실과 싸우다가 나왔는데, 술기운으로 세상만사가 삐딱하게만 보이는지라 형언할 수 없는 분노에 휩싸인 상태였다. 그는 떠나버린 메리도 아니고 자기 앞에 있는 바꿈질당한 아이도 아니고 어머니에게—아니, 아미나 시나이에게—화풀이를 했다. 그녀에게 용서를 빌어야 한다는 것을 알면서도 그러기 싫었기 때문일까, 아무튼 아흐메드는 아미나의 친정 식구들이 경악하면서 듣고 있는데도 몇 시간 동안이나 그녀에게 폭언을 퍼부었다. 그때 그가 입 밖에 냈던 온갖 욕설이나 아미나에게 권했던 이런저런 끔찍한 행동의 내용을 여기서 되풀이하지는 않겠다. 마침내 이 상황을 종료시킨 사람은 원장수녀님이었다.

그녀는 계속 떠들어대는 아흐메드를 무시하면서 이렇게 말했다. "애야, 옛날에 말이다. 너희 아버지랑 내가, 거뭣이냐, 남편답지 않은 남편과 헤어지는 것은 부끄러운 일이 아니라고 말한 적이 있었지. 지금 그 말을 다시 해야겠다. 네 남편은, 거뭣이냐, 말도 못 하게 비열한 사람이구나. 헤어져라. 오늘 당장 애들을 데리고 떠나버려. 저 사람이, 거뭣이냐, 시궁창에 빠진 짐승처럼 마구 내뱉는, 거뭣이냐, 욕지거리를 듣고 있지 말고. 아이들을 데리고, 거뭣이냐, 둘 다 데리고 가거라." 그러면서 외할머니는 나를 가슴에 끌어안았다. 원장수녀님이 나를 손자로 인정하고 나서자 아무도 이의를 제기하지 못했다. 오랜

세월이 흐른 지금 그날을 돌이켜보면 욕설을 퍼붓던 아버지조차도 그
녀가 열한 살 먹은 코흘리개 꼬마를 두둔한다는 사실을 아주 무시하
지는 못했던 것 같다.

　원장수녀님은 모든 일을 결정해버렸다. 우리 어머니는 외할머니의
전능한 손에 쥐어진 반죽—혹은 도공의 점토!—같았다. 그 무렵까
지도 외할머니는(계속 그렇게 부를 수밖에 없으니까) 자신과 아담 아
지즈가 곧 파키스탄으로 이주하게 될 거라고 믿었다. 그래서 에메랄
드 이모에게 우리 모두를—아미나, 잔나비, 나, 심지어 피아 외숙모
까지—데려가서 당신이 건너갈 때까지 기다리라고 지시했다. 원장수
녀님은 이렇게 말했다. "어려운 시절에는, 거뭣이냐, 형제자매가 서로
서로 도와야지." 에메랄드 이모는 몹시 못마땅한 표정이었지만 그녀
도 줄피카르 장군도 마지못해 승낙했다. 그리고 아버지가 미치광이처
럼 펄펄 뛰는 통에 우리는 신변에 위협을 느낄 정도였고 줄피카르 일
가가 이미 그날 밤에 출발하는 배표를 사두었기에 나는 한평생 살아
온 집을 그날로 떠나게 되었고 아흐메드 시나이 곁에 남은 사람은 앨
리스 페레이라뿐이었다. 어머니가 두번째 남편과 헤어질 때 다른 하
인들도 모두 떠나버렸기 때문이다.

　파키스탄에서 내 두번째 고속 성장기가 끝났다. 그리고 파키스탄에
서 나는 오백 명도 넘는 아이들에게 보내는 사념전송이 국경선에서
'차단'된다는 사실을 알게 되었다. 그래서 나는 고향집에서 다시 쫓겨
나는 동시에 내가 태어날 때 받았던 진정한 생득권, 즉 한밤의 아이로
서의 능력마저 빼앗기고 말았다.

더위가 기승을 부리던 어느 날 오후, 우리는 쿠치 습지 근처에 정박 중이었다. 날씨가 너무 더워서 신통찮은 왼쪽 귀가 윙윙거릴 정도였지만 나는 그냥 갑판 위에 남아서 우리 배와 습지 사이를 오가는 어부들의 범선이나 너무 작아서 어쩐지 불안해 보이는 거룻배들을 구경하기로 했다. 그 배들은 돛천으로 감싼 물건을 싣고 오락가락 오락가락 쉴 새 없이 움직였다. 어른들은 선실로 내려가서 빙고 게임을 했고 잔나비는 어디로 갔는지 보이지 않았다. 내가 진짜 배를 타본 것은 이번이 처음이었다. (이따금 봄베이 항구에 정박한 미국 군함을 타보기는 했지만 그때는 관광만 했으니 무효로 봐야 한다. 게다가 매번 만삭의 아줌마 수십 명과 함께 다니는 것도 거북스러운 일이었다. 그들이 이런 단체관광에 참가하는 이유는 혹시라도 도중에 진통이 시작되어 선상에서 출산할 경우 아기가 자동으로 미국 시민권을 갖게 되기 때문이다.) 나는 아지랑이 너머로 습지 쪽을 바라보았다. **쿠치 습지……** 나는 옛날부터 그 이름에서 마법의 세계를 떠올리면서 두려움과 기대감이 반반씩 섞인 마음으로 언젠가 그곳을 찾게 될 날을 기다렸다. 연중 절반은 육지, 절반은 바다로 둔갑하는 이 카멜레온 같은 지역에서는 바다가 물러날 때마다 온갖 신기한 것들을 남겨두는데, 이를테면 보물상자나 유령처럼 하얀 해파리가 나타나기도 하고 심지어 이따금 전설 속의 괴물 중 하나인 인어가 숨을 헐떡거리기도 한다고 들었다. 그러다가 난생처음으로 물과 뭍이 공존하는 이 양면적인 지역을 바라보게 되었으니 들뜬 기분이 들어야 마땅했다. 그러나 더위와 최근에 겪은 일련의 사건으로 마음이 너무 무거웠다. 나는 아직도 어린애처럼 콧물을 흘려 윗입술이 늘 축축했지만 기나긴 코흘리개 유년기에서 별안간 조숙한 (그러나 여전히 콧물을 흘리는) 노년기로 건너뛴 듯한 기분이 들어 우울했다. 목소리도 굵어졌고 이제 수염도 깎아야 했는데 여드름이 면도날에 잘려나가 얼굴 곳곳이 피투성이였고…… 그때 우리 배의 사무장이 지나가면서 말했다. "밑으로 내려가는 게 좋겠다, 얘야. 지금이 제일 뜨거운 시간이니까." 나는 짐을 나르는 배들에 대해서 물어보았다. "그냥 보급품을 실어 오는 거란다." 그는 그렇게 대답하고는 가버렸고 나는 기대할 것이 별로 없는 앞날에 대해 생각했다. 줄피카르 장군은 우리를 인색하게 대우할 테고, 자만심에 빠진 에메랄드 이모는 보나마나 남편을 잃은 올케와 불행한 언니에게 자신의 세속적 성공과 사회적 지위를 과시하며 우쭐거릴 테고, 그들의 멍청한 아들 자파르는 시건방지게 굴 테고…… 나는 소리 내어 이렇게 말했다. "파키스탄, 똥통이 따로 없구나!" 우리는 아직 목적지에 도착하지도 않았건만…… 나는 어질어질한 아지랑이 속에서 허우적거리는 듯한 배들을 바라보았다. 바람도 거의 없는데 별안간 갑판이 마구 흔들리는 듯했다. 얼른 난간을 붙잡으려 했지만 갑판 바닥이 너무 빨리 다가왔다. 불쑥 솟구친 갑판이 내 콧잔등을 강타했다.

나는 그렇게 파키스탄으로 건너갔다. 두 손에는 아무것도 없었고 내 탄생의 비밀이 드러나버린 데다 가벼운 일사병 증상까지 겹쳤다. 그런데 그 배의 이름이 무엇이었을까? 아직은 정치 때문에 항로가 막히기 전이었던 그 시절 봄베이와 카라치* 사이를 왕복하던 자매선 두 척의 이름이 뭐였을까? 우리가 탄 배는 스크루선(船) 사바르마티 호

---

* 아라비아 해 연안의 항만도시. 파키스탄 최대의 도시로 신드 주의 주도.

였고, 우리가 카라치 항구에 도달하기 직전에 엇갈려 지나갔던 자매 선은 사라스바티 호였다. 우리는 중령의 이름을 딴 배를 타고 귀양길에 올랐던 것이다. 그리하여 반복을 피할 길이 없다는 사실이 다시 한 번 입증되었다.

우리는 먼지로 뒤덮인 후텁지근한 열차를 타고(장군과 에메랄드는 냉방차를 탔지만 우리에게는 일반 일등석 표를 사주었다) 라왈핀디에 도착했다. 그러나 우리가 핀디에 도착했을 때는 날씨가 선선했고 나는 처음으로 북녘 도시에 발을 들여놓게 되었는데…… 나지막하고 별 특징이 없는 도시였다고 기억한다. 군대 막사들, 과일 가게들, 스포츠용품 공장, 길거리에는 키 큰 군인들, 지프차들, 가구장이들, 폴로 경기장. 이 도시는 때때로 몹시 추워지기도 했다. 그리고 새로 조성된 값비싼 주택단지 안에 높은 담장을 두른 거대한 저택이 있었다. 담장 위에는 철조망을 쳤고 위병들이 순찰을 돌았다. 줄피카르 장군의 집이었다. 장군이 자는 방은 더블침대 옆에 욕조가 놓여 있었다. 이 집에는 가훈이 있었다: '군기확립!' 하인들도 녹색 군복을 입고 베레모를 썼다. 저녁때마다 하인 숙소 쪽에서 대마초와 마리화나 냄새가 솔솔 풍겼다. 가구는 값도 비싸거니와 놀랄 만큼 아름다웠다. 에메랄드의 안목은 흠잡을 데 없었다. 그러나 군대 같은 분위기에도 불구하고 몹시 침체되고 활기가 없었다. 심지어 거실 벽에 설치한 어항 속 금붕어조차도 나른하게 입을 뻐끔거리는 듯했다. 이 집에서 제일 흥미로운 거주자는 아예 인간이 아닐 정도였다. 여기서 장군의 애견 본조에 대해 잠시 설명해야겠으니 부디 양해해주기 바란다. 장군의 늙은 비글종 암캐를 소개한다.

몹시 늙어빠지고 갑상선종에 걸린 이 개는 한평생 어처구니가 없을 정도로 게으르고 쓸모없는 존재였다. 그런데 내가 여전히 일사병을 앓던 무렵 이 개가 우리의 체류 기간을 통틀어 첫번째 소동을 일으켰다. '후추통 혁명'의 예고편이라고 할 만한 사건이었다. 어느 날 줄피카르 장군이 군대 훈련소에 특별히 마련된 지뢰밭에서 진행되는 지뢰탐지반의 작업을 시찰하러 가면서 본조를 데려갔다. (장군은 인도와 파키스탄의 국경선 전체에 지뢰를 매설하고 싶어 했다. 그는 이렇게 외치곤 했다. "군기확립! 힌두놈들한테 걱정거리를 만들어주자! 침입자들을 산산조각으로 날려버리면 아무것도 안 남아서 환생하고 싶어도 못하겠지." 그러나 동파키스탄 쪽의 국경*에 대해서는 별로 신경 쓰지 않았다. '그 깜둥이 놈들은 자기들이 알아서 하라고 내버려두자'는 생각이었다.) ……그런데 그때 본조가 목줄을 풀고 뒤뚱뒤뚱 달아나더니 젊은 병사들이 필사적으로 내미는 손을 용케 피해서 지뢰밭으로 쏙 들어가버렸다.

걷잡을 수 없는 공포. 지뢰탐지병들은 폭파 지역에서 빠져나오려고 미친 듯이 더듬거렸지만 속이 터지도록 더디게 움직일 수밖에 없었다. 줄피카르 장군을 비롯한 육군 고위층은 관람석 뒤로 뛰어내려 폭발의 순간을 기다리고…… 그러나 폭발은 일어나지 않았다. 이윽고 파키스탄 육군의 정예병들이 쓰레기통 속이나 벤치 뒤에 숨어서 내다

---

* 당시 파키스탄은 인도를 사이에 두고 국토가 동서로 나뉜 상태였다. 이때 벵골 지방이 파키스탄의 동벵골과 인도의 서벵골로 나뉘었는데, 이후 1971년 동벵골 지역, 즉 동파키스탄이 독립하여 방글라데시가 되었다.

· 보니 본조는 치명적인 씨앗을 잔뜩 심어둔 밭에서 태연하게 땅바닥에 코를 들이대고 빨빨거리며 돌아다녔다. 줄피카르 장군이 뾰족한 모자를 하늘 높이 던져 올리고 코와 턱 사이로 새어나오는 가느다란 목소리로 외쳤다. "역시 멋진 년이야! 저 늙은 것이 냄새로 지뢰를 찾아내는구나!" 그때부터 본조는 네 발 달린 지뢰탐지병으로 군대에 징집되어 특무상사 계급장을 달게 되었다.

내가 이렇게 본조의 위업을 소개한 이유는 장군이 걸핏하면 그 일을 빌미로 우리를 질타했기 때문이다. 우리 시나이 일가와 피아 아지즈는 줄피카르 일가에 빌붙어 사는 무능하고 비생산적인 군식구들이었고 장군은 우리가 그 사실을 한시도 잊지 말기를 바랐다. 그래서 틈만 나면 이렇게 툴툴거렸다. "백 살 먹은 암캐도 제 밥값은 하는데 이 집구석엔 하는 일도 없이 빈둥거리는 인간들이 우글거린단 말씀이야." 그러나 그해 10월이 다 가기 전에 그는 (적어도) 나에게 고마워하게 되고⋯⋯ 잔나비의 변신도 얼마 남지 않았다.

우리는 이종사촌 자파르와 같은 학교에 다녔다. 우리가 결손가정 자녀가 되다 보니 자파르는 내 동생과 결혼하고 싶은 마음이 예전 같지 않은 모양이었다. 어쨌거나 그가 저지른 최악의 소행은 무리(Murree) 구릉지를 넘어 나티아갈리*에 있는 장군의 산장에 놀러 갔을 때 벌어졌다. 그때 나는 몹시 들떠 있었다(병이 다 나았다는 진단을 받은 직후였다): 산이다! 표범을 보게 될지도 모른다! 얼얼할 만큼 시원한 바람! 그래서 장군이 자파르와 한 침대를 써도 괜찮겠느냐고

---

* 라왈핀디 북쪽의 산악 휴양지.

물었을 때도 대수롭지 않게 여겼고 매트리스 위에 고무 장판을 까는 것을 보고도 이유를 짐작하지 못했는데…… 한밤중에 눈을 떠보니 뜨뜻미지근하고 고약한 냄새를 풍기는 액체가 침대 위에 흥건해 나는 고래고래 아우성을 쳤다. 장군이 침대 옆에 나타나더니 자기 아들을 다짜고짜 두들겨 팼다. "이젠 너도 다 컸잖아! 이 한심한 놈아! 그런데도 여태 이 모양이냐! 군기확립 좀 하자! 형편없는 놈! 어떤 놈들이 이런 짓을 하는지 너도 알지? 겁쟁이가 아니라면 누가 이러냐고! 내 아들이 겁쟁이라니 이건 도저히……" 그러나 이종사촌 자파르의 야뇨증은 그 후로도 계속되어 그들 가족의 수치가 되었다. 때린 보람도 없이 걸핏하면 그 액체가 자파르의 다리 사이로 줄줄 흘러내렸다. 그러다가 한번은 깨어 있는 동안에도 그런 일이 벌어졌다. 하지만 그때는 내 도움을 빌려 후추통 기동작전이 실행되기 직전이었다. 그날의 사건으로 알게 된 것은 비록 파키스탄에서 내 텔레파시 방송전파가 차단되기는 했지만 역사와 나의 연결방식은 여전히 제대로 작동한다는 사실이었다. 능동적-직설적으로 그리고 비유적으로 나는 '순수의 땅'의 운명을 바꾸는 일에 한몫 거들었다.

그 무렵 놋쇠 잔나비와 나는 쇠약해지는 어머니를 무력하게 지켜볼 수밖에 없었다. 더운 지방에서는 그토록 부지런하던 어머니가 북쪽 지방의 추위 속에서 점점 시들어갔다. 두 남편을 잃어버리고 (본인이 생각하기에는) 삶의 의미마저 잃어버렸기 때문이다. 게다가 어머니와 아들의 관계를 복구해야 하는 문제도 있었다. 어느 날 밤 어머니가 나를 힘껏 껴안으면서 말했다. "사랑은 모든 엄마가 처음부터 배워야 하는 거란다. 아기가 태어날 때 저절로 생기는 게 아니라 조금씩 만들어가는 거야. 엄마는 지난 11년 동안 너를 내 아들로 사랑하는 법을 배웠어." 그러나 이 따뜻한 말의 이면에는 약간의 거리감이 있어서 나보다 당신 자신을 설득하려는 듯했고…… 잔나비가 한밤중에 속삭인 말에서도 거리감이 느껴졌는데, "있잖아, 오빠, 우리가 몰래 가서 자파르 옷에 물을 부어버릴까? 다들 또 오줌을 쌌다고 생각할 텐데." 그리고 그들이 나를 아들이나 오빠라고 부르는데도 바로 그 거리감 때문에 나는 그들이 메리의 고백에 적응하려고 상상력을 총동원하여 열심히 노력 중이라는 사실을 알아차렸다. 그러나 이렇게 상상력을 발휘하여 오빠와 아들을 재구성하려는 그들의 노력이 결국 실패하고 말리라는 것을 그때는 몰랐고, 그래서 나는 여전히 시바를 두려워했다. 또한 그래서 그들에게 부끄럽지 않은 아들이요 오빠가 되고 싶다는 부질없는 욕망에 점점 더 깊이 빠져들었다. 원장수녀님이 나를 인정해주었는데도 나는 결코 안심할 수 없었고, 그로부터-3년도-더-지난-어느-날 베란다에서 아버지가 다음과 같이 말했을 때 비로소 한시름 놓았다. "이리 오너라, 내 아들아. 너를 정말 사랑한다." 1958년 10월 7일 밤에 내가 그렇게 행동한 것도 어쩌면 그런 불안 때문이었는지도 모른다.

　……파드마, 그때 나는 겨우 열한 살이었고 파키스탄의 국내 사정에 대해서는 아는 것이 거의 없었지만 10월 그날, 특별한 저녁 만찬이 열릴 예정이라는 정도는 충분히 짐작할 수 있었다. 열한 살 먹은 살림은 1956년 헌법*에 대해서도 그리고 그것이 점점 유명무실해진다는 사실에 대해서도 전혀 몰랐지만, 예리한 시선으로 그날 오후에 속속

도착해서는 정원 수풀 곳곳에 은밀히 잠복한 육군 보안장교들과 헌병들을 놓치지 않았다. 파벌 싸움과 굴람 무함마드**의 다양한 무능력은 수수께끼 같았지만 에메랄드 이모가 제일 좋은 장신구만 골라서 착용했다는 사실은 누구라도 알 수 있었다. 2년-동안-총리가-네-명이라는 어처구니없는 정황을 보고 낄낄거린 적은 없었지만 장군의 저택 주변에 심상찮은 긴장감이 감돌고 최후의 순간이 임박했다는 것쯤은 금방 알아차릴 수 있었다. 공화당의 급부상이 머지 않았다는 사실은 몰랐지만 줄피카르 저택의 파티에 참석할 손님들의 명단에는 호기심을 느꼈다. 물론 파키스탄 사람들의 이름은 나에게 아무 의미도 없었지만—초두리 무함마드 알리가 도대체 누구야? 수흐라와르디는? 춘드리가르는 누구며 눈은 또 누구야?***— 이모와 이모부가 손님들의 신분을 철저하게 감추는 것은 어리둥절한 일이었다. 언젠가 신문에서 파키스탄에 대한 기사 제목을 오려낸 적은 있었지만—**동파키스탄 국회부의장, 가구에 맞아 사망**—오후 여섯시부터 검은 리무진들이 장사진을 이루며 위병들이 지키는 줄피카르 저택의 대문을 차례차례 통과하는 이유는 헤아릴 길이 없었다. 왜 리무진 보닛마다 깃발이 나부낄까, 왜 차에 탄 사람들이 좀처럼 웃지 않을까, 그리고 줄피카르 장군 뒤에 서 있는 에메랄드와 피아와 어머니는 왜 사교모임보다 장례식에 더 어울릴 법한 표정을 지을까. 누가 무엇이 죽기라도 했나?

---

* 1947년 인도의 분리독립 당시 영연방 자치령으로 독립했던 파키스탄이 '파키스탄 이슬람 공화국'으로 재탄생하면서 제정한 헌법.
** 파키스탄 총독(1951~55).
*** 모두 파키스탄의 정국 불안 시기에 총리를 역임한 정치가들로, 앞에서 말한 '2년 동안 총리가 네 명'의 주인공들이다.

누가 왜 리무진을 타고 왔을까? 나는 아무것도 몰랐고 다만 어머니 뒤에서 발돋움을 하고 신비로운 자동차들의 검은 차창을 골똘히 바라볼 뿐이었다.

차 문이 차례로 열렸다. 시종이나 부관들이 부리나케 차에서 내려 뒷문을 열고는 절도 있게 경례를 붙였다. 에메랄드 이모의 뺨에서 작은 힘줄 하나가 씰룩거리기 시작했다. 이윽고 깃발이 나부끼는 자동차에서 어떤 사람들이 나타났을까? 위풍당당하게 모습을 드러내는 각양각색의 콧수염들, 단장(短杖)들, 송곳처럼 날카로운 시선들, 훈장들, 견장들, 그 하나하나에 어떤 이름을 붙여주면 좋을까? 살림은 그들의 이름도 모르고 군번도 몰랐지만 계급은 그럭저럭 구별할 수 있었다. 가슴과 어깨에 자랑스럽게 달린 훈장과 견장 들만 보더라도 최고위층이 집결했음을 짐작할 만했다. 그리고 마지막 차에서 내린 키 큰 남자는 머리통이 놀라울 만큼 완벽한 원형으로, 위도선과 경도선은 없었지만 마치 양철 지구본처럼 둥글었다. 비록 잔나비가 찌그러뜨린 지구본과 달리 지명을 적은 이름표도 없고 '메이드 애즈 잉글랜드'라는 설명도 없지만(물론 틀림없이 영국 육군사관학교 출신이겠지만) 행성처럼 둥글둥글한 머리통을 가진 사내가 일제히 경례를 붙이는 훈장들–견장들 사이로 다가오더니 에메랄드 이모 앞에 이르러 다른 사람들처럼 경례를 붙였다.

이모가 말했다. "총사령관 각하, 저희 집에 모시게 되어 영광입니다."

"에메랄드, 에메랄드." 지구 모양의 머리에 붙은 입이—단정한 콧수염 바로 밑에 붙은 입이—말했다. "왜 이리 격식을 차리시오? 서먹

서먹하게시리." 그러자 이모는 총사령관을 포옹하면서, "알았어요, 아유브, 신수가 훤하시네요."

당시 그는 일개 장군이었지만 원수의 자리에 오를 날도 멀지 않았고…… 우리는 그를 따라 집 안으로 들어가서 그가 (물을) 마시고 (떠들썩하게) 웃는 모습을 지켜보았다. 우리는 식탁에서도 그를 보았고, 그래서 그가 농부처럼 먹는 모습도 보았고, 그래서 콧수염에 고깃국물이 묻는 것도 보았고…… 총사령관이 말했다. "이봐요, 엠. 내가 올 때마다 이렇게 거창하게 차리지 마시오! 나는 단순무식한 군인일 뿐이니까. 그저 쌀밥이랑 콩 요리 정도만 있어도 나한테는 진수성찬이오."

그러자 이모가 대답했다. "군인이라는 말씀은 맞지만 단순무식하다니 천만에요! 절대로 아니죠!"

긴 바지를 입은 덕분에 이종사촌 자파르와 나도 훈장들 - 견장들이 즐비한 식탁에 동석할 자격을 얻었지만 둘 다 나이가 어린 관계로 침묵을 지키라는 명령을 받았다. (줄피카르 장군이 위협적인 군대식 말투로 나에게 말했다. "찍소리만 내도 영창에 처넣을 테니 그리 알아라. 쫓겨나기 싫으면 숨도 크게 쉬지 마. 알아들었냐?" 그래서 자파르와 나는 숨도 크게 쉬지 못했지만 보고 듣는 것은 자유였다. 하지만 나와 달리 자파르는 자신의 가치를 증명하려고 혈안이 된 상태가 아니었고……)

열한 살 먹은 소년들이 그 식탁에서 무엇을 했을까? 군인들의 유쾌한 대화를 얼마나 알아들었을까? "수흐라와르디라는 작자 말인데요, 옛날부터 파키스탄의 이상에 반대하지 않았습니까." 혹은, "눈은 차라리 선셋이라고 불러야 하지 않을까요?"* 그리고 선거 조작과 비자금에 대한 토론이 한창일 때 그들의 살갗에는 도대체 어떤 위험의 암류가 흘렀기에 팔뚝에 난 솜털이 모조리 곤두섰을까? 그리고 총사령관이 쿠란을 인용했을 때 열한 살 먹은 귀들은 그 말의 의미를 얼마나 이해했을까?

"쿠란에 이르기를……" 둥글머리 사내가 입을 열자 훈장들―견장들이 일제히 입을 다물었다. "또한 내가 아드족과 타무드족을 멸하였노라. 그들은 비록 눈이 밝았으나 사탄으로 인하여 악행을 바른 길로 여겼더라."**

마치 신호가 떨어진 듯이 이모가 손을 내저어 하인들을 모두 내보냈다. 그러더니 그녀도 일어섰고 어머니와 피아도 함께 나갔다. 자파르와 나도 자리에서 일어났지만 그가, 다른 사람도 아니고 총사령관이, 화려한 식탁 너머에서 큰 소리로 말했다. "젊은이들은 남으라고 하지. 어차피 미래는 젊은이들의 것이니까." 그리하여 도로 주저앉은 젊은이들은 두려움과 동시에 자랑스러움도 느끼면서 명령대로 숨도 크게 쉬지 않았다.

이제 남자들만 남았다. 둥글머리의 얼굴에 변화가 일어났다. 어쩐지 좀 어두운 표정, 어쩐지 좀 복잡하면서도 결연한 표정이 떠오르고…… 사내가 말한다. "12개월 전에 내가 여러분 모두에게 말했소. 정치가들에게 1년만 시간을 주자고. 내가 그렇게 말하지 않았소?" 끄

---

* 당시 파키스탄 총리였던 페로즈 칸 눈의 성(姓)인 '눈(Noon)'을 영어의 '정오' 또는 '전성기'의 의미로 해석하고 지금의 처지가 '일몰(Sunset)'과 같다고 비웃는 농담이다.
**『쿠란』 29:38.

덕거리는 머리들, 동의를 밝히는 중얼거림들. "여러분, 우리는 그들에게 1년을 주었소. 하지만 상황은 참을 수 없는 지경에 이르렀고 나는 더 이상 좌시하지 않겠소!" 훈장들─견장들이 정치가들처럼 엄숙한 표정을 짓는다. 입은 굳게 다물고 눈은 날카롭게 미래를 쏘아본다. "그래서 오늘 밤……"─그렇다! 나도 그곳에 있었다. 겨우 몇 걸음 떨어진 자리에! 아유브 장군과 내가, 나와 노장 아유브 칸*이!─"나는 국정을 장악하겠소."

열한 살 먹은 소년들이 이 쿠데타 선언에 어떤 반응을 보였을까? "……국가재정이 파탄 지경에 이르고 ……부정부패가 만연하고……" 이런 말을 들으면서 그들도 입을 굳게 다물었을까? 그들의 눈도 더 밝은 내일을 바라보았을까? "이 시간 이후로 헌법을 폐지합니다! 국회와 주의회를 해산합니다! 정당 활동을 즉각 금지합니다!" 한 장군이 외치는 말을 들으면서 열한 살 먹은 소년들은 무엇을 느꼈을까?

"지금부터 계엄령을 실시하겠소." 아유브 칸 장군이 그렇게 말하는 순간 이종사촌 자파르와 나는 그의 목소리가─힘과 결단과 이모가 준비한 최고급 요리의 기름진 울림이 가득한 그 목소리가─말하는 내용을 우리가 아는 단어로 요약하자면 오로지 하나뿐임을 깨달았다: 반역. 그때 내가 냉정을 잃지 않았다고 말할 수 있어서 자랑스럽다. 그러나 자파르는 곤혹스러운 신체부위의 통제력을 잃고 말았다.

---

* 파키스탄 군인, 정치가. 1958년 10월 7일 당시 대통령이었던 이스칸데르 미르자와 손잡고 쿠데타를 일으켜 총리가 되었으나 10월 27일 미르자를 축출하고 스스로 대통령에 취임했다.

액체가 그의 바지 앞섶을 물들였다. 두려움이 녹아든 노란 물줄기가 그의 다리를 타고 내려가서 페르시아 양탄자를 적셨다. 훈장들-견장들이 무슨 냄새를 맡고 끝없는 혐오감이 담긴 눈으로 자파르를 돌아보았다. 그러더니 (이 부분이 최악이었다) 폭소를 터뜨렸다.

자파르가 바지를 적신 때가 하필 아버지 줄피카르 장군이 다음과 같이 말한 직후였다. "괜찮으시다면 각하, 제가 오늘 밤의 작전 내용을 구체적으로 설명하겠습니다." 이모부는 싸늘한 분노를 드러내며 아들을 내쫓았다. "남창 같은 놈! 계집애 같은 놈!" 식당 안에서 터져나오는 이모부의 가늘고 날카로운 음성이 아들의 뒤통수를 후려갈겼다. "겁쟁이! 호모 새끼! 힌두놈!" 어릿광대 같은 얼굴에서 날아오른 욕설들이 계단을 오르는 아들을 뒤쫓아가고…… 이윽고 줄피카르의 시선이 내 얼굴에 머물렀다. 그의 눈에는 애원이 담겨 있었다. 가문의 명예를 되찾아다오. 내 아들의 요실금으로부터 나를 구원해다오. 이모부가 말했다. "거기 너! 이리 와서 나 좀 도와줄래?"

나는 당연히 고개를 끄덕였다. 남자다움을 증명하고 아들 자격을 증명하기 위해서 나는 이모부의 혁명과업을 거들었다. 그러는 과정에서, 이모부에게 감사의 마음을 심어주고 그 자리에 모인 훈장들-견장들의 웃음소리를 잠재우는 과정에서, 나는 또 한 명의 아버지를 창조했다. 줄피카르 장군은 나를 '아들 같은 녀석' 또는 '내 새끼' 또는 그냥 간단히 '내 아들'이라고 불렀던 많은 남자들 가운데 한 명이 되었다.

우리가 혁명을 일으킨 방식은: 줄피카르 장군이 병력의 이동을 설명하는 동안 나는 상징적으로 후추통을 이동시켰다. 능동적-비유적 연결방식에 사로잡힌 상태에서 소금통과 처트니 그릇을 이리저리 옮겼다. 이 겨자병은 중앙우체국을 점령한 1중대. 국자를 포위한 후추통 두 개는 공항을 장악한 2중대. 그렇게 국가의 운명을 손아귀에 쥔 나는 양념장과 포크와 나이프를 요리조리 밀고, 물잔 몇 개로 빈 비리아니 접시를 점거하고, 물병 주위에 소금통 몇 개를 배치하여 경계근무를 맡겼다. 이윽고 줄피카르 장군이 말을 멈추자 식기들의 행진도 끝났다. 그러자 아유브 칸이 등받이에 편안하게 기대는 것 같았다. 그 순간 그가 나에게 윙크를 던진 것은 나의 착각이었을까? 어쨌든 총사령관은 이렇게 말했다. "수고했네, 줄피카르. 멋진 설명이었어."

후추통 기타 등등이 수행한 기동작전에서 아직 확보하지 못한 식기 하나가 있었다: 순은으로 만든 크림병이었는데 우리의 탁상 쿠데타에서는 국가원수 이스칸데르 미르자 대통령을 의미했다. 미르자는 그때부터 3주 동안 대통령 자리를 지켰다.

훈장들─견장들은 대통령이 속속들이 썩었다고 말했지만 열한 살 먹은 소년이 판단할 수 있는 문제는 아니다. 미르자가 힘없는 공화당과 제휴했다는 이유로 신정권의 꼭대기에 앉을 자격이 없어지는지도 열한 살짜리가 왈가왈부할 일은 아니다. 살림 시나이는 정치적 판단을 내리지 않았다. 그러나 그해 11월 1일, 불가피하게 자정, 이모부가 나를 흔들어 깨우면서, "일어나라, 살림, 너도 진짜를 맛볼 시간이 왔다!" 하고 속삭였을 때 나는 단숨에 벌떡 일어나 옷을 입고 어둠 속으로 걸어 나갔다. 이모부가 친아들보다 나를 데려가고 싶어 한다는 사실이 자랑스러웠다.

자정. 라왈핀디 거리가 시속 110킬로미터의 속도로 휙휙 지나간다. 우리 앞 옆 뒤에는 모터사이클의 행렬. "어디로 가는 거예요, 줄 피…… 이모부?" 두고 보면 안다. 검은 차창의 리무진이 어느 불 꺼진 집 앞에 멈춰 선다. 위병들이 소총을 엇갈리게 세워 놓고 대문을 지키 다가 우리에게 길을 열어준다. 나는 이모부와 나란히 보조를 맞추면 서 어둑어둑한 복도를 통과한다. 이윽고 우리는 한 줄기 달빛이 사주 식(四柱式) 침대를 비추고 있는 어두운 방 안으로 난입한다. 침대 위 에 걸린 모기장이 수의(壽衣) 같다.

한 사내가 깨어나더니 깜짝 놀라서, 도대체 이게 무슨…… 그러나 줄피카르 장군은 총열이 긴 리볼버를 들고 있다. 총구가 사내의 벌어 진 이빨 사이로 우웁 파고든다. "닥치시오." 이모부가 굳이 안 해도 되는 말을 내뱉는다. "따라오시오." 비만한 사내가 알몸으로 비틀거리 며 침대에서 내려온다. 그의 눈이 묻는다: 나를 사살할 거요? 불룩한 배를 타고 흘러내린 땀방울이 달빛에 반짝거리며 그의 성기 쪽으로 내려간다. 그러나 오늘 날씨는 지독하게 춥다. 그가 땀을 흘리는 이유 는 더워서가 아니다. 사내는 허연 소불(笑佛)을 닮았다. 그러나 그는 웃지 않는다. 떨고 있을 뿐이다. 이모부가 그의 입속에서 권총을 끄집 어낸다. "뒤로 돌앗. 속보 시작!" ……그러면서 살진 엉덩짝 사이를 총구로 쿡 찌른다. 사내가 소리친다. "제발 조심하시오! 그거 안전장 치도 풀어놨잖소!" 뚱뚱한 몸뚱이가 달빛 아래 나타나서 검은 리무진 에 떠밀려 들어가자 병사들이 낄낄거리고…… 그날 밤 이모부가 차 를 몰고 군용 비행장으로 달려갈 때 나는 벌거벗은 사내와 나란히 앉 아 있었다. 대기하고 있던 비행기가 방향을 돌리고 속력을 높일 때 나도 그 자리에 서서 지켜보았다. 후추통과 더불어 능동적-비유적으로 시작된 일이 그 순간에 비로소 끝을 맺었다. 나는 정권을 전복시켰을 뿐만 아니라 대통령을 추방하는 일에도 관여했던 것이다.

자정은 수많은 아이들을 낳았다. 독립의 자식들 중에는 인간이 아닌 것들도 있다. 폭력, 부패, 빈곤, 장군들, 혼돈, 탐욕, 후추통……나는 유배된 다음에야 비로소 자정의 아이들이 내가—다른 사람도 아니고 내가—상상했던 것보다 훨씬 더 다양하다는 사실을 알게 되었다.

"진짜진짜 정말이에요?" 파드마가 묻는다. "정말 그 자리에 있었어요?" 진짜진짜 정말이다. "아유브도 나쁜 사람이 되기 전에는 좋은 사람이었다고 하던데요." 파드마의 그 말은 질문이다. 그러나 열한 살 먹은 살림은 그런 판단을 하지 않았다. 후추통 기동작전에 윤리적 선택은 불필요하다. 살림의 관심사는: 사회적 변혁이 아니라 개인적 복권이었다. 여기서 역설적 상황이 눈에 띈다. 그 순간까지 내가 역사에 개입했던 경우를 통틀어 그때의 사건들이 가장 중요했지만 내가 그 일에 관여한 동기는 오히려 가장 편협했다는 사실이다. 어쨌든 그 나라는 '내' 나라가 아니었다. 적어도 그때는 그랬다. 비록 그곳에서 기나긴 4년을 보냈지만—어머니의 인도 여권으로 입국하여 국민이 아니라 망명자로 살았는데, 그때 내가 어리지만 않았다면, 그리고 어릿광대처럼 생긴 보호자의 권력이 없었다면 많은 의심을 받고 심지어 간첩 혐의로 체포되거나 추방되었을지도 모른다—내 나라는 아니었다.

아무 일도 없었던 4년.

그저 십대가 되었을 뿐. 그저 어머니의 몰락을 지켜보았을 뿐. 그저 일 년이라는 중대한 나이 차가 있는 여동생 잔나비가 하느님의 지배를 받는 그 나라의 마법에 서서히 물들어가는 과정을 주시했을 뿐, 예전에는 그토록 반항적이고 자유분방했던 잔나비가 점점 얌전하고 다소곳한—처음에는 그녀 자신도 거짓이라고 생각했을—표정으로 변해가는 과정을 보고, 잔나비가 요리와 살림을 배우고 시장에서 향신료를 구입하는 요령을 익히는 과정을 보고, 잔나비가 아랍어로 된 기도문을 익히고 정해진 시간마다 암송함으로써 외할아버지가 물려준 최후의 유산과 결별하는 과정을 보고, 세속적인 사랑을 한사코 거부하던 잔나비가 거대한 운석을 둘러싸고 지어진 이교도의 신전에 있었던 우상—즉 위대한 '검은 돌'의 성지 카바*의 알라(Al-Lah)—의 이름을 따서 명명된 하느님을 향한 사랑에 빠져드는 과정을 보았을 뿐.

그것이 전부였다.

한밤의 아이들과 격리된 채 살았던 4년. 워든 가와 브리치 캔디와 스캔들 곶도 없고, 1미터 초콜릿의 유혹도 없고, 대성당 학교와 시바지의 기마상과 인도문**의 수박 장수들도 없고, 디발리***와 가네샤 차투르티와 코코넛의 날도 없었던 4년. 꼭대기층에 틀어박혀 사람 만나기를 기피하는 샤프슈테커 박사 말고는 아무도 없는 집에 홀로 앉아서 한사코 집을 안 팔겠다고 버티는 아버지와 떨어져 지냈던 4년.

---

* 메카에 있는 이슬람교의 성전. 무슬림이 가장 신성시하는 곳으로 중심부에는 천사가 이브라힘(아브라함)에게 주었다는 검은 돌이 있다.
** 봄베이의 상징인 거대한 문. 1911년 조지 5세의 인도 방문을 기념하여 세웠다.
*** 힌두교, 자이나교, 시크교 등에서 닷새 동안 거행하는 빛의 축제.

4년 동안 아무 일도 없었다는 것이 정말 가능할까? 물론 그럴 리 없다. 역사의 현장에서 바지를 적신 죄로 끝내 자기 아버지의 용서를 받지 못한 이종사촌 자파르는 성년이 되자마자 입대하라는 일방적인 통보를 받았다. 그의 아버지는 이렇게 말했다. "네가 계집애가 아니라는 증거를 보고 싶다."

그리고 본조가 죽었다. 줄피카르 장군은 눈물을 펑펑 쏟았다.

그리고 메리의 고백은 점점 잊혀갔다. 아무도 그 일을 거론하지 않아서 나중에는 하룻밤의 악몽처럼 희미해졌기 때문이다. 다들 잊었지만 나만은 예외였다.

그리고 (내가 개입하지 않았는데도) 인도와 파키스탄의 관계는 점점 악화되었다. 내가 전혀 도와주지 않았는데도 인도가 고아 주를—'모국 인디아의 얼굴에 돋아난 포르투갈의 뾰루지'를—점령했고, 파키스탄이 미국으로부터 대규모 원조를 받아낼 때도 나는 아무것도 하지 않고 뒷전에서 방관했고, 라다크의 악사이친 지역에서 발생한 인도와 중국의 국경분쟁도 내 책임이 아니었다. 인도의 1961년 인구조사에서 문자 해득률이 23.7퍼센트라고 확인되었지만 나는 그 통계에 포함되지 않았다. 불가촉천민 문제는 여전히 심각했지만 나는 사태를 완화시키려고 노력하지 않았다. 그리고 1962년 총선에서 국민회의당 최고위원회가 하원 494석 중 361석을 차지하고 주의회 전체 의석수의 61퍼센트 이상을 확보했다. 그러나 이 부분에서도 내가 보이지 않게 손을 썼다고는 말할 수 없다. 다만 비유적으로 그랬다면 또 모를까: 아무튼 인도는 현상유지 상태였고 내 삶에도 아무런 변화가 없었다.

그러다가 1962년 9월 1일, 우리는 잔나비의 열네번째 생일을 맞이했다. 그 무렵 우리는 (이모부가 나를 계속 귀여워했는데도) 사회적 하류층으로, 그리고 위대한 줄피카르 가문의 불운하고 가난한 친척으로 확실히 자리매김했고, 그래서 생일파티는 몹시 초라했다. 그런데도 잔나비는 시종일관 즐거운 표정이었다. "그게 내 의무잖아, 오빠." 그녀가 그렇게 말했을 때 나는 내 귀를 의심했고…… 그러나 어쩌면 누이는 이미 자신의 운명을 직감했는지도 모른다. 어쩌면 머지않아 자기가 탈바꿈하게 될 것을 미리 알았는지도 모른다. 비밀을 알아내는 능력을 나만 가졌다고 믿을 이유가 어디 있으랴?

그때 누이는 우리가 부른 악사들의 연주가 시작되면 (셰헤네와 비나도 있었고, 사랑기와 사로드도 기회를 얻었고, 타블라와 시타르도* 주거니 받거니 명인의 솜씨를 선보였다) 곧 에메랄드 줄피카르가 나서서 고상하지만 쌀쌀맞은 말투로 이렇게 요구하리라는 것을 미리 알았는지도 모른다. "자밀라, 꿔다 놓은 보릿자루처럼 멍하니 앉아 있지 말고 노래나 한 곡조 뽑아봐라!"

그리고 에메랄드처럼 싸늘한 에메랄드 이모가 의도한 바는 아니었지만 바로 그 말이 누이가 원숭이에서 가수로 탈바꿈하는 계기가 되었다. 누이는 열네 살 먹은 소녀답게 새침하고 어색한 표정으로 한사코 사양했지만 군기확립이 확실한 이모가 질질 끌다시피 하면서 악사들의 연주대 위로 데려갔고, 그 자리에 선 잔나비는 쥐구멍에라도 들어가고 싶은 표정이었지만 도저히 빠져나갈 방법이 보이지 않자 결국 두 손을 맞잡고 노래를 시작했다.

---

* 인도의 각종 전통악기들.

지금까지 나는 희로애락의 감정을 자세히 설명하는 데 소홀했다고 생각하는데, 그것은 나의 청취자가 감정이입의 능력을 가졌다고 믿기 때문이었다. 내가 미처 표현하지 못한 부분을 상상력으로 채워 내 이야기를 자신의 이야기로 만들어가는…… 그러나 누이가 노래를 부르기 시작했을 때 어떤 감정이 나를 엄습한 것만은 틀림없는 사실이다. 다만 그 감정이 너무 격렬해서 훗날 세상에서 가장 늙어빠진 창녀가 설명해주기 전까지는 그것이 어떤 감정인지 알 수 없었을 뿐이다. 왜냐하면 노래를 시작하기가 무섭게 누이는 놋쇠 잔나비라는 별명을 벗어던졌기 때문이다. 누이는 (오래전에 어느 산골짜기에서 그녀의 외증조할아버지가 그랬듯이) 새들과 대화를 나누었는데, 그 과정에서 노래를 잘 부르는 새에게 창법을 배운 것이 분명했다. 나는 한쪽은 멀쩡하고 한쪽은 부실한 두 귀로 누이의 완전무결한 노랫소리를 들었다. 그것은 열네 살의 나이에도 불구하고 이미 성숙한 여인의 음성이었으며 그 속에는 날개의 순수성, 유배생활의 괴로움, 독수리의 비행, 인생의 아름다움, 나이팅게일의 고운 선율, 그리고 전지전능하신 하느님의 영광이 깃들어 있었다. 비록 다소 앙상한 소녀의 입에서 흘러나오는 음성이었지만 나중에는 무함마드의 무에진 빌랄*의 음성에 비견될 정도였다.

그날 내가 이해하지 못했던 부분에 대해서는 다음에 다시 이야기해야겠다. 여기서는 내 누이가 열네번째 생일파티 자리에서 명성을 얻게 되었으며 그 후 자밀라 싱어라는 이름으로 알려졌다는 사실만 기

---

\* 무함마드의 제자로 흑인 노예였으나 목소리가 매우 아름다워 최초의 무에진(이슬람 성원의 첨탑에서 기도 시간을 소리쳐 알리는 사람)이 되었다고 한다.

록해두기로 하자. 그리고 〈내 빨간 모슬린 두파타〉와 〈샤바즈 칼란다르〉를 들으면서 나는 첫번째 유배생활 당시 시작되었던 일이 두번째 유배생활에서 마침내 완성을 앞두고 있음을 알았다. 지금부터는 자밀라가 우리 집안의 중심이 되고 나는 그녀의 재능에 눌려 영원한 이등일 수밖에 없었다.

자밀라는 노래를 불렀고 나는 겸허하게 고개를 숙였다. 그러나 누이가 자신의 왕국에 당당히 입성하려면 한 가지 일이 더 필요했다: 즉 내가 완전히 파멸해야 했다.

# 배수와 사막

뼈를-갉아먹는-그것은 한시도 멈추지 않고…… 이제 시간문제일
뿐이다. 그 와중에도 내가 계속 버틸 수 있는 이유는 다음과 같다: 나
는 파드마에게 의지한다. 나에게는 파드마가 중요하다. 파드마의 근
육, 파드마의 털 많은 팔뚝, 나만의 순수한 연꽃 파드마…… 그녀가
쑥스러워하면서 명령한다: "됐어요. 그만하고 어서 시작해요."

그래, 우선 전보 이야기부터 시작해야 한다. 일찍이 텔레파시
(telepathy)가 나를 돋보이게 했듯이 이번에는 텔레커뮤니케이션
(telecommunication)이 나를 끌어내리고……

아미나 시나이가 발에 생긴 티눈을 파내고 있을 때 전보가 도착했
는데…… 옛날옛날 한 옛날이었다. 아니, 안 되겠다. 연월일을 생략
할 수는 없다. 어머니가 왼쪽 무릎에 오른쪽 발목을 걸쳐놓고 끝이 뾰

족한 줄칼로 발바닥에 박인 티눈 조직을 긁어내던 그날은 1962년 9월 9일이었다. 그런데 시간은? 시간도 중요하다. 그래, 좋다. 오후였다. 아니, 좀 더 구체적으로…… 오후 세시 정각이었다. 북쪽 지방에서도 하루 중 제일 더운 그 시간에 하인이 봉투 하나를 은쟁반에 받쳐 가져왔다. 그리고 몇 초 후, 멀리 뉴델리에서는 국방장관 크리슈나 메논이 (네루가 영연방 총리회담에 참석하느라 자리를 비운 사이에 주도권을 쥐고) 필요하다면 히말라야 국경지역의 중국군에게 무력을 사용해도 좋다는 중대한 결정을 내렸다. "중국군을 타글라 능선에서 몰아내야 합니다." 메논 장관이 그렇게 말하는 순간 어머니는 전보지를 뜯었다. "약한 모습을 보이지 말아야 합니다." 그러나 그날 어머니가 받은 전보문이 내포한 의미에 비하면 장관의 결정은 사소한 일에 불과했다. 왜냐하면 '레그혼 작전'으로 명명된 이 격퇴작전은 실패할 운명이었고 결과적으로 인도가 모든 무대를 통틀어 가장 참혹한 무대인 전쟁터로 바뀌었지만 그 전보문은 은밀하면서도 확실하게 나를 위기 상황으로 몰아갔고 결과적으로 나는 나 자신의 내면세계로부터 완전히 쫓겨났기 때문이다. 인도 33군단이 타파르 장군에게 하달된 메논의 명령에 따라 움직이는 동안 나도 크나큰 위험에 빠지고 말았다. 마치 눈에 보이지 않는 신령들이 마침내 내가 너무 많은 일을 저질렀거나 혹은 너무 많이 알게 되었거나 혹은 너무 막강한 존재가 되어 더는 용납할 수 없다고 판단한 듯했다. 마치 역사가 나서서 나를 내 분수에 맞는 자리에 단단히 눌러 앉히려고 마음먹은 듯했다. 나는 그 문제에 아무런 발언권도 얻지 못했다. 어머니가 전보문을 읽고 울음을 터뜨리면서 말했다. "얘들아, 집으로 돌아가야겠다!" ……내가 다른 문맥에서 말을 꺼냈듯이 그다음은 시간문제에 불과했다.

전보문의 내용은: 급래 요망. 시나이 나리 심장장화 발작으로 위독. 앨리스 페레이라 올림.

에메랄드 이모가 언니에게 말했다. "당연히 가봐야지, 언니, 당장 출발해. 그런데 심장장화가 도대체 뭐야?"

어쩌면, 아니, 아마도, 나는 누가 봐도 신기하기 그지없는 나의 생애와 시대에 얽힌 이야기를 기록한 최초의 역사가에 불과할 것이다. 그러나 장차 내 발자취를 따라오는 사람들은 불가피하게 지금의 이 이야기에서, 이 원전(原典)에서, 이「하디스」* 또는「푸라나」** 또는「그룬트리세」***에서 가르침과 영감을 얻으려 할 것이다. 미래의 주석자들에게 고하노라: 그대들이 이른바 '심장장화 전보'에서 비롯된 일련의 사건들을 살펴보게 되었을 때, 나에게 들이닥친 태풍의 눈에는—다른 비유를 사용하자면 나에게 최후의 일격을 가했던 칼날에는—한 가지 응집력이 있었음을 부디 명심하기 바란다. 그것은 바로 통신이었다.

전보(telegram)가, 그리고 전보 다음에는 전화(telephone)가 나를 파멸시켰다. 그러나 나는 음모를 꾸민 사람들을 원망하지 않고 너그럽게 용서한다. 물론 통신을 관리하는 사람들이 국가의 방송전파에 대한 독점권을 되찾기 위해 저지른 짓이라고 생각하기 쉽겠지만……나는 이제 (파드마가 눈살을 찌푸리니까) 진부한 인과관계의 흐름 속

---

* 무함마드의 언행록으로 이슬람교에서는 종교법의 주요 원천으로 존중된다.
** 고대 인도의 힌두교 성전(聖典).
*** 마르크스가 남긴 방대한 양의 초고로『자본론』의 토대가 되었다.

으로 돌아가야겠다: 우리는 9월 16일 다코타 수송기를 타고 산타크루즈 공항에 도착했다. 그러나 전보문의 내용을 설명하려면 좀 더 멀리까지 시간을 거슬러 올라가야 한다.

앨리스 페레이라가 언니 메리에게서 조지프 드코스타를 가로챈 죄를 지었다면 최근 몇 년 사이에 많이 속죄한 셈이었다. 지난 4년 동안 앨리스는 아흐메드 시나이에게 인간으로서는 유일한 말동무였다. 한때 메솔드 단지가 있었던 먼지투성이 언덕에 고립된 채 그녀는 선량하고 싹싹한 성격을 시험에 빠뜨리는 어마어마한 시련을 견뎌냈다. 아흐메드 시나이는 자정까지 그녀를 붙잡아놓고 마귀들을 마시면서 자기가 한평생 겪었던 억울한 일들을 시시콜콜 지껄였다. 오랫동안 잊고 지냈던 옛 꿈, 즉 쿠란을 번역하고 순서를 바로잡는다는 꿈을 다시 생각해낸 그는 가족 때문에 기운이 다 빠져 그런 대업을 시작할 엄두조차 못 냈다고 한탄했다. 게다가 가까이 있는 그녀에게 분노를 쏟아낼 때도 많았는데, 때로는 지독한 욕설이 가득한 장광설을 늘어놓았고 또 때로는 추상적 세계에 깊이 빠져 지내던 시절에 지어낸 저주의 주문을 외우기도 했다. 앨리스는 그를 이해하려고 노력했다: 외로운 사람이니까, 한때는 전화기와 더불어 실수 없는 관계를 유지했지만 시대의 흐름에 따른 변덕스러운 경제 현상으로 그 관계도 무너져버리고 금융업에 대한 감각마저 무뎌지고 말았으니까…… 그리고 그는 특이한 두려움에 시달리기도 했다. 악사이친 지역에서 중국인들의 도로*가 발견되었을 때는 며칠 안에 황인종 대군이 메솔드 단지까지

---

* 중국이 신장과 티베트를 연결하기 위해 전략적 요충지인 악사이친 지역에 건설한 도로.

들이닥칠 거라고 굳게 믿었다. 앨리스는 얼음처럼 시원한 코카콜라를 갖다주면서 그를 위로했다. "걱정할 필요 없어요. 중국인들은 너무 작아서 우리 군인들을 당해낼 수 없거든요. 그러지 말고 콜라나 드세요. 아무것도 달라지지 않을 거예요."

그러나 결국 앨리스도 지치고 말았다. 그런데도 마지막까지 그의 곁에 머무른 이유는 오로지 임금 대폭 인상을 요구했고 아흐메드가 이를 승낙했기 때문이었다. 앨리스는 그중에서 꽤 많은 돈을 고아 주로 부쳐가며 언니 메리를 먹여 살렸다. 그러나 9월 1일이 되자 앨리스도 전화기의 유혹에 넘어가고 말았다.

그 무렵 그녀는 고용주 못지않게 이 기계와 더불어 많은 시간을 보냈는데, 특히 나를리카르 일가의 여자들에게서 걸려온 전화를 받을 때마다 통화 시간이 길어졌다. 그 시절에 나를리카르 일가의 무시무시한 여자들은 날마다 두 번씩 전화를 걸어 아버지를 괴롭혔다. 어르고 달래가며 빨리 집을 팔라고 설득하고, 절망적인 상황을 상기시키고, 불타는 곳간 주위를 퍼덕퍼덕 날아다니는 독수리 떼처럼 아버지의 머리 위를 맴돌았고…… 그러다가 9월 1일이 되었을 때 그들은 오래전에 독수리 한 마리가 그랬듯이 팔 하나를 떨어뜨려 아버지의 면상을 후려갈겼다. 앨리스 페레이라를 매수하여 그에게서 빼앗아버렸던 것이다. 앨리스가 그의 횡포를 더는 참아내지 못하고 이렇게 소리쳤다. "이젠 전화도 직접 받으세요! 저는 그만두겠어요."

그날 밤 아흐메드 시나이의 심장이 부어오르기 시작했다. 증오심원한 자기연민 슬픔으로 가득 찬 심장은 풍선처럼 부풀었고, 너무 세차게 고동치다가 박자를 건너뛰기도 했다. 결국 그는 황소처럼 쓰러지고 말았다. 브리치 캔디 종합병원의 의사들은 아버지의 심장 모양이 실제로 달라졌다는 사실을 발견했다. 좌심실 하단에 혹이 생겨 길게 튀어나온 탓이었다. 앨리스가 썼던 말대로 '장화' 모양으로 변했던 것이다.

이튿날 아침 앨리스가 깜박 잊고 두고 간 우산을 찾으러 갔다가 우연히 아버지를 발견했다. 그녀는 유능한 비서답게 통신의 힘을 빌려 전화로 구급차를 부르고 우리에게 전보를 쳤다. 그러나 당시 인도와 파키스탄 양국의 우편물 검열 때문에 '심장장화 전보'가 아미나 시나이에게 도착하기까지는 꼬박 일주일이나 걸렸다.

"봄베이로 돌아왔다!" 내가 신이 나서 고함을 지르는 바람에 공항 짐꾼들이 깜짝 놀랐다. "봄베이로 돌아왔다!" 온갖 상황에도 불구하고 나는 그렇게 환호성을 터뜨렸다. 최근에 점잖아진 자밀라가 쏘아붙였다. "아, 정말, 살림 오빠, 그만 좀 해!" 앨리스 페레이라가 공항까지 우리를 마중 나왔다(전보를 보내서 미리 알렸기 때문이다). 이윽고 우리는 검은색-노란색으로 도색한 진짜 봄베이 택시를 탔고, 나는 "따끈따끈한-차나콩-따끈따끈해요"를 외치는 행상들의 목소리와 낙타 자전거 사람들 사람들 사람들의 물결을 마음껏 즐겼고, 이 뭄바데비의 도시에 비하면 라왈핀디는 시골마을 같다고 생각했고, 특히 봄베이의 빛깔들을 새삼스럽게 재발견했다. 그동안 잊고 살았던 굴모르나무*와 부겐빌레아 덩굴의 강렬한 빛깔, 마할락슈미 신전 '연못'의

* 크고 화려한 꽃이 진홍색, 주홍색, 노란색 등으로 피어 '불꽃나무'라고 부르기도 한다.

검푸른 녹색, 교통순경들의 삭막한 검은색-하얀색 파라솔과 파란색-노란색 제복, 그러나 무엇보다 눈에 띄는 빛깔은 바다의 파랑 파랑 파랑…… 그러다가 아버지의 기진맥진한 잿빛 얼굴을 마주하자 비로소 무지개처럼 다채로운 이 도시를 잠시나마 잊어버리고 마음이 숙연해졌다.

앨리스 페레이라는 우리를 병원에 남겨두고 나를리카르 일가의 여자들을 위해 일하러 갔다. 그때 놀라운 일이 일어났다. 우리 어머니 아미나 시나이는 아버지를 보자마자 무기력과 우울증과 죄의식의 안개와 티눈의 고통을 순식간에 벗어던지고 기적처럼 젊음을 되찾은 듯했다. 그녀는 곧 예전의 근면성을 고스란히 되살려 아무도 말릴 수 없는 의지를 불태우며 아흐메드를 회복시키는 일에 착수했다. 어머니는 일찍이 결빙기 때 아버지를 간호했던 일층 침실로 그를 옮겨다놓고 밤낮없이 그의 곁에 붙어 앉아 자신의 힘을 그의 몸속에 부어주었다. 그녀의 사랑은 헛되지 않았다. 브리치 캔디의 유럽인 의사들이 깜짝 놀랄 정도로 아흐메드 시나이의 건강이 완벽하게 회복되었을 뿐만 아니라 더욱더 굉장한 변화가 일어났기 때문이다. 아미나의 보살핌을 받고 의식을 되찾았을 때 아흐메드는 저주를 퍼붓고 마귀들과 싸우던 때의 자신이 아니라 그의 참모습이었는지도 모르는 예전의 자신, 즉 회개와 용서와 웃음과 너그러움이 넘치는 모습으로 돌아왔던 것이다. 그러나 가장 멋진 기적은 사랑이었다. 아흐메드 시나이는 드디어 우리 어머니와 사랑에 빠졌다.

그리고 나는 그들의 사랑을 성별(聖別)하는 희생양이 되었다.

두 분은 심지어 잠자리까지 같이했다. 누이는—잔나비였던 시절의 모습을 잠깐이나마 드러내면서—"한 침대에서 자다니, 맙소사, 지지야, 너무 불결해!" 하고 외쳤지만 나는 두 분의 행복을 함께 기뻐했다. 그리고 비록 잠시뿐이었지만 나는 누구보다 더 행복했다. 마침내 한밤의 아이들 협회가 있는 나라로 돌아왔기 때문이다. 신문에 실린 제목들이 전쟁을 향해 치닫는 동안 나는 얼마나 많은 결말이 나를 기다리는지도 모르는 채 기적이 만들어준 친구들을 다시 만났다.

10월 9일—**인도군 총력전 준비 중**—나는 이제 슬슬 회의를 소집해도 되겠다고 판단했다(시간과 나의 노력 덕분에 메리의 비밀을 감춰둘 울타리가 생겼기 때문이다). 아이들이 다시 내 머릿속으로 들어왔다. 즐거운 밤, 해묵은 갈등을 묻어버리고 다시 단결하기 위해 우리도 총력을 기울이는 밤이었다. 우리는 다시 만나서 반갑다는 말을 몇 번이나 되풀이하면서 더 깊은 곳에 감춰진 진실을—즉 우리도 여느 가족과 똑같다는 사실을, 가족의 재회도 막상 실현되었을 때보다 기다릴 때가 더 즐겁다는 사실을, 그리고 어떤 가족이든 언젠가는 뿔뿔이 흩어질 수밖에 없다는 사실을—애써 외면했다. 10월 15일—**인도, 이유도 없이 공격당했다**—그때까지 내가 계속 두려워했고 그래서 안 나오게 하려고 애썼던 질문들이 시작되었다: 시바는 왜 안 왔어? 그리고: 네 마음 일부는 왜 막아놨어?

10월 20일, 타글라 능선에서 인도군이 중국군에게 패배—참패—했다. 베이징에서 공식성명을 발표했다: 중국 국경수비대의 단호한 반격은 자위수단이었다. 그러나 그날 밤 한밤의 아이들이 일치단결하여 집중공격을 퍼부었을 때 나에게는 자위수단조차 없었다. 그들은 넓은 전선을 형성하고 사방에서 나를 공격했다. 내가 비밀을 감춘다고, 얼버무린다고, 고압적이라고, 자기중심적이라고 비난했다. 내 마음속은 국회의사당이 아니라 전쟁터가 되었고 그곳에서 그들은 나를 완파했다. 나는 이제 '맏형 살림'이 아니었고 그들이 나를 매도하는 동안 속수무책으로 듣고 있을 수밖에 없었다. 그들이 아무리 떠들어도 나는 막아놓은 곳을 열어줄 수 없었다. 그들에게 메리의 비밀을 고백하기는 정말 싫었다. 마침내 오랫동안 나의 가장 소중한 지지자였던 마녀 파르바티마저 참을성을 잃고 말았다. "아, 살림, 파키스탄에서 무슨 일을 겪었는지 모르지만 너 정말 많이 변했다."

언젠가, 오래전에, 미안 압둘라의 죽음으로 어떤 협회가 와해된 적이 있었다. 순전히 그의 의지력으로 만들어진 협회였기 때문이었다. 이제 한밤의 아이들은 나에 대한 신뢰를 잃어버렸고 그와 동시에 내가 그들을 위해 이룩한 협회에 대한 믿음마저 잃고 말았다. 10월 20일부터 11월 20일까지 나는 밤마다 회의를 소집했지만—소집하려고 노력했지만—그들은 자꾸 나를 피해 달아났다. 한 명씩 두 명씩도 아니고 열 명씩 스무 명씩 그랬다. 매일 밤 참석자가 줄어들었다. 매주백 명 이상이 개인생활로 도피해버렸다. 히말라야 고지대에서는 구르카족과 라지푸트족*이 중국군에 쫓겨 무질서하게 도망쳤고 내 마음속의 오지에서는 다른 군대가 이런저런 이유로—너무 시시하고 보잘것없어 아이들에게 영향을 미칠 리 없다고 믿었던 말다툼, 편견, 권태, 이기심 따위 때문에—역시 맥없이 무너지고 말았다.

---

* 둘 다 용맹성으로 유명한 민족. 전자는 네팔 산간, 후자는 인도 중부와 북부에 살며 인도군에서 많은 공을 세웠다.

(그래도 마치 오랜 지병처럼 낙관주의는 쉽사리 사라지지 않았다. 나는 우리를-묶어주는-힘이 우리를-갈라놓으려는-힘보다 강하다는 믿음을—지금도 그렇듯이—버리지 않았다. 그렇다: 나는 한밤의 아이들 협회가 붕괴된 것이 궁극적으로 내 책임이라고 생각하지 않는다. 부활의 가능성마저 남김없이 파괴해버린 것은 아흐메드와 아미나 시나이의 사랑이었기 때문이다.)

……그런데 시바는? 내가 그의 생득권을 냉정하게 거절해버린 시바는? 그 마지막 한 달 동안 나는 단 한 번도 사념파를 내보내서 그를 찾아보려 하지 않았다. 그러나 세상 어딘가에 있는 그의 존재는 내 마음 한구석을 끊임없이 괴롭혔다. 파괴자 시바, 안짱다리 시바…… 나에게 그는 처음에는 통렬한 양심의 가책이었고, 그다음에는 강박관념이었고, 그의 존재에 대한 기억이 차츰 흐려지면서 마지막에는 일종의 상징이 되었다. 내 마음속에서 그는 세상에 존재하는 모든 복수심과 폭력과 재물에-대한-애증을 의미했다. 그래서 지금도 후글리 강*에서 익사한 시체들이 풍선처럼 부풀어 떠다니다가 지나가는 배에 걸려 터져버렸다는 소식을 들을 때마다. 혹은 열차에 불이 나거나 정치가가 살해되거나 오리사 또는 펀자브에서 폭동이 일어났다는 소식을 들을 때마다 어쩐지 그 모든 일에 시바가 깊숙이 관여하여 우리를 끊임없는 살인 강간 탐욕 전쟁의 소용돌이 속으로 몰아넣는 것 같다는—간단히 말하자면 시바가 우리를 지금의 이 모습으로 만들어놓았다는—생각이 든다. (시바도 나처럼 자정과 동시에 태어났고 시바도 나

---

* 서벵골 주에 있는 갠지스 강의 지류로 캘커타를 지나 벵골 만으로 이어진다.

처럼 역사와 하나로 연결되었다. 그리고 여러 가지 연결방식 때문에
—그것이 나에게 적용된다고 믿는 내 생각이 틀리지 않았다면—시바
도 나처럼 시대의 흐름에 영향을 미칠 수 있었다.)

나는 지금 마치 그를 두 번 다시 만나지 못한 것처럼 말하고 있다.
사실이 아니다. 그러나 다른 일과 마찬가지로 그 만남에 대한 이야기
도 당연히 줄을 서서 때를 기다려야 한다. 지금 당장은 그 이야기를
시작할 기운이 없다.


그 무렵 낙관주의병이 다시 크게 유행했고 나는 부비강의 염증으로
고생하고 있었다. 타글라 능선에서의 패배는 엉뚱하게도 온 국민의
낙관주의를 유발했고, 이 병은 바람을 너무 많이 불어넣은 풍선처럼
거대하게 (그리고 위험하게) 부풀었다. 그러나 오랫동안 넘치도록 가
득 차서 늘 고달팠던 내 콧구멍은 마침내 코막힘과의 싸움을 포기해
버렸다. 국회의원들이 '중국의 침략'과 '순국용사들의 피'에 대해 열
변을 토하는 동안 내 눈에서는 눈물이 철철 흐르기 시작했고, 간이 부
은 국민이 왜소한 황인종들을 단숨에 쓸어버릴 날이 멀지 않았다고
생각하는 동안 나의 부비강도 점점 부어올라서 언젠가 아유브 칸 같
은 거물도 놀라움을 감추지 못하고 멍하니 쳐다볼 만큼 괴상했던 얼
굴이 더욱더 흉하게 일그러졌다. 낙관주의병에 걸린 학생들이 마오쩌
둥과 저우언라이의 허수아비를 불태웠고 낙관주의병의 열기로 이마
가 펄펄 끓는 폭도들이 중국인 제화공, 골동품상, 식당주인 등을 폭행
했다. 낙관주의에 불타는 정부는 심지어 중국계 인도인들을—'적성
(敵性) 외국인'이라고 부르면서—라자스탄의 수용소에 억류하기까지

했다. 비를라 산업은 소규모 소총 사격장을 만들어 국가에 헌납했고 여학생들도 군사행진에 참가하기 시작했다. 그러나 나 살림은 금방이라도 숨이 막혀 죽을 것만 같았다. 낙관주의 때문에 공기가 너무 진해져 들이마시기가 힘들었다.

아흐메드와 아미나 시나이는 재발한 낙관주의병에 걸린 환자들 중에서도 중증에 속했다. 갓 태어난 사랑으로 일찌감치 이 병에 감염된 그들은 범국민적 열의에 적극적으로 동참했다. 오줌을 마시는 재무장관 모라르지 데사이가 '장신구를 무기로 바꿉시다' 캠페인을 시작하자 어머니도 황금 팔찌와 에메랄드 귀걸이를 기부했고 모라르지가 국방채권을 발행하자 아흐메드 시나이도 대량으로 매입했다. 전쟁이 인도에 새로운 여명을 불러온 듯했다. 〈타임스 오브 인디아〉에 실린 「중국과의 전쟁」이라는 만화에서는 네루가 '단합정신' '노사협력' '국민의 정부 신뢰도'라고 표시된 도표들을 살펴보면서 외쳤다. "이렇게 좋은 시절은 처음이야!" 우리는—국가도, 부모님도, 나도—낙관주의의 바다를 표류하다가 어느덧 암초를 향해 다가가고 있었다.

우리 국민은 연관성에 환장한 사람들이다. 얼핏 보기에는 서로 무관한 듯한 이것과 저것 사이에서 유사성을 발견할 때마다 우리는 손뼉을 치면서 환호한다. 그것은 일정한 유형(類型)을 찾아내고 싶어 하는 일종의 국민적 열망이다. 혹은 현실 속에는 여러 유형이 숨어 있어 의미는 간혹 순간적으로 드러날 뿐이라는 뿌리 깊은 믿음의 표현인지도 모른다. 어쨌든 그래서 우리는 이런저런 징조에 약할 수밖에 없는데…… 예를 들자면 인도 국기가 처음 게양되던 날 델리의 들판 위에 무지개가—노란색과 초록색의 무지개가—떴고 그날 우리는 축복을 받았다고 생각했다. 연관성 속에서 태어난 나는 그것이 끊임없이 나를 따라다니는 것을 알았고…… 인도인들이 맹목적으로 군사적 파멸을 향해 치닫는 동안 나도 (전혀 알아차리지 못한 채) 나 자신의 파멸을 향해 나아갔다.

〈타임스 오브 인디아〉의 만화들이 '단합정신'에 대해 이야기했다. 메술드 단지에 마지막으로 남은 버킹엄 빌라에서도 단합정신이 그토록 투철했던 적은 없었다. 아흐메드와 아미나는 이제 막 구애를 시작한 젊은이들처럼 하루하루를 다정하게 보냈고, 베이징의 〈인민일보〉는 '네루 정권이 마침내 중립의 가면을 벗어던졌다'면서 불평했지만 누이와 나는 조금도 불평하지 않았다. 왜냐하면 몇 년 만에 처음으로 어머니와 아버지의 전쟁에서 중립을 지키는 척할 필요가 없었기 때문이다. 전쟁이 인도에 일으킨 변화, 즉 내부의 적대감을 잠시 유보하는 현상이 이층집 높이의 언덕에서도 실현되었다. 아흐메드 시나이는 심지어 밤마다 벌이던 마귀들과의 싸움까지 그만두었다.

11월 1일—인도군, 대포를 앞세워 공격 개시—내 콧구멍이 심각한 위기 상황에 봉착했다. 어머니가 빅스 흡입기와 빅스 연고로 날마다 나를 고문했다. 연고를 뜨거운 물에 타서 가져다주면 나는 머리에 담요를 뒤집어쓰고 모락모락 피어오르는 수증기를 들이마셨지만 나의 부비강은 그런 치료법에 전혀 반응을 보이지 않았다. 바로 그날 아버지가 나를 향해 두 팔을 벌리고 이렇게 말했다. "이리 오너라, 내 아들아, 너를 정말 사랑한다." 나는 행복에 취해서(어쩌면 나도 낙관주의 병에 걸렸던 것인지도 모르겠다) 아버지의 물렁물렁한 뱃살에 기꺼이 파묻혔다. 이윽고 아버지가 나를 놓아주었을 때 아버지의 부시 셔츠에 콧물이 묻어 있었다. 나는 바로 그 콧물이 마침내 나의 몰락을 불러왔다고 믿는다. 왜냐하면 그날 오후에 어머니가 공세에 나섰기 때문이다. 어머니는 친구에게 전화를 거는 척하면서 누군가에게 연락을 취했다. 인도군이 대포를 앞세워 공격할 때 아미나 시나이는 거짓말을 앞세워 나를 몰락시킬 계략을 꾸몄다.

그러나 내가 사막의 시대로 접어들게 된 사연을 이야기하기 전에 우선 내가 부모님을 크게 오해했을 가능성에 대해 고백해야겠다. 내가 아는 한 두 분은 메리 페레이라의 폭로 이후 그때까지 단 한 번도 자신의 피를 물려받은 친아들을 찾으려 하지 않았다. 그리고 나는 이 이야기에서 몇 차례에 걸쳐 두 분의 이런 태도는 상상력 부족 때문이라고 지적한 바 있는데―간략하게 정리하자면, 내가 계속 부모님의 아들로 살아갈 수 있었던 이유는 두 분이 나를 아들이 아니라고 상상할 수 없었기 때문이었다. 물론 이보다 더 가혹한 해석도 가능하다. 예를 들자면 빈민굴에서 11년을 보낸 말썽꾸러기를 선뜻 데려오기가 꺼림칙했을 수도 있다. 그러나 나는 그보다 숭고한 동기를 제시하고 싶다. 어쩌면 모든 상황에도 불구하고, 오이코 얼룩상판 우유부단 뿔관자놀이 밭장다리 손가락병신 중대가리 그리고 (물론 두 분은 모르는 일이지만) 부실한 왼쪽 귀에도 불구하고, 심지어 메리 페레이라가 자정에 저지른 아기 바꿈질에도 불구하고, 이 모든 결점에도 불구하고 부모님은 나를 정말 사랑했는지도 모른다. 나는 두 분에게 나의 비밀세계를 보여주지 않았다. 부모님이 나를 미워할까봐 전전긍긍했기에 두 분의 사랑이 나의 흉측한 외모를 이겨내고 심지어 핏줄마저 이겨낼 만큼 강할 수도 있음을 섣불리 믿을 수 없었기 때문이다. 그러나 그들이 전화통화로 준비한 일, 그리고 1962년 11월 21일 마침내 실행에 옮긴 그 일이 가장 숭고한 의도에서 비롯되었을 가능성도 인정해야 한다. 즉 부모님이 나를 파멸시킨 것은 사랑했기 때문이라고 말이다.

11월 20일은 끔찍한 날이었다. 밤도 끔찍한 밤이었고…… 그로부터 엿새 전이었던 네루의 일흔세번째 생일에 중국과의 전면전이 시작되었고 인도군은—드디어 행동 개시!—왈롱에서 중국군을 공격했다. 왈롱 전투에서 패하고 콜 장군과 4개 대대가 도망쳤다는 소식이 네루에게 전해진 때는 18일 토요일이었다. 20일 월요일에는 라디오와 신문이 그 소식으로 들끓어 메솔드 단지에서도 알게 되었다. 뉴델리에 공포의 물결! 인도군 풍비박산! 바로 그날—내가 그때까지의 삶과 작별하기 하루 전날—누이와 부모님과 나는 텔레풍켄(Telefunken) 라디오그램 주위에 둘러앉았고, 통신(telecommunication)은 우리의 가슴속에 하느님과 중국에 대한 두려움을 심어주었다. 그때 아버지가 불길한 말을 던졌다. "여보, 마누라, 이 나라는 끝났소. 파산이야. 끝장이라고." 아버지의 침통한 목소리에 자밀라와 나는 겁에 질려 몸을 떨었다. 석간신문이 낙관주의병의 종언을 선포했다: 국민의 사기가 물 빠지듯. 그 종언 다음에도 다른 종언이 이어졌다. 그리고 물 빠지듯 사라진 것은 국민의 사기만이 아니었다.

나는 머릿속에 중국인들의 얼굴 총 탱크가 가득한 상태로 잠자리에 들었고…… 그러나 자정이 되자 머릿속은 텅 비고 조용해졌다. 자정의 회의장도 물 빠지듯 비어버렸기 때문이다. 기적의 아이들 중에서 아직도 나와 이야기를 나누려는 사람은 마녀 파르바티뿐이었는데, 오리궁둥이 누시가 '말세'라고 부를 만한 상황 때문에 크게 낙심한 우리는 무언의 대화를 나누는 정도가 고작이었다.

그리고 좀 더 평범한 배수(排水) 사건도 있었다. 거대한 바크라 낭갈 수력발전소의 댐에 균열이 생겨 댐 안에 갇혀 있던 거대한 저수지가 폭포처럼 쏟아졌고…… 나를리카르 일가 여자들의 간척조합은 돈의 유혹 말고는 낙관주의에도 패전에도 그 무엇에도 전혀 흔들리지 않았고, 그래서 그 와중에도 바닷속에 가라앉았던 땅을 계속 끄집어냈는데…… 그러나 이 장의 제목이 의미하는 마지막 배수 사건이 일어난 것은 이튿날 아침이었다. 그때 나는 막 긴장을 풀고 어떻게든 일이 잘 풀릴 거라고 생각했는데…… 왜냐하면 그날 아침에 우리는 믿을 수 없을 만큼 기쁜 소식을 들었기 때문이다. 중국군이 갑자기 이유도 없이 전진을 멈추었다는 소식이었다. 그들은 히말라야 고지대를 장악한 것으로 만족할 모양이었다. 휴전! 신문마다 그렇게 대서특필했고 어머니는 크나큰 안도감으로 실신 직전까지 갔다. (콜 장군이 적의 포로가 되었다는 소문도 있었는데 인도 대통령 라다크리슈난 박사*는 이렇게 논평했다. "아쉽지만 그 소문은 사실이 아닙니다.")

눈물이 줄줄 흐르고 부비강은 퉁퉁 부었지만 나도 함께 기뻐했다. 한밤의 아이들 협회는 와해되었지만 버킹엄 빌라를 찾아온 행복 때문에 즐거웠다. 그래서 어머니의 제안에 선뜻 동의했다. "축하하러 나가자! 소풍 갈까, 애들아. 너희들도 좋지?" 그것이 11월 21일 아침이었다. 우리는 샌드위치와 파라타 만드는 일을 거들었고 탄산음료 상점

---

* 인도 철학자, 정치가. 저서 『인도철학』으로 세계적인 명성을 얻었고, 1962~67년 대통령을 지냈다.

에 들러 코카콜라 한 상자를 로버 트렁크에 싣고 양철통에 얼음을 채웠다. 부모님은 앞좌석, 아이들은 뒷좌석, 그렇게 우리는 출발했다. 달리는 동안 자밀라 싱어가 노래를 불러주었다.

부비강의 염증 때문에 코맹맹이 소리를 내면서 내가 물었다. "어디로 가는 거예요? 주후? 엘레판타? 마르베 해변? 어디죠?" 그러자 어머니가 어색한 미소를 지으면서: "비밀이야. 두고 보면 알아." 우리는 안도감과 기쁨을 못 이겨 거리로 뛰쳐나온 인파 사이로 달려가는데…… 내가 소리쳤다. "길을 잘못 들었어요! 해변으로 가는 길이 아닌데요?" 그러자 부모님이 동시에 입을 열고 명랑하게 대답했다. "한군데만 들렀다가 갈 테니까 안심해라."

전보(telegram)가 나를 불러들였고 라디오그램(radiogram)이 나를 겁주었다. 그러나 나를 파멸시킬 날짜 시간 장소를 예약한 것은 전화기였고…… 부모님은 나에게 거짓말을 했다.

……우리는 카르낙 가의 낯선 건물 앞에 정차했다. 외관은: 무너질 듯. 모든 창문에는: 블라인드. "우리 아들도 같이 들어갈까?" 아흐메드 시나이가 차에서 내리면서 말했다. 나는 아버지가 볼일 보러 가는 곳에 기꺼이 따라가기로 하고 아버지 곁에서 씩씩하게 걸었다. 그런데 출입구 옆의 동판에: 이비인후과. 그 순간 나는 불현듯 경계심을 품었다. "무슨 일이에요, 아빠? 우리가 왜 여길……" 그러자 아버지가 내 어깨를 붙잡고—그때 하얀 가운을 걸친 남자—그리고 간호사들—그리고, "아 오셨군요 시나이 씨 그래 네가 살림이구나—시간을 딱 맞추셨네요—좋습니다, 좋아요." 한편 나는, "아빠, 싫어요—소풍은 어쩌려고—" 그러나 의사들이 나를 어딘가로 데려가고, 아버지는

뒤에 남고, 하얀 가운을 걸친 남자가 아버지에게, "금방 끝날 겁니다
—휴전 소식은 정말 반갑죠?" 그리고 간호사가, "소독도 하고 마취도
해야 하니까 따라와."

속았다! 속았어, 파드마! 전에도 말했듯이: 소풍이 나를 속였고, 그
다음에는 병원, 딱딱한 침대가 있는 방, 허공에 걸린 눈부신 전등이 있
었고, 나는 목청껏, "싫어 싫어 싫어!" 그러나 간호사는, "바보처럼 굴
지 말고, 다 큰 녀석이, 어서 이리 누워라." 그리고 나는 콧구멍 때문에
내 머릿속에서 일어났던 일들을 떠올리면서, 들이마신 콧물이 위로위
로위로 솟구쳐 콧물이–들어가지–말아야–할–곳을 침범했던 일, 그
리하여 연결이 이루어지고 목소리들이 들려오기 시작했던 일을 기억
하면서 발버둥치고 소리치고, 그래서 사람들이 나를 붙잡아야 했고,
간호사, "이거야 원, 너처럼 난리 치는 애는 처음 봤다." 그리하여
빨래통 속에서 시작된 일이 수술대 위에서 끝을 맺었는데, 왜냐하면
나는 손발을 붙잡힌 상태였고, 한 남자가, "하나도 안 아플 거야, 편도
선 수술보다도 간단하거든, 코는 금방 해결해줄게, 시원하게 뻥 뚫릴
거야." 그래서 나는, "싫어요 제발 그러지 마세요!" 그러나 그 목소리
는 아랑곳없이, "이제 마스크를 씌워줄 테니까 열까지만 세라."

헤아린다. 숫자들이 하나 둘 셋 행진한다.

가스가 스며드는 소리. 숫자들이 나를 짓밟으면서 넷 다섯 여섯.

얼굴들이 안개에 싸인 듯 흐릿해진다. 숫자들은 여전히 난폭하고,
나는 울고 있었던 것 같고, 숫자들이 쿵쿵거리며 일곱 여덟 아홉.

열.

"맙소사, 애가 아직도 의식이 있어요. 희한하네요. 아무래도 한 번

더—내 말 들리니? 살림 맞지? 착하지, 열까지 한 번만 더 세어봐라!" 절대로 안 속아. 내 머릿속에 수많은 사람들이 들락거렸어. 숫자에 대해서라면 내가 도사야. 숫자들이 또 지나간다. 열하나 열둘.

그러나 어차피 저 사람들이 놓아주지 않을 테고 결국…… 열셋 열넷 열다섯…… 맙소사 맙소사 안개 어지럼증 점점 아래로 아래로 아래로…… 열여섯, 전쟁과 후추통을 지나서, 아래로 아래로, 열일곱 열여덟 열아홉.

스

일찍이 빨래통이 있었고 콧물을 너무 힘껏 들이마신 소년이 있었다. 그의 어머니가 옷을 벗고 검은 망고를 드러냈다. 목소리들이 들렸는데 대천사들의 목소리는 아니었다. 손바닥이 왼쪽 귀를 망가뜨렸다. 그리고 더울 때 잘 자라는 것은: 상상, 부조리, 욕망. 시계탑 안의 은신처가 있었고 교실에서의 부정행위가 있었다. 그리고 봄베이의 사랑이 자전거 사고를 일으켰고, 뿔관자놀이가 집게자국을 만났고, 581명의 아이들이 내 머릿속으로 들어왔다. 한밤의 아이들: 그들은 자유의 희망이 만들어낸 화신일 수도 있고 빨리—제거해야—마땅한—돌연변이들일 수도 있다. 누구보다 충성스러운 마녀 파르바티, 현실의 상징이 된 시바. 존재이유의 문제가 있었고 이상과 재물에 대한 논쟁이 있었다. 무릎과 코, 코와 무릎이 있었다.

말다툼이 시작되었고 어른들의 세계가 아이들의 세계로 침투했다. 이기주의와 속물근성과 증오심이 있었다. 그리고 제3의 요소는 불가능했고 결국—아무것도—이루지—못할지도—모른다는 두려움이 자라기 시작했다. 그리고 아무도 입 밖에 내지 않았지만: 581명의 존재이유는 파멸일지도 모른다는 생각, 그들이 태어난 이유는 결국 아무것도 이루지 못하기 위해서였는지도 모른다는 생각이 들기도 했다. 그러나 그런 취지가 담긴 예언은 묵살되었다.

그리고 폭로, 그리고 닫아버린 마음, 그리고 유배생활, 그리고 4년 만의 귀향, 자라나는 의혹, 커져가는 갈등, 열 명씩 스무 명씩 떠나가는 아이들. 마지막에는 목소리가 하나만 남았지만 그래도 낙관주의는 사라지지 않았다. 우리를-묶어주는-힘이 우리를-갈라놓으려는-힘을 이겨낼 가능성은 아직 남아 있었다.

그러나 마침내:

내 밖은 적막. 어두운 방(블라인드를 내렸으니까). 아무것도 안 보인다(어차피 볼 것도 없다).

내 안에도 적막. 연결이 끊어졌다(영원히). 아무 소리도 안 들린다(어차피 들을 소리도 없다).

사막 같은 적막. 그리고 시원하게 뻥 뚫린 코(콧구멍 속에는 공기뿐). 나의 은밀한 공간들을 거침없이 유린하는 침략자 같은 공기.

비어버렸다. 나는 텅 비어버렸다. 파라함사가 지상으로 떨어졌다.

(영원히.)

아, 더 자세히, 더 자세히: 수술의 표면적 목적은 부비강 속의 고름을 빼고 콧구멍을 뚫어주는 일이었지만 그 결과로 빨래통 속에서 연결되었던 무엇이 끊어지고 말았다. 그리하여 코가 나에게 주었던 텔레파시를 빼앗아버렸고, 그리하여 한밤의 아이들이 지닌 가능성으로 부터 나를 차단해버렸다.

우리의 이름은 우리의 운명을 담고 있다. 이름에 아무런 의미도 없는 서양과 달리 이름이 단순한 음성 이상의 의미를 지닌 나라에 사는 우리는 한편으로 명칭의 희생자이기도 하다. '시나이(Sinai)'라는 성은 일찍이 숙련된 마법사였고 수피주의자였던 이븐 시나(Sina)*를 내포하고, 또한 고대 하드라마우트에서 섬기던 달의 신, 즉 자기만의 연결방식으로 멀리서도 세계의 조수간만을 다스리는 능력을 가진 신(Sin)을 내포한다. 그러나 신은 또한 뱀처럼 구불구불한 S자를 의미하기도 한다.** 그래서 '시나이'라는 성(姓)에는 똬리를 튼 뱀이 도사리고 있다. 그리고 음역(音譯) 과정에서 생긴 우연한 결과도 있다. '시나이'라는 말을 (나스탈리크체는 아니더라도) 로마자로 쓰면 계시가─내린─장소의 이름이 되는데, 네─신발을─벗어라의 그곳, 십계명과 금송아지의 그곳 말이다.*** 그러나 이 모든 의미를 빼앗겼을 때, 그래서 이븐 시나는 망각되고 달은 기울었을 때, 뱀들은 숨어버리고 계시는 끝나버렸을 때, 시나이는 사막의 이름이 되고─불모의 땅, 불임의 땅, 모래의 땅─파멸의 이름이 되었다.

선지자 무함마드의 시대에 아라비아─아라비아 데세르타****─에는 다른 선지자들도 있었다. 아라비아의 심장부에 해당하는 야마

* 10~11세기 페르시아의 이슬람 철학자, 의사.
** 영어 'S'에 해당하는 글자를 아랍어와 파슈토어 등에서는 '신'으로 발음한다.
*** 모세가 십계명을 받은 시나이 산을 가리킨다. 「사도행전」 7:33~41 참조.
**** 사막 아라비아. 아라비아 반도를 세 토막으로 나누어 부른 명칭 가운데 하나로 반도 중부를 가리킨다.

마*에 바누 하니파족의 마슬라마가 있었고 한잘라 이븐 사프완과 칼리드 이븐 시난도 있었다. 마슬라마의 하느님은 '자비로우신 아르 라흐만'이었다. 오늘날의 무슬림들은 알라, 즉 아르 라흐만에게 기도를 올린다. 칼리드 이븐 시난은 아브족의 선지자였는데 한동안은 따르는 이들이 있었지만 결국 그를 저버렸다. 선지자들이 패배하여 역사의 뒤안길로 사라졌다고 해서 반드시 그들이 가짜였다고 말할 수는 없다. 덕망 있는 사람이 사막에서 방황하는 것은 예나 지금이나 흔한 일이다.

아흐메드 시나이가 말했다. "여보, 이 나라는 끝났소." 휴전과 배수가 지나간 후 그 말이 아버지의 발목을 잡았다. 아미나가 파키스탄으로 이주하자고 조르기 시작했다. 그녀의 자매들이 이미 건너가서 살고 있는 그곳으로, 친정아버지가 돌아가시면 친정어머니도 곧 건너가실 그곳으로. 아미나는 이렇게 부추겼다. "새 출발을 하는 거예요, 여보. 행복할 거예요. 하느님도 포기하신 이 언덕에 우리한테 남은 게 뭐가 있어요?"

그리하여 버킹엄 빌라도 결국 나를리카르 일가 여자들의 손으로 넘어가고 말았다. 그리고 15년 이상 뒤늦게 우리 가족은 '순수의 땅' 파키스탄으로 건너갔다. 아흐메드 시나이는 거의 아무것도 남겨두지 않고 다 가져갔다. 다국적 기업을 이용해 송금하는 방법이 있었는데 아버지는 그런 방법을 잘 알고 있었다. 그리고 나는 내가 태어난 도시를

---

* 사우디아라비아 네지드 고원 동남쪽에 있는 초승달 모양의 지역.

떠나는 것은 슬펐지만 어딘가에 시바가 잘 감춰진 지뢰처럼 도사리고 있는 도시를 떠난다는 사실은 그리 섭섭하지 않았다.

우리는 1963년 2월에 마침내 봄베이를 떠났다. 우리가 출발하던 날 나는 낡은 양철 지구본을 정원으로 가져가서 선인장 사이에 파묻었다. 그 속에는: 총리의 편지, 그리고 '자정에 탄생한 아기'라고 적힌 신문 1면의 특대형 신생아 사진. 신성한 유물은 아닐지도 모른다. 내 인생의 하찮은 기념품들을 감히 하즈라트발 성원에 있는 선지자의 머리카락이나 봉 제주스 대성당에 있는 성 프란시스코 사비에르의 시신과 비교할 생각은 없다. 어쨌든 나의 과거로부터 지금까지 살아남은 것은 그것들이 전부다: 찌그러진 양철 지구본, 곰팡이 핀 편지, 사진 한 장. 그것 말고는 아무것도 없다. 하다못해 은제 타구도 사라져버렸다. 잔나비가 찌그러뜨린 그 행성을 제외한다면 지금 남아 있는 유일한 기록은 천국에 있다는 『시진』과 『일리윤』*, 즉 악행의 책과 선행의 책 속에나 밀봉되어 있을 것이다. 어쨌든 들리는 말로는 그렇다고 한다.

……우리가 스크루선 사바르마티 호를 타고 쿠치 습지를 떠날 때 불현듯 늙은 샤프슈테커가 생각났다. 우리가 떠난다는 사실을 누군가 그에게 일러주었을까. 하지만 아무도 말하지 않았다는 대답을 듣게 될까봐 차마 물어보지도 못했다. 그래서 철거작업반이 일을 시작하는 장면을 떠올릴 때마다, 철거 기계들이 아버지의 사무실과 내 푸른 방을 부수고, 하인들의 나선형 철제 계단을 무너뜨리고, 메리 페레이라

---

* 『쿠란』 83장에 언급된 책. 각각 인간의 악행과 선행을 기록한다고 한다.

가 자신의 두려움을 섞어가며 처트니와 피클을 휘젓던 부엌을 뭉개버리고, 어머니가 돌덩어리 같은 아기를 배 속에 품고 앉아 있던 베란다를 망가뜨리는 장면을 상상할 때마다 나는 흔들거리는 거대한 쇠공이 '샵스티케르 나리'의 거처를 단숨에 때려 부수는 장면과 그 미치광이 노인의 모습을 떠올리곤 했다. 무너져가는 건물 위에서 늙고 창백하고 쇠약한 샤프슈테커가 오랫동안 보지 못했던 햇빛 아래 혀를 날름거리며 점점 쪼그라들고 늙어가고 죽어가는 장면, 그리고 사방에서 망루가 쓰러지고 붉은 타일을 붙인 지붕이 내려앉는 장면이었다. 그러나 어쩌면 그것은 〈잃어버린 지평선〉이라는 옛날 영화에서 아름다운 여자들이 샹그릴라를 떠나는 순간 모두 쪼그라들어 죽어버리던 장면이 내 머릿속에서 각색된 것인지도 모른다.

뱀이 있으면 사다리가 있고 사다리가 있으면 뱀이 있다. 우리는 2월 9일 카라치에 도착했다. 그리고 몇 달 후 누이 자밀라는 가수 활동을 시작하여 '파키스탄의 천사' 또는 '믿음의 나이팅게일'이라는 칭호를 얻었고 우리는 봄베이를 떠난 대신 그 영광의 후광을 입게 되었다. 그리고 한 가지 더: 비록 나는 텅 비어버렸지만—이제 내 머릿속에는 누구의 목소리도 없고 앞으로도 영원히 없겠지만—한 가지 보상이 있었다: 나는 난생처음으로 후각(嗅覺)이 주는 놀라운 기쁨을 하나하나 발견해가는 중이었다.

# 자밀라 싱어

그때 나는 후각이 굉장히 예민해져 카라치 선착장으로 우리를 마중 나온 노처녀 알리아 이모의 반가운 미소에서 끈적끈적한 위선의 악취를 거뜬히 감지할 정도였다. 교장 이모는 오래전에 우리 아버지 아흐메드 시나이가 그녀를 버리고 동생의 품에 안기는 배신행위를 저질렀을 때부터 피맺힌 원한을 품었는데, 아직도 전혀 줄어들지 않은 질투심 때문에 몸이 몹시 뚱뚱해지고 동작이 둔해졌으며 온몸의 거의 모든 모공에서 검고 굵은 앙심의 털이 수북하게 돋아났다. 그리고 그녀가 두 팔을 벌리고 우리 쪽으로 뒤뚱뒤뚱 달려오면서 "아흐메드 매부, 드디어 왔군요! 그래도 결석보다야 지각이 낫죠!" 하고 소리쳤을 때 부모님과 자밀라는 거미의 유혹 같은—그래도 받아들일 수밖에 없는—이모의 초대에 감쪽같이 속았는지도 모른다. 그러나 나는 어릴 때부터 오랫동안 이모의 시기심이 만들어낸 고뇌의 방울모자를 쓰고 슬픔의 벙어리장갑을 끼고 살아야 했고, 얼핏 보면 무해한 듯싶지만 사실은 이모가 증오심을 섞어가며 한 땀 한 땀 꿰매어 완성시킨 아동복 때문에 나도 모르는 사이에 실패의 병균에 감염되었고, 게다가 나 자신도 보복의 욕망에 사로잡혔던 기억이 아직도 생생했고, 그래서 나는(즉 배수작업이-완료된-살림은) 그녀의 몸에서 각종 분비샘이 뿜어내는 복수심의 냄새를 맡을 수 있었다. 그런데도 이의를 제기할 근거가 없었다. 그리하여 우리는 이모의 복수심이 깃든 닷선*에 떠밀리다시피 실려 분더 로(路)를 타고 구루 만디르 지역에 있는 그녀의 집으로 달려갔다. 우리는 파리처럼 무력했지만 파리보다 더 어리석었다. 거미줄에 걸렸는데도 오히려 기뻐했기 때문이다.

······어쨌든 나의 후각은 얼마나 대단했던가! 대부분의 사람들은 요람에서부터 온갖 냄새를 구별할 수 있지만 그 범위는 지극히 제한적이다. 반면에 나는 최근까지 아무런 냄새도 맡지 못하면서 평생을 보냈고, 따라서 냄새와 관련된 온갖 금기사항에 대해서도 무지했다. 예를 들자면 누군가 방귀를 뀌었을 때 모르는 체해야 한다는 것을 몰라서 종종 부모님을 난처하게 만들었다. 그러나 더 중요한 사실은 인류 전체가 물질적으로 발생한 냄새만 맡을 수 있는 반면에 나는 훨씬 더 차원 높은 냄새까지 자유자재로 감지할 수 있었다는 점이다. 그래서 파키스탄에서 맞이한 사춘기 때부터 나는 세상의 은밀한 냄새들을 하나하나 익혀나갔다. 갓 태어난 사랑이 발산하는 향기는 황홀하지만

* 닛산에서 만든 소형승용차.

금방 흐려지고, 증오심의 자극적인 악취는 더 진하고 더 오래간다. ('순수의 땅'에 도착한 지 얼마 안 되었을 때 나는 누이를 향한 나의 사랑에서 본질적으로 불순한 동기를 발견했다. 그리고 이모의 마음속에서 천천히 타는 불꽃은 처음부터 내 콧구멍을 엄습했다.) 코는 우리에게 정보를 제공할 뿐, 사건을 다스리는 능력은 주지 않는다. 그래서 나는 내가 물려받은 코의 새로운 기능을 유일한 무기로 삼아(적절한 표현인지 모르겠다) 파키스탄을 침략했으며 그 과정에서 냄새로-진실을-알아내는-능력, 냄새로-상황을-파악하는-능력, 냄새로-목표물을-추적하는-능력을 얻었지만 정작 침략자에게 필요한 유일한 능력—즉 적을 정복할 수 있는 힘—은 지니지 못했다.

굳이 부인하지 않겠다: 봄베이가 아니라는 이유로 나는 끝내 카라치를 용서할 수 없었다. 내가 살게 된 이 도시는 바닷물이 드나들어 지지러진 맹그로브나무가 드문드문 자라는 황량한 하구와 사막 사이에 자리했는데 나의 외모를 능가할 정도로 꼴사납기 그지없었다. 너무 빠르게 성장한 탓에—1947년 이후 인구가 네 배로 폭증했다—마치 몸집이 거대한 난쟁이처럼 울퉁불퉁 일그러진 몰골이 되었다. 열여섯번째 생일에 나는 람브레타 스쿠터를 선물로 받았는데, 바람막이가 없는 이 스쿠터를 타고 도시의 길거리를 누비면서 빈민굴 거주자들의 체념 섞인 절망과 부자들의 독선적인 변명을 들이마셨다. 박탈감이나 광신적 믿음의 냄새를 따라다니기도 하고 지하세계로 내려가서 기나긴 복도를 걸어보기도 했는데, 그 복도 끝에는 세계 최고령 창녀 타이 비비의 방이 있었고…… 내가 또 곁길로 빠져 횡설수설했다. 아무튼 내가 아는 카라치의 중심에는 알리아 아지즈의 집이 있었다.

클레이턴 가에 위치한 이 낡고 커다란 건물은(그 집에서 이모는 마치 괴롭힐 사람을 찾지 못한 유령처럼 오랫동안 이리저리 배회했을 것이다) 여기저기 컴컴한 곳이 많았고, 페인트는 누렇게 바랬고, 날마다 오후가 되면 근처 성원의 첨탑이 던지는 긴 그림자가 마치 누군가를 꾸짖는 손가락 같았다. 그로부터 여러 해가 지나 마술사 마을에서 지낼 때도 또 다른 성원의 그늘 속에서 살았는데, 그때의 그늘은 적어도 한동안은 위협적이기는커녕 오히려 마음이 든든했는데도 나는 카라치 성원의 그림자 때문에 생긴 선입견을 버리지 못했다. 그래서 성원의 그림자만 보면 속이 너무 좁아서 걸핏하면 사람을 비난하고 옭아매던 알리아 이모의 냄새가 코를 찌르는 듯했다. 이모는 호시탐탐 기회를 엿보다가 때가 되자 무시무시한 보복을 실천에 옮겼다.

　그 시절의 카라치는 신기루 같은 도시였다. 사막에 건설되었지만 사막의 힘을 완전히 분쇄하지 못한 탓이었다. 엘핀스톤 가의 포장도로 곳곳에 오아시스가 반짝거렸고 시커먼 칼라 풀 다리 주변에 모인 오막살이 사이사이로 대상(隊商)이 묵는 여인숙들이 가물거렸다. 좀처럼 비가 내리지 않는 이 도시에(내가 태어난 도시와의 유일한 공통점은 이 도시도 처음에는 어촌이었다는 사실이다) 숨어 있는 사막은 아직도 허깨비를 불러들이는 고대의 힘을 그대로 간직하고 있었다. 그래서 카라치 시민들은 현실을 이해하는 능력이 몹시 부족해서 무엇이 현실이고 무엇이 허상인지를 확인해야 할 때마다 지도자들에게 조언을 구하곤 했다. 나의 새로운 동료 시민들은 환상처럼 유동적인 모래언덕과 고대 왕들의 유령에게 둘러싸인 채 살아왔을 뿐만 아니라 이 도시를 지탱하는 종교의 이름이 '복종'을 뜻한다는 사실을 늘 명심하고 있어서 마치 푹 삶아낸 고기처럼 무미건조한 냄새를 풍겼는데, 봄베이에 있을 때—비록 마지막에 잠깐 동안이었지만—화려하고 자극적인 자유분방함의 냄새를 경험해본 나에게는 우울증이 생길 만큼 답답했다.

우리가 그곳에 도착한 지 얼마 안 되었을 때—성원의 그림자에 묻힌 클레이턴 가의 이모 댁에서 중압감을 느낀 탓일까—아버지는 우리 집을 새로 지어야겠다고 결심했다. 그는 '상류층'을 위해 새로 개발한 최고급 주택단지에서 집터 하나를 구입했다. 그리고 열여섯번째 생일에 살림이 선물로 받은 것은 람베르타 스쿠터만이 아니었다. 나는 탯줄의 신비로운 힘을 알게 되었다.

소금물에 절여진 채 아버지의 벽장 속에 처박혀 언젠가 그런 날이 오기를 16년 동안이나 묵묵히 기다렸던 것이 무엇일까? 오래된 피클 병 속에 물뱀처럼 둥둥 떠 있던 그것, 우리가 바다를 건널 때 함께 따라와서 결국 카라치의 단단하고 척박한 땅에 파묻히게 된 그것이 무엇일까? 한때는 자궁 속의 한 생명에게 영양을 공급했던 그것, 그리고 이제 대지에 생명의 기적을 일으켜 현대적인 미국식 난평면* 방갈로를 탄생시킨 그것이 무엇일까? ……이 알쏭달쏭한 질문들은 그냥 접어두기로 하고 내 열여섯번째 생일에 온 가족이(알리아 이모까지) 코랑기 가의 우리 집터에 모였던 일을 설명하겠다. 그날 한 무리의 인부들과 물라의 턱수염이 지켜보는 가운데 아흐메드가 살림에게 곡괭이 한 자루를 건넸다. 나는 그것을 땅에 꽂아 공사 시작을 선언했

---

* 같은 층에서 방바닥의 높낮이에 변화를 주는 건축 설계 방식.

다. 아미나가 말했다. "새 출발이야. 인샬라[*], 이제 우리도 새사람으로 거듭나는 거야." 비록 실현 불가능하지만 제법 멋들어진 이 소망에 자극을 받았는지 한 일꾼이 내가 뚫어놓은 구멍을 신속하게 넓혀갔다. 이윽고 피클병 하나가 등장했다. 소금물은 목마른 대지에 뿌려지고 병-속에-남은-내용물은 물라의 축복을 받았다. 그런 다음에 탯줄 하나가—나의 탯줄? 시바의 탯줄?—땅속에 묻혔다. 그 순간부터 집 한 채가 자라기 시작했다. 과자와 음료수가 준비되어 있었다. 물라가 놀라운 식욕을 과시하면서 라두를 서른아홉 개나 먹어치웠지만 아흐메드 시나이는 그런 비용에 대해 단 한 번도 투덜거리지 않았다. 땅에 묻힌 탯줄의 혼이 일꾼들에게 기운을 북돋워주었다. 그러나 기초공사를 아주 튼튼하게 했는데도 그 집은 우리가 입주하기도 전에 무너지고 말았다.

탯줄에 대하여 짐작하건데: 저마다 집을 자라게 하는 힘을 지녔지만 틀림없이 어떤 탯줄은 다른 탯줄보다 우수하다. 카라치 시의 경우가 내 주장을 뒷받침한다. 이 도시는 몹시 부적당한 탯줄 위에 건설된 것이 분명해서 마치 결함이 있는 혈통에서 지지러진 꼽추 아이들이 태어나듯이 기형적으로 생긴 집이 수두룩했다. 어떤 집은 이유도 모르게 눈이 멀어버렸는지 창문이 하나도 보이지 않고, 또 어떤 집은 라디오나 에어컨이나 감옥처럼 생겼고, 또 어떤 집은 주정뱅이처럼 비틀거리고 불안정해서 차례차례 어김없이 쓰러져버리고, 또 어떤 집은 미친 듯이 자꾸 커지기만 해서 사람이 살 만한 곳이 아닐뿐더러 어처

---

[*] '하느님(알라)의 뜻대로' '하느님께서 허락하신다면'이라는 의미.

구니가 없을 정도로 꼴사나웠다. 이 도시는 사막을 감추고 있기도 했지만, 탯줄 때문인지 척박한 대지 때문인지 몰라도 점점 더 괴상한 모습으로 변해갔다.

눈을 감고도 슬픔과 기쁨의 냄새를 감지하고 지혜와 어리석음의 냄새를 구별할 수 있게 된 나는 카라치에 도착할 무렵부터 사춘기로 접어들었다. 물론 인도 아대륙에 탄생한 여러 신생국가들과 더불어 나에게도 유년기는 지나가버렸고 이제 머지않아 우리 모두에게 성장통이 시작되고 목소리에도 이상하고 어색한 변화가 일어나리라는 것쯤은 나도 잘 알고 있었다. 배수작업이 나의 내면생활에 종지부를 찍었지만 내가 역사와 연결되어 있다는 느낌은 여전했다.

살림은 극도로 예민한 코를 유일한 무기로 삼아 파키스탄을 침략했다. 하지만 가장 한심한 일은 내가 엉뚱한 방향에서 그곳을 침략했다는 사실이다. 이 땅을 성공적으로 정복한 사례는 모두 북쪽에서 쳐들어온 경우였다. 그리고 모든 정복자들이 육로를 이용했다. 그런데 나는 무식하게도 역사의 바람을 거슬러 남동쪽에서 해로를 타고 카라치에 도착했다. 그러므로 그 후의 결과는 조금도 놀라운 일이 아니었다.

이제야 생각해보니 북쪽에서 내려올 때가 훨씬 더 유리하다는 사실이 자명하다. 우마이야*의 하자지 빈 유수프 장군과 무함마드 빈 카심 장군도 북쪽에서 내려왔고 이스마일파**도 마찬가지였다. (알리 칸***과 리타 헤이워스가 묵어갔다는 허니문 여관은 탯줄이 묻힌 우리 집

---

* 이슬람 최초의 칼리프 왕조로 710년경 펀자브 지방을 점령했다.
** 수니파와 함께 이슬람교 2대 종파 중 하나인 시아파의 한 분파.

터가 내려다보이는 곳에 있었는데, 소문에 의하면 이 여배우가 얇고 화려한 할리우드식 잠옷 차림으로 여관 구내를 돌아다녀 큰 물의를 빚었다고 한다.) 아으, 북녘의 불가항력적인 우월성이여! 가즈니****의 술탄 마무드가 'S'자의 종류만 세 가지나 되는 언어를 앞세우고 이곳 인더스 평원을 공략할 때 과연 어느 쪽에서 쳐들어왔을까? 피할 수 없는 대답은: 세, 신, 스와드*****는 북쪽에서 내려온 침략자들이었다. 그렇다면 가즈나비드를 타도하고 델리 칼리프 왕국을 세운 무함마드 빈 삼 구리의 경우는 어떨까? 삼 구리의 아들도 남쪽으로 진군했다.

　그리고 투글루크******도, 무굴제국의 황제들도…… 이 정도면 내 말의 요지를 충분히 입증한 셈이다. 다만 한 가지 덧붙여야 할 것은 군대뿐만 아니라 사상도 북쪽의 고지대에서 남으로 남으로 남으로 내려왔다는 사실이다: 14세기 말에 (마치 우리 외할아버지에게 선례를 만들어주려는 듯이) 카슈미르 분지의 힌두교 사원들을 모조리 파괴하여 '카슈미르의 신상파괴자'로 불리는 시칸다르 부트시칸*******의

---

*** 이스마일파의 수장 아가 칸 3세의 아들. 1949년 리타 헤이워스와 결혼해 1953년 이혼했다.
**** 962년 아프가니스탄 가즈니에서 일어난 투르크계 이슬람 왕조. '가즈나비드'라고도 불리며 펀자브의 라호르까지 영토를 확장했다.
***** 파슈토어에서 영어 'S'에 해당하는 음가를 가진 세 글자.
****** 14~15세기 인도 델리 지역을 지배한 투르크계 이슬람 왕조. 본문에서는 제2대 술탄 무함마드 이븐 투글루크를 가리킨다.
******* 15~16세기 인도 델리 술탄국 로디 왕조의 제2대 술탄, 시칸다르 로디. '부트시칸'은 이슬람교를 광신하고 힌두교를 박해한 시칸다르의 별명으로 '신상파괴자'라는 뜻이다.

전설도 산악지대에서 출발하여 강변의 평야지대로 남하했고, 그로부터 오백 년 후 사이드 아마드 바릴위*의 무자히딘 운동도 이미 잘 다져진 경로를 따라 내려왔다. 바릴위의 사상은: 금욕, 힌두교 혐오, 성전(聖戰)······ 왕들뿐만 아니라 (이런 내용을 간단히 줄이자면) 철학도 나오는 반대 방향에서 이곳으로 들어왔다.

살림의 부모는 '이제 우리도 새사람으로 거듭나야 한다'고 말했다. 순수의 나라에서는 순수성이 우리의 이상이었다. 그러나 살림은 이미 봄베이의 풍습에 깊이 물들어버린 뒤였다. 내 머릿속에는 알라를 섬기는 종교 말고도 온갖 종교가 공존했다(말라바르 지방의 상인들로 인도 최초의 이슬람교도였던 모플라처럼 나도 신들의 인구수가 국민의 인구수와 맞먹는 나라에 살았고, 그렇게 폐소공포증을 일으킬 정도로 신들이 우글거리는 현실에 무의식적으로 반항하려는 듯이 우리 집안은 신앙보다 상업의 윤리를 중시했다). 그래서 내 육체도 그리 순수하지 않은 것들을 더 좋아할 수밖에 없었다. 그리고 모플라처럼 나도 환경에 적응하지 못할 운명이었다. 그러나 마침내 순수성이 나를 찾아냈고, 그리하여 나 같은 죄인도 그동안의 잘못을 깨끗이 씻을 수 있었다.

열여섯번째 생일 이후 나는 알리아 이모가 있는 대학에서 역사를 공부했다. 그러나 학문조차도 나에게 파키스탄 국민이라는 인식을 심어주지는 못했다. 이 나라에는 한밤의 아이들도 없고, 동료 학생들은 더욱더 엄격하고 더욱더 이슬람적인 사회를 요구하며 시위행진을 벌

---

* 19세기 초 인도 펀자브 지방에서의 시크교 지배에 반발하여 성전, 무자히딘 운동을 이끌었다. '무자히딘'은 '이슬람 전사'라는 뜻.

였다. 규율의 완화가 아니라 강화를 요구하다니 다른 나라의 학생들과는 정반대의 길을 걷는 셈이었다. 그러나 우리 부모님은 이곳에 뿌리를 내리기로 굳게 결심한 터였다. 아유브 칸과 부토*가 (최근까지도 우리의 적이었던) 중국과 동맹을 맺으려 하는데도 아흐메드와 아미나는 새로운 조국에 대한 비판이라면 일절 귀담아듣지 않았고 아버지는 수건공장을 매입했다.

그 무렵 부모님은 얼굴이 환하게 빛나는 듯했다. 아미나는 죄의식의 안개를 말끔히 털어버렸고 이제는 티눈도 아프지 않은 듯했다. 아흐메드도 비록 여전히 창백하기는 했지만 아내에게 사랑을 느끼면서부터 얼어붙었던 사타구니가 점점 풀리는 것을 느꼈다. 아침에 아미나의 목에서 잇자국이 발견되는 날도 있었다. 그녀는 이따금 여학생처럼 웃음을 참지 못하고 깔깔거리기도 했다. 그녀의 언니 알리아가 말했다. "너희 둘은 정말…… 꼭 신혼부부 같구나." 그러나 나는 알리아의 이빨 뒤에 감춰진 무엇의 냄새를 맡았다. 그녀가 다정한 말을 건넬 때도 그것은 입속에 남아 있었고…… 아흐메드 시나이는 자기가 생산하는 수건에 아내의 이름을 붙였다: 아미나표.

"억만장자가 별거야? 다우드 가문, 사이골 가문, 하룬 가문이 그렇게 대단해?" 아흐메드가 파키스탄의 재벌가문들을 싸잡아 깎아내렸다. "발리카 가문은 또 뭐고 줄피카르 가문은 또 뭐야? 그런 놈들은 열 명도 문제없어. 두고 보라니까!" 그는 이렇게 큰소리를 쳤다. "앞으로 2년 안에 전 세계가 아미나표 수건으로 몸을 닦게 될 거야. 최고

---

* 파키스탄 정치가. 1963년 당시 외무장관으로서 중국과의 유대강화를 위해 노력했다. 이후 파키스탄 국민당을 창설하고 대통령(1971~73)과 총리(1973~77)를 역임했다.

품질의 테리 천! 최신식 기계 설비! 우리가 전 세계를 깨끗하고 보송 보송하게 말려줄 거야. 다우드 가문도 줄피카르 가문도 나한테 비결을 가르쳐달라고 사정사정하겠지. 그때 나는 이렇게 대답할 거야. 네, 물론 최고급 수건이죠. 하지만 제 비결은 제조방법이 아닙니다. 이 모든 게 사랑 덕분이거든요." (나는 아버지의 일장 연설에서 낙관주의 바이러스의 여파를 발견했다.)

아미나표가 정말 청결의 이름으로(청결과 가장 가까운 것은……) 전 세계를 정복했을까? 발리카 가문과 사이글 가문이 정말 아흐메드 시나이를 찾아와서, "궁금해서 미치겠네, 친구, 도대체 비결이 뭔가?" 하고 물었을까? 아흐메드가 직접 고안한 문양을—조금 지나치게 화려해서 탈이지만 그게 무슨 상관이랴, 사랑이 탄생시킨 문양인데— 넣어 제작한 최고급 테리 천이 정말 파키스탄은 물론이고 수출시장에서도 사람들의 몸에 묻은 물기를 닦아주게 되었을까? 러시아인 영국인 미국인이 모두 우리 어머니의 영원한 이름이 새겨진 수건을 몸에 두르게 되었을까? ……그러나 아미나표에 대한 이야기는 나중으로 미뤄야겠다. 바야흐로 자밀라 싱어가 곧 활동을 시작할 참이기 때문이다. 성원의 그림자에 묻힌 클레이턴 가의 이모 댁으로 퍼프스 아저씨가 찾아왔다.

그의 본명은 알라우딘 라티프 (퇴역) 소령이었다. 그는 '절친한 친구인 줄피카르 장군'으로부터 누이의 목소리에 대한 이야기를 들었다고 했다. "1947년 국경수비대에서 함께 근무했던 사이요." 소령은 자밀라의 열다섯번째 생일이 지난 직후 알리아 아지즈의 집을 찾아왔는데 웃거나 허풍을 칠 때마다 입속에 가득한 금니들이 번쩍거렸다. 그는 이렇게 자기소개를 했다. "나도 우리 멋쟁이 대통령처럼 단순무식한 사람이오. 돈은 반드시 안전한 곳에만 투자하지." 우리 멋쟁이 대통령처럼 소령의 머리도 완벽한 원형이었다. 그러나 아유브 칸과 달리 라티프는 군대를 떠나 연예 사업에 뛰어들었다. "이래 봬도 파키스탄에서는 단연 으뜸으로 손꼽히는 매니저요." 그는 우리 아버지에게 이렇게 말했다. "뭐니 뭐니 해도 조직력이 제일 중요하지. 군대에서 생긴 버릇이라 고치기가 아주 힘들어요." 라티프 소령이 한 가지 제안을 했다. 자밀라의 노래를 들어보고 싶다는 것이었다. "그리고 내가 들은 소문이 반의반이라도 사실이라면 따님을 유명인사로 만들어드리겠소! 아, 물론 하루아침에! 연줄: 그것만 있으면 충분해요. 연줄과 조직력. 그런데 지금 선생 앞에 앉아 있는 라티프 (퇴역) 소령이 두 가지를 다 갖췄거든. 알라우딘 라티프!" 그는 아흐메드 시나이에게 황금빛을 보여주면서 이름을 유난히 강조했다. "이런 얘기 들어보셨소? 내가 낡은 등잔을 문지르기만 하면 마귀가 나타나서 명성과 거금을 가져다준다는 소문 말이오. 따님이 사람 하나는 잘 만난 거요. 아주아주 잘 만났지."

아흐메드 시나이가 아내와 사랑에 빠진 남자였다는 사실은 장차 자밀라 싱어의 팬이 될 수많은 사람들에게도 다행스러운 일이었다. 아흐메드가 행복에 취해 마음이 물러진 상태였으므로 라티프 소령을 그 자리에서 내쫓지 않았기 때문이다. 그리고 오늘날 나는 그 당시에 부모님은 이미 딸의 재능이 너무 뛰어나서 우리끼리 독점하기에는 아깝다는 판단을 했을 거라고 믿는다. 자밀라의 천사 같은 목소리에 담긴 숭고한 마력이 부모님에게 재능에는 반드시 의무가 따른다는 사실을 가르쳐주었기 때문이다. 그러나 아흐메드와 아미나에게는 한 가지 걱정거리가 있었다. 두 사람 중에서 늘 속마음은 한층 더 구식이었던 아흐메드가 말했다. "우리 딸 같은 양갓집 처녀를 외간 남자들이 빤히 쳐다보는 무대 위에 세운다는 게……" 그러자 소령이 불쾌한 표정을 짓더니 퉁명스럽게 말했다. "선생, 나를 그렇게 사리분별도 못 하는 놈으로 보셨소? 나도 딸 가진 아비요, 선생. 고맙게도 일곱이나 있단 말이오. 딸년들한테 작은 여행사를 차려줬소. 물론 전화로만 하는 사업이오. 사무실 창구에 앉힌다는 건 상상도 못 할 일이니까. 실은 거기가 국내 최대의 전화 여행사요. 사실 우리는 영국에도 열차 운전사를 파견하고 있소. 버스 운전사도 보내고." 그러더니 황급히 이렇게 덧붙였다. "내 말의 요지는 따님을 내 딸처럼 애지중지하겠다는 거요. 아니, 내 딸보다 더 아끼겠소. 곧 스타가 될 테니까!"

잔나비 기질이 남아 있던 누이는 라티프 소령의 딸들을—사피아, 라피아, 나머지 다섯 명도 무슨무슨 피아였다—모두 뭉뚱그려 '퍼피아 자매'라고 명명했고, 그들의 아버지에게도 처음에는 '아빠 퍼피아'라는 별명을 붙였다가 나중에는—물론 친척은 아니지만—'퍼프스* 아저씨'라고 불렀다. 그는 약속을 지켰다. 자밀라 싱어는 6개월 사이에 히트곡을 줄줄이 쏟아냈고, 무수한 팬을 확보했고, 그 밖에도 모든 면에서 대성공을 거두었다. 그리고 곧 설명하겠지만 얼굴을 전혀 드러내지 않고도 그런 일을 해냈다.

---

\* '허풍쟁이'라는 뜻.

퍼프스 아저씨는 우리 삶의 단골손님이 되었다. 거의 매일 저녁, 특히 내가 칵테일 시간으로 여기는 시간이면 클레이턴 가의 이모 댁을 찾아와 석류 주스를 마시면서 자밀라에게 아무 노래나 불러달라고 부탁했다. 점점 상냥한 소녀로 변해가던 자밀라는 언제나 그 부탁을 들어주었고…… 노래가 끝나면 아저씨는 마치 목에 무엇이 걸린 듯이 헛기침을 하고 나서 나에게 결혼에 대해 유쾌한 농담을 늘어놓았다. 눈부신 24캐럿짜리 미소를 던지면서, "자네도 곧 장가를 들어야지, 젊은 친구. 내 충고를 명심하라고: 머리는 좋고 이는 부실한 여자를 골라야 돼. 친구와 금고를 한꺼번에 얻게 되니까!" 퍼프스 아저씨는 자기 딸들이 모두 그런 조건을 충족시킨다고 주장했는데…… 나는 당황해서 쩔쩔맸지만 그의 말이 농담 반 진담 반이라는 사실을 냄새로 알아내고 이렇게 외치곤 했다. "에이, **퍼프스** 아저씨도 참!" 아저씨도 자기 별명을 알고 있었지만 오히려 그 별명을 좋아했다. 그는 내 허벅지를 철썩 때리면서 이렇게 소리쳤다. "지금 비싸게 굴려는 거야? 그렇게 나온단 말이지. 알았어, 젊은이. 자네가 내 딸년 하나를 골라잡기만 하면 내가 맹세코 이를 모조리 뽑아버리겠네. 자네와 결혼식을 올릴 때쯤이면 그 아이는 백만 불짜리 미소를 지참금으로 가져가는 거야!" 그럴 때마다 어머니는 얼른 화제를 바꾸었다. 금니가 얼마나 비싸든 간에 어머니는 퍼프스 아저씨의 발상 자체를 별로 좋아하지 않았고…… 나중에도 자주 그랬듯이 자밀라는 알라우딘 라티프 소령이 처음 찾아온 밤에도 노래를 불러주었다. 그녀의 목소리가 창밖으로 흘러나가자 자동차들의 소음이 가라앉고 새들도 지저귀지 않고 길 건너 햄버거 가게에서는 라디오를 꺼버렸다. 길거리에는 많은 사람들이 우두커니 서서 누이의 목소리에 귀를 기울였고…… 이 윽고 노래가 끝났을 때 우리는 퍼프스 아저씨가 울고 있는 것을 보았다.

"보석이었어." 아저씨가 손수건에 코를 팽 풀었다. "선생, 부인, 따님은 보석입니다. 나 자신이 정말 초라해지는군요. 기가 팍 죽었어요. 따님은 황금 이빨보다 황금 목소리가 낫다는 사실을 보여줬거든요."

그리고 자밀라 싱어의 명성이 점점 더 높아져 공개 콘서트를 더는 피할 수 없는 시점에 이르렀을 때 퍼프스 아저씨는 그녀가 끔찍한 자동차 사고를 당해 얼굴이 망가졌다는 소문을 퍼뜨렸다. 자밀라의 유명한 실크 차도르를 고안한 사람도 라티프 (퇴역) 소령이었다. 온몸을 가려주는 이 하얀 커튼 또는 베일은 금실로 아름다운 무늬와 종교적인 문구를 수놓아 화려하게 장식했는데, 자밀라는 대중 앞에서 공연할 때마다 그 뒤에 얌전하게 앉아 있었다. 자밀라 싱어의 차도르는 두 사람이 따라다니며 늘 치켜들고 있었는데, 지칠 줄 모르는 체력과 근육질 몸매를 자랑하는 그들도 머리부터 발끝까지 온몸을 (다소 소박한) 베일로 가리고 있었다. 두 사람이 여성 수행원이라는 공식 발표가 있었지만 이 부르카 때문에 성별을 구분하기란 사실 불가능했다. 소령은 차도르의 정중앙에 구멍 하나를 뚫어놓았다. 직경은: 7.5센티미터. 가장자리에는: 가느다란 금실로 놓은 자수. 그리하여 우리 집안의 역사가 또다시 한 나라의 운명이 되었다. 왜냐하면 자밀라가 수놓은 구멍에 입술을 가까이 대고 노래를 불렀을 때 파키스탄은 구멍 뚫린 금색-흰색 침대보를 통해서만 볼 수 있는 열다섯 살 먹은 소녀와 사랑에 빠져버렸기 때문이다.

교통사고에 대한 소문이 자밀라의 인기에 불을 질렀다. 그녀가 콘서트를 열 때마다 카라치의 밤비노 극장이 미어지고 라호르의 샬리마르 바그도 초만원을 이뤘다. 그녀의 음반은 판매순위 정상에서 내려올 줄 몰랐다. 그리고 자밀라가 국민의 공유재산이 되고 '파키스탄의 천사', '국민가수', '불불-에-딘' 즉 믿음의 나이팅게일이 되면서, 그리고 매주 천 명하고도 한 명으로부터 절절한 청혼을 받게 되면서, 그렇게 나라 전체의 사랑을 독차지하는 귀염둥이가 되어 우리 집안에서의 위치를 압도할 만한 존재로 발돋움하면서 명성에 따르는 두 가지 부작용이 나타났다. 첫번째는 그녀의 대중적 이미지 때문에 생긴 피해였는데, 교통사고에 대한 소문 때문에 자밀라는 온종일—심지어 지금까지 계속 다니던 알리아 이모의 학교에서도—금색-흰색 부르카를 뒤집어쓰고 지내야 했다. 두번째는 스타에게 불가피한 부작용으로, 그녀의 자아상이 크게 과장되는 동시에 단순화되는 현상이었다. 그래서 이미 드러나기 시작했던 맹목적이고 무조건적인 신앙심과 물불을 안 가리는 국수주의 성향이 더욱더 심해져 이제는 그녀의 인격 전체를 지배했고 결국 그 두 가지 말고는 거의 모든 것을 도외시하는 지경에 이르렀다. 그녀는 명성 때문에 늘 화려한 천막 안에 갇혀 지내야 했다. 그리고 새로운 국민-여동생이 되었기 때문에 성격에서도 잔나비 시절의 유치한 세계보다는 국가적인 인물에게 어울리도록 자신만만한 일면이 두드러졌다.

자밀라 싱어의 노래는 '파키스탄의 목소리' 라디오 방송국을 통해 끊임없이 흘러나왔고, 그래서 동서 파키스탄 방방곡곡에서 그녀는 영원히 지치지 않는 초인적 존재로, 온 국민에게 밤낮없이 노래를 들려주는 천사로 인식되었다. 한편 아흐메드 시나이는 딸의 활동에 대해 아직도 몇 가지 염려를 버리지 못했지만 그녀의 어마어마한 소득은 그 모든 불안감을 말끔히 씻어버리고도 남았고(한때는 델리 시민이 었지만 이제는 뼛속까지 진정한 봄베이 무슬림으로 탈바꿈한 아흐메드는 대부분의 문제보다 돈 문제를 가장 중요시했다) 그래서 자밀라에게 종종 이렇게 말했다. "잘 들어라, 애야: 품위, 순수성, 예술, 탁월한 사업 감각, 그 모두가 사실은 똑같은 거란다. 네 아비가 워낙 똑똑해서 그 사실을 깨달았잖니." 자밀라는 상냥한 미소를 지으며 맞장구를 쳤고…… 그녀는 앙상한 말괄량이 소녀의 모습을 벗고 차츰 몸매는 날씬하고 눈매는 갸름하고 살결은 황금빛으로 물든 미녀로 성장했다. 머리카락은 깔고 앉아도 좋을 만큼 길었고 코마저 나무랄 데 없이 예뻤다. 아흐메드 시나이가 퍼프스 아저씨에게 자랑했다. "내 딸은 이 아비 쪽 집안의 수려한 용모를 더 많이 물려받았소." 그러자 퍼프스 아저씨는 알쏭달쏭하고 거북스러운 표정으로 나를 곁눈질하며 헛기침을 했다. "정말 아리따운 아가씨요. 누가 봐도 절세가인이지."

우레 같은 박수갈채가 항상 누이를 따라다녔다. 지금은 전설이 되어버린 첫 무대 밤비노 리사이틀에서는 (우리는 퍼프스 아저씨가 마련해준 좌석에 앉았고—"여기서 제일 좋은 명당자리요!"—옆에는 한결같이 베일을 쓴 일곱 퍼피아가 앉았는데…… 퍼프스 아저씨가 내 옆구리를 쿡 찌르면서, "어이, 젊은 친구—골라잡아! 선택을 하란 말이야! 명심하라고: 지참금 말이야!" 나는 얼굴을 붉히면서 무대 위를 뚫어져라 노려보았다) 이따금 "와아! 와아!" 터져나오는 함성 때문에 자밀라의 목소리가 안 들릴 정도였다. 공연이 끝난 후 우리는 무대 뒤에서 꽃 사태에 파묻힌 자밀라를 보았고, 국민의 사랑이 흐드러지게 만발한 낙원의 꽃밭을 헤치며 허우적허우적 다가가보니 자밀라는 기절하기 직전이었는데, 피곤해서가 아니라 분장실 안을 가득 메운 꽃들이 뿜어내는 애모의 향기가 지나치게 달콤한 탓이었다. 나까지 머리가 어질어질했다. 그때 퍼프스 아저씨가 창문을 열어젖히고 꽃들을 한 아름씩 내던지면서—구름처럼 모여든 팬들이 부랴부랴 주워 모았다—이렇게 소리쳤다. "꽃도 좋지만, 젠장, 국민가수도 숨을 쉬어야 산단 말이오!"

어느 날 저녁 자밀라 싱어가 (가족도 함께) 대통령 관저에 초대되어 후추통들을 지휘했던 총사령관 앞에서 노래를 불렀을 때도 어김없이 박수갈채가 터져나왔다. 우리는 외국 잡지에 실린 대통령의 착복 재산과 스위스 은행계좌에 대한 기사들을 무시하고 몸에서 광채가 날 정도로 깨끗하게 목욕했다. 수건 사업을 하는 집안은 온 가족이 티끌 하나 없이 청결해야 하기 때문이다. 퍼프스 아저씨도 금니 하나하나를 특별히 정성스럽게 닦았다. 그리고 파키스탄의 아버지이며 콰이드 이 아잠*이었던 무함마드 알리 진나와 그의 친구이며 후계자였으나 암살로 생을 마감한 리아콰트 알리**의 초상화가 화환에 둘러싸인 채 우리를 내려다보는 넓은 강당에 구멍 뚫린 침대보가 등장하고 누이가 노래를 시작했다. 이윽고 자밀라의 목소리가 잠잠해졌다. 아름답게 수놓은 구멍 너머의 노래에 이어 금띠를 두른 목소리가 시작되었다. 우리는 이런 말을 들었다. "자밀라, 네 목소리는 순수성을 위

---

* 우르두어로 '위대한 지도자'라는 뜻.
** 파키스탄 초대 총리. 1948년 진나 사망 후 인도와의 국교 조정에 심혈을 기울였다.

한 칼이 되어야 한다. 인간의 영혼을 정화하는 무기가 되어야 한다."
스스로 인정했듯이 아유브 대통령은 단순무식한 군인이었다. 단순
무식한 군인답게 그는 지도자에−대한−신뢰와 하느님에−대한−믿
음이라는 덕목을 누이에게 주입시켰다. 그러자 그녀는, "각하의 뜻
이 곧 저의 뜻입니다." 구멍 뚫린 침대보 너머에서 자밀라 싱어는 그
렇게 애국의 선봉에 서겠다고 다짐했다. 그러자 비공식 회견을 위한
강당, 즉 디완 이 카스에 박수갈채가 메아리쳤다. 미친 듯이 와아와
아 소리치던 밤비노 관객들의 경우와 달리 이번에는 점잖은 박수갈
채였다. 장식띠를 주렁주렁 늘어뜨린 훈장들−견장들이 질서정연하
게 격려의 뜻을 표시했고 부모님도 기쁨의 눈물을 흘리며 열심히 손
뼉을 쳤다. 퍼프스 아저씨가 속삭였다. "역시 대단해! 정말 감동적
이지?"

　내가 냄새로 알아낼 수 있는 것들을 자밀라는 노래로 표현했다. 진
실 아름다움 기쁨 괴로움: 그 모두가 제가끔 독특한 냄새를 지녀 내
코로 구별할 수 있었다. 그리고 자밀라의 목소리는 그 하나하나를 담
아내는 데 가장 이상적인 목소리였다. 나의 코와 그녀의 목소리: 이
두 가지는 서로 완벽하게 들어맞는 상호보완적 재능이었다. 그러나
점점 간격이 벌어졌다. 자밀라가 애국적인 노래를 부르는 동안 내 코
는 자꾸 그 속으로 파고드는 온갖 불쾌한 냄새에 집착하는 듯했다. 알
리아 이모의 원한, 동료 학생들의 폐쇄적인 마음이 뿜어내는 강렬한
불변의 악취. 그래서 누이가 구름 위로 솟아오르는 동안 나는 시궁창
으로 굴러떨어졌다.

　그러나 돌이켜 보면 나는 그때―누가 나에게 말해주기 훨씬 전에

—이미 그녀를 사랑했던 것 같은데…… 살림이 말 못 할 누이사랑을 품었다는 증거가 있을까? 있다. 자밀라 싱어와 지금은 사라져버린 놋쇠 잔나비의 공통점은 한 가지, 사랑이었다. 그녀는 빵을 몹시 좋아했다. 차파티, 파라타, 탄두리 난*? 그렇다. 그러나. 자, 그렇다면: 효모가 들어간 빵을 좋아했을까? 그랬다. 누이는 늘―애국심과는 별도로―효모를 넣어 발효시킨 빵을 먹고 싶어 했다. 그런데 카라치 시내에서 효모를 넣은 품질 좋은 빵을 구할 수 있는 유일한 곳은? 빵집이 아니었다. 그 도시에서 제일 맛있는 빵은 은둔생활을 하는 산타 이그나치아 수도회의 수녀님들이 매주 목요일 아침마다 평소에는 굳게 닫아거는 쪽문을 열고 나눠주는 빵이었다. 그래서 나는 매주 람브레타 스쿠터를 타고 가서 수녀님들이 갓 구워낸 따끈따끈한 빵을 누이에게 배달했다. 구불구불 늘어진 긴 줄을 서서 기다려야 했는데도, 수녀원 주변의 좁은 골목에서 양념이 너무 많이 들어간 매운 음식과 똥냄새가 뒤섞인 악취를 맡아야 했는데도, 그리고 그 일 말고도 할 일이 많았는데도 나는 어김없이 그 빵을 실어 날랐다. 비판적인 생각은 조금도 품지 않았다. '믿음의 나이팅게일'이라는 새로운 임무를 맡은 마당에 장난삼아 기독교에 심취했던 과거의 마지막 잔재에 이렇게 집착하는 것은 모양새가 별로 좋지 않다고 충고하지도 않았고……

비정상적인 사랑의 발단을 추적하는 일이 가능할까? 일찍이 역사의 중심에서 한자리를 차지하고 싶어 했던 살림은 누이에게서 자신의 인생목표를 발견했기에 그렇게 넋을 잃고 말았을까? 여기저기 훼손

* 탄두리(진흙을 구워 만든 원통형 화덕) 내벽에 붙여 구운 납작한 빵.

되고 이제는-코찔찔이가-아닌 살림, 얼굴에 칼자국이 즐비한 거지 소녀 순다리처럼 완전히 망가져버린 한밤의 아이들 협회원 살림으로 서는 최근 비로소 완전해진 누이를 보고 사랑에 빠질 수밖에 없었을 까? 한때나마 '축복받은 자' 무바라크였던 살림은 자신의 가장 은밀한 꿈을 대신 실현시킨 누이를 연모할 수밖에 없었을까? ……여기서 내가 말할 수 있는 것은 다만 그때는 나에게 무슨 일이 벌어졌는지 나 자신도 몰랐다는 사실, 그러다가 열여섯 살 먹은 허벅지 사이에 스쿠터를 끼고 창녀들의 냄새를 따라다니기 시작했다는 사실뿐이다.

알리아 이모가 부글부글 끓어오르는 동안, 아미나표 수건의 초창기 동안, 자밀라 싱어가 한창 신격화되는 동안, 완공까지는 아직 멀었지만 난평면 방갈로가 탯줄의 명령에 따라 무럭무럭 자라는 동안, 뒤늦게 꽃을 피운 부모님의 사랑이 계속되는 동안, 자신감은 넘치지만 왠지 결실을 맺지 못하는 '순수의 땅'에서 살림 시나이는 자신과 모종의 타협을 했다. 그가 전혀 슬퍼하지 않았다고 말하지는 않겠다. 나의 과거를 검열하기는 싫다. 그래서 나는 살림이 그 또래의 소년들이 흔히 그렇듯이 늘 시무룩했고 종종 비협조적이었으며 여드름투성이였음을 인정한다. 한밤의 아이들을 잃어버린 그의 꿈속에는 메스꺼울 만큼 짙은 그리움이 가득했고, 그래서 사향 냄새처럼 오감을 압도하는 강렬한 후회의 냄새에 캑캑거리며 깨어날 때가 많았다. 숫자들이 하나 둘 셋 행진하거나 무서운 힘을 가진 무릎 한 쌍이 숨통을 조이는 악몽도 꾸었고…… 그러나 새로 얻은 재능도 있고, 람브레타 스쿠터도 있고, (비록 미처 깨닫지 못했지만) 누이를 향한 겸허하고 순종적인 사랑도 있고…… 여기서 화자의 시선을 다른 곳으로 옮겨야겠다. 살림은 그때나 지금이나 이미-이야기한-과거를 묻어두고 아직-이야기하지-않은-미래 쪽으로 관심을 돌리는 데 성공했다는 사실을 강조하고 싶다. 기회가 있을 때마다 나는 이모의 질투심이 뿜어내는 지독한 독취 때문에 견딜 수 없는 집을 떠나서, 그리고 조금 다르지만 불쾌하기는 매한가지인 악취가 가득한 대학을 벗어나서, 모터 달린 말을 타고 이 새로운 도시의 길거리들을 냄새로 탐험했다. 그러다가 외할아버지가 카슈미르에서 돌아가셨다는 소식을 들은 뒤에는 부글부글 끓어오르는 걸쭉한 스튜 같은 현재의 온갖 냄새 속에 과거를 빠뜨려 죽여버리겠다는 결심이 더욱더 강해졌는데…… 아으, 분류법을 도입하기 이전의 어지럽던 초창기여! 내가 냄새들을 정리하기 전에는 일정한 유형(類型)도 없는 온갖 향기가 콧속으로 밀려들었다. 프리어 가의 박물관 정원에서 동물들의 배설물이 풍기는 쓸쓸한 부패의 악취, 사다르 가에서 헐렁한 파자마 차림으로 손에 손을 맞잡은 젊은 남자들이 뿜어내는 부스럼 같은 체취, 씹다 뱉은 빈랑자의 칼날처럼 날카로운 냄새, 그리고 구장잎과 아편이 어우러진 달콤쌉쌀한 냄새: 마지막의 이른바 '로켓 판' 냄새는 엘핀스톤 가와 빅토리아 가사이의 (행상인들로 붐비는) 골목에서 맡아보았다. 낙타 냄새, 자동차 냄새, 모기 떼처럼 성가신 모터릭샤의 매연 냄새, 밀수한 담배와 '뒷돈'의 향기, 시내버스 운전사들의 경쟁적인 악취와 통조림 속의 정어리처럼 꽉꽉 들어찬 승객들의 소박한 땀내. (그 시절에 어떤 버스 운전사는 다른 회사 소속의 경쟁자에게 추월당해 격분한 나머지—그의 각종 분비샘이 패배의 역겨운 냄새를 마구 뿜어냈다—밤중에 버스를 몰고 상대방의 집으로 달려가 경적을 울리다가 그 가엾은 친구가 밖으로 나오자 우리 이모처럼 복수의 악취가 진동하는 바퀴로 깔아뭉개버렸다.) 이슬람 성원은 신앙심의 방향을 내뿜었고, 깃발을 나부끼는 군용차는 기세등등한 힘의 냄새를 발산했고, 영화 광고판에서는 수입한 스파게티 웨스턴*과 사상 최대의 폭력을 휘두르는 무술영화의 (싸구려 향수처럼 천박한) 향내를 구별할 수 있었다. 이렇게 다양하고 복잡한 냄새 때문에 한동안은 마약에 취한 듯이 머리가 핑핑 돌았다. 그러다가 마침내 유형을 찾고자 하는 압도적인 욕구가 고개를 든 덕분에 무사할 수 있었다.

인도와 파키스탄의 관계가 악화되었다. 국경이 폐쇄되는 바람에 우리는 외할아버지의 죽음을 애도하러 아그라로 건너갈 수 없었고 원장 수녀님이 파키스탄으로 건너오는 날짜도 다소 지연되었다. 한편 살림은 냄새에 대한 일반론을 정립해나갔다: 분류작업이 시작되었다. 나는 이 과학적인 접근 방법을 외할아버지의 영전에 바치는 나만의 경의 표시로 여겼는데…… 처음에는 우선 냄새를 구분하는 기술을 완벽하게 연마했다. 그리하여 빈랑자의 무수한 품종과 시내에서 구입이 가능한 탄산음료 12종을 (눈을 감고도) 모두 구별할 수 있게 되었다. (미국의 사회비평가 허버트 펠드먼이 카라치에 와서 병우유를 생산하는 곳이 세 군데밖에 없는 이 도시에 청량음료는 열두 가지나 존재하는 현실을 개탄하기 훨씬 전에 나는 눈가리개를 하고도 거뜬히 파콜라와 호프먼 미션을 가려내고 시트라콜라와 환타를 가려냈다. 펠드먼은 이런 음료수를 자본주의적 제국주의의 상징으로 여겼다. 그러나

---

* 이탈리아에서 제작한, 미국 서부시대를 배경으로 한 영화.

어느 쪽이 세븐업이고 어느 쪽이 캐나다 드라이인지를 냄새로 알아내고 펩시콜라와 코카콜라를 실수 없이 척척 골라낼 수 있는 나에게는 음료수들이 제시하는 난해한 시험을 통과하는 것이 더 중요했다. 더블콜라와 콜라콜라, 페리콜라와 버블업도 눈을 가린 채 이름을 알아맞혔다.) 그리하여 물질적인 냄새에는 완전히 통달했다고 확신하게 되었을 때 비로소 오직 나만이 맡을 수 있는 다른 종류의 냄새로 넘어갔다. 온갖 감정의 냄새, 그리고 인간을 인간답게 만드는 천 가지하고도 한 가지 욕구의 냄새였다: 사랑과 죽음, 탐욕과 겸손, 부와 가난 등등에 일일이 이름표를 붙여가며 내 마음속의 가지런한 칸막이방에 일목요연하게 정리해두었다.

초창기에 사용했던 정리 방법은: 냄새를 빛깔에 따라 분류했다. 끓는 물에 소독 중인 속옷과 〈데일리 장〉 신문의 인쇄용 잉크는 둘 다 파란색의 속성을 지녔고, 낡은 티크 목재와 방금 뀐 방귀 냄새는 둘 다 짙은 갈색이었다. 자동차와 묘지는 모두 회색으로 분류했고…… 중량에 따른 분류법도 있었는데: 플라이급 냄새(종이), 밴텀급 향기(비누로 갓 씻은 몸, 풀잎), 웰터급(땀, '밤의여왕') 등등. 이 분류체계에 의하면 샤히 코르마*와 자전거 윤활유는 라이트 헤비급이고 분노, 파촐리**, 배신, 똥 따위는 지상 최고의 헤비급 악취였다. 기하학적 분류체계도 있었다: 기쁨은 둥글고 야망은 모가 났다. 타원형도 있고 달걀 모양이나 사각형도 있고…… 나는 코를 위한 사전 편찬자가 되어 분더 가와 P.E.C.H.S.***를 여행했고 나비 연구가가 나비를 포획하

---

\* 고기나 채소에 요구르트와 견과류를 넣고 뭉근히 끓여낸 카레.
\*\* 꿀풀과의 강한 방향성 식물, 또는 그 식물에서 추출한 향료.

듯이 내 콧털의 포충망으로 냄새를 잡아냈다. 아으, 철학이 탄생하기 이전의 경이로운 모험이여! ⋯⋯왜냐하면 이런 작업에 가치를 부여하려면 윤리적 근거가 필요하다는 사실을 금방 알아차렸기 때문이다. 좋은 냄새와 나쁜 냄새 사이의 무수한 단계적 변화를 정확히 표현할수 있어야만 정말 중요한 분류체계라고 말할 수 있었다. 그렇게 윤리가 결정적이라는 사실을 깨닫고 냄새에도 신성한 것이 있고 부정(不淨)한 것이 있음을 코로 확인한 다음부터 나는 혼자 스쿠터를 타고 돌아다니면서 후각윤리학을 창시했다.

신성한 것들: 푸르다용 베일, 할랄 육류****, 무에진의 첨탑, 기도자리. 부정한 것들: 서양의 레코드판, 돼지고기, 술. 나는 이제 물라들이(신성하다) '이드 울 피트르' 전야에 비행기를(부정하다) 타지 않고심지어 자동차까지 꺼리는 이유를 알았다. 새로운 달을 앞두고 신성함과는 상반되는 은밀한 냄새를 맡는 것은 곤란하기 때문이다. 나는이슬람과 사회주의가 후각적으로도 양립할 수 없음을 알았고, 신드클럽***** 회원들의 애프터셰이브 로션과 클럽 입구에서 한뎃잠을 자는 거지들의 가난에 찌든 악취는 서로 한 치도 양보할 수 없는 대립관계임을 알았고⋯⋯ 그러나 날이 갈수록 한 가지 불쾌한 진실을 인정할 수밖에 없었다. 신성하거나 좋은 냄새는 나의 흥미를 끌지 못했고, 심지어 그런 냄새가 노래하는 누이를 둘러싸고 있을 때도 마찬가지였다. 반면에 빈민굴의 매캐한 악취는 도저히 저항할 수 없는 매력을 지

***  카라치 시내의 부촌.
****  이슬람 율법이 정한 도축 방식으로 도살된 육류.
*****  1871년 카라치 시에 문을 연 남성 전용 클럽.

닌 듯했다. 게다가 나는 그때 열여섯 살이었다. 허리띠 밑에서, 오리
처럼 새하얀 바지 속에서 뭔가 꿈틀거렸다. 그리고 여자들을 집 안에
만 가둬두는 도시치고 창녀가 모자라는 도시는 없다. 자밀라가 신성
과 애국심을 노래하는 동안 나는 부정과 욕망을 탐색했다. (돈이라면
남아돌았다. 아버지가 사랑에 빠지면서 씀씀이도 커졌기 때문이다.)

나는 영원한 미완성 상태인 진나 기념관*에서 매춘부들을 골랐다.
다른 청년들은 그곳에서 미국 여자들을 유혹하여 호텔방이나 수영장
으로 데려갔지만 나는 화대를 주고 자유롭게 행동하는 편이 더 좋았
다. 그러다가 결국 내 재능과 완벽하게 어울리는 재능을 가진 창녀 중
의 창녀를 만나게 되었다. 그녀의 이름은 타이 비비였고 자기 말로는
오백열두 살이라고 했다.

아무튼 그녀의 체취는 정말! 지금까지 살림이 맡아본 냄새 중에서
가장 풍요로운 냄새였다. 그는 그 체취 속에 포함된 무엇인가에 매료
되고 말았는데, 역사의 위엄이 느껴진다고나 할까…… 살림은 이빨
도 없는 노파에게 말했다. "나이 따위는 아무래도 좋아요. 저한테 중
요한 건 냄새니까요."

("맙소사!" 파드마가 이야기를 끊어버린다. "그런 짓을—어떻게
그럴 수가 있어요?")

타이 비비는 어느 카슈미르 뱃사공과의 관련성을 암시한 적도 없건
만 살림에게는 그녀의 이름이 크나큰 흡인력을 발휘했다. 그리고 그
녀가 "꼬마야, 이래 봬도 내가 오백열두 살이란다" 하고 말한 것은 단

---

* 파키스탄의 국부 무함마드 알리 진나의 무덤. 1956년 건설 계획이 수립되었으나 1960
년에 공사가 시작되어 1970년 완공되었다.

순히 농담 삼아 꺼낸 이야기인지도 모르지만 역시 살림의 역사학적 관심을 불러일으켰다. 나를 어떻게 생각해도 좋다. 어쨌든 어느 후덥지근한 오후에 나는 벼룩이 들끓는 매트리스와 알전구와 세계 최고령 창녀가 있는 셋방에서 시간을 보냈다.

내가 타이 비비의 마력에 저항하지 못한 결정적인 이유가 무엇일까? 도대체 어떤 지배력이 다른 창녀들을 초라하게 만들었을까? 도대체 무엇이 최근에 민감해진 우리 살림의 콧구멍을 미치게 했을까? 파드마: 나의 늙은 창녀는 각종 분비샘을 마음대로 조절하여 자신의 체취를 변화시킬 수 있었고, 따라서 지상에 존재하는 모든 사람의 체취를 자유자재로 흉내 낼 수 있었다. 에크린샘과 아포크린샘이 늙은 창녀의 의지에 복종했다. 그리고 그녀는 "내가 일어서서도 이런 재주를 보여줄 거라고는 꿈도 꾸지 마라. 돈을 아무리 많이 준대도 하기 싫으니까" 하고 말했지만 살림은 그녀가 가진 향기의 재능을 거부할 수 없었다.

(……"너무 불결해!" 파드마가 귀를 틀어막는다. "맙소사, 당신이 그렇게 더럽고 지저분한 사람인 줄 몰랐어요!"……)

그리하여 살림은, 이 특이하고 못생긴 젊은이는 늙어빠진 창녀와 나란히 누웠고, 창녀는 "내가 서 있기 싫어하는 이유는 티눈 때문이야" 하고 말했고, 티눈이라는 말에 살림이 흥분했다는 사실을 알아차렸고, 에크린샘-아포크린샘의 재간에 얽힌 비밀을 속삭였고, 혹시 누군가의 냄새를 흉내 내기를 바란다면 어떤 냄새인지 설명해주기만 하면 한번 해보겠다고, 그렇게 둘이서 노력하면 약간의 시행착오를 거쳐…… 그러나 그는 처음에는 깜짝 놀라 그녀를 뿌리쳤고, 싫어요 싫어요 싫어요, 그러나 그녀는 종이를 구깃거리는 듯한 목소리로 꼬드겼고, 마침내 그는, 나야 뭐 어차피 외톨이니까, 이 세상도 내가 살 곳이 아니고 이 시대도 내가 살 때가 아니니까, 그리고 이렇게 신화 속의 인물처럼 황당무계한 노파와 단둘이니까, 하고 생각하면서 자신의 불가사의한 코가 지닌 신통력을 바탕으로 이런저런 냄새를 설명하기 시작했고, 타이 비비는 그가 설명한 냄새를 모방하기 시작했고, 그녀가 약간의 시행착오를 거쳐 어머니와 이모들의 체취를 재현하는 데 성공하자 그는 소스라치게 놀랐고, 오호 마음에 들었나보네 꼬마 도련님, 자, 코를 바싹 들이대고 실컷 맡아봐라, 너 정말 희한한 녀석이구나…… 그러다가 별안간, 우연히, 그래, 맹세코 내가 시키지도 않았는데, 이런저런 시행착오 도중에 노파의 늙고 쭈글쭈글하고 가죽만 남은 몸뚱이에서 별안간 지상의 것이라고는 믿기 힘들 만큼 황홀한 향기가 일렁거렸고, 그는 그 향기에 반응할 수밖에 없었고, 그녀도 알아차렸고, 오호, 꼬마 도련님, 내가 급소를 찔렀네 그랴, 누구인지는 말 안 해도 되지만 네가 원하는 여자가 바로 그 여자야. 그러자 살림은, "닥쳐요 닥쳐요—" 그러나 타이 비비는 아랑곳하지 않고 낄낄거리며 말을 잇는데, "오호 그래, 틀림없어, 꼬마 도련님, 네가 사랑하는 아가씨야—누구지? 혹시 사촌누이? 혹시 여동생이나……" 살림은 주먹을, 오른쪽 주먹을, 다친 손가락도 무시하고 불끈 쥐면서 폭력도 불사할 각오를 하고…… 그러자 타이 비비가, "맙소사 그래! 여동생이구나! 그래, 때려라, 그래 봤자 네 얼굴에 다 쓰였는데 이제 와서 감춘다고 무슨 소용이 있냐!……" 그래서 살림은 부랴부랴 옷가지를 주워 모으고 허둥지둥 바지를 입으면서, 닥치란 말이야 이 할망구야, 한편 그녀는, 그래 가라 가, 그런데 돈을 안 주면 내가, 내가, 어디 내가 무슨 짓을 못 하는지 두고 봐라, 그러자 루피화 몇 장이 휘리릭 날아가서 오백열두-살-먹은 매춘부의 몸뚱이에 너풀너풀 떨어지고, 받아요 받아요 그 대신 제발 그 흉측한 입 좀 다물어요, 그러자 그녀는, 말조심해라 꼬마 도련님 너도 꽃미남은 아니구먼, 이제 옷을 다 입고 셋방을 박차고 나가보니 람브레타 스쿠터는 그대로 있지만 개구쟁이들이 안장에 오줌을 싸갈겼고, 그는 최대속력으로 부리나케 달아나지만 진실은 여전히 따라오고, 그때 타이 비비가 창밖으로 고개를 내밀고 소리치는데, "어이, 제 누이 붙어먹는 꼬마! 어디로 도망가냐? 그래 봤자 진실은 진실인데……!"

물론 그대는 질문을 던질 권리가 있다: 방금 그 얘기가 정말 꾸밈없는…… 그리고 그 여자가 설마 오백하고도…… 그러나 나는 이미 모든 것을 고백하겠다고 맹세했다. 그리고 내가 자밀라 싱어를 향한 말 못 할 사랑을 처음 깨달은 것은 세상에서 가장 특이한 창녀의 입과 냄새 분비샘을 통해서였다는 것도 엄연한 사실이다.

"우리 브라간사 부인 말씀이 맞았네요." 파드마가 나를 책망한다. "남자들 머릿속엔 똥만 들었다더니." 나는 그녀의 말을 무시해버린다. 브라간사 부인과 그녀의 동생 페르난데스 부인에 대해서는 나중에 다시 이야기하기로 하자. 지금 당장은 후자가 공장 경리를 맡고 있으며 전자는 내 아들을 보살핀다는 사실을 밝히는 정도로 충분하다. 그리고 나는 불쾌해하는 파드마 비비의 전폭적인 관심을 되찾기 위해서라도 동화 같은 이야기를 들려줘야겠다.

옛날옛날 한 옛날, 머나먼 북쪽의 키프*라는 토후국에 어떤 왕이
살았다. 그에게는 아름다운 두 딸과 역시 놀랍도록 잘생긴 아들 하나
가 있고 번쩍거리는 새 롤스로이스 승용차 한 대가 있으며 정치적 연
줄도 막강했다. 나와브**라고 불리던 왕은 진보의 미덕을 열렬히 신
봉했고, 그래서 출세가도를 달리는 유명한 장군 줄피카르의 아들과
자신의 큰딸을 약혼시키기로 했으며 작은딸은 대통령의 아들과 짝을
짓게 될 가능성이 많았다. 그리고 왕의 승용차로 말하자면 온통 산으
로 둘러싸인 이 골짜기 왕국에 처음으로 들어온 자동차였고 왕은 이
차를 자식 못지않게 사랑했다. 그런데 안타깝게도 그의 백성들은 키
프의 모든 도로를 사교와 싸움과 타구 맞히기 시합의 장으로 활용하
는 관습이 있어 자동차가 나타나도 길을 비켜주지 않았다. 그래서 그
는 포고령을 내려 자동차는 미래의 상징이므로 마땅히 길을 열어주어
야 한다고 설명했다. 그러나 백성들은 왕명을 무시했다. 상점 입구와
담벼락은 물론이고 소들의 옆구리에까지 포고문을 붙여놓았는데도
아무 소용이 없었다. 그래서 두번째 포고령에서는 더욱더 강압적인
어조를 써서 자동차 경적 소리가 들리면 모든 백성은 반드시 길에서
비켜야 한다고 명령했다. 그러나 키프 사람들은 여전히 길거리에서
담배를 피우고 구장즙을 뱉고 말다툼을 벌였다. 세번째 포고령에는
유혈이 낭자한 그림을 곁들였는데, 앞으로 경적 소리를 듣고도 비키
지 않는 사람은 가차 없이 차로 치어버린다는 내용이었다. 그러자 키
프 사람들은 포고문의 그림 옆에 더 지독한 그림을 그려 왕을 비웃었

---

* '대마초'라는 뜻.
** 무굴왕조 이후 '지방 군주'를 일컫는 호칭.

다. 나와브는 착한 사람이었지만 무한한 인내심을 가진 사람은 아니었고, 그래서 위협한 내용을 그대로 실천에 옮겼다. 그리하여 유명한 가수 자밀라가 이종사촌의 약혼식장에서 노래를 불러주기 위해 가족과 매니저를 동반하고 키프에 도착했을 때 그들의 자동차는 국경에서 왕궁까지 막힘없이 한달음에 달려갈 수 있었고 나와브는 자랑스럽게 말했다. "간단하잖아. 이젠 다들 자동차를 존중하게 됐어. 한 걸음 진보한 거라고."

나와브의 아들 무타심은 해외여행도 많이 했고 머리는 소위 '딱정벌레 스타일'*로 하고 다녔는데 그의 아버지에게는 늘 골칫거리였다. 얼굴이 너무 잘생겨 키프에서 국내여행을 할 때마다 은 코걸이를 단 처녀들이 그의 아름다움에 넋을 잃고 기절해버리기 일쑤였지만 정작 자신은 그런 일에 무관심한 듯이 폴로 경기용 조랑말을 보살피거나 기타로 괴상한 서양음악을 연주하는 데만 열중했기 때문이다. 왕자는 악보와 외국 도로표지판과 분홍색 피부를 가진 반라의 여자들이 그려진 부시 셔츠를 입고 다녔다. 그러나 자밀라 싱어가 금실로 수놓은 부르카를 뒤집어쓰고 왕궁에 도착했을 때 미남 무타심은—해외여행을 하느라 자밀라의 얼굴이 망가졌다는 소문을 못 들었으므로—그녀의 얼굴을 꼭 봐야겠다는 강박관념에 사로잡히고 말았다. 침대보의 구멍 너머로 그녀의 다소곳한 눈매를 보고 첫눈에 반해버렸기 때문이다.

그 무렵 파키스탄 대통령이 선거 일정을 발표했다. 선거는 약혼식 다음 날 이른바 '기본적 민주주의'**라는 투표방식으로 진행될 예정

---

* 비틀스 스타일. 밴드명 비틀스(Beatles)는 딱정벌레(beetles)에서 따온 이름이다.

이었다. 파키스탄 국민 1억 명을 대략 비슷한 인원의 12만 개 집단으로 나눠 각 집단을 대표하는 '기본적 민주주의자' 한 명씩을 뽑고, 그렇게 12만 명으로 구성된 선거인단이 대통령을 선출하는 방식이었다. 키프에서 뽑힌 기본적 민주주의자 420명 중에는 물라, 청소부, 나와브의 운전사, 나와브의 소유지에서 대마초를 재배하는 소작인 등이 있었지만 모두 왕에게 충성하는 백성들이었고 나와브는 그들 모두를 공주의 헤나 의식에 초대했다. 그러나 그는 진짜 개망나니 두 명도 함께 초대할 수밖에 없었다. 야당연합에서 활동하다가 귀국한 간부들이었다. 이 개망나니들은 자기들끼리 끊임없이 말다툼을 벌였지만 나와브는 그들을 정중하게 맞이했다. "오늘 밤만은 두 분도 내 친구로 대우하겠소. 내일은 내일이고." 개망나니들은 마치 음식을 처음 구경한 사람들처럼 정신없이 먹고 마셨지만 누구나—심지어 아버지보다 인내심이 부족한 미남 무타심까지—그들을 잘 대접하라는 엄명을 받은 터였다.

별로 놀라운 일도 아니겠지만 야당연합은 손꼽히는 악당과 불량배들이 다 모인 집단이었는데, 그들이 단결한 목적은 오직 대통령을 내쫓고 예전의 암흑기로, 즉 군인들이 아니라 문관들이 국고를 횡령하여 사리사욕을 채우던 시절로 되돌아가기 위해서였다. 그러나 무슨 까닭인지 그들에게는 강력한 지도자가 있었다. 바로 파키스탄 국부(國父)의 여동생 파티마 진나 여사였는데, 이 여자가 어찌나 늙고 메말랐던지 나와브는 그녀가 이미 오래전에 죽었고 어느 솜씨 좋은 장

---

** 1964년 선거에서 아유브 칸 대통령은 '기본적 민주주의'라는 명목으로 국민의 참정권을 제한하고 자신의 지지자들로 대통령 선거인단을 구성했다.

인이 박제로 만들어놓은 것이 아닐까 의심할 정도였다. 언젠가 〈엘 시드〉*라는 영화에서 죽은 사람이 군대를 이끌고 출전하는 장면을 본 적 있는 아들 무타심도 맞장구를 쳤고…… 어쨌든 그녀는 대통령이 자기 오빠의 대리석 기념관을 빨리 완공시키지 않는 데 불만을 품고 선거운동에 뛰어들었다. 중상모략도 온갖 의혹도 통하지 않는 무서운 적수였다. 그녀가 대통령에게 반기를 들자 대통령에 대한 국민의 신뢰가 크게 흔들렸다는 소문이 나돌 정도였다. 이제 보니 대통령은 지난날의 위대한 이슬람 영웅들이 환생한 몸이 아니었나? 무함마드 빈 삼 구리나 일투트미시**나 무굴 황제들의 화신이 아니었나? 심지어 키프에서도 나와브는 여기저기 예상치 못한 곳에서 야당연합의 스티커를 발견하곤 했다. 누군가는 뻔뻔스럽게 롤스로이스 트렁크에 떡하니 붙여놓기도 했다. "어수선한 시절이구나." 나와브가 그렇게 말하자 무타심은 이렇게 대꾸했다. "선거제도라는 게 그렇다니까요. 변소 청소부나 싸구려 옷이나 만드는 재단사들이 투표로 통치자를 뽑는다는 게 말이 됩니까?"

그러나 오늘은 기쁘고 경사스러운 날이다. 내전에서는 여자들이 헤나 물감으로 공주의 손과 발에 정교한 문양을 그려넣었다. 줄피카르 장군과 아들 자파르도 곧 도착할 예정이었다. 키프의 통치자들은 선거에 대한 생각을 뇌리에서 지웠고, '마데르 이 밀라트' 즉 국모(國母)라고 불리면서도 물색없이 자식들의 선택을 방해하려고 나선 파티

---

* 11세기 스페인의 영웅 엘 시드의 일대기를 다룬 영화로. 그가 전사한 후 군의 사기가 떨어졌을 때 미망인이 남편의 시신을 애마에 묶어 선봉에 세웠다고 한다.
** 인도 이슬람 노예 왕조의 제3대 술탄으로 가장 위대한 왕이라 일컬어진다.

마 진나의 초췌한 모습도 애써 머릿속에서 몰아냈다.

자밀라 싱어 일행의 숙소에도 기쁨이 넘쳤다. 수건 제조업자인 아버지가 아내의 부드러운 손을 한시도 놓지 못하고 이렇게 외쳤다. "이젠 알겠소? 오늘 누구 딸이 여기서 공연하지? 하룬 가문의 딸? 발리카 가문의 여자? 다우드 가문이나 사이골 가문의 계집? 천만의 말씀!" ……그러나 그의 아들 살림은, 얼굴이 만화처럼 생긴 이 불쌍한 친구는 깊은 번민에 빠진 듯한데, 어쩌면 중요한 역사적 사건의 현장에 있다는 사실에 주눅이 들었는지도 모르겠다. 어쨌든 그는 수치심 비슷한 감정이 담긴 눈으로 재능이 뛰어난 누이 쪽을 곁눈질했다.

그날 오후, 미남 무타심은 자밀라의 오빠 살림을 한쪽 구석으로 데려가서 친해지려고 열심히 노력했다. 살림에게 라자스탄에서 수입한 공작새들과 나와브가 수집해놓은 귀중한 마법책들을 보여주기도 했다. 나와브는 그 속에서 슬기롭게 나라를 다스리는 데 도움이 되는 부적이나 주문을 골라서 활용했다. 무타심은(특별히 현명하거나 신중한 젊은이는 아니었다) 살림을 데리고 폴로 경기장을 둘러보다가 실은 자기가 양피지에 사랑의 부적을 베껴 왔다고 고백했다. 유명한 자밀라 싱어가 사랑에 빠지도록 그녀의 손에 쥐여줄 의도였다. 그 말을 들은 살림이 갑자기 심술궂은 개 같은 표정을 지으며 그 자리를 떠나려 했지만 무타심은 자밀라 싱어가 실제로 어떻게 생겼는지 말해달라고 졸랐다. 그러나 살림은 한사코 침묵을 지켰다. 지독한 강박관념에 사로잡힌 무타심은 자밀라의 손에 부적을 쥐여줄 수 있도록 그녀 곁에 가까이 데려가기만 해달라고 부탁했다. 이때 살림이 문득 음흉한 표정을 지었지만 사랑에 빠진 무타심은 알아차리지 못했다. 살림이 말했다. "양피지를 저한테 주세요." 유럽 여러 도시의 지리에 대해서는 전문가 수준이지만 마법에 대해서는 아무것도 모르는 무타심은 순순히 부적을 살림에게 넘겨주었다. 다른 사람이 사용해도 효과는 자신에게 나타나리라 믿었기 때문이다.

왕궁에 저녁이 다가왔고 줄피카르 장군 부부와 아들 자파르, 그리고 그들의 친구들이 탄 자동차 행렬도 점점 가까워졌다. 그런데 그때 바람의 방향이 바뀌면서 북풍이 불기 시작했다. 몹시 차가웠지만 사람을 취하게 만드는 바람이었다. 왜냐하면 키프의 북쪽 지방은 국내 최대의 대마 재배지였고 연중 이맘때는 암그루들이 성숙해 발정하는 시기였기 때문이다. 그래서 사람을 취하게 하는 이 식물의 향기가 대기에 가득했고 그 공기를 들이마신 사람들은 모두 어느 정도는 중독 상태가 되었다. 이 풀이 가져다주는 아득한 행복감은 자동차 행렬의 운전사들에게도 영향을 끼쳐 왕궁에 도착한 것만으로도 크나큰 행운이었다. 물론 오는 도중에 도로변의 이발사 노점을 몇 개나 쓰러뜨렸고 적어도 한 번은 찻집 안으로 밀고 들어가기도 했는데, 그 사건 때문에 키프 사람들은 말 없는 마차가 지난번에는 길을 빼앗더니 이번에는 집까지 빼앗으려는 것일까 하고 걱정했다.

북쪽에서 불어오는 바람은 자밀라의 오빠 살림의 거대하면서도 대단히 예민한 콧속에도 어김없이 스며들었고 갑자기 졸음이 쏟아지는 바람에 그는 자기 방에서 잠들고 말았다. 그래서 저녁 행사에 참석하지 못했는데, 나중에 들어보니 대마초 바람이 약혼식 하객들의 행동에 변화를 일으켜 다들 미친 듯이 낄낄거리거나 눈을 게슴츠레하게 뜨고 도전적인 표정으로 서로를 노려보았다고 한다. 장식띠를 늘어뜨린 장군들도 도금한 의자에 앉아 두 다리를 쩍 벌리고 낙원을 꿈꾸었다. 멘디 의식*을 치르는 동안에도 하객들은 모두 나른한 만족감에 깊이 빠진 상태였고, 그래서 역시 긴장이 완전히 풀려버린 신랑이 바지를 적셨다는 사실을 아무도 알아차리지 못했다. 심지어 말다툼을 하던 야당연합의 개망나니들도 팔짱을 끼고 민요를 불렀다. 그리고 대마초 때문에 대담해진 미남 무타심이 구멍 뚫린 황금-비단 침대보 너머로 뛰어들려고 했을 때도 알라우딘 라티프 소령은 왕자의 코피를 터뜨리기는커녕 행복에 취한 표정으로 부드럽게 제지하여 자밀라 싱어의 얼굴을 보지 못하게 할 뿐이었다. 하객들이 각자의 자리에서 모두 곯아떨어지는 바람에 저녁 행사는 흐지부지 끝나고 말았다. 라티프가 졸음에 취한 얼굴로 헤벌쭉 웃으면서 자밀라 싱어를 방으로 데려다주었다.

한밤중에 눈을 뜬 살림은 그때까지 오른손에 쥐고 있던 미남 무타심의 양피지를 보게 되었다. 북풍이 여전히 방 안으로 솔솔 들어왔고, 그래서 그는 샌들과 실내복 차림으로 아름다운 왕궁의 어두운 복도를 따라 살금살금 걸어갔다. 그곳에는 이 쇠퇴해가는 세계의 온갖 잡동사니가 쌓여 있었다. 녹슨 갑옷, 몇 세기에 걸쳐 왕궁을 드나드는 무수한 좀나방들의 먹이가 되어주었던 낡아빠진 태피스트리, 유리 바다 속에서 유유히 헤엄치는 거대한 마하시르송어 등등. 사냥에서 얻은 전리품도 많았는데, 그중에서 티크나무 받침대에 올려놓은 변색된 황금빛 자고새는 역대 나와브 중 하나가 커즌 경** 일행과 동행하여 단

---

* 결혼식을 앞둔 신부의 손발에 헤나 물감으로 정교한 무늬를 그려 넣는 의식.
** 영국 정치가. 1898~1905년 인도 총독을 지낸 이후 영국 외무장관을 역임했다.

하루 만에 자고새 111,111마리를 잡은 날을 기념하기 위해 제작한 것이었다. 살림은 새들의 시체를 살금살금 지나서 왕궁의 여자들이 잠들어 있는 내전으로 숨어들어 코를 킁킁거리며 냄새를 맡다가 방 하나를 선택한 후 문고리를 돌리고 안으로 들어갔다.

거대한 침대가 있었고 광기를 머금은 한밤의 달이 뿜어내는 무색 달빛 아래 모기장이 두둥실 떠 있었다. 살림은 침대 쪽으로 다가가다가 문득 걸음을 멈추었다. 때마침 창턱을 넘어 방 안으로 들어오려 하는 한 남자의 모습을 발견했기 때문이다. 사랑에 빠진 데다 대마초 바람의 영향까지 겹쳐 뻔뻔스러워진 미남 무타심이 어떤 대가를 치르더라도 기필코 자밀라의 얼굴을 봐야겠다고 결심했던 것인데…… 살림은 방 안의 어둠 속에 몸을 숨긴 채 이렇게 외쳤다. "손들어! 허튼짓하면 쏴버린다!" 물론 허풍이었지만 무타심은 그 사실을 몰랐고 게다가 창턱을 붙잡은 두 손에 온몸의 체중을 실은 상태였으니 진퇴양난이 아닐 수 없었다: 이대로 버티다가 총을 맞느냐, 아니면 손을 놓고 떨어지느냐? 그는 반격을 시도해보기로 했다. "자네도 여기 들어오면 안 되잖아. 아미나 부인께 일러버린다." 무타심은 상대방의 목소리를 듣고 이미 정체를 알아차렸던 것이다. 하지만 살림이 왕자 쪽이 더 불리한 입장이라는 사실을 지적하자 무타심은 "알았으니까 제발 쏘지만 말게" 하고 애원하여 올라온 대로 다시 내려가도 좋다는 허락을 받았다. 그날 이후 무타심은 자밀라의 부모에게 정식으로 청혼을 넣어달라고 아버지를 설득했다. 그러나 사랑을 제대로 못 받고 나고 자란 탓에 예나 지금이나 사랑을 고백하는 사람들을 증오하는 자밀라는 왕자의 청혼도 깨끗이 거절해버렸다. 무타심은 키프를 떠나 카라치까지 찾아왔지만 자밀라는 그의 끈질긴 청혼을 끝내 받아들이지 않았고, 결국 포기하고 군대에 들어간 무타심은 1965년 전쟁 때 순국열사가 되고 말았다.

그러나 우리의 이야기 속에서 미남 무타심의 비극은 부차적인 내용일 뿐이다. 왜냐하면 이제 살림과 자밀라는 방 안에 단둘이 남게 되었고 두 청년의 실랑이 도중에 잠이 깬 자밀라가 이렇게 말했기 때문이다. "살림 오빠? 무슨 일이야?"

살림은 누이의 침대로 다가갔다. 그의 손이 그녀의 손을 찾아냈고 양피지가 그녀의 살갗에 밀착되었다. 그러고 나서 달빛과 욕망이 가득한 바람 덕분에 비로소 굳었던 혀가 풀린 살림은 순수성에 대한 모든 생각을 팽개치고 입을 딱 벌린 누이에게 거침없이 사랑을 고백했다.

침묵이 흘렀다. 이윽고 그녀가 외쳤다. "아, 그건 아니잖아, 어떻게 그런……" 그러나 이때 양피지의 마력이 사랑에 대한 증오심과 싸움을 벌였고, 그래서 레슬링선수처럼 몸이 점점 뻣뻣해지고 자꾸 경련이 일어났지만 그녀는 그의 설명을 끝까지 들어주었는데: 이건 죄가 아니다. 깊이 생각해봤는데, 어차피 친남매도 아니고, 내 혈관에 흐르는 피는 네 혈관에 흐르는 피와 다르고…… 이 광기 가득한 밤의 바람결 속에서 그는 메리 페레이라의 고백조차 풀지 못했던 매듭들을 풀어보려고 노력했지만 말을 하는 도중에도 자신의 말이 점점 더 공허하게 들릴 뿐이었고, 비록 한 마디 한 마디가 일말의 거짓도 없는 진실이었지만 시간의 흐름에 따라 신성해진 또 다른 진실이 더욱더 중요함을 깨달았고, 그렇다고 수치심이나 두려움을 느낄 필요는 없건만 그는 그녀의 얼굴에서 그 두 가지 감정을 모두 발견했고, 더구나 그 역시 똑같은 감정을 느껴 자신의 몸과 마음에서 그 냄새를 맡을 수 있었다. 그리하여 결국 미남 무타심의 마법 양피지도 살림 시나이와 자밀라 싱어를 맺어줄 만큼 강력하지는 못했고, 그는 고개를 푹 숙인 채 그녀의 방을 나섰고, 놀란 사슴 같은 눈동자가 그를 따라왔고, 시간이 흘러 마법의 효력이 완전히 사라졌을 때 그녀는 무서운 보복을 감행했다. 그가 방을 나서는 순간, 방금 약혼한 공주의 비명 소리가 궁전 복도에 메아리쳤다. 공주는 결혼 첫날밤에 대한 꿈을 꾸다가 난데없이 지린내를 풍기는 노란 액체가 신방 침대를 덮치는 바람에 깜짝 놀라 깨어났던 것이다. 그날 이후 약간의 뒷조사를 해본 그녀는 자신의 꿈속에 예언적 진실이 담겼음을 알게 되었고, 그래서 자파르가 살아 있는 동안은 사춘기를 미뤄야겠다고 마음먹었다. 그래야만 왕궁 침실을 떠나지 않고 자파르의 결점이 만들어내는 냄새 지독한 재앙도 피할 수 있기 때문이다.

이튿날 아침, 야당연합의 두 개망나니가 눈을 떠보니 그들은 자기들에게 배정된 침대에 누워 있었다. 그러나 옷을 입고 방문을 열어보니 파키스탄에서 몸집이 제일 큰 병사 두 명이 소총을 엇갈리게 세워놓고 정중하게 출입을 막았다. 개망나니들이 호통을 치기도 하고 살살 달래도 봤지만 병사들은 아랑곳하지 않고 자리를 지키다가 투표가 끝나자 조용히 사라졌다. 개망나니들은 나와브를 찾아 헤매다가 놀랍도록 아름다운 장미정원에서 그를 발견했다. 두 사람은 삿대질을 하며 언성을 높였다. 부정부패와 선거비리를 들먹이고 모략이라는 말까지 서슴지 않았다. 그러나 나와브는 자신이 교배시켜 만들었다는 열

세 가지 신품종 키프 장미를 자랑스레 보여줄 뿐이었다. 개망나니들은—민주주의가 죽었다느니, 독재정치가 어쨌다느니—계속 떠들었고 마침내 나와브가 지극히 온화한 미소를 지으면서 입을 열었다. "이 보시오, 친구들, 어제 내 딸이 자파르 줄피카르와 약혼식을 올렸소. 그리고 나는 머잖아 작은딸을 대통령 각하의 아드님에게 시집보내려 하오. 그러니 생각해보시오. 키프에서 내 미래의 사돈을 능멸하는 반대표가 한 장이라도 나와서 내 얼굴에 먹칠을 한다면 내 체면이 뭐가 되겠소! 친구들, 나는 명예를 중시하는 사람이오. 그러니 내 집에 머물면서 마음껏 먹고 마셔도 좋지만 내가 용납할 수 없는 일은 요구하지 마시구려."

**그리하여 모두가 행복하게 살았답니다**…… 비록 동화라면 으레 등장하는 이 전통적인 마지막 문장을 생략하기는 했지만 내 이야기도 역시 환상적인 결말을 맞이했다. 왜냐하면 기본적 민주주의자들이 무사히 임무를 마친 후 언론은—〈데일리 장〉, 〈여명黎明〉, 〈파키스탄 타임스〉 등등—대통령이 이끄는 무슬림연맹이 '마데르 이 밀라트'의 야당연합을 누르고 압도적인 대승을 거두었다고 보도했기 때문이다. 그리하여 나는 역사적 사실을 다루는 이야기꾼 중에서도 한없이 무능한 이야기꾼이라는 사실이 백일하에 드러났다. 왜냐하면 진실이 명령에 따라 제멋대로 왜곡되는 나라에는 문자 그대로 현실이라는 것이 아예 존재하지 않고, 따라서 우리가 현실이라고 들은 내용만 빼고는 무슨 일이든지 가능하기 때문이다. 그리고 어쩌면 바로 그것이 내가 인도에서 보낸 유년기와 파키스탄에서 보낸 사춘기의 차이점인지도 모른다. 전자의 경우 나는 무수히 많은 대체현실에 둘러싸인 채 살았지만 후자의 경우는 무수히 많은 허위와 비현실성과 거짓말 속에서 방향감각을 잃고 표류했기 때문이다.

누군가 나에게 귓속말을 한다: "말은 똑바로 해야죠! 어떤 사람도, 어떤 나라도, 그렇게 거짓을 독점할 수는 없어요." 나는 이 비판을 받아들인다. 나도 안다, 나도 안다. 그리고 세월이 흐른 후 '미망인'도 알았다. 그리고 자밀라도: 일찍이 (시간이, 습관이, 외할머니의 판결이, 상상력의 결핍이, 혹은 아버지의 묵인이) 진실이라고—인정했던—무엇이 생각보다 믿음직스럽다는 사실을 알게 되었다.

# 살림이 순수해진 사연

이제부터 해야 할 이야기는: 똑딱똑딱 소리가 다시 시작되었다. 그러나 이번에는 탄생이 아니라 종말을 향해 치닫는 카운트다운이다. 그리고 피로에 대해서도 언급해야겠는데, 만사가 너무 피곤해서 마침내 종말이 닥칠 무렵에는 그것만이 유일한 해결책이 될 것이다. 국가도 그렇고 소설 속의 등장인물도 그렇듯이 인간도 언젠가는 힘이 다빠져 결국 죽을 수밖에 없는 경우가 더러 있기 때문이다.

어떻게 달에서 덩어리 하나가 떨어져나와 살림이 순수성을 얻게 되었는지…… 지금 시계가 똑딱거린다. 모든 카운트다운에는 반드시 '제로'가 필요한 법이니 1965년 9월 22일에 마침내 종말이 왔다는 사실, 그리고 제로에 도달한 정확한 순간은 필연적으로 시계가 자정을 알리는 순간이었다는 사실을 밝혀두겠다. 다만 알리아 이모 댁에 있던 낡은 괘종시계는 시간은 정확했지만 언제나 2분씩 종을 늦게 쳤으므로 결국 종을 칠 기회를 영영 잃고 말았다.

우리 외할머니 나심 아지즈는 1964년 중반에 인도를 떠나 파키스탄으로 건너왔다. 당시 인도에서는 네루의 죽음을 계기로 치열한 권력투쟁이 벌어졌다. 재무장관 모라르지 데사이와 불가촉천민의 최고 권력자 자그지반 람*이 네루 왕조의 집권을 막겠다는 일념으로 힘을 합쳤다. 결국 인디라 간디는 권력을 잡지 못했다. 신임 총리는 랄 바하두르 샤스트리**였는데 그 역시 불멸성에 푹 절여져 영원히 죽지 않을 것처럼 보이는 구세대 정치가들 중 하나였다. 하지만 샤스트리의 경우 그런 인상은 마야(maya), 즉 환상에 지나지 않았다. 네루와 샤스트리는 둘 다 자신의 필멸성을 확실히 증명했지만 아직도 그들 세대의 많은 늙은이들이 살아남아서 미라 같은 손가락으로 시간을 움켜쥐고 시대의 흐름을 가로막았는데…… 그러나 파키스탄에서는 시계가 똑딱똑딱 움직였다.

원장수녀님은 내 누이의 직업을 노골적으로 반대했다. 영화계와 비슷한 면이 너무 많았기 때문이다. 외할머니는 한숨을 푹 쉬면서 피아 외숙모에게 말했다. "우리 집안은 다들, 거멋이냐, 기름값보다도 제멋대로 날뛰는구나." 하지만 어쩌면 외할머니도 속으로는 감탄했는지 모른다. 그녀는 권력과 지위를 중요시했는데 이제 자밀라의 위상이 드높아지면서 국내 최고의 권력과 지위를 누리는 가문에서도 열렬한

---

* 인도 정치가, 인권운동가로 달리트(불가촉천민) 계급의 지도자.
** 간디와 함께 국민회의당 조직을 운영했으며 인도 독립 후 내무장관 등을 역임했다.

환영을 받고 있으니…… 외할머니는 라왈핀디에 정착했지만 줄피카르 장군의 집으로 들어가지 않고 특이한 독립심을 보여주었다. 그녀와 피아 외숙모는 시내에서도 오래된 지역에 있는 아담한 방갈로로 이사했다. 그리고 두 사람이 저축해둔 돈을 모아서 오랫동안 꿈꾸던 주유소 영업권을 매입했다.

나심 아지즈는 아담 아지즈에 대해 한마디도 하지 않았고 그의 죽음을 슬퍼하지도 않았다. 오히려 젊은 시절부터 파키스탄 독립운동을 경멸했고 친구 미안 압둘라의 죽음으로 무슬림연맹을 원망했을 것이 분명한 까다로운 남편이 세상을 떠난 덕분에 혼자서라도 순수의 땅으로 건너올 수 있게 되어 다행이라 여긴다고 생각될 정도였다. 원장수녀님은 단호하게 과거를 등지고 휘발유와 석유에만 정성을 기울였다. 주유소는 라왈핀디와 라호르를 잇는 넓은 간선도로 부근의 명당자리를 잡아 장사가 잘됐다. 피아와 나심은 하루씩 교대로 출근해 유리로 만든 사장실에 앉아 있었고 승용차와 군용트럭에 기름을 넣어주는 일은 직원들에게 맡겼다. 그들은 환상적인 단짝이 되었다. 피아는 좀처럼 시들지 않는 아름다움으로 등대처럼 손님들을 끌어들였고, 남편과 사별한 후 자신보다 남의 삶에 더 많은 관심을 갖게 된 원장수녀님은 주유소를 찾아온 손님들을 유리방 안으로 불러들여 분홍빛 카슈미르 홍차를 대접했다. 손님들은 다소 당혹스러워하며 초대에 응했지만 이 노부인에게는 회고담을 끝없이 늘어놓으며 자기들을 따분하게 만들 의도가 없음을 알게 되자 비로소 긴장을 풀고 목깃을 느슨하게 풀어놓은 채 흉금을 토로했다. 그리하여 원장수녀님은 남의 인생 이야기를 들으면서 즐거운 망각을 만끽할 수 있었다. 주유소는 곧 그 지역의 명소가 되었고 일부러 찾아오는 운전자들도 하나둘씩 늘어갔다. 이틀 동안 연달아 들르는 사람도 많았는데, 한 번은 아름다운 외숙모를 보면서 눈을 호강시키기 위해서였고 또 한 번은 한없는 인내심을 가진 할머니에게 고민을 털어놓기 위해서였다. 할머니는 해면이 물을 흡수하듯이 이야기를 빨아들였고 언제나 손님의 이야기가 다 끝날 때까지 기다렸다가 간단하면서도 유익한 조언 몇 방울을 내놓았다. 주유소 직원들이 손님의 차에 휘발유를 채우고 세차를 하는 동안 할머니는 손님의 삶을 재충전하고 깨끗이 닦아주었다. 그녀는 유리 고해실에 앉아서 세상의 온갖 문제를 해결했다. 그러나 정작 자신의 가족은 그리 중요시하지 않는 듯했다.

무성한 콧수염, 여장부 같은 분위기, 당당한 태도: 나심 아지즈는 그렇게 비극에 대처하는 자기만의 방법을 찾아냈다. 그러나 그 과정에서 죽음 말고는 해결책이 없는 초연한 피로의 첫번째 희생자가 되고 말았다. (똑딱똑딱.) ……다만 겉으로는 남편의 뒤를 따라 의로운 사람들을 위한 낙원으로 건너갈 생각 따위는 조금도 없는 듯했다. 그녀는 오히려 자기가 버리고 떠난 인도의 늙어빠진 지도자들과 많은 공통점을 지닌 것처럼 보였다. 그녀는 무서운 속도로 몸집을 불려갔다. 마침내 인부들을 불러 유리방을 넓혀야 했다. 외할머니는 인부들에게 지시를 내리면서 보기 드물게 유머 감각을 드러냈다. "아주 아주 크게 만들어요. 내가 백 년 뒤까지 살아 있을지도 모르니까, 거 뭣이냐, 그리고 내가 얼마나 더 뚱뚱해질지 아무도 모르는 일이니까. 십 년이나 십이 년마다 한 번씩 이렇게 자네들을 고생시키기는 싫거든."

그러나 피아 아지즈는 '주유소인지 주유말인지'에 만족하지 못했다. 대령 크리켓선수 폴로선수 외교관 등과 불륜을 저지르기 시작했는데, 가족의 일에는 흥미를 잃고 남들에게만 관심을 갖는 원장수녀님에게 그 사실을 감추는 것은 쉬운 일이었다. 그러나 역시 세상은 생각보다 좁았고 외할머니 말고는 모두가 입방아를 찧었다. 마침내 에메랄드 이모가 피아를 꾸짖었다. 피아는 이렇게 대꾸했다: "아가씨는 내가 언제까지나 머리카락을 쥐어뜯으며 울부짖었으면 좋겠어? 난 아직 젊잖아. 젊은 사람이 가끔 돌아다니기도 해야지." 에메랄드는 입을 앙다물었다가: "그래도 웬만하면 좀 점잖게…… 집안 체면도 있고……" 그러자 피아가 고개를 홱 젖혔다. "아가씨나 점잖게 놀아. 나는 살맛 나게 살아볼 테니까."

그러나 나는 피아의 자기주장에서 약간의 공허감을 감지했다. 그녀도 세월이 흐를수록 자신의 매력이 차츰 줄어드는 것을 느꼈을 테고, 마구잡이식 연애질은 '생긴 대로' 놀아보려는—즉 그녀 같은 여자들이 흔히 하는 대로 행동해보려는—최후의 필사적 시도였는지도 모른다. 그러나 진심은 아니었다. 그녀 역시 마음 한구석에서는 죽음을 기다리고 있었는지도 모르는데…… 아흐메드 시나이가 독수리가 떨어뜨린 손에 따귀를 얻어맞은 다음부터 우리 집안은 하늘에서 떨어지는 것들에 피해를 보기 일쑤였다. 마른하늘에서 날벼락이 떨어질 때까지 겨우 일 년 남았다.

외할아버지가 돌아가셨다는 소식이 전해지고 원장수녀님이 파키스탄에 도착한 후 나는 카슈미르에 대한 꿈을 연거푸 꾸기 시작했다. 한번도 가본 적이 없는 샬리마르 바그를 꿈속에서 거닐었고, 외할아버지가 그랬듯이 시카라도 타보고 샹카라 아차리아 언덕에도 올라갔고, 연근도 보고 성난 이빨처럼 생긴 산맥도 보았다. 이런 꿈도 어쩌면 그 당시 우리 모두를(하느님과 국가 덕분에 변함없이 활동하던 자밀라는 예외였지만) 괴롭히던 현상, 즉 매사에 초연해지는 현상의 일면이 었는지도—그리고 우리 가족이 인도와 파키스탄 양국을 모두 포기했다는 증거인지도—모르겠다. 라왈핀디에서는 외할머니가 분홍빛 카슈미르 홍차를 마셨고 카라치에서는 그녀의 외손자가 구경조차 못 해본 호숫가에서 목욕을 했다. 카슈미르의 꿈은 머지않아 흘러넘쳐 파키스탄 국민 모두의 마음속으로 스며들었다. 역사와 나를 연결한 사슬이 여전히 나를 놓아주지 않았으므로 1965년 한 해 동안 내 꿈은 차츰 나라 전체의 공유재산이 되어갔고, 그리하여 장차 하늘에서 온갖 잡동사니가 쏟아지고 마침내 내가 순수해질 때 가장 중요한 요인으로 작용하게 되었다.

살림은 더 이상 타락할 수 없을 만큼 타락하고 말았다. 나는 내 몸에서 똥구덩이 같은 죄악의 악취를 맡을 수 있었다. 순수의 땅으로 건너온 내가 창녀들만 찾아다녔다. 새롭고 건전한 인생을 설계해야 할 시기에 아무에게도 말할 수 없는 (그리고 응답을 기대할 수 없는) 사랑에 빠져버렸다. 훗날 결국 나를 압도하고 마는 거대한 체념의 씨앗을 가슴에 품은 채 람브레타를 타고 도시의 거리를 돌아다녔다. 자밀라와 나는 피할 수만 있다면 서로를 피하려 했다. 난생처음으로 서로에게 말 한마디조차 꺼낼 수 없었기 때문이다.

순수성은—이상 중에서도 가장 고귀한 이상!—파키스탄이라는 이름이 유래했던, 그리고 누이의 노래 속에서 음정 하나하나가 절규하던 천사의 미덕!—까마득히 멀어 보이기만 했다. 그 순간에도 역사가—죄인을 사면하는 힘을 가진 역사가—나를 머리끝에서 발끝까지 단숨에 정화시킬 순간을 향해 서서히 다가가고 있었음을 그때 내 어찌 알았으랴?

한편 그 무렵에는 다른 세력들도 서서히 소진되고 있었다. 알리아 아지즈가 노처녀의 무시무시한 보복을 시작했기 때문이다.

구루 만디르에 살던 시절: 판 냄새, 요리 냄새, 그리고 하늘을 가리키는 이슬람 성원의 긴 손가락, 그 첨탑이 던지는 그림자의 울적한 냄새. 한편, 자기를 버린 남자, 그 남자와 결혼한 동생, 그 둘을 향한 알리아 이모의 증오심은 점점 뚜렷하고 명백해져 마치 거대한 도마뱀처럼 그녀의 거실 양탄자에 도사리고 앉아 토사물 같은 악취를 풍겼다. 그러나 그 냄새를 알아차린 사람은 나뿐인 듯싶었다. 왜냐하면 이모의 턱에 돋아나는 터럭처럼, 그리고 밤마다 그곳에 반창고를 붙여 수염을 뿌리째 뽑아내는 노련한 솜씨처럼, 그녀의 위장술도 나날이 빠르게 발전했기 때문이다.

알리아 이모가—학교와 대학을 통해—민족의 운명에 기여했다는 사실을 경시해서는 안 된다. 자신이 가르치는 두 교육기관의 학습과정 속에, 벽돌 속에, 그리고 학생들의 마음속에 노처녀의 욕구불만을 침투시킴으로써 그녀는 이유도 모른 채 오랜 복수심에 사로잡힌 수많은 아이들과 청년들을 길러냈다. 아으, 도처에 존재하는 노처녀 이모의 삭막함이여! 그것은 그녀의 집에 칠한 페인트마저 부식시켰다. 가구들도 그 속에 잔뜩 쑤셔 넣은 울분 때문에 울퉁불퉁했다. 먼 옛날 유아복을 그렇게 만들었듯이 커튼에도 솔기마다 노처녀의 억눌린 감정들을 함께 꿰맸다. 심지어 땅이 갈라진 틈새에서도 원한이 뭉클뭉클 솟아났다.

알리아 이모가 즐겼던 일은: 요리. 광기에 사로잡힌 쓸쓸한 세월 동안 그녀는 요리를 예술의 경지로 끌어올려 마침내 음식에 감정을 담을 수 있게 되었다. 이 분야에서 그녀의 성취를 능가한 사람은: 나의 늙은 보모 메리 페레이라. 그리고 오늘날 늙은 두 요리사를 뛰어넘은 사람은: 브라간사 피클공장의 피클부장 살림 시나이. ……그러나 적어도 우리가 구루 만디르 저택에 사는 동안은 알리아 이모가 우리에게 불화의 비리아니와 갈등의 나르기시 코프타를 먹였고, 그 결과 황혼기에 찾아온 부모님의 사랑도 조금씩 삐걱거리기 시작했다.

그러나 이모의 좋은 점도 말해둘 필요가 있다. 정치적인 문제에서 그녀는 군사정권의 독재를 거리낌 없이 비판했다. 제부가 장군이 아니었다면 학교와 대학을 빼앗기고 말았을 것이다. 나의 개인적인 실망 때문에 시종일관 색안경을 끼고 그녀를 바라볼 필요는 없다. 이모는 소련과 미국에서 순회강연을 하기도 했다. 그리고 그녀가 만든 음식은 (그 속에 감춰진 특별한 성분에도 불구하고) 정말 맛있었다.

그러나 성원의 그림자가 드리워진 그 집의 공기와 음식이 마침내 희생자를 만들어내기 시작했는데…… 살림은 고통스러운 사랑과 알리아의 음식 때문에 이중으로 혼란을 겪다가 결국 누이를 떠올릴 때마다 홍당무처럼 얼굴을 붉혔고, 자밀라는 우울한 감정을 가미하지 않은 음식과 신선한 공기를 무의식적으로 갈망하게 되어 전국 방방곡곡을(동파키스탄은 한 번도 안 갔지만) 누비며 콘서트를 여느라 그 집에서 보내는 시간이 점점 줄어들었다. 그래서 오누이가 만나는 날도 점점 드물어졌지만 어쩌다가 한방에서 마주치기라도 하면 둘 다 깜짝 놀라 바닥에서 1센티미터쯤 뛰어올랐다가 내려와서는 마치 그 곳이 갑자기 빵 굽는 화덕처럼 뜨거웠다는 듯이 방금 도약했던 지점을 매섭게 노려보곤 했다. 또 어떤 날은 어떤 행동에 몰두하기도 했는데, 이 집에 사는 사람들이 모두 각자의 일에 골몰해 여념이 없는 상태가 아니었다면 누구라도 그런 행동의 의미를 단번에 알아차렸을 것이다. 예컨대 자밀라는 오빠가 외출했다는 사실이 확인되기 전에는 너무 더워서 현기증이 나더라도 집 안에서조차 여행용 금색-흰색 베일을 절대로 벗지 않았다. 그리고 살림은—노예처럼 충실하게 산타이그나치아 수녀원에 가서 효모를 넣은 빵을 받아오면서도—자밀라에게 빵을 직접 건네주는 일만은 한사코 피하려 했다. 이따금 그 빵을 대신 전해달라고 독기를 품은 이모에게 부탁하기도 했다. 알리아는 재미있다는 듯이 쳐다보면서 이렇게 물었다. '넌 또 왜 그러니? 전염병에 걸린 것도 아니잖아?' 살림은 맹렬하게 얼굴을 붉혔고 혹시 자기가 돈으로 여자를 산다는 사실을 이모가 알아차린 것이 아닐까 걱정했다. 어쩌면 정말 알았는지도 모르지만 그녀가 노리는 먹잇감은 따로 있었다.

    ……그리고 그는 깊은 생각에 빠져 오랫동안 조용히 있다가 별안간 뜻 모를 말을 버럭 내뱉는 버릇이 생겼다. "안 돼!" 혹은 "그래도!" 혹은 더욱더 알쏭달쏭한 외침, 이를테면 "타앙!" 혹은 "콰앙!" 우울한 침묵과 무의미한 말: 살림은 마음속으로 격렬한 논쟁을 벌이는 듯했

다. 그러다가 이따금 논쟁의 파편이나 고통이 그의 입술 사이를 비집고 불쑥불쑥 튀어나오는 모양이었다. 이러한 내면의 갈등은 우리가 먹어야 했던 불안의 카레 때문에 더욱더 악화된 것이 분명하다. 그래서 아미나는 눈에 보이지 않는 빨래통과 대화를 나누는 처지로 전락했고, 아흐메드는 뇌졸중의 여파로 침을 질질 흘리며 낄낄거리는 일 말고는 거의 아무것도 하지 못했고, 나는 나대로 고뇌에 빠져 말없이 인상만 북북 긁고 있으니, 이모는 시나이 일가에 대한 복수가 그토록 효과적이라는 사실에 큰 기쁨을 만끽했어야 마땅했다. 그러나 어쩌면 오랜 숙원이 이뤄지면서 그녀 자신도 맥이 탁 풀렸는지도 모른다. 만약 그렇다면 그녀도 이제는 할 일이 없어진 셈이다. 이모가 턱에 제모용 반창고를 붙이고 정신병원 같은 집 안을 이리저리 배회할 때 그녀의 발소리는 어쩐지 기운이 하나도 없는 듯했다. 한편 그녀의 조카딸은 갑자기 뜨거워진 방바닥 때문에 자꾸 펄쩍펄쩍 뛰었고, 그녀의 조카는 느닷없이 "그래!" 하고 소리쳤고, 한때 그녀에게 구애하던 남자는 턱으로 침을 질질 흘렸고, 아미나는 과거로부터 부활한 유령에게 인사를 건넸다. "그래, 네가 또 왔구나. 하긴, 왜 아니겠니? 영영 사라져버리는 건 아무것도 없는 모양이지."

　**똑딱똑딱**…… 1965년 1월, 우리 어머니 아미나 시나이는 17년 만에 다시 임신했다는 사실을 알게 되었다. 틀림없다는 확신이 들었을 때 그녀는 이 기쁜 소식을 큰언니 알리아에게 알렸고, 그리하여 이모에게 복수를 완성시킬 기회를 제공했다. 알리아가 우리 어머니에게 무슨 말을 했는지는 나도 모른다. 그녀가 요리 속에 무엇을 섞었는지도 추측에 맡길 뿐이다. 그러나 그것이 아미나에게 초래한 결과는 어마어마했다. 어머니는 머리 대신 꽃양배추가 달린 괴물 아이가 등장하는 꿈에 시달렸다. 람람 세트의 유령이 자꾸 나타났고 머리가 두 개 달린 아이에 대한 옛 예언이 또다시 그녀를 공포의 도가니로 몰아넣었다. 그때 어머니는 마흔두 살이었다. 그 나이에 아이를 낳는 일에 대한 두려움이(자연스러운 두려움과 알리아가 유발한 두려움이) 남편을 간호하여 뒤늦게나마 사랑에 빠지게 만든 이후로 줄곧 그녀를 감싸고 있던 찬란한 광채를 약화시켰다. 이모의 복수심이 만들어낸 코르마—양념으로 카르다몸*뿐만 아니라 불길한 예감도 함께 넣은 코르마—의 영향으로 어머니는 자신의 아이를 무서워하게 되었다. 몇 달 사이 42년 세월은 그녀에게 크나큰 피해를 입혔다. 42년의 무게는 점점 불어났고 어머니는 자신의 나이 밑에 깔려 허덕거렸다. 둘째 달에는 머리카락이 하얗게 변했다. 셋째 달에는 얼굴이 썩은 망고처럼 쪼그라들었다. 넷째 달에는 벌써 주름살투성이 노인이 되었고 티눈이 다시 기승을 부려 걸음걸이도 굼떴다. 게다가 얼굴 전체에 털이 돋아나는 현상도 피할 수 없었다. 그리고 이렇게 늙어 보이는 여자가 아기를 낳는 것은 부끄러운 일이라 생각했는지 그녀는 다시 수치심의 안개에 휩싸이는 듯했다. 이 혼란스러운 시기에 잉태된 아기가 배 속에서 점점 자라날수록 아기의 젊음과 어머니의 늙음 사이의 대조도 점점 더 뚜렷해졌다. 어머니가 낡은 등나무 의자에 무너지듯 주저앉아 과거의 유령들을 만나기 시작한 것도 이때부터였다. 어머니의 몰락은 섬뜩할 정도로 갑작스러웠다. 그 모습을 무력하게 지켜

---

* 생강과 식물의 씨앗을 말린 향신료.

봐야 했던 아흐메드 시나이도 별안간 용기를 잃고 기가 꺾여 망연자실했다.

지금 이 순간에도 나는 모든 가능성이 끝나버렸던 그 시절에 대해 기록하기가 쉽지 않음을 절감한다. 당시 아버지는 수건공장이 망해간다는 사실을 깨달았다. 그 무렵 아버지는 알리아가 만든 마법 요리의 (음식을 먹을 때는 위장을 통해서, 아내를 바라볼 때는 눈을 통해서 작용하는) 악영향을 현저하게 드러냈다: 공장 경영을 소홀히 하고 일꾼들에게 화를 내기 시작했다.

아미나표 수건공장의 도산 과정을 요약하자면: 아흐메드 시나이는 한때 봄베이에서 하인들을 학대했듯이 노동자들을 고압적으로 대하기 시작했고, 노련한 직조공과 신출내기 포장 일꾼을 가리지 않고 아무에게나 주종관계라는 영원한 진리를 역설했다. 그 결과로 일꾼들이 무더기로 빠져나갔는데, 퇴직 사유의 일례를 들자면 다음과 같다. "소인은 변소 청소부가 아닙니다요, 나리. 일급 자격증을 가진 직조공입죠." 그리고 대체로 그들은 자기들을 고용해준 아버지의 은혜에 적절한 감사 표시를 하지 않았다. 이모가 점심 도시락을 싸주며 꾹꾹 눌러 담은 분노 때문에 이성을 잃어버린 아버지는 서슴없이 그들을 모두 내보내고 남들이 싫어하는 게으름뱅이들을 고용했다. 그들은 걸핏하면 실타래나 기계부품 따위를 훔쳐갔지만 필요할 때는 언제든지 굽실거리며 비위를 맞출 자세가 되어 있었다. 그래서 수건의 불량률이 무섭게 치솟았고, 그래서 납품 기일을 지킬 수 없었고, 그래서 추가 주문량이 무섭게 곤두박질쳤다. 아흐메드 시나이는 산더미 같은—히말라야 산맥 같은!—반품된 수건을 집으로 가져오기 시작했다. 그의 부실 경영이 양산한 기준 이하의 제품들로 벌써 공장 창고가 꽉 차버렸기 때문이다. 아버지는 다시 술을 마시기 시작했고, 그해 여름 무렵 구루 만디르에 위치한 그 집은 아버지가 마귀들과 싸우면서 온갖 욕설을 내뱉는 바람에 하루도 조용할 날이 없었고, 우리는 복도와 현관 곳곳에 불쑥불쑥 솟아오른 불량품 수건의 에베레스트 산과 낭가파르바트 산 사이를 요리조리 비집고 다니느라 게걸음을 쳐야 했다.

우리는 뚱보 이모가 오랫동안 잘 달여놓은 분노 속에 제 발로 걸어 들어간 꼴이었다. 오랫동안 집을 비운 덕분에 피해가 제일 적었던 자밀라만 빼고 나머지 식구들은 모두 도마 위에 오른 생선이나 다름없었다. 고통스럽고 당혹스러운 시절이었다. 부모님의 사랑은 새로 태어날 아기와 이모의 해묵은 불만이라는 이중고에 시달리며 서서히 허물어졌고, 그 과정에서 생겨난 근심과 상처는 그 집 창문을 넘어 온 국민의 마음과 정신을 점령해버렸고, 그래서 마침내 전쟁이 시작되었을 때 그 전쟁을 둘러싸버린 비현실성의 안개는 일찍이 우리 가족을 둘러싸고 있던 안개와 똑같았다.

아버지는 뇌졸중 발작의 순간을 향해 꾸준히 나아갔다. 그러나 아버지의 머릿속에서 폭탄이 터지기 전에 다른 도화선에 먼저 불이 붙었다. 1965년 4월, 우리는 쿠치 습지에서 일어난 신기한 사건에 대한 이야기를 들었다.

이모가 짜놓은 복수의 거미줄에 걸린 우리가 파리처럼 몸부림치는 동안에도 역사의 수레바퀴는 멈추지 않고 굴러갔다. 아유브 대통령의 평판이 내리막길을 걸었다: 1964년 부정선거에 대한 소문이 꼬리를 물었다. 대통령의 아들 문제도 있었다. 수수께끼 같은 '간다라 산업'은 하루아침에 고하르 아유브를 '억만장자' 반열에 올려놓았다. 아으, 호부견자(虎父犬子)들의 중단 없는 전진이여! 고하르는 남을 윽박지르거나 폭언을 해서 말썽이었고, 나중에 인도에서는 산자이 간디와 마루티 자동차회사와 청년회의가 문제였고*, 가장 최근에는 칸티 랄 데사이**가…… 아무튼 위대한 인물의 아들이 줄줄이 아비의 명예를 실추시켰다. 나에게도 아들이 있으나 아담 시나이는 선례를 깨뜨리고 추세를 뒤집으리라. 아들이 아비보다 못날 수도 있지만 잘날 수도 있으니까…… 그러나 1965년 4월은 아들들의 비행으로 세상이 온통 떠들썩했다. 4월 1일 대통령 관저의 벽을 타고 올라간 자는 누구의 아들이었을까? 도대체 어떤 아비가 대통령에게 달려들어 복부에 총을 쏘아대는 더러운 아들을 낳았을까? 어떤 아비들은 역사에 이름을 남기지 않는 편이 오히려 행운이다. 어쨌든 암살은 실패했다. 기적처럼 권총이 고장 났기 때문이다. 누군가의 아들은 경찰에 끌려가서 하나하나 이가 뽑히고 손톱에 불을 붙이는 고문을 당했다. 틀림없이 담뱃불로 귀두를 지지기도 했을 것이다. 그러므로 설령 그 이름 모를 암살 미수범이 사실은 사방에서 누군가의 아들이 (빈부귀천을 막론하고) 걸핏하면 파격적인 악행을 저지르던 역사의 물결에 잠시 휩쓸렸을 뿐이라고 해도 본인에게는 별 위로가 안 될 것이다. (아니, 나 자신도 예

---

* 1971년 총리 재직 당시 인디라 간디는 인도의 자동차 보급률을 높이기 위해 마루티 자동차 회사를 설립한다. 당시 국민회의당의 청년회의 의장이던 산자이 간디가 경영을 맡았으나 자동차 생산은 이루어지지 않고 정치자금이 운용되었다는 비난이 일었다.
** 모라르지 데사이의 아들로, 1970년대 말 모라르지가 총리로 재직할 당시 자금 횡령으로 물의를 빚었다.

외는 아니라고 생각한다.)

기사 내용과 현실 사이의 간극에 대하여: 신문이 외국 경제학자들의 말을 인용하는 동안―파키스탄은 신생국가의 본보기―농부들은 (보도되지는 않았지만) 최근에 새로 판 우물의 대부분이 백해무익하며 애당초 위치 선정부터 잘못되었다고 주장하면서 이른바 '녹색혁명'을 일제히 매도했다. 신문 사설은 이 나라의 지도자들이 청렴결백하다고 찬양했지만 대통령이 새로 구입한 미제 자동차와 스위스 은행계좌에 대한 소문이 거리에 파다했다. 카라치에서 발행되는 〈여명〉은 또 다른 여명을 이야기했지만―인도와 파키스탄의 우호관계가 시작되려는가?―쿠치 습지에서는 또 한 명의 못난 아들이 전혀 다른 이야기를 발견하는 중이었다.

도시에는 신기루와 거짓말이 가득했고 북녘의 고산지대에서는 중국인들이 도로를 건설하고 핵폭발을 준비하고 있었다. 그러나 이제 일반적인 이야기에서 개별적인 이야기로 돌아갈 시간이다. 아니, 더 구체적으로 말하자면, 장군의 아들이며 내 이종사촌인 오줌싸개 자파르 줄피카르에 대해 이야기할 시간이다. 4월부터 7월까지 사이에 그는 이 나라의 수많은 실망스러운 아들들을 대표할 만한 존재였다. 자파르를 통해 역사는 고하르에게도, 미래의 산자이에게도, 그다음의 칸티 랄에게도, 그리고 당연히 나에게도 손가락질을 하고 있었다.

아무튼―이종사촌 자파르. 당시 자파르와 나는 공통점이 꽤 많았는데…… 나는 금단의 사랑에 빠져 여념이 없었고, 그는 내 문제만큼 막막하지는 않지만 역시 용납될 수 없는 결점 때문에 아무리 노력해도 바지가 마를 날이 없었고, 나는 전설적인 연인들을 꿈꾸었는데 그중에는 행복한 경우도 있었지만 불행한 경우도 있었고, 샤자한과 뭄타즈 마할도 있었지만 몬터규와 캐풀렛*도 있었고, 자파르는 키프에 있는 약혼녀를 꿈꾸었는데 그녀는 벌써 열여섯번째 생일이 지났는데도 사춘기가 오지 않아서 영원히 손에 넣을 수 없는 환상이 아닐까 싶을 정도였고…… 1965년 4월, 자파르는 기동훈련차 쿠치 습지의 파키스탄 점령지역으로 파견되었다.

방광이 약한 사람들에게 소변을 참을 수 있는 사람들이 보여주는 잔인성에 대하여: 자파르는 이미 중위였지만 아보타바드 기지의 웃음거리였다. 그가 파키스탄 육군 군복의 명예를 더럽히는 일이 없도록 항시 풍선처럼 생긴 고무 속옷으로 생식기를 감싸고 다니라는 명령을 받았다는 이야기도 있었다. 그래서 자파르가 지나갈 때면 사병들까지 두 뺨을 부풀리며 풍선을 부는 시늉을 했다. (그가 살인혐의로 체포된 후 눈물을 평평 쏟으며 진술한 내용을 통해 이 모든 일이 공개되었다.) 어쩌면 자파르를 쿠치 습지로 보낸 것은 어느 현명한 상관이 생각해낸 묘안이었는지도 모른다. 그 사람은 그저 아보타바드식 유머 감각으로부터 자파르를 보호해주고 싶었을 테고…… 요실금 증상은 자파르 줄피카르를 몰아붙여 결국 나 못지않게 가증스러운 죄악을 저지르게 만들었다. 나는 내 누이를 사랑했지만 그는…… 아니, 처음부터 차근차근 설명해야겠다.

분리독립 이후부터 쿠치 습지는 줄곧 '분쟁지역'이었다. 하지만 실제로는 쌍방 모두 그 분쟁에 별 관심이 없었다. 파키스탄 정부는 임시

---

* 『로미오와 줄리엣』의 두 주인공.

국경인 23도선을 따라 구릉지에 일련의 국경초소를 설치한 후 각각 군인 여섯 명으로 구성된 별동대를 배치하고 표지등 한 개씩을 지급했다. 1965년 4월 9일, 인도군이 몇 개 초소를 점령했다. 이종사촌 자파르를 포함하여 기동훈련을 위해 그 지역에 가 있던 파키스탄 병력이 국경을 수호하기 위한 82일간의 전투에 동원되었다. 습지에서 벌어진 싸움은 7월 1일까지 계속되었다. 여기까지는 확실한 사실이다. 그러나 나머지는 당시의 상황을 지배했던 비현실성과 상상력의 안개에 겹겹이 싸여 모두 흐릿하고 불분명했는데, 특히 끊임없이 변화하는 쿠치 습지에서 일어난 사건들은 더욱더 그랬고…… 그러므로 이제부터 내가 하려는 이야기의 대부분이 이종사촌 자파르가 진술한 내용이지만 다른 어떤 정보 못지않게 진실일 가능성이 높다. 물론 공식적으로 발표된 내용은 일고의 가치도 없으니 비교해볼 필요도 없겠다.

……젊은 파키스탄 병사들이 쿠치 습지의 늪지대로 들어설 때 그들의 이마에는 끈끈한 식은땀이 맺혔다. 그곳은 바다 밑처럼 어두컴컴하고 푸르스름해서 다들 겁먹은 상태였다. 병사들은 물과 뭍이 공존하는 이 양면적인 지역에서 일어난 온갖 끔찍한 일에 대한 이야기를 주고받으며 점점 더 두려움에 사로잡혔다. 이를테면 눈동자가 이글이글 빛나는 무시무시한 바다 괴물이나 물고기 여인에 대한 이야기가 있었다. 그중 물고기 여인은 물고기처럼 생긴 머리는 물속에 담근 채 숨을 쉬고 벌거벗은 여자의 몸과 똑같이 생긴 하체는 물 밖에 내놓은 채 해변에 누워 있다가 경솔한 남자들을 유혹하여 죽음을 부르는 성교를 맺는다. 널리 알려졌듯이 이 괴물과 정사를 나눈 사람은 아무

도 살아남지 못했다는데…… 아무튼 그래서 병사들이 국경초소에 도착해 전투를 시작할 즈음에는 그저 겁먹은 열일곱 살 소년들을 모아놓은 오합지졸에 지나지 않았고, 만약 그들의 적인 인도군이 쿠치 습지의 녹색 공기를 더 오래 마시지 않았다면 파키스탄군은 그 자리에서 전멸하고 말았을 것이다. 그리하여 이 마법의 세계에서 터무니없는 전쟁을 벌이는 동안 쌍방이 모두 적군 진영에 합세한 악마들의 모습을 분명히 보았다고 생각했다. 그러나 마침내 인도군이 항복을 선언했다. 포로들 중에서 많은 병사들이 눈물을 흘리며 울부짖었다. 드디어 끝났구나! 그들은 밤마다 거대하고 뚱뚱한 괴물들이 국경초소 주위를 기어 다녔으며 익사한 군인들이 귀신이 되어 해초 목걸이를 걸고 배꼽에는 조가비를 붙인 모습으로 허공을 떠다녔다고 말했다.

내 이종사촌을 심문하는 자리에서 투항한 인도 병사들은 이렇게 증언했다: "어쨌든 국경초소에는 원래 아무도 없었습니다. 우리는 빈 초소를 보고 들어갔을 뿐이에요."

그러나 새 국경수비대가 파견될 때까지 그곳을 지켜야 했던 젊은 파키스탄 병사들은 국경초소가 텅 비어 있었다는 이 수수께끼도 그리 놀라운 일은 아니라고 생각했다. 내 이종사촌 자파르 중위는 겨우 다섯 명의 사병과 함께 초소 하나를 지키며 일주일을 보내면서도 걸핏하면 방광과 직장을 비우느라 정신없이 바빴다. 밤마다 어둠 속에서 마녀들이 울부짖는 소리와 정체를 알 수 없는 괴물이 주르륵주르륵 기어 다니는 소리가 들려왔다. 여섯 명의 젊은이가 하나같이 참담한 상태였으므로 어느 누구도 자파르를 비웃지 못했다. 다들 번갈아가며 바지를 적시느라 여념이 없었기 때문이다. 그렇게 소름 끼치는 공포의 밤을 보내다가 마지막 하루가 남았을 때 한 병사가 겁에 질린 목소리로 속삭였다: "애들아, 내 말 좀 들어봐. 만약 내가 생계를 위해 여기서 이 짓을 해야 했다면 나 같아도 도망쳤을 거야!"

쿠치 습지의 병사들은 손가락 하나 까딱하지 못할 정도로 겁에 질려 식은땀만 흘렸다. 그러다가 마지막 날 밤에 가장 무서운 일이 벌어졌다. 병사들은 어둠 속에서 나타난 유령군대가 점점 다가오는 것을 보았다. 그들이 지키는 국경초소는 해변에서 제일 가까운 곳이었는데, 푸르스름한 달빛 속에서 병사들은 몇몇 유령선의 돛을 볼 수 있었다. 삼각돛을 단 범선들이었다. 병사들이 비명을 질렀지만 유령군대는 거침없이 다가왔다. 맨살을 드러낸 가슴팍에는 이끼가 끼었고 그들이 들고 있는 이상한 들것 위에는 덮개를 씌워 무엇인지 알 수 없는 물건들이 잔뜩 쌓여 있었다. 유령군대가 입구에 들이닥친 순간 내 이종사촌 자파르는 그들의 발치에 엎드려 횡설수설하기 시작했다.

초소 안으로 들어온 첫번째 유령은 이빨이 몇 개나 빠졌고 허리띠에는 둥글게 휘어진 칼을 차고 있었다. 초소 안의 병사들을 발견한 유령의 눈동자가 무시무시한 분노를 드러내며 활활 타올랐다. 유령 두목이 말했다. "이런 염병할! 제 어미 붙어먹을 새끼들, 여기서 뭐 하는 거냐? 돈이라면 충분히 줬잖아?"

유령이 아니라 밀수꾼들이었다. 한결같이 겁에 질려 우스꽝스러운 자세로 움츠리고 있던 젊은 군인 여섯 명은 얼른 체면을 회복하려 했지만 이미 망신은 다 당했으니 수치심을 가눌 길이 없었는데…… 여기서 중요한 문제가 대두된다. 이 밀수꾼들은 누구 밑에서 일하는 자들이었을까? 밀수꾼 우두머리의 입에서 도대체 누구의 이름이 나왔기에 내 이종사촌이 그렇게 놀라서 눈을 휘둥그레 떴을까? 1947년 당시 부랴부랴 탈출하는 힌두교도 가족들의 불행을 악용하여 재산을 모으기 시작했고 지금은 봄철과 여름철마다 이런 밀수꾼 집단을 동원하여 아무도 지키지 않는 쿠치 습지를 거쳐 파키스탄의 여러 도시로 물건을 실어 나르면서 나날이 재산을 불려나간 사람이 과연 누구였을까? 얼굴은 어릿광대 같고 목소리는 면도날처럼 가느다란 어느 장군이 이 유령군대를 지휘했을까? ……어쨌든 나는 확실한 사실만 이야기하겠다. 1965년 7월에 이종사촌 자파르는 휴가를 얻어 라왈핀디에 있는 자기 아버지의 집으로 돌아왔다. 그리고 어느 날 아침, 그는 어린 시절 무수한 모욕과 폭행에 시달렸던 기억뿐만 아니라, 평생을 따라다닌 야뇨증의 치욕뿐만 아니라, 쿠치-습지에서-벌어진-일이 아버지의 소행이었다는 깨달음까지 모두 어깨 위에 짊어지고 천천히 아버지의 침실 쪽으로 걸어갔다. 이종사촌 자파르는 침대 옆의 욕조 속에 누워 있는 아버지를 발견하고 밀수꾼이 사용하는 길고 휘어진 칼로 단숨에 목을 그어버렸다.

신문기사—용감한 병사들이 인도군의 비열한 침략행위를 격퇴했다—의 이면에 감춰진 줄피카르 장군에 대한 진실은 점점 희미하고 불분명해지기만 했다. 국경수비대가 뇌물을 받고 사라져버린 일에 대해서도 신문은 인도군이 무고한 병사들을 학살했다고 보도했다. 게다가 누가 감히 우리 이모부의 방대한 밀수사업에 대한 이야기를 퍼뜨리겠는가? 장군이나 정치가치고 이모부가 불법으로 들여온 트랜지스터라디오, 에어컨, 외제 시계 따위를 하나라도 안 가진 사람이 어디 있으랴? 어쨌든 줄피카르 장군은 죽었고 자파르는 감옥에 들어갔다. 자파르와 결혼하기 싫어 고집스레 월경을 거부하던 키프 공주와의 결혼도 무산되었다. 그리고 쿠치 습지에서 일어난 사건들은 그해 8월에 일어난 더 큰 사건의 불씨가 되었고, 그 종말의 불길 속에서 살림은 뜻하지 않게 그토록 찾아 헤맸던 순수성을 드디어 손에 넣게 된다.

에메랄드 이모에 대하여: 그녀는 이민 허가를 받아냈다. 얼마 전부터 영국 서퍽 지방으로 떠날 준비를 하고 있었는데, 그곳에 가면 남편의 옛 상관이었던 도드슨 준장과 동거할 예정이었다. 이미 노망이 난 도드슨은 자기처럼 늙어빠진 인도 소식통들과 함께 델리의 총독 접견실이나 조지 5세가 인도문 앞에 도착하는 장면 따위를 찍은 낡은 영화를 보면서 시간을 보냈는데…… 에메랄드 이모가 그렇게 향수에 젖은 공허한 망각 속의 삶이 시작되기를 기다리고 있을 때 마침내 전쟁이 터지면서 우리 집안의 모든 문제를 한꺼번에 해결해주었다.

겨우 37일 동안 이어졌던 '가짜 평화'의 첫날, 아흐메드 시나이가 뇌졸중을 일으켰다. 좌반신 전체가 마비되었고 어린애처럼 침을 질질 흘리며 낄낄거리는 신세가 되었다. 아버지도 나처럼 뜻 모를 말을 불쑥불쑥 내뱉었는데, 장난꾸러기 아이들이 흔히 그렇듯이 배설에 관련된 단어가 유난히 많았다. 낄낄거리면서, "똥꼬똥꼬!" 또는 "꼬추꼬추!" 하고 소리치면서, 아버지는 변화무쌍한 경력의 막바지에 이르러 마지막으로 한 번 더 길을 잃었고 마귀들과의 싸움에도 패배하고 말았다. 그는 곤드레만드레 취해 자신의 인생이 남겨놓은 불량품 수건 사이에 앉아서 키득키득 웃었다. 그리고 역시 불량품 수건 사이에서 어머니는 만삭의 거대한 배에 짓눌린 채 심각한 표정으로 고개를 갸

우뚱거리면서 릴라 사바르마티의 자동피아노, 동생 하니프의 유령, 그리고 등불 주위를 날아다니는 나방들처럼 그녀의 손 주위를 맴돌며 파닥파닥 춤을 추는 한 쌍의 손 따위를 만났는데⋯⋯ 사바르마티 중령이 신기한 지휘봉을 들고 그녀를 찾아오기도 하고, 오리궁둥이 누시가 어머니의 시들어가는 귀에 대고 "말세라니까요, 아미나 자매! 세상의 종말이 왔어요!" 하고 속삭이기도 하고⋯⋯ 한편 파키스탄 시절을 방탕하게 보내던 나는 아무래도 우리가 고향 봄베이를 버리고 떠난 데 대한 형벌인 듯 하루하루가 (알리아 이모가 뿜어내는 원한의 안개 때문에 더더욱) 끔찍하고 고통스럽기만 한 현실 속에서 작은 의미라도 찾아보려고 안간힘을 썼다. 그러나 이제 종말에 대해 이야기할 때가 왔다.

우선 단도직입적으로 이 말부터 해야겠다: 1965년 인도-파키스탄 전쟁의 숨겨진 목적은 시대에 뒤떨어진 우리 집안을 지구 상에서 깨끗이 말살하는 일이었다는 것이 나의 확고부동한 신념이다. 우리 시대의 현대사를 제대로 이해하기 위해서는 반드시 모든 편견을 버리고 철저히 분석적인 시각으로 그 전쟁의 폭격 양상을 검토해볼 필요가 있다.

종말에도 시작이 있다. 그러므로 모든 일을 차례대로 이야기해야 한다(어차피 내가 순서를 뒤바꾸려고 할 때마다 옆에서 파드마가 윽박지른다). 1965년 8월 8일 당시 우리 집안은 폭격-양상에-따른-결과에 오히려 해방감과 안도감을 느낄 만한 상황이었다. 아니, 여기서 중요한 단어를 사용해야겠다. 우리가 정화되기 위해서는 아마도 이제부터 설명할 내용처럼 거대한 규모의 사건이 '필연적'이었을 것이다.

무시무시한 보복을 하고 충분히 만족한 알리아 아지즈, 과부가 되어 망명의 날을 기다리는 에메랄드 이모, 무의미한 성관계를 거듭하는 피아 외숙모, 유리방에 틀어박힌 외할머니 나심 아지즈, 사춘기를 무한정 연기하던 공주마저 잃어버리고 이제 감방 매트리스를 적시며 세월을 보내는 이종사촌 자파르, 어린 시절로 퇴행해버린 아버지, 임신한 몸으로 유령들에게 시달리며 급속히 늙어가는 아미나 시나이…… 이렇게 참담하기 그지없는 상황은 카슈미르를 찾아가는 내 꿈을 정부가 이어받으면서 곧 한꺼번에 해결될 터였다. 한편 누이가 나의 사랑을 받아주지 않고 냉정하게 거부하는 바람에 나는 자포자기에 빠지고 말았다. 그래서 나 자신의 미래에 관심을 잃고 퍼프스 아저씨에게 퍼피아 자매 중 아무나 골라주면 기꺼이 결혼하겠다고 말해버렸다. (그렇게 함으로써 그들 모두에게 사형선고를 내렸다. 우리 집안과 인연을 맺는 사람은 누구든지 우리의 운명을 나눠 갖게 되기 때문이다.)

나는 지금 알쏭달쏭한 말은 하지 않으려 노력하고 있다. 확실한 사실만 이야기하는 것이 중요하기 때문이다. 하지만 어떤 사실을 말해야 할까? 내 열여덟번째 생일을 일주일 앞둔 8월 8일, 카슈미르에서 일단의 파키스탄 군인들이 민간인 복장으로 휴전선을 넘어 인도 점령 지역으로 침투한 것이 사실일까 아닐까? 델리에서는 샤스트리 총리가 "우리나라를 전복시키기 위한 대규모 침투작전"이라고 발표했지만 파키스탄 외무장관 줄피카르 알리 부토는 이렇게 반격했다: "카슈미르 토착민들이 독재타도를 위해 봉기한 사건에 파키스탄이 관여했다는 주장을 단호히 부인합니다."

만약 그 사건이 사실이라면 동기가 무엇이었을까? 여기서 또 여러 가지 설명이 가능하겠다: 쿠치 습지 때문에 촉발되어 여전히 가라앉지 않은 분노, 혹은 '완벽한-골짜기*를-누가-차지할-것이냐?'라는 해묵은 쟁점을 완전히 매듭지으려는 욕망…… 혹은 (신문에 실리지는 않았지만) 파키스탄 내부의 정치적 분란에서 비롯된 압박감— 아유브 정권이 위기에 처했는데 이런 시기에는 전쟁이 특효약일 수도 있으니까. 이것 때문일까 저것 때문일까 그것 때문일까? 판단하기 쉽도록 내가 두 가지 설명을 제시하겠다: 전쟁이 일어난 이유는 내가 우리 통치자들의 마음속에 카슈미르에 대한 꿈을 심어주었기 때문이다. 그리고 내가 아직 순수하지 않았으므로 나의 죄를 씻어내기 위해서라도 전쟁이 일어날 수밖에 없었다.

지하드였어, 파드마! 성전(聖戰)이었다고!

그런데 누가 공격했을까? 누가 방어했을까? 내 열여덟번째 생일날, 현실이 또다시 참패를 당했다. 델리의 레드포트 성벽 위에서 인도 총리가(오래전에 나에게 편지를 보냈던 그 총리는 아니었다) 나에게 다음과 같은 생일 축하인사를 보냈다: "무력은 무력으로 응징하겠습니다! 어떠한 도발도 허용하지 않겠습니다!" 한편 구루 만디르에서는 고성능 확성기를 장착한 지프차들이 돌아다니며 나를 안심시켰다: "인도의 침략군을 철저히 궤멸시키겠습니다! 우리 국민은 용맹스러운 전사들입니다! 파탄족 한 명, 펀자브 무슬림 한 명이 무장한 오합

---

* 카슈미르 지방의 별칭.

지졸 백 명을 무찌를 수 있습니다!"

자밀라 싱어는 북쪽 지방으로 불려가서 일당백의 용사들에게 연가를 불러주었다. 하인 하나가 유리창마다 등화관제용 페인트를 칠했다. 밤이 되었을 때, 제2의 유년기를 맞이한 아버지가 바보처럼 창문을 열어놓고 전등을 켜버렸다. 열린 창으로 벽돌과 돌멩이가 날아들었다. 내 열여덟번째 생일을 축하하는 선물이었다. 상황은 점점 더 악화되었다. 8월 30일, 인도군이 우리* 부근에서 휴전선을 넘어온 것은 '파키스탄 침략군에 대한 반격'이었을까, 아니면 선제공격이었을까? 9월 1일, 파키스탄이 자랑하는 일당백의 용사들이 참브에서 휴전선을 넘어갔을 때 그들은 침략군이었을까 아니었을까?

몇 가지 확실한 사실은: 자밀라 싱어는 죽어가는 파키스탄 병사들에게 노래를 불러주었다는 것, 그리고 무에진들은 첨탑 위에 올라가서—그렇다, 심지어 클레이턴 가에서도—전사한 군인들이 곧장 낙원으로 직행했다고 단언했다는 것. 사이드 아마드 바릴위의 투쟁 철학이 분위기를 주도했다. 우리는 '전례 없이 큰 희생'이 필요하다는 말을 들었다.

그리고 라디오에서 떠들어대는 온갖 파괴, 온갖 참상! 전쟁 발발 후 닷새 만에 '파키스탄의 목소리'는 인도가 실제로 보유한 숫자보다 더 많은 비행기를 파괴했다고 발표했다. 여드레째 되던 날은 올 인디아 라디오가 파키스탄군을 최후의 한 명까지 전멸시키고 나서 상당수를 더 죽였다. 이렇게 전쟁의 광기와 내 인생의 광기라는 이중고 속에

---

* 인도령 잠무카슈미르 주의 국경도시.

서 나는 이성을 잃고 절망에 빠져버렸는데……

크나큰 희생: 예를 들자면 라호르 쟁탈전?—9월 6일, 인도군이 와가*에서 국경을 넘어오면서 전선이 엄청나게 확대되었다. 이제는 전쟁터가 카슈미르 지방에만 국한되지 않았기 때문이다. 그리고 크나큰 희생이 뒤따랐을까, 안 그랬을까? 파키스탄 육군과 공군이 모두 카슈미르 작전 지역으로 이동하는 바람에 라호르 시가 텅 비었다는 말이 사실일까? 파키스탄의 목소리는 이렇게 말했다: 잊을 수 없는 날입니다! 때를 놓치면 치명적인 결과가 온다는 교훈입니다! 라호르를 금방 함락시킬 수 있다고 자신한 인도군은 공격을 멈추고 아침을 먹었습니다. 올 인디아 라디오는 라호르를 함락시켰다고 발표했다. 한편 민간 항공기 한 대가 식사 중인 침략군을 발견했다. BBC가 AIR의 보도를 청취하는 사이에 라호르 민병대가 동원되었다. 파키스탄의 목소리를 들어보라!—노인들, 소년들, 성난 할머니들이 인도군에게 대항했습니다. 다리 하나하나를 지켜가며 싸웠습니다. 무기가 될 만한 것이라면 무엇이든 집어들었습니다! 불구자들이 호주머니마다 수류탄을 넣고 안전핀을 뽑은 후 다가오는 인도군의 탱크 밑으로 몸을 던졌고 이가 다 빠진 노부인들이 갈퀴로 인도 오합지졸의 배를 갈랐습니다! 최후의 한 사람까지 목숨을 바치며 공군의 지원공습이 시작될 때까지 인도군을 저지하여 도시를 지켜냈습니다! 순교자들이었다, 파드마! 향기로운 낙원에 들어갈 영웅들이었다! 그곳에 가는 남자들은 인간도 마귀도 더럽힌 적이 없는** 아름다운 천녀 네 명을 얻고 여자들은 역

---

* 인도령 펀자브 주 암리차르와 파키스탄령 펀자브 주 라호르 사이의 국경지대.
** 『쿠란』 55:56.

시 원기왕성한 천남 네 명을 얻는 거야! 너희가 하느님의 은총 가운데 감히 무엇을 마다하겠느냐?* 이 성전이라는 것은 얼마나 근사한가, 단 한 번의 고귀한 희생으로 모든 죄를 씻을 수 있다니! 우리가 라호르를 지켜낸 것은 당연한 일이다. 인도인들이 죽으면 무엇을 얻는가? 고작 환생─바퀴벌레나 전갈로 혹은 약초 장사꾼으로─우리와는 비교도 안 된다.

그런데 사실일까 아닐까? 정말 그랬을까? 아니면 올 인디아 라디오가 말한 내용이─탱크 대격돌, 파키스탄의 크나큰 손실, 탱크 450대 파손─진실일까?

현실 같은 것은 하나도 없었다. 확실한 것은 아무것도 없었다. 퍼프스 아저씨가 클레이턴 가의 이모 댁을 찾아왔는데 입속에 이가 하나도 없었다. (인도가 중국과 전쟁을 할 때만 하더라도 우리는 인도에 충성을 바쳤는데, 그때 어머니는 '장신구를 무기로 바꿉시다' 캠페인을 위해 기꺼이 황금 팔찌와 보석 귀걸이를 내놓았다. 그러나 입속에 가득했던 황금을 모조리 포기하는 정성에 비할 수 있을까?) 퍼프스 아저씨는 이 없이 잇몸만 남아서 불분명한 발음으로 이렇게 말했다. "젠장, 한 사람의 허영심 때문에 군자금이 모자라는 일은 없어야 되잖아!" 그러나 정말 그랬을까 아닐까? 정말 성전을 위해 금니를 모두 희생했을까, 아니면 자기 집 벽장 속에 고스란히 감춰두었을까? 퍼프스 아저씨가 잇몸으로 우물거리며 말했다. "미안하지만 내가 자네한테 약속했던 특별한 지참금은 조금 더 기다려줘야겠어." 애국심일까

---

*『쿠란』 55장에서 천지만물과 알라의 섭리를 설명하면서 후렴처럼 수십 차례 반복하는 구절.

졸렬함일까? 그가 잇몸을 훤히 드러낸 것은 투철한 조국애의 증거일까, 아니면 어느 퍼피아의 입속을 금니로 채워주기가 아까워 생각해낸 치사한 계략일까?

그리고 공수부대가 있었을까 없었을까? 파키스탄의 목소리는 이렇게 방송했다: "······모든 주요 도시에 속속 착륙했습니다. 신체 건강한 국민은 모두 무기를 소지하고 경계태세를 유지해야 합니다. 통행이 금지되는 일몰 이후 돌아다니는 자는 발견하는 대로 사살하십시오." 그러나 인도의 라디오는 이렇게 주장했다: "파키스탄의 공습 도발에도 우리는 대응하지 않았습니다!" 어느 쪽을 믿어야 할까? 파키스탄의 전폭기 편대가 '대담한 기습작전'을 감행하여 인도 공군기의 3분의 1이 활주로에서 떠보지도 못하고 속수무책으로 파괴되었다는 말이 사실일까? 정말 그랬을까 아닐까? 그리고 밤하늘에 펼쳐지는 춤, 파키스탄의 미라주와 미스테르*, 그리고 그보다 덜 낭만적인 이름을 가진 미그 전투기: 이슬람의 신기루와 신비가 실제로 힌두 침략자들과 공중전을 벌였을까, 아니면 그 모두가 놀라운 환상에 불과했을까? 정말 폭탄이 떨어졌을까? 정말 폭발이 일어났을까? 단 한 명이라도 그렇게 죽었다고 말할 수 있을까?

그리고 살림은? 전쟁 동안 그는 무엇을 했을까?

바로 이것: 입영통지서를 기다리면서 친절한, 기억을 지워주는, 잠을 재워주는, 낙원으로 데려다주는 폭탄을 찾아다녔다.

일찌감치 나를 사로잡았던 끔찍한 절망은 그 무렵 더욱더 끔찍한

---

* 둘 다 프랑스제 전투기로 각각 '신기루'와 '신비'를 뜻한다.

형태로 나타났다. 가족, 내가 속한 두 나라, 그리고 제정신으로 '현실'이라고 부를 수 있는 모든 것이 무너져가는 상황 속에서 허우적거리면서, 또한 추악한 짝사랑의 슬픔 속에서 길을 잃고 방황하면서, 나는 망각을 얻으려—아니, 이런 표현은 너무 고상하게 들린다. 미사여구는 쓰지 말아야 한다. 그러므로 단도직입적으로: 나는 도시의 밤거리를 배회하며 죽음을 찾아 헤맸다.

이 성전으로 누가 죽었을까? 내가 새하얀 쿠르타와 파자마 차림으로 람브레타를 타고 통행이 금지된 거리를 달리는 사이에 나보다 먼저 내가 찾던 것을 발견한 사람은 누구였을까? 누가 전쟁의 희생자가 되어 곧장 낙원으로 직행했을까? 폭격의 양상을 연구해보라. 총격의 비밀을 확인해보라.

9월 22일 밤, 파키스탄의 모든 도시에 공습이 있었다. (그러나 올인디아 라디오는……) 현실 또는 허구의 폭격기가 진짜 또는 가짜 폭탄을 떨어뜨렸다. 그리고 사실이든 아니면 병적 상상력의 산물이든 간에 라왈핀디에 투하되어 제대로 터진 폭탄은 겨우 세 개였는데, 그중 첫번째는 우리 외할머니 나심 아지즈와 외숙모 피아가 식탁 밑에 숨어 있던 방갈로에 떨어졌고, 두번째는 시립교도소 한 귀퉁이를 박살내면서 내 이종사촌 자파르를 감금생활에서 해방시켰고, 세번째는 위병들이 지키는 담장으로 둘러싸인 거대하고 기분 나쁜 저택을 부숴버렸는데 위병들은 제자리를 지키고 있었지만 에메랄드 줄피카르가 영국 서픽보다 더 먼 곳으로 끌려가는 것을 막아주지는 못했다. 그날 밤 때마침 키프의 나와브와 고집스럽게 안 자라는 딸이 에메랄드를 찾아왔는데 공주는 영원히 여인으로 성장할 필요가 없게 되었다. 카라치에서도 폭탄 세 개로 충분했다. 인도 폭격기들은 저공비행을 하기가 꺼림칙해 고공에서 폭탄을 투하했고, 그래서 폭탄의 대다수는 바다에 떨어져 아무런 피해도 입히지 못했다. 그러나 폭탄 한 개는 알라우딘 라티프 (퇴역) 소령과 그의 일곱 퍼피아를 몰살시켰고 나는 일전의 약속에서 영원히 벗어나게 되었다. 이제 마지막 폭탄 두 개가 남았다. 한편 최전선에서는 미남 무타심이 화장실에 가려고 텐트를 나섰는데 어디선가 모기가 날아오는 듯한 소리가 들렸고 (혹은 안 들렸고) 그는 저격병의 총탄에 맞아 방광이 가득 찬 채로 죽음을 맞이했다.

아직도 마지막-폭탄-두-개에 대한 이야기가 남아 있다.

누가 살아남았을까? 자밀라 싱어는 폭탄이 찾아내지 못해서 살았고, 인도의 무스타파 외삼촌 일가는 폭탄이 건드리기도 귀찮아해서 살았다. 그러나 아버지가 까맣게 잊고 있던 먼 친척 여동생 조흐라와 그 남편은 암리차르로 이사했는데도 폭탄 하나가 기어코 그들을 찾아내고 말았다.

그래도 남은-폭탄-두-개가 빨리 자기들 이야기를 해달라고 조른다.

……한편 나는 전쟁과 나 사이의 긴밀한 관계를 알지 못하고 어리석게도 폭탄을 찾으러 나갔다. 통금 시간에 스쿠터를 타고 돌아다녔는데도 민병대의 총알은 표적을 맞히지 못했고…… 라왈핀디의 한 방갈로가 침대보 같은 불길에 휩싸이더니 그 침대보 한복판에 캄캄하고 신비로운 구멍이 뚫렸고 그곳에서 얼굴에 사마귀가 난 늙고 뚱뚱한 여자처럼 보이는 연기가 무럭무럭 피어올랐고…… 그렇게 전쟁은 희망도

잃고 기력도 잃은 내 가족을 지구 상에서 하나하나 제거해갔다.

그러나 이제 카운트다운이 막바지에 이르렀다.

그리고 나는 마침내 람브레타의 방향을 돌려 집으로 향했고, 그래서 전투기 신기루와 신비의 굉음이 머리 위로 지나갈 때 나는 구루 만디르 환상교차로에 있었고, 방금 민방위대 직원이 찾아와서 등화관제가 완벽한지 확인하고 갔는데도 뇌졸중 때문에 백치가 된 아버지가 물색없이 전등을 켜고 창문을 열어젖힐 때, 그리고 아미나 시나이가 낡아빠진 흰색 빨래통의 유령에게 "이제 사라져라. 다시는 꼴도 보기 싫다" 하고 말할 때 나는 성난 주먹들이 반갑게 인사하는 민방위대 지프차를 바람처럼 지나쳤는데, 벽돌과 돌멩이들이 날아들어 알리아 이모 댁의 전등을 꺼버리기 전에 어디선가 문득 끙끙거리는 소리가 들려왔고, 죽음을 찾는답시고 굳이 다른 곳을 뒤질 필요는 전혀 없음을 진작 알았어야 했건만, 아무튼 그 소리가 들렸을 때 나는 아직도 한밤의 길거리에서 성원의 그림자 밑을 지나는 중이었고, 백치가 된 아버지의 불빛을 향해 내리꽂히면서 죽음은 들개처럼 끼잉끼잉 울었고, 그러다가 별안간 와르르 쏟아지는 벽돌과 침대보 같은 불길과 강력한 충격파로 둔갑해버렸고, 그 서슬에 나는 람브레타 너머로 휘리릭 날아갔고, 한편 이모의 피맺힌 원한이 서린 집 안에서는 아버지 어머니 이모 그리고 인생의 시작을 겨우 일주일 앞둔 내 남동생 또는 여동생, 그들 모두가 그들 모두가 빈대떡처럼 모조리 납작해졌고, 파리채가 파리를 때려잡듯이 무너지는 집이 그들을 덮쳤고, 한편 코랑기 가에서는 정유공장을 겨냥했던 마지막 폭탄이 엉뚱하게 탯줄이 아직 완성시키지 못한 미국식 난평면 방갈로에 떨어졌고, 그러나 구루 만디르에서는 많은 이야기들이 결말에 도달했는데, 아미나와 지하세계의 옛 남편과 근면성과 공개발표와 아들-아닌-아들과 경마의 행운과 티눈과 파이어니어 카페의 춤추는 손과 결국 언니에게 지고 말았던 최후의 패배에 대한 이야기가 끝나버렸고, 걸핏하면 길을 잃었으며 아랫입술은 튀어나왔으며 배는 물렁물렁했으며 결빙기 때는 하얗게 변했으며 추상적 세계에 굴복했으며 길거리에서 개를 터뜨려 죽였으며 너무 늦게 사랑에 빠졌으며 걸핏하면 하늘에서-떨어지는-것들에 얻어맞는 약점 때문에 결국 죽을 수밖에 없었던 아흐메드의 이야기도 끝나버렸고, 모두 빈대떡처럼 납작해졌고, 사방에서 집이 터지고 무너졌고, 그래서 물건들 사람들 추억들이 구원의 희망도 없이 돌무더기 아래 묻혀버렸고, 그렇지만 또 한쪽에서는 무시무시한 파괴력이 한순간에 집중되는 바람에 까맣게 잊힌 트렁크 속에 깊이깊이 묻혀 있던 것들이 높이높이 날아올랐는데, 폭발의 손가락들이 아래로 아래로 어느 벽장 바닥으로 내려가서 녹색 양철 트렁크를 활짝 열었고, 폭발의 손아귀가 트렁크 안의 물건들을 허공으로 집어던졌고, 그래서 오랫동안 보이지 않던 무엇이 밤하늘에서 핑그르르 돌면서 달덩어리처럼 두둥실 떠올랐고, 그 무엇이 달빛을 받아 반짝 빛나더니 다시 아래로 아래로, 그때 나는 폭풍의 충격 때문에 휘청거리며 서서히 몸을 일으켰고, 그때 무엇이 빙글빙글 뱅글뱅글 공중제비를 돌면서 떨어지는데, 달빛 같은 은빛, 그것은 청금석을 상감세공한 아름다운 은제 타구였고, 바야흐로 과거가 나를-정화시켜-자유롭게-해주려고 마치 독수리가 떨어뜨린 손처럼 쏜살같이 내리꽂히는 참이었는데, 그 사실을 어떻게 알았느냐 하면 내가 고개를 들고 그것을 쳐다보는 순간 뒤통수쯤에 어떤 느낌이 스쳐갔고, 그다음에는 비틀거리다가 부모님을 활활 태우는 불더미 앞에 엎드러질 때 비록 찰나에 불과했지만 영겁처럼 길었던 한순간에 나는 모든 것을 확실히 알아버렸으니까, 비록 짧디짧았지만 무궁한 깨달음의 일순이었으니까, 과거 현재 추억 시간 수치 사랑을 모두 잃어버리기 직전에 비록 잠깐이었지만 시간을 초월한 폭발이 일어났으니까. 그래서 나는 고개를 숙이면서, 그래 따르리라 그래 나에게는 이 일격이 필요하니까, 그리고 다음 순간 나는 텅 비고 자유로워졌는데, 왜냐하면 1면 특대형 스냅사진에 등장했던 아기 살림에서부터 더럽고 추악한 사랑을 품은 열여덟 살 소년 살림까지 내 안의 모든 살림들이 한꺼번에 쏟아져 나갔으므로, 부끄러움도 죄의식도 기쁨을-주고-싶은-소망도 사랑을-받고-싶은-욕구도 역사적-사명을-찾아내려는-의지도 너무-빨리-자라는-경향도 모조리 빠져나갔으므로, 그래서 코찔찔이 얼룩상판 중대가리 코훌쩍이 지도상판 빨래통 에비 번스 언어 시위대로부터 벗어났으므로, 콜리노스 어린이와 피아 외숙모의 젖가슴과 알파-오메가로부터 해방되었으므로, 호미 카트락과 하니프와 아담 아지즈와 자와할랄 네루 총리를 살해한 죄도 사면을 받았으므로, 오백-살도-넘은-창녀와 야심한-밤의-사랑고백도 떨쳐버렸으므로, 따라서 나는 이제 자유니까, 근심걱정도 없으니까, 그렇게 추락하는 달덩어리와 충돌하여 천진성과 순수성을 되찾은 나는, 잘 닦은 칠판처럼 깨끗해진 나는, 어머니의 은제 타구에 (예언대로) 머리를 얻어맞은 나는, 포장도로 위에 철퍼덕 쓰러지고 말았다.

9월 23일 아침, 유엔은 인도와 파키스탄의 적대관계가 끝났다고 발표했다. 인도가 점령한 파키스탄 영토는 500제곱마일 이하였고 파키스탄은 오래도록 꿈꾸었던 카슈미르 땅에서 겨우 340제곱마일을 정복했다. 휴전 사유가 쌍방의 탄약이 거의 동시에 떨어졌기 때문이라는 말도 있었다. 그리하여 긴급한 국제외교와 정치적 동기를 가진 무기상인들의 수작질 덕분에 우리 집안이 완전히 전멸하는 참사는 간신히 면했다. 우리를 암살하려는 자들에게 우리를 몰살시키는 데 필요한 폭탄 총탄 비행기를 팔겠다는 사람이 아무도 없었기 때문에 그나마 몇 명이라도 살아남을 수 있었다. 그러나 그로부터 6년 후 다시 전쟁이 터졌다.

제3부

# 붓다

이미 자명한 일이겠지만 (만약 내가 죽었다면 아직도 이 '풍진세상'에서 미적거리는 이유에 대해 뭔가 환상적인 설명을 제시해야 할 시점이므로) 1965년 전쟁은 나를 제거하는 데 실패했다. 살림은 타구에 머리를 얻어맞고 부분적으로 지워졌을 뿐, 즉 기억을 깨끗이 잃었을 뿐, 그보다 운이 나빴던 사람들처럼 지상에서 완전히 삭제되지는 않았다. 성원의 밤그림자 속에서 의식을 잃었던 나는 탄약고가 비어 버린 덕분에 목숨을 건졌다.

눈물이―카슈미르와 달리 날씨가 춥지 않아서 다이아몬드로 변할 수 없는 눈물이―젖가슴 같은 곡선을 그리는 파드마의 뺨을 타고 주르륵 흘러내린다. "아, 그 웃기는 전쟁이 좋은 사람들은 모조리 죽여 버리고 허접쓰레기만 남겨놨군요!" 붉어진 눈시울에서 달팽이 떼가 기어나와 돌아다닌 양 끈적끈적하면서도 빛나는 자국이 가득한 얼굴을 하고 파드마는 폭탄이 휩쓸어버린 우리 집안의 비극을 애도한다. 나는 여느 때처럼 눈물 한 방울도 흘리지 않는다. 파드마의 애절한 절규 속에 뜻하지 않은 모욕적 의미가 담겼지만 너그럽게 눈감아주기로 한다.

"살아남은 사람들을 애도해줘." 나는 조용히 타이른다. "죽은 사람들은 낙원에 갔으니까." 살림을 위해 슬퍼해다오! 그는 여전히 고동치는 심장 때문에 천상의 풀밭에 들어가지도 못하고 어느 날 끈끈하고 싸늘한 냄새가 풍기는 병원에서 다시 깨어났다. 낙원에 간 사람들은 인간도 마귀도 더럽힌 적이 없는 천녀 하우리들의 시중을 받으며 영원한 안식을 누린다던데…… 살림에게는 변기를 달그락거리며 나타난 덩치 큰 남자 간호사가 마지못해 도와준 것만 해도 행운이었다. 그는 내 머리에 붕대를 감아주면서 못마땅하다는 듯이 툴툴거렸다. 요즘 같은 전쟁통에도 의사 나리들은 일요일마다 꼬박꼬박 바닷가 별장으로 놀러 간다는 불평이었다. "너도 차라리 하루만 더 있다가 깨어났으면 좋았을 텐데." 간호사는 그 말을 남기고 다른 환자들에게도 그런 식으로 격려해주려고 가버렸다.

살림을 위해 슬퍼해다오—부모를 잃고 깨끗이 정화된 살림을 위해, 거대한 풍선에 바늘구멍을 무수히 뚫어 공기를 빼듯이 역사에 대한 망상을 축소시켜 아담하고 인간적인 규모로 바꿔줄 수 있는 것은 일상적인 가정생활뿐이건만 하루아침에 가족을 빼앗기고 뿌리째 뽑혀 세월 건너편으로 내던져진 살림을 위해, 나날이 기괴하게 변해가는 성년기 속으로 기억도 없이 뛰어들게 된 살림을 위해 슬퍼해다오.

파드마의 두 뺨에 새로 나타난 달팽이 자국. "자, 자." 어떻게든 그녀를 위로해야겠는데 아무래도 영화의 예고편을 모방하는 방법이 좋을 듯싶다. (나도 옛날에 메트로 커브 클럽에서 보여주는 예고편을 얼마나 좋아했던가! 아으, 파란 벨벳 바탕에 '다음 상영작'이라는 자막이 뜨기만 해도 입맛을 쩍쩍 다시고! 아으, 나팔 소리와 함께 화면에 '개봉박두'라는 말이 나타나기만 해도 기대감에 부풀어 군침이 돌고! 왜냐하면 매혹적인 미래에 대한 약속이 나에게는 현재의 실망을 잠재우는 완벽한 해독제로 보였기 때문이다.) "울지 마, 울지 마." 나는 쪼그리고 앉아 슬퍼하는 파드마를 달래준다. "내 이야기는 아직 안 끝났어! 감전 사고와 열대우림에 대한 이야기도 남았고 골수가 흐르는 들판에 우뚝 솟은 머리통 피라미드에 대한 이야기도 남았단 말이야. 앞으로 아슬아슬한 탈출에 대한 이야기도 나오고 비명을 지르는 첨탑에 대한 이야기도 나올 거야. 파드마, 아직도 흥미진진한 이야깃거리가 많이 남았다고: 내가 투명 바구니 속에서 그리고 다른 성원의 그림자 속에서 겪은 시련도 있고, 레샴 비비의 선견지명과 마녀 파르바티의 뾰로통한 입술에 대한 이야기도 기대해봐! 아버지가 되는 이야기도 있고, 배신에 대한 이야기도 있고, 물론 '미망인'에 대한 이야기도 빠뜨릴 수 없지. 그 여자가 내 상단-물빼기-작업의 역사에 덧붙여 하단-힘빼기-작업이라는 최후의 치욕까지 안겨줬으니…… 간단히 말해서 아직도 다음 상영작과 개봉박두가 수두룩하다 이거야. 부모가 죽으면 인생의 한 장이 끝나지만 그때부터 새로운 장이 시작되는 법이니까."

재미있는 이야기를 들려주겠다는 말에 다소 위안을 얻었는지 파드마가 코를 훌쩍거린다. 연체동물의 점액을 닦아내고 눈을 비빈다. 이윽고 숨을 깊이 들이마시고…… 한편 (우리 똥-연꽃 아가씨가 그 숨을 미처 내뱉기도 전에) 타구에 얻어맞아 머리가 깨지는 바람에 병원 침대에 누워 있던 그 친구에게는 대략 5년의 세월이 훌쩍 지나가버린다.

(파드마가 마음을 가라앉히려고 잠시 숨을 멈춘 사이 나는 봄베이 영화식 클로즈업 장면을 삽입해야겠다―바람에 날려 빠르게 넘어가는 달력으로 세월의 흐름을 나타내는 수법이다. 나는 이 장면에 거리 폭동 현장을 롱숏으로 찍은 장면을 슈퍼임포즈*로 처리하고, 그다음에는 영국 문화원과 미국 공보원의 영문 자료 도서관이 화염에 휩싸인 광경과 불타는 버스를 미디엄숏으로 찍은 장면도 차례로 보여준다. 점점 더 빨리 넘어가는 달력 너머에서 아유브 칸이 몰락하고 야히아 칸 장군**이 대통령에 취임하는 장면, 선거를 실시하겠다고 약속하는 장면 등이 보이고…… 그러나 지금 파드마의 입술이 벌어지고 있으니 Z. A. 부토와 셰이크 무지부르 라만***이 성난 얼굴로 마주보는 영상을 붙잡고 꾸물거릴 시간은 없겠다. 파드마가 보이지 않는 한숨을 토해내기 시작하자 파키스탄 국민당 지도자와 아와미연맹 지도

---

* 두 개 이상의 화면을 중첩시켜 한 프레임에 동시에 나타나게 하는 기법.
** 파키스탄 군인, 정치가. 1969년 3월 25일 아유브 칸 대통령이 사임하자 계엄령을 선포하고 계엄사령관이 되었다. 이어 제3대 대통령에 취임했으나 1971년 인도와의 전쟁에서 패한 후 사임했다.
*** 파키스탄 정치가. 1949년 아와미연맹을 결성해 동파키스탄 독립운동을 주도했다. 1971년 독립 후 초대 총리와 대통령을 역임했으며 '방글라데시의 아버지'로 불린다. 간단히 '셰이크 무지브'라고도 한다.

자의 얼굴이 꿈결처럼 가물거리다가 사라진다. 파드마의 허파에서 뿜어져 나오는 세찬 숨결은 신기하게도 달력을 넘기던 바람을 잠재우고 1970년 말쯤에서 마침내 날짜가 멈춘다. 파키스탄을 둘로 쪼개놓은 선거가 실시되기 전이고, 동파키스탄과 서파키스탄의 전쟁, 파키스탄 국민당과 아와미연맹의 전쟁 그리고 부토와 무지브의 전쟁이 시작되기 전이고…… 한편 1970년 선거 이전에, 이런 국가적인 무대로부터 멀리 떨어진 곳에서, 젊은 군인 세 명이 무리 구릉지의 비밀기지에 도착한다.)

파드마가 평정을 되찾았다. "됐어요, 됐어요." 눈물을 털어내듯이 손사래를 치며 투덜거린다. "뭘 기다려요? 어서 시작해요." 연꽃 아가씨가 도도하게 명령한다. "새로운 기분으로 다시 시작하는 거예요."

구릉지에 위치한 이 기지는 지도 상에는 표시되지 않은 곳이다. 도로에서 멀리 떨어져 있어 아무리 귀 밝은 운전자라도 기지 안에서 개들이 짖는 소리를 들을 수 없다. 기지를 둘러싼 철조망 울타리는 철저하게 위장되었고 출입구에는 어떠한 그림도 글자도 없다. 하지만 그곳은 분명히 존재한다. 아니, 존재했다. 다만 지금까지 모두가 그 존재 사실을 극구 부인했을 뿐이다. 예를 들자면 다카*가 함락된 후 파키스탄의 패장 '호랑이' 니아지가 인도의 승장이 되어 나타난 옛 친구 샘 마넥쇼로부터 그 문제에 대한 질문을 받았을 때도 호랑이는 코웃음부터 쳤다: "'추적 및 첩보 활동을 위한 군견부대'? 금시초문일

---

* 갠지스 강 하류의 도시로 현재 방글라데시의 수도.

세. 자네가 헛소문을 들은 모양이군. 미안한 말이지만 우스꽝스러운 발상 아닌가?"호랑이가 샘에게 뭐라고 말했든 간에 나는 한 번 더 강조해야겠다: 그 기지는 분명히 그곳에 있었다고……

……"좌우로 정렬!" 이스칸다르 준장이 신병 아유바 발로치, 파루크 라시드, 샤히드 다르에게 호통을 친다. "이제부터 너희는 **쿠티아**\* 부대원이다!" 이스칸다르는 단장(短杖)으로 자기 허벅지를 탁탁 치다가 홱 돌아서서 가버리고, 뒤에 남은 신병들은 연병장에서 오도 가도 못하고 산등성이의 햇볕에 구워지는 동시에 산바람에 꽁꽁 얼어버린다. 그래도 가슴은 한껏 내밀고 어깨는 뒤로 젖힌 채 명령대로 꼿꼿하게 서 있는 세 젊은이의 귓가에 문득 준장의 당번병 랄라 모인이 낄낄거리는 소리가 들려온다: "그래, 네놈들이 인간사냥개를 데리고 다닐 신참들이구나!"

그날 밤 잠자리에서: "추적 및 첩보 활동!" 아유바 발로치가 자랑스럽다는 듯이 속닥거린다. "우린 스파이가 된 거야! 〈OSS 117〉\*\*에 나오는 사람들처럼! 힌두놈들을 쳐부술 수만 있다면 우리가 무슨 짓인들 못 하겠냐! 타탕! 타타탕! 힌두놈은 다 약골이야! 채식주의자들이니까!" 아유바가 빈정거린다. "채소는 고기를 당해낼 수 없거든." 그는 탱크처럼 몸집이 크다. 짧은 상고머리가 눈썹 바로 위에서부터 시작된다.

파루크가 묻는다. "너는 전쟁이 터질 거라고 생각하냐?" 그러자 아

---

\* CUTIA(Canine Unit for Tracking and Intelligence Activities), 추적 및 첩보 활동을 위한 군견부대.
\*\* 프랑스 첩보영화 시리즈.

유바가 콧방귀를 뀐다. "그걸 말이라고 해? 전쟁이 안 터질 리가 있냐? 부토 각하가 모든 농민한테 땅을 1에이커씩 나눠준다고 했잖아? 그 땅이 어디서 나오겠냐? 그 많은 땅을 얻으려면 펀자브와 벵골 지방을 빼앗는 수밖에 없다고! 두고 봐라. 선거만 끝나면, 국민당이 이기기만 하면 그때는, 타탕! 빠다당!"

그러나 파루크는 걱정스러운 표정이다. "인도에는 시크교 부대가 있잖아. 수염도 길고 머리도 길어서 날만 더우면 미치도록 가려우니까 모조리 꼭지가 확 돌아서 죽자 살자 싸우는 놈들인데⋯⋯!"

아유바가 즐거운 듯이 껄껄 웃는다. "야, 야, 그 새끼들은 채식주의자라니까⋯⋯ 우리처럼 체격이 당당한 싸나이들을 어떻게 당해내겠냐?" 하지만 파루크는 장대처럼 키만 컸지 깡마른 체격이다.

그때 샤히드 다르가 속삭인다. "그런데 아까 그 사람이 했던 말은 무슨 뜻일까? 인간사냥개 말이야."

⋯⋯아침이다. 칠판이 있는 막사 안에서 이스칸다르 준장이 우쭐거리며 위세를 뽐내는 동안 특무상사 나지무딘이 신병들을 교육시킨다. 질의응답 형식이지만 질문도 대답도 나지무딘의 몫이다. 방해는 용납되지 않는다. 화환으로 장식된 야히아 대통령과 순교자 무타심의 사진이 칠판 위에서 근엄하게 내려다본다. 그리고 (닫힌) 창문 너머에서 끊임없이 개 짖는 소리가 들리는데⋯⋯ 나지무딘의 질문과 답변도 개 짖는 소리처럼 우렁차다. 너희가 여기 온 이유는?—훈련! 어떤 훈련?—추적 및 체포! 활동 방식은?—병사 세 명과 군견 한 마리로 구성된 조별 활동! 특기사항은?—장교가 동행하지 않으므로 스스로 판단하여 행동하되, 이슬람 전통에 따라 고도의 자제력과 책임감

을 유지한다! 군견부대의 목적은?—불순분자 근절! 불순분자의 특징은?—교활하고 위장술이 탁월해 각계각층에 잠복한다! 저들의 의도는?—극악무도한 만행: 가정생활을 파괴하고 하느님을 모살하며 지주들의 토지를 몰수하고 영화 검열제도를 폐지하려 한다! 궁극적 목표는?—국가전복, 무정부상태, 외국의 식민통치! 특별한 우려 사항은?—다가오는 선거와 그에 따른 문민정부 수립! (현재 다수의 정치범들이 석방되었거나 곧 석방될 예정이다! 각양각색의 불순분자들이 무더기로 풀려났다!) 우리 부대의 구체적 임무는?—무조건 복종, 집요한 추적, 가차 없는 체포! 행동 방식은?—은밀하게, 효율적으로, 민첩하게! 체포구금의 법적 근거는?—파키스탄 법률에 의거, 불순분자를 체포하여 외부와의 접촉을 차단하고 6개월간 구속할 수 있다! 각주: 이 기간은 다시 6개월간 연장할 수 있다! 질문 있나?—없습니다! 좋다! 너희들은 쿠티아 부대 소속 22조다! 이제부터 옷깃에 암캐 기장을 부착하게 된다! 쿠티아라는 머리글자는 물론 암캐를 의미한다.* 그런데 인간사냥개라는 말은?

파란 눈의 사내가 결가부좌를 틀고 나무 밑에 앉아서 허공을 물끄러미 응시한다. 보디나무**는 이렇게 높은 곳에서는 자라지 않으니 버즘나무로 만족할 수밖에 없다. 사내의 코는 오이처럼 큼직하고 끄트머리가 추위에 얼어 푸르뎅뎅하다. 그리고 자갈로 선생의 손이 닿

---

* 쿠티아는 암컷을 뜻하는 힌디어와 발음이 같다.
** 보리수. 석가모니가 이 나무 밑에서 보디(보리), 즉 깨달음을 얻었다고 하며 불교와 힌두교에서 신성시한다.

았던 정수리는 삭발한 수도사의 머리처럼 휑뎅그렁하다. 그리고 털보 키스가 문을 꽝 닫자마자 마샤 미오비치의 발치로 한 조각이 떨어지면서 훼손된 손가락. 그리고 얼굴에는 지도처럼 생긴 얼룩들이……

"에엣투!" (사내가 침을 뱉는다.)

사내의 이는 구장즙으로 얼룩지고 잇몸도 빨갛게 물들었다. 판을 씹어 생긴 붉은 침이 그의 입술을 떠나 길게 날아가더니 멀찌감치 떨어진 땅바닥에 놓아둔 정교하고 아름다운 은제 타구 속으로 감탄할 만큼 정확하게 떨어진다. 아유바 샤히드 파루크가 놀란 눈으로 바라보자 특무상사 나지무딘이 타구를 가리키면서 말한다. "저거 빼앗으려고 하지 마라. 저놈 아주 미쳐버린다." 아유바가 말문을 연다. "특무상사님, 아까 제가 듣기론 사람 세 명에 개……" 그 순간 나지무딘이 버럭 소리친다. "질문하지 말라니까! 따지지 말고 무조건 복종! 저놈이 너희 사냥개다. 이상이다. 해산."

그때 아유바와 파루크는 열여섯 살 반이었다. 샤히드는 (나이를 속이고 입대했으므로) 그들보다 한 살쯤 어렸을 것이다. 셋 다 너무 어려서 아직 사랑이나 굶주림처럼 인간에게 현실에 대한 확고한 인식을 심어줄 만한 기억을 축적할 시간이 없었으므로 전설이나 소문의 영향을 많이 받았다. 그들이 식당에서 다른 쿠티아 부대원들과 대화하는 과정에서 인간사냥개는 스물네 시간도 지나기 전에 완전히 신화적인 인물이 되어버렸는데…… "정말 굉장한 명문가 출신이래!"—"워낙 덜떨어진 녀석이라 사람 만들어보려고 입대시켰대!"—"1965년 전쟁 때 사고를 당했다던데 아무것도 기억을 못 하는 건지 안 하는 건지!"—"있잖아, 내가 듣기론 그 친구 여동생이!"—"아냐, 인마, 그게 말이나 되는 소리냐. 너도 알다시피 착한 여잔데, 그렇게 순진하고 신앙심 깊은 여자가 오빠를 내팽개칠 리가 있겠냐?"—"어쨌든 본인은 아무 말도 안 하더라."—"내가 소름 끼치는 얘기를 들었는데, 여동생이 그 사람을 미워한다고, 그래서 그 여자가!"—"기억도 없고, 사람들한테는 관심도 없고, 개처럼 살고!"—"그래도 추적하는 재주 하나는 끝내주잖아! 그 코 봤지?"—"그래, 이 세상에 있는 거라면 뭐든지 거뜬히 찾아낸다고!"—"물속에 숨어도 소용없고 바위 뒤에 숨어도 소용없다니까! 그런 추적병은 세상에 둘도 없어!"—"그런데 아무것도 못 느껴서 탈이지! 정말이야! 온몸에 감각이 하나도 없거든. 머리끝부터 발끝까지 완전히 무감각이야! 누가 손으로 건드려도 몰라. 냄새로 누가 왔는지 알아차릴 뿐이지!"—"아마 전쟁 때 다쳐서 그럴 거야!"—"그런데 그 타구는 뭐야? 혹시 아는 사람 있어? 무슨 사랑의 정표처럼 자나깨나 들고 다니잖아!"—"나는 그 녀석이 너희 셋하고 한 조가 돼서 마음이 놓이더라. 그 파란 눈만 보면 등골이 오싹해서 말이야."—"사람들이 그 코에 대해서 어떻게 알게 됐는지 알아? 어느 날 어슬렁어슬렁 지뢰밭으로 들어가더니 거침없이 길을 찾아서 나오더래! 지뢰 위치를 다 아는 사람처럼!"—"아냐, 인마, 그게 무슨 헛소리냐! 그건 훨씬 더 오래된 일인데, 우리 쿠티아 작전에 처음 동원됐던 본조라는 개 얘기니까 괜히 헷갈리게 하지 말라고!"—"어이, 아유바. 너 행동 조심해라. 사람들이 그러는데 거물들이 그 친구한테 관심이 많다더라!"—"그래, 내가 아까도 말했듯이 자밀라 싱어가……"—"야, 넌 입 좀 다물어라. 말도 안 되는 헛소리는 이제 넌더리가 난다!"

기이하고 무감각한 추적병을 인정해주기로 한 후(변소 사건을 겪은 다음이었다) 아유바와 파루크와 샤히드는 그에게 '붓다(Buddha)'라는 별명을 붙여주었다. 이 말은 원래 '늙은이'라는 뜻이지만 단순히 그가 그들보다 줄잡아 일곱 살 이상 연상으로 보여서도 아니고, 지금으로부터 6년 전, 그러니까 이들 세 소년병이 긴 바지를 입어보지도 못했던 1965년에 일어났던 전쟁을 그가 몸소 겪었기 때문도 아니고, 다만 나이가 굉장히 많은 듯한 분위기를 풍겼기 때문이다. 붓다는 나이에 비해 너무 늙어 보였다.

아으, 음역(音譯)에서 발생하는 고마운 모호성이여! 노인을 뜻하는 우르두어 '붓다'는 두 개의 'D'를 파열음으로 강하게 발음한다. 그러나 혀에서 힘을 빼고 'D'를 부드럽게 발음하면 보디나무-밑에서-깨달음을-얻으신-그분을 의미하고…… 옛날옛날 한 옛날에 왕자로 태어났으나 세상의 온갖 고통을 차마 눈 뜨고 볼 수 없어 사바세계에 살면서도 사바세계를-초월한-삶을 살았던 그는 존재하는 동시에 부재하고 육신은 한 자리에 있어도 정신은 다른 곳으로 떠날 수 있었다. 고대 인도의 붓다 고타마는 가야의 한 나무 밑에서 깨달음을 얻었고, 녹야원(鹿野苑) 사르나트에서 사람들에게 속세의 희로애락을 초탈하여 마음의 평화를 얻으라고 가르쳤다. 그로부터 몇천 년의 세월이 흐른 후 다른 나무 밑에 앉아 있는 붓다 살림도 슬픔을 기억하지 못하고 얼음덩어리처럼 무감각하며 칠판처럼 깨끗이 지워진 상태인데…… 조금 당혹스럽기는 하지만 기억상실증은 충격적인 이야기를 좋아하는 우리 영화 제작자들이 자주 써먹는 수법이라는 사실을 시인하지 않을 수 없다. 나는 고개를 숙이고 내 인생 이야기가 또다시 봄베이 영화 같은 분위기로 전개되고 있음을 겸허하게 인정한다. 하지만 환생처럼 논쟁의 소지가 많은 대안을 배제하고 나면 새로운 인생을 시작할 방법이 너무 제한적이다. 그러므로 멜로드라마 같다는 점에 대해서는 사과하겠지만 내가, 그가, 그렇게 새 출발을 했다고 말할 수밖에 없다. 그토록 오랫동안 위대한 삶을 갈망하던 그의 (혹은 나의) 욕심도 깨끗이 사라졌고, 자밀라 싱어가 보복을 위해 나를 모질게 외면하고 자기 눈에 띄지 않도록 연줄을 동원하여 군대로 쫓아버린 후 나는 (혹은 그는) 사랑에 대한 이 앙갚음을 운명으로 여기고 불평 한마디 없이 그 버즘나무 밑에 앉아 있었다. 역사를 빼앗긴 붓다는 복종의 자세를 배웠고 언제나 시키는 일만 했다. 요컨대: 나는 파키스탄 국민이 되었다.

몇 개월에 걸친 훈련 기간 동안 붓다가 자꾸 아유바 발로치의 비위를 건드린 것은 불가피한 일이었다고 말할 수도 있겠다. 어쩌면 붓다가 다른 병사들과 떨어져 견사(犬舍) 끄트머리에 이엉으로 지은 움막에서 고행자처럼 혼자 살았기 때문인지도 모른다. 또 어쩌면 붓다가 책상다리를 하고 한 손에는 은제 타구를 거머쥐고 나무 밑에 우두커니 앉아 있는 모습이 너무 자주 눈에 띄었기 때문인지도 모른다. 그때마다 눈은 흐리멍덩했고 입가에는 바보 같은 미소가 감돌았다. 마치 머리가 텅 비어 행복하다는 듯이! 그리고 육식 예찬자인 아유바는 자기 조의 추적병이 그리 사내답지 못하다고 생각했는지도 모른다. 아유바는 이렇게 투덜거렸다. "삶은 가지처럼 흐물흐물하잖아! 보나마나 채식주의자라고!"

(그러나 좀 더 시야를 넓혀보면 연말연시에 즈음하여 나라 전체에

짜증스러운 분위기가 팽배한 탓이라고 말할 수도 있겠다. 셰이크 무지브가 건방지게 새 정부를 구성할 권리를 요구하자 야히아 장군과 부토 씨 같은 사람도 몹시 분개하고 못마땅하게 여기지 않았던가? 가증스러운 벵골인들의 아와미연맹이 동파키스탄에 배정된 의석 162석 중 160석을 차지한 반면, 부토 씨의 파키스탄 국민당은 서파키스탄 선거구 중 겨우 81개 선거구에서 승리를 거두는 데 그쳤다. 그렇다. 짜증스러운 선거였다. 서파키스탄 출신인 야히아와 부토가 얼마나 실망했을까! 그런 거물들도 발끈하는 판국이거늘 어찌 한낱 필부의 짜증을 나무랄 수 있으랴? 그러므로 그렇게 짜증을 냄으로써 아유바 발로치는—고위층까지 들먹이지 않더라도—당대의 선남선녀들과 어깨를 나란히 했다고 결론지어도 좋으리라.)

기동훈련을 나갈 때마다 아유바 샤히드 파루크는 아주 희미한 흔적도 놓치지 않고 덤불숲 바위산 시냇물을 거침없이 돌파하는 붓다의 뒤를 졸졸 따라다녔다. 세 명의 소년병은 붓다의 실력을 인정하지 않을 수 없었다. 그래도 탱크 같은 아유바는 꼬치꼬치 캐물었다. "정말 아무것도 기억이 안 나? 아무것도? 맙소사, 선배는 꺼림칙하지도 않아? 어딘가에 아버지 어머니 누이가 있을지도 모르잖아." 그러나 붓다는 조용히 질문공세를 가로막았다: "지나간 일로 머리 복잡하게 만들지 마. 나는 지금의 내 모습 그대로일 뿐이야." 그의 발음은 흠잡을 데 없이 완벽했다. "정말 고상한 러크나우식 우르두어네! 와아, 대단하다!" 파루크가 존경스럽다는 듯이 말하자 시골뜨기처럼 투박한 말투를 쓰는 아유바는 입을 다물었다. 그리하여 세 소년병은 붓다에 대한 소문들을 더욱더 열렬히 신봉하게 되었다. 오이 같은 코를 가진 이 사내, 기억 가족 역사를 거부하고 냄새 말고는 아무것도 없이 텅 비어버린 두뇌를 가진 이 사내에게 그들은 뜻하지 않게 점점 더 매료되었고…… "누가 쪽쪽 빨아먹은 빈 달걀 같잖아." 아유바는 동료들에게 투덜거리다가 다시 중심 주제로 돌아가서 이렇게 덧붙였다. "젠장, 오죽하면 코까지 채소처럼 생겼냐."

그들의 위화감은 쉽게 사라지지 않았다. 붓다의 무감각하고 텅 빈 공백 상태에서 '불순분자'의 흔적을 감지했기 때문일까? 과거와 가족을 거부하는 것은 그들이 '근절'하려고 노력하는 위험인물들의 전형적인 행동 유형이 아닌가? 그러나 기지 내의 장교들은 아유바의 요청을—"저희도 진짜 개를 데리고 다닐 수 없겠습니까?"—들은 체도 하지 않았고…… 그래서 아유바를 조장으로 인정하고 영웅처럼 떠받들기 시작한 타고난 추종자 파루크는 이렇게 외쳤다. "뭐 어쩌겠어? 그 선배 집안은 워낙 연줄이 막강하잖아. 보나마나 어느 고위층이 준장님한테 붓다 선배를 잘 봐주라고 했을 거야."

그리고 (삼총사 가운데 누구도 이런 생각을 말로 표현할 수는 없었겠지만) 그들이 느끼는 위화감의 밑바닥에는 당시 파키스탄 국민 모두의 가슴속에 탯줄처럼 묻혀 있던 정신분열에 대한 두려움, 분단에 대한 두려움이 도사리고 있었는지도 모른다. 그 무렵 동파키스탄과 서파키스탄은 광활한 인도 영토를 사이에 두고 멀리 떨어져 다리를 놓을 수도 없는 상태였다. 게다가 두 지역의 과거와 현재도 다리를 놓을 수 없을 만큼 판이했다. 두 지역을 하나로 묶어주는 접착제는 종교였다. 그리고 시간적인 면에서 각 지역의 특성을 극복하고 과거와 현재를 혼합해 하나로 묶어주는 접착제는 두 지역의 그때와 지금이 불가분의 관계라는 의식, 즉 우리가 동질적 통일체라는 의식이었다. 철학적 성찰은 이쯤에서 접기로 하자. 다만 여기서 내가 말하고 싶은 것은 붓다가 의식을 포기하고 역사를 탈피함으로써 최악의 본보기가 되었다는 사실, 그리고 다른 사람도 아니고 셰이크 무지브가 붓다를 본받았다는 사실이다. 무지브는 동파키스탄을 분리시켜 '방글라데시'라는 이름으로 독립을 선언하고 말았으니까! 그렇다, 아유바 샤히드 파루크가 불안감을 느낀 것은 당연한 일이었다. 왜냐하면 내가 이미 모든 책임에서 벗어났다고는 해도 1971년에 벌어진 일련의 분쟁은 비유적 연결방식의 작용에 따라 궁극적으로 내 책임이었기 때문이다.

어쨌든 나는 이제 새로운 동료들에게로 돌아가 변소에서 생긴 일을 이야기해야겠다. 탱크 같은 아유바는 우리 조를 이끌었고 파루크는 기꺼이 그를 따랐다. 그러나 세번째 소년병은 좀 우울하고 혼자 있기를 좋아하는 성격이었고, 그래서 나에게는 제일 가깝게 느껴졌다. 샤히드 다르는 열다섯번째 생일날 나이를 속이고 입대했다. 바로 그날 펀자브 지방의 소작인이었던 아버지가 샤히드를 밭으로 데려가서 그의 새 군복을 눈물로 적셨다. 다르 씨는 샤히드라는 이름이 '순교자'를 뜻한다는 사실을 상기시키면서 부디 그 이름에 부끄럽지 않은 아들이 되어달라고 말했다. 아비가 빚을 다 갚을 가망도 없고 열아홉 명이나 되는 자식들을 제대로 먹여 살릴 수도 없는 이 한심한 세상을 벗어나 부디 가문에서 최초로 낙원에 들어가달라는 당부였다. 이름이 가진 압도적인 힘, 그리고 그 힘 때문에 점점 다가오는 순교의 순간이 샤히드의 마음을 무겁게 짓눌렀다. 그때부터 그는 꿈속에서 자신의 죽음을 보기 시작했다. 죽음은 눈부시게 빛나는 석류의 모습으로 나타났는데, 언제나 그의 등 뒤에 둥실둥실 뜬 채로 그가 가는 곳마다 따라다니며 때가 오기를 기다렸다. 심란하고 다소 초라한 환상이었지만 석류 형태의 죽음 때문에 샤히드는 좀처럼 웃지 않는 내성적 성격으로 변해갔다.

좀처럼 웃지 않는 내성적 성격의 샤히드는 쿠티아 부대의 여러 조가 작전에 투입되어 기지를 나서는 장면을 목격하고는 자신의 시간, 즉 석류가 암시하는 죽음의 순간이 목전에 다가왔다고 확신했다. 병사 세 명과 군견 한 마리로 구성된 각 조가 위장한 지프차를 타고 속속 출발하는 것을 지켜보면서 그는 정치적 위기가 고조되고 있음을 간파했다. 때는 2월이었고 고위층의 짜증은 나날이 뚜렷해졌다. 그러나 탱크 아유바는 지엽적 사고방식을 벗어나지 못했다. 그의 짜증도 점점 심해졌지만 그 대상은 붓다에 한했다.

아유바는 기지 안에 거주하는 유일한 여자에게 반해버렸다. 깡마른 변소 청소부였는데 나이는 아직 열네 살도 안 된 듯했고 누더기 속에서 이제 막 젖꼭지가 솟아오르기 시작한 수준이었다. 누가 봐도 천박한 여자였지만 기지 안에 여자라고는 그녀뿐이었다. 게다가 변소 청소부치고는 치아가 아주 곱고 어깨 너머로 도도하게 돌아볼 때는 몸매도 제법 보기 좋아서…… 아유바는 소녀를 졸졸 따라다니기 시작했고, 그래서 그녀가 붓다의 이엉 움막에 들어가는 장면을 보게 되었고, 그래서 자전거를 건물에 기대어놓고 안장 위에 올라섰고, 그래서 그 위에서 떨어지고 말았다. 움막 안에서 벌어진 광경이 마음에 안 들었기 때문이다. 나중에 그는 변소 청소부의 팔을 거칠게 움켜쥐고 이렇게 따졌다: "왜 저런 미친놈하고 그 짓을 하는 거야? 이 아유바도 있는데 왜, 어째서?" 그러자 그녀는 인간사냥개를 좋아한다고 대답했다. 재미있는 사람이거든. 자기는 아무것도 못 느낀대. 자지를 내 몸속에 넣고 문질러도 아무 느낌도 없지만 그냥 기분이 좋다는 거야. 내 냄새가 마음에 든다고 하더라. 변소 청소부 소녀의 솔직하고 노골적인 대답에 아유바는 더욱더 울화통이 치밀었다. 그래서 네 영혼은 돼지똥처럼 추악하고 혓바닥에도 똥이 덕지덕지 묻었다고 욕설을 퍼부었다. 그리고 질투심에 사로잡혀 심술궂은 장난을 계획했다. 소변기에 점퍼 케이블을 연결해 전기가 통하게 만들 생각이었다. 표적이 될 부위가 마음에 쏙 들었다. 잘못을 저지른 곳을 직접 처벌할 수 있으니까.

"느낌이 없다고? 홍!" 아유바가 코웃음을 치면서 파루크와 샤히드에게 말했다. "두고 봐라: 그 인간이 깜짝 놀라게 만들 테니까."

2월 10일(야히아, 부토, 무지브가 고위급 회담을 거부한 날이기도 했다), 붓다는 생리적 충동을 느꼈다. 샤히드는 조금 걱정스러운 표정으로, 파루크는 즐거워하는 표정으로 변소 주변에서 서성거렸다. 한편 아유바는 소변기의 금속 발판과 지프차의 배터리를 점퍼 케이블로 연결해놓고 변소 오두막 뒤쪽에 숨었다. 그의 곁에는 시동을 켜놓은 지프차가 있었다. 이윽고 붓다가 나타났다. 마리화나 중독자처럼 눈이 흐리멍덩하고 걸음걸이는 구름 위를 걷는 듯했다. 붓다가 어슬렁어슬렁 변소 안으로 사라진 후 파루크가 낄낄거렸다. "어이, 아유바! 들어갔어!" 소년병들은 무시무시한 고통의 울부짖음이 들려오기를 기다렸다. 얼빠진 추적병이 오줌을 누기 시작하면 그 황금빛 물줄기를 타고 전류가 흐를 테고 소녀의 몸속을 들락거리던 자지는 따끔한 맛을 보게 될 터였다.

　그런데 비명 소리가 들리지 않았다. 어리둥절한 파루크가 실망한 듯이 눈살을 찌푸렸다. 시간이 더 흐르자 샤히드도 점점 초조해져 아유바 발로치에게 소리쳤다. "야, 아유바! 지금 뭐 하는 거야?" 그러자 탱크 아유바는, "뭐 하기는, 벌써 5분 전부터 켜놨는데!" ……그래서 샤히드가 변소 안으로—**전속력으로!**—뛰어들었다. 붓다는 마치 보름 정도는 방광을 비운 적이 없는 듯 몽롱한 쾌감에 젖은 표정으로 오줌을 누고 있었는데 그의 아래쪽 오이를 타고 전류가 흘러드는데도 전혀 느끼지 못하는 모양이었다. 벌써 몸속에 전기가 가득 차서 거대한 코끝에 파르스름한 불꽃이 빠지직거렸다. 샤히드는 성기로 전기를 빨아들이는 이 터무니없는 인간을 감히 건드릴 엄두가 나지 않아서 고래고래 소리쳤다. "빨리 전원 끊어! 저러다가 양파처럼 튀겨지겠어!" 그때 붓다가 왼손에 은제 타구를 들고 오른손으로 단추를 채우면서 태연하게 변소를 나섰다. 그리하여 세 명의 소년병은—맙소사, 얼음덩어리처럼 무감각하다더니!—붓다의 기억뿐만 아니라 감각도 완전히 마비되었다는 말이 사실이었음을 알게 되었는데…… 그날부터 일주일 동안 붓다를 건드리는 사람은 누구나 감전되었고, 그래서 변소 청소부 소녀도 그의 움막을 찾아가지 못했다.

　신기하게도 점퍼 케이블 사건 이후 아유바 발로치는 붓다를 못마땅하게 여기기는커녕 오히려 존경하는 태도로 대했다. 이 괴상한 사건이 계기가 되어 그들의 군견조는 진정한 동아리로 거듭나면서 비로소 지상의 악인들을 무찌를 태세를 갖추었다.

탱크 아유바는 붓다에게 충격을 주는 데 실패했다. 그러나 일개 필부가 실패하는 일을 위대한 인간은 거뜬히 성공시키는 법이다(야히아와 부토가 셰이크 무지브를 놀라게 하려고 마음먹었을 때는 한 치의 실수도 없었다).

1971년 3월 15일. 칠판이 있는 막사 안에 쿠티아 부대의 20개 조가 모였다. 화환으로 장식된 대통령의 사진이 병사 예순한 명과 군견 열아홉 마리를 물끄러미 내려다보았다. 야히아 칸은 최근에 무지브에게 즉시 자신과 부토를 만나 대화를 나누며 모든 골칫거리를 해결하자고 제안하면서 화해 의사를 밝혔다. 그러나 사진 속의 얼굴은 철저히 무표정해서 그의 무서운 속셈을 조금도 드러내지 않았고…… 이스칸다르 준장이 우쭐거리는 동안 특무상사 나지무딘이 명령을 하달했다. 병사 예순한 명과 군견 열아홉 마리는 군복을 벗으라는 지시를 받았다. 막사 안이 잠시 술렁거린다. 병사 열아홉 명이 군말 없이 군견들의 목에서 소속을 표시한 목걸이를 떼어낸다. 훈련이 잘된 개들은 눈을 치켜뜰 뿐 아무 소리도 내지 않는다. 붓다가 명령대로 옷을 벗기 시작한다. 동료 예순 명도 그의 모범을 따른다. 병사 예순한 명이 순식간에 차렷 자세로 돌아온다. 군용 베레모 바지 군화 셔츠 그리고 팔꿈치에 가죽 조각을 덧댄 녹색 스웨터 따위를 가지런히 쌓아두고 다들 추워서 덜덜 떤다. 꾀죄죄한 속옷만 남기고 다 벗은 예순한 명의 병사들에게 당번병 랄라 모인이 군대가 승인한 사복을 나눠준다. 나지무딘이 큰 소리로 명령을 내린다. 이윽고 모두 옷을 입었다. 더러는 룽기와 쿠르타 차림이고 더러는 파탄족의 터번을 둘렀다. 싸구려 레이온 바지를 입은 병사도 있고 사무원처럼 줄무늬 셔츠를 입은 병사도 있다. 붓다는 도티와 카미즈*를 걸쳤다. 그는 편안한 차림이지만 주위에는 몸에 잘 맞지도 않는 사복이 거북해서 자꾸 꼼지락거리는 병사들도 있다. 그러나 이것은 군사행동이다. 사람도 군견도 불평 한 마디 하지 않는다.

3월 15일, 명령대로 옷을 갈아입은 쿠티아 부대의 20개 조는 실론을 경유하여 다카로 공수되었다. 그중에는 샤히드 다르, 파루크 라시드, 아유바 발로치, 그리고 붓다도 끼어 있었다. 그들 말고도 서파키스탄의 정예군 6만 병력이 이렇게 우회적인 경로를 통해 동파키스탄으로 날아갔다. 그 6만 명도 예순한 명처럼 모두 사복 차림이었다. 작전 사령관은 티카 칸 장군**이었다(그는 말쑥한 파란색 더블브레스트 정장을 입었다). 한편 다카를 책임지고 관리하다가 결국 항복해버린 지휘관은 호랑이 니아지였다. 그는 부시 셔츠와 슬랙스를 입고 멋쟁이 중절모를 썼다.

우리는(즉 아무것도 모르는 예순한 명과 6만 명의 승객은) 인도 상공을 피하려고 실론을 경유했고, 그래서 최근에 또 한 번의 선거에서 압도적인 승리를 거둔—하원 515석 중 350석을 획득한—인디라 간디와 신(新) 국민회의당의 축제를 2만 피트 상공에서 구경할 기회를 놓치고 말았다. 인디라를 알지도 못하고 거대한 다이아몬드 같은 인도 전역의 담벼락과 깃발에 무수히 적힌 그녀의 선거 표어 가리비 하타오, 즉 '빈곤 퇴치'를 볼 수도 없었던 우리는 이른 봄 다카에 착륙했

---

* 허벅지까지 내려오는 긴 셔츠.
** 파키스탄 군인. 1971년 내란 당시 무자비한 토벌 작전을 벌여 '벵골의 학살자'라는 별명을 얻었다.

고 일시적으로 징발한 일반 버스에 실려 어느 군사기지로 달려갔다. 그러나 여행의 마지막 단계였던 이 여정에서 우리는 보이지 않는 축음기에서 흘러나오는 노랫가락을 듣지 않을 도리가 없었다. 곡명은 〈아마르 소나르 방글라〉*('우리 황금빛 뱅골', R. 타고르 지음)였는데 그 속에 이런 노랫말이 있었다. '봄철 내내 어머니의 망고 과수원 향기, 내 가슴은 기쁨에 겨워 터질 것만 같아라.' 그러나 우리 중에는 뱅골어를 아는 사람이 아무도 없었고, 그래서 다들 노랫가락에 맞춰 무심코 발장단을 치기는 했지만(거기까지는 인정할 수밖에 없다) 마음속에 은밀히 파고드는 노랫말의 파괴력은 우리에게 아무런 영향도 주지 못했다.

처음에 아유바 샤히드 파루크와 붓다는 방금 들어온 이 도시의 이름조차 듣지 못했다. 아유바가 채식주의자들의 파멸을 상상하면서 속삭였다. "내가 뭐랬어? 이제야 그놈들을 혼내줄 때가 왔어! 첩보원 임무라니까! 다들 사복을 입었잖아! 본때를 보여주자, 22조! 타탕! 따다당! 콰앙!"

그러나 우리가 도착한 곳은 인도가 아니었고 우리의 표적은 채식주의자들이 아니었다. 그리고 며칠 동안 기다린 후 다시 군복이 지급되었다. 그렇게 두번째로 옷을 갈아입은 날은 3월 25일이었다.

3월 25일, 야히아와 부토가 별안간 무지브와의 대화를 중단하고 서파키스탄으로 돌아가버렸다. 그리고 밤이 되었을 때 이스칸다르 준장이 쿠티아 막사 안으로 불쑥 들어왔고 곧이어 나지무딘과 랄라 모인

---

* 1905년 타고르가 작사 작곡한 노래. 1972년 방글라데시 애국가로 채택되었다.

이 군복 예순한 벌과 개목걸이 열아홉 개의 무게에 비틀거리며 나타났다. 나지무딘이 말했다: "빨리들 갈아입어라! 잡담 말고 움직여! 하나 둘, 빨리빨리!" 비행기 승객들이 군복을 입고 무기를 들었다. 그러는 동안 이스칸다르 준장이 마침내 우리의 여행 목적을 밝혔다. "그 무지브라는 놈. 우리가 손 좀 봐줘야겠다. 깜짝 놀라게 해준다!"

(3월 25일, 부토와 야히아가 대화를 중단해버린 후 셰이크 무지부르 라만이 방글라데시의 독립을 선포한 날이었다.)

쿠티아 부대는 조별로 막사를 빠져나가 대기 중인 지프차에 올라탔다. 기지 안의 확성기에서 애국적인 노래를 부르는 자밀라 싱어의 녹음된 목소리가 떠들썩하게 울려 퍼졌다. (아유바가 팔꿈치로 붓다를 툭 치면서: "잘 들어봐. 누군지 모르겠어? 생각 좀 해보라고! 저게 바로 선배가 사랑하는…… 젠장, 냄새 맡는 거 말고는 아무짝에도 쓸모가 없으니, 원!")

한편 정예군 6만 명도 자정에—다른 시간일 리가 있겠는가?—막사를 나섰다. 민간인-복장으로-날아온-승객들이 탱크의 시동단추를 눌렀다. 그러나 아유바 샤히드 파루크와 붓다는 이스칸다르 준장에게 선발되어 그날 밤의 가장 중요한 모험에 동행했다. 그래, 파드마: 무지브가 체포될 때 그를 찾아낸 사람이 바로 나였다. (그들은 나에게 무지브의 낡은 셔츠 한 벌을 구해주었다. 그렇게 냄새를 익히고 나면 나머지는 식은 죽 먹기였다.)

파드마가 번민에 빠져 제정신이 아니다. "아무리 그래도 그렇지, 설마 그런, 설마 당신이, 어떻게 그런 짓을……?" 그러나 파드마: 사실이다. 나는 모든 진실을 밝히겠다고, 티끌만큼도 감추지 않겠다고 이미 약속했다. (그러나 파드마의 얼굴에 또 달팽이 자국이 생겼다. 그녀가 설명을 요구한다.)

그래서—믿거나 말거나 엄연한 사실이니까!—나로서는 앞에서 했던 말을 되풀이할 수밖에 없다. 타구가 내 뒤통수를 때리는 순간 모든 일이 끝나고 모든 일이 새로 시작되었다. 일찍이 필사적으로 자신의 존재의미를 찾으려 했던 살림, 고귀한 사명을 원했던 살림, 숄처럼-사뿐히-내려앉는-천재성을 갈망했던 살림은 사라져버렸고, 장차 그가 다시 나타나기 위해서는 밀림의 뱀 한 마리가…… 아무튼 그 무렵에는 오로지 붓다밖에 없고-없었고, 그는 노래하는 목소리가 자신의 가족이라는 사실도 모르고, 아버지와 어머니를 기억하지도 못하고, 그에게는 자정도 중요하지 않고, 과거를 말끔히 씻어버리는 사고를 당하고 나서 얼마쯤 시간이 흐른 후 육군병원에서 깨어났고, 그래서 군인으로서의 운명을 순순히 받아들였고, 그렇게 주어진 삶을 감수하고, 묵묵히 명령에 복종하고, 따라서 이 세상에 살면서도 이 세상 사람이 아니고, 그저 현실에 순응할 따름이고, 길거리에서든 강변에서든 사람이든 짐승이든 추적할 수 있는 능력을 가졌고, 도대체 어떤 경위로, 누구로 인해, 누구를 위해, 누구의 보복과 음모 때문에 군복을 입게 되었는지는 알지도 못하지만 알고 싶어 하지도 않는다. 간단히 말해서 그는 쿠티아 22조의 유능한 추적병일 뿐, 그 이상도 그 이하도 아니다.

그건 그렇고, 이 기억상실증이라는 것은 얼마나 편리한가! 얼마나 많은 잘못을 정당화하는가! 그러니 나라도 나서서 스스로를 비판해

야겠다: 당시 붓다가 고수했던 순응의 자세는 세상의 중심이 되기를 바랐던 시절보다 더 불행하지도 않고 덜 불행하지도 않은 결과를 낳았다. 그리고 여기 다카에서 그 결과가 속속 드러났다.

"아니야! 그럴 리가 없어!" 파드마가 울부짖는다. 그날 밤 일어났던 일들을 이야기하는 동안 그녀는 줄곧 그렇게 부정하려고만 한다.

1971년 3월 25일 자정: 붓다는 포화에 시달리는 대학교 앞을 지나서 셰이크 무지브의 거처로 병력을 안내했다. 학생들과 강사들이 기숙사에서 뛰쳐나왔다. 그들은 총알세례를 받았고 머큐로크롬이 잔디밭을 물들였다. 그러나 셰이크 무지브는 사살되지 않았다. 아유바 발로치가 무지브에게 수갑을 채우고 대기 중인 승합차에 거칠게 밀어넣었다. (옛날 후추통 혁명 후에도 그런 일이 있었듯이…… 다만 무지브는 알몸이 아니었다. 초록색-노란색 줄무늬 파자마를 입고 있었다.) 우리가 차를 타고 밤거리를 달려갈 때 창밖을 내다보던 샤히드는 도저히 현실이라고는 믿을-수-없고-믿고-싶지도-않은 일들을 목격했다. 군인들이 노크도 없이 여자들의 합숙소에 난입했다. 군인들은 여자들을 길거리로 끌어냈고 역시 노크도 없이 여자들의 몸속에 난입했다. 신문사마다 불길에 휩싸여 값싸고 질 나쁜 신문용지가 우중충한 누렁껌정 연기를 뿜어냈고, 노동조합 사무실은 모두 돌무더기로 변했고, 도로변의 시궁창에는 사람들이 즐비했는데 다들 잠들었다고 말할 수도 있겠지만 맨살이 드러난 가슴팍에 여드름 자국처럼 총알구멍이 뿡뿡 뚫려 있었다. 아유바 샤히드 파루크는 차창 너머로 지나가는 풍경을 말없이 바라보았다. 우리 군인들이, 알라의 병사들이, 일당백의 용사들이 파키스탄의 분열을 막으려고 화염방사기 기관총 수류탄으로 시내 빈민굴을 하나하나 초토화시켰다. 우리는 셰이크 무지브를 공항으로 압송했다. 아유바가 권총으로 무지브의 궁둥이를 찌르면서 강제로 비행기에 태울 때쯤—비행기가 서파키스탄에 도착하면 무지브는 곧바로 감금될 신세였다—붓다는 이미 눈을 감고 있었다. (그는 탱크 아유바에게 이렇게 말한 바 있다. "지나간 일로 머리 복잡하게 만들지 마. 나는 지금의 내 모습 그대로일 뿐이야.")

이스칸다르 준장이 병사들을 독려했다: "아직도 백해무익한 놈들이 많이 남았다!"

생각이 너무 고통스러울 때는 차라리 행동이 최고의 해결책일 수도 있는데…… 군견들은 개줄을 벗어나려고 몸부림을 치다가 줄이 풀리는 순간부터 기뻐 날뛰며 임무에 착수한다. 아으, 불순분자들을 뒤쫓는 사냥개들이여! 아으, 무더기로 검거되는 교수들과 시인들이여! 아으, 체포되지 않으려고 저항하다가 사살되고 마는 불행한 아와미연맹 당원들과 기자들이여! 전쟁에 대비하여 훈련된 개들이 도시를 공포의 도가니로 몰아넣는다. 사냥개들은 지칠 줄 모르지만 병사들은 그렇게 강인하지 않다. 불타는 빈민굴의 악취가 코를 찌를 때마다 파루크 샤히드 아유바는 번갈아가며 구역질을 한다. 그러나 정작 탁월한 후각 때문에 그 악취 속에서 무서울 정도로 생생한 영상을 떠올릴 수밖에 없는 붓다는 그저 묵묵히 임무를 수행할 뿐이다. 목표물만 찾아내고 나머지는 소년병들에게 맡긴다. 연기가 자욱한 도시의 폐허 속에서 쿠티아 부대원들이 마음껏 활보한다. 오늘 밤 불순분자들은 그 누구도 안전할 수 없다. 안심할 수 있는 은신처는 어디에도 없다. 블러드하운드*가 파키스탄의 화합을 해치는 도망자들을 추적한다. 울프

하운드**도 뒤질세라 포악한 이빨로 사냥감을 물어뜯는다.

그날 밤 우리 22조는 몇 명이나 체포했을까? 열 명? 사백이십 명? 천 명하고도 한 명? 얼마나 많은 다카 지식인들이 겁을 먹고 여자의 치맛자락 속에 숨었다가 길거리로 질질 끌려 나왔을까? 이스칸다르 준장은 화합을 추구하는 군견들을 몇 번이나 풀어놓았을까? "이 냄새를 찾아라! 이게 바로 불순분자들의 악취다!" 3월 25일 밤에 일어난 사건 중에는 영원히 밝혀질 수 없는 일들이 수두룩하다.

통계치는 쓸모없다: 1971년 한 해 동안 천만 명의 난민이 동파키스탄-방글라데시의 국경을 넘어 인도로 도망쳤다지만 천만 명이라는 숫자는 (1001보다 큰 숫자라면 모두 그렇듯이) 도저히 가늠할 수가 없다. 비교를 해봐도 소용없다. '인류 역사상 최대의 인구 이동' ─ 의미 없다. 엑소더스***보다 더 큰 규모로, 분리주의 집회보다 더 거대한 규모로, 수많은 머리를 가진 괴물이 인도로 쏟아져 들어갔다. 국경 지역에서는 인도 군인들이 '묵티 바히니'****라고 불리는 게릴라들을 훈련시켰고 다카는 호랑이 니아지가 장악하고 있었다.

그런데 아유바 샤히드 파루크는? 녹색 옷을 입은 우리 소년병들은? 그들은 동료 육식주의자들과 대적해야 하는 이 싸움을 어떻게 생각했을까? 반란을 일으켰을까? 혐오감을 가누지 못하고 장교들을─

---

\* 후각이 예민하여 추적 및 수색 활동에 이용되는 대형견.

\*\* 늑대 사냥에 이용되던 대형 수렵견.

\*\*\* 이스라엘 민족의 이집트 탈출.

\*\*\*\* '해방군'이라는 뜻의 벵골어. 파키스탄 내전(방글라데시 해방전쟁) 당시 서파키스탄군에 저항했던 무장단체들의 총칭이다.

이스칸다르, 나지무딘, 심지어 랄라 모인까지—벌집으로 만들어버렸을까? 그러지는 않았다. 비록 천진난만함을 잃기는 했지만, 비록 눈초리가 사나워지기는 했지만, 비록 세상만사에 대한 확신을 영영 빼앗기기는 했지만, 그리고 비록 윤리적 절대 기준이 훼손되기는 했지만, 우리 조는 묵묵히 임무를 수행했다. 명령에 복종하는 사람은 붓다만이 아니었고…… 그렇게 싸움이 한창일 때 하늘에서는 자밀라 싱어의 목소리와 R. 타고르가 지은 노래를 부르는 이름 모를 목소리들이 싸움을 벌였다: "들판에서 거둔 쌀이 그늘 밑 시골집에 그득하나니, 내 가슴은 기쁨에 겨워 터질 것만 같아라."

아유바 일행도 가슴이 터질 것만 같았지만 기쁨 때문이 아니었다. 그들은 명령을 따랐고 붓다는 냄새의 흔적을 따랐다. 쿠티아 22조는 도심으로 깊숙이 들어갔다. 서파키스탄 병사들은 자기들이 악행을 저지르고 있다는 사실을 잘 알았고, 그래서 엉뚱한 곳에 화풀이를 했고, 그래서 도시는 폭력과 광기와 유혈극이 난무하는 아수라장이 되었다. 시꺼멓게 그을린 거리를 지날 때마다 붓다는 땅바닥에만 주의를 집중하면서 열심히 냄새를 맡았다. 땅바닥에 무수히 널린 담뱃갑 소똥 쓰러진-자전거 버려진-신발 따위는 무시해버렸다. 그러던 중 다른 임무가 떨어져 지방으로 내려가게 되었다. 시골에서는 묵티 바히니를 숨겨주었다는 이유로 집단 책임을 물어 마을 전체를 불태우는 일이 비일비재했다. 붓다와 세 명의 소년병은 아와미연맹의 하급 간부들과 유명한 공산주의자들을 색출했다. 그들은 저마다 짐보따리를 머리에 이고 피란길에 나선 시골사람들을 지나고 끊어진 철도와 불탄 나무들을 지났다. 마치 눈에 보이지 않는 어떤 힘이 그들의 발길을 유도하여 점점 더 깊고 캄캄한 광란 속으로 끌어들이는 듯했다. 새로운 임무를 맡을 때마다 그들은 계속 남으로 남으로 남으로, 언제나 바다 쪽으로, 갠지스 강의 어귀와 바다가 있는 곳으로 점점 더 가까이 다가갔다.

그러다가 마침내—그때 그들이 추적하던 사람이 누구였느냐고? 이런 상황에서 이름 따위가 중요할까?—붓다와는 정반대의 재능을 가졌지만 실력은 막상막하인 사냥감을 뒤쫓게 된 것이 분명했다. 그렇지 않다면 어째서 그자를 빨리 붙잡지 못하고 그토록 오랫동안 시간 낭비만 했을까? 쿠티아 22조는 마침내—집요한 추적과 가차 없는 체포를 강조하던 훈련 내용을 무시할 수 없으므로—영원히 완수할 수 없는 임무를 맡게 되었다. 상대는 요리조리 잘도 빠져나가고, 이제 와서 빈손으로 귀대할 수도 없고, 그래서 그들은 점점 희미해지는 흔적을 따라 계속 남으로 남으로 남으로 내려갔다. 어쩌면 냄새 말고 또 다른 유인이 있었는지도 모르겠다. 내 인생은 걸핏하면 운명의 장난에 희롱당하는 인생이니까.

그들은 배 한 척을 징발했다. 붓다가 흔적이 강을 따라 내려갔다고 말했기 때문이다. 아무도 돌보지 않는 무논이 끝없이 펼쳐진 지역에서 그들은 굶주림 불면 피로에 시달리며 노를 저어 보이지 않는 사냥감을 뒤쫓는다. 거대한 갈색 강줄기를 따라가는 동안 전쟁터는 까마득히 멀어져 생각나지도 않지만 여전히 냄새가 그들을 부른다. 이곳에서 강은 아주 친숙한 이름으로 불린다: 파드마 강. 하지만 그 이름은 이 지역의 속임수일 뿐이다. 사실 이 강은 여전히 시바 신의 머리카락을 타고 지상으로 흘러내리는 물의 어머니, 강가(Ganga) 여신이다. 붓다는 벌써 며칠째 한마디도 하지 않는다. 그저 손가락으로 저기, 저쪽, 하고 가리킬 뿐이고 그들은 바다를 향해 남으로 남으로 남으로 계속 나아간다.

날짜조차 알 수 없는 어느 날 아침. 그날도 무의미한 추격을 벌이다가 파드마-강가 강의 기슭에 배를 묶어두고 잠들었던 아유바 샤히드 파루크가 배 위에서 눈을 떠보니 붓다가 보이지 않았다. "알라, 알라!" 파루크가 호들갑을 떤다. "다들 하느님께 살려달라고 빌어! 그 인간이 우리를 이런 물바다에 데려다놓고 도망쳐버렸어. 모두 네 잘못이야, 아유바, 네가 점퍼 케이블로 장난을 쳤기 때문에 이렇게 복수하는 거라고!" ……해가 떠오른다. 하늘에는 낯설고 신기한 새들. 생쥐처럼 뱃속을 갉아먹는 배고픔과 두려움. 이러다가 혹시, 혹시 묵티 바히니를 만나기라도 하면…… 다들 부모 생각이 간절하다. 샤히드는 간밤에 석류 꿈을 꾸었다. 절망이 뱃전을 두드린다. 멀리 수평선 부근에는 좌우로 세상 끝까지 뻗어가는 불가사의한 무한한 거대한 초록색 벽! 아무도 입 밖에 내지 않는 공포: 어떻게 저럴 수가, 우리가 보고 있는 저것이 어떻게 사실일 수가, 도대체 누가 세상을 가로지르는 벽을 만들 수 있단 말인가? ……그때 아유바가 말한다. "저기, 저기 좀 봐라! 맙소사!" 무논에서 느릿느릿하고 이상야릇한 추격전이 한창이다. 맨 앞에는 오이처럼 생긴 코 때문에 멀리서도 한눈에 알아볼 수 있는 붓다가 달려오고, 그 뒤에는 농부 한 명이 마치 성난 시간 할아버지*처럼 낫을 휘두르며 무논을 가로질러 첨벙첨벙 쫓아오고, 한편 논둑 위에서는 사리 자락을 다리 사이에 끼고 머리를 풀어헤친 여자가 목이 터져라 애원하면서 허둥지둥 따라오고, 한편 낫을 든 복수의 화신은 물에 잠긴 벼 포기에 걸려 넘어지는 바람에 머리끝부터 발끝까지 흙탕물을 뒤집어썼다. 아유바가 초조감과 안도감을 가누지 못하고 소리친다: "저 바람둥이 좀 봐라! 이번엔 시골여자를 건드렸구나! 빨리 뛰어, 붓다 선배, 그러다가 붙잡히면 아래위에 달린 오이 두 개가 싹둑싹둑 잘리겠다!" 그러자 파루크가, "정말 그렇게 되면 어쩌냐? 붓다가 싹둑싹둑 잘리면 우린 어떻게 되는 거지?" 그러자 탱크 아유바가 권총을 뽑아든다. 아유바가 겨냥한다. 양손을 앞으로 내밀고 흔들리지 않도록 고정시킨 후 방아쇠를 당긴다. 낫이 허공으로 휘리릭 날아간다. 그리고 농부의 두 팔이 마치 기도하듯이 하늘을 향해 천천히 천천히 올라가고, 두 무릎이 툭 꺾이면서 흙탕물 속으로 가라앉고, 그다음에는 얼굴도 수면 아래로 내려가서 마침내 이마를 흙바닥에 처박는다. 논둑 위의 여자가 울부짖는다. 이윽고 아유바가 붓다에게 말한다: "다음번엔 선배를 쏴버릴 거야." 탱크 아유바가 사시나무처럼 와들와들 떤다. 시간 할아버지는 시체가 되어 무논에 엎어져 있다.

그래도 무의미한 추격은 계속되고, 적은 여전히 보이지 않고, 붓다는 또 "저쪽" 하고 말하고, 네 사람은 노를 저으며 남으로 남으로 남으로 내려가고, 그들은 시간을 살해하고 날짜마저 잊었으며 이제는 자기들이 누군가를 쫓는지 누군가에게 쫓기는지조차 알지 못하지만, 어쨌든, 무엇 때문이든 간에, 그들은 불가사의한 초록색 벽을 향해 더

---

\* 시간을 의인화한 존재. 흔히 큰 낫과 모래시계를 든 노인으로 묘사된다.

가까이 더 가까이 다가간다. "저쪽." 붓다가 고집을 부리는 바람에 어쩔 수 없이 역사의 손길도 좀처럼 미치지 못하는 빽빽한 밀림 속으로 들어간다. 순다르반이 그들을 삼켜버린다.

# 순다르반에서

솔직히 인정한다: 우리가 남으로 남으로 남으로 내려간 이유는 좀처럼 잡히지 않는 마지막 사냥감 때문이 아니었다. 독자들에게 허심탄회하게 고백하련다: 아유바 샤히드 파루크는 추적과 도주를 구별하지 못했지만 붓다는 자기가 무슨 짓을 하는지 알고 있었다. 이렇게 내 잘못을 시인하고 비윤리적 행위를 폭로하고 비겁의 증거를 제시하는 것이 미래의 논객이나 펜촉에 독을 묻힌 비평가들에게 또 하나의 무기를 쥐여주는 일이라는 사실을 잘 알면서도(그러나 그들에게 미리 말해둔다: 나는 예전에 이미 두 번이나 뱀독에 당했지만 두 번 모두 독성을 이겨냈다고) 나는 붓다가 더는 명령에 복종하고 임무를 수행할 수 없어 마침내 도망치고 말았음을 밝힐 수밖에 없다. 구더기처럼 영혼을 갉아먹는 비관주의 허무주의 죄의식에 감염된 그는 역사도

이름도 없고 익명성만 존재하는 열대우림 속으로 달아나버렸고 이때 세 명의 소년병도 함께 데려갔다. 여기서 내가 말로 표현할 뿐만 아니라 아예 피클로 만들어 영원히 보존하고 싶은 것은: 그러한 정신상태에서는 명령 복종에 따르는 참담한 결과들을 외면하고 싶어도 외면할 수 없으며 그렇게 현실을 과잉섭취하고 나면 차라리 안전한 꿈의 세계로 도피하려는 위험한 갈망이 생긴다는 사실인데…… 그러나 모든 피란처가 그렇듯이 밀림도 붓다가 기대했던 것과는 전혀 달라서 피란처 이상이기도 하고 이하이기도 했다.

"그래도 기뻐요." 우리 파드마가 말한다. "당신이 도망쳐서 기쁘다고요." 그러나 나는 재차 강조한다: 내가 아니었다. 그였다. 붓다였다. 나중에 뱀을 만날 때까지 그는 아직 살림이 아니었다. 비록 탈영하기는 했지만, 그리고 갯바위에 달라붙은 따개비처럼 은제 타구 하나를 꽉 움켜쥐고 있었지만, 그는 여전히 과거로부터 단절된 상태였다.

그들의 등 뒤에서 밀림이 무덤처럼 닫혔다. 그때부터 몇 시간 동안 그들은 대성당의 아치문 같은 나무 아래로 미로처럼 구불구불 이어져 어디가 어딘지 알 수 없는 소금물 수로를 따라 미친 듯이 노를 저었지만 점점 피로가 심해질 뿐, 결국 아유바 샤히드 파루크는 완전히 방향감각을 잃어버리고 말았다. 이따금 붓다가 "저쪽" 하고 가리키면 그쪽으로, 다시 "저쪽" 하면 또 그쪽으로 방향을 돌렸지만 피로마저 무시한 채 열심히 노를 저어도 이 밀림을 벗어날 가능성은 도깨비불처럼 점점 멀어지기만 하는 듯했다. 마침내 그들은 절대로 실수하지 않는다는 추적병에게 대들었다. 그러자 언제나 푸르스름하고 흐리멍덩하던 그의 눈동자에 작은 빛이 반짝하는 듯했는데 죄책감 같기도 하고 안도감 같기도 했다. 이윽고 푸른 무덤 같은 밀림 속에서 파루크가 중얼거렸다: "선배도 모르는구나. 그냥 닥치는 대로 헤맨 거였어." 붓다는 침묵을 지켰지만 그들은 그 침묵 속에서 자기들의 운명을 읽었다. 아유바 발로치는 마치 두꺼비가 모기를 삼키듯이 밀림이 그들을 삼켜버렸음을, 그래서 두 번 다시 태양을 볼 수 없음을 확신하게 되었고, 그래서 이른바 탱크 아유바가 완전히 낙담해서 장맛비 같은 울음을 터뜨렸다. 상고머리 사내가 우람한 덩치에 어울리지 않게 어린애처럼 엉엉 우는 모습에 파루크와 샤히드도 이성을 잃고 말았다. 파루크가 느닷없이 붓다에게 덤벼들어 하마터면 배가 뒤집힐 뻔했지만 붓다는 가슴 어깨 팔에 소나기처럼 쏟아지는 주먹을 묵묵히 감내했고, 마침내 샤히드가 안전을 위해 파루크를 뱃바닥에 찍어 눌렀다. 아유바 발로치는 꼬박 세 시간인지 사흘인지 삼 주 동안인지 울음을 그치지 않았는데, 마침내 비가 내리기 시작해 굳이 눈물을 흘릴 필요가 없게 되었고, 샤히드 다르는 자기도 모르게 이렇게 말했다. "자, 네가 우는 바람에 무슨 일이 생겼는지 보란 말이야." 그 말은 그들이 벌써 밀림의 논리에 굴복하기 시작했다는 증거였지만 그것은 시작에 불과했다. 비 내리는 숲의 비현실성에 저녁의 신비가 더해지면서 순다르반이 점점 자랐기 때문이다.

처음에는 뱃바닥에 고인 빗물을 퍼내느라 너무 바빠서 미처 알아차리지 못했고 수위가 점점 높아져 당황한 탓도 있었겠지만 나중에는 마지막 여명 속에서 밀림이 점점 커지고 강력해지고 사나워진다는 사실을 부인할 수 없게 되었다. 크고 오래된 맹그로브나무들의 굵직한 말뚝 같은 뿌리가 어스름 속에서 목마른 듯 구불거리며 빗물을 빨아들이더니 코끼리 코보다 더 굵어졌고 나무줄기도 점점 더 높이 자라서 샤히드 다르가 나중에 말했듯이 우듬지에 내려앉은 새들은 하느님께 노래를 불러드릴 수 있을 정도였다. 높다란 니파야자 꼭대기의 잎사귀들이 거대한 녹색 손바닥처럼 펼쳐지더니 밤의 폭우 속에서 점점 부풀어 나중에는 숲 전체에 초가지붕을 덮은 듯했고, 그러다가 니파야자 열매가 떨어지기 시작했는데 지상에 존재하는 야자열매 중에서 제일 큰 열매가 까마득한 높이에서 떨어지면서 무시무시한 가속도가 붙어 수면에 닿는 순간 마치 폭탄이 터지는 듯했다. 배 안에 빗물이 차올랐다. 물을 퍼낼 도구라고는 그들이 쓰고 있던 부들부들한 녹색 모자와 낡은 기* 깡통 하나가 전부였다. 이윽고 어둠이 내리고 공중에서는 니파야자 열매의 폭격이 계속될 때 샤히드 다르가 말했다. "이젠 어쩔 수 없어. 상륙해야겠다." 그러나 그의 마음속에는 석류 꿈에 대한 생각뿐이었고 비록 열매 종류는 다르지만 이곳에서 그 꿈이 실현될지도 모른다고 생각했다.

눈이 빨개진 아유바는 겁에 질린 채 우두커니 앉아 있고, 파루크는 자신의 영웅이 무너져버린 모습을 보고 낙심한 듯하고, 붓다는 고개를 숙인 채 침묵만 지키고 있으니, 그나마 생각을 할 여력이 있는 사람은 샤히드뿐이었다. 그 역시 온몸이 흠뻑 젖고 기진맥진했지만, 그리고 사방에서 밤의 밀림이 정신 사납게 울부짖었지만, 죽음을 상징

---

* 물소 젖으로 만든 정제 버터.

하는 석류를 떠올릴 때마다 머리가 조금은 맑아졌기 때문이다. 그래서 우리에게 (그들에게) 점점 가라앉는 우리의 (그들의) 배를 기슭 쪽으로 저으라고 명령한 사람도 샤히드였다.

그때 니파야자 열매 하나가 아슬아슬하게 뱃전을 스쳐 떨어지면서 수면을 뒤흔드는 바람에 배가 홀러덩 뒤집히고 말았다. 그들은 어둠 속에서 소총 방수포 버터깡통을 머리 위로 들어 올리고 배를 끌면서 강변을 향해 허우적허우적 힘겹게 나아갔다. 그리하여 폭격을 퍼붓는 니파야자와 뱀처럼 꿈틀거리는 맹그로브나무 따위에 신경을 쓸 기력마저 빼앗긴 채 저마다 물이 흥건한 뱃바닥에 픽픽 쓰러져 곯아떨어지고 말았다. 이윽고 그들이 눈을 떴을 때는 날씨가 더워졌는데도 온몸이 흠뻑 젖어 덜덜 떨렸고 비는 굵은 가랑비로 바뀐 뒤였다. 그리고 그들의 몸에는 길이 7센티미터가 넘는 거머리들이 다닥다닥 붙어 있었다. 이 거머리들은 직사광선을 쬔 적이 없어 원래는 무색에 가까웠지만 지금은 피를 잔뜩 빨아먹어 모두 새빨갰는데, 워낙 탐욕스러운 놈들이라 배불리 먹은 다음에도 멈추지 않아서 네 사람의 몸뚱이에 달라붙은 채로 차례차례 터져버렸다. 핏물이 다리를 타고 흘러내려 숲 바닥에 뚝뚝 떨어졌다. 밀림이 그 피를 마시고 네 사람의 정체를 알아차렸다.

공중에서 떨어지는 니파야자 열매들이 밀림 바닥에 부딪혀 깨지면 거기서도 피처럼 붉은 액체가 흘러나왔는데 순식간에 무수히 많은 벌레가 모여들어 붉은 과즙을 새까맣게 뒤덮었다. 그중에는 거머리처럼 투명한 왕파리도 있었는데 이 파리도 과즙으로 배를 채우고 나면 붉은색으로 변했고…… 순다르반 밀림은 밤새도록 자란 듯했다. 여기서 제일 큰 나무는 순드리나무였는데 이 밀림의 이름은 바로 그 이름에서 유래했다. 이 나무들은 태양을 볼 수 있으리라는 실낱같은 희망조차 차단해버릴 만큼 키가 컸다. 우리 (그들) 네 명은 배에서 내렸다. 그리고 여기저기 암갈색 지렁이들이 뒤엉켜 꿈틀거리고 연분홍 전갈들이 우글거리는 단단한 맨땅을 밟았을 때 비로소 배고픔과 목마름을 다시 느꼈다. 나뭇잎에서 흘러내린 빗물이 사방에서 후두둑 떨어졌다. 그들은 밀림의 지붕을 향해 입을 딱딱 벌리고 빗물을 받아 마셨다. 그러나 이 물은 순드리나무의 잎과 맹그로브나무의 가지와 니파야자의 잎사귀를 거쳐 거기까지 내려오는 동안 밀림의 광기를 빨아들였고, 그래서 그 물을 마신 후 그들은 새들이 마치 나무가 삐걱거리는 듯한 소리로 울고 뱀들은 모조리 눈이 멀어버린 이 검푸른 초록색 세상의 속박에 점점 더 깊이 빠져들었다. 그렇게 밀림이 유발하는 혼란스럽고 위험한 정신상태 속에서 그들은 니파야자 열매와 으깬 지렁이를 섞어 첫 식사를 마련했는데, 그것을 먹고 나서 극심한 설사가 시작되는 바람에 혹시 끊어진 창자 토막이 섞여 나오지 않았나 싶어 배설물을 뒤적거리며 살펴볼 정도였다.

파루크가 말했다. "우리는 다 죽을 거야." 그러나 샤히드는 살고 싶은 강렬한 욕망에 사로잡혔다. 밤이 불러오는 온갖 의혹에서 벗어난 지금은 자기가 이런 식으로 죽을 리가 없다고 확신하게 되었기 때문이다.

장맛비가 조금 뜸해지기는 했지만 일시적 소강상태에 불과하다는 사실을 잘 아는 샤히드는 열대우림 속에서 길을 잃은 지금 이곳을 빠져나가려고 해봤자 소득이 없다고 판단했다. 금방이라도 장맛비가 다시 시작된다면 부실한 배가 가라앉을지도 모르기 때문이다. 그래서 샤히드의 지시에 따라 그들은 방수포와 야자나무 잎사귀로 움막을 만들었다. 샤히드가 말했다. "과일만 먹고도 살아남을 수 있어." 그들은 이미 오래전에 이번 여행의 목적을 깨끗이 잊어버렸다. 빛의 색깔마저 다른 이곳 순다르반에서 생각해보니 머나먼 현실세계에서 시작된 추적 임무가 오히려 허무맹랑한 공상 같아서 그 일을 뇌리에서 완전히 지워버릴 수 있었다.

그리하여 아유바 샤히드 파루크와 붓다는 꿈의 숲이 만들어내는 무시무시한 환상에 굴복하고 말았다. 다시 비가 퍼붓기 시작하면서 하루하루를 구분할 수도 없는 날들이 흘러갔다. 그들은 오한 열병 설사에 시달렸지만 아직 살아 있었고, 순드리나무와 맹그로브나무의 낮은 가지들을 끌어내려 움막을 개량했고, 니파야자 열매의 붉은 즙을 마셨고, 사람을 목 졸라 죽일 수 있는 뱀의 힘도 알게 되고 뾰족하게 깎은 막대기를 던져 알록달록한 새들의 가슴을 정확히 꿰뚫는 등 생존 기술도 하나하나 익혀갔다. 그러던 어느 날 밤 어둠 속에서 문득 눈을 뜬 아유바는 슬픈 표정으로 자신을 물끄러미 내려다보는 농부의 유령을 보게 되었다. 유령의 모습은 반투명했는데 가슴에는 총알구멍이 뚫리고 손에는 낫을 들고 있었다. 아유바가 배 위에서 내리려고 허우적거리자(그들은 엉성한 움막 안에 배를 끌어다놓고 생활했기 때문이다) 농부의 가슴에 뚫린 구멍에서 무색의 액체가 흐르더니 아유바의 오른팔에 떨어졌다. 이튿날 아침, 아유바의 오른팔이 움직이지 않았다. 마치 석고를 발라놓은 듯 꼿꼿하게 굳어 맥없이 늘어졌다. 파루크 라시드가 안쓰러워하면서 도와주려 했지만 아무 소용도 없었다.

아유바의 팔은 유령이 떨어뜨린 보이지 않는 액체에 갇혀 꼼짝도 하지 않았다.

그렇게 첫번째 유령이 나타난 후 그들은 이 숲이 무슨 일이든 할 수 있다고 믿게 되었다. 숲은 밤마다 그들에게 새로운 형벌을 내렸다. 지금까지 그들이 추적하여 체포한 사람들의 아내가 차례로 나타나 비난의 눈초리로 노려보고, 그들 때문에 아버지를 잃은 아이들은 울부짖거나 원숭이처럼 깩깩거리고…… 도회지 말투를 쓰는 무감각한 붓다조차도 형벌이 처음 시작되었을 때는 종종 한밤중에 깨어났는데 그때마다 숲이 형틀처럼 단단히 몸을 조여 숨을 쉴 수 없었다고 고백했다.

이윽고 그들을 충분히 괴롭힌 후—즉 그들이 예전의 모습과는 딴판으로 공포에 사로잡혀 와들와들 떠는 겁쟁이가 되었을 때—밀림은 양날을 가진 칼로 그들을 찔렀다. 향수병이라는 사치스러운 감정이었다. 어느 날 밤, 제일 먼저 유아기로 퇴행하여 움직일 수 있는 손의 엄지손가락을 빨기 시작한 아유바는 자신을 물끄러미 내려다보며 사랑이 담긴 맛있는 쌀과자를 내미는 어머니의 모습을 보게 되었다. 하지만 아유바가 이 라두를 받으려고 손을 내밀자 어머니는 황급히 달아나버렸다. 그녀는 거대한 순드리나무를 타고 올라가서 높은 가지에 꼬리를 걸고 대롱대롱 매달렸다. 어머니의 얼굴을 가진 하얀 유령 같은 원숭이는 밤마다 아유바를 찾아왔고, 얼마 후 그는 어머니의 과자보다 어머니를 더 자세히 기억하게 되었다: 어머니는 당신의 혼수품 상자들 사이에 오도카니 앉아 있기를 얼마나 좋아했던가! 그때마다 그녀도 혼수품의 하나인 듯, 마치 그녀의 친정아버지가 사위에게 선물로 준 물건인 듯싶었다. 순다르반 밀림 한복판에서 아유바 발로치는 난생처음으로 어머니를 이해하게 되었고, 그래서 손가락 빨기도 그만두었다. 파루크 라시드도 환상을 보았다. 어느 황혼 무렵에 그는 자기 형이 정신없이 숲속으로 달려가는 모습을 보고 아버지가 돌아가셨다고 확신했다. 파루크는 농부였던 아버지가 어느 날 자신과 발 빠른 형에게 들려준 이야기를 기억했다. 아버지는 근방에 사는 어느 지주에게 연리 300퍼센트로 돈을 빌렸는데, 최근에 돈 대신 영혼을 주겠다고 했더니 지주도 동의했다는 것이었다. 라시드 씨는 파루크의 형에게 이렇게 말했다. "내가 죽으면 네가 입을 크게 벌려라. 그래야 내 영혼이 네 몸속으로 날아들 테니까. 그러고 나면 잽싸게 도망쳐라. 지주가 너를 쫓아올 테니까!" 역시 놀라운 속도로 퇴행하던 파루크도 아버지의 죽음과 형의 도주 사실을 알고 나서는 밀림이 처음에 되살려놓았던 어린애 같은 버릇을 털어버릴 수 있는 힘을 얻었고, 배가 고플 때마다 울거나 걸핏하면 왜냐고 꼬치꼬치 캐묻던 짓을 그만두게 되었다. 샤히드 다르도 손윗사람의 얼굴을 가진 원숭이를 만났다. 부디 이름값을 하라고 당부하던 아버지였다. 그러나 이 만남 덕분에 샤히드는 그동안 명령에 무조건 복종해야 하는 전쟁터의 원칙 때문에 서서히 고갈되었던 책임감을 되찾을 수 있었다. 이 마법의 밀림은 지금까지 소년병들이 저지른 악행을 일깨우며 그들을 괴롭혔지만 이제는 그들의 손을 잡고 어른이 되는 새로운 길로 이끌어주는 듯했다. 그리고 그때부터 희망의 유령들이 나타나서 캄캄한 숲속을 너울너울 날아다녔다. 다만 이 유령들은 뚜렷이 보이지도 않고 붙잡을 수도 없었다.

　하지만 붓다에게만은 향수병이 생기지 않았다. 그는 어느 순드리나무 밑에 결가부좌를 틀고 앉아 있기를 좋아했다. 그의 눈과 정신은 텅 비어 있는 듯했고 요즘은 한밤중에 깨어나는 일도 없었다. 그러나 숲은 마침내 그를 변화시킬 방법을 찾아내고 말았다. 어느 날 오후, 비가 억수로 쏟아지며 나무들을 난타하고 안개가 되어 자욱하게 피어오를 때였다. 아유바 샤히드 파루크는 반투명한 장님 뱀 한 마리가 나무 밑에 앉아 있는 붓다의 발꿈치를 물고 독을 주입하는 광경을 목격했다. 샤히드 다르가 막대기로 뱀의 대가리를 뭉개버렸지만 머리끝에서 발끝까지 무감각한 붓다는 아무것도 느끼지 못한 듯했다. 그는 여전히 눈을 감고 있었다. 그때부터 소년병들은 인간사냥개가 숨을 거두기를 기다렸다. 그러나 나는 뱀독보다 강했다. 이틀 동안 그는 나무토막처럼 뻣뻣했고 두 눈은 가운데로 모여 세상이 마치 거울에 비친 영상처럼 왼쪽 눈에는 오른쪽 풍경이 보이고 오른쪽 눈에는 왼쪽 풍경이 보였다. 그러다가 마침내 몸이 풀리더니 흐리멍덩하던 눈빛도 또렷해졌다. 나는 뱀독의 충격 덕분에 과거를 되찾고 다시 온전해졌다. 그때부터 붓다의 입에서 과거가 쏟아져 나오기 시작했다. 두 눈이 정상으로 돌아오자마자 줄기차게 흘러나오는 이야기가 장맛비를 방불케 했다. 소년병들은 자정의 출생에서부터 주저리주저리 끊임없이 이어지는 붓다의 이야기에 넋을 잃고 귀를 기울였다. 지금 그는 지나간 모든 일을, 모든 기억을, 잃어버렸던 역사 전체를, 한 인간이 어른으로 성장하기까지 거쳐야 했던 무수하고 복잡한 과정들을 하나하나 되찾는 중이었다. 붓다가 잠자리에서 오줌을 지리는 이종사촌과 혁명을 일으킨 후추통과 완벽한 목소리를 가진 누이동생에 대해 이야기하는 동안 소년병들은 그 자리에서 꼼짝도 못 하고 입을 딱 벌린 채 마치 잎사귀로 오염된 물을 마시듯이 붓다의 인생을 들이켰고…… 아유바 샤히드 파루크는 (옛날옛날 한 옛날에는) 붓다에 대한 이런저런 소문이 사실인지 확인할 수만 있다면 무엇이든 아낌없이 내놓았을 것이다. 하지만 지금 이곳 순다르반에서는 탄성조차 내뱉지 않았다.

이야기는 계속되어: 뒤늦게 꽃핀 사랑이 나오고 달빛에 물든 침실과 자밀라가 나왔다. 그때 비로소 샤히드가 중얼거렸다. "그래서 그랬구나. 그런 고백을 했기 때문에 붓다가 곁에 있을 때마다 견디지 못하고……" 그러나 붓다는 아랑곳없이 이야기를 계속하는데, 특히 무엇인가를 생각해내려고 안간힘을 쓰는 기색이 역력하고, 그러나 그것만은 아무리 노력해도 떠오르지 않고, 잡으려 해도 잡히지 않고, 결국 그것이 무엇인지 알아내지 못하고, 그래서 성전에 대해 자세히 이야기하고 하늘에서 떨어진 물체가 무엇이었는지를 밝힌 다음에도 그는 여전히 불만스러운 듯이 눈살을 찌푸린다.

침묵이 흘렀다. 이윽고 파루크 라시드가 말했다. "맙소사, 한 사람의 마음속에 그렇게 많은 것들이 들어 있었으니, 그렇게 안 좋은 기억들이 많았으니, 지금까지 입을 다물고 살았던 것도 무리가 아니었구나!"

이제 알겠지, 파드마: 나는 이 이야기를 전에도 한 적이 있었다. 그런데 끝까지 떠오르지 않은 그것은 무엇일까? 무색 뱀 한 마리의 독이 모든 기억을 해방시켰지만 끝끝내 내 입에서 나오지 못한 그것은 무엇이었을까? 파드마: 붓다가 잊어버린 것은 자신의 성명이었다. (정확히 말하자면: 성이 아니라 이름.)

여전히 비가 내렸다. 날이 갈수록 강물의 수위가 올라갔다. 결국 더 높은 땅을 찾아 밀림 속으로 더 깊이 들어가야 한다는 사실이 분명해졌다. 비가 너무 세차게 쏟아졌기 때문에 배는 쓸모가 없었다. 그래서 샤히드의 지시에 따라 아유바와 파루크와 붓다는 점점 더 다가오는 강기슭에서 멀리 떨어진 곳으로 배를 끌어다놓고 순드리나무의 줄기에 정박용 밧줄을 묶은 후 나뭇잎으로 배를 가렸다. 이제는 더욱더 울창한 밀림의 불확실성 속으로 들어가는 것 말고는 선택의 여지가 없었다.

그때부터 순다르반 밀림의 성격이 한 번 더 바뀌었다. 아유바 샤히드 파루크는 몇백 년 전처럼 까마득한 언젠가 그들이 '불순분자'라고 부르던 사람들을 연행할 때 그 가족들이 외쳤던 비탄의 아우성을 다시 듣게 되었다. 소년병들은 고통과 비난이 가득한 피해자들의 목소리로부터 벗어나려고 미친 듯이 서두르며 밀림 속을 질주했다. 밤이 되면 유령 같은 원숭이들이 나무 위에 모여앉아 〈우리 황금빛 뱅골〉을 합창했다: "……어머니, 저는 비록 가난하지만 제가 가진 모든 것을 어머니께 바칩니다. 제 가슴은 기쁨에 겨워 터질 것만 같습니다." 끊임없이 들려오는 목소리들은 참을 수 없는 고문이었지만 도망칠 방법은 없고, 게다가 밀림에서 배운 책임감 때문에 죄책감도 몇 배로 늘어나서 이제는 한순간도 못 견디겠고, 그래서 세 명의 소년병은 마침내 궁여지책을 생각해냈다. 샤히드 다르가 허리를 구부리더니 빗물을 머금어 묵직해진 밀림의 진흙을 두 손에 움켜쥐었다. 그러더니 끔찍한 환청에 진저리를 치면서 열대우림의 위험한 진흙을 귓속에 쑤셔넣었다. 그러자 아유바 발로치와 파루크 라시드도 진흙으로 귀를 틀어막았다. 귀를 막지 않은 사람은 (한쪽 귀만 정상이고 다른 쪽은 이미 망가진) 붓다뿐이었다. 마치 밀림의 형벌을 기꺼이 감내하겠다는 듯이, 마치 피할 수 없는 죄책감을 수긍한다는 듯이…… 꿈의 숲에서 퍼올린 진흙 속에는 밀림의 곤충들이 지닌 은밀한 투명성과 선명한 주황색 새똥의 마력이 깃든 것이 분명했다. 그 진흙에 귀가 오염된 소년병들은 셋 다 완전히 귀머거리가 되어버렸다. 그래서 이제 잘못을 꾸짖는 밀림의 노랫소리는 벗어나게 되었지만 아주 단순한 손짓발짓으로 대화를 나눌 수밖에 없었다. 그러나 그들은 순드리나무의 잎들이 귓가에 속삭이던 온갖 불쾌한 비밀을 듣기보다 차라리 이 병적인 귀머거리 상태를 더 좋아하는 듯했다.

마침내 목소리들이 멈추었다. 물론 그때쯤에는 그 소리를 (정상적인 한쪽 귀로) 들을 수 있는 사람은 붓다뿐이었다. 네 명의 방랑자가 절망에 빠져 미칠 지경이 되었을 때 밀림은 마침내 수염처럼 우거진 나무들의 장막을 열어젖히고 인간들이 감동해서 목이 멜 정도로 아름다운 풍경을 보여주었다. 심지어 붓다조차도 타구를 더 힘껏 움켜쥐는 듯했다. 사람은 네 명이지만 정상적인 귀는 하나뿐인 이들 일행은 새들의 고운 노랫소리가 가득한 숲속의 빈터로 들어갔다. 빈터 한복판에는 어느 시대의 작품인지 모르겠으나 거대한 바윗덩어리 하나를 몇백 년 동안 깎아서 만든 어마어마한 힌두교 사원이 우뚝 서 있었다. 벽마다 남녀가 쌍쌍이 어우러진 여러 가지 모습을 나란히 새겨놓았는데, 성행위를 묘사한 이 조각상들 중에는 도저히 흉내 낼 수 없을 만큼 어려운 체위도 많고 더러는 아예 터무니없어 우스꽝스러울 정도였다. 네 사람은 자신의 눈을 믿을 수 없다는 듯 머뭇거리며 이 기적 같은 광경을 향해 다가갔다. 사원 안에서 그들은 드디어 끝없는 장맛비를 벗어나는 행복을 맛보았고 춤추는 검은 여신을 새겨놓은 거대한 신상도 발견했다. 파키스탄 출신의 소년병들은 이 여신이 누구인지 몰랐지만 붓다는 막강하고 무시무시한 칼리 여신*을 알아보았다. 그녀의 이에 금칠을 한 흔적이 남아 있었다. 네 명의 나그네는 여신의 발치에 누워 오랜만에 비를 맞지 않고 잠들었다. 그러다가 자정 무렵이었을까, 네 사람이 동시에 깨어났는데, 형언할 수 없을 만큼 아름다운 아가씨 네 명이 그들을 내려다보며 빙그레 웃고 있었다. 그 순간 샤히드는 낙원에서 순교자를 기다린다는 네 명의 천녀들을 떠올리고 자기가 밤사이 죽어버린 모양이라고 생각했다. 그러나 이 천녀들은 아무리 보아도 현실인 듯했고 그들이 알몸에 걸친 사리 한 벌은 여기저기 찢어지고 더러워져 밀림을 지나온 흔적이 역력했다. 이제 여덟 개의 눈동자가 여덟 개의 눈동자를 마주보는 가운데 여자들이 사리를 풀어내고 가지런히 접어 바닥에 내려놓았다. 그다음에는 모두 똑같이 생긴 숲의 딸들이 벌거숭이로 남자들에게 다가왔고, 곧 여덟 개의 팔이 여덟 개의 팔과 얽히고 여덟 개의 다리가 여덟 개의 다리와 뒤엉켰다. 팔다리가 많은 칼리 여신상 밑에서 나그네들은 기꺼이 여자들에게 몸을 맡겼다. 천녀들의 애무는 아무래도 현실 같았다. 입맞춤은 달콤했고, 격정을 못 이겨 깨물 때는 고통스러웠고, 손톱으로 할퀴면 자국이 남았다. 그리고 남자들은 바로 이것 바로 이것 바로 이것이야말로 그들에게 절실히 필요했다는 사실, 자신도 알지 못하는 사이 간절

---

* 탐욕스럽고 파괴적인 힌두교 최고의 여신으로, 시바 신의 아내인 샥티(데비)의 사나운 측면이다. 반대로 샥티의 자비로운 측면은 파르바티 여신이다.

히 열망했다는 사실, 그리고 밀림에 들어온 후 처음에는 어린애로 퇴
행하여 어린애처럼 슬퍼하는 과정을 겪었고 나중에는 추억과 책임감
의 공격과 더불어 새로 시작된 비난의 크나큰 괴로움을 이겨내고 살
아남아서 이제야 비로소 어린 시절을 영원히 벗어났다는 사실을 깨달
았다. 그리고 다음 순간, 그들은 이유도 의미도 귀먹음도 잊어버리고,
모든 것을 망각하고, 세상만사 아무것도 생각하지 않고, 다만 똑같이
생긴 네 명의 미녀에게 자신을 고스란히 바쳤다.

그날 밤 이후 그들은 먹을 것을 구하러 나갈 때 말고는 한시도 사원
을 떠날 수 없었다. 밤마다 한없이 감미로운 꿈처럼 나긋나긋한 여자
들이 다시 나타났다. 여자들은 늘 조용했고, 말은 한마디도 하지 않았
고, 사리는 언제나 단정하고 가지런하게 개켜놓았고, 길을 잃은 네 명
의 나그네와 사랑을 나눌 때마다 믿을 수 없을 만큼 황홀한 쾌감을 안
겨주었다. 이 순간이 얼마나 지속될지는 아무도 알지 못했다. 순다르
반에서는 시간도 알 수 없는 법칙에 따라 흐르기 때문이다. 그러던 어
느 날 그들은 서로를 바라보다가 자기들이 점점 투명해진다는 사실을
알아차렸다. 상대방의 등 뒤에 있는 사물을 볼 수 있었는데, 아직 또
렷하지는 않고 마치 망고 주스 너머로 보이는 풍경처럼 흐릿했지만
모두 깜짝 놀랐다. 그들은 이것이 밀림의 새로운 속임수인 동시에 최
악의 속임수였음을 깨달았다. 밀림은 그들의 간절한 소망을 실현시켜
꿈을 소모하게 만들었고, 그래서 꿈의 생명력이 점점 빠져나가는 바
람에 육체도 유리잔처럼 비어가면서 점점 투명해졌던 것이다. 붓다는
곤충들과 거머리들과 뱀들이 무색인 이유도 햇빛이 부족해서가 아니
라 곤충답고 거머리답고 뱀다운 상상력을 빼앗긴 탓이었음을 이제야

알게 되었는데…… 네 사람은 투명해진 몸을 보고 충격을 받아 난생처음 깨어난 사람처럼 화들짝 정신을 차렸고, 새로운 시선으로 사원을 바라보니 이 튼튼한 바위 여기저기에 커다란 균열이 눈에 띄었다. 금방이라도 거대한 돌덩어리가 떨어져 내려 그들을 뭉개버릴 수도 있는 상황이었다. 그리고 다음 순간, 그들은 이 버려진 신전의 어두컴컴한 한쪽 구석에서 작은 모닥불을 피운 듯한 흔적을 네 군데나 발견했다. 돌바닥에 그슬린 자국이 있고 오래된 잿더미가 있었는데 시체를 화장한 흔적 같기도 했다. 각각의 잿더미 한복판에는 비록 새까맣게 타버렸지만 아직 부서지지 않은 뼛조각들이 소복하게 쌓여 있었다.

붓다가 순다르반 밀림을 벗어난 과정에 대하여: 그들이 사원을 빠져나와 배를 놓아둔 곳으로 허둥지둥 달려가자 환각의 숲이 마지막으로 가장 무시무시한 수법을 사용했다. 그것은 그들이 미처 배 앞에 도달하기도 전에 시작되었는데, 처음에는 멀리서 우르르 하는 소리가 들리더니 곧 진흙 때문에 망가져버린 귓속에도 파고들 만큼 요란한 굉음으로 변했고, 그들이 허둥지둥 밧줄을 풀고 미친 듯이 배 위로 뛰어오르는 순간 파도가 덮쳐왔고, 배는 가랑잎처럼 물살에 휩쓸렸고, 이런 기세로 순드리나무나 맹그로브나무나 니파야자나무에 부딪힌다면 배는 순식간에 박살이 나겠지만 이 해일은 소란스러운 갈색 수로를 따라 하류 쪽으로 쏜살같이 그들을 밀어낼 뿐이었고, 지금까지 그들을 괴롭히던 숲이 거대한 초록색 벽으로 보일 만큼 눈부신 속도로 획획 지나가는데 마치 밀림이 싫증 난 장난감을 자신의 영토 밖으로 냅다 내던지는 듯했고, 그들은 상상도 못 할 만큼 엄청난 힘을 가진 파도에 실려 앞으로 앞으로 질주하면서 부러진 나뭇가지나 물뱀의 허물 따위와 더불어 속절없이 흔들렸고, 이윽고 파도의 힘이 점점 약해지나 싶더니 마침내 배가 나무 그루터기를 들이받아 산산이 부서졌고, 그들은 휘리릭 날아올랐다가 물에 잠긴 논바닥에 철퍼덕 떨어졌고, 파도가 점점 멀어져갈 때 그들은 허리까지 차는 물속에 멍하니 앉아 있었지만 다들 목숨은 건졌고, 그리하여 내가 평화를 찾으려고 도망쳐 들어갔던 꿈의 밀림에서 우리는 그 이상과 그 이하를 발견했고, 이제 그곳을 빠져나와 다시 군대와 날짜가 있는 세상으로 돌아오게 되었다.

그들이 밀림을 탈출한 때는 1971년 10월이었다. 여기서 내가 인정할 수밖에 없는 점은 그달에 해일이 일었다는 기록이 없고(그러나 나는 오히려 그것이 시간을 뒤죽박죽으로 만드는 숲의 놀라운 마력을 보여주는 또 하나의 증거라고 생각한다) 다만 그보다 일 년 남짓 전에 홍수가 나서 그 일대가 초토화되었다는 사실이다.

순다르반 밀림을 벗어난 다음에는 예전의 삶이 나를 기다리고 있었다. 그때는 미처 몰랐지만 과거의 인연으로부터 탈출할 방법은 없다. 과거의 내 모습은 영원히 나의 일부분이기 때문이다.

1971년 한 해의 7개월 동안 세 명의 병사와 그들의 추적병은 전쟁의 소용돌이를 벗어나서 온데간데없이 사라졌다. 그러나 그해 10월, 장마가 끝나고 게릴라 부대 묵티 바히니가 서파키스탄의 전초기지를 위협하기 시작할 때, 그리고 묵티 바히니의 저격병들이 병사들과 하급 장교들을 차례차례 제거할 때 우리 네 명은 어디선가 다시 나타났고, 선택의 여지가 별로 없었으므로 당시 그곳을 점령하고 있던 서파키스탄군의 본대에 다시 합류하려 했다. 나중에 누가 물어볼 때마다 붓다는 나무뿌리가 뱀처럼 사람을 휘감는 밀림 속에서 길을 잃었다는 허무맹랑한 이야기를 들려주면서 자신이 실종되었던 경위를 얼버무렸다. 그나마 소속 부대의 장교들에게 정식으로 조사를 받지 않은 것이 붓다에게는 참으로 다행스러운 일이었다. 아유바 발로치, 파루크 라시드, 샤히드 다르도 조사를 받지 않았다. 하지만 이들의 경우에는 심문을 받을 때까지 살아남지 못했기 때문이었다.

……소똥을 덧칠한 토담에 초가지붕을 얹은 오두막집이 옹기종기 모인 어느 버려진 마을에서—사람은커녕 병아리 한 마리도 남김없이 모조리 도망쳐 온 동네가 텅텅 비어 있었다—아유바 샤히드 파루크는 자기들의 신세를 한탄했다. 그들은 독성이 있는 열대우림의 진흙 때문에 귀머거리가 되어버렸는데, 온종일 비난의 목소리가 들려오던 밀림에서는 유리했지만 그곳을 벗어난 지금은 이 장애가 몹시 서러웠기 때문이다. 그들은 제가끔 큰 소리로 울부짖으며 모두 동시에 떠들었지만 서로의 말을 한 마디도 듣지 못했다. 그러나 붓다는 그들의 불평을 듣기 싫어도 들어야 했다. 세간도 없는 휑뎅그렁한 방에서 아유바는 구석으로 돌아서서 거미줄을 뒤집어쓰고 울부짖었다. "내 귀, 내 귀, 귓속에서 벌들이 윙윙거리는 것 같아!" 파루크는 화를 내면서 악을 썼다. "어쨌든 이게 다 누구 때문이야?—젠장, 냄새로 뭐든지 찾아낸다는 인간이 누구였지?—누가 저쪽, 저쪽, 하고 말했더라?—그런데 누가, 도대체 누가 우리 말을 믿어주겠어?—밀림이니 사원이니 투명한 뱀 따위를?—말도 안 되는 얘기잖아, 염병할, 붓다 저 새끼를 지금 당장 쏴 죽여야 속이 시원할 텐데!" 한편 샤히드는 조용히 이렇

게 중얼거렸다. "배고프다." 그들은 현실세계로 돌아오자마자 밀림에서 얻은 교훈을 깡그리 잊어버렸다. 그래서 아유바는, "내 팔! 맙소사, 시들어버린 내 팔! 유령이 흘린 그 액체 때문에……!" 그리고 샤히드는, "다들 우리가 탈영했다고 하겠지. 벌써 몇 달이 지났는데 포로 한 명도 못 잡고 빈손이잖아! 젠장, 보나마나 군법회의에 회부될 텐데, 붓다 선배는 어떻게 생각해?" 그리고 파루크는, "이 개새끼, 너때문에 우리 꼴이 어떻게 됐는지 보란 말이야! 맙소사, 이 군복 좀 봐라! 거지새끼 누더기처럼 너덜너덜하잖아! 이 꼬락서니를 보면 준장님이—그리고 그 나지무딘이—아무튼 우리 어머니 목을 걸고 맹세하는데 난 절대로—난 정말 겁쟁이가 아니란 말이야! 아니라고!" 그리고 샤히드는 개미들을 눌러 죽이고 손바닥에 붙은 놈들을 핥아먹으면서, "그건 그렇고, 귀대는 어떻게 하냐? 지금 우리 부대가 어디쯤에 있는지, 아니, 있기는 한지 아무도 모르잖아? 더구나 묵티 바히니가 어떤 놈들인지는 다들 충분히 보고 들었잖아? 탕! 탕! 그놈들이 숨어 있다가 쏴버리면 그대로 인생 종치는 거야! 개미새끼처럼 허무하게 죽는다고!" 그러나 파루크도 동시에 지껄인다. "문제가 군복뿐이라면 내가 말도 안 해! 이 머리 좀 봐라! 이게 군바리 머리냐? 벌레처럼 슬금슬금 내려와서 귀를 덮어버린 이 치렁치렁한 머리가? 이런 미친년 머리가? 맙소사, 우린 보나마나 총살감이야. 담벼락에 나란히 세워놓고 탕! 탕! 안 그러는지 두고 보라고!" 그러나 이때 탱크 아유바는 오히려 잠잠해진다. 아유바가 손바닥에 얼굴을 묻고 나지막이 혼잣말을 하는데, "아 젠장, 아 젠장. 나는 그 빌어먹을 채식주의자 힌두놈들이랑 싸우러 왔는데 말이야. 그런데 여긴 달라도 너무 달라. 정말 지독한 곳이라고."

때는 11월 언제쯤이다. 지금까지 그들은 북으로 북으로 북으로 천
천히 이동했다. 꼬불꼬불 휘어진 괴상한 글자들을 싣고 펄럭거리는
신문지들을 지나고, 텅 빈 들판과 버려진 마을들을 지나고, 이따금 보
따리를 막대기에 꿰어 어깨에 둘러멘 노파들을 지나고, 굶주림에 시
달려 눈초리가 교활하고 호주머니 속에는 위험한 칼을 품고 다니는
여덟 살짜리 아이들 패거리를 지나고. 그러면서 묵티 바히니가 자욱
한 연기를 뚫고 남몰래 이동한다느니 어디선가 느닷없이 총알이 날아
와서 벌처럼 쏜다느니 하는 소문도 듣고…… 그러다가 마침내 한계
점에 도달하고 마는데, 파루크가, "붓다 저 새끼만 아니었으면—제기
랄, 외국놈처럼 눈이 시퍼런 돌연변이 새끼, 맙소사, 냄새는 또 얼마나
지독한지!"

그러나 냄새가 지독하기는 모두 마찬가지다. 버려진 오두막의 지저
분한 방바닥에 기어다니는 전갈 한 마리를 (너덜너덜한 군화 뒤축으
로) 밟아 죽이는 샤히드도 그렇고, 어처구니없게도 머리를 깎겠다고
칼을 찾는 파루크도 그렇고, 정수리에 거미 한 마리가 돌아다니는데
도 오두막 한구석에 머리를 처박고 있는 아유바도 그렇고, 거뭇거뭇
하게 변색된 은제 타구를 오른손에 들고 있는 붓다도 무시무시한 악
취를 풀풀 풍긴다. 지금 붓다는 자기 이름을 기억해내려고 애쓰는 중
이다. 하지만 별명만 떠오를 뿐이다: 코찔찔이, 얼룩상판, 중대가리,
코홀쩍이, 달덩어리.


……두려움에 사로잡힌 동료들이 폭풍처럼 쏟아내는 소음 속에서

도 붓다는 차분히 결가부좌를 틀고 앉아 기억을 되찾으려고 안간힘을 썼다. 하지만 기억은 돌아오지 않았다. 마침내 붓다는 타구를 흙바닥에 내동댕이치면서 아무 소리도 듣지 못하는 귀머거리들에게 버럭 소리쳤다: "정말이지—이건—너무하잖아!"

전쟁의 폐허 속에서 나는 정당성-부당성을 발견했다. 부당성은 양파 냄새와 비슷했다. 톡 쏘는 강렬한 냄새 때문에 눈물이 절로 났다. 그렇게 부당성의 씁쓸한 냄새를 맡고 있을 때 문득 어떤 기억이 떠올랐다. 어느 병원의 침대 옆에서—누구의 침대였지? 이름이 뭐지?—자밀라 싱어가 나를 내려다보았고, 그 자리에는 군대의 훈장들-견장들도 있었고—그때 누이가—아니, 누이가 아니다! 그냥 여자일 뿐이다—그때 그녀가 했던 말은, "오빠, 난 지금 나라를 위해 노래하러 가봐야 해. 이제부터는 군대가 오빠를 돌봐줄 거야. 나를 위해서라도 극진히 보살펴주겠지." 그녀는 베일로 얼굴을 가렸지만 나는 그 흰색-금색 비단 속에 감춰진 배신자의 미소를 냄새로 알아차렸고, 그녀는 그 부드러운 천으로 입술을 가린 채 내 이마에 복수의 입맞춤을 찍었고, 언제나 자신을 가장 깊이 사랑하는 사람들에게 무서운 보복을 했던 그녀는 곧 나를 견장들-훈장들의 따뜻한 보살핌 속에 남겨두고 내 곁을 떠나버렸고…… 자밀라의 배신행위에 이어 오래전에 에비번스에게 따돌림을 당했던 일, 그리고 유배생활, 그리고 소풍 가자는 속임수, 그 밖에도 내 인생에 수두룩했던 온갖 억울한 사건들이 차례차례 떠올랐다. 그리하여 나는 오이코, 얼룩상판, 밭장다리, 뿔관자놀이, 중대가리, 손가락병신, 망가져버린-한쪽-귀, 그리고 내 기억을 빼앗고 감각을 마비시켰던 타구 등을 떠올리며 슬픔에 잠겼다. 눈물을 펑펑 쏟았지만 내 이름은 여전히 생각나지 않아서 아까 했던 말만 되풀이했다. "너무하잖아. 너무하잖아! 너무하잖아!" 그러자 놀랍게도 구석에 서 있던 탱크 아유바가 다가왔다. 자기도 순다르반에서 이렇게 낙심했던 기억이 떠올랐는지 내 앞에 쭈그리고 앉았더니 정상적인 한쪽 팔로 내 목을 껴안았다. 나는 그의 위로를 기꺼이 받아들였다. 그의 어깨에 얼굴을 묻고 엉엉 울었다. 그런데 바로 그때 어디선가 벌 한 마리가 우리 쪽으로 날아왔다. 아유바는 유리도 없는 오두막집 창문을 등지고 쭈그려 앉은 자세였는데 과열된 공기를 뚫고 무엇인가 쌔앵 날아들었고, 아유바가 "어이, 붓다 선배—울지 마, 선배—어이, 어이!" 하고 말할 때, 그리고 그의 귓속에서는 다른 벌들이, 귀먹음의 벌들이 윙윙거릴 때, 무엇인가 그의 목을 콕 찔렀다. 아유바의 목구멍 속에서 뭔가 터지는 듯한 소리가 나더니 그가 앞으로 푹 쓰러지면서 내 몸을 덮쳤다. 만약 아유바 발로치가 그 자리에 없었다면 그의 목숨을 빼앗은 저격병의 총알은 내 머리를 꿰뚫었을 것이다. 그가 죽은 덕분에 내가 살았다.

순식간에 과거의 온갖 굴욕들을 잊은 채, 정당성-부당성도, 그리고 고칠-수-없는-병이라면-참는-수밖에-없다는 생각도 깡그리 잊어버린 채 나는 탱크 아유바의 시체 밑에서 엉금엉금 기어 나왔고, 그때 파루크는, "오 하느님 오 하느님 오!" 그리고 샤히드는, "맙소사, 내 총이 아직도 멀쩡할까—" 그리고 다시 파루크가, "오 하느님 오! 오 하느님, 저 개새끼가 어디 숨었는지 누가—?" 그러나 샤히드는 영화에 나오는 병사들처럼 창문 옆의 벽면에 찰싹 달라붙는다. 그리고 각자 제자리에서, 즉 나는 바닥에 엎드린 채로, 파루크는 구석에 웅크린 채로, 샤히드는 똥벽에 바싹 붙은 채로 우리는 다음에 벌어질 일을 속수무책으로 기다리는 수밖에 없었다.

두번째 총알은 날아오지 않았다. 저격병이 이 토담집 안에 몇 명이 숨었는지 알 수 없어 한 발만 쏘고 달아난 모양이었다. 우리 세 명은 그 집 안에서 꼬박 하루 밤낮을 보냈다. 이윽고 아유바 발로치의 시체가 관심 좀 가져달라고 요구하기 시작했다. 우리는 그곳을 떠나기 전에 곡괭이를 찾아 아유바를 묻어주었고…… 그래서 나중에 인도군이 쳐들어왔을 때 아유바 발로치는 이미 이 세상 사람이 아니었고, 그래서 아유바는 채식보다 육식이 우월하다는 가설을 증명할 기회를 갖지 못했고, 그래서 아유바는 "타탕! 따다당! 콰쾅!" 하고 소리치며 전투에 뛰어들 수도 없었다.

어쩌면 차라리 잘된 일인지도 모른다.


……그리고 12월 어느 날, 우리 세 명은 훔친 자전거를 타고 달려가다가 저 멀리 지평선을 배경으로 다카 시가지가 한눈에 보이는 들판 앞에 이르렀다. 이 들판에는 아주 이상한 농작물이 자랐는데 냄새가 얼마나 메스꺼운지 도저히 안장에 앉아 있지도 못할 정도였다. 그래서 굴러떨어지기 전에 잽싸게 자전거에서 내려 이 끔찍한 들판으로 들어섰다.

시골뜨기 하나가 커다란 마대를 걸머지고 휘파람을 불면서 쓸 만한 물건들을 찾아다녔다. 자루를 움켜쥔 손의 관절이 하얘진 것으로 미루어 결연한 마음가짐을 짐작할 수 있었고, 날카로우면서도 흥겨운 휘파람 소리로 미루어 스스로 용기를 불어넣으려고 노력 중임을 알 수 있었다. 휘파람 소리는 들판에 울려 퍼지면서 땅바닥에 나뒹구는 철모에 부딪혀 반사되기도 하고 진흙으로 총구가 막힌 소총을 때려 공허한 소리를 내기도 하다가 이상하기 짝이 없는 농작물들이 떨어뜨린 군화 속으로 흔적도 없이 사라졌다. 이 농작물들의 냄새는 부당성의 냄새처럼 붓다의 눈에 눈물이 고이게 했다. 농작물들은 무엇인지 알 수 없는 재해를 입어 모조리 죽어버렸는데…… 전부는 아니지만 대부분이 서파키스탄 군복을 입고 있었다. 휘파람 소리 말고는 이따금 시골뜨기의 보물자루 속에 이런저런 물건이 떨어지는 소리뿐이었다: 가죽 허리띠, 손목시계, 금니, 안경테, 도시락, 물통, 군화 등등. 그때 시골뜨기가 그들을 발견하고 환하게 웃으며 부리나케 달려오더니 붓다만 들을 수 있는 알랑거리는 목소리로 빠르게 지껄였다. 시골뜨기가 말하는 동안 파루크와 샤히드는 멍하니 들판을 바라보았다.

"진짜 많이도 쏴댔다! 타앙! 타아앙!" 시골뜨기가 오른손으로 권총 모양을 만들었다. 그는 몹시 서툰 힌디어로 말했다. "하이고 나리님들, 인도군이 왔다, 나리님들!* 하이고 진짜다! 하이고 진짜라니깐." ─들판 곳곳에 널린 농작물에서 영양이 풍부한 골수가 대지로 흘러 내리고, 시골뜨기는, "이놈 쏘지 마라, 나리님들. 하이고 쏘지 마라. 이놈, 소식 들었다. 하이고, 갱장한 소식이다! 인도군 들어왔다! 제소르** 빼앗았다. 하루나흘만 있음 다카도 되찾지 않겠니?" 붓다는 시

---

* 이 대목에서 서파키스탄군 소속의 살림 일행과 동파키스탄 사람인 시골뜨기 사이에는 분명한 입장 차이가 있다. 파키스탄 내전은 인도의 전면적인 지원을 받은 동파키스탄과 서파키스탄 사이의 전쟁이었기 때문이다. 1971년 12월 3일부터는 인도군이 적극적으로 개입하면서 인도─파키스탄 전쟁이 시작되었고 12월 15일 인도 동파키스탄 연합군의 승리로 막을 내렸다.

골뜨기의 이야기를 듣고 있었지만 그의 두 눈은 시골뜨기의 등 뒤에
펼쳐진 들판을 둘러보고 있었다. "정말 갱장했다, 나리님들! 인도군
말이다! 그중에 아주 힘센 군인 있다. 한 번에 여섯 명이나 한꺼번에
죽여버리지 모니! 무릎 사이 모가지 끼고 우두둑우두둑! 이거 '무릎'
맞지?" 시골뜨기가 자기 무릎을 툭툭 쳤다. "이놈 다 봤다. 두 눈으로
똑똑히, 하이고 진짜라니깐! 그 사람 싸울 때 총도 안 쓰구 칼도 안 쓴
다. 딸랑 무릎만 가지구 모가지 여섯 개 우두둑우두둑! 하이고 맙소
사." 샤히드가 들판에다 구역질을 했다. 파루크 라시드는 들판 가장자
리로 걸어가서 망고나무 숲을 뚫어져라 바라보았다. "한두 주 안에 전
쟁 끝난다, 나리님들! 사람들 다 돌아온다. 지금은 다 피란 갔다. 나만
안 갔지, 나리님들. 군인들이 묵티 바히니 찾는다구 사람 많이 죽였
다. 내 아들도 그때 죽었다. 하이고 진짜다, 나리님들, 하이고 진짜라
니깐." 붓다의 두 눈이 흐릿하고 몽롱해졌다. 멀리서 쿵쿵 포성이 울
렸다. 12월의 무채색 하늘에 여기저기 연기가 치솟았다. 이상한 농작
물들은 꼼짝도 하지 않고, 바람결에도 흔들리지 않고…… "이놈만 남
았다, 나리님들. 여기서는 새 이름도 알구 나무 이름도 다 안다. 하이
고 진짜라니깐. 내 이름 데슈무크, 직업은 잡화상. 좋은 물건 진짜 많
다. 한번 볼래? 변비약 진짜 좋다. 하이고 진짜라니깐. 그거 나한테
있다. 껌껌한 데서 빤짝빤짝 빛나는 시계 어떠니? 그것도 있다. 그리
구 책도 있구, 하이고 진짜라니깐. 그리구 사람 골탕 먹이는 장난감도
있다. 정말이다. 이래 봬두 이놈, 왕년엔 다카에서 이름깨나 날렸다.

---

** 동파키스탄 남서부 지방으로 인도와의 접경지역. 1971년 12월 7일, 인도군이 서파키
스탄군과 싸워 처음으로 점령한 곳이다.

하이고 진짜라니깐. 정말이다. 총 쏘지 마라."

잡화상은 계속 그렇게 지껄이면서 이런저런 물건을 차례로 권했다. 그중에는 허리에 두르기만 하면 힌디어를 할 수 있게 해준다는 마법 허리띠도 있었다. "이놈도 지금 그 허리띠 하고 있다. 그래서 이렇게 말 잘하잖니? 인도 군인들 많이 사갔다. 그놈의 나라는 서로 다른 말 너무 많아서 이런 허리띠가 딱이다!" 그러다가 붓다가 들고 있는 타구를 발견했다. "하이고 나리! 그거 진짜 명품이다! 은으로 만든 거니? 요건 보석이구? 이놈한테 넘겨라! 이놈이 라디오도 주고 거의 말짱한 카메라도 준다, 나리! 횡재하시는 거란다! 그까짓 타구 하나에 그 정도면 진짜 후하게 쳐드리는 거다. 하이고 진짜다. 하이고 그렇구 말구, 나리, 죽은 사람은 죽은 사람이구 산 사람은 살아야지. 장사도 계속해야 되구, 나리, 안 그러니?"

그때 붓다가 말했다. "무릎을 쓰는 그 군인에 대해서 좀 더 얘기해 주세요."

그러나 그 순간 다시 벌 한 마리가 윙윙거린다. 저 멀리 들판 끝에서 누군가 털썩 무릎을 꿇는다. 그는 곧 기도하듯이 땅바닥에 머리를 조아린다. 그러자 간신히 총을 쏠 만큼만 숨이 붙어 있던 농작물 한 포기도 움직임을 멈추고 잠잠해진다. 샤히드 다르가 누군가의 이름을 부른다.

"파루크! 야, 파루크!"

그러나 파루크는 대답하지 않는다.

나중에 무스타파 외삼촌에게 전쟁 이야기를 들려줄 때 붓다는 그 순간에 대해서도 자세히 설명했다. 그날 골수가 흐르는 들판에서 쓰러진 동료 쪽으로 허둥지둥 달려갔다고. 그러나 기도하는 파루크의 시체 앞에 도달하기 훨씬 전에 이 들판이 간직한 가장 큰 비밀을 발견하고 우뚝 멈출 수밖에 없었다고.

들판 한복판에 작은 피라미드가 있었다. 개미들이 우글거렸지만 개미탑은 아니었다. 이 피라미드에는 발 여섯 개와 머리통 세 개가 달렸고 그 사이에는 몸통의 일부와 군복 쪼가리와 창자 토막과 부서진 뼛조각 따위가 마구 뒤섞인 부분이 있었다. 피라미드는 아직 살아 있었다. 세 개의 머리통 중에서 한 개는 왼쪽 눈이 멀었는데 그것은 어린 시절에 벌인 싸움의 흔적이었다. 두번째 머리통은 머릿기름을 잔뜩 바르고 있었다. 제일 괴상한 것은 세번째 머리통이었다. 관자놀이 부분이 움푹 꺼졌는데 그것은 세상에 나올 때 산부인과 의사가 집게로 너무 세게 붙잡았을 경우에나 생길 만한 자국이었고…… 바로 그 세번째 머리가 붓다에게 말을 걸었다.

"오랜만이다, 인마. 도대체 여긴 뭐 하러 왔냐?"

샤히드 다르는 붓다가 적군의 시체로 만들어진 피라미드와 대화를 나누는 듯한 장면을 보았다. 별안간 무지막지한 힘이 솟구쳤다. 샤히드는 다짜고짜 나에게 달려들어 땅바닥에 찍어 누르면서, "정체가 뭐야?—스파이? 반역자? 도대체 뭐야?—저놈들은 선배를 어떻게 알고—?" 한편 잡화상 데슈무크는 안절부절 우리 주위를 맴돌면서, "하이고 나리님들! 싸움이라면 질리도록 봤다. 이제 정신들 좀 챙겨라, 나리님들. 제발 부탁이다. 하이고 맙소사."

설령 샤히드가 내 말을 들을 수 있었더라도 그 당시에는 내가 나중에 확신하게 된 내용을—즉 이번 전쟁은 내가 과거의 삶을 다시 만나고 옛 친구들과 재회하도록 하기 위해 일어난 전쟁이라는 사실을—
말해줄 수가 없었다. 샘 마넥쇼는 옛 친구 '호랑이'를 만나려고 다카
로 진군하는 중이었고 연결방식들은 여전히 유효했다. 골수가 흐르는
들판에서 나는 무릎의 무용담을 들었고, 피라미드가 되어 죽어가는
머리통의 인사를 받았고, 다카에서는 마녀 파르바티를 만나게 되었기
때문이다.

　이윽고 샤히드가 이성을 되찾고 나를 놓아주었을 때는 피라미드가
더는 말을 하지 못했다. 그날 오후 우리는 다시 동파키스탄의 수도를
향해 여행을 계속했다. 등 뒤에서 잡화상 데슈무크가 명랑하게 소리
쳤다. "하이고 나리님들! 하이고 불쌍한 나리님들! 사람이 언제 죽을
지 누가 알겠니? 나리님들, 사람이 왜 죽는지 누가 알겠니?"

# 샘과 호랑이*

옛 친구들이 다시 만나기 위해서는 산이 움직여야 하는 경우도 있다. 1971년 12월 15일, 신생 독립국 방글라데시의 수도에서 호랑이 니아지는 옛 친구 샘 마넥쇼에게 항복했고, 나는 두 눈이 화등잔처럼 커다랗고 긴 꽁지머리가 검은 밧줄처럼 반짝거리는—또 하나의 특징은 뾰로통한 입술이지만 그것은 나중에 일어난 변화였다—한 여자의 포옹에 굴복했다. 이런 재회는 쉽게 이루어지지 않는다. 그것을 가능하게 해준 모든 이들에게 바치는 존경의 표시로 나는 잠시 이야기를

---

* 영국 동화작가 헬렌 배너먼의 『꼬마 검둥이 삼보』에서 따온 제목. 인도 소년 삼보의 옷, 신발, 우산을 차례로 빼앗은 호랑이들이 서로 맵시를 자랑하다가 싸움을 벌인 끝에 결국 모두 녹아서 버터가 되어버리고 삼보 가족은 그 버터로 빵을 구워 맛있게 먹는다는 이야기다.

중단하고 우선 자초지종부터 설명해야겠다.

자, 그럼 아주 간단명료하게 말해보자: 만약 야히아 칸과 Z. A. 부토가 의기투합하여 3월 25일의 쿠데타를 공모하지 않았다면 내가 사복으로 갈아입고 다카로 날아가는 일도 없었을 테고 그해 12월에 호랑이 니아지 장군이 그 도시로 들어오는 일도 없었을 것이다. 계속해보자: 인도가 방글라데시 분쟁에 개입한 것도 거대세력들이 상호작용한 결과였다. 만약 천만 명이 걸어서 국경을 넘어 인도 땅으로 몰려가지 않았다면, 그래서 델리 정부가 피란민 수용소에 2억 달러를 쓸 이유가 없었다면—은밀히 우리 집안을 파멸시키려고 벌어진 1965년 전쟁 당시 인도가 쓴 총비용도 겨우 7천만 달러였는데!—샘 장군이 이끄는 인도군이 피란민들과는 반대 방향으로 국경을 넘어 파키스탄으로 몰려오는 일도 없었을 것이다. 그러나 인도군의 공세에는 다른 이유도 있었다: 델리 금요성원의 그림자 속에서 살던 공산주의자 마술사들로부터 나중에 들은 말인데, 무지브와 아와미연맹의 영향력이 점점 약해지고 혁명군 묵티 바히니가 인기를 얻는 바람에 델리 정부가 전전긍긍했고, 그래서 묵티 바히니의 집권을 막기 위해 샘과 호랑이가 다카에서 만나게 되었다고 한다. 그러므로 묵티 바히니가 없었다면 마녀 파르바티가 '해방전쟁'에 돌입한 인도군을 따라오지도 않았을 테고…… 그러나 그것도 완벽한 설명은 아니다. 인도가 개입한 세번째 이유는 방글라데시의 소요사태를 신속하게 해결하지 못하면 국경 너머 서벵골로 파급될지도 모른다는 두려움 때문이었다. 따라서 샘과 호랑이가 만나고 파르바티와 내가 만날 수 있었던 것은 적어도 부분적으로는 서벵골의 정국 불안 덕분이었다. 호랑이의 패배는 캘커타<sup>*</sup> 일대의 좌익세력을 억제하기 위한 작전의 서막에 불과했다.

어쨌든 인도군이 쳐들어왔다. 그리고 인도군의 전진 속도가 그렇게 빨랐던 것도—파키스탄은 겨우 3주 만에 해군의 절반, 육군의 3분의 1, 공군의 4분의 1을 잃었고 호랑이가 항복한 이후까지 포함시키면 전체 인구의 절반 이상을 잃었다—역시 묵티 바히니 덕분이었다. 왜냐하면 묵티 바히니는—너무 순진한 탓일까—인도의 공세가 서파키스탄에서 파병된 점령군과의 교전뿐만 아니라 묵티 바히니까지 함께 겨냥한 전략적 행동이라는 사실을 알아차리지 못하고 오히려 인도군의 마넥쇼 장군에게 파키스탄군의 병력 이동 상황은 물론이고 호랑이의 강점과 약점에 대해서도 조언을 아끼지 않았기 때문이다. 그리고 (부토의 부탁을 무시하고) 파키스탄에 전쟁 물자를 원조하지 않은 저우언라이 덕분이기도 했다. 중국의 무기를 확보하지 못한 파키스탄은 미제 총과 미제 탱크와 항공기를 가지고 싸울 수밖에 없었다. 미국 대통령은 전 세계에서 유일하게 파키스탄 쪽을 지지했다.<sup>**</sup> 헨리 A. 키신저가 야히아 칸의 명분을 옹호하는 동안 정작 야히아 칸 대통령은 거창하게 중국을 공식 방문할 계획을 몰래 추진했고…… 그렇게 파르바티와 나의 만남을, 그리고 샘과 호랑이의 만남을 방해하려는 거대세력들의 음모도 분명히 존재했다. 하지만 미국 대통령이 파키스탄을 지지했는데도 전쟁은 3주 만에 끝나버렸다.

12월 14일 밤, 샤히드 다르와 붓다는 포위된 다카 시의 변두리를 한 바퀴 돌았다. 그러나 붓다는 (여러분도 잊지 않았겠지만) 다른 사

---

* 인도 서벵골 주의 주도.
** 미국 닉슨 정부는 당시 인도와 소련 간의 우호관계를 견제해 파키스탄을 지지했다.

람들보다 훨씬 더 다양한 냄새를 맡을 수 있었다. 안전과 위험의 냄새를 가려내는 코의 판단에 따라 이동하던 두 사람은 결국 인도군의 전선을 뚫고 들어가는 길을 찾아냈고 야음을 틈타 시내로 잠입했다. 그들이 몇몇 굶주린 거지 말고는 아무도 없는 길거리를 살금살금 지나갈 때, 호랑이는 최후의 한 사람까지 결사적으로 싸우겠다고 다짐했다. 그러나 그는 이튿날 곧바로 항복해버렸다. 여기서 확인되지 않은 사실은: 그 최후의 한 사람은 목숨을 건지게 되어 기뻐했을까, 아니면 낙원에 들어갈 기회를 빼앗겨 슬퍼했을까?

그리하여 나는 그 도시를 다시 찾았고 재회를 몇 시간 앞두고 그곳에서 많은 일을 목격했다. 그러나 그 터무니없는 일들은 절대로 사실이 아니었을 것이다. 우리 군인들이 그렇게 나쁜 짓을 저지를 리도 없고 저지를 수도 없기 때문이다. 우리는 머리가 달걀처럼 반질반질하고 안경을 낀 사람들이 뒷골목에서 총살되는 장면을 보았다. 이 도시의 지식인들이 한꺼번에 몇백 명씩 학살되었다. 그러나 그것은 절대로 사실이 아니었을 것이다. 왜냐하면 호랑이는 점잖은 사람이고 우리 군인들은 일당백의 용사들이기 때문이다. 우리는 어둠이 불러온 이 터무니없는 환상들을 바라보면서 앞으로 나아갔다. 불길이 꽃처럼 피어날 때는 문간에 숨어서 언젠가 놋쇠 잔나비가 약간의 관심을 끌어보려고 신발에 불을 지르던 일을 떠올리기도 했다. 목에 칼자국이 난 시체들이 아무 표시도 없는 무덤에 매장되었다. 이윽고 샤히드가 말문을 열었다. "아니야, 붓다 선배―맙소사, 눈에 보인다고 뭐든지 믿어버리면 안 되는데―아니야, 저게 사실일 리가 없는데―붓다 선배, 도대체 내 눈이 어떻게 된 거지?" 붓다는 샤히드가 소리를 듣지 못한다는 사실을 알면서도 변함없이 객관적인 태도로 대답했다. "아, 샤히드, 때로는 보아야 할 것과 보지 말아야 할 것을 스스로 선택해야 돼. 그러니까 그쪽을 보지 말고 어서 고개를 돌려." 그러나 샤히드는 광장 쪽을 뚫어져라 바라보았다. 여의사들이 총검에 찔린 후 몇 번이나 강간을 당하다가 결국 사살되었다. 광장 건너편에 우뚝 솟은 성원의 차가운 흰색 첨탑이 그 광경을 묵묵히 내려다보았다.<sup>*</sup>

붓다가 혼잣말을 하듯이 말했다. "지금은 우리가 살아남을 궁리부터 해야 할 때야. 우리가 이곳으로 돌아오게 된 이유가 뭔지 모르니까." 붓다는 어느 버려진 건물의 출입구로 들어갔다. 원래는 찻집과 자전거 수리점과 매음굴이 있던 건물이지만 지금은 다 무너지고 뼈대만 간신히 남아 있었다. 좁다란 층계참은 예전에 공증인이 앉아 있던 곳인지 반테 안경 하나가 놓인 나지막한 책상과 각종 도장과 인지가 널려 있었다. 이 인지와 도장 덕분에 공증인은 이름 없는 늙은이가 아니라 진실과 거짓을 판가름하는 심판관으로 행세했을 것이다. 그러나 공증인이 자리에 없으니 나는 지금 벌어지는 일들의 진위를 가려달라고 요청할 수도 없고 증서를 제출할 수도 없었다. 그러나 책상 옆의 돗자리에 젤라바<sup>**</sup>처럼 헐렁헐렁하고 치렁치렁한 옷 한 벌이 놓여 있었다. 나는 지체 없이 암캐 기장이 달린 쿠티아 부대의 군복을 벗어던지고 내가 모르는 언어를 사용하는 이 도시에서 익명의 탈영병으로

---

* 1971년 12월 14일, 서파키스탄군은 동파키스탄의 의사, 교육자, 지식인 등을 체계적으로 학살했다. 정확한 숫자는 확인되지 않았지만 방글라데시 정부의 발표에 따르면 이때 300만 명이 희생되었고 여성 20만 명이 강간을 당했다고 한다.
** 아랍인들이 입는 소매가 넓고 두건이 달린 긴 겉옷.

탈바꿈했다.

그러나 샤히드 다르는 길거리에 남아 있었다. 동틀 무렵 그는 병사들이 하던 일을 중단하고 허둥지둥 물러가는 것을 보았다. 그다음에 수류탄이 날아들었다. 나 붓다는 아직 빈 건물 안에 있었지만 샤히드에게는 보호벽이 전혀 없었다.

그 누가 왜 어떻게 누가를 말해줄 수 있으랴. 어쨌든 수류탄은 분명히 날아왔다. 두 토막이 나기 직전에 샤히드는 문득 억누를 수 없는 충동에 사로잡혀 하늘을 바라보았고…… 나중에 무에진의 거처에서 그는 붓다에게 이렇게 말했다. "정말 신기한 일이었어. 맙소사—그 석류—내 머릿속에 들어 있는 그 석류와 똑같았지만 더 크고 더 찬란해서—붓다 선배, 무슨 알전구 같더라니까—맙소사, 그러니 내가 어쩌겠어? 그냥 멍하니 쳐다보기만 했지!" 그랬다. 그가 꿈속에서 보았던 수류탄이 머리 위에 나타나 빙글빙글 떨어지더니 허리 높이에서 폭발하면서 순식간에 그의 두 다리를 멀리멀리 날려 보냈다.

내가 다가갔을 때 그는 몸이 반 토막이 되었는데도 아직 의식이 남아서 위쪽을 가리켰다. "나를 저 위로 데려다줘, 붓다 선배, 가고 싶어 가고 싶어." 그래서 나는 반 토막만 남은(그래서 상당히 가벼워진) 소년병을 안아들고 비좁은 나선형 계단을 올라가서 차가운 흰색 첨탑 꼭대기로 데려갔다. 샤히드는 그곳에서도 알전구에 대해 횡설수설했다. 대충대충 발라서 흙손 자국이 그대로 남은 콘크리트 바닥에서 붉은 개미들과 검은 개미들이 죽은 바퀴벌레 한 마리를 두고 전쟁을 벌였다. 한편 저 밑에서는 새까맣게 타버린 집들과 부서진 유리 조각과 자욱한 연기 속에 개미 떼 같은 사람들이 나타나서 평화를 준비하는 작업에 돌입했다. 그러나 개미 떼는 개미 떼 같은 사람들을 무시하고 싸움을 계속했다. 그리고 붓다는: 첨탑 꼭대기의 유일한 가구인 나지막한 탁자와 샤히드의 상반신 사이에 우두커니 서서 주변과 아래쪽을 멍하니 둘러보았다. 탁자 위에는 확성기에 연결된 축음기 한 대가 놓여 있었다. 무에진의 역할을 대신하는 기계였는데 기도 시간을 알릴 때마다 같은 부분에서 긁히는 소리가 날 터였다. 붓다는 두 토막이 나버린 동료가 이 기계를 보고 환멸을 느끼지 않도록 제 몸으로 가리고 자신의 헐렁한 겉옷 속에서 반짝거리는 물건 하나를 끄집어냈다. 그리고 은제 타구를 멍하니 들여다보며 깊은 생각에 빠져들었다. 그때 별안간 비명 소리가 들리는 바람에 깜짝 놀라 고개를 들어보니 어느새 바퀴벌레 주위에는 개미가 한 마리도 남아 있지 않았다. (흙손 자국을 타고 피가 흐르자 개미들이 이 시꺼멓고 끈적끈적한 액체를 좇아 근원지를 찾아갔고, 샤히드는 한 번도 아니고 두 번이나 잇따라 전쟁의 희생물이 되었다는 사실에 목청껏 분노를 표시했다.)

붓다는 부리나케 구조에 나서서 개미 떼를 마구 밟아 죽이다가 그만 팔꿈치로 스위치를 건드렸다. 확성기가 켜졌다. 사람들은 이 성원이 전쟁의 끔찍한 고통을 견디지 못하고 비명을 질렀던 일을 두고두고 잊지 못할 터였다.

몇 분 후 침묵이 흘렀다. 샤히드가 고개를 툭 떨어뜨렸다. 붓다는 사람들에게 발각될까봐 타구를 챙겨 허둥지둥 길거리로 내려갔다. 그때 인도군이 도착했다. 개미 떼가 평화의 잔치를 벌이겠지만 이제 샤히드는 아랑곳하지도 않을 터, 나는 그를 남겨두고 샘 장군을 환영하는 이른 아침의 길거리로 나섰다.

아까 첨탑 위에서 나는 멍하니 타구를 들여다보았다. 그러나 그때 붓다의 마음속은 무념무상의 상태가 아니었다. 그 속에는 한 단어가 있었다. 개미 떼가 몰려들기 전까지 샤히드의 상반신도 연거푸 되풀이하던 한 단어: 양파 비슷한 냄새를 풍기는 한 단어, 얼마 전에도 벌 한 마리가 윙윙거리기 전까지 바로 그 냄새 때문에 아유바 발로치의 어깨에 얼굴을 묻고 울어버렸는데…… '너무하잖아.' 붓다는 그렇게 생각했다. 그리고 어린애처럼 몇 번이고 되풀이했다. '너무하잖아.' 또다시, 또다시.

샤히드는 마침내 이름값을 하며 아버지의 간절한 소원을 풀어드렸다. 하지만 붓다는 여전히 자신의 이름을 기억하지 못했다.

붓다가 이름을 되찾은 사연에 대하여: 언젠가 아주 오래전에, 또다른 독립기념일에, 세상이 온통 노란색과 초록색으로 뒤덮인 적이 있었다. 그러나 오늘 아침 세상은 온통 초록색과 빨간색과 황금색*이다. "방글라데시 만세!" 환호성이 방방곡곡 울려 퍼지고, 여인들은 기쁨에 겨워 가슴이 터질 듯한 목소리로 〈우리 황금빛 벵골〉을 노래하고…… 한편 다카의 도심에서는 호랑이 니아지 장군이 패배의 단상에서 마넥쇼 장군을 기다렸다. (전기적 사실: 샘 마넥쇼는 배화교도였다. 그리고 봄베이 출신이었다. 그래서 그날은 봄베이 사람들에게도 즐거운 날이었다.) 그리고 초록색과 빨간색과 황금색의 물결 속에서 모양도 없고 특징도 없는 옷을 걸친 붓다는 군중에게 이리 떠밀리

---

* 1971년 독립 당시의 방글라데시 국기에 쓰인 색. 초록색 바탕에 빨간색 원을 그리고 그 속에 황금색 전국지도를 넣었다. 1972년부터는 지도를 생략했다.

고 저리 떠밀렸다. 그때 인도군이 나타났다. 인도군의 선두에 샘이 있었다.

샘 장군의 발상이었을까? 아니면 인디라의 발상이었을까? 부질없는 의문은 접어두고 다만 인도군의 다카 진군은 단순한 군대행진 이상이었다는 사실만 짚고 넘어가자. 승리에 걸맞게 이 행진도 여흥을 동반했다. 인도 공군의 특별 수송기가 인도를 대표하는 예능인과 마술사 백 명하고도 한 명을 싣고 다카로 날아왔다. 그들은 델리의 유명한 마술사 마을에서 왔는데 그중 많은 이들이 인도군을 연상시키는 제복을 입고 행사에 참석했고, 그래서 다카 사람들은 군복을 입은 사병들까지 이렇게 뛰어난 마술사들이니 인도군의 승리는 애초부터 따놓은 당상이었다고 생각하게 되었다. 마술사들을 비롯한 예능인들이 군대와 나란히 행진하면서 군중을 즐겁게 해주었다. 하얀 수소가 끄는 수레 위에서 곡예사들이 인간 피라미드를 만들었다. 자기 다리를 무릎까지 삼킬 수 있을 만큼 탁월한 여자 몸곡예사들도 있었다. 중력의 법칙을 초월하는 던지기곡예사들이 한꺼번에 장난감 수류탄 420개를 허공에 띄우면 군중들은 오오 아아 감탄하며 즐거워했다. 여자들의 귓속에서 '치리야의 여왕'을 (즉 새들의 지배자 또는 클로버의 여왕을) 끄집어내는 카드마술사들도 있었다. '석류 꽃봉오리'를 뜻하는 이름을 가진 위대한 무희 아나르칼리가 당나귀 수레 위에서 뛰어오르고 몸을 비틀고 발끝으로 회전할 때마다 그녀의 오른쪽 콧구멍에 달린 커다란 은제 코걸이가 짤랑거렸다. 시타르 연주자 비크람 명인도 있었는데, 그의 시타르는 청중의 마음속에 담긴 미세한 감정에도 공명하여 그것을 더욱더 확대시켰다. 그래서 한번은 (소문에 의하면)

그가 성난 청중 앞에서 연주를 하다가 그들의 불쾌감을 엄청나게 돋우는 바람에 만약 타블라 연주자가 도중에 연주를 중단시키지 않았더라면 음악의 영향으로 사람들이 칼부림을 하고 연주장을 때려 부쉈을 거라고…… 그러나 오늘 비크람 명인의 음악은 즐거움과 축하의 분위기를 고조시킬 뿐이었다. 가슴이 터질 듯한 기쁨을 주었다고 표현해도 좋겠다.

그리고 픽처 싱도 있었다. 그는 칠척장신에 110킬로그램이나 나가는 거인이었는데 아무도 따를 수 없는 뱀 조련술을 지녀 '세상에서 가장 매혹적인 남자'*라고 불렸다. 전설이 되어버린 벵골의 투브리왈라도 픽처 싱의 재능을 능가하지는 못할 터였다. 그가 독주머니를 제거하지 않은 치명적인 코브라와 맘바와 우산뱀 따위를 머리끝부터 발끝까지 칭칭 감은 채 군중 사이를 돌아다니면 사람들은 비명을 지르면서도 즐거워했다. 장차 픽처 싱은 내 아버지가 되어준 남자들 가운데 마지막 사람이 될 테고…… 그 사람 바로 뒤에 마녀 파르바티가 있었다.

마녀 파르바티는 뚜껑을 덮은 커다란 고리버들 바구니를 가지고 군중을 즐겁게 해주었다. 지원자들이 기꺼이 바구니 안으로 들어가면 파르바티가 그들을 완전히 사라지게 만들었고 그녀가 다시 나타나게 하기 전에는 돌아오고 싶어도 돌아올 수 없었다. 파르바티는 자정으로부터 진정한 마법의 능력을 얻었지만 그 재능을 이렇게 시시한 마술 나부랭이에 써먹었고, 그래서 사람들이 종종 이런 질문을 던졌다.

---

* 여기서 '매혹적(charming)'이라는 말은 개인적 매력과 뱀을 잘 다루는 솜씨를 동시에 뜻하는 중의적 표현이다(뱀 부리는 사람을 'snake charmer'라 한다).

"그거 어떻게 하는 거예요?" "예쁜 아가씨, 그러지 말고 비밀을 가르쳐줘요." 파르바티는 만면에 미소를 머금고 고리버들 바구니를 빙글빙글 돌리며 해방군과 함께 내 쪽으로 다가왔다.

인도군이 시내로 행진해 들어올 때 마술사들 뒤에는 영웅들도 따라오고 있었다. 나중에 알게 된 사실이지만 그 영웅들 속에는 이번 전쟁에서 거물로 부상한 인물도 끼어 있었는데, 그가 바로 치명적인 무릎을 가진 쥐새끼 같은 얼굴의 소령이었고…… 그러나 지금은 마술사들의 숫자가 더욱더 늘어났다. 그 도시의 마술사들 중에서 살아남은 사람들이 은신처를 빠져나와 놀라운 경연을 펼치면서 외부에서 찾아온 마술사들의 재주를 능가하려 애쓰고 있었다. 그들이 줄줄이 쏟아내는 흥미진진하고 신기한 마술은 도시가 겪은 고통을 씻어내고 위로해주었다. 그때 마녀 파르바티가 나를 발견하고 나에게 이름을 돌려주었다.

"살림! 맙소사, 살림, 살림 시나이, 너 살림 맞지?"

붓다는 인형처럼 우뚝 멈춰 선다. 군중의 시선이 집중되는 가운데 파르바티가 사람들을 밀치며 다가온다. "그래, 분명히 너야!" 그녀가 붓다의 팔꿈치를 붙잡는다. 화등잔 같은 눈이 흐리멍덩한 파란 눈을 살펴본다. "맙소사, 그 코, 무례하게 굴 생각은 없지만 역시 틀림없어! 봐, 나야, 파르바티라고! 아, 살림, 그렇게 멍청히 서 있지 말고 대답 좀 대답 좀……!"

"그거였어." 붓다가 입을 연다. "살림: 바로 그거였어."

"세상에, 이렇게 반가울 데가!" 파르바티가 소리친다. "맙소사, 살림, 너도 기억하지? 그래, 그 아이들 말이야. 아, 정말 신난다! 그런데 왜 그렇게 심각한 표정이야? 나는 너를 으스러지게 껴안고 싶은데! 그렇게 오랫동안 이 속에서만 너를 만났잖아!" 그녀는 자기 이마를 톡톡 두드린다. "그런데 네가 이렇게 얼떨떨한 표정으로 나타나다니. 어이, 살림! 적어도 인사 한마디쯤은 해야지."

1971년 12월 15일, 호랑이 니아지가 샘 마넥쇼에게 항복했다. 호랑이와 파키스탄군 9만 3천 명은 전쟁포로가 되었다. 한편 나는 기꺼이 인도인 마술사들의 포로가 되었다. 파르바티가 나를 행렬 속으로 끌어들였기 때문이다. "이제야 너를 만났으니 절대로 그냥 못 보내."

그날 밤 샘과 호랑이는 술잔을 기울이면서 영국군에 근무하던 옛날을 회상했다. 샘 마넥쇼가 말했다. "이봐, 호랑이. 자네가 항복한 건 정말 잘한 일이야." 그러자 호랑이는, "샘, 자네야말로 정말 잘 싸웠네." 그때 샘 장군의 얼굴에 작은 먹구름이 스쳐간다. "여보게, 친구, 요즘 터무니없는 유언비어가 나돌더군. 학살이니 집단매장이니 하는 얘기, 그리고 반대파를 근절하려고 만들었다는 쿠티아인지 뭔지 하는 특수부대 얘기…… 모두 사실무근이겠지?" 그러자 호랑이는, "추적 및 첩보 활동을 위한 군견부대? 금시초문일세. 자네가 헛소문을 들은 모양이군. 양쪽에 엉터리 첩보원들이 수두룩한 탓이지. 미안한 말이지만 우스꽝스러운 발상 아닌가?" 샘 장군은 이렇게 말했다. "나도 그렇게 생각했다네. 어쨌든 자네를 만나게 돼서 정말 반갑네, 호랑이, 이 못된 친구!" 그러자 호랑이는, "그래, 정말 오랜만이지, 샘? 기나긴 세월이 훌쩍 지나가버렸어."

……오랜 친구들이 장교 식당에서 흘러간 옛날을 그리워하는 동안

나는 방글라데시로부터, 그리고 나의 파키스탄 시절로부터 도망쳤다. 내가 사정을 설명했을 때 파르바티는 이렇게 말했다. "내가 너를 빼내 줄게. 몰래몰래 빠져나가는 게 좋겠지?"

나는 고개를 끄덕였다. "몰래몰래."

그 도시의 다른 곳에서는 9만 3천 명의 군인들이 포로수용소로 실려 갈 예정이었지만 마녀 파르바티는 나를 꼭 맞는 뚜껑이 달린 고리버들 바구니 속으로 들어가게 했다. 샘 마넥쇼는 어쩔 수 없이 옛 친구 호랑이를 구금해야 했지만 파르바티는 나를 안심시켰다. "이렇게 하면 아무도 너를 못 잡을 거야."

그날 밤 군대 막사 뒤쪽에서 마술사들이 델리로 돌아가는 수송기를 기다리는 동안 '세상에서 가장 매혹적인 남자' 픽처 싱이 망을 봐주었고 나는 투명 바구니 속으로 들어갔다. 우리는 군인들이 보이지 않을 때까지 담배를 피우면서 이리저리 어슬렁거렸는데, 그때 픽처 싱이 자신의 가명 '픽처'에 얽힌 사연을 들려주었다. 20년 전에 이스트먼 코닥의 사진사가 그의 사진을 찍어주었는데, 온몸에 뱀을 휘감고 미소를 머금은 이 사진은 나중에 인도 국내용 코닥 광고에 두 번 중 한 번꼴로 등장했고 사진관 내부 전시물로도 이용되었다. 그때부터 이 뱀 조련사는 지금과 같은 가명을 쓰게 되었다고 한다. 그는 씩씩하고 싹싹한 목소리로 이렇게 말했다. "어떻게 생각하나, 대장? 근사한 이름이지? 어쨌든 이젠 바꾸고 싶어도 어쩔 수 없어. 예전의 내 이름, 어머니 아버지가 지어주신 이름이 뭐였는지 생각나지도 않으니까! 나도 참 멍청하지. 안 그래, 대장?" 그러나 픽처 싱은 결코 멍청하지 않았고 그에게는 뱀을 홀리는 재주 이상의 무엇이 있었다. 그때까지 졸음에 취한 듯한 목소리로 상냥하고 태연하게 이야기하던 픽처 싱이 갑자기 다급하게 속삭였다. "지금이야! 빨리, 대장, 빨리 들어가!" 파르바티가 바구니 뚜껑을 열어젖혔고 나는 그녀의 신비로운 바구니 속으로 머리부터 거꾸로 뛰어들었다. 뚜껑이 도로 덮이면서 그날의 마지막 황혼마저 차단해버렸다.

픽처 싱이 속삭였다. "됐어, 대장—아주 잘했어!" 그러더니 이번에는 파르바티가 내 쪽으로 몸을 기울이고 속삭였다. 바구니 바깥쪽에 입술을 바싹 붙이고 있는 듯했다. 고리버들 바구니 너머에서 마녀 파르바티가 속삭인 말은:

"어이, 살림: 한번 생각해봐! 너하고 나 말이야—그래, 한밤의 아이들! 이거야말로 굉장한 만남 아니니?"

**굉장한 만남**…… 고리버들 바구니의 어둠 속에서 살림은 오래전의 자정들을—존재의미와 존재이유에 대해 입씨름을 벌이던 어린 시절을—다시 떠올렸다. 그러자 벅찬 그리움이 밀려들었지만 그때까지도 나는 무엇이 그토록 굉장하다는 뜻인지 알아차리지 못했다. 그때 파르바티가 다시 몇 마디를 중얼거렸고, 그 순간 투명 바구니 속에서 나 살림 시나이는 헐렁하고 특징 없는 옷을 걸친 채 허공으로 사라져버렸다.

"사라지다니? 뭐가 사라져요? 어떻게 사라져요?" 파드마가 고개를 발딱 치켜들고 어리둥절한 눈으로 나를 쳐다본다. 그러나 나는 어깨를 으쓱거리면서 같은 말을 되풀이할 뿐이다. 순식간에 사라졌다고, 온데간데없이 증발했다고, 어디론가 자취를 감추었다고. 마치 마귀가 사라지듯이: 펑 하고.

파드마가 다그친다. "그럼 그 여자가 진짜진짜 정말로 마녀였단 말예요?"

진짜진짜 정말이다. 그 순간 나는 바구니 속에 있었지만 또한 바구니 속에 있지 않았다. 픽처 싱이 바구니를 한 손으로 번쩍 들어 군용 트럭의 짐칸에 던져 올렸다. 픽처 싱과 파르바티와 나머지 아흔아홉 명을 싣고 떠날 비행기가 군용 비행장에서 기다리고 있었다. 나는 바구니와 함께 던져졌지만 또한 던져지지 않았다. 나중에 픽처 싱은 이렇게 말했다. "그래, 대장, 자네가 들어갔는데도 전혀 무겁지 않던데." 나 역시 쿵 꽈당 우당탕을 조금도 못 느꼈다. 인도의 수도에서 인도 공군 수송기 편으로 백 명하고도 한 명의 예능인이 날아왔다. 그리고 백 명하고도 두 명이 돌아갔다. 그러나 그중 한 명은 존재하기도 했고 또한 존재하지 않기도 했다. 그렇다, 때로는 마법의 주문이 성공하기도 한다. 물론 실패하기도 한다: 우리 아버지 아흐메드 시나이는 잡종 암캐 셰리에게 저주를 걸어보려고 했지만 단 한 번도 성공하지 못했으니까.

나는 투명인간이 되어 여권이나 허가증도 없이 그렇게 내가 태어난 이 나라로 돌아왔다. 믿거나 말거나지만 내 말을 못 믿겠다면 내가 지금 이곳에 존재한다는 사실에 대해 다른 설명을 제시해보라. 일찍이 칼리프 하룬 알라시드도 (환상적인 옛날이야기 속에서) 익명으로 남몰래 눈에 띄지 않게 바그다드 거리를 배회하지 않았던가? 우리가 인도 아대륙 상공을 날아가는 동안 마녀 파르바티는 하룬이 바그다드 거리에서 했던 일을 나도 할 수 있게 해주었다. 그녀가 마법을 걸었고 나는 투명인간이 되었다. **설명은 그것으로 충분하다.**

내가 투명해졌을 때의 기억들: 바구니 속에서 나는 죽음이 어떤 것인지, 어떤 것일지를 배웠다. 나는 유령과 같은 특성을 지니게 되었던 것이다! 존재하지만 실체가 없고, 현실이지만 생명도 무게도 없고…… 바구니 속에서 나는 유령들이 세상을 어떻게 바라보는지를 알게 되었다. 희미하게 몽롱하게 어렴풋하게…… 세상은 내 주위에 있었지만 간신히 보일 뿐이었다. 나는 부재의 영역 속에 머물러 있었다. 그 영역의 가장자리에 망령처럼 흐릿하고 반영처럼 아련한 고리버들 바구니가 보였다. 죽은 자들은 죽고 나서 차츰 잊힌다. 시간이 아픔을 어루만지면 죽은 자들은 점점 사라져간다. 그러나 파르바티의 바구니 속에서 나는 반대의 경우도 마찬가지라는 사실을 알게 되었다. 유령도 조금씩 잊어버린다. 죽은 자들도 살아 있는 사람들에 대한 기억을 잃어가고, 그러다가 자신의 인생에서 완전히 분리되면 마침내 깨끗이 사라져버린다. 간단히 말해서 죽음의 과정은 죽은 다음에도 꽤 오래 계속된다. 나중에 파르바티가 이렇게 털어놓았다. "너한테 미리 말해줄 수 없었지만 사실 그렇게 오랫동안 보이지 않는 상태로 있으면 안 되는 거였어. 너무 위험한 일이니까. 하지만 그때는 어쩔 수 없었잖아?"

파르바티의 마법에 걸렸을 때 나는 세상이 점점 멀어져가는 것을 느꼈다. 이렇게 세상을 떠나서 영영 돌아오지 않는다면—어딘지 모를 이 어슴푸레한 공간에서 마치 바람에 날리는 홀씨처럼 더 멀리 더 멀리 더 멀리 사라진다면—얼마나 편안할까! 이렇게 쉬운 일인데! 간단히 말하자면 그때 나는 죽음의 위험에 직면해 있었다.

그 아스라한 시공간 속에서 내가 붙잡고 매달렸던 것은: 은제 타구였다. 파르바티가 속삭인 주문 때문에 그 타구도 나처럼 변화된 상태였지만 여전히 바깥세상을 생각나게 하는 물건이었고…… 형언할 수 없는 어둠 속에서도 반짝반짝 빛나는 이 정교한 은제 타구를 힘껏 움켜쥔 덕분에 나는 살아남을 수 있었다. 머리끝부터 발끝까지 마비된 상태였는데도 목숨을 건질 수 있었던 까닭은 아마도 내 소중한 기념품의 광채 때문이었을 것이다.

아니—단순히 타구 때문만은 아니었다: 왜냐하면 (이제 우리 모두가 알고 있듯이) 우리의 주인공은 밀폐된 공간에 갇힐 때마다 크나큰 영향을 받곤 했다. 닫힌 어둠 속에서 변화의 힘이 덮쳐온다. 일찍이 그는 (어머니가 아닌) 누군가의 아늑한 자궁 속에서 작디작은 태아로 출발했지만 8월 15일에 이르러 마침내 새로운 신화로, 똑딱똑딱의 아이로 탈바꿈하지 않았던가? '축복받은 자' 무바라크로 탄생하지 않았던가? 비좁은 신생아 목욕실에서는 이름표가 바뀌지 않았던가? 한쪽 콧구멍에 끈이 꽂힌 채 빨래통 속에 혼자 숨었을 때는 검은 망고를 훔쳐보다가 콧물을 너무 힘껏 들이마시는 바람에 위쪽 오이와 더불어 일종의 초자연적 무전기로 둔갑하지 않았던가? 의사와 간호사와 마취 마스크에 포위되어 숫자에 굴복했을 때는 상단—물빼기—작업을 당했고, 그리하여 두번째 단계로 넘어가서 후각 철학자가 되고 (나중에는) 최고의 추적병으로 발돋움하지 않았던가? 그리고 버려진 작은 오두막 안에서 아유바 발로치의 시체 밑에 깔렸을 때는 정당성—부당성의 의미를 배우지 않았던가? 그러므로—투명 바구니라는 불가사의한 위험에 빠졌을 때도 타구의 광채뿐만 아니라 또 하나의 변화가 내 목숨을 살렸다. 현실세계를 떠나서 묘지 냄새를 풍기는 끔찍한 고독에 사로잡혔을 때 나는 분노를 발견했다.

그날 살림의 내면에서 뭔가 사라지고 뭔가 태어났다. 사라진 것은: 액자에 넣은 네루의 편지와 아기 사진에 대한 오랜 자부심, 예언대로 기꺼이 역사적 역할을 담당하겠다는 오랜 결의, 그리고 낯선 사람들은 물론이고 부모까지 그를 경멸하거나 유배시켰는데도 그저 자신이 못생긴 탓으로 여겨 기꺼이 이해하고 정상을 참작하려고 노력하는 마음가짐 등등. 잘린 손가락과 삭발한 수도사 같은 머리도 그가 (내가) 그런 취급을 받을 만한 이유는 아닌 듯싶었다. 내 분노의 대상은 사실상 그때까지 내가 맹목적으로 감수했던 모든 것이었다: 나에게 투자를 했으니 반드시 위대한 사람이 되어 보답해야 한다는 부모님의 바람도, 숄처럼-사뿐히-내려앉는-천재성도, 심지어 역사와의 연결방식도 걷잡을 수 없는 분노를 불러일으켰다. 왜 하필 나야? 모든 것이 출생 예언 기타 등등의 우연한 사건 때문인데, 도대체 내가 왜 언어폭동과 네루-다음은-누구냐와 후추통 혁명과 내 가족을 몰살시킨 폭탄을 책임져야 해? 나 살림 코찔찔이, 코훌쩍이, 지도상판, 달덩어리가 도대체 왜 파키스탄군이 다카에서 절대로-그런-적-없다는 만행에 대해서도 비난을 받아야 해? ……도대체 왜, 5억-명도-넘는-사람들 중에서 나 혼자만 역사의 짐을 짊어져야 하냐고?

이 투명한 분노는 (양파 냄새를 풍기는) 부당성을 발견하면서부터 시작된 변화를 완성시켰다. 이 노여움 덕분에 나는 세이렌의 노래처럼 감미로운 사라짐의 유혹을 이겨내고 살아남았다. 내가 바구니 속에서 자취를 감추었다가 금요성원의 그림자 속에서 다시 나타나고부터 앞으로는 예정되지 않은 미래를 스스로 선택하겠다고 마음먹은 것도 바로 그 울분 때문이었다. 그리고 그때 묘지 냄새를 풍기는 고독의 적막 속에서 나는 아주 오래전에 노처녀 메리 페레이라가 불러주던 노래를 들었다:

그대가 원한다면 뭐든지 될 수 있네.
마음만 먹는다면 뭐든지 할 수 있네.

오늘 밤 이렇게 분노를 회상하면서도 나는 전혀 흥분하지 않는다. '미망인'이 다른 것들과 함께 분노마저 빼앗아갔기 때문이다. 바구니 속에서 내 인생의 필연성에 반기를 들었던 그날을 기억하면서도 나는 마치 깨달음을 얻은 사람처럼 자조적인 미소까지 머금는다. 그리고 너그러운 마음으로 세월 저편의 스물네-살-먹은-살림에게 중얼거린다. "사내 녀석이 그럴 수도 있지 뭐." 과부 합숙소에서의 가혹한 경험으로 나는 '도피는 불가능하다'는 확실한 교훈을 얻었다. 그리고 종이를 앞에 두고 앵글포이즈 램프의 불빛 아래 앉은 지금의 나는 그 시절과 달리 내가 아닌 다른 사람이 되기를 더는 바라지 않는다. 나는 누구-무엇인가? 내 대답은: 나는 나보다 앞서 일어났던 모든 일, 내가 겪고 보고 행한 모든 일, 그리고 내가 당한 모든 일의 총합이다. 나는 이-세상에-존재함으로써 나에게 영향을 주거나 나의 영향을 받은 모든 사람이고 사건이다. 나는 내가 태어났기 때문에 일어난 모든 일이며 내가 죽은 뒤에도 나 때문에 일어날 모든 일이다. 그리고 이것은 특별히 나에게만 해당되는 말이 아니다. 모든 '나'가—즉 지금은-6억-명도-넘는-사람들 한 명 한 명이 모두—그렇게 다수를 포함하고 있다. 마지막으로 한 번 더 되풀이한다: 나를 이해하려면 세계를 통째로 삼켜야 한다.

그러나 이제 내-안에-담긴-것들을 쏟아내는 작업이 막바지로 치달으면서, 그리고 내부의 균열이 점점 더 벌어지면서—찌익 쫘악 우지끈, 귀로 듣고 몸으로 느낀다—나는 점점 더 여위어 반투명에 가까워진다. 이제 남은 부분이 많지 않다. 머지않아 아무것도 남지 않을 것이다. 6억 개의 먼지, 유리처럼 투명해서 보이지도 않는 먼지가 되어……

그러나 그날은 화가 났다. 고리버들 바구니 속에서 각종 분비샘의 활동이 지나치게 활발해졌다. 에크린샘과 아포크린샘이 땀과 악취를 마구 뿜어냈다. 마치 모공을 통해 나의 운명을 몰아내려고 애쓰는 듯했다. 여기서 내 분노의 긍정적 측면도 기록해둬야겠다. 그날의 분노는 나에게 한 가지 즉각적인 효과를 안겨주었다. 성원의 그림자 속에서 투명 바구니를 빠져나오는 순간 나는 반발심의 영향으로 무감각 상태를 벗어날 수 있었다. 은제 타구를 손에 쥐고 마술촌의 땅바닥에 굴러떨어졌을 때 나는 감각이 돌아왔다는 사실을 깨달았다.

온갖 불행 중에서 적어도 일부는 극복이 가능하다.

# 성원의 그림자

의심의 여지가 없다: 점점 빨라진다. 찌익 우지끈 우두둑——무시무
시한 더위 속에서 길바닥이 쩍쩍 갈라지는 동안 내 몸도 붕괴의 순간
을 향해 치닫는다. 뼈를-갉아먹는-그것을(지금까지 내 주위의 너무
많은 여자들에게 일일이 설명했듯이 의사들은 이 증상을 치료하기는
커녕 발견하지도 못한다) 저지할 수 있는 나날도 얼마 남지 않았다.
아직도 해야 할 이야기가 많은데…… 내 안에서 무스타파 외삼촌이
자라고 파르바티가 입술을 삐죽거린다. 영웅의 머리카락 한 줌이 대
기 중이고, 열사흘에 걸친 산고와 총리의 헤어스타일을 닮은 역사에
대한 내용도 있다. 반역행위와 무임승차도 있고, 무쇠 프라이팬에 무
엇인가를 달달 볶는 (과부들의 곡소리가 가득한 바람을 타고 솔솔 풍
겨오는) 냄새도 있고…… 그러므로 나도 속력을 높여 결승선을 향해

전력질주를 해야겠다. 복원이 불가능할 정도로 기억이 망가져버리기 전에 서둘러 결승선 테이프를 끊어야 한다. (그런데 벌써, 벌써, 기억이 희미해진 부분도 있고 아예 지워져버린 부분도 있다. 이따금 임기 응변으로 대처하는 수밖에 없겠다.)

선반 위에 피클병 스물여섯 개가 엄숙하게 늘어섰다. 이 특제 피클 스물여섯 병에는 각각 이름표를 붙이고 단정한 글씨로 낯익은 단어들을 적어놓았다: 예를 들면 '후추통 기동작전' '알파와 오메가' '사바르마티 중령의 지휘봉' 등등. 완행열차가 노란색—다갈색 지나갈 때마다 스물여섯 개가 달그락달그락 아우성을 친다. 내 책상 위에서는 빈 병 다섯 개가 다급하게 딸랑거리며 아직 끝나지 않은 작업을 상기시킨다. 그러나 지금은 빈 피클병 때문에 꾸물거릴 여유가 없다. 밤에는 이야기를 해야 하므로 초록색 처트니도 제 순서를 기다려야 한다.

……파드마가 애틋한 동경에 사로잡혔다: "아, 팔월의 카슈미르는 얼마나 아름다울까요? 여긴 가마솥처럼 뜨거운데!" 나는 퉁퉁하면서도 근육이 발달한 말동무를 꾸짖을 수밖에 없다. 아까부터 주의가 너무 산만하다. 그리고 우리의 파드마 비비가, 오랫동안 참을성 있게 이야기를 들어주고 나를 위로해주던 그녀가 전형적인 인도 여편네처럼 행동하기 시작했다. (한편 늘 서먹서먹하고 이기적인 나는 전형적인 인도 남편처럼?) 나는 계속 퍼져가는 균열에 대해 이미 깨끗이 체념했지만 요즘 들어 파드마의 숨결에서 지금까지와는 다른 (그러나 불가능한) 미래에 대한 꿈의 냄새가 난다. 내 내면의 틈새는 결코 돌이킬 수 없는 것인데도 그녀는 결혼의 희망에 부풀어 달콤쌉쌀한 향기를 발산하기 시작했다. 그토록 오랫동안 팔뚝에 털이 무성한 여자 일

꾼들의 비웃음 섞인 독설에도 아랑곳하지 않던 똥-연꽃 아가씨가, 지금까지 나와 동거하면서도 모든 사회적 규범을 초월한 사람처럼 태연하기만 하던 그녀가 이제 합법적인 관계를 원하는 모양인데…… 간단히 말해서, 비록 이 문제를 입에 담은 적은 없지만, 그녀는 내가 자기를 아내로 맞아주기를 바란다. 걱정스러운 듯이 건네는 간단한 말 한마디에도 서글픈 소망의 향기가 짙게 배어 있다. 지금 그녀가 꺼내는 이 말도 그렇다. "저기요, 우리—글쓰기가 끝나면 좀 쉬는 게 어떨까요? 카슈미르에 가서 한동안 조용히 지내는 거예요. 그때는 나도 데려갈 거죠? 그래야 뒤치다꺼리도 해주고……" 나는 카슈미르에서 휴가를 보내고 싶다는 이 소박한 꿈(그것은 먼 옛날 무굴제국 황제 자한기르의 꿈이기도 했고, 지금은 망각 속으로 사라진 가엾은 일제 루빈의 꿈이기도 했고, 어쩌면 예수 그리스도의 꿈이었는지도 모른다)의 이면에 감춰진 또 하나의 꿈을 알아차린다. 그러나 둘 다 실현 불가능한 꿈이다. 왜냐하면 지금 균열 때문에, 균열 때문에, 언제나 균열 때문에 나의 미래가 점점 좁아지면서 불가피한 종지부를 향해 치닫고 있기 때문이다. 그리고 내가 이 이야기를 무사히 끝마치려면 파드마도 뒷전으로 밀어놓아야 하기 때문이다.

오늘 신문은 인디라 간디 여사가 정치적으로 부활했다고 보도했다. 그러나 내가 고리버들 바구니 속에 숨어 인도로 돌아올 때만 하더라도 '여사님'이 한창 전성기를 누리던 시기였다. 오늘날 우리는 벌써 그 시절을 잊어버리고 기꺼이 망각의 안개 속으로 빠져드는 중인지도 모른다. 그러나 나는 아직도 기억하며 머지않아 그 시절의 이야기를 기록할 것이다. 그때 내가 어떻게—그녀가 어떻게—그때 무슨 일이 있었는지—아니, 지금은 말할 수 없다. 반드시 말해야 할 순간이 올 때까지 기다렸다가 차근차근 이야기를 풀어가야 하니까…… 아무튼 1971년 12월 16일에 내가 바구니 속에서 튀어나와 인도 땅으로 굴러떨어졌을 때는 간디 여사의 신(新) 국민회의당이 하원 의석의 3분의 2 이상을 차지한 다수당이었다.

투명 바구니 속에서 부당성에 대한 인식은 곧 노여움으로 바뀌었다. 하지만 달라진 것은 그것만이 아니었다. 분노 때문에 변화된 나는 조국 인도에 대해 고통스러울 정도로 강렬한 연민을 느꼈다. 이 나라는 나의 쌍둥이일 뿐만 아니라 (군이 말하자면) 골반 부분에서 나와 한몸으로 연결된 상태였고, 그래서 우리 둘 중 한쪽에 일어나는 일은 상대방에게도 똑같이 일어났다. 나 코찔찔이 얼룩상판 기타 등등이 그런 현상 때문에 어려움을 겪었다면 나의 쌍둥이 누이인 인도 아대륙도 마찬가지였다. 이제 내가 더 나은 미래를 스스로 선택하겠다고 마음먹었으니 마땅히 이 나라에게도 똑같은 기회를 줘야 했다. 흙먼지와 그림자와 환호성 속으로 굴러떨어지는 순간 나는 이미 조국을 구하겠다는 결단을 내린 뒤였던 것 같다.

(그러나 균열과 공백이라는 문제가 있는데…… 과연 그때 내가 자밀라 싱어를 향한 나의 사랑이 어떤 의미에서는 실수였음을 알아차렸을까? 지금의 나는 자밀라에게 바친 그 사랑이 실은 깊고 포괄적인 조국애의 표현이었음을 깨달았지만 과연 그때도 그 사실을 알고 있었을까? 진정한 근친상간의 감정은 나의 진정한 쌍둥이 누이인 인도를 향한 것이었음을, 헌신짝을 쓰레기통에 내던지듯 나를 군대에 처넣어

버린 그 비열하고 무정한 여가수를 향한 감정이 아니었음을 내가 처음 깨달은 것은 언제였을까? 언제 언제 언제? ……어쩔 수 없다. 확실히 기억하지 못한다는 사실을 인정하는 수밖에.)

……살림은 성원의 그림자 속 땅바닥에 주저앉아 눈을 껌벅거렸다. 거인 한 명이 그를 내려다보며 함박웃음을 지었다. "어이, 대장, 여행은 재미있었나?" 흥분해서 눈이 동그래진 파르바티가 주전자를 들고 살림의 찝찔하고 갈라진 입속에 물을 부어주는데…… 이 느낌! 옹기 물동이에 담아두었던 시원한 물의 감촉, 바싹 말라 터져버린 입술의 쓰라림, 한 손에 움켜쥔 은과 청금석의 감촉…… "감각이 살아났다!" 살림은 친절한 사람들을 바라보며 그렇게 소리쳤다.

때는 차야*라고 부르는 오후 시간이었다. 붉은 벽돌과 대리석으로 지은 높다란 금요성원의 그림자가 그 발치에 뒤죽박죽 들어선 빈민굴 판잣집들 위로 내려앉았다. 이 빈민굴의 무너질 듯한 양철지붕은 날마다 숯가마처럼 후끈 달아올라서 허약한 판잣집 내부는 차야와 밤 시간을 제외하면 사람이 도저히 버틸 수 없을 만큼 뜨거웠는데…… 그러나 지금 마술사, 몸곡예사, 던지기곡예사, 차력사 등등이 신참을 맞이하려고 모여든 곳은 빈민굴 한복판에 홀로 우뚝 서 있는 급수탑 주변의 그늘이었다. "감각이 살아났다!" 내가 그렇게 소리치자 픽처 싱이 말했다. "그래, 대장—어디 말해보게나. 지금 기분이 어떤가? 다시 태어난 기분, 파르바티의 바구니 속에서 아기처럼 뚝 떨어진 기분이 어때?" 나는 픽처 싱의 놀라움이 풍기는 냄새를 맡았다. 그는 파

---

* '그림자' 또는 '그늘'을 뜻하는 힌디어.

르바티의 재간에 놀란 기색이 역력했지만 진정한 전문가답게 비결을 물어볼 생각조차 하지 않았다. 그래서 마녀 파르바티가 무한한 능력을 써서 나를 안전한 곳으로 데려왔는데도 비밀이 탄로 날 염려는 없었고, 내가 나중에 알게 된 사실이지만 마술촌 사람들 중에는 직업적인 마술사도 많아서 마법의 가능성을 믿는 사람은 아무도 없었다. 픽처 싱은 감탄하면서 이렇게 말했다. "정말이야. 대장 몸이 갓난아기처럼 가볍더라니까!" 그러면서도 내가 그렇게 가벼워진 것이 속임수 때문이 아니었다고는 상상도 못 했다.

픽처 싱이 큰 소리로 말했다. "얘, 아가야—어떻게 할까, 아기 대장? 자네를 내 어깨에 엎어놓고 트림을 시켜줄까?" 그러자 파르바티가 한심하다는 듯이: "저 아저씨는 만날 저렇게 썰렁한 농담만 한다니까." 그러면서 그 자리에 모인 사람들에게 눈부신 미소를 던지고…… 그런데 그때 불길한 일이 벌어졌다. 마술사들의 등 뒤에서 한 여자의 통곡 소리가 들려왔다: "아이고아이고! 아이고오!" 놀란 사람들이 일제히 양쪽으로 갈라서자 노파 한 명이 불쑥 뛰어들더니 다짜고짜 살림에게 덤벼들었다. 나는 그녀가 휘두르는 프라이팬을 황급히 막아야 했다. 깜짝 놀란 픽처 싱이 프라이팬을 휘두르는 노파의 팔을 붙잡고 호통을 쳤다. "여보쇼, 아줌마, 이거 웬 소란이오?" 그래도 노파는 아랑곳하지 않고: "아이고아이고!"

그러자 파르바티가 퉁명스럽게 쏘아붙였다. "레샴 비비, 머리가 어떻게 되신 거 아니에요?" 그러자 픽처 싱도, "손님이 왔잖아요, 아줌마—그렇게 고래고래 소리치면 손님이 우리를 어떻게 생각하겠소? 자, 이제 조용히 좀 해요, 레샴, 여기 이 대장은 파르바티가 잘 아는 사람이라고! 그렇게 버럭버럭 소리치지 말라니까!"

"아이고아이고! 불운이 닥쳤구나! 다들 외국에 나가더니 불운을 불러들였어! 아이고오오!"

사람들이 불안한 표정으로 레샴 비비와 나를 번갈아 쳐다보았다. 왜냐하면 그들은 초자연적 현상을 믿지 않았지만 모두 예능인이었고, 연예인들이 흔히 그렇듯이 운수에 대해 확고부동한 믿음을 지녔기 때문이다. 행운-불운, 재수······ 레샴 비비가 울부짖었다. "자네 말대로 이 녀석은 두 번이나 태어났는데 이번엔 여자 몸에서 태어난 것도 아니잖아! 머잖아 재앙과 역병과 죽음이 닥쳐올 거야. 나 같은 늙은이는 다 알아." 그러더니 나에게 호소하듯이, "제발 부탁일세, 총각, 적선하는 셈 치고 어서 떠나주게나. 빨리 가란 말이야!" 그러자 사람들이 웅성거렸다. "레샴 비비가 옛날이야기를 많이 아는 건 사실이잖아." 그때 픽처 싱이 벌컥 화를 냈다. "대장은 귀한 손님이야! 내 집에 묵게 할 테니까 오래 있든 금방 가든 손님 마음이라고. 다들 뭐라고 떠드는 거야? 지금 옛날이야기를 주절거릴 때가 아니잖아."

살림 시나이가 마술촌에 처음 갔을 때 머무른 기간은 며칠에 불과했다. 그러나 그 짧은 시간 동안 많은 일이 일어나서 아이고아이고 때문에 생긴 두려움을 덜어주었다. 거두절미하고 간단히 설명하자면, 그 며칠 사이에 마술촌의 마술사들을 비롯한 예능인들의 기술이 비약적으로 발전했다. 던지기곡예사들은 한꺼번에 천 개하고도 한 개의 공을 허공에 띄울 수 있게 되었고, 어느 차력사의 여제자는 아직 제대로 훈련을 받지도 못했건만 불붙은 석탄을 깔아놓은 곳에 실수로 들어갔다가 태연하게 걸어 나와서 마치 스승의 능력을 고스란히 물려받은 듯했다. 밧줄곡예에 성공했다는 소식도 들렸다. 게다가 매달 빠짐없이 마술촌 일제 단속을 실시하던 경찰이 나타나지 않았는데, 사람들이 기억하기로는 이번이 처음이라고 했다. 그리고 방문객이 줄을 이었는데, 이런저런 저녁 잔치 때문에 1인 또는 단체 공연을 요청하러 온 부잣집 하인들이었고⋯⋯ 그러다 보니 레샴 비비가 상황을 거꾸로 해석했다고 생각될 정도였고, 나는 곧 마술촌에서 큰 인기를 누리게 되었다. '살림 키스메티', 즉 복덩어리 살림이라는 별명까지 생겼다. 나를 마술촌으로 데려온 파르바티도 덩달아 칭찬을 들었다. 결국 픽처 싱이 레샴 비비를 데려와서 나에게 사과하라고 했다.

"미안하게 됐구먼." 레샴은 불분명한 소리로 그렇게 중얼거리고 달아나버렸다. 픽처 싱이 한마디 거들었다. "늙은이들은 인생이 고달프지. 머리가 고장 나서 기억이 뒤죽박죽이 돼버리거든. 대장, 여기 사람들은 다들 자네가 행운을 불러왔다고 하는데 혹시 금방 떠나버리진 않겠지?" 그러자 파르바티가 가지 말라고 애원하는 표정으로 눈을 동그랗게 뜨고 말없이 쳐다보았지만 나는 가야 한다고 말할 수밖에 없었다.

지금도 살림은 그때 이렇게 대답했다고 확신한다. "가야 합니다." 바로 그날 아침에 그는 여전히 헐렁한 겉옷을 걸친 채, 여전히 은제 타구를 움켜쥔 채, 원망이 담긴 촉촉한 눈으로 자신의 뒷모습을 지켜보는 아가씨를 한 번도 돌아보지 않고 바삐 걸음을 옮겨 그곳을 떠났다. 연습 중인 던지기곡예사들을 지나서, 라스굴라 냄새가 코를 찌르며 유혹하는 과자 가게를 지나서, 10파이사만 주면 면도를 해준다는 이발사들을 지나서, 횡설수설 지껄이는 쭈그렁 할머니들을 지나서,

모두 똑같은 파란색 정장에 (비위를 맞춰주는 체하지만 장난기가 심한 가이드가 머리에 둘러준) 어울리지도 않는 노란색 터번을 두르고 버스에서 내린 일본인 관광객들과 그들에게 미국식 영어로 떠들어대며 귀찮게 구는 구두닦이 소년들을 지나서, 금요성원으로 올라가는 웅장한 계단 앞을 지나서, 잡화, 향수, 쿠트브 미나르*의 석고 복제품, 색칠한 장난감 말, 살아서 파닥거리는 닭 따위를 파는 노점상들을 지나서, 그리고 닭싸움을 구경하라고 권하는 여리꾼들과 흐리멍덩한 눈으로 카드놀이에 열중한 노름꾼들을 지나서 마침내 그는 마술사들의 빈민굴을 벗어나 끝없이 뻗어나간 레드포트 성벽이 마주 보이는 파이즈 시장으로 접어들었다. 일찍이 그 성벽 위에서 총리가 독립을 선포하기도 했고, 언젠가 그 그늘에서 한 여인이 요지경놀이꾼 딜리데코맨을 따라 비좁은 골목길을 지나 몽구스와 독수리들이 있고 부러진 팔에 나뭇잎을 동여맨 사람들이 있는 건물에서 아들의 미래에 대한 예언을 듣기도 했다. 간단히 말하자면 그는 오른쪽으로 발길을 돌려 구도시를 벗어나서 분홍색 피부의 정복자들이 오래전에 건설한 장밋빛 궁전 쪽으로 걸어갔다: 나는 그렇게 구원자들을 버리고 걸어서 뉴델리로 건너갔다.

왜 그랬을까? 나는 왜 마녀 파르바티의 향수 어린 슬픔마저 외면한 채 배은망덕하게 낡음을 버리고 새로움을 찾아 나섰을까? 오랫동안 한밤중에 내 머릿속에서 벌어지던 회의 때마다 그녀는 나의 가장 충실한 협력자였건만 그날 아침에 나는 왜 그토록 가볍게 그녀 곁을 떠

* 인도 최고(最高)의 이슬람 석탑.

났을까? 균열 때문에 기억이 지워져버린 과거의 공백과 싸우면서 나는 두 가지 이유를 떠올리지만 그중에서 어느 쪽이 더 중요했는지는 나도 잘 모르겠고, 혹시 세번째 이유가 또 있는지도…… 어쨌든 첫번째 이유는 내 상황을 성찰해봤기 때문이다. 자신의 장래성을 분석해보고 나서 살림은 앞날이 암담하다는 사실을 인정할 수밖에 없었다. 나는 여권도 없었다. 법률상 (예전에는 합법적인 출국자였지만) 불법 입국자였다. 불시에 포로수용소로 끌려갈지도 모르는 처지였다. 탈영한 패잔병이라는 신분을 제쳐놓더라도 불리한 점이 한두 가지가 아니었다: 돈도 없고 갈아입을 옷도 없고 자격증도 없었다. 교육과정을 끝마치지도 못했거니와 그나마 공부한 내용에서도 두각을 나타내지 못했다. 집 한 칸도 없고 나를 지켜주고 부양하고 도와줄 가족도 없는 내가 어떻게 나라를 구하겠다는 원대한 계획을 실천할 수 있을까…… 그러다 문득 내 생각이 틀렸다는 깨달음이 뇌성벽력처럼 뇌리를 강타했다. 이곳에, 바로 이 도시에 내 혈육이 있다! 게다가 평범한 사람도 아니고 권세를 누리는 실력자다! 우리 외삼촌 무스타파 아지즈가 고위 공무원이다. 내가 마지막으로 소식을 들었을 때 그는 자기 부서의 이인자였다. 조국의 메시아가 되겠다는 내 포부에 그보다 더 좋은 후원자가 어디 있으랴? 외삼촌 댁에 가면 새 옷뿐만 아니라 인맥까지 얻을 수 있다. 외삼촌의 비호를 받으면 정부에 등용되기도 쉬울 테고 현 정부의 현실을 연구해보면 틀림없이 구국의 열쇠를 찾을 수 있을 것이다. 그리고 장관들과 대화를 나눌 수도 있고, 위대한 지도자들과 친해질 수도 있고……! 그렇게 허무맹랑한 공상을 하면서 나는 마녀 파르바티에게 말했다. "난 가야 돼. 중요한 일을 해야 하니까!" 하지만 별안간 화끈 달아오른 그녀의 두 뺨에서 상심한 기색을 발견하고 이렇게 위로했다: "자주 만나러 올게. 자주자주!" 그러나 아무리 위로해도 소용없었고…… 나를 도와준 사람들을 버리고 떠난 한 가지 동기는 그렇게 숭고한 목적 때문이었다. 그러나 혹시 좀더 속물스럽고 천박하고 이기적인 동기도 있지 않았을까? 물론 있었다. 파르바티가 남몰래 나를 데리고 상자에서 뜯어낸 널빤지와 양철로 지은 판잣집 뒤쪽으로 걸어갔다. 바퀴벌레들이 알을 까는 그곳, 쥐들이 사랑을 나누는 그곳, 파리들이 개똥으로 포식하는 그곳에서 그녀가 내 손목을 잡더니 이글거리는 눈빛으로 열심히 속닥거리기 시작했다. 빈민굴의 지저분한 뒷골목에서 그녀가 고백했다. 자기가 만난 한밤의 아이는 나만이 아니었다고! 그러더니 다카로 진군하던 날 마술사들과 영웅들이 나란히 행진할 때의 이야기를 들려주었다. 그때 파르바티가 어느 탱크 위를 쳐다보았는데 문득 거대하고 강력한 한 쌍의 무릎에 시선이 머물렀고…… 풀을 먹여 잘 다린 군복 속에서 당당하게 불쑥 튀어나온 그 무릎을 보고 파르바티는 이렇게 소리쳤다. "아, 너는! 아, 너는……" 그다음에는 차마 말할 수 없는 이름, 내가 죄의식을 느낄 수밖에 없는 이름, 산부인과에서의 범죄가 없었다면 내 인생을 살게 되었을 누군가의 이름이 나왔다. 파르바티와 시바, 시바와 파르바티, 이름 때문에 어차피 언젠가는 만날 운명이었던 두 사람은 그렇게 승리의 순간에 마주쳤다. "영웅이 됐더라니까!" 파르바티는 판잣집 뒤에서 자랑스러운 듯이 속삭였다. "그 친구는 군대에서 거물이 될 거야!" 그러고 나서 낡은 옷자락 속에서 무엇을 꺼냈을까? 한때는 영웅의 머리 위에서 당당하게 자라다가 이제 마녀의 품속에서 모습을 드러낸 그것은 과연 무엇이었을까? "달라고 했더니 주더라." 마녀 파르바티는 그렇게 말하면서 머리카락 한 줌을 보여주었다.

내가 달아난 이유는 그 불길한 머리카락 때문이었을까? 오래전에 심야 회의장에서 추방했던 자신의 분신을 다시 만나게 될까봐 전쟁영 웅에게는 없는 가족의 품으로 부랴부랴 도망쳤을까? 숭고한 목적 때문일까, 아니면 죄의식 때문일까? 지금은 나도 잘 모르겠다. 나는 기억나는 내용만 써내려갈 뿐이다. 이를테면 마녀 파르바티가 속삭였던 말: "시간이 나면 여기로 찾아올지도 몰라. 그때는 셋이서 함께 만나는 거야!" 그러더니 몇 번이나 했던 말을 다시 되풀이했다: "그래, 한밤의 아이들…… 이거야말로 굉장한 만남 아니니?" 마녀 파르바티는 내가 마음속에서 지워버리려고 노력했던 일들을 다시 생각나게 했고, 그래서 나는 그녀 곁을 떠나서 무스타파 아지즈의 집으로 갔다.

내가 마지막으로 가족과 함께 생활했던 그 가혹하고 비참한 경험에 대해서는 몇몇 단편적인 기억만 남아 있다. 그러나 어차피 그 모든 기억을 적어두고 그다음에는 피클로 만들어야 하므로 어떻게든 정리해서 이야기를 엮어가야겠는데…… 우선 무스타파 외삼촌이 널찍하고 개성 없는 공무원 주택에 살았다는 사실부터 밝혀야겠다. 러티언스* 가 건설한 도시의 중심부를 가로지르는 라지파트 대로 부근의 말쑥한 공무원 주거지역이었다. 나는 한때 '킹스웨이'라고 불리던 이 길을 따라 걸으면서 거리의 무수한 냄새를 들이마셨다. 주립 수공예품 백화

---

* 영국 건축가. 뉴델리의 설계와 건설에 핵심적인 역할을 담당했다.

점에서 불어오는 냄새, 오토릭샤의 배기관이 뿜어내는 냄새, 그리고 바니안나무와 데오다르나무의 방향(芳香)이 오래전에 떠난 총독들과 장갑을 낀 마나님들의 어렴풋한 냄새와 어우러지고, 화려하고 부유한 귀부인들과 방랑자들의 자극적인 체취도 한몫 거들었다. 그곳에는 거대한 선거 득표 게시판도 있어서 언젠가(인디라와 모라르지 데사이의 첫번째 권력투쟁이 벌어질 당시) 사람들이 잔뜩 모여들어 결과를 기다리며 애타게 묻곤 했다. "아들이야 딸이야?"……고대와 현대 사이에서, 인도문과 정부청사 사이에서, 나는 사라져간 무굴제국과 대영제국에 대해, 그리고 나 자신의 역사에 대해 골똘히 생각했다. 왜냐하면 이 도시는 공개발표의 도시, 대가리가 많은 괴물의 도시, 그리고 하늘에서 손이 떨어진 도시이기 때문이다. 나는 눈에 보이는 다른 것들처럼 지독한 악취를 풍기면서 결연히 앞으로 나아갔다. 이윽고 왼쪽으로 방향을 틀어 듀플렉스 가로 접어들자 마침내 낮은 담장과 산울타리를 두른 개성 없는 주택단지가 나타났다. 한쪽 구석에 서 있는 팻말 하나가 바람결에 흔들거렸다. 마치 과거의 메아리처럼 언젠가 메솔드 단지의 정원에 꽃피었던 팻말과 비슷했지만 내용은 조금 달랐다. 집 안 팝니다. 위협적인 단어 세 개, 불길한 음절 다섯 개. 외삼촌 댁 정원에 핀 나무꽃은 이상한 말을 덧붙였다: 무스타파 아지즈 파리(fly).

그중에서 마지막 낱말은 가슴이 두근거릴 만큼 정겨운 명사 '가족(family)'을 외삼촌이 습관적으로 줄여놓은 무미건조한 축약어였지만 그 사실을 모르는 나는 끄덕거리는 팻말을 바라보며 어리둥절했다. 그러나 그 집에서 잠시 시간을 보낸 뒤에는 그 말이 딱 어울린다는 생각이 들었다. 무스타파 아지즈 일가는 알쏭달쏭하게 생략된 낱말대로 파리처럼 보잘것없고 벌레처럼 무력했기 때문이다.

바야흐로 새로운 인생을 시작하려는 희망에 부풀어 조금은 초조한 마음으로 초인종을 눌렀을 때 어떤 말이 나를 맞이했을까? 철망으로 된 바깥문 너머에 누구의 얼굴이 나타나서 분노와 놀라움을 드러내며 나를 노려보았을까? 파드마: 그 사람은 무스타파 외삼촌의 아내였다. 미치광이 소냐 외숙모는 나를 보자마자 이렇게 소리쳤다. "아이구야! 냄새 한번 고약하네!"

그래도 나는 싹싹하게 인사를 건네면서 비록 주름이 자글자글하지만 아직도 이란 여자의 미모를 간직한 외숙모에게 수줍은 미소를 던졌다. "안녕하세요, 소냐 외숙모." 그러나 외숙모는 이렇게 말을 이었다. "살림 맞지? 그래, 생각난다. 어릴 때부터 싹수가 노랬지. 자기가 크면 신이라도 될 것처럼 착각하던 녀석. 무슨 근거로? 총리 밑에서 일하는 별 볼일 없는 비서관 한 명이 웃기는 편지 한 통 보내줬다고 우쭐해서 그랬겠지." 나는 이 첫 만남에서 내 모든 계획이 실패하리라는 것을 예견했어야 옳았다. 미치광이 외숙모가 풍기는 냄새로 공무원 세계의 무자비한 질투를 알아차렸어야 했다. 내가 출세하려고 아무리 발버둥쳐도 그 질투를 극복하기는 불가능했다. 나는 편지 한 통을 받았고 그녀는 받지 못했다. 그래서 우리는 평생 앙숙일 수밖에 없었다. 하지만 그때 문이 열리고 깨끗한 옷과 목욕탕의 냄새가 흘러나왔다. 나는 작은 연민의 표시에 눈이 멀어 외숙모가 풍기는 치명적인 향기를 간과하고 말았다.

외삼촌 무스타파 아지즈의 콧수염은 한때 밀랍을 발라서 당당해 보인 적도 있었지만 메솔드 단지가 철거될 때 발생한 먼지폭풍의 마비

효과를 끝내 이겨내지 못했다. 그래서 그는 자그마치 마흔일곱 번이나 기회가 있었는데도 자기 부서의 우두머리 자리에 오르는 데 번번이 실패했고, 결국 자식들을 두들겨 패면서, 그리고 자기가 반무슬림적 편견 때문에 손해를 보는 것이 분명하다고 밤마다 고래고래 소리치면서, 그러면서도 오히려 그때그때의 정부에 절대적인 충성을 바치면서, 그리고 유일한 취미인 계보학에 집착하면서 자신의 역량 부족에 대한 위안을 얻었다. 외삼촌이 족보에 기울이는 열정은 오래전에 자신이 무굴 황제들의 후손임을 증명하고 싶어 했던 우리 아버지 아흐메드 시나이의 욕망을 능가할 정도였다. 앞에서 밝힌 여러 위안 가운데 첫번째 위안에는 그의 아내도 기꺼이 동참했다. 이란인의 피가 반쯤 섞인 소냐 아지즈는(처녀 때의 성은 코스로바니) 사교계 유명인사가 되고 싶어 했는데, 서열 1위가 마흔일곱 번이나 바뀌는 동안 그들의 아내에게 차례차례 (원래는 숟가락이지만 관용어로 알랑쇠를 뜻하는) '참차' 노릇을 해야 하는 삶 때문에 결국 정신병자 진단을 받게 되었다. 그 여자들이 서열 3위의 아내였을 때 외숙모가 몹시 거만을 떨어 사이가 별로 안 좋았기 때문이다. 외사촌들은 외삼촌과 외숙모의 합동구타에 시달리며 완전히 주눅이 들어 살아온 터라 나는 지금도 그들의 숫자와 성별과 몸매와 용모를 전혀 기억하지 못한다. 물론 각자의 개성도 사라진 지 오래였다. 무스타파 외삼촌의 집에서 나는 죽은 듯이 움츠리고 있는 외사촌들과 함께 조용히 앉아서 밤마다 되풀이되는 외삼촌의 독백에 귀를 기울였다. 외삼촌은 승진에 탈락한 데 대해 분노를 터뜨리기도 하고 애완견처럼 총리의 모든 행동을 맹목적으로 찬양하기도 하면서 오락가락 끊임없이 변덕을 부렸다. 만약 인디라 간디가 그에게 자살을 명령했다면 무스타파 아지즈는 반무슬림적 편견 때문이라고 원망하면서도[*] 그 요구의 정치적 당위성을 옹호했을 테고, 따라서 항변할 엄두조차 내지 못하고(아니, 항변하고 싶어 하지도 않고) 순순히 복종했을 것이다.

계보학에 대하여: 무스타파 외삼촌은 시간이 날 때마다 커다란 기록장에 거미줄처럼 복잡한 가계도를 작성했다. 국내 명문가들의 기상천외한 족보를 샅샅이 조사하여 영원성을 부여하는 작업이었다. 그런데 내가 그 집에 머물던 어느 날 소냐 외숙모가 하르드와르[**] 출신의 어느 현자에 대한 이야기를 듣게 되었다. 소문에 의하면 벌써 나이가 삼백아흔다섯 살이라는 이 현자는 국내 브라만 가문의 족보를 모조리 외운다고 했다. 외숙모는 외삼촌에게 이렇게 소리쳤다. "그 분야에서도 당신은 이인자 신세를 못 벗어났어!" 하르드와르의 현자 때문에 그녀의 정신병은 더욱더 악화되었고, 그 결과 아이들에게 휘두르는 폭력도 점점 심해져 우리는 언제 살인이 날지 몰라 날마다 전전긍긍했다. 무스타파 외삼촌은 마침내 외숙모를 정신병원으로 보낼 수밖에 없었다. 그녀가 난폭하게 행동하는 바람에 직장에서 난처한 처지에 몰렸기 때문이다.

내가 찾아간 가족은 그런 사람들이었다. 나중에는 그들이 델리에 산다는 사실 자체가 내 과거에 대한 모독으로 느껴졌다. 나에게 델리는 영원히 젊은 아흐메드와 아미나의 영혼이 깃든 곳이거늘 이 신성한 땅에 저렇게 한심한 '파리'가 기어 다니다니!

---

[*] 인디라 간디는 힌두교도였다.
[**] 인도 우타라칸드 주의 도시로 힌두교 7대 성도(聖都)에 속한다.

그건 그렇고, 확실한 증거는 없지만 몇 년 전에 정부가 권력과 점성술의 마력에 점점 더 깊이 빠져들 때 계보학에 대한 외삼촌의 집착이 정부 업무에 활용된 적이 있었다. 그러므로 과부 합숙소의 사건도 외삼촌의 도움이 없었다면 일어나지 않았을 텐데…… 그러나 나 역시 배신자였다. 나는 남을 비난할 자격이 없다. 어쨌든 여기서 말하고 싶은 것은 다만 내가 외삼촌의 족보 기록장 사이에서 일급비밀 딱지가 붙은 M. C. C. 계획이라는 제목의 검은색 가죽 서류철을 보았다는 사실이다.

이제 결말이 머지 않았으니 아무리 피하고 싶어도 오래 버틸 수 없을 것이다. 아무튼 인디라의 아버지가 집권했을 때도 그랬듯이 인디라 정권이 날마다 신비로운 지식을 가진 사람들에게 조언을 구하는 동안, 그래서 베나레스의 예언자들이 인도의 역사를 관장하는 일에 동참하는 동안, 나는 잠시 고통스러운 개인적 기억을 떠올려야겠다. 왜냐하면 내가 1965년 전쟁으로 가족들이 사망했다는 사실을 확실히 알게 된 것도, 내가 나타나기 바로 며칠 전 파키스탄의 유명가수 자밀라 싱어가 실종되었다는 소식을 듣게 된 것도 무스타파 외삼촌 댁에서였기 때문이다.

……전쟁 동안 내가 적군 편에서 싸웠다는 말을 들은 미치광이 소냐 외숙모는 나에게는 음식도 안 주고(우리는 저녁식사 중이었다) 빽빽 소리를 질렀다. "세상에, 네가 얼마나 뻔뻔한 녀석인지 알기나 하니? 도대체 생각이 있는 애냐, 없는 애냐? 탈영한 전범 주제에 고위공무원의 집을 찾아오다니, 맙소사! 네 외삼촌이 실업자가 돼야 속이 시원하겠니? 온 가족이 길거리에 나앉는 꼴을 보고 싶어? 부끄러운

줄 알아라, 이 녀석아! 썩 나가라. 어서, 어서 꺼져버려! 아니, 차라리 지금 당장 신고해서 경찰에 넘겨버릴까! 썩 나가라! 전쟁포로가 되든 말든 우리가 알 바 아니지. 너는 세상을 떠난 우리 아가씨가 낳은 친아들도 아니고……"

청천벽력의 연속: 살림은 신변에 위협을 느끼는 동시에 어머니의 죽음이라는 불가피한 진실까지 알게 되었다. 이 집은 그가 생각했던 것과 달리 안전한 곳이 아니었다. 그들은 그를 아직 가족으로 인정하지 않았기 때문이다. 메리 페레이라가 고백한 내용을 알고 있는 소냐 외숙모가 무슨 짓을 저지를지 모른다! ……그리고 나는 힘없이, "어머니가? 세상을 떠나셨다고요?" 그러자 무스타파 외삼촌은 아내의 말이 너무 심하다고 생각했는지 마지못해서, "신경 쓰지 마라, 살림. 당연히 우리 집에서 살아야지. 여보, 어쩔 수 없잖아? 저 애는 아무것도 모르는데……"

그때 그들이 나에게 말해주었다.

정신병원 같은 '파리' 소굴에서 나는 고인이 된 사람들에게 기나긴 거상 기간을 빚졌다는 사실을 깨달았다. 우리 어머니와 아버지, 알리아 이모와 에메랄드 이모, 피아 외숙모, 이종사촌 자파르와 키프의 공주, 원장수녀님, 먼 친척 조흐라와 그 남편, 그렇게 여러 사람의 죽음을 알게 된 나는 앞으로 400일 동안 그들을 애도하기로 결심했다: 한 사람당 40일씩 열 번을 곱한 적절하고도 정확한 기간이었다. 그리고, 그리고, 자밀라 싱어에 대한 이야기도 들었는데……

그녀는 방글라데시에서 벌어진 전쟁의 소용돌이 속에서 내가 실종되었다는 소식을 들었다. 언제나 뒤늦게 사랑을 드러내는 그녀는 그 소식을 듣고 살짝 정신이 나갔던 모양이다. '파키스탄의 목소리'이며 '믿음의 나이팅게일'이었던 자밀라가 잘리고 좀먹고 전쟁으로 토막 나버린 파키스탄의 새 지도자들을 질타하기 시작했다. 부토 씨가 유엔 안전보장이사회에서 "우리는 새로운 파키스탄을 건설할 것입니다! 더 나은 파키스탄을! 우리 국민은 제 말을 귀담아들어줍니다!" 하고 말할 때 누이는 공개적으로 그를 비난했다. 그녀는 순수성의 상징이며 애국자 중의 애국자였건만 내가 죽었다는 소식을 듣고 나서 갑자기 반역자로 돌변했던 것이다. (어쨌든 나는 그렇게 믿는다. 외삼촌이 말해준 내용은 간략한 사실뿐이었다. 외삼촌은 외교적 통로로 그 사실을 알게 되었는데 그 사람들은 심리적 이론 따위에는 관심도 없기 때문이다.) 전쟁의 주역들을 꾸짖는 일장 연설을 하고 나서 이틀 뒤 그녀는 홀연히 지구 상에서 사라져버렸다. 무스타파 외삼촌은 애써 상냥하게 말했다: "살림, 지금 파키스탄에서는 몹시 흉악한 일들이 벌어지고 있단다. 사람들이 끊임없이 실종되거든. 아무래도 최악의 경우까지 각오해야겠다."

아니야! 아냐 아냐 아냐! 파드마: 외삼촌의 말은 틀렸다! 자밀라는 국가의 마수에 걸려 사라진 것이 아니다. 왜냐하면 바로 그날 밤 꿈속에서 나는 그녀가 파키스탄의 수도를 빠져나가는 장면을 보았기 때문이다. 자밀라는 수수한 베일로 얼굴을 가리고—퍼프스 아저씨가 만들어준 누구나 한눈에 알아볼 수 있는 금실로 수놓은 비단 부르카가 아니라 평범한 검은색 부르카를 뒤집어쓰고—야음을 틈타 비행기에 탑승했다. 그리하여 심문을 당하지도 체포되지도 않고 자유로운 몸으로 카라치에 도착해 택시를 잡아타고 도심으로 향한다. 이윽고 높다란 담장 앞에 도착하는데 그곳에는 빗장 걸린 대문이 있고 옛날에 내가 누이가 좋아하는 효모를 넣은 빵을 받으러 갔던 쪽문 하나가 있다. 그녀는 그곳에 서서 들여보내달라고 부탁하고, 신변보호를 요청한다는 말에 수녀들이 대문을 열어주고, 그래서 그녀는 안전하게 안으로 들어가고, 대문에는 다시 빗장이 걸리고, 그리하여 늘 얼굴을 가리고 다니던 그녀가 다른 방법으로 모습을 감추는데, 그곳에도 원장수녀님이 있고, 그리하여 놋쇠 잔나비였을 때 장난삼아 기독교에 심취했던 자밀라 싱어는 이제 은둔생활을 하는 산타 이그나치아 수녀원에서 안전 피난처 평화를 얻고…… 그래, 그녀는 그곳에 있다. 실종된 것도 아니고, 발길질하고 때리고 굶기는 경찰의 손아귀에 붙잡힌 것도 아니고, 인더스 강변의 어느 이름 없는 무덤에 묻힌 것도 아니고, 지금도 멀쩡히 살아서 안전하고 편안하게 지내면서 빵을 굽거나 은둔한 수녀들에게 아름다운 노래를 들려준다. 나는 안다, 나는 안다, 나는 안다. 어떻게 아느냐고? 오빠라면 모를 리가 없으니까. 그뿐이다.

다시 책임감이 엄습해온다. 한시도 그 책임감을 떨쳐버릴 수 없다. 늘 그랬듯이 자밀라의 몰락도 내 탓이기 때문이다.


나는 무스타파 아지즈의 집에서 420일 동안 살았고…… 살림은 뒤늦게 가족의 죽음을 애도했다. 그러나 그동안 내가 귀를 닫고 지냈을 거라고는 한순간도 생각지 마라. 주위에서 오가는 이야기를, 외삼촌과 외숙모의 거듭되는 말다툼을 내가 듣지 못했을 거라고 오해하지 마라. (외삼촌이 외숙모를 정신병원에 보내버리기로 결심한 데는 그런 말다툼도 한 계기가 되었을 것이다.) 소냐 아지즈가 버럭버럭 소리친다. "저 천해빠진 녀석, 더럽고 지저분한 녀석, 게다가 당신 친조카도 아니잖아! 당신 도대체 정신이 있는 거야, 없는 거야? 저 녀석 빨리 내쫓으라니까!" 그러면 무스타파 외삼촌은 조용히 대답한다: "불쌍한 애가 슬픔에 빠졌는데 어떻게 그런 짓을 할 수가 있어? 얼굴만 봐도 알 만하잖아. 괴로운 일을 하도 많이 겪어서 지금 제정신이 아니라고." 제정신이 아니라니! 그들이 그런 말을 하다니 정말 어처구니가 없었다. 그들 가족에 비하면 횡설수설하는 식인종도 점잖은 문명인으로 보일 지경인데! 그런데 내가 왜 그런 취급을 받으면서도 꾹 참았을까? 나에게는 꿈이 있었다. 하지만 그 420일 동안 그 꿈은 끝내 실현되지 않았다.

콧수염이-축-늘어진, 키는-크지만-구부정한, 영원한 이인자: 무스타파 외삼촌은 하니프 외삼촌과 달랐다. 그는 이제 우리 집안의 가주였고 자기 세대에서는 유일하게 1965년의 대학살을 이겨내고 살아남았다. 그러나 그는 나를 조금도 도와주지 않았고…… 그래서 유난히 괴로웠던 어느 날 저녁, 나는 족보가 가득한 그의 서재에서 외삼촌에게 대들었고 불행한 운명으로부터 나라를 구하겠다는 역사적 사명에 대해—상황에 걸맞게 엄숙하고 겸손하게, 그러나 몸짓으로 확고한 의지를 드러내면서—자세히 설명했다. 그러나 그는 깊은 한숨을 내쉬고 이렇게 말했다. "살림, 그래서 나한테 뭘 어쩌라는 거냐? 난 너를 우리 집에 있게 해줬어. 너는 내가 주는 밥을 먹고 아무 일도 안 하면서 편하게 지내지. 거기까지는 다 좋아. 우리 누나가 널 키웠으니까, 그래서 내가 돌봐주는 게 당연하니까. 그래, 우리 집에서 푹 쉬면서 일단 건강부터 회복해라. 나중에 다시 생각해보자. 너는 서기 같은 일자리를 원하는 모양인데 그 정도는 어떻게 해볼 수 있을 거야. 하지만 허무맹랑한 꿈은 포기해라. 나랏일은 다른 사람들이 알아서 잘하고 있어. 안 그래도 인디라 총리께서 파격적인 개혁을 추진하는 중이니까—토지개혁, 세제개편, 교육문제, 산아제한 등등—나랏일에 대해서는 총리께서 이끄는 우리 정부에 맡겨도 된다." 그렇게 살살 달래더라. 파드마! 마치 어리석은 어린애를 대하듯이! 아으, 얼간이들이 내 앞에서 잘난 체할 때 느껴지는 굴욕감이란!

나는 이렇게 번번이 좌절을 겪는다. 광야의 예언자처럼, 가령 마슬라마처럼, 이븐 시난처럼! 아무리 애를 써도 결국 사막으로 쫓겨나고야 마는 운명이다. 아으, 아무것도 도와주지 않는 비열한 아첨꾼 외삼촌들이여! 희망에 족쇄를 채우는 이인자 알랑쇠 친족들이여! 외삼촌이 정부에 등용되고 싶어 하는 내 부탁을 거절한 일은 한 가지 중대한 결과를 초래했다. 외삼촌이 인디라를 칭송할수록 나는 점점 더 그녀를 증오하게 되었다. 사실상 그는 나에게 마음의 준비를 시켜준 셈이다. 장차 마술촌으로 돌아갈 때를 대비하여, 그리고…… 그녀를…… '미망인'을 만나게 될 때를 대비하여.

질투: 바로 그것 때문이었다. 미치광이 소냐 외숙모의 깊디깊은 질투가 외삼촌의 귓속에 독약처럼 스며들었고, 그래서 그는 내가 선택한 사명을 위해 아무런 도움도 베풀지 않았다. 위대한 사람들은 언제나 이렇게 보잘것없는 남자들에게 발목을 잡힌다. 그리고: 보잘것없는 미치광이 여자들에게.

그 집에 머문 지 418일째 되던 날, 그 정신병원 같은 집 안 분위기에 변화가 일어났다. 어떤 사람이 저녁식사에 초대되었다. 그는 배가 불룩하고 머리통은 뾰족하고 곱슬머리는 기름기로 번질거리고 입술은 여자의 대음순처럼 두툼했다. 신문에서 그의 사진을 본 것 같았다. 그래서 호기심이 생겨 성별도 나이도 얼굴도 생각나지 않는 한 외사촌을 돌아보면서 이렇게 물었다. "저 사람 혹시 산자이 간디 아니야?" 그러나 걸핏하면 두들겨 맞는 외사촌은 너무 주눅이 들어 대답조차 하지 못했고…… 그 사람일까 아닐까? 그때까지만 해도 나는 지금부터 내가 기록하려는 사실에 대해 알지 못했다. 즉 그 비범한 정부의 일부 고위층은 (그리고 총리의 아들 중에서 아직 당선되지 않은 어떤 아들은) 자신을 복제할 수 있는 능력을 얻었다는 사실인데…… 그리하여 몇 년 후 인도 전역에 수많은 산자이들의 무리가 나타나게 된다! 그러므로 그 놀라운 왕조가 일반 국민들에게 산아제한을 강요한 것도 당연한 일이고…… 그 사람일 수도 있고 아닐 수도 있다. 어쨌든 그 사람은 무스타파 아지즈와 함께 서재로 들어갔다. 그날 밤— 내가 몰래 들어가 보았을 때—그곳에는 일급비밀과 M. C. C. 계획이라는 말이 적힌 검은색 가죽 서류철이 잠긴 채로 놓여 있었다. 그리고 이튿날 아침 외삼촌이 나를 보는 시선이 예사롭지 않았다. 공포에 가까운 표정 혹은 공무원들이 권력자의 눈 밖에 난 사람을 바라볼 때처럼 혐오감이 가득한 표정이었다. 그때 나는 앞으로 일어날 일을 알아차렸어야 했다. 그러나 이미 그 일을 겪은 뒤에는 모든 것이 간단해 보이기 마련이다. 지금은 모든 것을 알고 있지만 너무 늦어버렸다. 나는 이미 역사의 주변부로 영영 밀려나버렸으므로, 나의 운명과 우리나라의 운명 사이의 연결고리가 영원히 끊어져버렸으므로…… 나는 이해할 수 없는 외삼촌의 눈길을 피하려고 정원으로 나갔다. 그리고 마녀 파르바티를 발견했다.

그녀는 투명 바구니를 곁에 두고 보도 위에 쪼그려 앉아 있었다. 나를 바라보는 초롱초롱한 눈에 원망이 가득했다. 그녀가 더듬더듬 말했다. "자주 만나러 온다더니, 아무리 기다려도 안 오고, 그래서 내가……" 나는 고개를 숙이고 어설픈 변명을 했다. "지금 상중이라서 그랬어." 그러자 그녀가 말했다. "그래도 한 번쯤은 찾아올 수도— 아, 살림, 너는 잘 모르겠지만 우리 동네에서는 내 진짜 마법에 대해 아무에게도 말할 수 없는데, 심지어 아버지 같은 픽처 싱한테도 말을 못 하고 마음속에 꼭꼭 감춰둘 수밖에 없었는데, 왜냐하면 그 사람들은 마법 따위는 안 믿으니까, 그러다가 네가 나타났을 때, 이제 살림이 왔으니 드디어 나에게도 친구가 한 명 생겼구나, 둘이서 이야기를 나누고, 둘이서 시간을 보내고, 맙소사, 어떻게 표현하면 좋을까, 둘 다 한밤의 아이들이니까, 둘 다 같은 일을 겪었으니까, 그렇게 생각했는데, 그런데 너는 관심도 없고, 자기 문제가 해결되자마자 미련 없이 훌쩍 떠나버리고, 너한테 내가 아무것도 아니라는 것쯤은 나도 알지만……"

그날 밤—그로부터 불과 며칠 후 미치광이 소냐 외숙모는 구속복을 입고 정신병원에 갇히게 되는데, 이 사건은 비록 신문 안쪽 면에 조그맣게 실리기는 했지만 기사화된 탓에 외삼촌의 부서에서는 적잖이 당혹스러웠을 것이다—외숙모가 극심한 광기에 사로잡혀 무슨 영감이라도 얻었는지 별안간 내 방으로 뛰어들었다. 그리하여 바로 반시간 전에 일층 창문을 넘어 들어온 마녀 파르바티와 내가 한 침대에 누워 있는 장면을 보게 되었고, 그때부터 무스타파 외삼촌마저도 나를 두둔해주지 않았다. "역시 천한 피를 타고나서 한평생 추잡하게 살 녀석이구나." 그리하여 외삼촌 댁에 들어간 지 420일째 되던 날 나는 가족의 인연마저 잃어버린 채 그 집에서 쫓겨났고, 메리 페레이라의 범죄 때문에 오랫동안 빼앗겼던 진정한 유산을—즉 가난과 궁핍을—마침내 되찾게 되었다. 마녀 파르바티가 보도 위에서 나를 기다리고 있었다. 그녀에게는 말하지 않았지만 사실 나는 외숙모의 방해가 오히려 반가웠다. 왜냐하면 그 통정의 밤에 어둠 속에서 파르바티와 입맞춤을 나눌 때 나는 그녀의 얼굴이 점점 달라져 내가 금단의 사랑을 품은 여자의 얼굴로 변해가는 것을 보았기 때문이다. 마녀의 얼굴 대신에 자밀라 싱어의 얼굴이 유령처럼 나타났다. 카라치의 수녀원에 안전하게 숨어 있는(내가 확실히 알고 있는 사실이다!) 자밀라가 갑자기 그곳에도 등장했던 것이다. 다만 불길한 변화를 일으킨 모습이라는 점이 달랐다. 살이 썩어가고 얼굴에는 금단의 사랑이 만들어낸 무시무시한 고름집과 종창이 가득했다. 예전에 조지프 드코스타가 죄의식 때문에 신비로운 문둥병에 걸려 점점 썩어갔듯이 누이의 환상적인 얼굴에 악취를 풍기는 근친상간의 꽃들이 만발했다. 나는 아무것도 할 수 없었다. 참을 수 없을 만큼 흉측하기 그지없는 그 얼굴을 바라보고 어루만지고 입맞춤을 할 수는 없었다. 그래서 지독한 그리움과 수치심에 사로잡혀 허둥지둥 일어나려는 찰나에 소냐 아지즈가 들이닥쳐 전등을 켜고 버럭버럭 고함을 질렀다.

그리고 무스타파의 경우에는, 글쎄, 아마도 내가 파르바티와 함께 못된 짓을 한 덕분에 나를 내쫓을 좋은 핑계가 생겼다고 생각했을 것이다. 그러나 이 문제에 대해서는 미심쩍은 상태로 넘어갈 수밖에 없다. 왜냐하면 검은색 서류철은 잠겨 있었고―따라서 내가 그런 판단을 내린 근거는 외삼촌의 시선에 담긴 표정, 공포의 냄새, 그리고 표지에 적힌 머리글자 세 개뿐이었다―나중에, 즉 모든 일이 끝났을 때, 몰락한 귀부인과 대음순 같은 입술을 가진 아들이 이틀 동안 문을 닫아걸고 모든 문서를 태워버렸기 때문이다. 그때 타버린 문서 중에 M. C. C.라는 제목이 적힌 문서도 있었는지―없었는지 우리가 어떻게 알 수 있으랴?

어차피 나는 그 집에 더 머물고 싶지도 않았다. 가족: 과대평가된 개념이다. 내가 슬퍼했을 거라고 오해하지 마라! 번듯한 집 중에서는 마지막으로 나에게 문을 열어주었던 그 집에서 추방될 때 목이 메었을 거라고는 한순간도 상상하지 마라! 분명히 말해두겠는데 나는 홀가분한 마음으로 그 집을 떠났고…… 어쩌면 내가 원래 냉정한 탓인지도, 정서적 감수성이 근본적으로 부족한 탓인지도 모르겠다. 어쨌든 나는 언제나 더 높은 이상을 추구했다. 그래서 금방 활력을 되찾는다. 누가 나를 때려눕혀도 곧바로 다시 일어난다. (그러나 균열에 대해서는 반항해도 소용없다.)

요약하자면: 나는 공직에 진출하겠다는 순진한 희망을 버리고 마술사들의 빈민굴과 금요성원의 그림자가 있는 곳으로 돌아갔다. 최초의 붓다였고 진정한 붓다였던 고타마가 그랬듯이 나도 안락한 삶을 버리고 걸인처럼 세상으로 나아갔다. 그날이 1973년 2월 23일이었다. 그 무렵 탄광과 밀 시장이 국유화되었고, 유가는 천정부지로 치솟아 결국 일 년 만에 네 배로 뛰었고, 인도공산당 내부에서는 당게가 이끄는 친소련파와 남부디리파드가 이끄는 C.P.I.(M.) 사이의 불화가 돌

이킬 수 없을 만큼 깊어졌다. 나 살림 시나이와 인도가 둘 다 생후 25년 6개월 8일째 되던 날이었다.

마술사들은 거의 다 공산주의자였다. 사실이다: 빨갱이들! 반골들, 국가의 골칫거리들, 인간쓰레기들―하필이면 하느님의 집이 그림자를 드리운 곳에 불경스러운 무신론자 집단이 둥지를 틀다니! 파렴치한 놈들, 죄의식도 없이 음행을 일삼는 놈들, 태어날 때부터 영혼까지 새빨갛게 물들어버린 놈들! 그리고 이 자리에서 미리 말해두겠는데, 그 사실을 알게 되자마자 그곳이 고향처럼 편하게 느껴졌다. 인도가 믿는 또 하나의 진정한 종교라고 말할 수 있는 이른바 '상업주의'의 가풍 속에서 성장한 내가, 일찍이 상업주의자들을―버리고―그들에게―버림받았던 내가, 바야흐로 상업주의의 배교자가 되어 공산주의에 열광하면서 시시각각 빨갛게 더 빨갛게 물들어갔다. 언젠가 우리 아버지가 하얗게 변했듯이 확실하고 완벽한 변신이었다. 그 결과로 이제 구국의 사명을 새로운 시각에서 바라보고 더욱더 혁명적인 방법론을 발견하게 되었다. 비협조적인 장사꾼 같은 외삼촌들은 물러가라! 그들이 사모하는 지도자들의 정권도 물러가라! 나는 민중과 직접 소통하겠다는 생각에서 마술촌에 정착했고, 외국인 또는 내국인 관광객에게 남달리 예민한 후각을 선보이며 생계를 이어갔다. 내 코는 관광객들의 사소한 비밀을 냄새로 알아낼 수 있었기 때문이다. 픽처 싱이 자신의 판잣집에서 함께 지내자고 했다. 나는 뱀들이 쉭쉭거리는 바구니들 사이에서 너덜너덜한 마포자리를 깔고 잤다. 그래도 전혀 개의치 않았다. 굶주림 갈증 모기 떼에 시달리고 (초기에는) 델리의 겨울이 불러오는 혹독한 추위에 시달렸지만 나도 그 정도는 거뜬히 견뎌낼 수 있었다. 픽처 싱은 '세상에서 가장 매혹적인 남자'인 동시에 이 빈민굴의 확고부동한 두목이었다. 말다툼이나 말썽이 생겼을 때는 그가 언제나 들고 다니는 거대한 검은색 우산의 그늘만 찾아가면 간단히 해결되었다. 나는 냄새를 잘 맡을 뿐만 아니라 글을 읽고 쓸 줄도 알았으므로 그렇게 대단한 인물의 보좌관 같은 역할을 맡게 되었다. 픽처 싱은 뱀놀이 공연을 할 때마다 반드시 사회주의에 관한 일장 연설을 덧붙였는데, 뱀 조련술뿐만 아니라 다른 분야에서도 그는 이 도시의 크고 작은 거리와 골목에서 꽤나 유명했다. 확신을 가지고 단언하건대 픽처 싱은 내가 만나본 사람들 중에서 가장 위대한 사람이었다.

어느 날이었을까. 오후의 차야 시간이었다. 내가 무스타파 외삼촌 댁에서 본 적이 있는 대음순 같은 입술을 가진 청년의 또 다른 복제인간이 빈민굴로 찾아왔다. 그가 성원의 계단 위에 서서 깃발을 펼치자 두 명의 조수가 그것을 높이 치켜들었다. '빈곤퇴치'라는 말과 함께 인디라의 국민회의당을 상징하는 암소와 젖 빠는 송아지가 그려진 깃발이었다. 살진 송아지의 얼굴과 놀라울 만큼 흡사하게 생긴 청년이 입을 열자 엄청난 입 냄새의 폭풍이 휘몰아쳤다. "형제들이여—오! 자매들이여—오! 국민회의당이 여러분에게 전하는 말이 무엇입니까? 바로 이것입니다: 모든 인간은 평등하게 창조되었다!" 그러나 그는 말을 더 잇지 못했다. 그의 숨결에서 뜨거운 햇볕에 달궈진 소똥처럼 지독한 악취가 풍겨 사람들이 움찔 물러섰고 픽처 싱이 폭소를 터뜨렸기 때문이다. "으하하하, 대장, 말 한번 잘하는구면!" 그러자 대음순 입술은 어리석게도: "좋아요, 형제, 뭐가 그렇게 우스운지 어디좀 들어볼까요?" 픽처 싱은 고개를 절레절레 흔들며 배꼽을 잡았다: "아, 그야 자네 연설 때문이지, 대장! 정말 끝내주는 명연설이야!" 픽처 싱의 우산 밑에서 터져나온 웃음은 곧 군중에게도 전염되었고, 결국 우리 모두가 땅바닥에 데굴데굴 구르면서, 개미들을 깔아뭉개면서, 흙먼지를 뒤집어쓰면서 정신없이 웃어댔다. 그러자 국민회의당의 얼빠진 청년이 당황한 목소리로 외쳤다: "이건 또 무슨 일이야? 저 사람은 우리가 평등하다고 믿지 않는 모양이지? 아마 자기가 천한 신분이라는 생각 때문에—" 하지만 이미 픽처 싱은 우산을 머리 위로 치켜들고 성큼성큼 자기 집으로 걸어가는 중이었다. 대음순 입술은 안심하고 다시 연설을 시작했는데…… 그러나 얼마 안 되어 픽처 싱이 돌아왔다. 왼쪽 겨드랑이에는 뚜껑을 덮은 조그마한 원형 바구니를, 그리고 오른쪽 겨드랑이에는 나무 피리 한 개를 끼고 있었다. 그는 계단에 서 있는 국민회의당 선전원의 발치에 바구니를 내려놓고 뚜껑을 열더니 곧 피리를 입술로 가져갔다. 그러자 바구니 속에서 킹코브라 한 마리가 나른하게 흔들거리며 고개를 들고, 젊은 정치가는 깜짝 놀라서 공중으로 50센티미터나 뛰어오르고, 그래서 다시 웃음이 터져나오고…… 대음순 입술이 소리친다: "무슨 짓입니까? 나를 죽이려고 이래요?" 그러나 우산을 접어놓고 피리를 불던 픽처 싱은 들은 체도 하지 않고 더욱더 격렬하게 연주에 몰두하고, 뱀은 똬리를 풀고, 픽처 싱은 더 빨리 더 빨리 연주하고, 피리 가락이 빈민굴 구석구석을 가득 채우더니 성원의 담벼락을 넘어가려 하고, 마침내 거대한 뱀은 음악에 실린 마력을 타고 허공으로 스르르 솟구치는데, 꼬리로 몸을 지탱한 채 바구니 위로 자그마치 아홉 자 높이까지 올라가더니 흔들 흔들 춤을 추기 시작하고…… 이윽고 픽처 싱의 피리 소리가 조용해 진다. 킹코브라도 스르르 내려앉아 다시 똬리를 튼다. '세상에서 가장 매혹적인 남자'가 국민회의당 청년에게 피리를 건네면서 명랑하게 말 한다: "좋아, 대장, 이번엔 자네가 해봐." 그러나 대음순 입술은: "못 한다는 거 알면서 왜 그래요!" 그러자 픽처 싱이 코브라의 대가리 바 로 아래를 움켜쥐더니 자신의 입을 크게 크게 크게 벌려 어마어마하 게 상태가 안 좋은 이빨과 잇몸을 훤히 드러낸다. 그러더니 오른쪽 눈 을 감고 왼쪽 눈으로 국민회의당 청년을 바라보면서 혀를 날름거리는 뱀의 대가리를 무시무시하게 딱 벌린 자신의 아가리 속으로 밀어 넣 는다! 그렇게 꼬박 일 분이 지나고 나서 픽처 싱은 코브라를 다시 바 구니 속으로 돌려보낸다. 그리고 대단히 상냥한 어조로 젊은이에게 말한다: "봤지, 대장, 바로 이게 우리의 현실이란 말이야: 잘하는 사 람도 있고 못하는 사람도 있는 법이지. 자네 생각은 좀 다른 것 같지 만 그거야 자네 마음이고."

이 광경을 지켜보면서 살림은 픽처 싱과 마술사들이 현실을 제대로 파악하고 있음을 깨달았다. 그들은 현실을 아주 힘차게 움켜쥐고 있 었으므로 자신의 재주를 펼치는 데 보탬이 되는 쪽으로 얼마든지 왜 곡시킬 수 있었지만 무엇이 현실인지를 잊어버리는 일은 절대로 없 었다.

마술촌의 문제점은 곧 인도 공산주의 운동의 문제점이기도 했다. 인도 전체에서 공산당을 괴롭히는 수많은 파벌과 분쟁들이 마술촌 내 부에서도 소규모로 재현되었다. 여기서 미리 말해두겠는데 픽처 싱은 그 모든 갈등을 초월한 인물이었다. 마을 우두머리인 그의 우산은 여러 파벌 사이의 다툼을 해결하고 화합을 일궈내는 힘이 있었다. 그러나 뱀 조련사의 우산 밑에서 벌어지는 논쟁은 날이 갈수록 점점 더 격화되었다. 모자 속에서 토끼를 꺼내는 마술사들은 비상사태 기간 내내 간디 여사를 지지했던 당게 씨의 친소련계 인도공산당을 적극적으로 옹호했고, 반면에 급진적 성향이 더욱더 심해진 몸곡예사들은 복잡한 과정을 거쳐 친중국계 노선을 밟아가는 분파 쪽으로 기울어졌다. 불곡예사들과 칼을 삼키는 곡예사들은 낙살라이트* 운동의 게릴라 전술을 지지했고, 반면에 최면술사들과 뜨거운 석탄 위를 걷는 차력사들은 (친소련도 친중국도 아닌) 남부디리파드의 선언문을 지지하면서 낙살라이트 계열의 폭력성을 개탄했다. 카드마술사들은 트로츠키주의를 신봉했고, 온건파에 속하는 복화술사들은 선거를-통한-공산주의를 부르짖기도 했다. 내가 찾아간 마술촌은 종교적 또는 지역적 편견이 전혀 없는 곳이었지만 그 대신 이렇게 우리 국민의 오래된 재능이라고 말할 수 있는 분열의 본능이 새로운 출구를 찾아 활발하게 표출되는 환경이었다. 픽처 싱은 서글픈 표정으로 1971년 총선 당시 낙살라이트파 불곡예사와 친소련파 마술사의 싸움 때문에 일어난 색다른 살인사건에 대해 말해주었다. 그때 불곡예사의 의견을 듣고 노발대발한 마술사가 마술 모자 속에서 권총을 꺼내려 했지만 호찌민 지지자인 불곡예사가 무기를 보자마자 무시무시한 불길을 내뿜어 상대를 태워 죽였다고 한다.

---

* 마오쩌둥주의를 표방하는 인도의 극좌 혁명 단체. 1967년 서벵골 주 낙살바리 마을에서 일어난 농민 반란에서 기원한 명칭이다.

우산 밑에서 픽처 싱은 외국의 영향을 조금도 받지 않은 사회주의에 대해서도 이야기했다. 그는 말다툼을 벌이는 복화술사들과 인형극 공연자들에게 이렇게 말했다. "여보쇼, 대장들, 자네들은 고향 마을에 돌아가서도 지금처럼 스탈린이 어쩌고 마오쩌둥이 어쩌고 떠들겠나? 비하르나 타밀에 사는 촌사람들이 트로츠키 암살에 대해 관심이라도 가질 것 같나?" 제아무리 성미 급한 마술사라도 픽처 싱이 가진 마법 우산의 그늘 속에만 들어가면 금방 흥분을 가라앉혔다. 그리고 나에게 이 우산은 머지않아 뱀 조련사 픽처 싱이 오래전에 죽은 미안 압둘라의 족적을 따라가리라는 확신을 심어주었다. 전설의 허밍버드가 그랬듯이 픽처 싱도 순전히 의지의 힘만으로 미래를 바꿔보려고 이 빈민굴을 떠날 테고, 다만 우리 외할아버지의 영웅과 달리 픽처 싱은 중도에 좌절하는 일 없이 결국 목적을 이룰 테고…… 그러나, 그러나. 언제나 이렇게 그러나 그러나. 어쨌든 일어난 일은 이미 일어났다. 우리가 다 아는 사실이다.

나의 개인적인 삶에 대한 이야기로 돌아가기 전에 한 가지 밝혀두고 싶은 점이 있다. 우리나라의 부패한 '흑색' 경제가 정상적인 '백색' 경제와 맞먹을 만큼 규모가 커졌다는 사실을 나에게 가르쳐준 사람도 픽처 싱이었다. 그 사실을 한눈에 보여주기 위해서 그는 신문에 실린 간디 여사의 사진을 내놓았다. 그녀의 머리는 가운뎃가르마를 탔는데 한쪽은 백설처럼 새하얗고 반대쪽은 칠흑처럼 새까맸다. 그래서 어느 쪽 옆모습을 보이느냐에 따라 흰담비 같기도 하고 검은담비 같기도 했다. 이렇게 역사 속에서 가운뎃가르마가 자꾸 되풀이된다. 우리의 경제현실도 총리의 머리모양을 닮아가고…… '세상에서 가장

매혹적인 남자' 덕분에 나는 이렇게 중요한 깨달음을 얻었다. 철도청
의 미슈라 청장에 대한 진실을 말해준 사람도 픽처 싱이었다. 미슈라
는 공식적으로 뇌물수수를 위해 임명된 각료이기도 해서 암시장에서
큰 거래가 이루어질 때면 반드시 그의 결제가 필요했고 그때그때 적
절한 장관이나 공무원들에게 뇌물을 나눠주는 일도 그의 몫이라고 했
다. 픽처 싱이 없었다면 카슈미르 주에서 선거 때마다 자행되는 부정
개표에 대해서도 까맣게 몰랐을 것이다. 하지만 그는 민주주의를 별
로 좋아하지 않았다. "대장, 선거라는 건 정말 한심한 짓이야. 선거철
만 되면 꼭 나쁜 일이 생기거든. 그리고 국민들이 어릿광대 같은 행동
을 한단 말이야." 혁명에-대한-열정에 사로잡힌 나는 스승님의 말
씀에 이의를 제기하지 않았다.

　물론 빈민굴의 관행에도 몇몇 예외가 있었다: 마술사 한두 명은 힌
두교 신앙을 고수했고 정치 쪽에서도 힌두교 계열의 자나 상 당이나
악명 높은 과격 단체인 아난다 마르그를 지지했다. 던지기곡예사들
중에는 스와탄트라*를 지지하는 사람들까지 있었다. 정치 문제와는
별도로 이 마을에는 레샴 비비 노부인처럼 여전히 구제불능의 몽상가
도 몇 명 있었는데, (예를 들자면) 여자가 망고나무에 올라가면 그 나
무는 영원히 신 열매만 맺으므로 절대로 올라가서는 안 된다는 미신
을 믿기도 하고…… 치슈티 칸이라는 이름의 괴팍한 차력사는 얼굴
이 하도 매끈매끈하고 윤기가 흘러 열아홉 살인지 아흔 살인지 도대

---

* 1959년 창설된 자유주의 정당.

체 알 수가 없었는데, 그는 대나무 장대와 선명한 빛깔의 종잇조각만으로 자기 집 주위에 굉장한 작품을 만들어놓았다. 마치 그 부근에 있는 레드포트를 알록달록하게 재현한 모형 같았다. 그러나 대나무와 종이로 총안(銃眼)과 삼각보루까지 만들어놓은 이 정교하고 거창한 외관은 겉치레일 뿐이고, 성문처럼 생긴 대문을 들어서면 다른 집과 똑같이 양철과 마분지 따위로 지은 판잣집이 나타났다. 치슈티 칸이 이렇게 마술의 재간을 현실생활에 써먹은 것은 몹시 부적절한 행동이었다. 그래서 그는 빈민굴에서 인기가 별로 없었다. 마술사들은 그의 꿈에 감염될까봐 그를 멀리했다.

그러므로 정말 불가사의한 능력을 가진 마녀 파르바티가 한평생 비밀을 지킨 이유도 충분히 이해할 만하다. 이 집단은 그런 능력의 가능성을 끊임없이 부인했고, 따라서 자정이 부여한 재능의 비밀이 드러난다면 결코 쉽게 용서할 리가 없기 때문이다.


금요성원 뒤쪽의 후미진 구석, 마술사들은 아무도 보이지 않고 간혹 쓰레기를 뒤지는 사람들, 버려진 나무상자를 구하려는 사람들, 물결무늬 양철판을 찾아 헤매는 사람들만 나타날 뿐…… 그곳에서 마녀 파르바티는 자기가 어떤 일을 할 수 있는지를 나에게 의욕적으로 보여주었다. 자정의 마녀는 누더기 여남은 벌을 기워 붙인 허름한 샬와르카미즈*를 걸치고 어린애 같은 열정과 활력을 과시하면서 나를 위해 마법을 선보였다. 화등잔처럼 커다란 눈, 밧줄 같은 꽁지머리,

---

* 발목단이 좁은 헐렁한 바지(샬와르)와 셔츠 형태의 윗옷(카미즈) 한 벌로 이루어진 전통의상.

붉고 도톰하고 예쁜 입술…… 만약 내가 그 흉측한 얼굴을 본 적이 없었다면, 그 썩어가는 눈 코 입을 보지 못했다면 파르바티의 매력 앞에 그렇게 오래 버티지 못했을 텐데…… 아무튼 처음에는 파르바티가 무한한 능력을 가진 것처럼 보였다. (그러나 그녀에게도 한계는 있었다.) 자, 그렇다면: 그녀가 악마를 불러냈을까? 마귀가 나타나서 재물을 바치거나 날아다니는 양탄자로 해외여행을 시켜주겠다고 했을까? 개구리가 왕자로 둔갑하고 돌이 보석으로 변했을까? 영혼을 팔아 버리거나 죽은 사람을 살려냈을까? 그런 일은 전혀 없었다. 마녀 파르바티가 나에게 보여준 마법은—그녀가 거리낌 없이 펼쳐 보인 마법은—모두 이른바 '백마술'이었다. 마치 브라만들의 비서(秘書)『아타르바베다』*에 담긴 비밀을 모조리 아는 듯했다. 그녀는 병을 고치고 독을 해독할 수 있었다. (그 사실을 증명하기 위해 일부러 독사에게 물린 후 특이한 의식으로 독을 물리쳤다. 뱀신 탁샤사에게 기도를 드리기도 하고, 크리무카나무의 약효와 팔팔 끓인 낡은 옷의 기운을 우려낸 물을 마시기도 하고, 이런 주문을 외우기도 했다: 독수리 가루다만드**는 독약을 마셔도 중독되지 않나니, 나 또한 그와 같이 화살을 튕겨내듯 독성을 이겨냈도다.) 그녀는 종기를 치료하고 영험한 부적을 만들 수도 있었다. 스락티아***마법도 알고 '나무의 의식'도 알았다. 파르바티는 밤이 찾아온 성원의 담벼락 밑에서 그렇게 기기묘묘한 재간들을 펼쳐 보였다. 그러나 그런 능력을 가졌으면서도 행복은 얻지 못

---

* 고대 인도 브라만교 4대 경전의 하나. 쾌락과 행복을 얻기 위한 주문 등이 담겼다.
** 비슈누 신이 타고 다닌다는 독수리.
***『아타르바베다』에 언급되는 강력한 부적을 만들 수 있다는 나무.

했다.

늘 그랬듯이 이번에도 내가 책임질 수밖에 없다. 마녀 파르바티가 풍기는 슬픔의 냄새는 나 때문에 생긴 것이다. 그녀는 스물다섯 살이었고 내가 관객 이상의 존재가 되어주기를 바랐다. 이유는 모르겠지만 나를 자기 침대에 끌어들이고 싶어 했다. 아니, 정확히 말하자면 케랄라 출신의 세쌍둥이 일가족과 함께 쓰는 판잣집에서, 침대 대용으로 사용하는 기다란 마포자리 위에서 동침하고 싶어 했다. (몸곡예사인 그들 세 자매도 파르바티처럼—그리고 나처럼—부모를 잃은 고아였다.)

그녀가 나를 위해서 해준 일은: 자갈로 선생이 내 머리카락을 너무 힘껏 잡아당긴 후 아무것도 자라지 않던 곳에 마법의 힘으로 머리카락이 자라게 했다. 내 얼굴에 약초 찜질을 하고 마법을 걸어 모반이 희미해지게 했다. (하지만 망가져버린 한쪽 귀는 그녀도 어쩔 도리가 없었다. 부모가 남겨놓은 흔적을 지울 수 있을 만큼 강력한 마법은 이 세상에 존재하지 않기 때문이다.) 그녀가 나를 위해 아무리 많은 일을 해줘도 나는 그녀의 가장 간절한 소원 하나조차 들어줄 수 없었다. 왜냐하면 우리가 성원 뒤쪽의 담벼락 밑에 나란히 누울 때마다 달빛에 물든 그녀의 얼굴이 자꾸 변해버렸기 때문이다. 자취를 감춘 쌀쌀맞은 누이의 얼굴로…… 아니, 누이가 아니라…… 자밀라 싱어의 썩어가는 얼굴, 지독히도 꼴사나운 얼굴이었다. 파르바티는 성욕을 자극하는 마력을 가진 약용 기름을 온몸에 바르고 최음 효과가 있는 사슴 뼈로 만든 빗으로 천 번이나 머리를 빗었다. 그리고 아마도(나는 믿어 의심치 않는다) 내가 없는 곳에서 연인들을 위한 온갖 마법을 모조리

시도해보았을 것이다. 하지만 나는 이미 오래전부터 마법에 걸린 상태였고 무슨 수를 써도 그 마력에서 벗어나지 못하는 듯했다. 그래서 나를 사랑하는 여자들의 얼굴이 변해가는 모습을 속절없이 지켜볼 수밖에 없는 운명이었다. 그것도 하필이면…… 아니, 코를 찌르는 지독한 악취와 함께 썩어 문드러져가는 그 얼굴이 누구의 얼굴인지는 여러분도 이미 알고 있으니 다시 말하지 않겠다.

"그 아가씨가 불쌍해요." 파드마가 한숨을 쉰다. 나도 동감이다. 그러나 '미망인'이 나의 과거 현재 미래를 모두 빼앗아버릴 때까지 나는 잔나비의 마법에서 풀려나지 못했다.

마녀 파르바티는 마침내 패배를 인정하고 말았는데, 그러고는 하룻밤 사이에 그녀의 얼굴은 걱정스러울 정도로 심하게 앵돌아진 표정으로 변해버렸다. 고아 몸곡예사들의 판잣집에서 잠을 자고 일어났는데 그녀의 도톰한 입술이 뾰로통하게 튀어나와서 형언할 수 없을 만큼 육감적으로 토라진 얼굴이 되어 있었다. 고아 세쌍둥이가 걱정스러운 듯이 키득거리며 그녀의 얼굴에 일어난 변화를 설명해주었다. 파르바티는 씩씩하게 자신의 얼굴을 원래대로 되돌리려고 했지만 아무리 근육을 움직여보고 마법을 써봐도 예전의 모습을 되찾을 수 없었다. 그녀는 결국 포기하고 이 비극적인 사건을 운명으로 받아들였다. 레샴비비는 기회가 있을 때마다 이렇게 말했다: "불쌍한 것—누군지는 모르겠지만 어느 신이 하필 저 계집애가 입술을 삐죽거리는 순간에 입김을 훅 뿜었을 게야."

(말이 나온 김에 덧붙이자면 그해에는 전국 도시의 멋쟁이 아가씨들이 모두 요염해 보이려고 일부러 그런 표정을 하고 다녔다. '엘레간

차 1973' 패션쇼의 도도한 모델들도 한결같이 입술을 삐죽 내밀고 무대 위를 걸었다. 마녀 파르바티는 비록 마술촌에서 극심한 가난에 찌들어 살았지만 뾰로통한 표정만은 유행의 첨단을 걸었던 셈이다.)

마술사들은 파르바티에게 미소를 되찾아주려고 많은 노력을 기울였다. 자신의 생업도 제쳐두고, 그리고 그보다 평범한 일, 이를테면 강풍에 쓰러져버린 양철-판지 움막을 다시 세우거나 쥐를 잡는 등의 허드렛일도 미뤄두고 시간을 쪼개서 그녀를 즐겁게 해주려고 저마다 최고의 재주를 아낌없이 보여주었다. 그래도 뾰로통한 입술은 요지부동이었다. 레샴 비비는 장뇌 냄새가 나는 녹차를 끓여 파르바티에게 강제로 먹이다시피 했다. 그러나 이 녹차는 엉뚱하게 극심한 변비를 유발했고 파르바티는 꼬박 아홉 주 동안이나 자기 판잣집 뒤쪽에서 애를 썼지만 배변을 하지 못했다. 젊은 던지기곡예사 두 명은 그녀가 세상을 떠난 아버지를 다시 애도하기 시작한 모양이라고 넘겨짚었다. 그래서 낡은 방수포 쪼가리에 아버지의 초상화를 그려 파르바티의 마포자리 위에 걸어주었다. 세쌍둥이는 농담을 늘어놓았고 픽처 싱은 몹시 걱정하다가 애꿎은 코브라들이 제 몸을 꼬아 매듭을 묶게 만들어버렸다. 그러나 어떤 방법도 통하지 않았다. 사랑에 실패한 절망감은 파르바티의 능력으로도 치유할 수 없었는데 하물며 다른 사람들이 어떻게 좋은 결과를 기대할 수 있으랴? 파르바티의 뾰로통한 입술은 마을 전체에 막연한 불안감을 퍼뜨렸고 미지의 세계를 혐오하는 마술사들도 그 불안감을 깨끗이 떨쳐버릴 수는 없었다.

그때 레샴 비비에게 좋은 생각이 떠올랐다. "우리가 바보였어." 그녀가 픽처 싱에게 말했다. "등잔 밑이 어둡다더니. 저 불쌍한 것이 벌써 스물다섯 살이잖아. 한창때는 지난 지 오래라고! 조것이 시집가고 싶어서 저러는 게야!" 픽처 싱도 감탄하며 그녀를 칭찬해주었다. "레샴 비비, 아직 머리가 돌이 되진 않으셨구려."

그날부터 픽처 싱은 파르바티에게 어울릴 만한 젊은이를 찾는 일에 전념했다. 마을에서 비교적 젊은 남자들을 으르고 달래고 윽박질렀다. 그리하여 수많은 신랑감을 내놓았지만 파르바티는 모조리 퇴짜를 놓았다. 그녀가 마술촌에서 제일 전도유망한 불곡예사 비스밀라 칸에게 입에서 매운 고추 냄새가 진동하니까 썩 꺼지라고 쏘아붙이던 밤에는 픽처 싱조차도 절망하고 말았다. 그날 밤 그가 나에게 말했다. "대장, 저 계집애 때문에 골치 아파 죽겠어. 자네하고 그렇게 친하다면서 혹시 좋은 수가 없을까?" 그렇게 말하는 순간 그에게 한 가지 방안이 떠올랐다. 절망적인 상황이 되기 전에는 미처 생각지도 못한 일이었다. 왜냐하면 픽처 싱 같은 사람도 계급 문제를 아주 도외시할 수는 없었기 때문이다. 이 늙어가는 공산주의자는 내가 이른바 '상류층'에서 태어난 줄 알았고, 따라서 무의식적으로 내가 파르바티와 결혼하기에는 너무 '지체가 높다'고 여겨 그때까지 나를 신랑감으로 고려해보지도 않았는데…… "한 가지만 물어보겠네, 대장." 픽처 싱이 조심스럽게 말문을 열었다. "자네도 언젠가는 결혼할 생각이겠지?"

살림 시나이는 불현듯 두려움을 느꼈다.

"어이, 여보게, 대장, 자네도 그 계집애를 좋아하지?"—나도 그 사실까지 부인할 수는 없었으므로, "물론이죠." 그러자 픽처 싱은 입이 귀까지 찢어지게 웃고, 바구니 속에서는 뱀들이 쉭쉭거리고: "많이 좋아하지, 대장? 아주아주 많이?" 그러나 나는 밤만 되면 나타나는 자밀라의 얼굴을 떠올리면서 어쩔 수 없이 궁여지책을 쓰기로 마음먹었다: "픽처 아저씨, 저는 파르바티와 결혼할 수 없어요." 그러자 그는 얼굴을 찡그리면서: "혹시 벌써 결혼한 거야, 대장? 어딘가에 처자식이 있는 거야?" 이미 엎질러진 물이다. 나는 부끄럽다는 듯이 조용히 말했다: "픽처 아저씨, 저는 누구와도 결혼할 수 없어요. 자식을 가질 수 없거든요."

뱀들이 쉭쉭거리는 소리와 어둠 속에서 들개들이 울부짖는 소리 때문에 판잣집 안이 더욱더 고요하게 느껴졌다.

"그게 정말이야, 대장? 병원에서 확인해봤어?"

"네."

"대장, 이런 문제에서는 절대로 거짓말을 하면 안 되기 때문에 다시 물어보는 거야. 남자가 자기 물건에 대해서 거짓말을 하면 한평생 재수가 없으니까. 무슨 일을 당하게 될지 모른다고."

나는 차라리 나디르 칸이 겪었던 재앙이—외삼촌 하니프 아지즈도 겪었고 결빙기 때부터 오랫동안 아버지 아흐메드 시나이도 겪었던 그 재앙이—나에게도 내리기를 바라면서 더욱더 성난 어조로 거짓말을 할 수밖에 없었다. 살림은 이렇게 외쳤다. "정말이라고 했잖아요! 제발 그만 좀 하세요!"

그러자 픽처 아저씨는 손목으로 이마를 탁 때리면서 침통하게 말했다. "그렇다면, 대장, 저 불쌍한 계집애를 어떻게 하면 좋을지 정말 대책이 없구먼."

# 어떤 결혼식

추방자가 되어 마술촌으로 돌아온 지 꼭 2년째 되던 날인 1975년 2월 23일에 나는 마녀 파르바티와 결혼했다.

파드마가 뻣뻣하게 굳어버린다. 우리 똥-연꽃 아가씨가 얼음처럼 싸늘하게 따져 묻는다: "결혼했다고요? 하지만 어젯밤만 해도 결혼은 안 하겠다고…… 그리고 지금까지 몇 날, 몇 주, 몇 달이 지나는 동안 어째서 나한테 아무 말도 안 하고……?" 나는 슬픈 눈으로 그녀를 바라보면서 내가 이미 가엾은 파르바티의 죽음에 대해 언급했다는 사실을 상기시킨다. 그 죽음은 자연사가 아니었고…… 내가 이야기를 이어나가자 파드마는 서서히 긴장을 푼다. "여자들이 나를 만들기도 하고 망쳐놓기도 했어. 원장수녀님부터 '미망인'까지, 그리고 그 후에도 나는 늘 남자보다 약하다는(내가 보기엔 잘못된 생각이지만!) 여자들에게 휘둘리며 살았어. 아마 그것도 연결방식 때문이겠지. 사람들은 흔히 우리의 바라트 마타도, 우리의 모국 인디아도 여성으로 생각하잖아? 그리고 알다시피 나는 인도의 영향권에서 벗어날 수 없는 사람이니까."

이 이야기 속에서 처음 32년은 내가 아직 태어나지도 않은 때였다. 그런 내가 머지않아 서른한 살이 된다. 그 63년 동안 여자들은 자정 이전에도 그랬고 그 후에도 그랬고 언제나 최선을 다했다. 그러나 나로서는 그 최선이 곧 최악이기도 했다고 말할 수밖에 없다.

카슈미르의 호숫가에 있는 눈먼 지주의 저택에서 나심 아지즈는 구멍 뚫린 침대보를 벗어날 수 없는 운명을 나에게 안겨주었다. 그리고 바로 그 호수의 물속에서 일제 루빈은 역사 속으로 사라졌고 나는 죽음을 동경하던 그녀의 마음을 잊지 않았다.

나디르 칸이 지하세계로 숨어들기 전에 우리 외할머니는 '원장수녀님'이 되었고, 그때부터 여자들이 이름을 바꾸는 전통이 시작되어 오늘날까지 이어진다. 이 전통은 나디르에게까지 스며들었고, 그래서 그는 카심이 되어 파이어니어 카페에 앉아서 손으로 춤을 추었다. 그리고 나디르가 떠난 후 우리 어머니 뭄타즈 아지즈는 아미나 시나이가 되었다.

그리고 오랫동안 원한을 품고 살았던 알리아는 노처녀의 분노가 깃든 아동복을 나에게 입혔다. 그리고 에메랄드는 내가 후추병들을 행진시킬 식탁을 차려놓았다.

그리고 쿠치나힌의 라니가 콧노래를 부르는 남자에게 준 돈은 낙관주의병을 낳았고 그때 이후로 이 병은 중간중간 휴지기를 두면서 몇 번이나 재발했다. 그리고 올드델리의 무슬림 지역에 살 때는 조흐라라는 먼 친척 아가씨가 애교를 떨었고, 그래서 나중에 우리 아버지가 페르난다나 플로리 같은 이름을 가진 여자들에게 맥을 못 추게되었다.

이제 봄베이로 넘어가보자. 그곳에서 윙키의 아내 바니타는 윌리엄 메솔드의 가운뎃가르마에 저항할 수 없었고, 오리궁둥이 누시는 분만 경쟁에서 패배했다. 한편 메리 페레이라는 사랑을 위해 역사가 낳은 아기들의 이름표를 바꿔버리고 나의 두번째 어머니가 되었으며……

여자들, 여자들, 여자들: 톡시 카트락은 문을 살짝 열어놓아서 나중에 한밤의 아이들이 들어올 수 있는 계기를 마련했다. 그녀의 간호사 비아파의 공포스러운 분위기. 아미나와 메리의 경쟁적인 사랑. 그리고 내가 빨래통 속에 숨어 있을 때 어머니가 나에게 보여준 그것: 그렇다, 그 검은 망고 때문에 나는 콧물을 들이마셨고, 그래서 대천사가-아닌-자들의 목소리를 듣게 되었다! ……그리고 에벌린 릴리스 번스는 자전거 사고의 원인이 되었고 또한 이층집 높이의 언덕 위에서 나를 밀어 역사의 현장에 빠뜨리기도 했다.

그리고 잔나비. 잔나비를 잊지 말아야 한다.

그리고, 그리고, 마샤 미오비치는 나를 부추겨 결국 손가락을 다치게 만들었고, 피아 외숙모는 내 마음속에 복수심을 심어주었고, 릴라 사바르마티의 불륜은 내가 신문 쪼가리를 이용하여 교묘하고 끔찍한 복수를 결행하는 계기가 되었다.

그리고 두바시 부인은 내가 선물한 『슈퍼맨』 만화책을 발견하고 자기 아들을 쿠스로 쿠스로반드 주님으로 탈바꿈시켰다.

그리고 메리는 유령을 보았다.

복종의 땅이며 순수의 고향인 파키스탄에서 나는 잔나비가 가수로 변신하는 과정을 보았고 빵을 실어 날랐고 사랑에 빠졌다. 나 자신에 대한 진실을 가르쳐준 사람도 타이 비비라는 여자였다. 그리고 마음 속의 어둠이 깊어졌을 때 나는 퍼피아 자매에게 의지하려 했고, 그래 서 하마터면 입 안에 금니가 가득한 신부를 맞이할 뻔했지만 아슬아 슬하게 위기를 넘겼다.

붓다가 되어 새로운 인생을 시작한 나는 변소 청소부와 동침했고 그 결과로 전기를 연결한 소변기에 골탕을 먹었다. 동파키스탄에서는 한 농부의 아내가 나를 유혹했고 그 결과로 '시간'이 살해되고 말았 다. 그리고 한 사원에서 낙원의 천녀들을 만났지만 우리는 가까스로 늦지 않게 탈출했다.

성원의 그림자 속에서는 레샴 비비가 경고의 말을 던졌다.

그리고 나는 마녀 파르바티와 결혼했다.

파드마가 외친다. "아이고, 여자들이 너무 많네요!"

나도 그렇게 생각한다. 왜냐하면 아직 파드마를 포함시키지도 않았 기 때문이다. 결혼과 카슈미르를 갈망하는 그녀의 꿈은 불가피하게 내 마음속에도 스며들어 자꾸 이런저런 공상을 하게 만들었고, 그래 서 이미 균열을 숙명으로 여기고 체념하던 내가 지금은 온갖 불만, 분 노, 두려움, 후회 따위에 시달리며 괴로워한다.

그리고 '미망인'도 빠뜨리지 말아야 한다.

"이거야 원!" 파드마가 무릎을 친다. "너무 많아요. 정말 너무 많아 요."

우리는 나의 너무-많은 여자들을 어떻게 이해하면 좋을까? 바라트 마타의 여러 모습이라고? 혹은 더 나아가서…… 마야의 역동적 측면이라고? 여성의 성기가 상징하는 우주의 에너지라고?

마야가 역동적 측면을 드러낼 때는 '샥티'라고 부른다. 힌두교의 만신전(萬神殿)에서 어떤 신의 활동력이 그의 아내에게 깃들었다고 보는 것은 결코 우연이 아니리라! 마야-샥티는 어머니 노릇도 하지만 '꿈의 거미줄로 마음을 어지럽히기도' 한다. 너무-많은-여자들: 그들은 모두 데비 여신의 다양한 측면이 아닐까? 샥티일 때의 데비, 물소 마귀를 죽이는 데비, 괴물 마히샤를 물리치는 데비, 칼리 두르가 찬디 차문다 우마 사티 파르바티일 때의 데비…… 그리고 활동적으로 움직일 때는 붉은색으로 묘사되는 데비?

"나는 그런 거 몰라요." 파드마가 나를 지상으로 끌어내린다. "다들 그냥 여자들일 뿐이에요."

나는 상상의 비행을 끝내고 내려앉아서 다시 속도의 중요성을 상기한다. 찌익 쫘악 우지끈의 독촉에 쫓겨 회상을 중단하고 다시 이야기를 시작한다.


다음과 같은 일이 있었다: 파르바티는 자신의 운명을 스스로 개척하기로 마음먹었다. 그녀는 내 입에서 나온 거짓말 때문에 절망적인 상황에 빠졌고, 그래서 어느 날 밤 초라한 옷자락 속에서 영웅의 머리카락 한 줌을 꺼내 들고 낭랑한 목소리로 말했다.

살림에게 퇴짜를 맞은 후 파르바티는 옛날에 누가 살림과 앙숙이었는지를 생각해냈다. 그리고 일곱 마디가 있는 대나무 막대기의 한쪽

끝에 임시변통으로 마련한 쇠갈고리를 꽂은 후 자신의 판잣집 안에 쪼그리고 앉아 주문을 외웠다. 그렇게 오른손에는 '인드라의 갈고리'를 들고 왼손에는 머리카락 한 줌을 쥐고 그녀는 그를 소환했다. 파르바티가 시바를 불렀다. 믿거나 말거나 시바가 나타났다.

처음부터 무릎과 코, 코와 무릎이 있었다. 그러나 이 이야기를 들려주는 동안 나는 줄곧 그를, 나의 분신을, 자꾸 뒷전으로 밀어냈다(언젠가 그를 아이들의 회의장에서 추방했듯이). 그러나 이제 더는 그를 감춰놓을 수 없다. 왜냐하면 1974년 5월 어느 날 아침—그날이 바로 18일, 즉 인도 최초의 핵실험으로 라자스탄 사막이 흔들리던 날이었다고 생각하는데 과연 사실일까, 아니면 균열 때문에 기억이 망가진 탓일까? 시바가 별안간 내 인생에 뛰어든 날과 인도가 사전예고도 없이 핵 시대로 접어든 날이 정말 같은 날이었을까?—시바가 마술촌에 나타났다. 이제 소령으로 진급한 시바가 군복을 입고 훈장-견장을 주렁주렁 달고 군용 모터사이클에서 내렸다. 수수한 카키색 군복 바지를 입었는데도 불룩하게 튀어나온 치명적인 무릎 한 쌍이 금방 눈에 띄었는데…… 지금은 인도에서 가장 많은 훈장을 받은 전쟁영웅이지만 한때 그는 봄베이 뒷골목의 깡패 두목이었다. 그리고 그가 전쟁이라는 합법적 폭력수단을 발견하기 전에는 여기저기 시궁창에서 목 졸린 매춘부들의 시체가 발견되기도 했다(나는 안다, 나는 안다. 그러나 증거는 없다). 지금은 시바 소령이지만 위 윌리 윙키의 아들이기도 한 그는 오랫동안 들어보지 못한 노래의 가사를 여전히 기억했다: 요즘도 이따금 〈잘 자요, 아가씨들〉이라는 노래가 그의 귓가에 쟁쟁했다.

여기서 간과하지 말아야 할 아이러니가 있다. 살림은 몰락하고 시바는 출세하지 않았는가? 이제 누가 빈민굴에 살고 누가 높은 곳에서 내려다보는가? 인생을 재창조하는 데는 전쟁만 한 것이 없다. ……아무튼 5월 18일이었을지도 모르는 그날 시바 소령은 마술촌에 나타나서 빈민굴의 비참한 거리를 활보했는데, 그의 얼굴에 떠오른 표정이 이상야릇했다. 최근에 신분이 높아진 자가 가난을 바라볼 때 느끼는 무한한 경멸과 다소 얼떨떨한 심경이 동시에 담긴 표정이었다: 왜냐하면 시바 소령은 마녀 파르바티의 마법 때문에 우리가 사는 이 초라한 마을로 오게 되었지만 정작 본인은 무엇에 이끌려 이곳을 찾았는지 알고 싶어도 알 도리가 없었기 때문이다.

다음은 시바 소령의 최근 행적을 재구성한 내용으로, 내가 파르바티와 결혼한 후 그녀의 설명을 듣고 이야기를 정리해본 것이다. 나의 숙적은 그녀에게 자신의 공훈을 자랑하기 좋아했던 모양이다. 따라서 그렇게 잘난 체하는 과정에서 진실이 다소 왜곡되었을 가능성도 감안하는 것이 좋겠다. 그러나 그가 파르바티에게 이야기하고 그녀가 다시 나에게 전해준 내용이 실제 사실에서 크게 벗어났다고 믿을 만한 이유도 없을 듯싶다.

동파키스탄에서 전쟁이 끝났을 때 시바의 놀라운 공훈에 대한 전설 같은 이야기가 널리 퍼졌고, 도시마다 그 소문으로 거리가 떠들썩했고, 신문과 잡지에도 오르내렸고, 부유층의 응접실에도 파고들어 시골 마나님들의 고막에 구름처럼 파리 떼처럼 내려앉았고, 그리하여 시바는 군대 계급뿐만 아니라 사회적 지위도 올라갔고, 각양각색의 수많은 모임에—이를테면 잔치, 음악회, 카드놀이, 외교 연회, 정당의 정치집회, 대규모 축제, 소규모 지역축제, 학교 운동회, 사교계 무도회 따위에―초대되어 박수갈채를 받았고, 전국에서 가장 아름답고 지체 높은 사람들하고만 시간을 보냈고, 그러는 동안 시바의 무용담은 파리처럼 모든 사람의 마음속에 찰싹 달라붙었고, 그래서 누구나 전설의 아련한 안개 너머로 이 젊은이를 바라보았고, 전설이라는 마법의 막에 싸인 손가락으로 그를 만졌고, 전설이 묻은 혀로 그에게 말할 때는 평범한 사람에게 말할 때와는 다르게 말할 수밖에 없었다. 그 무렵 군비 감축안에 대항해 정치전을 벌이던 인도군은 카리스마가 넘치는 이 영웅이 사절로서도 큰 가치가 있음을 깨닫고 그가 영향력 있는 추종자들을 자유롭게 만날 수 있도록 내버려두었다. 시바도 자신의 새로운 인생에 적극적으로 뛰어들었다.

그는 멋진 콧수염을 길렀고 날마다 당번병이 코리앤더 향이 나는 아마인유 포마드를 발라주었다. 시바는 언제나 세련된 모습으로 권력자들의 거실에 나타나서 정치적인 잡담을 나누었는데, 자신은 간디 여사를 열렬히 지지한다면서 그 주된 이유는 그녀의 정적 모라르지 데사이를 증오하기 때문이라고 말했다. 모라르지는 너무 늙어빠졌고 자기 소변을 마시는 데다 피부는 종잇장처럼 바스락거리고, 게다가 봄베이 총리였을 때는 금주령을 내리고 젊은 건달들을―즉 깡패나 불량배들을, 다시 말해서 소년 시절의 시바 자신을―괴롭혔기 때문에 싫어한다는 설명이었고…… 그러나 그에게 이런 한담은 아주 작은 관심사에 불과했고 마음속에는 여자들에 대한 생각만 가득했다. 시바도 나처럼 너무-많은-여자들 때문에 정신을 못 차렸는데, 군대에서 성공을 거두고 들뜬 나날을 보내던 그 시절에는 새로 얻은 은밀한 명성이 공식적, 대중적 명성을 압도할 정도였으니 (그는 파르바티에게 자랑스럽게 털어놓았다) 요컨대 '낮의 전설'과 어깨를 나란히 하는 '밤의 전설'이 시작되었던 것이다. 전국적으로 여자들만의 파티와 카드놀이 모임에서 어떤 말이 은밀히 오갔을까? 화려한 귀부인들이 두세 명만 모이면 서로 킥킥거리면서 뭐라고 속닥거렸을까? 바로 이것: 시바 소령은 악명 높은 호색한, 바람둥이, 부자들을 오쟁이 진 남편으로 만드는 남자, 간단히 말해서 색마가 되었다.

가는 곳마다—이것도 그가 파르바티에게 한 말이다—여자들이 따라붙었다. 새처럼 보들보들하고 곡선미가 돋보이는 여자들의 육체가 보석과 욕망의 무게에 눌려 파르르 떨었고 두 눈은 시바에 대한 전설로 뒤덮여 안개가 낀 듯 몽롱했다. 만약 그가 여자들을 거부하고 싶어 했더라도 결코 쉬운 일이 아니었을 것이다. 더구나 시바 소령은 거부할 생각이 조금도 없었다. 그는 사랑스러운 여자들의 사소한 비극—남편의 성 불능, 구타, 무관심 등등—에 일일이 연민을 표시하고 그들이 둘러대는 온갖 핑계에 귀를 기울였다. 우리 외할머니가 주유소에서 그랬듯이 (다만 음흉한 동기에서) 그들의 신세한탄을 참을성 있게 들어주었다. 샹들리에가 달린 호화찬란한 무도회장에서 위스키를 마시면서 그는 여자들이 그렇게 탄식하면서도 한편으로는 눈을 깜박거리며 의미심장하게 한숨짓는 것을 보았다. 언제나 마지막에는 여자들이 핸드백을 떨어뜨리거나 음료수를 엎지르거나 그가 들고 있는 단장을 건드려 쓰러뜨리는 등의 수법으로 그가 그 물건을 주우려고 허리를 굽히게 만들었고, 그때마다 그는 샌들을 신고 매니큐어를 칠한 발가락 밑에서 살짝 고개를 내민 쪽지를 발견하곤 했다. 그 시절의 아리따운 인도 귀부인들은 (소령의 말을 믿어도 된다면) 연애 방식이 몹시 서툴렀고, 그래서 샌들 속에서 발견되는 사연도 주로 자정에 만나자 혹은 침실 창밖에 있는 부겐빌레아 시렁을 타고 올라와라 혹은 고맙게도 남편이 진수식에 참석하려고, 홍차를 수출하려고, 스웨덴인들로부터 볼베어링을 구입하려고 나갔다는 등의 내용이었다. 가엾은 남편들이 그렇게 집을 비운 사이에 소령은 그들의 가장 귀한 소유물을 훔치기 위해 그들의 집을 방문했고 그들의 여자들은 기꺼이 그의 품에 안겼다. 그의 엽색 행각이 최고조에 달했을 때는 그를 사랑한 여자들이 1만 명도(이것도 소령 자신이 제시한 숫자를 반으로 줄인 것이지만) 넘었을 것이다.

당연히 아이들도 태어났다. 부정한 심야의 산물들. 부잣집 요람 속에서 안전하게 자라는 예쁘고 튼튼한 아이들. 전쟁영웅은 인도 전역을 누비면서 여기저기 사생아들을 뿌려놓았다. 그러나 (이것도 그가 파르바티에게 밝힌 내용이다) 그는 누구든 임신한 여자에게는 즉각 관심을 잃어버리는 특이한 장애를 갖고 있었다. 여자가 아무리 아름답고 육감적이고 다정해도 그의 아기를 잉태한 여자의 침실에는 발길을 뚝 끊어버렸다. 눈이 빨개진 아리따운 여자들이 오쟁이 진 남편들을 설득했다. 네, 당연히 당신 아이죠. 여보, 내 사랑, 당신을 쏙 빼닮지 않았어요? 그리고 난 지금 슬퍼하는 게 아니에요. 내가 왜 슬프겠어요? 이건 기쁨의 눈물이에요.

그렇게 버림받은 임신부 가운데 하나가 강철왕 S. P. 셰티의 어린 아내 로샤나였다. 그리고 봄베이의 마할락슈미 경마장에서 그녀는 거대한 풍선처럼 부풀었던 그의 자존심에 구멍을 냈다. 그날 그는 경마장 잔디밭 주위를 거닐며 몇 걸음마다 한 번씩 허리를 굽히고 귀부인들의 숄이나 양산을 주워주곤 했다. 그런 물건들은 그가 지나갈 때마다 마치 생명을 얻은 듯이 주인의 손에서 뛰쳐나갔다. 그때 로샤나라 셰티가 나타나 열일곱 살 먹은 눈동자에 어린애처럼 격렬한 분노를 담고 그의 앞을 가로막더니 꼼짝도 하지 않았다. 그는 군모에 손을 대면서 태연하게 인사를 건네고 옆으로 비켜 지나가려 했다. 그러나 그녀는 바늘처럼 날카로운 손톱으로 그의 팔을 찌르면서 얼음처럼 살벌한 미소를 짓고 그와 나란히 걷기 시작했다. 두 사람이 산책을 하는 동안 로샤나라는 그의 귀에 어린애 같은 독설을 퍼부었는데, 그녀가 변심한 연인에게 드러내는 증오와 원한을 보면서 시바는 그 말이 모두 진담이라고 믿을 수밖에 없었다. 그녀가 냉랭하게 속삭였다. "맙소사, 무슨 수탉처럼 상류사회에서 거들먹거리고 다니는 꼴이 정말 우습네요. 당신이 그러는 동안 귀부인들은 등 뒤에서 당신을 비웃는다고요. 네, 그래요, 소령님, 착각하지 마세요. 상류층 여자들은 옛날부터 짐승 시골뜨기 야만인들과 동침하기를 즐겼어요. 우리한테 당신은 그런 존재라는 거죠. 맙소사, 당신이 턱에 고깃국물을 질질 흘리면서 허겁지겁 처먹는 꼬락서니를 볼 때마다 정말 역겨웠어요. 당신은 찻잔을 들 때 절대로 손잡이를 잡지 않던데, 우리가 보고 있다는 생각은 못 하나 보죠? 우리가 당신 트림 소리나 방귀 소리를 못 듣는다고 생각해요? 당신은 우리 애완용 유인원일 뿐이에요, 소령님. 쓸모가 아주 많지만 결국 어릿광대에 불과하다는 거죠."

로샤나라 셰티의 맹공격을 받은 후로 젊은 전쟁영웅은 달라진 눈으로 자신의 세계를 바라보았다. 그가 가는 곳마다 여자들이 부채로 입을 가리고 킥킥거리는 듯했다. 예전에는 한 번도 알아차리지 못했지만 이제 재미있다는 듯이 곁눈질하는 묘한 시선들이 자주 눈에 띄었다. 그래서 자신의 행동거지를 개선해보려고 했지만 소용이 없었고, 오히려 노력할수록 점점 더 서툴러지는 듯했다. 그의 접시에 놓인 음식이 자꾸 값비싼 킬림* 양탄자 위로 떨어지고 목구멍에서는 터널을 빠져나오는 기차의 굉음 같은 트림이 나고 이따금 성난 태풍 같은 방귀가 터져나오곤 했다. 찬란했던 새 인생은 수치의 나날로 바뀌었다. 이제 아름다운 귀부인들이 그를 유혹하는 이유를 재해석하게 된 그는 그들이 굳이 연애편지를 발가락 밑에 끼워 전달하는 것도 그를 자기 발 앞에 굴욕스럽게 무릎 꿇리려는 수작이라고 생각했고…… 남자로서의 모든 장점을 갖고 있어도 숟가락을 제대로 쥘 줄 모르면 멸시를 당할 수도 있다는 사실을 알게 되면서 그의 마음속에는 예전의 폭력성과 더불어 지체 높은 사람들과 그들의 권세에 대한 증오심이 다시 고개를 들었다. 이런 이유로 나는 비상사태 당시 '왕무릎 시바'에게 적잖은 권력을 잡을 기회가 생겼을 때 그가 일말의 망설임도 없이 낚아챘으리라 믿는다. 아니, 틀림없이 그랬으리라 확신한다.

1974년 5월 15일, 시바 소령은 델리에 있는 자기 부대로 복귀했다. 그는 그로부터 사흘 후 문득 오래전에 한밤의 아이들 협회에서 처음 알게 된 미녀를 다시 보고 싶은 충동을 느꼈다고 주장했다. 두 눈이 화등잔처럼 커다랗던 그녀, 다카에서 꽁지머리를 하고 다시 나타나서 머리카락 한 줌만 잘라달라고 부탁하던 매혹적인 그녀. 시바 소령은

---

* 이란 등지에서 생산되는 보풀 없이 평평하게 짠 직물.

파르바티에게 자기가 마술촌에 간 이유는 인도 상류사회의 부잣집 암캐들을 멀리하고 싶어서였다고, 그런데 그날 그녀의 뾰로통한 입술을 보는 순간 넋을 잃었다고, 그리고 그녀에게 함께 떠나자고 한 것도 오로지 그 두 가지 때문이었다고 말했다. 그러나 나는 이미 시바 소령에게 지나치게 관대했다. 이 이야기는 나의 개인적인 역사를 기록한 것인데 그를 설명하는 데 너무 많은 공간을 할애했다. 그러므로 나는 그 안짱다리 소령이 어떻게 생각하든 간에 그를 빈민굴로 유인한 것은 마녀 파르바티의 마법이었다고 간단명료하게 단언하겠다.

시바 소령이 모터사이클을 타고 빈민굴에 도착했을 때 살림은 그곳에 없었다. 그리하여 사막의 지하에서, 보이지 않는 그곳에서 일어난 핵폭발이 라자스탄의 불모지를 뒤흔드는 동안 내 인생을 송두리째 바꿔놓은 또 하나의 폭발도 내가 볼 수 없는 곳에서 일어났다. 시바가 파르바티의 손목을 잡을 때 나는 픽처 싱과 함께 도시 안에 수두룩한 공산주의자들의 비상회의에 참석해 전국적인 철도 파업에 대해 구체적으로 의논했고, 파르바티가 군말 없이 영웅의 혼다 모터사이클 뒷자리에 앉을 때 나는 노동조합 지도자들을 체포한 정부의 처사를 비난하느라 바빴다. 요컨대 내가 구국의 꿈과 정치 문제로 여념이 없는 동안 파르바티는 마법의 힘을 빌려 장차 헤나 문양을 그린 손바닥과 축가와 결혼 계약서 서명으로 이어질 계획을 착착 진행시키고 있었다.

……여기서 나는 부득이 다른 사람들의 설명에 의존할 수밖에 없다. 가령 시바에게 무슨 일이 일어났는지는 본인만 알기 때문이다. 내가 마술촌으로 돌아갔을 때 파르바티가 떠났다고 말해준 사람은 레샴

비비였다. "불쌍한 계집애. 그냥 보내주게나. 너무 오랫동안 그토록 슬퍼했으니 그 계집애만 탓할 일도 아니지." 그리고 파르바티가 마술촌을 떠나서 무슨 일을 겪었는지도 본인만이 말해줄 수 있다.

전쟁영웅이라는 국가적 지위 덕분에 소령은 군대 규정을 벗어나서 상당한 자유를 누렸다. 그래서 기혼자 막사도 아닌 곳에 여자를 데려왔는데도 시비를 거는 사람은 아무도 없었다. 이윽고 그는 무엇이 자신의 삶에 이렇게 크나큰 변화를 일으켰는지도 모르는 채 그저 시키는 대로 등나무 의자에 걸터앉았고, 파르바티는 그의 군화를 벗기고, 발을 주물러주고, 갓 짜낸 라임즙을 섞은 물을 가져다주고, 당번병을 내보내고 손수 시바의 콧수염에 기름을 발라주고, 그의 무릎을 애무해주고, 그 모든 일이 끝난 다음에는 기가 막히게 맛있는 비리아니를 저녁으로 내놓았다. 그래서 그는 자신에게 무슨 일이 일어났는지 더는 고민하지 않고 주어진 상황을 그냥 즐기기로 했다. 마녀 파르바티는 삭막한 군대 막사를 시바 신에게도 어울릴 만한 궁전으로, 카일라스로 바꿔놓았다. 그리고 시바 소령은 호수처럼 그윽한 그녀의 눈동자에 넋을 잃고 뾰로통한 입술의 색정적인 매력에 참을 수 없는 흥분을 느끼면서 꼬박 4개월 동안 오로지 그녀에게만 모든 관심을 기울였다: 아니, 정확히 말하자면 117일 동안이었다. 그러나 9월 12일이 되었을 때 상황이 달라졌다: 왜냐하면 파르바티가 시바의 발치에 무릎을 꿇더니 이 문제에 대한 그의 생각을 잘 알면서도 아기를 낳겠다고 말했기 때문이다.

그때부터 시바와 파르바티의 관계는 주먹질과 깨진 접시가 난무하는 난장판이 되어버렸다: 두 사람과 같은 이름을 가진 신들이 거대한 히말라야 산맥의 카일라스 산에서 벌인다는 끝없는 부부싸움이 지상에 재현되었다고나 할까…… 시바 소령은 그때부터 술을 마시기 시작했다. 그리고 매춘부를 찾아다녔다. 인도의 수도 주변에서 전쟁영웅이 벌이는 오입질 행각은 예전에 카라치 거리에서 람브레타를 타고 냄새를 따라다니던 살림 시나이의 나들이와 닮은 점이 많았다. 로샤나라 셰티가 폭로한 진실 때문에 부잣집 여자들 앞에서 기를 못 펴게 된 시바 소령은 차라리 쾌락을 위해 대가를 지불하는 방식을 선택했다. 그는 생식력이 너무 왕성해서 (파르바티를 때리면서도 그 점을 강조했다) 몸가짐이 헤픈 수많은 여자들의 밥줄을 끊어버렸다. 그들은 그의 아기를 깊이 사랑하게 되어 차마 버리지도 못했기 때문이다. 그는 수도권을 돌면서 마구 씨를 뿌려 일찍이 샹들리에가 걸린 응접실의 귀부인들에게 낳게 했던 사생아 군단에 맞먹을 만큼 수많은 길거리 악동들을 만들어냈다.

먹구름은 정치권에도 몰려들었다: 부정부패 물가폭등 굶주림 문맹 토지부족이 판치는 비하르에서는 자야 프라카시 나라얀이 인디라 정권의 국민회의당에 대항하여 학생과 노동자들의 연합단체를 이끌었다. 구자라트에서는 폭동이 일어나고 열차가 소실(燒失)되었으며 모라르지 데사이는 가뭄으로 고생하는 이 주에서 부패한 (치만바이 파텔*이 이끄는) 국민회의당 정권을 쓰러뜨리기 위해 죽음을 각오한 단식투쟁을 시작했는데…… 그가 죽음에 이르기 전에 뜻을 이루었음은 굳이 말할 필요도 없겠다. 요컨대 시바의 마음속에서 분노가 들끓는

---

* 당시 구자라트 주의 총리였으나 1974년 반정부 시위를 계기로 해임되었다.

동안 국가도 점점 화를 내고 있었다. 그렇다면 파르바티의 배 속에서 뭔가 자라는 동안 국가적으로는 무엇이 태어났을까? 해답은 여러분도 알고 있을 것이다. 1974년 하반기에 J. P. 나라얀과 모라르지 데사이는 '자나타 모르차', 즉 '인민전선'이라는 이름의 야당을 결성했다. 시바 소령이 비틀거리며 창녀들의 품을 전전하는 동안 인디라의 국민회의당도 비틀거렸다.

그리고 마침내 파르바티는 시바에게 걸었던 마법을 풀어주었다. (다른 설명은 불가능하다. 그가 마법에 걸리지 않았다면 어째서 파르바티의 임신 소식을 듣자마자 그녀를 버리지 않았겠는가? 그리고 마법이 풀리지 않았다면 어떻게 결국 그녀를 버릴 수 있었겠는가?) 꿈에서 깨어난 듯이 머리를 흔들면서 시바 소령은 배가 풍선처럼 부풀어 오른 빈민굴 여자를 바라보았다. 이제 그 여자는 시바가 몹시 두려워하는 모든 것을 상징하는 듯했다. 그녀는 시바가 어린 시절에 살다가 탈출한 빈민굴의 화신이었다. 빈민굴은 그 여자를 이용해, 그리고 그녀의 가증스러운 애새끼를 이용해 그를 다시 아래로 아래로 아래로 끌어내리려 하는데…… 그는 여자의 머리끄덩이를 움켜쥐고는 패대기치다시피 모터사이클에 태웠고, 순식간에 그녀는 마술촌 초입에 버려졌다. 떠났던 곳으로 되돌아왔을 뿐이지만 떠날 때 가져가지 않았던 것이 하나 있었다: 마치 고리버들 바구니 속의 투명인간처럼 그녀의 배 속에 숨겨진 그것, 그녀의 계획대로 무럭무럭 자라고 자라고 자라는 그것.

왜 이런 이야기를 하느냐고? 왜냐하면 나는 진실을 말해야 하기 때문이고, 그 후 일어난 일이 실제로 일어났기 때문이고, 마녀 파르바티가 임신한 이유는 내가 그녀와 결혼하지 않으려고 둘러댄 유일한 변명을 무력화하기 위해서였다고 믿기 때문이다. 그러나 나는 기록만 하고 판단은 후세에 맡기겠다.

1월의 어느 추운 날, 금요성원의 가장 높은 첨탑에서 외치는 무에진의 고함 소리가 입술을 떠나자마자 얼어붙어 신성한 눈처럼 도시로 떨어져 내릴 때 파르바티가 돌아왔다. 그녀는 자신의 신체적 변화가 의문의 여지도 없을 만큼 뚜렷해질 때까지 기다렸다. 시바가 애정을 잃어버리기 전에 사주었던 깨끗한 새 옷 속에서 파르바티의 몸속에 있는 바구니가 불룩 튀어나왔다. 그녀는 다가오는 승리를 확신했고, 그래서 유행의 첨단을 달리던 뾰로통한 입술도 정상으로 돌아왔다. 그녀가 최대한 많은 사람들에게 자신의 변화를 보여주려고 금요성원의 계단 위에 올라섰을 때 그녀의 화등잔 같은 눈에는 만족감의 은빛 광채가 감돌았다. 내가 픽처 싱과 함께 성원의 그림자 속으로 돌아와서 보게 된 것이 바로 그 모습이었다. 하지만 그때 내 마음에는 수심이 가득했는데, 부풀어 오른 배에 두 손을 단정히 포개고 수정처럼 맑은 바람결에 긴 밧줄 같은 머리채를 살랑살랑 날리며 계단 위에 서 있는 마녀 파르바티를 쳐다봐도 전혀 위로가 되지 않았다.

픽처 싱과 나는 중앙우체국 뒷골목에 다녀오는 길이었다. 안으로 들어갈수록 좁아지는 이 골목에는 공동주택들이 모여 있었다. 점쟁이 요지경놀이꾼 접골사에 대한 기억이 바람을 타고 떠도는 바로 그곳이었다. 픽처 싱은 그 골목에서 공연을 했는데 날이 갈수록 정치색이 짙어졌다. 그의 전설적인 재주는 마음씨 착한 구경꾼들을 많이도 불러들였다. 그는 구성진 피리 소리로 뱀들을 움직여 자신의 취지를 전달했다. 제자 역할을 맡은 내가 미리 준비한 사설을 낭독하면 뱀들은 내 말대로 연극을 공연했다. 내가 빈부격차가 너무 심하다고 이야기하면 코브라 두 마리가 무언극으로 부자가 거지에게 적선을 거부하는 장면을 흉내 냈다. 경찰의 횡포, 굶주림 질병 문맹 등을 이야기하면 뱀들은 그것을 춤으로 표현했다. 그렇게 공연을 끝마친 픽처 싱은 적색혁명의 본질에 대한 이야기를 시작했고 차츰 희망의 분위기가 무르익었다. 그런데 그때—우체국 뒷문에서 경찰이 쏟아져 나와 경찰봉과 최루탄으로 불법집회를 해산시키기 전에—청중 속에서 몇몇 익살꾼이 '세상에서 가장 매혹적인 남자'를 조롱하기 시작했다. 뱀들의 무언극은 내용이 조금 모호할 수밖에 없는데, 그런 연극만 보고는 못 믿겠다는 듯이 한 젊은이가 소리쳤다: "어이, 픽처 싱, 당신이야말로 정부에서 한자리 해야겠어! 인디라 국모님도 그렇게 멋진 공약을 내놓지는 못하던데 말이야!"

그때 최루탄이 날아들었고 우리는 범죄자들처럼 전경에게 쫓겨 콜록콜록 눈도 못 뜨고 가짜 눈물을 흘리면서 도망칠 수밖에 없었다. (먼 옛날 잘리안왈라 바그에서 일어난 사건과 마찬가지였지만 이번에는 총알은 없었으니 그나마 다행이었다.) 비록 그 눈물은 최루탄 때문이었지만 픽처 싱은 관객의 조롱 때문에 실제로 극심한 우울증에 빠지고 말았다. 그 조롱은 그의 가장 큰 자랑거리였던 현실감각에 이의를 제기했기 때문이었다. 나도 최루탄과 경찰봉의 여파로 맥이 빠졌다. 별안간 불쾌감이 엄습해왔다. 그리고 아까 픽처 싱이 여전히 변함없는 부자들의 추태를 뱀의 춤으로 표현하는 것을 보며 내 마음 한 구석에 반감이 싹텄다는 사실을 깨달았다. 나는 이런 생각을 했다.

'누구에게나 좋은 면도 있고 나쁜 면도 있는 법이야. 그리고 나를 키
워주고 보살펴준 분들도 부자였어, 픽처 아저씨!' 그러자 메리 페레
이라의 범죄 때문에 내가 한 세계가 아니라 두 세계로부터 추방되었
다는 생각이 들었다. 외삼촌 댁에서 쫓겨난 뒤에도 나는 픽처−싱이−
사는−세계로 완전히 들어갈 수 없었다. 나라를 구하겠다는 꿈도 허
무맹랑한 환상에 지나지 않았다. 바보의 헛소리처럼 비현실적인 발상
이었다.

그런데 그때, 그 맑디맑은 겨울날, 옆모습이 확연히 달라진 파르바
티가 나타났다.

그날은—혹시 내 판단이 틀렸을까? 아무래도 서둘러야겠다. 이런
저런 기억이 끊임없이 지워진다—끔찍한 하루였다. 레샴 비비 노파
가 달다 바나스파티[*] 출하 상자로 손수 만든 움막에서 싸늘하게 식어
버린 채 발견된 날도—다른 날이 아니라면—바로 그날이었다. 그녀
의 시신은 새파랗게 변해 있었다. 크리슈나 신 같은 파란색, 예수 같
은 파란색, 이따금 사람의 눈동자를 물들이기도 하는 카슈미르의 하
늘 같은 파란색이었다. 우리는 자무나 강변의 진흙밭과 물소 떼 사이
에서 레샴 비비의 시신을 화장했고, 그래서 그녀는 우리 결혼식에 참
석하지 못했다. 안타까운 일이었다. 늙은 여자들이 다 그렇듯이 그녀
도 결혼식을 좋아했고, 예전에는 결혼식을 앞두고 열리는 헤나 의식
에 참석할 때마다 넘치는 활력과 흥분을 주체하지 못하고 신부의 친
구들이 신랑과 그 가족을 놀려대는 합창 예식을 주도하곤 했기 때문

---

[*] 마가린 상표명.

이다. 한번은 그녀가 몹시 치밀하고 재기발랄한 표현으로 너무 심하게 놀려대서 화가 난 신랑이 결혼식을 취소해버린 적도 있었다. 그런데도 레샴은 기가 꺾이기는커녕, 요즘 젊은이들이 병아리처럼 소심하고 변덕스러운 것은 자기 탓이 아니라고 오히려 큰소리를 쳤다.

파르바티가 떠나던 날 나는 그 자리에 없었다. 그녀가 돌아오던 날도 나는 다른 곳에 있었다. 그리고 야릇한 일이 하나 더 있었는데…… 혹시 내가 착각하지 않았다면, 혹시 다른 날이 아니라면…… 아무튼 내 기억에 의하면 파르바티가 돌아오던 날 사마스티푸르에서 한 인도 각료가 열차에 타고 있을 때 폭발이 일어나서 그를 역사책 속으로 날려버렸던 것 같다. 파르바티는 원자폭탄이 터지던 날 떠났다가 철도와 뇌물수수를 담당했던 L. N. 미슈라 장관이 이 세상을 영원히 떠나던 날 우리 곁으로 돌아왔다. 이런저런 조짐이 줄을 이었는데…… 봄베이에서는 떼죽음을 당한 새다래들이 배를 뒤집은 채 해변으로 밀려왔다.

1월 26일은 공화국의 날*, 마술사들에게는 대목이다. 코끼리와 불꽃놀이를 구경하려고 엄청난 군중이 모여들 때 시내 마술사들은 돈벌이를 하러 나간다. 그러나 나에게 그날은 또 하나의 의미가 있다. 내가 부부의 인연을 맺은 날이 바로 공화국의 날이었다.

파르바티가 돌아온 후 빈민굴의 늙은 여자들은 그녀와 마주칠 때마다 수치의 표시로 자기 귀를 붙잡곤 했다. 그러나 정작 배 속에 사생

---

* 인도 독립 후 새로 제정된 헌법 발효일(1950년 1월 26일)을 기념하는 국경일.

아를 품은 파르바티는 부끄러운 기색도 없이 천진하게 웃으며 걸음을 옮겼다. 그러나 공화국의 날 아침, 잠이 깼을 때 문짝 위에 걸린 헌 신발을 보더니 별안간 서럽게 울기 시작했다. 최악의 모욕 앞에서 마음의 평정이 무너져버린 것이다. 때마침 픽처 싱과 나는 뱀 바구니가 즐비한 오두막을 나서다가 그렇게 (계획적으로? 진심으로?) 슬퍼하는 그녀를 보게 되었다. 픽처 싱은 어떤 결단을 내린 듯이 이를 악물었다. 세상에서 가장 매혹적인 남자가 나에게 명령했다. "도로 들어가세, 대장. 우리 얘기 좀 해야겠어."

판잣집 안에서 그는 이렇게 말했다. "미안한데, 대장, 그래도 할 말은 해야겠네. 나는 남자가 한평생 자식도 없이 사는 건 아주 끔찍한 일이라고 생각한다네. 아들이 없다는 거 말이야, 대장: 그거 정말 슬픈 일 아닌가?" 성불구라는 거짓말 때문에 발목을 잡힌 내가 침묵을 지키는 동안 픽처 아저씨는 파르바티의 명예를 회복하는 동시에 내가 고백한 생식불능의 문제까지 한꺼번에 해결할 수 있는 방안으로 우리 두 사람의 결혼을 권했다. 나는 파르바티의 얼굴에 겹쳐 떠오르는 자밀라 싱어의 얼굴이 너무 두려워 차라리 미쳐버리고 싶을 정도였지만 차마 그의 제안을 거절할 수 없었다.

파르바티는―이 부분도 미리 계획을 세워두었을 거라고 확신한다―그 자리에서 내 청혼을 받아들였다. 지난 며칠 동안 "싫어!"라는 말을 거침없이, 무수히 되풀이했듯이 이번에는 "좋아!"라는 말을 거침없이, 무수히 되풀이했다. 그때부터 공화국의 날 축하 공연은 우리의 결혼을 축복하는 특별무대의 성격을 띠게 되었다. 그러나 나는 이런 생각이 들었다. 운명이랄까, 필연성이랄까, 아무튼 선택과는 상반되는 무엇이 또다시 내 인생을 쥐고 흔드는구나, 또다시 한 아이가 아버지가 아닌 아버지의 자식으로 태어나겠구나, 그런데 이 무슨 얄궂은 운명의 장난일까, 그 아이는 자기 아버지의 부모에게는 진짜 친손자가 되겠구나. 이렇게 얽히고설킨 족보의 거미줄에 사로잡혀 어쩌면 나는 이런 생각까지 했을지도 모른다: 이제부터 무슨 일이 시작되고 무슨 일이 끝날까, 혹시 또다시 은밀한 카운트다운이 시작된 것은 아닐까, 그리고 내 아이가 태어날 때는 무엇이 함께 태어날까.

레샴 비비가 불참했는데도 결혼식은 순조롭게 진행되었다. 파르바티가 이슬람교로 개종하는 의식은 (픽처 싱은 못마땅하게 여겼지만 내가 고집을 부렸는데, 이것도 예전 삶에 대한 그리움 때문일 것이다) 수염을 붉게 물들인 하지가 집전했는데, 수많은 이교도들이 자꾸 약을 올리고 놀려대는 통에 불안한 기색이 역력했다. 수염을 기른 커다란 양파를 닮은 이 남자의 안절부절못하는 시선 앞에서 파르바티는 하느님 이외의 신은 없고 무함마드는 하느님의 예언자라고 읊조리며 믿음을 증언했다. 그녀는 내가 꿈의 창고에서 골라준 이름을 받아들여 밤을 뜻하는 '라일라'가 되었고, 그리하여 이 이야기에서 계속 되풀이되었듯이 이름을 바꿔야 했던 사람들의 행렬에 동참했고…… 우리 어머니 아미나 시나이처럼 마녀 파르바티도 아이를 낳기 위해 새 사람이 되었다.

헤나 의식 때는 마술사들의 절반이 내 편에서 '가족'의 역할을 맡아주었고 나머지 절반은 파르바티의 편에 섰다. 그녀의 손바닥과 발바닥에 그려진 복잡한 헤나 문양이 마르는 동안 사람들은 밤이 깊어가는 줄도 모르고 상대편을 놀려대는 유쾌한 노래를 불렀다. 레샴 비비가 빠진 탓에 그리 신랄한 조롱은 아니었지만 크게 아쉬워할 일은 아니었다. 결혼 예식 '니카'가 진행되는 동안 행복한 한 쌍은 레샴의 판잣집에서 뜯어낸 달다 상자로 급조한 단상에 앉아 있었고, 마술사들이 엄숙하게 우리 앞을 지나가면서 우리 무릎에 소액의 동전을 던져주었다. 라일라 시나이가 된 파르바티가 중간에 기절했지만 착한 신부라면 으레 결혼식장에서 정신을 잃기 마련이라면서 다들 흡족한 미소를 지었다. 눈치 없이 입덧 때문이라거나 배 속의 아이가 발길질을 하는 바람에 아파서 기절했을 거라는 말을 입 밖에 내서 분위기를 썰렁하게 만드는 사람은 아무도 없었다. 그날 밤 마술사들은 올드시티 전역에 소문이 퍼질 만큼 굉장한 공연을 선보였고 구경꾼들이 쇄도했다. 일찍이 공개발표의 현장이었던 인근 무할라에서 찾아온 무슬림 사업가들, 찬드니 초크의 밀크셰이크 노점상과 은세공사들, 저녁 산책을 나온 사람들, 그리고 (이 경사스러운 자리에서) 우리에게 세균을 퍼뜨리지 않으려고 그러는지 한결같이 외과용 마스크를 착용한 예절 바른 일본인 관광객들도 있었고, 카메라 렌즈에 대해 일본인들과 이야기를 나누는 발그레한 유럽인들도 있었다. 여기저기서 셔터 소리가 찰칵거리고 플래시가 펑펑 터졌다. 관광객 중 하나가 나에게 인도는 놀라운 전통이 많이 남아 있는 멋진 나라라고 말했다. 다만 끼니때마다 인도 음식을 먹지 않아도 된다면 더욱더 완벽할 거라고 했다. 이튿날 결혼 피로연 '발리마' 때는 (우리는 구멍이 있든 없든 피 묻은 침대보 따위는 내보이지 않았는데, 첫날밤에 나는 어둠 속에서 자밀라 싱어의 끔찍한 모습이 또 나타날까봐 아내를 등지고 누워 두 눈을 질끈 감았기 때문이다) 마술사들이 결혼식 당일보다 더 훌륭한 기량을 뽐냈다.

그러나 모든 소란이 가라앉은 후 나는 (멀쩡한 귀와 부실한 귀로) 우리에게 엄습해오는 미래의 냉혹한 소리를 들었다: 똑딱똑딱, 더 크게, 더 크게, 살림 시나이의—그리고 아기의 친아버지의—탄생이 재현될 6월 25일 밤이 다가오는 소리였다.

정체불명의 암살자들이 정부 관료들을 하나하나 살해하고 간다 여사가 직접 선임한 대법원장 A. N. 라이까지 제거하려다가 아슬아슬하게 실패하는 동안 마술촌에서는 또 하나의 수수께끼에 관심이 집중되었다. 풍선처럼 부풀어 오르는 마녀 파르바티의 바구니였다.

자나타 모르차가 온갖 기상천외한 방향으로 성장을 거듭해 마오쩌둥주의 공산주의자들을 흡수하고 (우리 마을의 몸꼭예사들도 마찬가지였고 파르바티가 나와 결혼하기 전에 함께 살았던—결혼식 이후 우리는 마술촌 사람들이 결혼 선물로 레샴의 판잣집이 있던 자리에 지어준 판잣집으로 이사하여 따로 살게 되었다—고무 팔다리를 가진 세쌍둥이도 예외가 아니었다) 더 나아가 아난다 마르그의 극우파 회원들도 긁어모으고 급기야 좌파 사회주의자들과 보수적인 스와탄트라 당원들까지 속속 가입시키는 동안…… 인민전선이 그렇게 어처구니없는 방식으로 팽창하는 동안 나 살림은 마찬가지로 자꾸자꾸 팽창하기만 하는 아내의 배 속에 과연 뭐가 자라고 있을지 궁금증이 가시질 않았다.

인디라의 국민회의당에 대한 국민의 불만이 정부를 파리 잡듯 때려

잡을 기세로 들끓는 동안, 라일라 시나이로 새로 태어나면서 눈이 더 커진 파르바티는 바위처럼 꼼짝도 하지 못했다. 아기가 점점 더 무거워져 그녀의 뼈가 가루가 될 지경이었다. 픽처 싱이 아무것도 모르면서 먼 옛날 누군가 했던 말을 되풀이했다. "어이, 대장! 아주아주 큰 녀석이 태어나겠어. 틀림없이 초특급 우량아일 거야!"

이윽고 6월 12일이 되었다.

역사책 신문 라디오는 6월 12일 오후 두시에 알라하바드 고등법원의 자그모한 랄 신하 판사가 1971년 총선 당시 인디라 간디 총리가 불법 선거운동을 했다는 기소 내용 가운데 두 가지 혐의에 대해 유죄 판결을 내렸다고 말한다. 그리고 지금까지 알려지지 않은 사실이지만 (이제 라일라 시나이가 된) 마녀 파르바티가 분만이 시작되었다고 확신한 시각도 오후 두시 정각이었다.

파르바티-라일라의 산고는 무려 열사흘 동안이나 계속되었다. 첫째 날, 유죄 판결을 받은 총리가 6년 동안 공직 활동을 금지한다는 강제 처벌을 무시하고 사퇴를 거부하는 동안 마녀 파르바티의 자궁경부는 노새의 발길질만큼이나 고통스러운 진통에도 아랑곳하지 않고 한사코 확장되기를 거부했다. 산파 역할을 맡은 몸곡예사 세쌍둥이가 살림 시나이와 픽처 싱에게 출입금지 명령을 내렸고, 그래서 두 사람은 파르바티가 산고를 치르는 판잣집에는 들어가지 못하고 그녀의 부질없는 비명 소리를 그저 듣고만 있어야 했다. 불곡예사 카드마술사 석탄불차력사 등이 꾸역꾸역 모여들어 두 사람의 등을 두드려주거나 음담패설을 늘어놓았다. 그런데 내 귀에는 아무도 듣지 못하는 똑딱똑딱 소리가 들려오고…… 이 카운트다운이 끝나는 순간 도대체 무슨 일이 벌어질까? 나는 곧 두려움에 사로잡혀 픽처 싱에게 말했다. "저 배에서 뭐가 나올지 모르겠지만 아무래도 반가운 일은 아닐 듯해 서……" 그러자 픽처 아저씨가 나를 격려하는데: "걱정하지 마, 대 장! 아무 일도 없을 거야! 보나마나 초특급 우량아라니까!" 파르바티 는 목이 터져라 비명을 지르고, 어느새 밤이 지나고 동이 텄는데, 둘 째 날은 구자라트에서 간디 여사가 내세운 선거 후보들이 자나타 모 르차에게 참패했고, 나의 아내 파르바티는 극심한 고통 때문에 온몸 이 쇠꼬챙이처럼 꼿꼿하게 굳어버렸고, 나도 아기가 태어나거나 일어 날 일이 일어날 때까지 아무것도 먹지 않겠다고 결심했고, 그래서 파 르바티가 괴로워하는 판잣집 앞에 결가부좌를 틀고 앉아서 더운 날씨 에도 불구하고 두려움으로 부들부들 떨었고, 비록 결혼식 이후로 몇 달이 지나는 동안 단 한 번도 그녀와 몸을 섞지 않았지만 제발 죽지 않게 해주세요 제발 죽지 않게 해주세요 하고 빌었다. 나는 자밀라 싱 어의 모습을 한 허깨비를 무서워하면서도 기도와 단식을 계속했고, 픽처 싱이 "제발 그만해, 대장!" 하면서 말려도 듣지 않았고, 그렇게 시간이 흘러 아홉째 날이 되었을 때 빈민굴은 무시무시한 적막에 휩 싸였는데, 성원에서 기도 시간을 알리는 무에진의 목소리조차 뚫고 들어오지 못할 만큼 완전무결한 정적, 대통령 관저인 라슈트라파티 바반 앞에서 시위를 벌이는 자나타 모르차의 함성마저 차단해버릴 만 큼 막강한 힘을 가진 고요, 먼 옛날 아그라의 외할아버지 댁을 둘러쌌 던 장기간의 침묵처럼 강력한 마력이 깃들어 누구나 겁에 질려 입을 다물 수밖에 없는 적막이었고, 그래서 아홉째 날에 우리는 모라르지 데사이가 아메드 대통령*에게 명예를 실추한 총리를 경질하라고 요청했다는 소식도 듣지 못했고, 세상천지에 남은 소리는 산더미 같은 진통의 파도가 밀려올 때마다 기진맥진한 파르바티-라일라가 힘없이 신음하는 소리뿐이었는데, 그 소리는 마치 기나긴 고통의 터널 속에서 우리를 부르는 듯했고, 결가부좌를 틀고 앉은 나는 그녀의 아픔과 내 머릿속에서 똑딱거리는 소리 없는 소리 때문에 온몸이 갈기갈기 찢어지는 듯했고, 판잣집 안에서는 몸곡예사 세쌍둥이가 분수처럼 땀을 쏟아내는 파르바티의 몸에 수분을 보충해주려고 온몸에 물을 퍼부었고, 혀를 깨물지 못하도록 강제로 막대기를 물렸고, 무서울 정도로 부릅뜬 두 눈이 금방이라도 쑥 빠져 방바닥에 나뒹굴 것 같아서 연신 눈꺼풀을 끌어내리느라 바빴고, 그렇게 시간이 흘러 열두째 날이 되었을 때 나는 굶주림 때문에 초주검이 되었고, 한편 이 도시의 다른 곳에서는 대법원이 간디 여사에게 하원의원 선거 때 투표를 하거나 봉급을 수령해서는 안 되지만 항소 때까지 굳이 사임할 필요는 없다고 통고했고, 이 부분적인 승리에 의기양양한 총리가 정적들에게 콜리 생선 장수 아낙네도 자랑스러워할 만큼 무시무시한 욕지거리를 퍼붓는 동안 파르바티의 산고는 새로운 국면으로 접어들었는데, 완전히 탈진한 상태였던 그녀가 어디서 그런 기운을 찾았는지 핏기가 하나도 없는 입술에서 지독한 냄새를 풍기는 저주와 욕설이 끊임없이 쏟아져 나오기 시작했고, 그 악취가 코를 찔러 모두 구역질을 했고, 결국 몸곡예사 세쌍둥이도 판잣집 안에서 허둥지둥 도망쳐 나오더니 파르바티의 몸이 너무 많이 늘어나고 피부도 창백해져 몸속이 훤히 들여다

---

* 인디라 간디 총리의 추대로 1974년 8월 대통령으로 선출되었다.

보일 것 같다고 소리치면서 지금이라도 빨리 아기가 나오지 않으면 산모까지 목숨을 잃게 생겼다고 말했고, 내 귓속에서는 똑딱거리는 소리가 점점 더 커졌고, 그래서 나는, 그래, 곧 나온다 곧 나온다 곧 나온다, 그렇게 확신했고, 열셋째 날 저녁 무렵에 세쌍둥이가 산모 곁으로 돌아가더니 그래 그래 힘을 주기 시작했구나, 잘한다 파르바티, 힘줘 힘줘 힘줘, 하고 버럭버럭 소리쳤고, 빈민굴에서 파르바티가 그렇게 안간힘을 쓰면서 아기를 밀어내는 동안 J. P. 나라얀과 모라르지 데사이도 인디라 간디를 쿡쿡 찔렀고, 세쌍둥이가 힘줘 힘줘 힘줘, 하고 외치는 동안 자나타 모르차의 지도자들은 경찰과 군부에게 자격을 잃은 총리의 불법적인 명령에 따르지 말라고 촉구했고, 그래서 어떤 의미에서는 간디 여사에게 힘을 내라고 강요한 셈이었고, 그리하여 밤은 깊어져 자정이 가까워졌을 때, 왜냐하면 모든 일이 그 시간에 일어나기 마련이니까, 아무튼 세쌍둥이가 나온다 나온다 나온다, 하고 소리칠 때 다른 곳에서는 총리도 한창 아이를 낳는 중이었는데…… 빈민굴에서 나는 결가부좌를 틀고 앉아 굶주림으로 죽어가고, 내 아들은, 나온다 나온다 나온다, 머리가 나왔다, 세쌍둥이가 소리치고, 한편 연방예비경찰대 대원들이 자나타 모르차의 지도자들을 체포했는데 그 속에는 터무니없을 정도로 늙어빠져 거의 신화적인 인물이 되어버린 모라르지 데사이와 J. P. 나라얀도 포함되었고, 힘줘 힘줘 힘줘, 그렇게 끔찍한 자정이 무르익어 똑딱거리는 소리가 내 귀를 마구 두드릴 때 마침내 아기가 태어났는데 아니나 다를까 초특급 우량아였고, 마지막 순간에는 너무 쉽게 쑥 빠져나와서 도대체 그때까지 무엇 때문에 그토록 고생했는지 이해하지 못할 정도였는데, 어쨌든 파르바티가 마지막으로 가냘픈 외마디 소리를 흘리는 순간 아기가 불쑥 튀어나왔고, 한편 인도 전역에서 경찰이 사람들을 무더기로 체포했는데 친소련계 공산주의자들을 제외한 모든 반대파 지도자들은 물론이고 교사 변호사 시인 언론인 노동조합원까지, 하다못해 여사님께서 연설을 하실 때 버르장머리 없이 재채기를 한 사람까지 남김없이 연행되었고, 몸곡예사 세쌍둥이가 아기를 씻기고 낡은 사리에 싸서 바깥에서 기다리는 아기 아버지에게 보여줄 때, 정확히 그 순간부터 '비상사태'라는 말이 처음으로 사람들의 입에 오르내렸고, 그때부터 인권탄압, 언론검열, 기갑부대 특별경계령이 시작되었다. 그리하여 무엇인가가 끝나고 무엇인가가 태어났다. 그리고 새로운 인도가 탄생하는 그 순간, 바야흐로 2년에 걸쳐 이어질 기나긴 어둠이 시작되는 바로 그 순간, 내 아들, 새로운 똑딱똑딱의 아이가 드디어 이 세상에 모습을 드러냈다.

그날의 이야기는 아직 끝나지 않았다: 한없이 길었던 그 밤의 어렴풋한 박명 속에서 아들의 얼굴을 처음으로 들여다본 살림 시나이는 힘없이 웃기 시작했고, 물론 굶주림에 시달려 머리가 흐리멍덩해진 탓도 있겠지만 무자비한 운명이 또다시 괴상망측한 장난을 쳤다는 사실을 깨달았기 때문인데, 비록 기운이 하나도 없어 계집애처럼 킥킥거리는 정도가 고작이었지만, 그 웃음소리를 듣고 발끈한 픽처 싱이, "왜 그래, 대장! 미친놈처럼 그러지 마! 아들이잖아, 대장, 기뻐해야지!" 하고 거듭거듭 소리쳤지만, 그래도 살림 시나이는 득남의 기쁨을 표현하는 대신 여전히 미친 듯이 키득거릴 뿐이었는데, 왜냐하면 그 아이는, 갓난아기는, 내 아들 아담은, 아담 시나이는 모두 정상이었지만 귀만은 예외였기 때문이다. 머리 양옆에 붙은 청각기관이 돛처럼 널찍했다. 나중에 세쌍둥이는 아이의 머리가 빠져나오는 순간 어마어마하게 커다란 귀 때문에 작은 코끼리 머리통인 줄 알고 아찔했다고 털어놓았다.

……"대장, 살림 대장, 정신 좀 챙겨라!" 픽처 싱이 애원하듯이 말했다. "그까짓 귀 때문에 미쳐버릴 필요는 없잖아!"

그는 올드델리에서 태어났는데…… 옛날옛날 한 옛날이었다. 아니, 안 되겠다. 연월일을 생략할 수는 없다: 아담 시나이는 1975년 6월 25일 어둠에 잠긴 빈민굴에서 태어났다. 그런데 시간은? 시간도 중요하다. 방금 말했듯이: 밤이었다. 아니, 좀 더 구체적으로…… 실은 밤 열두시 정각이었다. 시곗바늘들이 하나로 포개졌다. 아, 더 자세히, 더 자세히: 아기는 인도가 국가 비상사태에 돌입하는 바로 그 순간에 태어났다. 사람들이 놀라서 헉 소리를 질렀다. 전국이 침묵과 공포에 휩싸였다. 그 캄캄한 시간의 어떤 신비로운 횡포 때문에 아기는 불가사의하게 역사에 손목이 묶여버렸고 그의 운명은 조국의 운명과 하나로 이어져 불가분의 관계가 되었다. 그의 탄생에 대해서는 예언도 없었고 신문기사도 없었다. 총리가 축하 편지를 보내지도 않았다. 그러나 내가 연결된 시대의 종말이 가까워졌을 때 그의 시대가 시작되었다. 물론 그는 이 문제에 대해 아무런 발언권도 갖지 못했다. 어쨌든 그 당시 그는 혼자 콧물도 닦지 못하는 처지였다.

그는 아버지가 아닌 아버지의 자식으로 태어났다. 그러나 또한 아무도 복원할 수 없을 만큼 현실을 심하게 손상시킨 한 시대의 자식이

기도 했다.

그는 자기 증조할아버지의 진짜 증손자였지만 상피병이 공격한 부위는 그의 코가 아니라 귀였다. 왜냐하면 그는 시바와 파르바티의 친아들이기도 했기 때문이다. 그는 코끼리 머리통을 가진 가네샤였다.

엄청나게 크고 넓적한 귀를 달고 태어난 그는 머나먼 비하르에서 일어난 총격 사건의 총성과 봄베이에서 부두 노동자들이 경찰봉에 두들겨 맞으면서 지르는 비명까지 들을 수 있었을 텐데…… 그렇게 너무 많은 소리를 들으면서 자란 탓으로 아이는 말을 하지 않았다. 지나치게 많은 소리 때문에 벙어리가 되고 말았을까, 아무튼 빈민굴에 살던 그 시절부터 피클공장에 사는 지금까지 나는 그의 말을 단 한 마디도 들어본 적이 없다.

그리고 그의 배꼽은 속으로 움푹 들어가지 않고 밖으로 볼록 튀어나왔다. 그래서 픽처 싱이 깜짝 놀라 소리치기도 했다. "저 배꼽, 대장! 저 배꼽 좀 봐!" 그렇게 아이는 첫날부터 우리에게 경외의 대상이었다.

그는 착하고 점잖은 성품을 타고나서 절대로 울거나 징징거리지 않았다. 그래서 양아버지 살림도 이제 그의 괴상한 귀를 보면서 미친 듯이 웃어대지 않고 이 조용한 아이를 품에 안고 다정하게 흔들어주었다.

아기는 내 품에 안겨 흔들리면서 노래를 들었다. 먼 옛날 쫓겨난 보모가 구닥다리 발음으로 들려주던 노래였다: "그대가 원한다면 뭐든지 될 수 있네. 마음만 먹는다면 뭐든지 할 수 있네."

아무튼 귀 크고 말 없는 아들이 무사히 태어났으니 이제 동시에 일어난 다른 탄생에 대해 몇 가지 의문을 제시해야겠다. 불쾌하고 거북

스러운 질문이지만: 나라를 구하겠다는 살림의 꿈이 역사의 반투막(半透膜)을 통해 총리의 머릿속으로 스며들었던 것이 아닐까? 나는 한평생 국가와 나를 동일시했는데, 그 믿음이 '여사님'의 마음속에서 그 시절의 유행어처럼 인디아는 곧 인디라, 인디라는 곧 인디아라는 생각으로 변형되었던 것이 아닐까? 우리는 둘 다 역사의 중심이 되고 싶어 하는 경쟁자들이 아니었을까? 그녀도 나처럼 존재의미를 찾으려는 욕망에 사로잡혔던 것이 아닐까? 그래서 그녀가, 그래서 그렇게……?

머리모양이 역사의 흐름에 미치는 영향에 대하여: 이것도 꽤 까다로운 문제가 아닐 수 없다. 윌리엄 메솔드의 가운뎃가르마가 없었다면 오늘날 나는 존재하지도 않았을 것이다. 그리고 '국모님'의 머리카락이 단색이었다면 그녀가 낳은 비상사태의 어두운 일면은 나타나지 않았을 것이다. 그러나 그녀의 머리는 한쪽은 흰색, 반대쪽은 검정색이었고, 따라서 비상사태에도 밝은 면과 어두운 면이 공존했다. 전자는 공개적이고 가시적이며 기록에도 남아서 역사가들이 다뤄야 할 부분이고, 후자는 은밀하고 섬뜩하며 기록이 전혀 없으니 우리가 이야기해야 할 부분이겠다.

인디라 간디 여사는 1917년 카말라 네루와 자와할랄 네루 사이에서 태어났다. 그녀의 이름은 인디라 프리야다르시니 네루였다. 간디라는 성은 '마하트마' M. K. 간디와는 아무 관계도 없고, 1942년 당시 '부마'로 불리던 페로제 간디와 결혼하면서부터 쓰게 되었을 뿐이다. 두 사람 사이에서 두 아들 라지브와 산자이가 태어났지만 1949년 그녀는 친정집으로 돌아가 아버지 곁에서 '공식적인 안주인' 노릇을 했다. 남편 페로제도 그 집에서 함께 살려고 해봤지만 일이 잘 풀리지 않았다. 그는 오히려 문드라 스캔들*을 폭로해 당시 재무장관이었던 T. T. 크리슈나마차리를—그 유명한 T. T. K.를—사임하게 만드는 등 네루 정부의 강력한 비판자로 떠올랐기 때문이다. 페로제 간디는 1960년 심장마비를 일으켜 47세를 일기로 세상을 떠났다.** 산자이 간디와 모델 출신의 아내 메나카는 비상사태 기간 동안 눈부신 활약을 보여주었다. '산자이 청년회'는 특히 불임수술 캠페인으로 큰 성과를 거두었다.

내가 이렇게 간디 여사의 간단한 이력을 덧붙인 이유는 1975년 당시 인도의 총리가 벌써 15년째 미망인—아니, (좀 더 강조할 필요가 있으므로) '미망인'—이었다는 사실을 여러분이 혹시 모를 수도 있기 때문이다.

그래, 파드마: 인디라 국모님은 나를 정말 미워하셨다.

---

* 자와할랄 네루가 총리로 재직하던 1958년에 일어난 금융 사기 사건.
** 살만 루슈디가 '작가 서문'에서 설명했듯이 이 글 뒤에는 원래 다음과 같은 문장이 있었다. "떠도는 소문에 의하면 간디 여사의 둘째 아들 산자이는 어머니가 아버지에게 너무 무관심하여 결국 죽게 만들었다고 비난했는데, 그 일로 아들에게 약점을 잡힌 간디 여사는 그때부터 아들의 어떤 요구도 거절하지 못했다고 한다." 1984년 간디 총리가 이 문장을 빌미로 작가를 명예훼손으로 고소했고 결국 문제의 문장을 삭제하는 선에서 쌍방의 합의가 이루어졌다.

# 어둠의 시대

싫다!―그래도 해야 한다.

그 일에 대해서는 말하고 싶지 않다!―그러나 나는 모든 진실을 털어놓겠다고 맹세했다.―아니, 그 말은 취소하겠다: 그 일만은, 왜냐하면 어떤 일은 차라리 덮어두는 편이……?―용납할 수 없다: 고칠 수 없는 병이라면 참아야 한다!―그래도 속닥거리는 벽, 그리고 배신, 그리고 싹둑싹둑, 그리고 가슴에 피멍이 든 여자들에 대해서만은 그냥 넘어가도 되지 않을까?―그런 것들은 더욱더 빠뜨릴 수 없다.―그렇지만 내가 어떻게, 지금 내 꼴을 봐라, 이렇게 산산이 분열하는데, 나 자신과도 의견이 엇갈리는데, 미치광이처럼 지껄이며 혼자 갑론을박하는데, 머리가 오락가락하는데, 기억도 자꾸 사라지고, 그래, 기억들이 심연으로 뛰어들어 어둠 속으로 사라지는데, 부서진 파편들만 남고 그나마 어느 것 하나도 앞뒤가 안 맞는데!—그러나 취사선택은 내가 판단할 일이 아니고, 그냥 (일단 시작했으니) 끝까지 계속해야 할 뿐이고, 앞뒤가-맞든-안-맞든 이제 와서 (어쩌면 처음부터 그랬는지도 모르지만) 내가 왈가왈부할 일이 아니다.—그래도 그 끔찍한 일을, 난싫다 안된다 못한다 안한다 싫다니까!—그만하고 시작해라.—안 해!—해.

그럼 꿈에 대해서 말해볼까? 그게 꿈이었다고 생각한다면 말할 수 있을지도 모른다. 그래, 아마 악몽이었을 것이다: '미망인'의 머리카락은 초록색과 검은색 그리고 움켜쥐는 손아귀 그리고 아이들은 으윽 그리고 작은 공들 그리고 한 명 한 명 차례로 두 토막이 나서 작은 공들이 이리 휙 저리 휙 초록색과 검은색 그녀의 손은 초록색 그러나 손톱은 검디검은 검은색—꿈 이야기는 필요 없다. 그럴 시간도 아니고 그럴 장소도 아니다. 생각나는 대로 사실을 이야기해라. 아는 데까지만 말하면 된다. 사실 그대로: 시작해라—선택의 여지는?—없다: 언제는 있었더냐? 세상에는 불가피한 일, 그리고 필연적 결과, 그리고 불가항력, 그리고 역사의 반복이 있다. 각종 가혹행위, 그리고 돌발사고, 그리고 운명의 몰매질이 있다. 언제 선택의 여지가 있었더냐? 언제 우리에게 선택권이 있었더냐? 언제 자유로운 결정이 가능했으며 이거냐 저거냐 그거냐가 가능했더냐? 선택권은 없으니, 시작해라—알았다.

들어보라:

끝없는 밤, 태양을 볼 수 없는 몇 날 몇 주 몇 달, 아니, (왜냐하면 정확한 사실이 중요하니까) 냇물에 씻어낸 접시처럼 차디찬 태양이 광기 어린 빛을 뿌리기는 했지만 한밤중처럼 캄캄하기만 한 나날이었다. 나는 지금 1975년과 1976년 사이의 겨울에 대해 말하고 있다. 그 겨울, 그 어둠. 그리고 결핵.

언젠가 나는 바다가 내려다보이는 푸른 방에서 어부의 손가락 아래 누워 장티푸스와 싸우다가 뱀독 덕분에 살아났다. 그리고 지금, 내가 아담 시나이를 아들로 인정했기 때문에 그 역시 우리 가문을 괴롭히는 반복의 거미줄에 사로잡혔고, 그래서 어린 시절 오랫동안 눈에 보이지 않는 질병의 뱀들과 싸워야 했다. 결핵이 독사처럼 목을 휘감고, 아이는 숨이 차서 헐떡거리고…… 그러나 커다란 귀와 침묵이 특징이었던 아이는 그렇게 헐떡이면서도 소리를 내지 않았다. 숨을 몰아쉬면서도 신음조차 흘리지 않았다. 간단히 말해서 내 아들은 병에 걸렸고, 엄마 파르바티 또는 라일라가 열심히 마법의 약초를 구하러 다녔는데도, 그리고 약초 달인 물을 아이에게 꾸준히 먹였는데도 유령 같은 결핵 벌레들은 사라지지 않았다. 나는 처음부터 이 병에 어떤 비유적 측면이 숨어 있을 거라 생각했다. 내가 역사와 하나로 연결되었던 시대와 내 아들의 시대가 겹치는 시기였던 그 암흑기 동안 우리 가족이 겪은 이 사사로운 비상사태는 태양마저 내 아들처럼 창백하고 병약하게 만들었던 거시적 질병과 결코 무관하지 않아 보였다. 그러나 그때―파르바티는 (지금―파드마처럼) 이런 관념적 사고를 일축했고, 점점 더 빛에 집착하며 아들이 앓아누운 판잣집에 작은 디아 등불을 몇 개나 켜놓고 대낮에도 집 안 가득히 촛불을 켜두는 나의 행동을 한낱 우행으로 몰아붙였는데…… 그래도 나는 내 판단이 정확했다고 단언한다. 그때 나는 이렇게 역설했다. "내가 장담하는데 비상사태가 끝나기 전에는 아이의 병도 안 나을 거야."

파르바티-라일라는 절대로 울지 않는 이 점잖은 아이를 치료하지 못해서 안달이었지만 나의 비관적인 이론은 믿지 않았다. 그러면서도 온갖 황당무계한 속설에는 현혹되곤 했다. 가령 마술촌에 사는 한 노파는 아이가 벙어리라서 병이 낫지 않는 거라고 말했는데, 레샴 비비 같은 늙은이들이나 믿을 만한 헛소리였지만 파르바티는 그럴듯하다고 생각하는 눈치였다. "병은 육체의 슬픔이야. 그래서 눈물과 신음소리로 털어버려야 해." 그날 밤 그녀가 신문지로 싸고 연분홍색 끈으로 묶은 꾸러미를 움켜쥐고 집으로 돌아오더니 그 속의 초록색 가루가 돌부처도 비명을 지르게 할 만큼 독한 약이라고 설명했다. 그 약을 먹이자 아이의 두 볼이 부풀기 시작해서 마치 한입 가득 음식을 물고 있는 듯했다. 유아기 내내 억눌렸던 소리가 입속에 가득 찼고 아이는 화가 나서 입을 앙다물었다. 초록색 가루약은 아이의 내부에 갇혀 있던 소리를 휘저어 게워내게 만들었고 아이는 분수처럼 솟구치는 소리를 도로 삼키려고 안간힘을 쓰느라 질식사하기 일보 직전이었다. 그리고 그때 우리는 지상에서 가장 강한 의지력의 소유자가 우리 앞에 있음을 깨달았다. 그로부터 한 시간이 지나는 동안 내 아들의 안색은 처음에는 누렇게, 다음에는 누르스름-푸르스름하게, 마지막에는 시퍼렇게 변해버렸고 나는 도저히 참을 수 없어 이렇게 소리쳤다. "이 여자야, 저 어린 것이 저토록 간절하게 조용히 살고 싶다는데 이러다가 애 잡게 생겼잖아!" 내가 아담을 안아 올려 어르자 그의 작은 몸뚱이가 뻣뻣하게 굳었다. 억눌린 소리가 무릎관절 팔꿈치 목으로 모여들었지만 출구를 찾지 못하고 마구 들끓었기 때문이다. 마침내 파르바티도 고집을 꺾고 칡뿌리와 캐모마일을 양철 대접에 넣고 곱게 빻아 해독제를 만들면서 작은 소리로 이상한 주문을 외웠다. 그 후로는 아담 시나이가 원하지 않는 일이라면 어느 누구도 강요하지 않게 되었다. 우리는 아이가 결핵과 싸우는 과정을 묵묵히 지켜보았고, 저렇게 의지가 강한 녀석이라면 질병 따위에 굴복할 리 없다고 생각하면서 불안한 마음을 애써 달랬다.

최후를 앞두고 있던 그 시절 내 아내 라일라 또는 파르바티는 마음을 갉아먹는 절망에 시달리기도 했다. 왜냐하면 그녀가 단둘이 잠자리에 누워 있는 시간만이라도 위안이나 온기를 얻으려고 다가올 때마다 여전히 그녀의 얼굴에 끔찍하게 썩어 문드러진 자밀라 싱어의 얼굴이 겹쳐졌기 때문이다. 나는 파르바티에게 이 허깨비에 대한 비밀을 털어놓으면서 지금과 같은 추세로 계속 썩어간다면 머지않아 완전히 사라져버릴 거라고 위로했지만 그녀는 타구와 전쟁 때문에 내 머리가 이상해진 모양이라며 쓸쓸한 음성으로 결혼생활에 대한 절망감을 토로했다. 그리하여 우리는 끝끝내 첫날밤을 치르지 못했고, 그녀의 입술은 서서히 아주 서서히 튀어나와서 몹시 뾰로통한 표정으로 변해갔는데…… 그러나 난들 어쩌랴? 무엇으로 그녀를 위로할 수 있으랴? 나 살림 코찔찔이는 이미 가문이라는 보호막을 잃어버리고 가난뱅이가 되어버렸는데, 그래서 후각적 재능으로 살아가는 삶을 선택하고(그것도 선택이라고 말할 수 있을지 모르겠지만) 누가 어제저녁에 무엇을 먹었는지, 누가 사랑에 빠졌는지 따위를 냄새로 알아맞히면서 하루에 몇 파이사를 벌어들이는 정도가 고작이었는데, 그리고 그때 이미 기나긴 어둠의 싸늘한 손아귀에 사로잡힌 상태였고 다가오는 최후의 냄새를 맡았는데, 그런 내가 그녀에게 무슨 위안을 줄 수 있었으랴?

살림의 코는 (여러분도 잊지 않았겠지만) 말똥보다 더 특이한 것들의 냄새를 맡을 수 있었다. 감정이나 사상의 향기, 그때그때의 상황이 풍기는 악취 또는 향취: 지금도 그렇듯이 그때도 나는 그 모든 것을 냄새로 간단히 알아냈다. 헌법이 개정되어 총리에게 절대권력에 가까운 힘을 쥐여주었을 때 나는 허공에 떠도는 고대 제국의 유령들이 풍기는 냄새를 맡았는데…… 노예왕조와 무굴제국, 냉혈황제 아우랑제브*와 마지막으로 등장했던 분홍색 피부의 정복자들까지, 그렇게 수많은 망령들이 배회하는 이 도시에서 나는 다시 전제정치의 매캐한 냄새를 들이마셨다. 기름에 전 걸레를 태우는 냄새와 비슷했다.

그러나 1975년과 1976년 사이 그 겨울에는 후각이 그리 발달하지 않은 사람들도 수도 델리에서 뭔가 썩어가는 냄새를 맡을 수 있었다. 나를 놀라게 한 것은 그것보다 더 이상하고 더 개인적인 악취, 즉 내 신변에 닥쳐오는 위험의 구린내였다. 나는 그 냄새 속에 배신과 보복의 무릎 한 쌍이 도사리고 있음을 알아차렸는데…… 먼 옛날 사랑에 눈먼 어느 처녀가 이름표를 바꿔놓으면서부터 시작된 해묵은 갈등이 머지않아 배신과 싹둑싹둑의 참극으로 끝나리라는 예감을 처음 느낀 것도 바로 그때였다.

그렇게 경고의 냄새가 코를 찔렀을 때 곧바로 도망쳤어야 했다. 마땅히 내 코의 귀띔을 믿고 부리나케 달아났어야 옳았다. 그러나 현실

---

* 무굴제국의 마지막 대황제. 샤자한의 셋째 아들로 제위 계승 과정에서 형제는 물론 자신의 아들까지 살해했다.

적인 어려움이 있었다: 도대체 어디로 달아나야 할까? 더구나 처자식이 딸린 몸으로 달아난들 얼마나 빨리 움직일 수 있을까? 그리고 지난번에 도망쳤을 때 어떤 일을 겪었는지도 잊지 말아야 했다. 순다르반 밀림에 갇혀 온갖 환상과 인과응보에 시달리다가 아슬아슬하게 탈출하지 않았던가! ……어쨌든 나는 도망치지 않았다.

어차피 이래도 저래도 마찬가지였을 것이다. 시바가—태어날 때부터 나의 적이었던 무자비한 배신자 시바가—결국 나를 찾아내고 말았을 것이다. 왜냐하면 내 코는 냄새로 이런저런 정보를 알아내는 능력이 탁월하지만 정작 행동이 필요한 상황에서는 붙잡고 조이는 힘을 가진 무릎 한 쌍이 더 유리하다는 사실을 부인할 수 없기 때문이다.

그날의 사건과 관련해 마지막으로 한 가지 역설적인 사실을 언급해야겠다: 나는 한평생 나를 괴롭히던 존재의미의 문제에 대한 해답을 울부짖는 여자들이 모인 집에서 비로소 얻게 되었다고 믿는데, 이 믿음이 옳을 경우 만약 내가 그 파멸의 궁전을 피해 무사히 도망쳤다면 그렇게 소중한 깨달음을 얻지 못했을 것이다. 좀 더 철학적으로 표현하자면: 모든 일에는 양면성이 있다.

살림과 시바, 코와 무릎…… 우리의 공통점은 세 가지뿐이다: 탄생의 순간(그리고 그 결과), 배신행위를 저지른 죄, 그리고 우리의 아들이며 우리의 정반합인 아담이다. 좀처럼 웃지 않고 언제나 근엄하며 모든 소리를 들을 수 있는 귀를 가진 아담 시나이는 여러 면에서 살림과는 정반대였다. 나는 처음부터 무서운 속도로 성장했지만 아담은 질병의 독사들과 싸우느라 거의 자라지 못했다. 살림은 태어날 때부터 귀여운 미소를 달고 살았지만 근엄한 아담은 좀처럼 미소를 보여주지 않았다. 살림은 가족과 운명의 억압 앞에서 자신의 뜻을 굽힌 반면 아담은 초록색 가루약의 강요에도 굴하지 않고 맹렬하게 싸웠다. 그리고 살림은 세계를 송두리째 흡수하는 일에 열중하여 한동안 눈을 깜박거릴 겨를도 없었던 반면 아담은 눈을 질끈 감고 있기를 더 좋아했고…… 어쩌다 한 번씩 그가 눈을 뜰 때마다 나는 그의 눈동자를 들여다보았는데, 파란색, 얼음 같은 파란색, 몇 번이나 되풀이되는 그 파란색, 카슈미르의 하늘처럼 숙명적인 파란색…… 더 길게 설명할 필요는 없을 듯싶다.

독립의 자식들이었던 우리는 미친 듯이 서두르면서 미래를 향해 너무 급하게 달려갔다. 그러나 비상사태와 동시에 태어난 아담은 벌써 우리보다 신중했고 앞으로도 침착하게 때를 기다릴 것이다. 그러나 이 아이가 행동을 취하기 시작하면 아무도 막을 수 없을 것이다. 그는 벌써 나보다 더 강하고 더 튼튼하고 더 단호하다. 잠을 잘 때도 그의 눈은 눈꺼풀 밑에서 전혀 움직이지 않는다. 무릎과 코의 아들인 아담 시나이는 (적어도 내가 알기로는) 꿈 따위에 굴복하지 않기 때문이다.

그의 넓적한 귀는 이따금 너무 많은 정보를 받아들여 뜨겁게 달아오르는 듯했는데, 그는 과연 얼마나 많은 소리를 들었을까? 만약 그가 말을 할 수 있었다면 나에게 배신과 불도저에 대해 미리 귀띔해주었을까? 온갖 소음과 냄새가 넘쳐나는 나라에서 우리 두 사람은 완벽한 단짝이 될 수도 있었겠지만 내 어린 아들은 언어를 거부했고 나는 내 코의 지시를 따르지 않았다.

"맙소사!" 파드마가 외친다. "그냥 무슨 일이 있었는지만 얘기해요! 갓난아기가 말을 못 하는 게 뭐가 그리 신기해요?"

나는 다시 번민에 시달린다: 못하겠다.—해야 한다.—알았다.


1976년 4월에 나는 여전히 마술사들의 마을 또는 빈민굴에 살고 있었다. 내 아들 아담은 여전히 진행이 더딘 결핵에 시달렸고 어떤 치료법도 효과가 없었다. 내 마음속에는 불길한 예감이 (그리고 도망치고 싶은 충동이) 떠나지 않았다. 그런데도 계속 마술촌에 머무른 이유가 누구 한 사람 때문이었다면 그건 바로 픽처 싱이었다.

파드마, 살림이 델리의 마술사들과 운명을 같이한 이유 가운데 하나는 인과응보의 개념—즉 뒤늦게나마 가난뱅이(내가 외삼촌 댁에서 나올 때 지녔던 물건은 셔츠 두 벌, 흰색, 바지 두 벌, 역시 흰색, 그리고 분홍색 기타 몇 개가 그려진 티셔츠 한 벌, 그리고 검은색 신발 한 켤레가 전부였다)로 전락한 것이 당연한 일이라는 자학적인 믿음—때문이었다. 또 하나의 이유는 나를 구해준 마녀 파르바티를 향한 고마움에 의무감을 느꼈기 때문이었다. 그러나 내가—나이도 젊고 교육도 받았으니 하다못해 은행원으로 취직하거나 야간학교 교사가 되어 읽기와 쓰기를 가르칠 수는 있었을 텐데—그곳을 떠나지 않은 진짜 이유는 한평생 의식적으로든 무의식적으로든 아버지를 찾아 헤맸기 때문이었다. 아흐메드 시나이, 하니프 아지즈, 샵스티케르 나리, 줄피카르 장군 등이 윌리엄 메솔드의 빈자리를 채워주었다. 픽처 싱은 이 숭고한 행렬의 마지막 주자였다. 그러나 어쩌면 내가 아버지를 찾고 나라를 구하겠다는 두 가지 욕심 때문에 픽처 싱을 과대평가했는지도 모른다. 섬뜩한 생각이지만 혹시 내가 그를 왜곡시켜 (그리고 이 글 속에서 다시 왜곡시켜) 나 자신의 상상력이 만들어낸 가공의 인물로 둔갑시켰는지도 모르겠는데…… 어쨌든 분명한 것은 내가 걸 핏하면 그에게 이런 질문을 던졌다는 사실이다. "언제쯤 우리를 이끌고 떨쳐 일어나실 거예요, 픽처 아저씨? 그 위대한 날이 언제 올까요?" 그때마다 그는 거북스러운 듯이 주춤거리면서, "그런 생각은 머릿속에서 싹 지워버려, 대장. 나는 라자스탄 출신의 가난뱅이일 뿐이고 '세상에서 가장 매혹적인 남자'일 뿐이야. 그러니까 나를 엉뚱한 데 갖다 붙이지 말라고." 그러나 나는 계속 그를 부추기면서, "전례도 있잖아요. 옛날에 허밍버드 미안 압둘라도……" 그러면 픽처 싱은, "대장, 생뚱맞은 소리 좀 하지 말라니까."

비상사태 초기의 몇 달 동안 픽처 싱은 원장수녀님의 기나긴 묵언 수행을 (또!) 연상시키는 우울한 침묵 속으로 빠져들었고 (그 묵언 수 행은 내 아들에게도 스며들었는데……) 예전에 구도시와 신도시의 대로변이나 뒷골목에서 구경꾼들을 모아놓고 고집스럽게 계속하던 연설마저 그만두었다. 그때 그는 이렇게 말했다. "지금은 침묵이 필요한 시간이야, 대장." 그러나 나는 언젠가 이 기나긴 어둠이 끝나고 역사적인 새벽이 밝아오는 날, 소외된 자들이 거대한 행렬을 이루고 나아갈 때, 치명적인 독사들을 온몸에 휘감은 픽처 싱이 그 선두에 서서 신나게 피리를 불면서 우리를 빛으로 인도하리라는 확신을 버리지 않았는데…… 그러나 어쩌면 그는 한낱 뱀 조련사에 불과했는지도 모른다. 그럴 가능성도 부인하지는 않겠다. 다만 내가 말하고 싶은 것은 나의 마지막 아버지였던 그가, 칠척장신에 얼굴은 수척하고 수염은 텁수룩하고 머리카락은 뒤로 넘겨 목덜미 높이에 동여맨 그가 나에게

는 미안 압둘라의 화신처럼 보였다는 사실이다. 그러나 어쩌면 그것
은 순전히 내 의지의 힘으로 그를 내 이야기의 줄거리 속에 엮어보려
는 시도에서 생겨난 한낱 망상에 불과했는지도 모른다. 나는 지금까
지 살면서 몇 번이나 망상에 사로잡혔다. 내가 그 사실을 모른다고 생
각하지 마라. 그러나 이제 우리는 망상마저 뛰어넘었던 그 시절에 이
르렀다. 선택의 여지가 없으니 이쯤에서 저녁 내내 미루기만 하던 이
이야기의 절정을 마침내 기록해야겠다.

기억의 파편들: 이야기의 절정을 이런 식으로 기록해야 하다니 어
처구니가 없다. 모름지기 절정이라면 히말라야 봉우리처럼 높이 치솟
아야 한다. 그러나 나에게 남은 것은 기억의 쪼가리들뿐이고, 그래서
줄 끊어진 꼭두각시처럼 허우적거리며 위기의 순간을 향해 달려갈 수
밖에 없다. 원래의 계획은 이런 것이 아니었지만 어차피 모든 이야기
는 시작할 때 예상했던 것과는 다르게 끝나기 마련인지도 모른다. (언
젠가 어느 푸른 방에서 아흐메드 시나이는 원래의 결말을 오래전에
잊어버린 동화를 들려줄 때마다 이야기의 끝부분을 즉석에서 지어내
곤 했다. 그래서 놋쇠 잔나비와 나는 몇 년에 걸쳐 신드바드의 여행이
나 하팀 타이의 모험을 다룬 다양한 이야기를 들을 수 있었는데……
나도 처음부터 다시 시작한다면 전혀 다른 결말을 보게 되지 않을까?
아무튼: 나는 쪼가리와 파편으로 만족할 수밖에 없다: 내가 까마득한
옛날에 말했듯이 주어진 몇 개의 실마리를 가지고 빈틈을 메워가는
것이 요령이다. 우리 인생에서 가장 중요한 일은 대부분 우리가 없는
곳에서 일어난다. 그러므로 내용을 암시하는 머리글자가 적힌 서류철
을 한 번 본 기억을 바탕으로, 그리고 약탈당한 내 기억창고에 아직도

—바닷가에 나뒹구는 병 조각처럼—남아 있는 과거의 파편들을 바탕으로 이야기를 끌어가야겠는데…… 마술촌에서는 기억의 쪼가리 같은 신문지들이 한밤의 조용한 바람을 타고 이리저리 굴러다니곤 했다.

바람결에 실려 우리 집을 찾아온 신문지가 나에게 외삼촌 무스타파 아지즈가 정체불명의 암살자들에게 희생되었다는 소식을 전해주었다. 나는 눈물 한 방울도 흘리지 않았다. 어쨌든 그 밖에도 이런저런 정보가 많았다. 나는 그것들을 바탕으로 진실을 복원해야 한다.

어느 신문지에서(순무 냄새가 났다) 나는 인도 총리가 언제나 전속 점성술사를 데리고 다닌다는 기사를 읽었다. 이 단신에서 내가 간파한 것은 순무 냄새만이 아니었다. 신기하게도 내 코는 신변에 닥쳐오는 위험의 냄새를 다시 맡았다. 이 경고의 구린내에서 내가 추론한 것은: 점쟁이들이 나에 대해 예언했다는 사실이다. 그렇다면 결국 점쟁이들이 나를 파멸시킨 것이 아닐까? 천체의 움직임에 집착하던 '미망인'이 점성술사들로부터 옛날 어느 자정 이후 한 시간 사이에 태어난 아이들이 가진 잠재력에 대한 비밀을 들었던 것이 아닐까? 그래서 계보학에 조예가 깊은 어느 공무원에게 그들의 행방을 조사하라는 명령이 떨어지고…… 그래서 그날 아침에 그가 나를 이상한 눈으로 쳐다보았던 것이 아닐까? 자, 보다시피 쪼가리들이 척척 들어맞기 시작했다! 파드마, 이제 분명해지지 않았느냐? 인디라는 곧 인디아, 인디아는 곧 인디라…… 그러나 일찍이 그녀의 아버지가 자정에 태어난 한 아이에게 썼던 편지를 혹시 '미망인'도 읽어보지 않았을까? 그 편지는 그녀가 역사의 중심이라는 의미가 담긴 저 표어를 부정하고 '나라의 거울'이라는 역할을 나에게 부여하지 않았던가? 이제 무슨 말인지 알겠지? 확실히 알겠지?…… 그뿐이 아니고 더욱더 뚜렷한 증거도 있다: 〈타임스 오브 인디아〉에서 오려낸 이 기사를 보면 '미망인'이 몸소 만든 통신사 사마차르*가 "오랫동안 팽창을 거듭한 뿌리 깊고 광범위한 음모를 기필코 분쇄하겠다"고 역설한 그녀의 말을 인용하고 있다. 여기서 나는 단언한다: 그녀의 이 말은 자나타 모르차에 대한 언급이 아니었다! 비상사태는 밝은 면뿐만 아니라 어두운 면도 함께 지녔는데, 그 숨 막힐 듯한 시절의 가면 속에 너무 오랫동안 감춰졌던 비밀이 여기 있다: 국가 비상사태를 선포하게 된 가장 심층적이고 가장 진실한 동기는 자정에 태어난 아이들을 때려 부수고 짓밟아 도저히 회복이 불가능하도록 뭉개버리기 위해서였다. (물론 그들의 협회는 이미 오래전에 해체되었지만 그들이 다시 뭉칠지도 모른다는 일말의 가능성만으로도 적색경보를 발령하기에는 충분했다.)

점성술사들이—나는 믿어 의심치 않는다—경종을 울렸다. M. C. C.라는 제목이 적힌 검은색 서류철 속에는 기존의 각종 기록에서 수집한 이름이 하나하나 정리되어 있었다. 그러나 불행은 거기서 끝나지 않았다. 배신과 자백이 있었고 무릎과 코, 코와 무릎이 있었다.

쪼가리, 파편, 부스러기: 그날 위험의 냄새를 맡으며 깨어나기 직전에 나는 잠을 자는 꿈을 꾸었던 것 같다. 한없이 뒤숭숭했던 그 꿈 속에서 내가 잠을 자다가 눈을 떴을 때 우리 집에 낯선 사람이 들어와

---

* 인디라 간디가 인도 트러스트 통신(PTI)과 인도 연합통신(UPI)을 강제 합병해 만든 어용 언론사.

있었다. 축 처진 장발이 슬금슬금 내려와서 귀를 뒤덮은(그러나 정수리 쪽은 대머리에 가까운) 남자, 시인처럼 생긴 남자였다. 그렇다: 이제-곧-이야기해야-하는-그-일이 시작되기 직전에 마지막으로 잠들었을 때 나는 꿈속에서 나디르 칸의 유령을 만났다. 그는 어리둥절한 표정으로 청금석을 상감세공한 은제 타구를 바라보다가 뜬금없는 질문을 던졌다. "이거 혹시 훔친 물건인가?—훔치지 않았다면 너는 틀림없이—이럴 수가!—우리 뭄타즈의 아들 아니냐?" 나는 이렇게 대답했다: "네, 맞습니다, 제가 바로—" 그러자 꿈속에 나타난 나디르-카심의 유령이 경고했다: "숨어라. 시간이 별로 없다. 숨을 수 있을 때 빨리 숨어."

한때 우리 외할아버지의 카펫 밑에 숨어 살았던 나디르가 나에게 자신을 본받으라고 충고했다. 그러나 너무 늦었다, 너무 늦어버렸다. 왜냐하면 내가 잠에서 깨어나 정신을 똑바로 차렸을 때는 벌써 위험의 냄새가 나팔 소리처럼 요란하게 진동했고…… 나는 까닭 모를 공포에 사로잡혀 벌떡 일어났다. 그런데 내가 잘못 보았을까, 아니면 실제로 아담 시나이가 그 파란 눈을 번쩍 뜨고 심각한 표정으로 내 눈을 쳐다보았을까? 그때 내 아들의 눈에도 두려움이 가득했을까? 내 코가 냄새로 알아낸 정보를 그의 넓적귀는 소리로 알아냈을까? 모든 일이 시작되기 직전에 아버지와 아들은 그렇게 잠시 무언의 대화를 나누었을까? 이 물음표들에 대해서는 나도 확답을 해줄 수 없다. 그러나 분명한 것은 그 순간 내 아내 파르바티 또는 라일라 시나이도 눈을 뜨고 이렇게 물었다는 사실이다. "무슨 일이야? 왜 그렇게 놀란 표정이야?" 그리고 나는 이유도 제대로 모르면서, "숨어 있어. 나오지 말고

집 안에 있으라고."

그러고 나서 바깥으로 나갔다.

틀림없이 아침이었겠지만 끝없는 어둠의 그림자가 안개처럼 빈민굴을 뒤덮었고…… 비상사태가 만들어낸 이 음산한 어스름 속에서 나는 세븐타일스를 하는 아이들을 보았고, 접은 우산을 왼쪽 겨드랑이에 끼고 금요성원의 담벼락에 오줌을 갈기는 픽처 싱을 보았다. 몸집이 작은 대머리 마술사가 열 살 먹은 제자의 목에 칼을 꽂는 연습을 하고, 어떤 마술사는 벌써 구경꾼들을 모아놓고 낯선 사람들의 겨드랑이에서 커다란 털 뭉치를 끄집어내고, 한편 빈민굴의 다른 모퉁이에서는 음악가 찬드 아저씨가 낡아빠진 나팔의 취구를 목에 대고 근육의 움직임만으로 소리를 내는 연습을 하고…… 저기 저쪽에서는 뭄곡예사 세쌍둥이가 저마다 물동이를 머리에 이고 이 마을에 하나뿐인 급수탑에 갔다가 판잣집으로 돌아오는 중이고…… 간단히 말하자면 모든 것이 정상인 듯했다. 나는 꿈과 후각적 경계경보 따위에 겁을 집어먹은 나 자신을 꾸짖기 시작했다. 그런데 바로 그 순간 일이 터졌다.

처음에 나타난 것은 승합차와 불도저 들이었다. 그것들은 큰길을 따라 덜컹거리며 달려와서 마술촌 맞은편에 멈춰 섰다. 확성기에서 큰 소리가 터져나왔다: "도시미화 계획에 의거하여…… 산자이 청년회 중앙본부의 권한으로…… 다른 곳으로 이전할 예정이오니 지금 즉시 준비해주시고…… 이 빈민굴은 도시 미관을 해치는 흉물이므로 더는 묵인할 수 없으며…… 이의를 제기하지 마시고 한 분도 빠짐없이 지시에 따라주시기 바랍니다." 그렇게 확성기가 떠들어대는 동안 승합차에서 사람들이 하나둘씩 내렸다: 그들은 원색의 천막 몇 개를 서둘러 치고, 야전침대와 수술 장비를 꺼내고⋯⋯ 그러더니 이번에는 좋은 집안에 태어나서 유학까지 다녀온 젊은 여자들이 화사한 차림새로 승합차에서 줄줄이 내리고, 그다음에는 역시 잘 차려입은 젊은 남자들이 우르르 내리는데: 자원봉사자들, 사회발전을 위해 발 벗고 나섰다는 산자이 청년회 자원봉사자들인가⋯⋯ 그러나 다음 순간 나는 자원봉사자들이 아님을 깨달았다. 왜냐하면 남자들은 모두 똑같은 곱슬머리에 여자의-대음순-같은-입술을 가졌고 우아한 여자들도 모두 똑같이 생겼는데 이목구비가 산자이의 아내 메나카의 모습과 정확히 일치했기 때문이다. 신문기사에서 '호리호리한 미녀'라고 설명한 메나카는 어느 매트리스 회사의 광고에 잠옷 모델로 출연하기도 했는데⋯⋯ 아무튼 빈민굴 철거사업의 혼란 속에서 나는 인도를 지배하는 이 가문이 인간복제술을 터득했다는 증거를 다시 보게 되었다. 그러나 그때는 이것저것 생각할 겨를이 없었다. 수많은 대음순-입술들과 호리호리-미녀들이 마술사들과 늙은 거지들을 붙잡아 승합차 쪽으로 끌고 갔다. 곧 마술촌 전체에 소문이 쫙 퍼졌다. "저놈들이 나스반디를 한다! 강제로 불임수술을 한다!"*—그리고 두번째 외침: "여자들과 아이들을 구해라!"—그때부터 폭동이 시작되고, 세븐 타일스를 하던 아이들이 우아한 침입자들에게 돌을 던지고, 픽처 싱은 맹렬하게 우산을 흔들어대며 마술사들을 불러 모으고, 예전에는

_____

* 비상사태 당시 인디라 간디 정권은 산아제한의 한 방법으로 대규모 단종정책을 강행했다. 산자이 간디의 주도로 경찰력을 동원해 강제 불임수술을 행하는 과정에서 미혼자들까지 희생되었으며 특히 소외계층의 피해가 컸다.

평화를 창조하던 우산이 지금은 펄럭거리며 적을 때리고 찌르는 우스꽝스러운 무기로 돌변하고, 마술사들은 수비군이 되어 마술로 만들어낸 화염병을 던지거나 가방 속에서 벽돌을 끄집어내고, 공중에는 고함 소리가 가득하고, 이런저런 흉기가 이리저리 날아다니고, 우아한 대음순-입술들과 호리호리-미녀들은 마술사들의 사나운 분노 앞에서 뒷걸음질을 친다. 그러자 픽처 싱은 돌격대를 이끌고 수술용 천막을 향해 달려가고…… 파르바티 또는 라일라가 명령을 무시하고 내곁으로 다가와서 중얼거리는데, "맙소사, 이게 무슨—" 그 순간 더욱 더 무시무시한 공격이 빈민굴을 강타한다: 군대가 나타나서 마술사들과 여자들과 아이들을 덮친다.

한때는 마술사 카드사기꾼 인형극공연자 최면술사 등이 의기양양하게 점령군과 나란히 행진한 적도 있었다. 그러나 그것은 이미 과거사가 되었고 지금은 러시아제 총기들이 빈민굴 주민들을 겨냥한다. 공산주의자 마술사들이 어떻게 사회주의자들의 총을 감당할 수 있으랴? 그들은 (우리는) 이제 사방으로 뿔뿔이 흩어져 도망치는데, 군인들이 달려오는 바람에 나는 파르바티와 헤어지고, 픽처 싱의 모습도 보이지 않고, 여기저기서 소총 개머리판이 사람들을 때리고 후려갈기고, 몸곡예사 세쌍둥이 가운데 한 명이 소총의 분노 앞에서 풀썩 쓰러지고, 사람들이 머리끄덩이를 붙잡혀 질질 끌려가는 곳에는 입을 딱벌린 승합차들이 기다린다. 나도 부랴부랴 도망치지만 이미 늦어버렸고, 어깨 너머로 뒤를 돌아보았을 때, 달다 깡통과 빈 상자와 겁에 질린 마술사들이 팽개친 자루 따위에 걸려 비틀거리다가 문득 고개를 돌리고 비상사태의 음산한 어둠 속을 바라보았을 때, 나는 이 모든 소동이 한낱 눈가림에 지나지 않고 부차적인 관심사에 불과했음을 깨달았는데, 왜냐하면 그 순간 나는 폭동의 혼란을 뚫고 바람처럼 달려오는 전설적인 인물을―운명과 파괴의 화신을―발견했기 때문이다: 시바 소령이 싸움에 가담했지만 그는 오로지 나 하나만 찾는 중이다. 나는 허둥지둥 달아나지만 등 뒤에서는 나를 파멸시킬 무릎 한 쌍이 쏜살같이 다가오고……

……그때 어느 판잣집의 모습이 눈앞에 생생히 떠오른다: 내 아들! 내 아들만이 아니다: 청금석을 상감세공한 은제 타구! 혼란에 빠진 빈민굴 어딘가에 어린애를 혼자 놓아두다니…… 그리고 그토록 오랫동안 소중히 간직했던 신물(神物)을 어딘가에 버려두다니. 나는 기우뚱한 판잣집들 사이에서 이리저리 방향을 바꾸고 고개를 숙여가며 넓적귀를 가진 아들과 타구를 향해 달려가고, 금요성원은 그런 내 모습을 무심하게 내려다보고…… 그러나 내가 어떻게 저 무릎 한 쌍을 감당할 수 있으랴? 내가 아무리 도망쳐도 전쟁영웅의 무릎은 더 가까이 더 가까이 다가오고. 내 숙적의 관절들이 지축을 울리며 달려들고, 마침내 그가 훌쩍 뛰어오르고, 전쟁영웅의 두 다리가 휘리릭 날아들어 짐승의 아가리처럼 내 목을 물고, 조여드는 무릎 한 쌍이 숨통을 막아버리고. 나는 몸부림을 치며 쓰러지지만 두 무릎은 끄떡도 하지 않고, 그리하여 내가 빈민굴의 두툼한 흙먼지 속에 처박혔을 때, 두 무릎이 내 가슴을 짓누를 때, 목소리가―배신 배반 증오의 목소리가!―들려온다: "그래, 부잣집 꼬마야. 다시 만났구나. 반갑다." 나는 캑캑거리고 시바는 빙그레 웃는다.

아으, 배신자의 군복에서 번뜩이는 단추들이여! 은구슬처럼 깜박 깜박 반짝반짝…… 그는 왜 그런 짓을 했을까? 한때는 봄베이 빈민가에서 무정부주의자 깡패들을 이끌던 그가 어째서 독재의 앞잡이가 되었을까? 어째서 한밤의 아이가 한밤의 아이들을 배신하고 나를 파멸의 구렁텅이로 몰아넣었을까? 폭력을 사랑하기 때문에? 그리고 군복에서 반짝거리는 단추들이 폭력을 정당화하기 때문에? 나를 향한 해묵은 적개심 때문에? 아니면—나는 이 설명이 제일 그럴듯하다고 생각하는데—한밤의 아이들에게 떨어질 재앙을 자기만 모면하기 위해서…… 그래, 틀림없이 그것 때문이다. 아으, 생득권을 포기한 전쟁영웅이여! 아으, 죽 한 사발에 넘어가버린 숙적이여……* 아니, 내가 지금 이럴 때가 아니다. 최대한 간단하게 이야기해야겠다: 군대가 마술사들을 뒤쫓고 검거하여 마술촌에서 끌어내는 동안에도 시바 소령은 오직 나에게만 전념했다. 나도 어느 승합차 쪽으로 난폭하게 끌려갔고, 불도저들이 빈민굴로 돌진해 들어올 때 문이 쾅 닫혔고…… 나는 어둠 속에서 절규했다. "내 아들!—그리고 파르바티, 우리 라일라는 어디 있을까?—픽처 싱! 구해줘요, 픽처 아저씨!" 그러나 불도저들의 굉음 때문에 아무도 나의 고함 소리를 듣지 못했다.

마녀 파르바티는 나와 결혼한 죄로 우리 집안에 따라다니는 죽음의 저주에 희생되었는데…… 시바가 나를 창문도 없는 캄캄한 승합차 안에 가둬놓고 다시 파르바티를 찾아 나섰는지 아니면 불도저들이 알아서 처리하도록 내버려두었는지는 나도 모른다. 왜냐하면 그때는 벌

---

* 「창세기」 25 : 29~34. 구약성서에 대한 언급. 아브라함의 아들 이삭이 낳은 쌍둥이 중 형이었던 에서는 팥죽 한 그릇을 대가로 동생 야곱에게 장자의 권리를 팔아버렸고 하느님의 언약의 계승자로서 지위를 잃게 된다.

써 파괴의 기계들이 마음껏 날뛰기 시작했기 때문이다. 도저히 저항할 수 없는 이 괴물들의 힘 앞에서 판자촌의 작은 움막들은 맥없이 쓰러지거나 주저앉았다. 집들이 삭정이처럼 똑똑 부러지고 인형극공연자들의 작은 종이 꾸러미들과 마술사들의 마술 바구니들이 납작납작 찌그러졌다. 도시미화 작업이 시작된 것이다. 그 과정에서 몇 사람이 목숨을 잃은들, 슬픔 때문에 입술이 뾰로통하고 두 눈이 화등잔처럼 휘둥그레진 여자 하나가 달려드는 괴물에 깔려 죽어버린들, 글쎄, 그까짓 일이 뭐 대수냐, 유서 깊은 수도 델리의 얼굴에서 눈엣가시 같은 흉물을 제거하겠다는데…… 그리고 소문에 의하면 마술촌이 한창 단말마의 비명을 지를 때 수염이 텁수룩하고 온몸에 뱀을 주렁주렁 휘감은(이 부분은 과장인지도 모른다) 거인이 다가오는 불도저들 앞에 나타났는데, 한 손에는 완전히 망가져버린 우산 손잡이를 움켜쥐고 미친 듯이—전속력으로!—아수라장을 누비면서 마치 자기 목숨이 걸린 듯 필사적으로 무엇인가를 찾아 헤맸다고 한다.

그날이 저물어갈 무렵, 금요성원의 그림자 속에 생겨났던 빈민굴은 지구 상에서 깨끗이 사라져버렸다. 그러나 마술사들이 모두 붙잡힌 것은 아니다. 그들 모두가 자무나 강 건너편에 무질서하게 들어선 키치리푸르라는 마을로 끌려가서 철조망으로 둘러싸인 수용소에 갇혀버린 것은 아니다. 픽처 싱도 붙잡히지 않았는데, 소문에 의하면 불도저들이 마술촌을 깔아뭉갠 다음 날 도심의 뉴델리 철도역 바로 옆에 새 빈민굴이 생겨났다는 보고가 들어왔다고 한다. 판잣집들이 즐비하다는 그곳으로 불도저들이 부리나케 달려갔지만 아무것도 발견하지 못했다. 탈출한 마술사들의 이동식 빈민굴이 존재한다는 사실은 그 후 시민들 사이에서 모르는 사람이 없을 정도였지만 철거반은 끝내 그곳을 찾아내지 못했다. 빈민굴이 메흐롤리에 나타났다는 보고가 들어와 정관수술 전문가들과 군대가 달려갔지만 가난에 찌든 판잣집 따위는 없고 쿠트브 미나르 주변은 깨끗하기만 했다. 밀고자들은 자이 싱의 무굴 천문대\*가 있는 잔타르 만타르 공원에 빈민굴이 나타났다고 했지만 파괴의 기계들이 현장으로 달려갔을 때는 앵무새와 해시계들만 남아 있었다. 이동식 빈민굴은 비상사태가 끝난 다음에야 비로소 움직임을 멈추었다. 그러나 그 이야기는 나중으로 미뤄야겠다. 지금은, 오랜 기다림 끝에 마침내, 자제력을 유지하면서, 베나레스의 과부 합숙소에 감금되었을 때의 이야기를 해야 할 시간이기 때문이다.

언젠가 레샴 비비가 "아이고아이고!" 울부짖었는데 그녀의 예감이 적중했다: 내가 구원자들의 마을에 파멸을 불러들였다. 시바 소령이 —보나마나 '미망인'의 구체적인 명령에 따라— 마술촌으로 달려온 이유는 나를 생포하기 위해서였다. '미망인'의 아들이 강행한 도시미화와 불임수술은 양동작전에 지나지 않았다. 물론 처음부터 계획적으로 벌인 일이었다. 그리고 (인정하기는 싫지만) 대단히 효과적이었다. 마술사들의 폭동 당시 군인들이 거둔 성과는: 한밤의 아이들의 소재를 낱낱이 아는 유일무이한 인물을 비밀리에 생포한 쾌거였다. 왜냐하면 내가 밤이면 밤마다 그들 한 사람 한 사람에게 주파수를 맞추지 않았던가? 옛날부터 그들의 이름 주소 얼굴을 모두 기억하지 않았던가? 그 질문에 나는 이렇게 대답한다: 사실이다. 그런 내가 체포되

---

\* 18세기 초. 제후국 자이푸르의 마하라자 자이 싱 2세가 무굴황제의 명령에 따라 설치한 천문 관측대.

고 말았다.

그렇다, 물론 처음부터 계획적으로 벌인 일이었다. 마녀 파르바티는 내 숙적에 대하여 나에게 모든 것을 말해주었다. 그렇다면 나에 대해서도 그에게 말해주지 않았을까? 그 질문에도 대답하겠다: 당연히 그랬을 것이다. 그러므로 우리의 전쟁영웅은 자신의 상전이 누구보다 간절히 원하는 한 사람이 수도 델리의 어디쯤에 숨었는지를 이미 알았고 (내가 무스타파 외삼촌 댁을 떠난 후 어디로 갔는지 외삼촌은 몰랐지만 시바는 알고 있었다!) 따라서 나중에 배신자가 되었을 때—보나마나 승진에 대한 약속이나 일신의 안전보장 등 온갖 혜택을 미끼로 매수되었으리라—나를 자신의 상전에게, 주인마님에게, 즉 흑백 머리카락을 가진 '미망인'에게 넘겨주는 것도 시바에게는 아주 간단한 일이었다.

시바와 살림, 승자와 패자. 우리의 경쟁관계를 이해하는 사람이라면 우리가 살고 있는 이 시대에 대해서도 이해할 수 있을 것이다. (이 명제는 반대의 경우도 참이다.)

그날 내가 잃어버린 것은 자유만이 아니었다. 불도저가 은제 타구를 삼켜버렸다. 좀 더 구체적이며 역사적으로 증명 가능한 과거와 나를 하나로 이어주는 마지막 연결고리였던 물건마저 그렇게 잃어버린 후 나는 베나레스로 끌려가서 자정이 나에게 허락했던 내면생활의 결과를 직면하게 되었다.

그렇다, 그 일은 바로 그곳에서 일어났다. 지금도 살아 숨 쉬는 지상 최고(最古)의 도시, 붓다 고타마의 젊은 시절에도 이미 유서 깊은 도시였던 그곳, 카시 베나레스 바라나시, 신성한 빛의 도시, 만인의 과거 현재 미래를 빠짐없이 수록한 점술서 중의 점술서인 『예언서』의 고향, 바로 그곳의 갠지스 강변에 자리 잡은 과부들의 궁전에서였다. 강가 여신이 시바의 머리카락을 타고 지상으로 흘러내리는…… 베나레스, 신-시바의 성지, 용사-시바에게 붙잡혀 그곳으로 끌려간 나는 드디어 나의 운명과 맞닥뜨리게 되었다. 점성술의 본향에서 나는 일찍이 람람 세트가 옥탑방에서 예언했던 바로 그 순간을 맞이했으니: **군인이 그를 심판하고…… 폭군이 그를 튀겨버리리라!** 점쟁이는 그렇게 읊조렸다. 글쎄, 정식 재판 따위는 없었지만—시바의 무릎이 내 목을 조른 것이 전부였으니까—어느 겨울날 나는 실제로 무쇠 프라이팬에 무엇인가를 달달 볶는 냄새를 맡았는데……

강물을 따라가면서 젊은 운동가들이 하얀 천으로 사타구니만 가리고 한 팔로 팔굽혀펴기를 하는 신디아 가트를 지나고, 성화 관리인에게 신성한 불을 구입할 수 있는 화장터 마니카르니카 가트를 지나고, 아무도 불을 사주지 않아서 둥둥 떠다니는 개와 소와 불행한 사람들의 시체를 지나고, 다사슈와메드 가트의 밀짚양산 밑에서 샛노란 옷을 입고 축복을 나눠주는 브라만들을 지나면…… 그때부터 그 소리가 들리기 시작하는데, 기이한 소리, 마치 멀리서 사냥개들이 짖어대는 듯한…… 그 소리를 따라 따라 따라가보면 차츰 소리가 뚜렷해지면서 어느 강변 궁전의 발을 친 창문에서 끊임없이 터져나오는 우렁찬 통곡 소리였음을 알게 되는데, 그곳이 바로 과부 합숙소! 한때는 마하라자의 왕궁이었지만 오늘날의 인도는 현대적인 나라이므로 이런 곳은 모두 국유화가 되었다. 이제 이 궁전은 남편을 잃은 여자들이 사는 곳이다. 그들은 남편의 죽음과 동시에 자기들의 진정한 삶도 끝나버렸음을 알지만 요즘은 사티*를 통한 안식마저 금지되었으니 이렇게 성도(聖都)를 찾아와 진심 어린 통곡으로 무의미한 나날을 보낸다. 과부들의 궁전에 사는 여자들은 끊임없이 주먹으로 가슴을 두들겨 영원히 치유할 수 없는 피멍이 들고, 머리카락은 날마다 쥐어뜯어 돌이킬 수 없는 몰골이 되고, 목소리는 밤낮없이 날카로운 소리로 슬픔을 표현하느라 갈래갈래 찢어진다. 이 거대한 건물의 위층에는 층마다 작은 방들이 즐비해서 미로와 같고 아래층에는 드넓은 통곡의 강당 몇 개가 있다. 그렇다, 그 일은 바로 그곳에서 일어났다. '미망인'은 자신의 무시무시한 제국의 은밀한 심장부에 나를 유폐시켰다. 나는 위층의 작은 방에 감금되었고 남편을 잃은 여자들이 감옥 음식을 가져다주었다. 그러나 나에게는 다른 방문객도 있었으니: 전쟁영웅이 대화를 위해 동료 두 명을 데려왔다. 다시 말하자면: 나는 자백하라는 권유를 받았다. 생김새가 판이해서 한 명은 뚱뚱하고 한 명은 깡마른 2인조에게 나는 애벗과 코스텔로**라는 별명을 지어주었다. 그들은 한 번도 나를 웃게 하지 못했기 때문이다.

여기서 내 기억 속의 자비로운 공백에 대하여 기록해야겠다. 유머 감각도 없는 두 사람, 군복 차림의 2인조—아무리 노력해도 그들의 대화 기술이 생각나지 않는다. 그 어떤 피클이나 처트니도 내가 그 시기를 꼭꼭 감춰놓은 방의 문을 열지 못한다! 그렇다, 완전히 잊어버렸

---

* 옛 인도에서 아내가 남편의 시체와 함께 산 채로 화장되던 풍습.
** 1940년대에 인기를 끌었던 미국의 2인조 희극배우.

으니까, 그들이 어떤 방법으로 비밀을 누설하게 만들었는지 말할 수도 없고 말하기도 싫으니까—그러나 이 문제의 부끄러운 요점만은 벗어날 길이 없는데, 머리 둘 달린 심문자는 줄곧 농담도 하지 않고 대체로 매정한 태도를 유지했는데도 나는 그들에게 허심탄회하게 말해버렸다는 확고부동한 사실이다. 그냥 말을 한 정도가 아니었다: 딱 꼬집어 말할 수 없는—잊어버렸으므로—어떤 강압에 못 이겨 나는 극도로 수다스러워졌다. 그때 내가 엉엉 울면서 말해버린 것은 (지금은 말할 수 없지만): 이름 주소 신체적 특징이었다. 그렇다, 나는 그들에게 모든 것을 털어놓았다. 578명의 신상정보를(왜냐하면 두 사람이 친절하게 말해주었듯이 파르바티는 죽었고, 시바는 적의 편에 가담했고, 581번째 회원은 자백을 하는 장본인이었으므로……) 고스란히 불어버렸다. 다른 사람의 배신 때문에 배신을 강요당하는 상황에서 나는 결국 한밤의 아이들을 저버리고 말았다. 협회 창립자인 내가 그들을 파멸시켰다. 한편 애벗과 코스텔로는 웃음기 없는 얼굴로 듣고 있다가 이따금 끼어들어 한마디씩 던지곤 했다: "아하! 좋았어! 그 여자에 대해서는 우리도 몰랐는데!" 혹은 "자네 대단히 협조적이군. 이 녀석도 우리가 모르던 놈이야!"

흔히 있을 수 있는 일이다. 통계자료를 찾아보면 내가 체포될 당시의 정황을 이해할 수 있을 것이다. 그러나 비상사태 기간 동안 검거된 '정치범'들의 숫자에 대해서는 상당한 의견 차이가 있어서 3만 명이라는 말도 있고 25만 명이 자유를 빼앗겼다는 말도 있다. 어쨌든 '미망인'은 이렇게 말한다: "인도 전체의 인구에 비하면 극소수에 불과합니다." 비상사태가 선포되면 온갖 변화가 일어나기 마련이다: 열차가

정시에 운행되고, 부정축재를 한 자들이 겁에 질려 세금을 납부하고, 날씨마저 순종해 풍작을 거두게 된다. 다시 말하지만 어두운 면도 있고 밝은 면도 있다. 그러나 어두운 면을 들여다보자면 나는 족쇄를 차고 조그마한 감방에 갇혀 나에게 허락된 유일한 가구인 거적때기를 깔고 앉아 날마다 밥 한 그릇을 바퀴벌레나 개미 들과 나눠 먹었다. 그리고 한밤의 아이들은—수단과 방법을 가리지 않고 기필코 분쇄해야 하는 무서운 음모의 주역들은—점성술을 신봉하는 총리를 공포에 떨게 만들었던 이 흉악무도한 범죄자 집단은—현대적인 나라에서는 굳이 신경 쓸 여유도 없고 연민을 느낄 필요도 없는 이 괴물들은—독립이 낳은 이 괴상한 돌연변이들은—이제 스물아홉 살이 되었는데, 한두 달쯤 빠르거나 늦기는 했지만 차례차례 과부 합숙소로 끌려왔고, 결국 4월부터 12월까지 사이에 모두 검거되었고, 그들의 속삭임이 벽면을 채우기 시작했다. 내 감방의 (종잇장처럼 얄팍한, 석고가 부서져가는, 휑뎅그렁한) 벽들도 속삭이기 시작했고, 내 정상적인 귀와 망가진 귀는 내 부끄러운 자백의 결과를 하나하나 들어야 했다. 오이코를 가진 죄수는 여러 가지 자연스러운 동작을—걷기, 양철 변기 사용하기, 쪼그려 앉기, 잠자기 등등을—불가능하게 만드는 철봉과 쇠고리 들을 주렁주렁 달고, 부서져가는 석고벽 앞에 웅크리고 누워 벽에게 속닥거렸다.

이제 끝장이었다. 살림은 비탄에 빠져버렸다. 나는 한평생 내 슬픔에 자물쇠를 채워두려고 노력했으며 이 회고록을 쓰는 동안에도 찝찔하고 감상적인 액체 따위로 내 문장이 얼룩지지 않게 하려고 무던히도 애를 썼다. 그러나 더는 못 참겠다. 나는 내가 감금된 이유를 ('미망인의 손'이 말해주기 전에는) 듣지 못했다. 그러나 따지고 보면 3만 명 또는 25만 명 가운데 그 누가 원인과 이유에 대한 해명을 들었으랴? 그 누가 우리에게 굳이 해명할 필요를 느꼈으랴? 벽 속에서 나는 한밤의 아이들이 숨죽이며 속삭이는 소리를 들었다. 더 이상의 설명은 필요하지 않았고 나는 부서져가는 석고벽을 껴안고 엉엉 울어버렸다.

살림이 1976년 4월부터 12월까지 사이에 벽을 향해 속삭인 말은:

……사랑하는 아이들아. 뭐라고 말하면 좋을까? 내가 무슨 말을 할 수 있을까? 나의 죄책감 나의 부끄러움. 물론 몇 가지 변명은 가능하다: 시바가 저지른 일은 내 책임이 아니니까. 그리고 수많은 사람들이 감금되었는데 어찌 우리만 예외가 될 수 있으랴? 그리고 죄책감은 복합적인 감정인데, 어떤 의미에서는 우리 모두에게, 우리 한 사람 한 사람에게 책임이 있지 않겠느냐? 우리는 우리에게 어울릴 만한 지도자를 얻은 것이 아니겠느냐? 그러나 나는 그런 변명을 늘어놓지 않겠다. 내 잘못이다, 바로 나. 사랑하는 아이들아: 내 아내 파르바티가 죽었다. 그리고 자밀라는 실종되었다. 그 밖에도 모두가 떠나버렸다. 아무래도 실종은 내 인생에서 끊임없이 되풀이되는 또 하나의 특징인 듯하다. 나디르 칸은 쪽지 한 장만 남겨놓고 지하세계에서 사라졌다. 아담 아지즈는 우리 외할머니가 거위들에게 모이를 주려고 일어나기도 전에 사라졌다. 메리 페레이라는 또 어디로 갔을까? 나도 바구니 속에서 사라졌던 적이 있다. 그러나 라일라 또는 파르바티는 마법의 주문도 외우지 않고 갑자기 펑 사라져버렸다. 그리고 지금 이곳에 있

는 우리도 지상에서-깨끗이-사라져버린 셈이다. 사랑하는 아이들아, 실종의 저주가 너희에게도 스며든 모양이다. 아니, 죄책감이라는 문제에 대해서라면 나는 거시적인 관점을 절대로 받아들이지 않겠다. 우리는 현재-진행중인-사태에 너무 가까이 있으므로 어차피 올바른 판단이 불가능하다. 좀 더 시간이 흐르면 분석가들이 나름대로 원인과 이유를 설명할 수 있겠지만 지금 당장은 우리가 영사막에 너무 가까이 붙어 있고, 그래서 영상이 무수한 점이 되어 흩어져버리기 때문에 오로지 주관적인 판단만 가능하다. 그러므로 주관적으로 말하겠는데, 나는 부끄러워 차마 고개를 들지 못하겠다. 사랑하는 아이들아: 용서해다오. 아니, 나는 너희에게 용서를 구할 자격도 없다.

정치라는 것은, 아이들아: 태평성대에도 언제나 더럽고 치사한 일이다. 우리는 그것을 멀리했어야 옳았다. 나도 존재이유 따위는 꿈도 꾸지 말았어야 했다. 그렇게 거대하고 거시적인 활동보다 차라리 사생활이—즉 개개인의 보잘것없는 인생이—더 바람직하다는 결론에 도달했다. 그러나 너무 늦게 깨달았다. 이젠 어쩔 수 없다. 고칠 수 없는 병이라면 참는 수밖에 없다.

좋은 질문이다, 아이들아: 무엇을 참아내야 할까? 우리는 왜 이렇게 하나둘씩 이곳에 모이게 되었으며, 우리는 왜 이렇게 저마다 철봉과 쇠고리를 주렁주렁 목에 걸게 되었을까? 그리고 더 특이한 구속 방식도 있는데 (속삭이는 벽의 말을 믿어도 된다면): 공중부양의 능력을 가진 아이는 바닥에 고정시킨 쇠고리에 발목을 묶어놓고, 늑대인간에게는 재갈을 물리고, 거울을 뚫고 탈출할 수 있는 아이는 음료수의 반사면을 통해서도 사라질 수 있으니 깡통 뚜껑에 뚫린 구멍으로 물을 마시게 하고, 눈빛으로 사람을 죽일 수 있는 소녀는 머리에 자루를 씌우고, 마찬가지로 바우드의 매혹적인 미녀들도 모두 주머니로 얼굴을 가려놓았다. 우리 중에서 쇠붙이를 먹는 아이는 머리를 형틀 속에 가둬놓았다가 식사시간에만 풀어주고…… 어떤 일이 우리를 기다리고 있을까? 보나마나 좋은 일은 아니다, 아이들아. 아직은 나도 무슨 일인지 모르겠지만 이제 그리 머지않았다. 아이들아: 우리도 준비를 해야 한다.

전달해라: 우리 가운데 일부는 무사히 피신했다. 나는 벽 너머에서 빈자리의 냄새를 맡는다. 반가운 소식이다, 아이들아! 그들은 우리 모두를 사로잡지 못했다. 예를 들자면 시간여행자 수미트라도—아으, 어린 시절의 우행이여! 그의 말을 불신하다니 우리가 얼마나 어리석었던가!—이곳에 없다. 아마도 자신의 인생에서 더 행복한 시절을 찾아갔을 테니 영원히 수색대를 따돌릴 수 있으리라. 아니, 그를 부러워하지는 마라. 나 역시 가끔은 과거로 도피하고 싶지만, 이를테면 만인의 귀염둥이였던 갓난아기 시절, 위풍당당하게 윌리엄 메솔드의 궁전들을 순시하던 그때로 돌아가고 싶지만—아으, 더 위대한 가능성을 지녔던 시절, 인생의 초창기에 대한 그리움이여, 소리 없이 파고드는 그리움이여! 델리 중앙우체국 뒷골목처럼 내 인생도 점점 좁아져 마침내 이 지경에 이르렀구나!—그러나 지금 우리는 이곳에 있고 그런 회상은 용기를 갉아먹을 뿐이다. 다만 우리 가운데 일부나마 자유롭다는 사실을 기뻐해라!

그리고 우리 가운데 일부는 이미 세상을 떠났다. 2인조가 나에게 파르바티에 대해 말해주었다. 내가 마지막으로 그녀를 보았을 때도 썩어 문드러진 허깨비 같은 얼굴이 겹쳐졌는데. 그렇다, 우리는 이제 581명이 아니다. 그렇다면 지금 감옥에 갇혀 12월의 혹한에 떨면서 하염없이 기다리고 있는 우리는 과연 몇 명일까? 나는 내 코에게 물어본다. 내 코는 420명이라고 대답한다. 기만과 속임수를 뜻하는 숫자. 과부들이 가둬놓은 420명. 그리고 한 명이 더 있는데, 군화를 신고 우쭐거리며 합숙소 주변을 활보하는 녀석—가까워졌다 멀어졌다 하는 저 악취, 배신의 냄새!—시바 소령, 전쟁영웅, 왕무릎 시바가 우리의 감금생활을 감독한다. 그들이 과연 420명으로 만족할까? 아이들아: 그들이 얼마나 더 기다려줄는지는 나도 모른다.

……아니, 놀리지 마라, 그만, 그렇게 나를 희롱하지 마라. 어째서 왜 도대체-무엇-때문에 너희가 입에서 입으로 전해주는 속삭임들이 이다지도 상냥하고 다정하단 말이냐? 아니, 너희는 나를 규탄해야 마땅하거늘—깊이 생각할 필요도 없고, 변명할 기회를 주지도 말고—하나둘씩 감방에 갇힐 때마다 그렇게 명랑하게 인사를 건네서 나를 괴롭히지 말아다오. 이런 때, 이런 곳에서, 안녕, 반갑다, 잘 있었느니가 웬 말이냐?—아이들아, 아직도 모르겠느냐, 그들은 우리에게 무슨 짓이든, 정말 무슨 짓이든 할 수 있는데—아니, 이 상황에서 어떻게 그런 말을 하느냐, 그놈들이-무슨-짓을-할-수-있겠느니라니, 도대체 그게 무슨 소리냐? 내가 장담하는데, 친구들아, 철봉으로 발목을 때리면 몹시 아프고 개머리판으로 이마를 후려갈기면 피멍이 든단다. 그놈들이 무슨 짓을 할 수 있겠느냐고? 항문에 전깃줄을 꽂을 수도 있단다, 아이들아. 그들의 수법은 그것만이 아닌데, 발목을 묶어 거꾸로 매달 수도 있고, 촛불을—아, 촛불의 감미롭고 낭만적인 빛!—맨

살에 댈 때는 그리 쾌적한 느낌이 아니란다! 그러니까 그만들 해라, 그렇게 다정하게 굴지들 말고, 너희는 두렵지도 않으냐! 나를 마구 차고 때리고 짓밟아 만신창이로 만들고 싶지도 않으냐? 어째서 다들 그렇게 끊임없이 추억을 속삭이고, 오래전의 말다툼을, 이상과 재물의 싸움을 그리워하느냐? 어째서 다들 그렇게 침착하고, 그렇게 평온하고, 그렇게 위기를-초월하는-능력을 드러내면서 나를 조롱하느냐? 솔직히 나는 어리둥절하기만 하다, 아이들아: 스물아홉 살이나 먹은 너희가 어떻게 감방 안에서 농담을 주고받으며 시시덕거릴 수 있단 말이냐? 빌어먹을, 이 자리는 친목회가 아니란 말이다!

아이들아, 아이들아, 미안하다. 요즘 내가 정상이 아니라는 사실을 솔직하게 인정한다. 나는 붓다였고, 바구니 속의 유령이었고, 구국의-영웅-희망자였고…… 살림은 막다른 길로 뛰어들어 미친 듯이 돌진했고, 타구가 달덩어리처럼 떨어져내린 다음부터는 현실 때문에 적잖은 곤란을 겪었고…… 나를 동정해다오: 나는 타구마저 잃어버렸다. 아니, 내가 또 실언을 했다. 동정을 구할 뜻은 없었고, 내가 하려던 말은 이제야 깨달은 사실인데—지금의 상황을 이해하지 못한 사람은 너희가 아니라 바로 나였다. 놀라운 일이다, 아이들아: 단 5분만 대화를 나눠도 언쟁을 벌이던 우리가, 어렸을 때는 그토록 다투고 싸우고 반목하고 불신하고 분열하던 우리가 이렇게 갑자기 화합하고 단결해 하나가 되다니! 아으, 놀라운 아이러니여: '미망인'은 우리를 무너뜨리려고 이곳으로 끌고 왔지만 오히려 우리를 한마음 한뜻으로 묶어놓았구나! 아으, 독재자의 까닭 없는 두려움이 오히려 두려워할 만한 이유를 만들었구나! …… 왜냐하면, 그들이 우리에게 무슨 짓을 할 수 있으랴, 이제 우리는 모두 한편이거늘, 언어 갈등도 없고 종교적 편견도 없거늘. 어쨌든 우리는 이제 스물아홉 살이니 너희를 아이들이라 부르면 안 되겠지만……! 그렇다, 그것은 질병 같은 낙관주의였다: 언젠가는 그년도 우리를 풀어줄 수밖에 없겠지, 그때는, 그때는, 두고 봐라, 우리가 힘을 합쳐, 글쎄, 새로운 정당을 결성할 수도 있고, 그래, '한밤당', 우리는 물고기의 수를 몇 배로 늘릴 수도 있고 값싼 금속을 황금으로 바꿀 수도 있는데 정치판이 어떻게 우리를 막아낼 수 있으랴? 아이들아, 이 암담한 감금생활 속에서 무엇인가 태어나려고 한다. '미망인' 년아, 마음껏 날뛰어봐라. 단결은 천하무적이다! 아이들아: 우리가 승리했다!

너무 고통스럽다. 거름 더미 속에서 장미가 자라듯이 무럭무럭 자라나던 낙관주의: 생각만 해도 괴롭다. 그만하자: 나머지는 잊어버렸다.—안 돼!—그래, 알았다, 기억하기는 하는데…… 철봉 족쇄 맨살을-지지는-촛불보다 더 괴로운 것은 무엇일까? 손톱발톱을 뽑아버리거나 굶기는 것보다 더 지독한 고문이 무엇일까? 여기서 나는 '미망인'의 지극히 고상하고 절묘한 장난을 소개하겠다: 그녀는 우리를 고문하지 않고 오히려 희망을 주었다. 이제 그녀가 우리에게서 빼앗을 수 있는 것이—평범한 것도 아니고 그 무엇보다 소중한 것이!—생긴 셈이었다. 그리고 이제 곧, 잠시 후에, 나는 그녀가 어떤 방법으로 그것을 잘라냈는지를 설명해야 한다.
절제술(어원은 아마도 그리스어일 것이다): 의학은 이 말에 수많은 접두사를 붙였다. 맹장절제술 편도선절제술 유방절제술 난관절제술

정관절제술 고환절제술 자궁절제술. 살림은 이 수술 목록에 또 하나의 용어를 거저 무료 공짜로 기증하고자 한다. 그러나 이 용어는 비록 의학과 무관하지는 않지만 기본적으로 역사학에 속한다고 보는 것이 옳겠다.

희망절제술: 희망을 적출하는 수술.

새해 첫날, 방문객이 찾아왔다. 문이 삐거덕 열리는 소리, 값비싼 시폰 드레스가 살랑거리는 소리. 차림새는: 초록색과 검은색. 안경은 초록색, 구두는 검디검은 검은색…… 신문기사는 그 여자를 이렇게 설명했다: "매력적인 아가씨…… 엉덩이가 풍만하며…… 사회사업에 뛰어들기 전에는 보석상을 경영했고…… 비상사태 기간 동안 비공식적으로 불임수술 책임자였다." 내가 그녀에게 지어준 별명이 있는데: '미망인의 손'이다. 한 명 한 명 아이들은 으윽 그리고 우두둑 찌익 작은 공들이 하늘로 휙휙…… 초록색 - 검은색 차림의 그녀가 당당하게 내 감방 안으로 들어왔다. 아이들아: 드디어 시작이다. 준비해라, 아이들아. 단결의 힘을 보여주자. '미망인의 손'이 '미망인'이 시킨 일을 하고 나면 그다음은, 그다음은…… 그때를 생각하자. 지금 이 순간에 대해서는 아무것도 생각하지 말고…… 이윽고 그녀가 상냥하고 차분하게 말했다. "근본을 따져보면 이게 다 하느님과 관련된 문제야."

(듣고 있지, 아이들아? 전달해라.)

"인도 국민은 여사님을 신처럼 숭배하거든." '미망인의 손'이 설명했다. "인도인들은 단 하나의 신만 섬길 수 있는 사람들이지."

그러나 나는 봄베이에서 성장했다. 그곳에서는 시바 비슈누 가네샤 아후라마즈다* 알라를 비롯하여 이루 헤아릴 수 없을 만큼 많은 신들이 저마다 신도들을 거느리고 있는데…… 그래서 이렇게 따졌다. "그렇다면 그 많은 신들은 다 뭡니까? 힌두교만 보더라도 섬기는 신이 3억 3천만 명이나 되잖아요? 게다가 이슬람 신앙도 있고, 또 수많은 보살들은……?" 그러자 그녀의 대답은: "아, 그래! 맙소사, 신이 몇억 명, 네 말도 맞아! 하지만 그건 모두 옴**의 다양한 표현이야. 너는 무슬림이지만 옴이 뭔지는 알지? 좋아. 일반대중한테는 우리 여사님도 옴의 한 표현이란 말이야."

우리는 모두 420명이다. 인도의 전체 인구 6억 명 중에서 고작 0.00007퍼센트에 불과하다. 통계치로 따지면 보잘것없는 숫자다. 당시 체포되었던 3만 명(또는 25만 명)을 기준으로 계산하더라도 백분율로 환산하면 고작 1.4퍼센트(또는 0.168퍼센트)에 불과하다! 그러나 내가 '미망인의 손'으로부터 들은 말은: 신이 되고 싶어 하는 사람들이 가장 두려워하는 것은 신이 될 만한 잠재력을 가진 다른 사람들이다. '미망인'이 우리를—자정에 태어난 신비로운 아이들을—증오하고 두려워하고 결국 파멸시킨 까닭은 바로 그것, 오로지 그것 때문이었다. 그녀는 인도의 총리로 만족하지 않고 모신(母神) 데비가 되기를 열망했는데, 그중에서도 가장 무시무시한 측면***, 신의 활동력

---

* 조로아스터교의 창조신.
** 힌두교, 불교, 자이나교 등에서 모든 진언(眞言) 중 가장 신성하게 여기는 음절. 힌두교에서는 브라흐마, 시바, 비슈누의 삼대신을 뜻하기도 한다.
*** 칼리 여신을 가리킨다.

을 소유한 여신, 팔다리가 많고 가운뎃가르마를 탄 머리카락이 분열 증상을 보이는 여신…… 그리하여 나는 가슴에 피멍이 든 여자들의 무너져가는 궁전에서 나 자신의 존재의미를 알게 되었다.

내 정체가 뭐냐고? 우리의 정체가 뭐였느냐고? 우리는 그대가 알지 못하는 신이었다 신이다 신이 될 뻔했다. 그리고 또 다른 것이기도 했다. 이 부분에 대해 설명하려면 정말 하기 어려운 이야기를 마침내 꺼내야 한다.

그렇다면 단숨에 말해버리자, 안 그러면 영영 말할 수 없을 테니까, 때는 1977년 새해 첫날, 엉덩이가 풍만한 매력적인 아가씨가 나에게 말해주었는데, 그래, 우리는 420명으로 충분히 만족한다, 왜냐하면 139명은 죽었다는 사실이 확인됐고, 도망친 연놈들은 얼마 안 되니까, 그리하여 곧 싹둑싹둑이 시작될 텐데, 우선 마취제, 그리고 열까지 세어보세요, 숫자들이 하나 둘 셋 행진할 테고, 그래서 나는 벽을 향해 속삭이는데, 그래, 마음대로 하라고 해라, 우리가 살아남아 뭉치기만 한다면 그 누가 우리를 대적할 수 있으랴? ……그런데 누가 우리를 한-명-한-명 지하실로 데려갔을까, 그곳에는, 우리는 야만인이 아니니까요, 에어컨이 설치되었고, 천장에 매달린 등불이 수술대를 비추고, 의사들과 간호사들 초록색과 검은색, 수술복은 초록색 눈동자는 검은색…… 누구였을까, 불가항력의 거대한 무릎을 가진 그 사람, 나를 파멸의 방으로 데려간 그 사람은? ……그러나 정답은 여러분도 알 텐데, 짐작할 텐데, 왜냐하면 이 이야기에 등장하는 전쟁영웅은 한 명뿐이니까, 그 무릎의 증오에는 도저히 반항할 수 없고, 그

래서 나는 명령대로 순순히 걸음을 옮기고…… 그리하여 그곳에 도
착했을 때 엉덩이가 풍만한 매력적인 아가씨가 말하기를, "따지고 보
면 너도 불평할 입장은 아니잖아? 언젠가 네가 예언자를 자처했던 사
실을 부인하진 않겠지?"……그들은 모든 것을 알고 있었다, 파드마,
모든 것을 모든 것을, 그들은 나를 수술대에 눕히고, 마스크가 내려와
서 얼굴을 덮고, 열까지 세어보세요, 그리고 숫자들이 쿵쿵거리며 일
곱 여덟 아홉……

열.

그리고, "맙소사, 아직도 의식이 있잖아, 자, 착하지, 스물까지 계
속……"

……열여덟 열아홉 스

유능한 의사들이었다: 그들은 철저하게 만전을 기했다. 우리가 받
은 수술은 일반대중에게 시술되는 간단한 정관 또는 난관절제술이 아
니었다. 왜냐하면 그런 수술은 실패할 가능성이 있으니까, 일말의 가
능성에 불과하지만 저절로 복원될 수도 있으니까…… 절제술은 절제
술인데 돌이킬 수 없는 절제술이었다. 음낭 속에서 고환을 아예 제거
하고 자궁도 영원히 없애버렸다.

한밤의 아이들은 고환절제술과 자궁절제술을 받고 생식 능력을 빼
앗겼는데…… 그러나 그것은 부수적인 결과에 지나지 않는다. 왜냐
하면 그들은 정말 비범한 의사들이었고 우리에게서 더 중요한 것을
떼어냈기 때문이다: 희망도 함께 적출되었다. 어떤 방법으로 그런 일
을 해냈는지는 나도 모르겠고—왜냐하면 숫자들이 나를 짓밟으며 행

진할 때 의식을 잃었으니까—내가 말해줄 수 있는 것은 다만 절망을 부르는 이 수술이 하루 평균 23.33명꼴로 진행되었다는 사실, 그리고 열여드레가 지났을 때 우리 모두는 작은 공 두 개 또는 배 속의 자루 말고도 여러 가지를 잃어버렸다는 사실뿐이다: 이 부분에서는 내가 입은 피해가 제일 적었다. 왜냐하면 나는 이미 상단-물빼기-작업으로 자정이 부여한 텔레파시 능력을 빼앗긴 뒤였으니 더 잃어버릴 것도 없었고, 남달리 예민한 후각은 제거할 수 없는 것이므로…… 그러나 나머지 아이들은 사정이 달랐는데, 울부짖는 과부들의 궁전으로 끌려올 때만 하더라도 초능력을 온전히 지니고 있던 아이들에게 마취에서 깨어나는 순간은 잔인하기 짝이 없는 경험이었다. 벽 너머에서 들려오는 속삭임은 그들의 몰락에 대한 이야기, 초능력을 잃어버린 아이들의 고통스러운 절규였다. 그녀는 우리에게서 그런 능력까지 제거했다. 엉덩이가 풍만한 매력적인 아가씨가 고안한 이 수술법은 우리를 완전히 무력화시켰고 우리는 이제 아무것도 아니었다. 우리의 정체가 뭐냐: 보잘것없는 0.00007퍼센트, 이제 물고기의 수를 몇 배로 늘릴 수도 없고 값싼 금속을 황금으로 바꿀 수도 없고 날아다닐 수도 없고 늑대로 변신할 수도 없다. 어느 신비로운 자정이 탄생시킨 처음에는-천-명하고도-한-명이었던 놀라운 인재들이 영원히 파멸하고 말았다.

하단-힘빼기-작업: 그것은 돌이킬 수 없는 수술이었다.

우리의 정체가 뭐냐고? 좌절된 희망들, 꺾여버린 희망들.

그리고 지금부터 나는 그 냄새에 대해 이야기해야 한다.

그렇다, 여러분도 모든 진실을 알아야 한다. 아무리 참혹해도, 봄베이 영화처럼 청승맞아도, 여러분은 모든 진실을 마음에 새겨야 한다, 반드시 알아야만 한다! 1977년 1월 18일 저녁에 살림이 맡은 냄새는: 무쇠 프라이팬에 무엇인가를 볶는 냄새, 심황 코리앤더 커민 호로파 따위로 양념한, 그러나 차마 말할 수 없는 말랑말랑한 것들을…… 그때까지-잘라낸-것들을 뭉근한 불에 천천히 익히는 냄새, 싫어도 맡을 수밖에 없는 강렬한 냄새……

420명이 절제술을 받은 후, 앙심을 품은 여신은 적출한 부위에 양파와 풋고추를 넣고 카레 요리를 만들어 베나레스의 들개들에게 먹이라고 명령했다. (수술은 421회 실시되었다: 우리가 나라다 또는 마르칸다야라고 부르던 아이는 성별을 바꿀 수 있는 능력이 있어 수술을 두 번 받아야 했기 때문이다.)

아니, 아무것도 증명할 수 없다. 모든 증거가 연기처럼 사라져버렸기 때문이다. 일부는 들개들이 먹어치웠고, 그 후 3월 20일*에 흑백 머리카락을 가진 어머니와 사랑스러운 아드님이 모든 문서를 태워버렸다.

그러나 파드마는 내가 할 수 없는 일이 무엇인지를 이미 알고 있었다. 언젠가 화가 났을 때 파드마는 이렇게 소리쳤다. "맙소사, 당신이 무슨 쓸모가 있나요? 연인으로서 말이에요." 적어도 그 부분은 진실성을 입증할 수 있다. 픽처 싱의 판잣집에서 나는 성 불능이라는 거짓말

---

* 비상사태가 해제되기 전날.

로 저주를 불러들였다. 미리 경고를 받지 못해서 그랬다고 말할 수도 없다. 왜냐하면 그때 픽처 싱이 '무슨 일을 당하게 될지 모른다'고 말했기 때문이다. 그 말대로 되었다.

가끔은 내가 천 살쯤 먹은 듯한 기분이 든다. 아니, (지금 이 순간까지도 나는 형식을 포기할 수 없으므로) 정확히 말하자면 천 살하고도 한 살 더.

'미망인의 손'은 엉덩이가 풍만했고 예전에는 보석상 주인이었다. 나도 보석에서 출발했다: 1915년 카슈미르에 루비와 다이아몬드가 나타났다. 그리고 우리 외증조할머니도 보석상을 경영하셨다. 아무도 형식의 테두리를—또 반복과 유사성이다!—벗어날 수 없다.

벽 너머에서 낙담한 419명의 힘없는 속삭임이 들려온다. 한편 420번째 죄수는 벌컥 화를 내면서—딱 한 번쯤은, 한순간의 분노쯤은 이해할 만하다고 본다—다음과 같은 질문을 던지는데…… 나는 목이 터져라 소리친다: "그놈은 어떻게 됐어? 시바 소령은, 그 배신자는? 그놈은 그냥 내버려둘 거야?" 그러자 엉덩이가-풍만한-매력적인-아가씨가 대답하는데: "소령은 자발적으로 정관수술을 받았다."

아무것도 볼 수 없는 감방 안에서 살림은 깔깔 웃어대기 시작했다: 거리낌 없이, 마음껏. 아니, 나는 숙적의 불행이 고소해서 웃은 것도 아니고 '자발적으로'라는 말을 반어법으로 해석해서 웃은 것도 아니다. 다만 그 순간 파르바티 또는 라일라가 예전에 들려주었던 이야기가 떠올랐기 때문이다. 전쟁영웅의 오입질에 대한 전설 같은 이야기, 그리고 절제술을 받지 않은 귀부인들과 창녀들의 배 속에서 무럭무럭 자라는 사생아 군단에 대한 이야기 말이다. 내가 웃음을 터뜨린 이유는 시바가 한밤의 아이들을 파멸시켰을 뿐만 아니라 자신의 이름 속에 내포된 다른 역할, 즉 시바 링감의 역할, 창조자 시바의 역할도 완수했다는 생각 때문이었다. 그래서 지금 이 순간에도 전국 방방곡곡의 저택 내실이나 오두막집에서는 한밤의 아이들 중에서도 가장 무서운 아이가 낳은 새로운 세대가 미래를 기다리며 성장하고 있다. '미망인'들은 이렇게 중요한 문제를 종종 잊어버린다.

1977년 3월 하순, 나는 울부짖는 과부들의 궁전에서 갑자기 석방되었고, 뭐가 뭔지 얼떨떨하기만 해서 올빼미처럼 눈만 껌벅거리며 햇빛 아래 우두커니 서 있었다. 나중에 이것저것 물어보고 알아낸 사실인데, 지난 1월 18일에(싹둑싹둑이 끝나고 무쇠 프라이팬에 무엇인가를 달달 볶던 바로 그날이다: '미망인'이 가장 두려워하는 것이 우리 420명이었다는 증거가 더 필요할까?) 총리는 느닷없이 총선 실시를 요청하여 온 국민을 놀라게 했다. (그러나 이제 우리에 대해 알고 있는 여러분은 그녀가 왜 그렇게 자신만만했는지 쉽게 이해할 수 있을 것이다.) 그러나 석방 당일에는 그녀가 이미 선거에서 대패했다는 사실*도, 그리고 모든 문서가 타버렸다는 사실도 전혀 몰랐다. 나중에야 알게 된 일이지만 피스타치오와 캐슈 열매를 즐겨 먹고 날마다 '자기

---

* 1977년 3월 16~20일 실시된 총선에서 인디라 간디의 국민회의당은 독립 이후 처음으로 총선에서 패했다. 비상사태로 국민의 신망을 잃은 탓이었다.

오줌'을 한 잔씩 마시는 노망난 늙은이가 만신창이가 된 국민의 희망을 한 몸에 짊어지게 되었다.* 소변 복용자가 정권을 잡았다. 그러나 신장 투석기를 달고 살아야 하는 이**를 지도자로 둔 자나타 당도 (내부사정을 알고 보니) 새로운 새벽을 불러올 듯싶지는 않았다.*** 어쩌면 내 낙관주의병이 마침내 완치된 탓인지도 모르겠다. 하지만 사람들은 아직도 혈관 속에 그 병균이 남아 있는지 달리 생각했다. 어쨌든 그해 3월에 나는 정치 현실을 충분히 경험했다. 아니, 정치라면 이제 지긋지긋했다.

420명은 베나레스 거리의 햇살과 소란 속에서 눈을 껌벅거리며 우두커니 서 있었다. 420명은 서로의 얼굴을 두리번거렸고, 서로의 눈에서 거세의 기억을 보았고, 마침내 서로의 표정을 차마 볼 수 없어 저마다 중얼중얼 작별인사를 던지고 상처를 어루만져줄 프라이버시를 찾아 군중 속으로 뿔뿔이 흩어졌다. 그것이 그들의 마지막 모습이었다.

시바는 어떻게 되었느냐고? 새 정권은 시바 소령을 영창에 감금했다. 그러나 그는 그곳에 오래 머물지 않았다. 왜냐하면 누군가 면회를 왔기 때문이다: 로샤나라 셰티가 뇌물 교태 애교를 총동원하여 시바의 감방까지 찾아왔는데, 언젠가 마할락슈미 경마장에서 그에게 독설

---

* 1977년 3월 24일, 자나타 당의 모라르지 데사이가 총리직에 취임했다.
** 비상사태 당시 신부전증이 발견되어 1979년 사망할 때까지 투석기를 사용해야 했던 자야 프라카시 나라얀을 가리킨다.
*** 자나타 모르차(인민전선)를 모체로 1977년 1월 23일 정식 출범한 자나타 당은 비상사태에 반대하는 여러 야당의 연합체였다. 1977년 총선에서 압승을 거두었지만 처음부터 당내 권력투쟁으로 자멸의 길을 걸었다.

을 퍼붓던 바로 그 로샤나라, 사생아로 태어난 아들이 도무지 말도 안 하고 자기가 하기 싫은 일은 죽어도 안 해서 미치도록 힘들어하는 로샤나라였다. 강철왕의 아내는 핸드백에서 남편 소유의 거대한 독일제 권총을 꺼내 전쟁영웅의 심장을 꿰뚫어버렸다. 흔히 말하는 즉사였다.

소령은 일찍이 어느 잊을 수 없는 자정에 전설적인 혼란이 한창일 때 어느 노란색-초록색 산부인과에서 번민에 시달리던 조그마한 여자 하나가 아기 이름표를 바꿈질하여 그의 생득권을—즉 돈과 풀 먹인 하얀 옷과 재물 재물 재물이 넘치는 언덕 꼭대기의 세계를, 그가 간절히 원하던 세계를—빼앗아버렸다는 사실을 끝내 알지 못한 채 숨을 거두었다.

그렇다면 살림은? 나는 이제 역사와의 연결도 끊어지고 아래위가 모두 텅 비어버린 몸으로, 오래전의 그날 자정부터 시작되었던 한 시대가 이제 막을 내린 셈이라고 생각하면서 수도 델리로 돌아갔다. 내가 여행한 방법은: 승강장 입장권만 가지고 베나레스 또는 바라나시 역의 승강장 건너편에서 기다리다가 서쪽으로 가는 우편열차가 출발할 때 일등칸 발판으로 뛰어올랐다. 그리하여 나는 마침내 죽자 살자 매달린다는 말이 무슨 뜻인지 알게 되었다. 검댕 먼지 잿가루가 날려 눈도 제대로 뜰 수 없는 상황에서 문을 탕탕 두드리며 고함을 질러야 했다. "여기요, 나리! 문 좀 열어주십쇼! 들여보내주십쇼, 대인, 나리!" 그러자 안에서 귀에 익은 말이 들려왔다: "무슨 일이 있어도 열어주지 마. 무임승차자들일 뿐이야."

델리에서: 살림은 수소문을 한다. 그게 어디 있는지 보셨나요? 마술사들이 모인 곳을 아십니까? 혹시 픽처 싱이라는 사람을 아세요? 한 우체부가 뱀 조련사에 대한 기억이 가물가물한 눈으로 북쪽을 가리킨다. 그리고 얼마 후 혓바닥이 까맣게 물든 판 장사꾼이 오던 길로 되돌아가라고 한다. 그렇게 갈팡질팡하다가 마침내 실마리를 잡는다. 거리 공연을 하는 예능인들이 올바른 방향을 일러준다. 요지경상자를 가진 딜리데코맨, 아이들의 장난감 배처럼 생긴 종이 모자를 쓴 몽구스와 코브라 조련사, 마법사의 제자였던 어린 시절을 그리워하는 영화관 매표원 아가씨…… 그들은 어부처럼 손가락으로 방향을 가리킨다. 서쪽으로 서쪽으로 서쪽으로, 그리하여 살림은 마침내 도시의 서쪽 변두리에 있는 샤디푸르 버스 차고지에 도착한다. 허기와 갈증에 쇠약해지고 병약해진 그는 굉음을 내며 차고지를 드나드는 버스들을 이리저리 피하면서 힘없이 걸어간다. (화려하게 색칠한 버스마다 엔진덮개에는 오늘도 무사히! 따위의 글귀를 적어놓고 뒤쪽에는 하느님 감사합니다! 같은 말을 써넣었다.) 이윽고 그는 콘크리트 철도교 아래 뒤죽박죽 들어선 낡아빠진 천막들을 발견한다. 콘크리트 그림자 속에서 뱀을 부리는 거인이 썩은 이를 드러내며 활짝 웃는데 분홍색 기타 몇 개가 그려진 티셔츠를 입은 조그마한 사내아이를 안고 있다. 아이는 생후 21개월쯤 되었는데 귀는 코끼리 귀처럼 생겼고 눈은 화등잔처럼 커다랗고 표정은 무덤처럼 심각하다.

# 아브라카다브라

진실을 밝히자면 시바가 죽었다는 말은 거짓말이다. 나로서는 처음으로 새빨간 거짓말을 해버렸는데…… 어쩌면 비상사태를 635일 동안의 어둠으로 묘사한 것도 지나치게 비현실적이었는지도 모르겠다. 당시의 기상 관측 자료를 확인해보더라도 분명히 사실이 아니었다. 그럼에도 불구하고, 누가 어떻게 생각하든 간에, 나 살림에게 거짓말은 결코 쉬운 일이 아니며, 지금 진실을 고백하면서도 부끄러움에 고개를 못 들겠는데…… 그렇다면 비록 단 한 번이지만 왜 이렇게 뻔뻔스러운 거짓말을 했을까? (왜냐하면 사실 나는 나와 바꿈질을 당한 숙적이 과부 합숙소를 떠나서 어디로 갔는지 전혀 모르기 때문이다. 그가 지옥으로 떨어졌는지 아니면 길모퉁이 갈봇집에 있는지 나로서는 짐작도 못할 일이다.) 파드마, 부디 이해해주기 바란다: 나는 지금도 그를 두려워한다. 우리 사이에는 아직도 매듭짓지 못한 일이 남았고, 그래서 나는 이 전쟁영웅이 어떻게든 자신의 탄생 비밀을 알게 될지도 모른다는 걱정 때문에 벌벌 떨면서 하루하루를 보내는데—그가 혹시 내용을 암시하는 머리글자 세 개가 적힌 서류철을 보게 되지나 않을까?—그래서 과거에 돌이킬 수 없는 손해를 보았다는 사실을 알게 되면 노발대발하여 앙갚음을 하려고 찾아올지도…… 결국 그렇게 끝나버리지 않을까, 결국 초인적이고 무자비한 두 무릎 사이에서 목숨을 잃지 않았을까?

어쨌든 내가 거짓말을 한 이유는 그것 때문이었다. 나는 모든 자서전 작가들이 공통적으로 겪는 유혹, 즉 과거는 본인의 기억과 부질없이 그것을 담아내려고 노력하는 문장 속에만 존재하므로 과거에 이런저런 일이 일어났다고 말하기만 해도 그 일을 창조할 수 있다는 착각에 처음으로 굴복하고 말았다. 현재의 내 두려움이 로샤나라 셰티의 손에 권총을 쥐여주었다. 내 어깨 너머에서 사바르마티 중령의 유령이 지켜보고 있을 때 나는 그녀를 시켜 뇌물 교태 애교를 총동원하여 시바의 감방에 잠입하게 했고…… 간단히 말하자면 내가 저지른 최초의 범죄에 대한 기억이 최후의 범죄를 둘러싼 (가공의) 상황을 날조했던 것이다.

고백 끝. 이제 이 회고록의 결말이 위험할 정도로 가까워졌다. 지금은 밤이다. 파드마는 자기 자리를 지키고 있다. 내 머리 위의 벽면에 붙은 도마뱀 한 마리가 방금 파리를 잡아먹었다. 사람의 두뇌가 푹 절여질 만큼 고통스러운 8월의 폭염이 기승을 부려 귀와 귀 사이가 지글지글 신나게 끓어오른다. 5분 전에는 마지막 완행열차가 처치게이트 역을 향해 남쪽으로 노란색-다갈색 달려갔고, 그래서 나는 파드마가 디젤유처럼 강력한 결의를 수줍음으로 위장하며 간신히 꺼낸 말을 듣지 못했다. 그래서 다시 말해달라고 할 수밖에 없었다. 그러자 그녀의 종아리 근육들이 어처구니가 없다는 듯이 실룩거렸다. 거두절미하고 우리 똥-연꽃 아가씨가 나에게 청혼했다는 사실부터 기록해둬야겠다. "그래야 당신을 보살피면서 남부끄럽지 않잖아요."

내가 우려하던 일이 벌어지고 말았다! 그러나 이미 그 말이 입 밖에 나와버렸고 파드마는 (나는 분명히 알 수 있다) 거절을 용납할 생각이 전혀 없었다. 나는 숫처녀처럼 얼굴을 붉히며 항변했다: "이렇게 느닷없이!—게다가 절제술을 받았는데, 그것들이 들개 먹이가 돼버렸는데, 그래도 괜찮겠어?—그리고 파드마, 파드마, 뼈를-갉아먹는-그것도 있는데, 그래서 곧 과부가 되고 말 텐데—게다가 그 문제도 생각해봐야지, 사고사의 저주를, 파르바티의 경우도 그렇고—그런데도 괜찮아?—정말 괜찮아, 정말정말 괜찮아……?" 그러나 파드마는 이를 악물고 콘크리트처럼 견고하고 당당한 결의를 드러냈다: "내 말 잘 들어요, 아저씨—이러쿵저러쿵 떠들지 마세요! 터무니없는 흰소리는 집어치워요. 지금은 미래를 생각해야 할 때니까." 신혼여행은 카슈미르로 떠나기로 했다.

불길처럼 뜨겁게 타오르는 파드마의 결의에 휩쓸려 나까지 덩달아 터무니없는 생각을 하게 되었다: 그래, 어쩌면 정말 가능할지도 모른다, 어쩌면 그녀의 경이로운 의지력 때문에 내 이야기의 결말이 바뀔지도 모른다, 그녀의 강렬한 열망 앞에서는 균열조차도—심지어 죽음조차도—굴복하지 않을까…… '지금은 미래를 생각해야 할 때니까.' 그녀는 타이르듯이 그렇게 말했고—어쩌면 (이 이야기를 시작한 후 처음으로 감히 이런 생각을 해본다) 정말 미래가 있을지도 모른다! 머릿속에 전혀 다른 결말들이 무수히 떠올라 더위벌레처럼 붕붕거리는데…… "우리 결혼해요." 그녀가 그렇게 청혼을 했고, 그 말은 마치 카발라*의 주문처럼, 아브라카다브라처럼 내 마음을 마구 설레게 하면서 운명으로부터 나를 해방시켰다. 하지만 현실은 나를 놓아주지 않는다. 사랑이 모든 것을 극복한다는 말은 봄베이 영화에서나 가능하다. 한낱 예식 따위로 찌익 좌악 우지끈을 물리칠 수는 없다. 그리고 낙관주의는 질병이다.

"날짜는 당신 생일이 어떨까요?" 그녀가 제안한다. "남자 나이 서른한 살이면 어엿한 어른인데 당연히 아내를 맞이해야죠."

그녀에게 어떻게 설명하면 좋을까? 그날은 다른 계획이 있는데, 나는 예나 지금이나 운명의 손아귀를 벗어날 수 없는데, 운명도 나처럼 형식을 중요시해서 하필 신성한 날을 골라 말썽을 일으키기를 좋아하는데…… 간단히 말해서 내가 그날 죽는다는 사실을 어떻게 말해야 할까? 차마 못 하겠다. 그래서 순순히, 오히려 고마워하는 표정으로, 나는 그녀의 청혼을 받아들인다. 그리하여 오늘 밤 나는 약혼자가 되었다. 내가—그리고 내 약혼녀 연꽃 아가씨가—이렇게 마지막으로 부질없고 보잘것없는 기쁨 하나를 누렸다고 해서 모질게 질타하는 사람은 없었으면 좋겠다.

파드마가 나에게 청혼한 것은 지금까지 내가 그녀에게 들려준 과거

---

* 유대교 신비주의.

사 전체를 한낱 '터무니없는 흰소리'로 간주하겠다는 의사표현이기도 했다. 그리고 델리로 돌아와 철도교의 그림자 속에서 활짝 웃는 픽처 싱의 모습을 보았을 때 나는 마술사들도 기억을 잃어버렸음을 한눈에 알 수 있었다. 이동식 빈민굴을 자주 옮기는 과정에서 그들은 점점 기억력을 상실했고, 과거를 모조리 잊어버렸으니 이제 무슨 일이 일어나더라도 비교의 대상이 없어 이런저런 판단이 불가능했다. 심지어 비상사태에 대한 기억도 망각 속으로 빠르게 사라져 달팽이처럼 단순해진 마술사들은 오로지 현재의 일에만 전념했다. 그리고 자기들이 변했다는 사실조차 깨닫지 못했다. 예전에는 지금과 달랐다는 사실마저 잊어버렸기 때문이다. 그들의 머릿속에서 공산주의가 흘러내렸고 목마른 대지가 도마뱀처럼 재빠르게 삼켜버렸다. 마술사들은 (언제나 그랬듯이) 지금도 변함없이 계속되는 굶주림과 갈증, 경찰의 횡포와 질병 등의 혼란 속에서 자신의 기예마저 잊어버리기 시작했다. 나는 동료들의 이러한 변화가 몹시 역겨웠다. 이미 기억상실증을 경험해본 살림은 그것이 얼마나 부도덕한 것인지를 잘 알고 있었다. 그의 마음속에서 과거는 나날이 더 생생해지는 반면에 (칼날이 연결 고리를 영원히 끊어버렸으므로) 현재는 흐릿하고 혼란스럽고 하찮아 보일 뿐이었다. 간수들과 의사들의 머리카락 한 올 한 올까지 또렷하게 기억하는 나는 과거를 되돌아보지 않는 마술사들의 태도에 크나큰 충격을 받았다. 그래서 내 아들에게 이렇게 말했다. "사람들은 고양이 같아서 아무것도 가르칠 수가 없단다." 아이는 상황에 걸맞게 심각한 표정을 지었지만 아무 말도 하지 않았다.

내가 신기루 같은 마술촌을 다시 찾아냈을 때는 내 아들 아담 시나이가 갓난아기 때부터 앓아온 결핵의 흔적을 말끔히 씻어버린 뒤였다. 나로서는 아이의 병이 '미망인'의 몰락과 동시에 사라졌다고 믿을 수밖에 없었다. 그러나 픽처 싱은 아담이 앓는 동안 줄곧 젖을 먹여 길러준 두르가라는 세탁부 덕분이라고 말했다. 그 여자가 무한한 용량을 자랑하는 거대한 젖가슴을 날마다 빌려주었기 때문에 병이 나았다는 설명이었다. "두르가는 정말 대단한 여자야, 대장!" 늙은 뱀 조련사의 목소리는 그가 늘그막에 이 세탁부의 요사스러운 매력에 푹 빠졌다는 사실을 말해주었다.

　이두박근이 불룩한 여자였다. 그녀의 불가사의한 유방이 쏟아내는 젖은 연대 병력을 먹이고도 남을 만큼 엄청난 양이었다. 그리고 은밀히 떠도는 소문에 의하면 (나는 본인이 이 소문을 퍼뜨렸다고 믿지만) 자궁이 두 개라고 했다. 젖만 풍성한 게 아니라 온갖 험담이나 잡담에도 훤했다. 그녀의 입에서는 날마다 새로운 이야기가 열댓 가지씩 쏟아져 나왔다. 그 직업에 종사하는 사람들이 모두 그렇듯이 그녀도 끝없는 체력을 지녔다. 셔츠와 사리를 빨랫돌에 엎어놓고 죽도록 두들겨 팰 때마다 옷가지에서 생기를 빨아들여 힘이 점점 더 세지는 듯했다. 그러고 나면 빨래는 단추가 모두 떨어진 채 납작하게 뻗어버리곤 했다. 그녀는 하루하루가 끝나자마자 그날의 일을 깨끗이 잊어버리는 괴물이었다. 마지못해 그 여자와 인사를 나누기는 했지만 내심 몹시 못마땅했다. 사실은 이 글에서 그 여자를 소개하는 것조차도 몹시 못마땅하다. 직접 만나보기 전에도 그녀의 이름은 새로운 것들의 냄새를 풍겼다. 그녀는 색다른 것, 시작, 새로운 이야기 사건 사연의 등장을 상징하는 여자였지만 나는 이미 새로운 것에 대한 관심을 잃어버린 터였다. 그러나 픽처 아저씨가 그녀와 결혼할 생각이라고 밝힌 다음에는 선택의 여지가 없었다. 그래도 그 여자에 대해서는 정확하면서도 최대한 간략하게 설명을 끝내고 싶다.

그럼 간략하게: 세탁부 두르가는 서큐버스였다! 인간의 탈을 쓴 흡혈도마뱀이었다! 그리고 그녀는 마치 셔츠를 빨랫돌에 엎어놓고 두드리듯이 픽처 싱에게 막강한 영향력을 행사했다: 한마디로 말해서 그를 마음대로 쥐락펴락했다. 그 여자를 한 번 만나보고 나서 나는 픽처 싱이 그토록 늙고 지쳐 보이는 이유를 알 수 있었다. 조언과 그늘을 찾아 남녀노소가 모여들던 화합의 우산을 잃어버린 그는 하루가 다르게 쪼그라드는 듯했다. 그가 제2의 허밍버드가 될 가능성은 내 눈앞에서 점점 사라져갔다. 반면 두르가는 기운이 넘쳤다. 그녀가 들려주는 뒷소문은 점점 더 추잡해지고 목소리도 점점 더 시끄럽고 떠들썩해져 급기야 말년의 원장수녀님이 연상될 정도였다. 내가 이 왈가닥 세탁부에게 관심을 가진 유일한 이유는 그 시절 점점 쪼그라들던 외할아버지와 점점 더 크게 부풀던 외할머니에 대한 추억을 떠올리게 했기 때문이다.

그러나 두르가의 젖샘이 참으로 풍요로웠다는 사실은 부인할 수 없다. 아담은 생후 21개월이 되었는데도 여전히 만족스러운 듯이 그녀의 젖꼭지를 빨았다. 처음에는 젖을 떼야 한다고 주장하고 싶었지만 내 아들은 언제나 자기가 원하는 일만 한다는 사실을 상기하고 굳이 강요하지 않기로 마음먹었다. (나중에 밝혀진 일이지만 내 판단이 옳았다.) 두르가의 자궁이 두 개라는 소문에 대해서는 굳이 진위를 확인하고 싶지 않았으므로 물어보지도 않았다.

내가 세탁부 두르가를 언급한 주된 이유는, 어느 날 저녁 우리가 각기 밥알 스물일곱 톨을 앞에 놓고 식사를 하고 있을 때 나의 죽음을 처음으로 예견한 사람이 바로 그 여자였기 때문이다. 나는 그녀가 끊임없이 쏟아내는 온갖 소식과 수다를 듣고 있다가 벌컥 짜증이 나서 이렇게 소리쳤다. "두르가 아줌마, 그런 얘기에는 아무도 관심이 없어요!" 그러나 그녀는 조금도 동요하지 않았다. "살림 바바, 내가 자네한테 잘해준 이유는 자네가 붙잡혀 가서 만신창이가 됐을 거라고 픽처 아저씨가 말씀하셨기 때문이야. 그렇지만 솔직히 말하자면 요즘 자네는 빈둥거리는 것 말고는 어떤 일에도 관심이 없는 것 같더군. 새로운 일에 관심을 갖지 못하는 사람은 저승사자에게 문을 활짝 열어준 셈이라는 말을 명심하라고."

　그러자 픽처 싱이 부드럽게 타일렀다. "자 자, 이 친구한테 너무 심하게 하지 마요." 그러나 세탁부 두르가의 화살은 이미 표적에 박혀버린 뒤였다.

　수술을 받고 돌아와 기진맥진한 상태에서 나는 하루하루의 공허감이 두꺼운 아교질 막처럼 나를 뒤덮는 것을 느꼈다. 이튿날 아침에 두르가가—말이 너무 심했다고 진심으로 뉘우쳤는지—나에게 기운을 북돋워주겠다면서 내 아들이 오른쪽 젖을 빠는 동안 왼쪽 젖을 빨아보라고 권했다. "그러고 나면 정신이 맑아질 거야." 그러나 그때 내 마음속에는 죽음에 대한 생각만 가득했다. 그러다가 샤디푸르 버스 차고지에서 겸손의 거울을 발견하고 나의 최후가 머지않음을 확신하게 되었다.

　버스 주차장 출입구 위에 거울 하나가 비스듬하게 걸려 있었다. 내가 차고지 앞마당에서 발길 닿는 대로 배회할 때 거울에 반짝거리는 햇빛이 문득 시선을 끌었다. 나는 벌써 몇 달 혹은 몇 년 동안 거울 속의 내 모습을 본 적이 없음을 깨닫고 그쪽으로 걸어가서 거울 밑에 멈춰 섰다. 올려다보니 거울에 비친 내 모습이 마치 머리통이 커다란 가분수 난쟁이 같았다. 저절로 겸손해질 만큼 땅딸막한 내 모습을 자세히 뜯어보니 어느새 머리카락이 비구름 같은 잿빛이었다. 주름진 얼굴과 피곤이 가득한 눈 때문일까, 거울 속의 난쟁이는 우리 외할아버지 아담 아지즈가 하느님을 보았다고 말하던 날의 모습을 떠올리게 했다. 이 무렵에는 마녀 파르바티가 말끔히 고쳐주었던 증상들도 (절제술의 여파로) 고스란히 다시 나타나서 나를 괴롭혔다. 아홉 개뿐인 손가락, 뿔관자놀이, 삭발한 수도사 같은 머리, 얼룩덜룩한 얼굴, 밭장다리, 오이를 닮은 코, 거세된 아랫도리, 그리고 나이에 비해 너무 늙어버린 얼굴…… 겸손의 거울 속에서 나는 역사조차도 더는 손댈 곳이 없는 한 인간을 보았다. 미리 예정된 운명에 흠씬 두들겨 맞고 초주검이 되어 풀려난 흉측한 괴물의 몰골이었다. 멀쩡한 귀와 망가진 귀로 나는 점점 다가오는 저승사자의 조용한 발소리를 들었다.

거울 속의 젊은–늙은 난쟁이가 깊이 안도하는 표정을 지었다.

자꾸 우울해진다. 화제를 바꿔볼까…… 판 장사꾼의 비웃음 때문에 화가 난 픽처 싱이 봄베이로 여행을 떠나기 정확히 24시간 전에 내 아들 아담 시나이가 모종의 결단을 내린 덕분에 우리도 뱀 조련사의 여행에 동행할 수 있게 되었다: 넓적귀 아담은 아무런 예고도 없이 하룻밤 사이에 스스로 젖을 떼어버렸고, 당황한 세탁부 유모는 남아도는 젖을 5리터들이 바나스파티 깡통에 짜버릴 수밖에 없었다. 아담은 말없이 젖꼭지를 거부하고 흐물흐물한 쌀죽, 푹 삶은 렌즈콩, 비스킷 등의 고형식을 (역시 말없이) 요구했다. 마치 나에게 이제-코앞으로-닥쳐온 결승선에 도착할 기회를 주려고 마음먹은 듯했다.

아직 두 살도 안 된 아이의 말없는 독재였다: 아담은 배가 고프거나 졸리거나 생리현상이 아무리 급해도 우리에게 아무 말도 하지 않았다. 우리가 알아서 해주기를 바랄 뿐이었다. 죽음이 임박했다는 여러 징후에도 불구하고 내가 지금까지 살아 있는 것도 어쩌면 그가 그렇게 끊임없는 관심을 요구하기 때문인지도 모르겠는데…… 아무튼 나는 감금되었다가 풀려난 후 한동안 아무것도 할 수 없어 내 아들을 돌보는 일에만 전념했다. 픽처 싱이 농담을 던졌다. "대장이 돌아와서 천만다행이야. 안 그랬으면 이 녀석 때문에 우리 모두가 애 보는 일에만 매달릴 뻔했잖아." 나는 아담이 신비로운 능력을 가진 차세대 아이들 가운데 하나라는 사실을 새삼 절감했다. 그들은 첫 세대보다 훨씬 더 강인하게 성장할 테고, 자신의 운명을 예언이나 별자리 따위에서 찾기보다 무자비한 용광로 같은 의지의 힘으로 운명을 스스로 개척해갈 것이다. 비록 친아들은 아니지만 내 피를 물려받은 아이조차 따를 수 없는 진정한 후계자인 이 아이의 눈을 들여다보다가 나는 그 맑고 깨끗한 눈동자 속에서 두번째 겸손의 거울을 발견했다. 이 거울은 이제부터 나도 쓸모없는 늙은이처럼 하찮은 역할로 만족해야 한다는 사실을 일깨워주었다. 말하자면 추억을 되새기는 이야기꾼의 전통적 기능이랄까…… 나는 지금쯤 전국 방방곡곡에서 시바의 사생아들이 모두 아담처럼 가엾은 어른들에게 독재권력을 휘두르며 살지 않을까 생각했다. 그리고 무서울 정도로 막강한 힘을 가진 이 어린이 집단의 모습을 다시 마음속에 그려보았다. 그들은 언젠가 세상이 자기들의 장난감이 될 순간을 기다리면서, 귀를 기울이면서, 예행연습을 하면서 무럭무럭 자라나리라. (장차 이 아이들을 식별할 수 있는 방법은: 배꼽이 움푹 들어가지 않고 볼록 튀어나왔다는 점이다.)

그러나 이제 다시 이야기를 진행시켜야 할 시간이다: 비웃음, 그리고 남으로 남으로 남으로 달려가는 마지막 열차여행. 그리고 마지막 싸움…… 아담이 젖을 뗀 다음 날 살림은 픽처 싱을 따라 코노트 플레이스에 가서 뱀 공연을 도와주었다. 내 아들은 세탁부 두르가가 빨래터로 데려갔다. 그곳에서 아담은 서큐버스-여인이 부자들의 옷가지를 두들겨 패서 그 속에 깃든 힘을 흡수하는 과정을 지켜보며 하루를 보냈다. 그 운명적인 날, 더위가 다시 벌 떼처럼 도시를 덮치던 날, 나는 불도저가 깔아뭉갠 은제 타구를 간절히 그리워했다. 일전에 픽처 싱이 타구 대용품으로 달다 바나스파티 깡통 하나를 건네주었는데, 그것으로 타구 맞히기 놀이의 진수를 선보이며 내 아들을 즐겁게 해줄 수는 있었지만, 길게 내뱉은 구장즙이 마술촌의 칙칙한 대기를 가르며 휘리릭 날아가는 장면을 보여줄 수는 있었지만, 나에게는 조금도 위안이 되지 않았다. 질문: 타구는 침을 뱉는 그릇일 뿐인데 어째서 그토록 슬퍼했을까? 나의 대답은 타구의 가치를 과소평가하지 말라는 것이다. 쿠치나힌의 라니의 응접실에 단아하게 놓였을 때 그 타구는 지식인들에게 일반대중의 기예를 연습할 기회를 주었고, 지하실에서 반짝거릴 때는 나디르 칸의 지하세계를 제2의 타지마할로 바꿔놓았고, 하다못해 낡은 양철 트렁크 속에서 먼지만 쌓여갈 때도 변함없이 내 삶을 지켜보면서 빨래통 사건, 유령 목격담, 결빙기-해빙기, 배수작업, 귀양살이 등등의 사건들을 은밀히 흡수했고, 하늘에서 달덩어리처럼 떨어졌을 때는 단숨에 나를 탈바꿈시키기도 했다. 아으, 마력이 깃든 타구여! 아으, 타액뿐만 아니라 추억도 함께 담아주던 아름다운 타구여, 잃어버린 타구여! 모름지기 마음씨 고운 사람이라면 그런 타구를 잃어버리고 못내 그리워하는 나에게 어찌 연민을 느끼지 않으랴?

......사람들이 너무 많아 버스가 터져버릴 지경이었다. 픽처 싱은 뱀 바구니 몇 개를 무릎에 얹고 내 곁에 앉아 아무것도 아니라는 듯이 시치미를 뗐다. 전설적인 옛 델리의 유령들이 부활해 우글거리는 도시를 가로질러 덜컹덜컹 탕탕 달려가는 동안 '세상에서 가장 매혹적인 남자'는 잔뜩 풀이 죽어 의기소침한 표정이었다. 마치 멀고 캄캄한 어느 방에서 벌어질 싸움이 이미 끝나버렸다는 듯이...... 내가 돌아오기 전에는 아무도 알아차리지 못했고 픽처 싱도 입 밖에 내지 않았지만 그가 정말 두려워하는 것은 자기가 늙어간다는 사실, 자신의 역량이 점점 쇠퇴한다는 사실, 그래서 머지않아 한낱 무능력자가 되어 자기가 이해할 수 없는 세상에서 방황하게 되리라는 사실이었다. 픽처 싱도 나처럼 마치 길고 어두운 터널 속에서 횃불에 의지하듯이 어린 아담에게 집착했다. 그는 나에게 이렇게 말했다. "남다른 아이야, 대장. 저렇게 어린데도 기품이 있어서 귀 따위는 눈에 들어오지도 않아."

그러나 그날 내 아들은 우리와 함께 가지 않았다.

코노트 플레이스에 도착하자 뉴델리의 온갖 냄새가 밀려왔다. J.

B. 망가람 광고의 비스킷 냄새, 부서져가는 석고의 쓸쓸한 백묵 냄새, 치솟는 기름값 때문에 굶주림과 절망에 시달리는 오토릭샤 운전사들의 비참한 냄새, 핑핑 도는 차량행렬에 둘러싸인 원형 녹지대의 푸른 풀 냄새, 그리고 으슥한 아치 길의 암시장에서 외국인들에게 환전을 하라고 꼬드기는 사기꾼들의 냄새 따위가 하나로 뒤섞였다. '인디아 커피 하우스'의 차양 밑에서는 수군거리는 소리가 끊임없이 흘러나왔고, 여기에는 새로 시작되는 이야기의 불쾌한 냄새가 실려 있었다. 간통 결혼 다툼 등의 냄새가 홍차와 고추 파코라의 냄새와 함께 섞였다. 코노트 플레이스에서 내가 맡은 냄새는: 한때는 지나치게-아름다운-순다리였으나 지금은 얼굴에 흉터만 가득한 소녀가 근처에서 구걸하는 냄새, 그리고 기억상실의 냄새, 그리고 미래를-향한-방향전환의 냄새, 그리고 진실로-변하는-것은-아무것도-없음의 냄새…… 그러나 나는 이런 후각적 정보들을 애써 외면하고 그곳에 진동하는 좀 더 단순한 냄새, 즉 (인간의) 오줌과 짐승들의 똥 냄새에 정신을 집중했다.

코노트 플레이스 F구역의 가로수 밑에 신문 매점이 있는데 그 옆에 어느 판 장사꾼이 작은 가판대를 차려놓았다. 그는 초록색 유리 카운터 뒤에 결가부좌를 틀고 무슨 신령처럼 앉아 있었다. 내가 이 마지막 장에서 굳이 그를 소개하는 까닭은 가난의 냄새를 풀풀 풍기는 이 장사꾼이 사실은 링컨 콘티넨털 승용차까지 소유한 자산가이기 때문이다. 밀수입한 담배와 트랜지스터라디오를 팔아 벌어들인 돈으로 구입한 이 차는 코노트 광장에서도 눈에 잘 띄지 않는 곳에 세워두었다. 그는 해마다 2주 동안은 휴가 삼아 감옥에서 지내고 나머지 기간에는 경찰관 몇 명에게 상당한 금액을 뇌물로 바쳤다. 감옥에 들어가면 임금님처럼 융숭한 대접을 받았지만 초록색 유리 카운터 뒤에 앉아 있을 때는 무해하고 평범해 보일 뿐이었고, 따라서 (살림처럼 코가 예민한 사람이 아니라면) 그가 무한한 인맥을 동원하여 온갖 비밀정보를 알아내서 도대체 모르는 일이라고는 없는 사람이라는 사실을 알아차리기가 쉽지 않았는데…… 그는 내가 카라치에서 람브레타 나들이를 즐기던 시절의 누군가를 연상시키면서 그리 불쾌하지만은 않은 추억을 되살려주었다. 나는 그리움의 익숙한 향기를 들이마시느라 여념이 없었고, 그래서 그가 입을 열었을 때 깜짝 놀랐다.

우리는 그의 가판대 옆에 자리를 잡고 공연 준비를 했다. 픽처 싱이 피리를 닦고 거대한 노란색 터번을 두르는 동안 나는 여리꾼 노릇을 했다. "어서들 오세요 어서들 오세요—날이면 날마다 오는 기회가 아닙니다—신사숙녀 여러분, 와서 보세요 와서 보세요 와서 보세요! 이 사람으로 말씀드리자면 흔해빠진 얼치기도 아니고, 길바닥에 널린 사기꾼도 아니고, 그렇다면 누구냐? 시민 여러분, 신사숙녀 여러분, '세상에서 가장 매혹적인 남자'를 소개합니다! 네에, 와서들 보세요 와서들 보세요: 일찍이 이스트먼 코닥 주식회사도 이 사람 사진을 찍었습니다! 무서워하지 말고 가까이들 모이세요. 픽처 싱이 왔습니다!" ……그렇게 주절주절 지껄였다. 그런데 그때 판 장사꾼이 입을 열었다:

"나는 더 굉장한 공연도 봤어. 저 사람은 최고가 아니야. 그래, 아니고말고. 봄베이에 가면 더 잘하는 친구가 있거든."

그리하여 픽처 싱은 경쟁자가 존재한다는 사실을 알게 되었고, 그래서 계획했던 공연을 깨끗이 접고, 태연하게 웃는 판 장사꾼에게 성큼성큼 다가가더니 옛 기억을 되살려 명령조로 말했다. "어이, 대장, 그 엉터리가 어떤 놈인지 사실대로 말해줘야겠어. 안 그러면 자네 이빨을 모조리 목구멍에 처박아 위장을 뜯어먹게 만들 테니까." 판 장사꾼은 잠복 중인 경찰관 세 명이 여차하면 재빨리 달려와서 자기들의 돈줄을 보호하리라는 것을 알았으므로 조금도 두려워하지 않았지만 순순히 우리에게 비밀정보를─누가 언제 어디서를─털어놓았다. 이윽고 픽처 싱이 애써 두려움을 감추고 짐짓 단호한 어조로 말했다. "내가 그 봄베이 녀석한테 가서 누가 최고인지 보여줘야겠어. 이 세상에 '가장 매혹적인 남자'가 두 명이나 있으면 곤란하잖아."

빈랑자를 넣은 다양한 판을 판매하는 장사꾼은 점잖게 어깨를 으쓱거리고 우리 발치에 침을 찍 뱉었다.

판 장사꾼의 비웃음이 마법의 주문처럼 문을 열어준 덕분에 살림은 비로소 자신이 태어난 도시, 깊디깊은 그리움이 살아 숨 쉬는 그곳으로 돌아가게 되었다. 그렇다, 그 비웃음은 열려라─참깨였다. 우리가 낡은 천막들이 즐비한 철도교 밑으로 돌아왔을 때, 픽처 싱이 땅을 파헤치더니 매듭을 지은 보따리 하나를 끄집어냈다. 땅속에서 변색된 이 보자기는 그가 노후를 위해 한 푼 두 푼 모은 돈을 보관하는 금고였다. 세탁부 두르가는 픽처 싱의 동행 요청을 딱 잘라 거절했다. "픽처 아저씨, 내가 한가롭게 놀러나 다니는 백만장자인 줄 아세요?" 그러자 그는 애원하는 듯한 눈으로 나를 바라보면서 함께 가달라고 부탁했다. 노년에 이르러 큰 시련을 맞이하여 일생일대의 싸움을 벌이는 마당에 친구 한 명 없다면 얼마나 쓸쓸할까…… 그렇다, 그리고 아담도 그의 말을 들었고, 그 넓적한 귀로 마법의 리듬을 들었고, 내가 승낙하는 순간 그의 눈이 초롱초롱 빛났고, 그리하여 우리는 삼등 객실에 몸을 싣고 남으로 남으로 남으로 달려갔고, 열차 바퀴의 단조로운 일곱 음절 속에서 나는 비밀의 낱말을 들었다: 아브라카다브라 아브라카다브라 아브라카다브라. 열차 바퀴는 우리를 봄베이로 데려가면서 그렇게 노래했다.

그렇다, 나는 그렇게 마술사들의 마을을 영영 떠나서 내가 이 이야기를 쓰는 동안 (그리고 이야기의 숫자만큼 피클을 만드는 동안) 죽지 않고 버티게 해줄 그리운 도시를 향해 아브라카다브라 아브라카다브라 달려갔다. 아담과 살림과 픽처 싱은 노끈으로 동여맨 바구니 여러 개를 들고 어렵사리 삼등칸 안으로 비집고 들어갔고, 그 바구니들이 끊임없이 쉭쉭거리는 소리를 내서 미어지게 들어찬 승객들을 놀라게 했고, 그래서 사람들이 위험한 뱀을 피하려고 뒤로 뒤로 뒤로 물러났고, 덕분에 우리는 넉넉한 공간을 차지하고 그럭저럭 편안하게 여행할 수 있었다. 그러는 동안에도 열차 바퀴는 아담의 넓적한 귀에 아브라카다브라 노래를 들려주었다.

봄베이까지 가는 동안 픽처 싱의 비관주의는 점점 더 심해졌고, 나중에는 늙은 뱀 조련사의 탈을 쓴 비관주의의 화신처럼 보일 정도였다. 마투라 역에 도착했을 때 도기로 만든 동물 인형이나 찰루차이* 따위를 파는 행상들의 불협화음 속에서 턱은 우툴두툴하고 머리는 달

---

* 우유와 생강을 넣은 홍차.

걀처럼 반질반질한 미국인 청년 하나가 우리 객실로 올라왔다. 그는 공작새 깃털로 만든 부채로 연신 부채질을 했는데, 불행을 부른다는 공작새 깃털 때문에 픽처 싱은 상상할 수도 없을 만큼 우울해졌다. 차창 밖에는 인도 갠지스 평원이 끝없이 펼쳐지고 뜨거운 광기를 머금은 오후의 열풍이 우리 모두를 괴롭히는 동안 삭발한 미국인 청년은 객실 안의 승객들에게 힌두교에 대해 이러쿵저러쿵 떠들더니 호두나무로 만든 바리때를 내밀면서 이런저런 진언(眞言)을 가르쳐주었다. 그러나 픽처 싱은 이런 진풍경을 거들떠보지도 않았고 열차 바퀴의 아브라카다브라를 귀담아듣지도 않았다. 그는 시무룩하게 속내를 털어놓았다. "소용없는 짓이야, 대장. 봄베이에 산다는 그 친구는 나보다 젊고 튼튼할 테니, 나는 이제 곧 세상에서 두번째로 매혹적인 남자로 전락하겠지." 우리가 코타 역에 도착할 쯤에는 공작새 깃털 부채가 뿜어내는 불행의 냄새가 픽처 아저씨를 완전히 사로잡고 놀라운 속도로 그를 약화시켰다. 객실 안의 승객들이 모두 승강장 반대쪽으로 내려가서 열차 벽면을 향해 오줌을 누었지만 아저씨는 그럴 기운도 없는 듯했다. 라틀람 환승역을 지날 무렵부터 나는 점점 더 흥분했지만 그는 일종의 몽환상태에 빠져버렸다. 잠을 자는 것이 아니라 자꾸 악화되기만 하는 비관주의에서 비롯된 마비증상이었다. 나는 내심 이렇게 생각했다. '이대로 가다가는 경쟁자한테 도전해보지도 못하겠는걸.' 바로다 역을 지났지만 아무런 변화도 없었다. 동인도회사의 차량 기지였던 수라트 역을 지날 때 나는 어떻게든 그를 도와야겠다고 생각했다. 왜냐하면 우리는 아브라카다브라를 타고 시시각각 봄베이 중앙역에 가까워졌기 때문이다. 그래서 나는 결국 픽처 싱의 낡은 나무 피리를 집어 들고 연주를 시작했는데, 내 솜씨가 어찌나 형편없었던지 뱀들도 괴로워 몸부림을 치고 미국인 청년도 놀라서 말을 잇지 못했다. 열차는 바세인 로드, 쿠를라, 마힘을 차례로 지났지만 그렇게 무시무시한 소음 때문에 아무도 그 사실을 알아차리지 못했다. 그리하여 나는 공작새 깃털의 요기(妖氣)를 물리쳤다. 마침내 픽처 싱이 부르르 몸을 떨어 절망을 털어내더니 희미한 미소를 지으며 이렇게 말했다. "대장, 웬만하면 그만해라. 피리는 내가 불지. 이러다가 사람 잡겠다."

바구니 속의 뱀들이 안정을 되찾았다. 이윽고 열차 바퀴의 노래가 끝났고 우리는 목적지에 도착했다.

봄베이! 나는 격렬하게 아담을 부둥켜안았고, 충동을 억누를 수 없어 오래전의 외침을 다시 내질렀다: "봄베이로 돌아왔다!" 내가 그렇게 환호성을 터뜨리자 그런 진언을 들어본 적이 없는 미국인 청년이 어리둥절해했다. 한 번 더, 한 번 더, 한 번 더: "돌아왔다! 봄베이로 돌아왔다!"

우리는 버스를 타고 벨라시스 가를 따라 타르데오 환상교차로 쪽으로 달려갔다. 눈이 움푹 꺼진 배화교도들을 지나고, 자전거 수리점과 이란식 카페 들을 지나고, 이윽고 오른쪽에 혼비 방파제가 나타나고 —산책객들이 보는 앞에서 잡종개 셰리가 창자를 쏟아내며 죽어가던 그곳! 발라바이 파텔 경기장의 출입구 위에 판지로 만든 레슬링선수 모형들이 여전히 우뚝우뚝 서 있는 그곳!—우리는 덜컹덜컹 탕탕 달리면서 양산 아래 서 있는 교통순경들을 지나고, 마할락슈미 신전을 지나고—그러자 워든 가가 나타났다! 브리치 캔디 수영장도! 그리고, 보라, 저기, 저 가게들…… 그러나 가게 이름들이 바뀌었다: 슈 퍼맨 만화책이 잔뜩 쌓였던 리더스 파라다이스 서점은 어디로 갔을 까? 밴드박스 세탁소는, 그리고 '1미터 초콜릿'을 팔던 봄벨리 제과점 은 또 어디로 갔을까? 그리고, 맙소사, 보라, 이층집 높이의 언덕 위 에, 한때는 윌리엄 메솔드의 궁전들이 부겐빌레아 덩굴로 뒤덮인 채 위풍당당하게 바다를 굽어보던 그곳에…… 보라, 저 거대한 분홍색 괴물 같은 건물을, 어린 시절의 원형광장을 없애버리고 그 자리를 차 지한 나를리카르 일가 여자들의 장밋빛 오벨리스크 같은 고층건물 을…… 그렇다, 그곳은 나의 봄베이였지만 또한 나의 봄베이가 아니 기도 했다. 왜냐하면 우리가 캠프스 코너에 이르러보니 에어인디아 라자와 콜리노스 어린이의 광고판이 둘 다 없어졌고, 영영 없어져버 렸고, 심지어 토머스 캠프 상회마저 연기처럼 사라졌고…… 예전에 는 약을 조제하던 그곳에, 엽록소 같은 모자를 쓴 꼬마요정이 사람들 과 자동차들을 내려다보며 활짝 웃던 그곳에 지금은 얼기설기 뒤엉 킨 입체교차로가 들어섰다. 나는 서글픈 목소리로 나지막이 중얼거 렸다. "치아를 희고 깨끗하게! 콜리노스 치약으로 새하얀 치아를 지 키세요!" 그러나 그렇게 주문을 외워도 과거는 돌아오지 않았다. 우 리는 깁스 가를 따라 덜컹덜컹 달리다가 초파티 해변 근처에서 하차 했다.

적어도 초파티는 달라진 구석이 별로 없었다. 여전히 지저분한 모 래밭에 소매치기들과 산책객들, 그리고 '따끈따끈한-차나콩-차나 콩이-따끈따끈해요'와 쿨피와 벨푸리와 추터무터* 따위를 파는 노점 상들이 들끓었다. 그러나 마린 드라이브 저쪽에는 테트라포드가 일으킨 변화가 눈에 띄었다. 나를리카르 조합이 바다로부터 되찾은 땅에 생소한 외국 이름이 붙은 거대한 괴물들이 하늘을 찌를 듯이 솟아올랐다. 저 멀리서 '오베로이 셰러턴 호텔'이 나를 보고 으르렁거리는 듯했다. 그런데 지프 자동차 네온사인은 어디로 갔을까? ……나는 마침내 아담을 품에 안고 이렇게 말했다. "가요, 픽처 아저씨. 빨리 목적지에 가서 이 일을 끝내버리자고요. 이 도시는 변해버렸어요."

'미드나이트 칸피덴셜 클럽'에 대해 어떻게 설명하면 좋을까? 그곳은 지하에 있으며 위치는 (물론 모르는 것이 없는 판 장사꾼은 알고 있었지만) 비밀이라는 사실, 출입구에는 아무 표시도 없다는 사실, 고객들은 봄베이 사교계의 노른자라는 사실. 또 무엇이 있을까? 아, 그래: 경영자는 아난드 '앤디' 슈로프라는 바람둥이 사업가인데 그는 거의 날마다 주후 해변의 선앤샌드 호텔에서 영화배우들과 특권을 잃은 공주들 틈에서 일광욕을 즐긴다는 사실. 여기서 질문: 인도인이 일광욕을 한다? 그러나 그것은 지극히 정상적인 일인 듯했다. 바람둥이들의 국제규약은 철저히 엄수해야 하는데 그중에는 날마다 태양을 숭배해야 한다는 조항도 있는 모양이다.

나는 얼마나 순진했던가! (그런 주제에 집게자국이 있는 서니를 명청하다고 생각하다니!) 미드나이트 칸피덴셜 클럽 같은 곳이 존재하는 줄은 상상도 못했다. 그러나 물론 존재한다. 그리고 우리 세 사람은 피리와 뱀 바구니를 부둥켜안고 그곳의 문을 두드렸다.

---

* 콩, 토마토, 오이 등의 야채를 새콤달콤한 소스에 버무린 요리.

눈높이에 있는 작은 쇠창살 너머에서 누군가 움직였다. 여자의 달콤한 목소리가 조용히 용무를 물었다. 픽처 싱이 대답했다: "나는 '세상에서 가장 매혹적인 남자'요. 당신들이 뱀 조련사를 고용해서 공연을 한다더군. 그 친구한테 도전해서 내가 더 뛰어나다는 사실을 증명하러 왔소. 보수는 요구하지 않겠소. 명예가 걸린 일이니까."

때는 저녁 무렵이었다. 다행히 아난드 '앤디' 슈로프 씨도 그곳에 있었다. 그리고 긴 이야기를 짧게 줄이자면 픽처 싱의 도전이 받아들여졌고 우리는 안으로 들어갔다. 이 클럽은 이름부터 나를 불쾌하게 만들었는데, 그 속에도 미드나이트라는 단어가 포함되었고 또한 그 머리글자는 한때 나의 비밀세계를 의미했기 때문이다. M. C. C.는 '메트로 커브 클럽'을 뜻하기도 하고 '한밤의 아이들 협회'를 뜻하기도 했는데 이제 비밀 나이트클럽에 이름을 빼앗기고 말았다. 한마디로 말하자면: 내 권리를 침해당한 기분이었다.

이 도시의 세련된 젊은이들은 세계주의를 신봉했지만 그들에게는 두 가지 고민이 있었는데: 금주법을 시행하는 주에서 술을 마시려면 어떻게 해야 할까? 그리고, 서양의 근사한 전통에 따라 여자들을 데리고 유흥가에서 신나게 놀고 연애를 즐기면서도 공연한 추문을 일으켜 지극히 동양적인 수치심을 느끼는 일이 없도록 완벽하게 비밀을 유지하려면 어떻게 해야 할까? 미드나이트 칸피덴셜 클럽은 이 도시의 상류층 젊은이들을 괴롭히던 두 가지 난제에 대해 슈로프 씨가 내놓은 해결책이었다. 이 방탕한 지하실에 그는 지옥처럼 캄캄하고 죽음처럼 음침한 암흑의 세계를 창조했고, 이 도시의 연인들은 심야처럼 은밀한 어둠 속에서 만나 외제 술을 마시며 사랑을 속삭였다. 타인의 시선을 차단하는 인공적인 어둠에 둘러싸여 안심하고 애무를 나누었다. 지옥은 다른 사람들의 공상일 뿐이다: 그러나 모든 모험담에는 자한남*으로 내려가는 이야기가 적어도 한 번쯤은 나오기 마련이다. 나 역시 어린 아들을 품에 안고 픽처 싱을 따라 이 클럽의 칠흑 같은 어둠 속으로 들어갔다.

우리는 검은색 카펫을—자정 같은 검은색, 거짓말 같은 검은색, 까마귀 같은 검은색, 분노 같은 검은색, "맙소사, 악마!" 같은 검은색, 간단히 말해서 새까만 카펫을—밟으며 걸어갔다. 관능미가 넘치는 여종업원이 우리를 안내했다. 사리 자락을 엉덩이에 살짝 걸치는 정도로 끌어내려 몹시 선정적이었고 배꼽에는 재스민 한 송이를 꽂았다. 어둠 속으로 내려갈 때 여자가 우리를 돌아보면서 안심하라는 듯이 미소를 지었는데 그제야 비로소 그녀가 눈을 감고 있다는 것을 알았다. 눈꺼풀에 섬뜩하게 빛나는 눈이 그려져 있었다. 나는 묻지 않을 수 없었다. "왜……" 그러자 그녀가 시원시원하게 대답했다: "저는 장님이거든요. 게다가 이곳을 찾는 손님들은 남의 눈에 띄기를 싫어하시죠. 여기는 얼굴도 이름도 없는 세계예요. 이곳에는 기억도 가족도 과거도 없어요. 오로지 현재, 지금 이 순간만을 위해 존재하는 곳이니까요."

그리고 어둠이 우리를 삼켜버렸다. 여자는 악몽 같은 구덩이 속으로 우리를 데려갔다. 모든 빛에 수갑과 족쇄를 채워둔 곳, 시간이 존재하지 않는 곳, 역사를 부정하는 곳…… "여기 앉아 계세요." 여자

---

* 이슬람교의 지옥.

가 말했다. "곧 다른 뱀 조련사가 올 거예요. 때가 되면 두 분한테 조명을 비출 테니까 그때부터 경연을 시작하세요."

우리는 그곳에 앉아서 기다렸다. 시간이 얼마나 흘렀을까? 몇 분, 몇 시간, 몇 주? 보이지 않는 손님들을 좌석으로 인도하는 눈먼 여자들의 빛나는 눈동자가 오락가락했다. 그리고 어둠 속에서 나는 마치 비단털쥐가 짝짓기를 하는 소리처럼 나지막한 사랑의 속삭임이 사방에서 들려온다는 사실을 서서히 깨달았다. 서로 얽힌 팔들이 술잔을 마주치는 소리도 들리고 입술과 입술이 가볍게 스치는 소리도 들렸다. 멀쩡한 귀와 망가진 귀로 나는 어둠 속의 공간을 가득 채운 간음의 소리를 들었는데…… 그러나 나는 이곳에서 무슨 일이 벌어지는 중인지 알고 싶지도 않았다. 비록 내 코는 이 클럽의 바스락거리는 침묵 속에서 온갖 새로운 이야기와 시작, 여러 가지 색다른 사랑과 금지된 사랑, 눈에 보이지 않는 사소한 갈등과 누가-선을-넘었는지 등등 한없이 다양하고 흥미진진한 화젯거리를 냄새로 알아낼 수 있었지만 나는 그 모든 것을 무시해버렸다. 왜냐하면 그곳은 나와 무관한 새로운 세계였기 때문이다. 그러나 내 아들 아담은 내 곁에 앉아 두 귀가 후끈 달아오를 정도로 그곳의 소리에 열중했다. 아이는 어둠 속에서 초롱초롱 눈을 빛내면서 온갖 소리를 듣고 기억하고 배우고…… 이윽고 불이 켜졌다.

한 줄기 불빛이 미드나이트 칸피덴셜 클럽의 바닥을 동그랗게 밝혀주었다. 불빛을 벗어난 어둠 속에서 아담과 나는 브릴크림*을 바른 잘

---

* 머릿기름 상품명.

생긴 젊은이와 그 옆에 결가부좌를 틀고 꼿꼿하게 앉아 있는 픽처 싱을 보았다. 두 사람의 주위에는 그들이 솜씨를 뽐내는 데 필요한 각종 악기와 뚜껑을 닫은 바구니 몇 개가 놓여 있었다. '세상에서 가장 매혹적인 남자'라는 칭호를 놓고 곧 전설적인 경연이 시작된다는 알림 말이 확성기에서 흘러나왔다. 그러나 과연 누가 그 말을 귀담아들었을까? 관심을 갖는 사람이 한 명이라도 있었을까, 아니면 다들 입술 혀 손을 놀리느라 여념이 없었을까? 픽처 아저씨의 상대 이름은: 쿠치나힌의 마하라자.

(나도 모른다: 남의 이름을 사칭하는 것은 쉬운 일이다. 그러나 어쩌면, 어쩌면 그 젊은이는 실제로 먼 옛날 닥터 아지즈의 친구였던 늙은 라니의 손자였는지도 모른다. 그래서 어쩌면 살아생전에 허밍버드를 후원했던 라니의 후계자가 얄궂게도 제2의 미안 압둘라가 될 뻔했던 인물과 겨루게 되었는지도 모른다! 충분히 있을 법한 일이다. 미망인이 왕실 지원제도를 폐지한 후 가난뱅이가 되어버린 마하라자도 많았으니까.)

햇빛도 들지 않는 그 동굴 속에서 두 사람은 얼마나 오랫동안 사투를 벌였을까? 몇 달, 몇 년, 몇 세기? 나도 잘 모르겠다. 어쨌든 나는 넋을 잃고 그들을 지켜보았고, 두 사람은 우리가 상상할 수 있는 온갖 뱀들을 부리면서 서로 상대방보다 더 뛰어난 기량을 선보이기 위해 안간힘을 썼고 나중에는 봄베이의 뱀 농장에서(먼 옛날 그곳에서 샤프슈테커 박사가……) 희귀종을 갖다달라고 요구하기도 했다. 마하라자는 뱀 한 마리 한 마리를 다룰 때마다 픽처 싱의 솜씨에 팽팽하게 맞섰는데, 심지어 종전에는 픽처 아저씨만 부릴 수 있었던 보아 뱀까지 거뜬히 다뤄냈다. 이 지옥 같은 클럽에서(이곳의 어둠은 이 클럽의 주인이 검은색에 집착한다는 또 하나의 증거인데, 그가 날마다 선앤샌드에서 피부를 더 까맣게 더 까맣게 태우는 이유도 바로 그 집착 때문이었다) 두 명인은 뱀들을 부추겨 온갖 기상천외한 재주를 부리게 했다. 뱀들이 스스로 몸을 묶거나 나비매듭을 만들게 하고, 술잔에 담긴 물을 마시게 하고, 펄쩍 뛰어 불타는 고리를 통과하게 하고…… 픽처 싱은 피로와 배고픔과 나이마저 잊은 채 일생일대의 공연을 펼쳤고(그러나 과연 그 모습을 눈여겨보는 사람이 있었을까? 단 한 명이라도?) 마침내 젊은이 쪽이 먼저 지친 기색을 확연히 드러냈다. 그의 뱀들이 피리 소리에 맞춰 춤을 추지 않았다. 그러자 무엇을 어떻게 했는지 나도 미처 못 알아볼 만큼 재빠른 손놀림으로 픽처 싱이 킹코브라 한 마리를 마하라자의 목에 둘러 꽁꽁 묶어버렸다.

픽처 싱이 말했다. "내가 이겼다고 인정하시게, 대장. 안 그러면 자네를 물어버리라고 하겠네."

경연은 그렇게 끝났다. 패배한 왕족은 곧바로 클럽을 떠났는데 나중에 그가 택시 안에서 권총으로 자살했다는 소식을 들었다. 한편 픽처 싱은 최후의 격전을 치른 그 자리에서 바니안나무가 쓰러지듯이 털썩 쓰러져버렸고…… 나는 눈먼 여종업원들의 도움을 얻어(그중 한 명에게 아담을 맡겼다) 픽처 아저씨를 싸움터에서 옮겼다.

그런데 그때 미드나이트 칸피덴셜 클럽이 뒤통수를 쳤다. 그곳에서는 밤마다 한 번씩—약간의 재미를 더하기 위해—스포트라이트 하나를 이리저리 움직이다가 성교에 열중한 남녀 한 쌍을 비춰 어둠 속에 숨은 다른 사람들의 시선 앞에 노출시켰다. 빛을 이용한 러시안룰

렛이랄까, 아무튼 이 도시의 젊은 세계주의자들에게는 이 장난이 인생을 좀 더 짜릿하게 만들어주는 요소였던 모양인데…… 그날 밤 그렇게 선택된 희생자는 누구였을까? 수치스러운 불빛 속에서 뿔관자놀이 얼룩상판 오이코를 훤히 드러낸 사람은 누구였을까? 관음증을 가진 전구 앞에서 별안간 여종업원들처럼 눈이 멀어버리는 바람에 하마터면 실신한 친구의 다리를 놓칠 뻔했던 그는 과연 누구였을까?

자기가 태어난 도시로 돌아온 살림은 어느 지하실에서 눈부신 조명을 받으며 우두커니 서 있었고 어둠 속에서 봄베이 사람들이 낄낄 웃었다.


이제 모든 사건을 마무리할 순간이 다가왔으니 서둘러 기록해야겠다. 빛이 허용되는 어느 뒷방에서 픽처 싱이 의식을 되찾았다. 그리고 아담이 곤하게 자는 동안 눈먼 여종업원 하나가 축하 선물로 기운을 북돋워주는 음식을 갖다주었다. 이 승리의 쟁반 위에는: 사모사, 파코라, 쌀밥, 달, 푸리*, 그리고 초록색 처트니. 그렇다, 작은 알루미늄 사발에 담긴 처트니, 초록색, 맙소사, 메뚜기 같은 초록색…… 나는 곧 푸리 한 개를 집어들었고, 그 푸리에 처트니를 발랐고, 그다음에는 맛을 보았고, 하마터면 픽처 싱처럼 기절해버릴 뻔했다. 왜냐하면 그 처트니의 맛은 단숨에 나를 과거의 어느 날로 데려다주었기 때문이다. 손가락이 아홉 개만 남은 채 퇴원해 하니프 아지즈의 집에 유배되었던 그날, 세상에서 제일 맛있는 처트니를 먹었던 그날…… 이 처트니

---

* 밀가루 반죽을 동그랗게 밀어 기름에 튀긴 빵.

의 맛은 단순히 먼 옛날의 그 맛을 연상시키는 정도가 아니라 옛 맛 그대로였고 마치 조금도 시간이 흐르지 않은 것처럼 과거를 고스란히 되살리는 힘을 가진 바로 그 맛이었는데…… 나는 흥분을 가누지 못하고 눈먼 여종업원의 팔을 낚아챘다. 그리고 격정을 주체할 수 없어 다급하게 물었다. "이 처트니! 이거 누가 만들었어요?" 내가 큰 소리를 질렀던 모양이다. 왜냐하면 픽처 아저씨가, "대장, 조용히 좀 해라. 그러다가 애 깨울라…… 그런데 무슨 일이야? 철천지원수의 유령이라도 본 듯한 표정인데!" 그리고 눈먼 여종업원은 다소 냉랭하게: "처트니가 마음에 안 들어서 그러세요?" 나는 버럭버럭 고함을 지르고 싶었지만 억지로 참았다. "마음에 들어서 그래요." 철창 속에 갇힌 듯한 목소리로 말했다. "정말 마음에 쏘옥 들어요. 그러니까 어디서 구했는지 가르쳐줄래요?" 그러자 겁먹은 여자는 빨리 자리를 뜨고 싶어하면서: "브라간사 피클이에요. 봄베이에서 제일 맛있는 피클이죠. 모르는 사람이 없어요."

나는 처트니 병을 갖다달라고 부탁했다. 상표에 주소가 적혀 있었다. 출입구 위에 노란색-초록색으로 깜박거리는 네온 여신상이 있는 건물의 주소, 완행열차가 노란색-다갈색 지나가고 네온 뭄바데비가 지켜주는 공장의 주소, 무질서하게 팽창하는 이 도시의 북부지역에 위치한 브라간사 피클 (비공개) 유한책임회사의 주소였다.

다시 한 번 아브라카다브라, 열려라-참깨: 처트니 병에 인쇄된 낱말들이 내 인생의 마지막 문을 열어젖히고…… 나는 추억 속의 이 기막힌 처트니를 만든 사람을 찾고 싶은 충동을 도저히 억누를 수 없어 이렇게 말문을 열었다. "픽처 아저씨, 이제 나가야겠는데요……"

픽처 싱의 이야기가 어떻게 끝났는지는 나도 모른다. 그는 나의 탐색 여행에 동행하기를 거절했다. 나는 픽처 싱의 눈을 들여다보았고, 그가 힘겨운 싸움을 치르는 동안 그의 내부에서 뭔가 망가져버렸고 그의 승리는 사실상 패배였음을 깨달았다. 그러나 그가 아직도 (어쩌면 슈로프 씨에게 고용되어) 봄베이에 남아 있는지 아니면 세탁부 곁으로 돌아갔는지, 심지어 지금 살았는지 죽었는지조차도 나는 알지 못하는데…… "어떻게 아저씨만 놔두고 떠나겠어요?" 내가 간곡하게 말했지만 그는 이렇게 대답했다. "바보 같은 소리 하지 마, 대장. 꼭 해야 할 일이 생겼으면 머뭇거리지 말고 해야지. 가, 어서 가, 자네가 내 곁에 있다고 나한테 무슨 도움이 되겠나? 언젠가 레샴 할멈이 했던 말처럼: 어서 가, 빨리 가란 말이야."

나는 아담을 데리고 그곳을 떠났다.


여행의 끝: 나는 내 아들을 품에 안고 눈먼 여종업원들의 지하세계를 떠나 북으로 북으로 북으로 걸어갔고, 마침내 도마뱀이 파리를 잡아먹고 피클통이 부글부글 끓고 힘센 여자들이 음탕한 농담을 주고받는 세계에 이르렀다. 그곳은 말투가 표독스럽고 젖가슴이 원뿔처럼 뾰족한 관리자들이 있는 세계, 입병공장에서 땡그랑거리는 피클병 소리가 끊임없이 이어지는 세계였고…… 그런데 나의 길이 끝나는 그곳에서 양손을 허리춤에 얹고 내 앞을 가로막는 한 여자가 있었는데, 팔뚝에 난 털이 땀에 젖어 반짝거리던 그 여자는 과연 누구였을까? 예나 지금이나 변함없이 단도직입적인 그녀는 다짜고짜 "이봐요, 아저씨: 무슨 일로 오셨어요?" 하고 따졌는데, 그 여자가 도대체 누구였

을까?

"나였어요!" 그날의 기억을 떠올린 파드마가 조금 쑥스러운 듯하면서도 흥분한 목소리로 외친다. "내가 아니면 누구겠어요? 나 나 나!"

그날 나는 이렇게 대답했다. "안녕하세요, 아가씨." (이때 파드마가 불쑥 끼어든다: "맞아요, 당신은 언제나 예의범절이 깍듯했어요!") "안녕하세요. 사장님 좀 만나뵐 수 있을까요?"

아으, 경계심 많고 완강하고 고집스러운 파드마여! "안 되겠는데요. 사장님은 바쁘시거든요. 약속부터 해놓고 나중에 다시 오세요. 오늘은 이만 가주세요."

들어보라: 그 순간 나는 쉽사리 단념하지 않고 파드마를 어르고 달래보다가 정 안 되면 완력을 써서라도 기필코 그녀의 두 팔을 제치고 지나갈 작정이었다. 그런데 그때 통로 위에서—사무실 바깥에 있는 저 통로 말이다, 파드마!—누군가 외치는 소리가 들렸다. 내가 지금까지 이름을 밝히고 싶지 않았던 누군가가 그 통로 위에서 거대한 피클통과 부글부글 끓는 처트니 너머로 우리를 내려다보다가 별안간 쿵쾅쿵쾅 헐레벌떡 철제 계단을 내려오면서 목이 터져라 외치는데:

"오 하느님, 오 하느님, 오 예수님 고마우신 예수님, 우리 도련님, 우리 아드님, 이게 누구신가 그래, 맙소사 도련님, 나 좀 봐요, 너무 마르셨네, 어디 뽀뽀나 한번, 케이크 드릴게요!"

굳이 말할 필요도 없겠지만 브라간사 피클 (비공개) 유한책임회사의 여사장 브라간사 부인은 내 짐작대로 먼 옛날 나의 보모였고 자정의 범죄자였던 미스 메리 페레이라였다. 이제 나에게 남은 유일한 어머니이기도 했다.

자정 혹은 대충 자정 무렵이다. 접은 (망가지지 않은) 검은색 우산을 가진 한 사내가 철로 쪽에서 내 방 창문 쪽으로 걸어오다가 걸음을 멈추더니 곧 쭈그리고 앉아서 대변을 본다. 그러다가 불빛을 등지고 서 있는 내 그림자를 발견하고는 자신을 훔쳐본다고 화를 내기는커녕 오히려 반갑다는 듯이 소리친다. "이것 좀 보쇼!" 그러더니 내 평생 처음 보는 기나긴 똥 줄기를 거침없이 뽑아낸다. "40센티미터!" 사내가 외친다. "형씨는 얼마나 길게 만들 수 있소?" 내가 예전처럼 원기 왕성했다면 그의 인생 이야기를 들려주려 했을 것이다. 그 시각, 그가 우산을 지녔다는 사실, 이 두 가지만 가지고도 그를 내 인생에 끼워 넣는 작업을 시작하기에 충분했을 테고, 나의 삶과 어둠의 시대를 이해하고 싶어 하는 사람에게는 이 사내가 필요불가결한 존재라는 사실을 거뜬히 입증할 수 있었을 것이다. 그러나 지금의 나는 연결이 끊어지고 접속이 차단된 상태이며 이제 묘비명을 쓰는 일이 남았을 뿐이다. 그래서 배변 챔피언에게 손을 흔들어주면서 이렇게 소리친다. "재수가 좋은 날은 20센티미터쯤 되죠." 그리고 이내 그를 잊어버린다.

내일. 아니면 모레. 균열은 8월 15일까지 기다려줄 것이다. 아직 약간의 시간이 남았다: 이야기는 내일 끝내야겠다.


오늘 하루는 쉬기로 하고 메리를 찾아갔다. 더위와 먼지에 시달리며 오랫동안 버스를 탔는데, 독립기념일을 앞두고 거리마다 흥분으로 부글부글 끓는 듯했다. 그러나 나는 그 속에서 그리 탐탁잖은 냄새도 맡을 수 있었는데: 환멸, 부정부패, 냉소주의…… 거의-서른한-살-

먹은 자유의 신화는 이제 예전의 그것이 아니다. 지금은 새로운 신화가 필요하다. 그러나 내가 관여할 일은 아니다.

브라간사 부인이라고 자칭하는 메리 페레이라는 페르난데스 부인이 된 여동생 앨리스와 함께 이층집 높이의 언덕 위에 있는 나를리카르 일가 여자들의 분홍색 오벨리스크에 산다. (지금은 무너져버렸지만 예전에는 그곳에 궁전이 있었고 메리는 하인용 돗자리를 깔고 잠을 청하곤 했다.) 지금 그녀의 침실이 있는 공간은 한때 어느 소년이 어부의 손가락을 따라 수평선 쪽으로 시선을 옮기던 그 방이 있던 공간과 거의 일치한다. 메리는 티크나무 흔들의자에 앉아 내 아들을 어르며 〈석양에 물든 붉은 돛〉이라는 노래를 부른다. 먼 하늘에 떠 있는 범선들이 붉은 돛을 펼친다.

즐거운 하루, 지난 시절이 새록새록 떠오르는 날이다. 예전의 선인장 정원이 나를리카르 일가 여자들의 혁명을 이겨내고 살아남았다는 사실을 알게 되던 날, 나는 정원사에게 삽을 빌려 오래전 땅속에 묻었던 세계를 발굴했다. 누렇게 변색되고 개미가 갉아먹은—칼리다스 굽타가 찍은—특대형 아기 스냅사진과 총리의 편지가 담긴 양철 지구본이었다. 그날 이전의 일도 생각난다. 우리는 메리 페레이라의 인생역전에 대해 하루에도 열두 번씩 수다를 떨었다. 그 모든 것이 그녀의 사랑하는 여동생 앨리스 덕분이었다. 앨리스의 가엾은 남편 페르난데스 씨는 색맹인 탓에 목숨을 잃었는데, 어느 날 낡은 포드 프리펙트를 몰고 가다가 그 당시만 해도 이 도시에 몇 개뿐이었던 신호등 앞에서 색을 잘못 판단했다고 한다. 앨리스는 당시 고아에 살던 메리를 찾아와 자신의 고용주들이, 즉 무시무시할 정도로 진취적인 나를리카르 일가 여자들이 테트라포드로 벌어들인 돈의 일부를 투자해 피클공장을 차리려 한다는 소식을 전해주었다. 앨리스는 이렇게 말했다. "내가 피클과 처트니를 메리 언니처럼 잘 만드는 사람은 아무도 없다고 말씀드렸어. 언니는 피클 속에 감정까지 담을 수 있으니까." 에누리 없는 진실이었다. 그리하여 결국 앨리스도 착한 여자였다는 사실이 드러났다. 그런데 도련님, 상상 좀 해보세요: 설마 온 세상 사람들이 내가 만든 보잘것없는 피클을 먹고 싶어 할 줄이야, 심지어 영국인들까지 내 피클을 먹게 될 줄이야 내가 어떻게 알았겠어요? 그런데 생각 좀 해보세요: 나는 이렇게 도련님의 옛 집이 있던 곳에서 편하게 살았는데 도련님은 온갖 고초를 겪으면서 그토록 오랫동안 비렁뱅이처럼 살았다니, 맙소사, 세상이 어떻게 돌아가는 건지!

그리고 달콤씁쓸한 탄식: 아, 도련님의 어머님 아버님이 가엾어요! 그렇게 착한 마님이 돌아가시다니! 그리고 누가 자기를 사랑하는지도 모르고 어떻게 사랑해야 하는지도 모르던 가엾은 주인 나리! 게다가 잔나비 아가씨까지…… 그러나 그때 내가 그녀의 말을 가로막으면서, 아니, 안 죽었어요: 아니, 사실은 죽지 않았어요. 지금도 수녀원에 숨어서 빵을 먹으면서 살아요.

이 일대의 섬들을 영국인에게 넘겨주었던 가엾은 캐서린 왕비의 성 (姓)을 도용한 메리가 피클 만드는 비법을 나에게 전수해주었다. (일찍이 바로 이 공간에서 그녀는 초록색 처트니 속에 죄의식을 섞어가며 휘젓곤 했는데, 그때 내가 부엌에 서서 그 모습을 지켜볼 때부터 시작된 교육이 비로소 마무리된 셈이었다.) 이제 백발노인이 된 메리는 은퇴하여 집에서 지내는데, 보살필 아이가 생겼으므로 다시 보모가 되어 행복한 나날을 보낸다. "도련님, 이제 글쓰기도 다 끝났으니 앞으로는 아기씨랑 더 많이 놀아줘요." 그렇지만 메리, 내 글쓰기도 아담을 위한 일이었어요. 그러나 그녀는 곧 화제를 바꾸는데, 왜냐하면 요즘은 그녀의 마음이 벼룩처럼 이리 뛰고 저리 뛰며 갈팡질팡하기 때문이다. "아, 도련님, 도련님, 어느새 이렇게 늙어버리셨대요!"

자기가 부자가 될 줄은 꿈에도 몰랐던 메리는 부자가 된 지금도 침대에서는 잠을 이루지 못한다. 그리고 날마다 코카콜라를 열여섯 병이나 마셔대면서도 치아 건강 따위는 조금도 걱정하지 않는다. 어차피 이가 모두 빠져버렸기 때문이다. 그녀가 다시 화제를 돌린다: "왜 이렇게 갑자기 결혼을 서둘러요?" 파드마가 원하니까요. 아니, 임신하진 않았어요. 내가 이 꼴인데 어떻게 임신할 수 있겠어요? "알았어요. 도련님, 그냥 물어본 거예요."

그날은 그렇게 평화롭게 지나갈 수도 있었을 텐데, 내 인생의 최후를 앞둔 황혼 같은 하루가 다시 별일 없이 저물어갈 수도 있었을 텐데, 그때 생후 3년 1개월 2주가 된 아담 시나이가 드디어 소리를 냈다.

"아브……" 맙소사, 들어보세요, 도련님, 아기씨가 말을 했어요! 그러자 아담은 몹시 조심스럽게: "아바……" 아빠다. 나를 아빠라고 불렀다. 아니, 그게 아니다. 아담의 말은 아직 끝나지 않았다. 그의 얼굴에 긴장한 기색이 역력하더니 마침내 내 아들이, 내가 곧 물려줄 세상을 감당하려면 반드시 마법사가 되어야 하는 내 아들이, 의미심장한 첫 낱말을 매듭짓는다: "……카다바."

아브라카다브라! 그러나 아무 일도 일어나지 않는다. 우리가 두꺼

비로 변하지도 않고 창문으로 천사들이 날아들지도 않는다: 아이는 연습을 해보았을 뿐이다. 나는 살아생전에 그의 기적을 목격할 수 없을 테고…… 아담의 성취를 찬양하는 메리의 축하인사를 듣다가 나는 파드마가 기다리는 피클공장으로 돌아온다. 내 아들이 처음으로 입 밖에 낸 알쏭달쏭한 낱말 때문에 내 콧구멍에 걱정스러운 냄새가 감돈다.

아브라카다브라: 그것은 인도 말도 아니고 바실리데스 그노시스파<sup>*</sup>의 최고신 이름에서 유래한 신비로운 주문으로, 그 속에는 한 해의 날수와 천국의 수, 그리고 아브락사스 신이 낳은 신들의 수인 365라는 숫자가 내포되었다. '이 녀석은 도대체 자기가 누구라고 상상하는 것일까?' 그런 궁금증이 드는 것도 처음이 아니었다.


나의 특별 조리법: 지금까지 그것들을 아껴두었다. 피클 공정의 상징적 가치에 대하여: 인도 전 국민을 낳은 난자 6억 개를 표준규격 피클병 하나에 모두 담을 수 있다. 정자 6억 마리는 숟가락 하나로 퍼올릴 수 있다. 그러므로 피클병 하나하나 속에는 (내 안색이 잠시 불그레하게 물들더라도 부디 이해해주시기 바란다) 지극히 숭고한 가능성이 담겼는데, 이를테면 역사를 처트니화(化)할 수 있는 가능성, 그리고 시간으로 피클을 만들겠다는 원대한 희망! 그러나 나는 지금까지 이 책의 각 장으로 피클을 만들었다. 오늘 밤 내가 **특별 조리법 30번**: '아브라카다브라'라고 적힌 병에 뚜껑을 단단히 닫으면 마침내 이

---

<sup>*</sup> 고대 그리스 시대 말기에 유행한 신비주의적 종파로, 기독교와 다양한 이교의 교리를 혼합했다.

기나긴 자서전도 끝을 맺는다. 나는 언어와 피클을 이용하여 내 기억을 영원하게 만들었다. 그러나 이 두 가지 방법에는 필연적으로 왜곡이 따르기 마련이다. 안타까운 일이지만 우리는 이렇게 불완전의 그늘과 더불어 살아갈 수밖에 없다.

요즘은 메리를 대신해 내가 공장을 경영한다. 앨리스가— '페르난데스 부인'이—회계를 맡고 나는 우리 사업의 창조적 측면을 책임진다. (물론 나는 메리의 범죄를 용서해주었다. 나에게는 아버지뿐만 아니라 어머니도 필요한데 하나뿐인 어머니를 원망할 수는 없는 노릇이니까.) 여자들만 모인 브라간사 피클공장의 일꾼들 사이에서, 노란색–초록색으로 깜박거리는 네온 뭄바데비 여신상의 불빛 밑에서, 나는 새벽마다 바구니를 머리에 이고 찾아오는 여자들로부터 망고 토마토 라임을 엄선하여 구입한다. 옛날부터 '사내놈들'이라면 질색을 하던 메리가 자신의 새롭고 안락한 세계에 출입을 허락한 수컷은 나뿐이므로…… 물론 내 아들도 예외다. 내 짐작이지만 앨리스는 여전히 남자들과 밀회를 즐기는 듯하다. 그리고 파드마는 나에게 첫눈에 반해버렸는데, 드넓은 저수지처럼 끝없는 배려심을 마음껏 베풀 대상으로 여겼기 때문이다. 나머지 여자들에 대해서는 잘 모르겠지만, 힘차게 피클통을 휘젓는 공장 일꾼들의 헌신적인 자세에서 나를리카르 일가 여자들 특유의 만만찮은 실력이 엿보인다.

처트니를 만들려면 무엇이 필요할까? 당연히 재료가 있어야 한다. 과일, 야채, 생선, 식초, 양념. 사리 자락을 다리 사이에 추켜올린 콜리 여인들이 날마다 찾아온다. 오이 가지 박하. 그러나 또 필요한 것은: 과일의 번지르르한 겉모습에 속지 않고 감귤류의 껍질 속에 가려진 썩은 부분까지 꿰뚫어보는 얼음처럼 푸른 눈, 가볍게 쓰다듬기만 해도 초록색 토마토 속에 은밀히 숨은 부실한 속살을 간파하는 손가락, 그리고 무엇보다 중요한 것은 피클로 만들 과일의 비밀언어를 알아차리고 과일의 기분과 전언과 감정을 판단하는 코…… 브라간사 피클공장에서 나는 메리의 전설적인 조리법에 따라 피클 생산과정을 감독한다. 그러나 나만의 특별 조리법도 있는데, 콧물을 말끔히 제거한 내 코의 능력 덕분에 나는 피클 속에 온갖 기억과 꿈과 사상을 담을 수 있다. 그래서 이런 피클을 대량생산하기 시작하면 그것을 먹는 사람들은 누구나 파키스탄에서 후추통 몇 개가 어떤 일을 해냈는지, 그리고 순다르반 밀림에 들어가면 어떤 기분이 드는지 속속들이 알 수 있을 텐데…… 믿거나 말거나 사실이다. 선반 위에 놓인 피클병 서른 개가 건망증 심한 국민들에게 팔려 나갈 날을 기다린다.

(그리고 그 옆에는 빈 병 하나가 있다.)

수정작업은 부단히 끝없이 계속해야 한다. 내가 지금까지의 성과에 만족한다고 생각지 마라! 불만스러운 점은: 우선 우리 아버지에 대한 기억이 담긴 몇몇 피클병에서는 지나치게 독한 맛이 나고, (특별 조리법 22번) '자밀라 싱어'는 사랑 맛이 다소 불분명해서 통찰력이 부족한 독자들은 내가 근친상간에 가까운 사랑을 정당화하려고 아기 바꿈질에 대한 이야기를 지어냈다고 오해할지도 모른다. 그리고 '빨래통 속에서 생긴 일'이라는 이름표가 붙은 병은 모호하고 개연성이 부족하다. 이 피클은 완벽하게 설명되지 않은 몇 가지 의문을 제기하는데, 예를 들자면: 어째서 살림은 이런저런 사건을 겪은 후 비로소 능력을 얻었을까? 다른 아이들은 대부분 그렇지 않았는데…… 그리고 '올 인디아 라디오'를 비롯한 몇몇 장에서는 관현악 같은 맛의 조화 속에 불협화음이 섞였는데: 진짜 텔레파시 능력자라면 어째서 메리의 고백을 듣고 충격을 받았을까? 피클로 만들어놓은 역사 속에서 살림은 때때로 아는 것이 너무 적은 듯싶기도 하고 또 때로는 너무 많은 것을 아는 듯싶기도 한데…… 그렇다, 나는 수정하고 또 수정해야 한다. 고치고 또 고쳐야 한다. 그러나 나에게는 그럴 시간도 없고 그럴 기운도 없다. 그래서 고집스럽게 다음과 같이 말할 수밖에 없다: 모든 일이 그렇게 일어났으니 그렇게 일어났다고 말했을 뿐이다.

기본양념의 문제도 있다. 심황과 커민의 복합적인 맛, 호로파의 미묘한 맛, 카르다몸은 언제 대형 종을 (혹은 언제 소형 종을) 써야 하는지, 그리고 마늘, 가람 마살라, 계피, 코리앤더, 생강 등이 만들어내는 무궁무진한 맛의 변화…… 그리고 이따금 흙을 조금 첨가하면 맛이 더욱 깊어진다는 사실은 굳이 말할 필요도 없겠다. (살림은 이제 순수성에 집착하지 않는다.) 기본양념과 관련하여 나는 절임 공정에서 발생하는 불가피한 왜곡 현상을 그대로 감수한다. 절인다는 것은 결국 불멸성을 부여하는 일이다. 생선, 채소, 과일이 양념과 식초 속에서 방부처리가 된다. 그 과정에서 어떤 변화가 일어나서 맛이 조금 강해지는 것쯤은 사소한 문제가 아닐까? 다만 맛의 본질이 아니라 강도만 달라지게 하는 것이 비결이다. 그리고 (내가 만든 피클병 서른 개와 빈 병 한 개에서) 무엇보다 중요한 것은 형태와 형식을—즉 의미를—담아내는 일이다. (내가 허망한 죽음을 두려워한다는 사실은 앞에서 이미 밝힌 바 있다.)

언젠가는 세상이 이 '역사피클'을 맛보는 날이 올 것이다. 맛이 너무 강해서 어떤 사람들의 입맛에는 안 맞을지도 모른다. 냄새가 너무 독해서 눈물이 날지도 모른다. 그러나 나는 이렇게 말하고 싶다: 그것은 이 피클 속에 진실의 참맛이 담겨 있기 때문이라고…… 그리고 온갖 고난에도 불구하고 이 피클들은 결국 사랑의 산물이라고.

빈 병 한 개…… 어떻게 끝내면 좋을까? 티크나무 흔들의자에 앉은 메리와 이제 막 말을 시작한 아들에 대한 이야기로 행복하게? 아니면 각 장의 제목으로 이름을 붙인 피클병 서른 개와 조리법들을 나열하면서? 아니면 자밀라와 파르바티와 심지어 에비 번스에 대한 추억까지 떠올리면서 우울하게? 아니면 기적의 아이들을 회상하면서…… 그렇다면 몇 명이 무사히 피신했으니 기쁘다고 말해야 할까, 아니면 대부분이 절제술을 받고 파멸해버렸으니 슬프다고 말해야 할까? (왜냐하면 그 절제술이 바로 균열의 원인이었기 때문이다. 만신창이가 되어버린 내 가엾은 몸뚱이는 아래위로 배수작업에 시달린 후너무 메말라서 갈라지기 시작했다. 바싹 마른 몸뚱이가 마침내 한평생 두들겨 맞은 결과를 드러낸 것이다. 그래서 이제 찌익 쫘악 우지끈이 계속되고 온몸의 틈바구니에서 죽음의 냄새가 분명한 악취가 새어나온다. 그러나 자제하자: 나는 최대한 오랫동안 자제력을 유지해야 한다.)

아니면 질문으로 끝낼까: 맹세코 이제 내 손등에 생긴 균열이 뚜렷하게 보이는데, 머리 선 주위에도 발가락 사이사이에도 균열이 나타났는데, 어째서 피가 흐르지 않을까? 내가 이미 텅 비어버리고 건조

되고 절여진 탓일까? 그래서 이미 미라가 되어버린 것일까?

아니면 꿈으로 끝날까: 왜냐하면 간밤에 원장수녀님의 유령이 꿈속에 나타났기 때문이다. 그녀는 구멍 뚫린 구름 위에서 나를 내려다보았는데, 내가 죽으면 그때부터 40일 동안 장맛비 같은 눈물을 흘리려고…… 그리고 나는 육체를 벗어나 허공에 둥둥 떠다니면서 땅딸막해진 내 모습을 내려다보았는데, 백발이 성성한 이 난쟁이는 거울속에서도 그랬듯이 꿈속에서도 안도하는 표정이었다.

아니, 그런 식으로 끝낼 수는 없다. 지금까지 과거에 대해 썼으니이제 예언자처럼 절대적인 확신을 가지고 미래에 대해서도 기록해야겠다. 그러나 미래는 병 속에 저장할 수 없다. 그래서 병 하나는 비워둘 수밖에 없는데…… 아직 일어나지 않은 일이므로 피클로 만들 수는 없겠지만 나는 곧 생일을 맞이할 테고, 그날 나는 서른한 살이 될테고, 결혼식도 틀림없이 거행될 테고, 파드마의 손바닥과 발바닥에는 헤나 문양이 그려질 테고, 그녀도 새로운 이름을 갖게 될 텐데, 나를 굽어보는 원장수녀님의 유령에게 보답하는 의미에서 나심이라고부르는 것도 좋겠고, 창밖에서는 불꽃놀이가 시작되고 군중이 모여들텐데, 왜냐하면 그날은 독립기념일이기도 하니까, 그리고 카슈미르가우리를 기다릴 테고, 내 호주머니 속에는 열차표가 들어 있을 테고, 한때는 파이어니어 카페에서 영화배우를 꿈꾸던 한 시골소년이 모는택시가 나타날 테고, 우리는 남으로 남으로 남으로 달려가서 떠들썩한 군중 속으로 뛰어들 테고, 사람들은 서로에게, 그리고 닫아놓은 택시 차창에도 물감이 든 풍선을 던질 테고, 그래서 마치 홀리 축제*의 물감 뿌리기 행사처럼 보일 테고, 버림받은 개가 죽어갔던 혼비 방파제 일대에 이르렀을 때 군중이, 끝없이 불어나는 군중이 온 세상을 가득 채워 더는 앞으로 나아갈 수 없을 테고, 우리는 택시와 운전사의 꿈을 남겨두고 군중 속으로 걸음을 옮길 테고, 그러다가, 그래, 나는 파드마와 헤어지게 될 텐데, 우리 똥-연꽃 아가씨는 들끓는 바다 너머로 나를 향해 손을 내밀다가 결국 군중 속에 파묻혀 사라져버리고, 나는 무수히 많은 사람들 속에 혼자가 되고, 숫자들이 하나 둘 셋 행진하고, 내가 이리저리 떠밀리는 동안 찌익 쫘악 우지끈이 절정으로 치닫고, 내 몸은 이런 취급을 더는 견딜 수 없다고 비명을 지르고, 그런데 그때 군중 속에서 낯익은 얼굴들이 눈에 띄는데, 우리 외할아버지 아담과 그의 아내 나심, 그리고 알리아와 무스타파와 하니프와 에메랄드, 그리고 뭄타즈였던 아미나, 카심이 된 나디르, 그리고 피아와 오줌싸개 자파르, 그리고 줄피카르 장군까지 모두가 그 자리에 나타나고, 그들이 내 주위로 모여들어 밀치락달치락 부대끼고, 그래서 균열이 점점 더 벌어져 내 몸이 조각조각 떨어져나가고, 나의 마지막 날을 함께 보내려고 수녀원을 나선 자밀라도 보이고, 밤이 다가오고 밤이 되고, 자정을 향해 똑딱똑딱 카운트다운이 시작되고, 불꽃놀이와 수많은 별들, 판지로 만든 레슬링선수 모형들, 그리고 나는 영영 카슈미르에 갈 수 없음을 깨닫는데, 무굴황제 자한기르처럼 나도 마지막으로 카슈미르를 부르며 숨을 거둘 테고, 사람들이 인생을 즐기려고, 혹은 끝내려고, 혹은 둘 다 하려고 찾아가는 아름다운 골짜기를 볼 수

* 인도의 음력 12월 15일(양력 3월경)부터 열리는 힌두교의 봄 축제.

없을 텐데, 왜냐하면 이제 군중 속에 다른 사람들이 하나둘씩 나타났으니까, 그중에는 치명적인 무릎을 가진 무시무시한 전쟁영웅도 있는데, 내가 자신의 생득권을 빼앗았다는 사실을 알게 된 그는 군중 속을 뚫고 점점 내 쪽으로 다가오고, 이제 군중 속에는 온통 낯익은 얼굴만 보이는데, 쿠치나힌의 라니와 팔짱을 낀 인력거꾼 라시드도 있고, 아유바 샤히드 파루크와 미남 무타심도 있고, 다른 방향을 보면, 하지 알리의 무덤이 있는 쪽을 돌아보면 신화 속의 존재가 다가오는데, 바로 저승사자, 그런데 가까이 왔을 때 자세히 보니 얼굴은 초록색 눈동자는 검은색, 머리는 가운뎃가르마, 왼쪽은 초록색 오른쪽은 검은색, 그 눈은 바로 '미망인'의 눈이고, 시바와 저승사자는 점점 더 가까이 다가오고, 그때 어둠 속에서 거짓말이 들려오는데, 그대가 원한다면 뭐든지 될 수 있네, 그 말은 새빨간 거짓말이고, 나는 이제 산산이 부서지는데, 살림의 분열, 나는 봄베이의 폭탄이니, 내가 폭발하는 모습을 보라, 군중의 무시무시한 압력에 뼈가 쪼개지고 으스러지고, 나는 뼛조각이 가득한 자루가 되어 아래로 아래로 아래로 무너져 내리는데, 잘리안왈라에서 벌어진 일처럼, 그러나 오늘은 다이어 준장이 오지 않은 듯하고, 머큐로크롬도 없고, 다만 부서져버린 인간 하나가 조각난 몸뚱이를 길바닥에 흩뿌리며 스러져갈 뿐인데, 왜냐하면 나는 지금까지 아주-많은 너무-많은 사람들이었으므로, 문법은 삼인칭까지만 허용하지만 인생은 그 이상도 가능하므로, 그러나 마침내 어디선가 시계가 종을 치고, 열두 번의 종소리, 그리고 해방.

그래, 그들은 나를 짓밟을 테고, 숫자들이 하나 둘 셋, 사억 오억 육, 그렇게 행진하며 나를 말 못하는 먼지로 만들어버릴 테고, 때가 되면 내 아들이 아닌 내 아들도, 그의 아들이 아닌 아들도, 또 그의 아들이 아닌 아들도 그렇게 짓밟힐 테고, 그렇게 천 세대하고도 한 세대가 지나고 천 번하고도 한 번의 자정이 끔찍한 재능을 나눠주고 천 명하고도 한 명의 아이들이 죽게 될 텐데, 왜냐하면 자기 시대의 주인인 동시에 제물이 되어 사생활을 포기하고 대중의 무자비한 소용돌이에 말려들어 평화롭게 살지도 못하고 죽지도 못하는 것이 한밤의 아이들이 지닌 특권인 동시에 저주이기 때문이다.

# 환상과 현실의 행복한 만남

## 시대의 아이콘, 살만 루슈디

1947년 6월 19일 인도 봄베이의 무슬림 가정에서 태어났다. 인도가 영국으로부터 독립하기 두 달 전이었다. 아버지는 변호사 출신의 사업가로 아랍과 유럽의 문학에 조예가 깊었고, 어머니는 교사, 친할아버지는 시인이었다. 루슈디는 가정에서 영어와 우르두어를 함께 사용했고 늘 책에 둘러싸여 살았다. 유복한 어린 시절이었으나 신생 독립국 인도의 1950년대는 이슬람교와 힌두교의 갈등이 극심한 시기였다.

1961년 루슈디는 영국으로 건너가 명문 사립인 럭비스쿨에 입학했다. 운동신경이 둔해 동급생들의 놀림을 받은 데다 인종차별까지 겹쳐 그리 행복한 시절은 아니었다고 한다. 1964년 케임브리지 대학교 킹스 칼리지에 진학하여 역사학을 공부했는데, 특히 아랍과 이슬람 문명에 관심이 많았다. 그해 루슈디의 가족이 봄베이를 떠나 파키스탄의 카라치로 이주했다. 1965년 가을, 방학을 맞아 카라치로 건너간 루슈디는 제2차 인도-파키스탄 전쟁의 참상을 직접 목격했다. 종교 문제로 갈라선 옛 조국과 새 조국의 싸움은 그에게 큰 충격을 주었다. 1968년 졸업 후 파키스탄으로 건너가 한동안 텔레비전 방송국에서 일했다. 그러나 곧 그곳의 억압적인 현실에 환멸을 느끼고 다시 영국으로 돌아와 런던의 한 극단에서 연극배우로 활동했다. 1970년부터 본격적인 창작을 시작했고 광고 카피라이터로 일하면서 작품 활동을 병행했다. 이런 생활은 10년 동안 계속되었다.

1975년 첫 장편 『그리머스』를 출간했으나 문단의 반응은 냉담했다. 그러다가 1981년 『한밤의 아이들』로 비로소 인생의 전환점을 맞이했다. 이 작품은 당시 각종 문학상을 휩쓸면서 루슈디에게 세계적인 명성을 안겨주었다. 이를 계기로 광고계를 떠나 전업 작가로 돌아섰다. 그 이후의 문학 인생은 내놓는 작품마다 세계 문단의 주목을 받는 탄탄대로였다. 그러나 곧 '20세기 최대의 필화사건'으로 불리는 이른바 '루슈디 사건'이 터지면서 그의 개인적인 삶은 뿌리째 뽑혀버렸다.

1988년 9월에 출간한 『악마의 시』가 문제였다. 발매되자마자 이 작품은 이슬람교를 모독하고 선지자 무함마드를 비하했다는 이유로 전 세계 무슬림의 집중포화를 받았다. 세계 각지에서 규탄 시위가 벌어지고 책이 불탔다. 이듬해 2월 14일, 이란 지도자 아야톨라 호메이니가 라디오 테헤란 방송을 통하여 종교 법령 '파트와'를 발표하고 무슬림들에게 루슈디를 즉각 처단하라고 명령했다. 그때부터 시위는 더욱 과격해지고 사상자가 속출했다. 도서관, 서점, 신문사 등에서 폭탄 테러가 발생했다. 이탈리아, 일본, 터키, 노르웨이에서 번역가 또는 출판인이 무슬림의 보복 공격으로 죽거나 다쳤다. 루슈디는 '표현의 자유'를 상징하는 인물로 떠올랐고 전 세계 지식인들이 지지를 표명했다. 밀란 쿤데라는 무슬림이 『악마의 시』를 종교적 모독으로 여기는 것은 소설의 속성인 허구와 유머를 이해하지 못한 탓이라고 말했다. 루슈디를 둘러싼 논쟁의 여파로 영국이 이란과 단교하고 유럽공동체(EC)는 이란에 경제적, 외교적 제재 조치를 취했다. 그러나 무슬림의 영향력이 큰 인도, 파키스탄, 방글라데시, 수단, 남아프리카공화국, 스리랑카, 케냐, 태국, 탄자니아, 인도네시아, 싱가포르, 베네수엘라 등은 이 책을 금서 목록에 포함시켰다.

루슈디는 파트와가 발령된 다음 날부터 영국 정부의 보호 속에서 기나긴 도피 생활을 시작했다. 1989년 6월 3일, 아야톨라 호메이니가 사망했으나 파트와는 그대로 남았다. 그리고 세월이 흘렀다. 숨 막히는 도피 생활 중에도 루슈디는 각종 매체에 출연하여 언론의 자유, 종교적 관용, 문학의 사회적 역할에 대하여 발언했다. 그러다가 파트와가 선고된 지 7년째 되던 1996년 2월 14일, 그는 마침내 도피 생활을 끝내겠다고 말했다. 그리고 1998년 9월, 이란의 모하마드 하타미 대통령이 루슈디의 사형선고를 철회한다고 발표했다. 『악마의 시』를 출간한 지 꼬박 10년만의 일이었다. 그러나 이란 대통령의 발언은—"루슈디 암살 작전을 지지하지도 저지하지도 않겠다"—사실상 중립선언에 불과했다. 전 세계의 무슬림 근본주의자들은 아직도 그를 용서하지 않았고 죽음의 위협은 환갑을 넘긴 작가를 여전히 따라다닌다.

지난 2000년 루슈디는 40년 가까운 영국 생활을 청산하고 미국 뉴욕으로 이주했다. 영국에 살고 있을 때 그는 자칭 '삼국 출신 작가'였는데, 이 말은 인도, 파키스탄, 영국이 자신의 정신적 토양이라는 의미였다. 이제 그는 아시아와 유럽에 이어 세번째 대륙에 새로 뿌리를 내렸다.

자타가 공인하듯이 파트와는 루슈디의 삶을 이야기할 때 결코 빠뜨릴 수 없는 중대 사건이지만 예나 지금이나 그는 기회가 있을 때마다 정치적, 사회적 현안에 대하여 발언하기를 주저하지 않고 젊은 작가들을 돕는 일에도 적극적으로 앞장선다. 평론 분야에서도 활발한 활동을 보여주며 종종 〈브리짓 존스의 일기〉 같은 영화에 단역으로 출연하기도 했다. 2010년에는 회고록 집필을 시작했다고 발표했다.


## '사이의 문학'

앞에서 언급한 『그리머스』 『한밤의 아이들』 『악마의 시』 말고도 루슈디는 지금까지 여섯 권의 장편소설을 더 펴냈다. 『수치』 『무어의 마지막 한숨』 『그녀가 밟은 땅』 『분노』 『광대 샬리마르』 『피렌체의 여마법사』 등이다. 그 밖의 작품으로는 아들 자파르와 밀란이 각각 십대였을 때 그들을 위해 집필한 장편동화 『하룬과 이야기 바다』와 그 속편 『루카와 생명의 불』, 단편집 『이스트, 웨스트』, 수필집 『가상의 조국』과 『이 선을 넘어라』, 그리고 기행문 『재규어의 미소』 등이 있다.

루슈디의 창작열은 때로 놀랍기만 하다. 파트와 때문에 온 세상이 떠들썩하던 1990년에 『하룬과 이야기 바다』를 발표하고 미국에 정착한 이듬해 미국을 배경으로 한 장편소설 『분노』를 내놓은 것만 보아도 충분히 짐작할 수 있다. 그는 다섯 살 때부터 작가의 길을 꿈꾸었다고 하며 열 살 때「무지개 너머」라는 제목으로 첫 단편소설을 썼다. 한 소년과 말하는 자동피아노가 등장하는 이 소설은 주디 갈런드 주연의 할리우드 영화 〈오즈의 마법사〉에서 영감을 얻은 작품이었다. 나중에 그는 이 영화에서 처음으로 문학적 영향을 받았다고 고백하면서 평론서 『오즈의 마법사』를 쓰기도 했다.

루슈디는 인도와 유럽 각국의 권위 있는 문학상을 두루 휩쓸다시피 했고 그의 작품은 40여 개 언어로 번역되었다. 특히 『한밤의 아이들』은 인도는 물론이고 전 세계의 문학에 큰 영향을 미쳤다. 그때부터 인도문학이 진로를 바꿔 포스트모던 소설의 단계로 접어들었다는 평가와 함께 '포스트루슈디'라는 용어까지 등장했다. 영어권에서는 대학생들의 필독서로 자리 잡은 지 오래다.

루슈디의 작품 세계를 이해하고자 할 때 가장 중요한 키워드는 '마술적 사실주의'다. 이 자기모순적인 용어는 작품 속에서 현실을 사실적으로 묘사하되 상식적 인과율을 벗어난 환상적 요소를 적극적으로 도입하는 문학적 경향을 가리킨다. 1925년 독일의 미술 평론가 프란츠 로가 종래의 사실주의에 반발하는 일군의 화가들을 설명하면서 처음 사용했는데, 이 용어가 현대적 의미로 사용된 것은 (논란의 여지는 있으나) 1955년 한 평론가가 호르헤 루이스 보르헤스의 문학 세계를 마술적 사실주의라고 부를 때부터였다. 그 후 이 개념은 미하일 불가코프와 가브리엘 가르시아 마르케스 같은 작가들이 속속 등장하면서 세계 평단의 주목을 받기 시작했다.

루슈디는 『천일야화』『라마야나』『마하바라타』 같은 고전문학과 더

불어 유럽문학, 힌두교와 이슬람교의 신화와 전통, 미국 만화, 그리고 할리우드와 발리우드가 쏟아내는 수많은 영화를 한 몸에 흡수하면서 성장했다. 그리고 다음과 같은 20세기 작가들로부터 많은 영향을 받았다고 한다: 귄터 그라스, 가르시아 마르케스, 불가코프, 이탈로 칼비노, 블라디미르 나보코프, 제임스 조이스, 보르헤스, 토머스 핀천, 프란츠 카프카, 솔 벨로. 이들의 작품 성향을 찬찬히 살펴보면 루슈디의 문체와 마술적 사실주의가 결코 우연의 산물이 아니었음을 짐작할 수 있다.

루슈디의 소설 속에서 환상적 요소는 게임의 규칙처럼 이미 주어진 기정사실이다. 대낮에 유령이 나타나도 등장인물들은 아무도 신기하다고 말하지 않는다. 오히려 사람이 사람을 죽이는 현실에 더 놀랄 뿐이다. 그러므로 독자는 책을 읽기 시작하면서부터 개연성도 가능성도 없는 주장을 받아들여야 한다. 그러나 조앤 롤링의 '해리 포터' 시리즈 같은 환상소설과 달리 루슈디의 작품 속에서 이 황당무계한 요소들은 현실을 더욱더 설득력 있게 드러내는 문학적 장치로 이용된다. 예컨대 『악마의 시』에서 두 주인공은 각각 천사와 악마의 모습으로 변해가는데, 이를 통하여 루슈디는 인간의 내면에 깃든 선과 악의 문제를 깊이 파헤쳤다.

루슈디의 작품 세계를 한마디로 요약한다면 사이의 문학이 아닐까 싶다. 동양과 서양 사이, 신비주의와 합리주의 사이, 역사와 개인 사이, 환상과 현실 사이, 그리고 마술과 사실주의 사이의 어딘가에—아니, 심장부에!—루슈디가 있고 그의 문학이 있다.

## 부커상 3회 수상에 빛나는 전설

이 책은 1981년 출간된 후 영국 예술위원회 작가상, 부커상, 영어교육협회(ESU) 문학상, 제임스 테이트 블랙 메모리얼상 등을 수상했다. 그뿐만 아니라 1993년 부커상 25주년을 기념하여 기존 수상작 중에서 선정한 '부커 오브 부커스' 특별상, 그리고 2008년 부커상 40주년 기념으로 독자들의 투표를 거쳐 선정한 '베스트 오브 더 부커' 특별상까지 독차지했다. 바꿔 말하자면 해마다 영어권 최고의 작품을 뽑는다는 부커상 심사위원들과 독자들이 꼬박 40년 동안 이보다 뛰어난 소설을 발견하지 못했다는 뜻이겠다. 부커상을 세 번 받은 작가는 살만 루슈디 한 명뿐인데 모두 한 작품으로 받았으니 당분간은 좀처럼 깨지기 어려운 기록이다. 그렇다면 노벨문학상, 공쿠르상과 더불어 '세계 3대 문학상'의 하나로 손꼽히는 부커상을 세 번이나 받은 『한밤의 아이들』은 도대체 어떤 작품일까?

출간 후 30년이 넘도록 살만 루슈디의 대표작이다: 이 한 문장으로 이미 최고 중의 최고라는 뜻인데 다시 무슨 말을 보태야 할까? (독자 여러분도 이미 알아차렸겠지만 루슈디를 설명할 때는 최상급 형용사가 하나도 아깝지 않다.) 준재를 칭찬하기는 쉽지만 천재를 칭찬하는 데는 어려움이 따르기 마련이다. 게다가 세상에는 이 작품을 분석한 논문과 단행본 들이 이미 수두룩하고 그 행렬은 아직 끝나지 않았다. 그만큼 이 책에 대한 이야깃거리가 무궁무진하다는 뜻이다. 그러나 이제 번역을 끝마친 나는 할 말이 너무 많아서 오히려 할 말이 없다. 아직 이 책을 읽지 않은 분들에게 무슨 말을 해야 할까? 이미 이 책을 읽은 분들에게 또 무슨 말을 할 수 있을까?

　이 소설은 인도 아대륙의 근대사 63년(1915~1978)을 시대적 배경으로 삼아 주인공의 인생 역정과 가족사를 다뤘다. 독립을 전후한 이 기간은 인도 역사상 최대의 격동기였다. 화자이기도 한 주인공 살림 시나이는 1947년 8월 15일 0시 정각, 즉 인도가 독립하는 바로 그 순간에 태어났고 '불가사의하게 역사에 손목이 묶여버렸'다. 그때부터 한 시간 사이에 태어난 '천 명하고도 한 명'의 아이들이 바로 '한밤의 아이들'이다. 그들은 저마다 초자연적인 능력을 지녔는데 그중에서도 정확히 자정에 태어난 살림과 시바의 능력이 가장 뛰어났다. 살림은 텔레파시로 그들 모두와 대화를 나누고 시바는 싸움을 잘했다. 전쟁과 평화는 양립할 수 없다. 두 사람은 그렇게 숙적이 될 운명을 타고난 데다 산부인과에서 '아기 바꿈질'을 당하는 바람에 서로의 신세가 뒤바뀌고 만다: 살림은 부잣집으로, 시바는 판잣집으로. 이 작품은 역사의 거대한 수레바퀴 밑에서 살림과 시바, 그리고 한밤의 아이들이 겪는 일들을 흥미진진하게 들려준다. 전체적으로는 살림이 회고록을 집필하면서 그 내용을 연인 파드마에게 읽어주는 형식이다.

　살림 시나이의 일생은 인도 아대륙의 역사와 치밀한 연관성을 유지하면서 나아간다. 다시 말하자면 인도의 역사적 사건들이 매번 그의 삶을 송두리째 뒤흔들 뿐만 아니라 그 역시 인도의 정치적 변화에 직접적인 영향을 미친다. 살림은 그 과정에서 파란만장한 인생을 경험하고, 그 결과로 기억이 점점 지워지는 독특한 건망증과 더불어 온몸이 쩍쩍 갈라지는 치명적인 병에 걸린다. 이 균열과 건망증은 인도 아대륙이 20세기에 경험한 독립과 분열의 역사를 상징한다. 아기 바꿈질로

인한 정체성의 혼란도 마찬가지다. 그렇다면 우리는 살림을 어떻게 이해해야 할까? 인도 아대륙을 '쌍둥이 누이'라고 부르는 그는 영웅일까, 아니면 과대망상증 환자일까? 그는 몇 번이나 자신의 말을 번복하고 자신의 기억을 의심한다. 그래서 우리도 그의 말을 완전히 신뢰할 수 없다. 간혹 모순이나 오류가 눈에 띄더라도 그것이 살림의 실수인지 작가의 의도적인 실수인지조차 불확실하다. 이렇게 '믿을 수 없는 화자' 살림은 그러나 알게 모르게 작품 전체의 분위기를 이끌어간다.


## 루슈디의 언어

루슈디는 영어를 '가지고 논다'. 띄어쓰기를 무시하거나 문장부호를 생략하는 정도는 예삿일이고, 낱말을 중간에서 뚝 잘라버리거나 몇 개를 합치거나 아예 신조어를 만들기도 하고, 문장구조를 비틀거나 같은 품사 여러 개를 접속사 없이(때로는 띄어쓰기도 없이) 병렬시키는 일도 흔하다. 게다가 어휘력도 혀를 내두르게 한다. 영어뿐만 아니라 힌디어, 우르두어, 벵골어, 마라티어, 구자라트어, 산스크리트어, 페르시아어, 라틴어, 독일어, 프랑스어, 스페인어, 이탈리아어 등이 마구 뒤섞이면 더욱더 복잡해진다. 그러므로 번역에서도 루슈디 특유의 현란한 말맛, 글맛을 살리는 데 중점을 두었고 의도적인 장문은 되도록 끊지 않았다. 원문에서 받은 인상을 그대로 살리고 싶었으니 간혹 파격적인 문장이 나오더라도 널리 양해하시기 바란다. 더 평이하고 명료한 문장을 찾을 수도 있겠지만 그렇게 하면 루슈디의 비범한 문체가 지녔던 재미도 사라지기 때문이다. 다만 문장부호의 경우 '대체로' 우리 방식을 따르되 원작의 분위기를 '적절히' 느낄 수 있는 선에서 조절했다. 작업 방향을 이렇게 잡은 탓에 하루에도 수십 번씩 고민거리와 마주쳤지만 나 역시 우리말을 가지고 마음껏 놀아보았다.

예를 들어보자. 루슈디는 근거리에서 같은 낱말을 연거푸 쓰기 싫어하는 강박증이라도 가진 듯하다. 가령 한 문단 안에서 '냄새'의 유의어를 예닐곱 개쯤 사용하는 경우, 모두 '냄새'로 통일해버릴 수도 없고 문맥에 맞춰 일일이 다른 단어를 찾아내자니 보통 일이 아니다. '분노'에 대해 이야기할 때는 성, 화, 노기, 노여움, 울분, 격분, 진노, 분기탱천 등을 총동원해야 했다. 어느 긴 문단에서는 비슷비슷한 유의어를 스무 개 가까이 사용하기도 했다.

'〔He〕 ran, onononon.' 이런 낱말이 영어사전에 있을 리 없다. 물론 평범하게 옮기는 방법도 충분히 가능하다. '〔그는〕 계속 달려갔다.' 그러나 원문의 특색과 긴박감이 깨끗이 사라져버린다. 그래서 이렇게 옮겼다. '〔그는〕 달렸다: 앞으로앞으로앞으로.'

그리고 다음과 같은 문장이 있었다. '노란색과 갈색의 완행열차가 덜컹거리며 남쪽으로 달려간다(Yellow-and-brown local trains clatter south⋯⋯).' 이런 식으로 형용사를 연결하여 복합어를 만드는 방식은 흔하다. 그러나 이 구절은 뒤에서 몇 차례 반복되면서 조금씩 변화하는데, 이때 루슈디는 복합어를 동사로 사용해버렸다. 이를테면 이런 식이다. '〔The〕 local train yellow-and-browned its way south⋯⋯.' 처음에는 어쩔 수 없다고 생각하여 앞 문장에서처럼 복합어를 형용사로 옮겼다. '노란색-갈색 완행열차가 남쪽으로 달려갔

472

다.' 그러나 파격을 살리지 못한 점이 끝내 마음에 걸렸다. 그래서 의태어의 성격을 띤 부사로 처리해보았다. '완행열차가 남쪽으로 노란색-갈색 달려갔다.' 내친김에 리듬감을 살리고 열차의 소음을 묘사한 의성어의 느낌까지 주고 싶어 글자 하나를 추가했다. '완행열차가 남쪽으로 노란색-다갈색 달려갔다.'

번역의 기본 텍스트로는 랜덤하우스 출판사의 2006년 빈티지 북스판을 사용했다. 본문에 사소한 오류가 없지는 않지만 현재까지 가장 완벽에 가까운 판본이라고 판단했기 때문이다. 특히 출간 이후 적잖은 세월이 흐른 시점에서 집필 당시의 상황과 뒷날의 소감을 밝힌 '작가 서문'은 루슈디를 사랑하는 독자들에게 소중한 자료가 되리라 믿는다. 아울러 대조용으로 1981년 초판본과 1991년 펭귄 판을 참고했다.

*

영화화가 '불가능'하다는 말까지 나돌던 『한밤의 아이들』이 어느새 촬영을 마치고 편집 단계로 접어들었다는 소식을 들었다. 2012년에 개봉한다는데 루슈디가 각색, 디파 메타가 감독을 맡았으니 어련할까 싶지만 내심 기대 반, 우려 반이다. 과연 원작의 무게를 얼마나 이겨냈을까.

책과 사람 사이에도 인연이 있다. 몇 해 전에 다른 출판사에서 이 책의 번역을 의뢰한 적이 있었다. 그런데 그때는 몇 주 동안 아무리 고민해봐도 눈부시게 다채롭고 복잡한 이 책을 제대로 번역할 자신이 없었다. 이루 말할 수 없이 탐났지만, 오히려 내 쪽에서 매달리고 싶었지만, 잘할 수 없다면 놓아주는 것이 도리라고 판단했다. 왜냐: 사랑하니까!

그렇게 떠나보낸 '그녀'가 내 곁으로 돌아올 줄은 꿈에도 몰랐다. 운명인가보다, 그런 생각까지 들었다. 그리고 어느새 이 책을 대면할 용기가 생겼음을 깨닫고 환호했다. 그러나 그것은 친구를 만나는 기쁨이 아니라 호적수를 만나는 기쁨이었다. 나에게 이 책은 내가 물고기가 되어 마음껏 헤엄칠 수 있는 바다였고 새가 되어 마음껏 날아오를 수 있는 하늘이었다. 길게 말해 무엇하랴: 지난 몇 달은 '신들림'의 시간이었다. 그리고 지금은 꿈에서 깨어난 듯 얼떨떨하다.

이번 작업을 통하여 새삼 깨달았는데 문학동네 편집자들은 역시 최고다. 나와 더불어 파란만장한 겨울과 봄을 보낸 동지들에게 '진짜진짜 정말로' 감사한다.

날마다 '웬수덩어리'라고 부르던 책을 내려놓게 되어 속이 다 후련하다. 치열하게 싸웠으니 후회는 없다. 잘 가라, 내 사랑.


김진준

| 1947년 | 6월 19일 인도 봄베이(지금의 뭄바이)의 무슬림 가정에서 태어남. 그로부터 두 달 후 인도는 영국으로부터 독립하는 동시에 두 나라로 분열되었으며 파키스탄은 8월 14일, 인도는 15일에 각각 독립국이 됨. |
|---|---|
| 1961년 | 봄베이 명문 사립 존 코넌 대성당 학교를 거쳐 영국 명문 기숙학교인 럭비 중등학교로 유학하며 영국 생활이 시작됨. |
| 1964년 | 루슈디의 가족이 파키스탄 카라치로 이주함. |
| 1965년 | 제2차 인도−파키스탄 전쟁 발발. 당시 파키스탄에 머물던 루슈디도 전쟁을 목격함. 그해 가을 케임브리지 대학교 킹스 칼리지에 입학해 아랍과 이슬람 역사를 전공. |
| 1968년 | 대학 졸업 후 파키스탄 텔레비전 방송국에서 방송작가로 일하나 그해 말 런던으로 다시 돌아옴. |
| 1970년 | 광고 카피라이터로 일하면서 이후 10년간 창작 활동을 병행함. |
| 1975년 | 첫 장편 『그리머스Grimus』 출간. |
| 1976년 | 클래리사 루어드와 결혼(1987년 이혼). |
| 1979년 | 장남 자파르 출생. 봄베이에서 보낸 어린 시절 등 자전적 경험을 바탕으로 한 장편소설 『한밤의 아이들Midnight's Children』 초고를 완성함. |
| 1981년 | 『한밤의 아이들』 출간. 이 작품으로 부커상과 제임스 테이트 블랙 메모리얼상 등을 수상하고 국제적 명성을 얻음. |
| 1983년 | 파키스탄의 정치적 혼란을 묘사한 장편소설 『수치Shame』 |

를 출간해 또 다시 부커상 최종 후보에 오름. 1984년 프랑
스 최우수 외국도서상 수상.

1984년      『한밤의 아이들』에서 서술된 내용을 두고 인디라 간디는
           명예훼손죄로 루슈디와 조너선 케이프 출판사를 고소함.
           해당 문장을 본문에서 삭제하고 공개 사과를 함. 그해 10월
           인디라 간디는 자신의 경호원들 손에 암살당함.

1987년      니카라과 여행기 『재규어의 미소 *The Jaguar Smile*』 출간.

1988년      장편소설 『악마의 시 *The Satanic Verses*』 출간. 휫브레드 최
           우수 소설상 수상. 미국 소설가 메리앤 위긴스와 결혼
           (1993년 이혼).

1989년      2월 14일, 이란 지도자 아야톨라 호메이니는 『악마의 시』
           가 이슬람교와 예언자 무함마드를 모독했다는 이유로 신도
           들에게 루슈디를 처단하라는 종교 법령인 '파트와'를 발표.
           이 사건으로 '표현의 자유'를 상징하는 인물로 전 세계 언
           론의 주목을 받게 됨. 영국 정부의 보호 아래 도피 생활을
           시작함. 독일 올해의 작가상 수상.

1990년      장편동화 『하룬과 이야기 바다 *Haroun and the Sea of
           Stories*』 출간. 이 작품으로 1992년 영국 작가협회 최우수
           아동문학상 수상.

1991년      수필집 『가상의 조국 *Imaginary Homelands*』 출간.

1992년      스웨덴 투홀스키 문학상 수상.

1993년      『한밤의 아이들』로 부커상 25주년 기념 역대 수상작 중 최
           고의 작품을 뽑는 '부커 오브 부커스' 특별상 수상. 오스트
           리아 정부가 수여하는 유럽 문학상 수상. 스위스 콜레트 문
           학상 수상. 매사추세츠 공과대학(MIT) 명예교수로 추대.

1994년      단편집 『이스트, 웨스트』 출간.

1995년      인도 근대사와 가족사를 다룬 장편소설 『무어의 마지막 한

숨*The Moor's Last Sigh*』 출간. 휫브레드 최우수 소설상 수상. 영국 올해의 작가상 수상.

1996년　파트와가 선언된 지 7년째 되던 날, 도피 생활 종언을 공언함. 유럽연합 아리스테이온 상 수상.

1997년　엘리자베스 웨스트와 결혼(2004년 이혼). 차남 밀란 출생. 이탈리아 만토바 문학상 수상.

1998년　헝가리 부다페스트 문학대상 수상. 이란 정부가 루슈디의 사형선고를 철회함.

1999년　장편소설『그녀가 밟은 땅*The Ground Beneath Her Feet*』 출간. 프랑스 '레지옹 도뇌르 코망되르 훈장'을 받음.

2000년　미국 뉴욕으로 이주.

2001년　장편소설『분노*Fury*』 출간.

2002년　수필집『이 선을 넘어라*Step Across This Line*』 출간. 로열 셰익스피어 극단이『한밤의 아이들』 연극 초연.

2004년　국제펜클럽 미국본부장에 취임해 2006년까지 재임. 인도계 배우 겸 모델 파드마 락슈미와 결혼(2007년 이혼).

2005년　장편소설『광대 샬리마르*Shalimar the Clown*』 출간. 인도 크로스워드 소설상 수상.

2007년　애틀랜타 에모리 대학에서 문학 강의 시작. 영국 왕실로부터 기사 작위를 받음.

2008년　『한밤의 아이들』로 부커상 40주년을 기념해 일반 독자들이 가장 사랑하는 역대 수상작을 뽑은 '베스트 오브 더 부커' 특별상 수상. 장편소설『피렌체의 여마법사*The Enchantress of Florence*』 출간.

2010년　장편동화『루카와 생명의 불*Luka and the Fire of Life*』 출간.

2012년　자서전『조지프 앤턴*Joseph Anton*』 출간.

2014년　펜/핀터 상 수상.

　세계문학은 국민문학 혹은 지역문학을 떠나 존재하는 문학이 아니지만 그것들의 총합도 아니다. 세계문학이라는 용어에는 그 나름의 언어와 전통을 갖고 있는 국민문학이나 지역문학의 존재를 인정하면서 그것을 넘어서는 문학의 보편적 질서에 대한 관념이 새겨져 있다. 그 용어를 처음 고안한 19세기 유럽인들은 유럽문학을 중심으로 그 질서를 구축했지만 풍부한 국민문학의 전통을 가지고 있는 현대의 문학 강국들은 나름의 방식으로 세계문학을 이해하면서 정전(正典)의 목록을 작성하고 또 수정한다.

　한국에서도 세계문학 관념은 우리 사회와 문화의 변화 속에서 거듭 수정돼왔다. 어느 시기에는 제국 일본의 교양주의를 반영한 세계문학 관념이, 어느 시기에는 제3세계 민족주의에 동조한 세계문학 관념이 출현했고, 그러한 관념을 실천한 전집물이 출판됐다. 21세기 한국에 새로운 세계문학전집이 필요하다는 것은 명백하다. 우리의 지성과 감성의 기준에 부합하는 세계문학을 다시 구상할 때가 되었다.

　문학동네 세계문학전집은 범세계적으로 통용되는 고전에 대한 상식을 존중하면서도 지난 반세기 동안 해외 주요 언어권에서 창작과 연구의 진전에 따라 일어난 정전의 변동을 고려하여 편성되었다. 그래서 불멸의 명작은 물론 동시대 세계의 중요한 정치·문화적 실천에 영감을 준 새로운 작품들을 두루 포함시켰다.

　창립 이후 지금까지 한국문학 및 번역문학 출판에서 가장 전문적이고 생산적인 그룹을 대표해온 문학동네가 그간 축적한 문학 출판 경험을 바탕으로 새로운 세계문학전집을 펴낸다. 인류가 무지와 몽매의 어둠 속을 방황하면서도 끝내 길을 잃지 않은 것은 세계문학사의 하늘에 떠 있는 빛나는 별들이 길잡이가 되어주었기 때문이다. 우리가 자부심과 사명감 속에서 그리게 될 이 새로운 별자리가 독자들의 관심과 애정에 힘입어 우리 모두의 뿌듯한 자산이 되기를 소망한다.

문학동네 세계문학전집 편집위원<br>
민은경, 박유하, 변현태, 송병선, 이재룡, 홍길표, 남진우, 황종연

지은이  **살만 루슈디**

1947년 독립을 두 달 앞둔 인도에서 태어났다. 케임브리지 대학교에서 역사를 전공했고, 영국 광고 회사에서 일하며 1975년 첫 소설 『그리머스』를 발표했다. 1981년 출간한 두번째 소설 『한밤의 아이들』로 부커상을 수상했다. 1988년 출간한 『악마의 시』로 이슬람교단의 처단 명령 '파트와'가 내려져 1995년까지 영국 정부의 보호 아래 도피 생활을 하면서도 다양한 작품을 발표해 전 세계 유수의 문학상을 수상했다. 2000년 미국으로 이주해 『분노』 『광대 샬리마르』 『피렌체의 여마법사』 등을 발표했다.

옮긴이  **김진준**

연세대학교 사회학과 및 영문과를 거쳐 마이애미 대학원에서 영문학을 전공했다. 『분노』로 제2회 유영번역상을 수상했고, 『악마의 시』 『유혹하는 글쓰기』 『롤리타』 『조지프 앤턴』 등을 번역했다.


세계문학전집 080
## 한밤의 아이들 2

양장본 1판 1쇄  2011년  8월 29일
양장본 1판 5쇄  2016년 11월  3일

지은이  살만 루슈디 | 옮긴이  김진준 | 펴낸이  염현숙

책임편집  김경은 | 편집  임선영 오동규 | 독자모니터  이태균
디자인  윤종윤 최미영 이주영 | 저작권  한문숙 김지영
마케팅  정민호 이미진 정진아 김혜연 | 홍보  김희숙 김상만 이천희
제작  강신은 김동욱 임현식 | 제작처  영신사

펴낸곳  (주)문학동네
출판등록  1993년 10월 22일 제406-2003-000045호
주소  10881 경기도 파주시 회동길 210
전자우편  editor@munhak.com | 대표전화  031) 955-8888 | 팩스  031) 955-8855
문의전화  031) 955-1927(마케팅), 031) 955-3560(편집)
문학동네카페  http://cafe.naver.com/mhdn
문학동네트위터  http://twitter.com/munhakdongne

ISBN  978-89-546-1537-2  04840
      978-89-546-1020-9  (세트)

www.munhak.com

**문학동네 세계문학전집**

● 문학동네 세계문학전집은 계속 출간됩니다